刘尊举 马 昕 / 主编

明代文学论丛

STUDIES ON THE LITERARY OF MING DYNASTY

【第一辑】

社会科学文献出版社
SOCIAL SCIENCES ACADEMIC PRESS (CHINA)

前　言

　　近 20 年来，明代文学研究的格局发生了显著的变化。除戏曲、小说研究之外，诗文与文学观念的研究也取得长足的进步；在文献与文本研究的基础上，政治格局、文化制度、学术思潮、社会生活、士人心态等影响文学发展的深层文化因素，逐渐走进我们的研究视野；越来越多的青年学者投身于明代文学研究，带来了蓬勃的生机和持续发展的动力。在此期间，中国明代文学学会发挥了积极的推动和组织作用，历届年会成为明代文学研究者最重要的沟通与交流平台。然而，随着会议规模的逐步扩大，时间紧迫、交流不充分等问题也日益凸显，尤其是青年学者，他们很少有充分表达意见、深入交流的机会。有鉴于此，学界同人纷纷倡议举办专门的青年学者论坛，以期有更加从容、更加充分的探讨与交流。经认真筹备，自 2017 年起，我们每年举办一次明代文学青年学者论坛，该论坛每次邀请约 20 人青年学人参加，大家共聚一堂，相互碰撞，相互启发，相互砥砺，共同增强研究能力，提升学术水平。毋庸讳言，明代文学的研究依然处于起步阶段，很多基本的问题，如文献整理、文本解析、文体流变、文学史过程、文学观念形态、文学制度及相关学术思想等，都亟待逐步探索或深入研究。因此，我们希望明代文学青年论坛能形成一种脚踏实地、积极进取的学风：一方面，拒绝空谈，扎扎实实地解决具体的学术问题；另一方面，重视学理，讲求方法，以解决问题为目标，力避琐碎饾饤之学。唯有如此，学术交流才能真正落到实处。基于此，参会论文不拘文、史、哲领域之成果，无论文献、文本、文体、文论之考辨，不限诗、词、曲、赋、骈文、散文、制艺、小说之观照，但求能解决实际的学术问题，逐步推进明代文学研究。经过数年的努力，我们这一学术活动得到学界同人的认可，会议论文也颇受好评，陆续发表在一些很有影响力的学术期刊上。为了集中展示青年学人的学术成果，也为了大致呈现明代文学研究视角与研究方法的发展轨迹，我们计划将与会论文陆续结集出版，每次论坛出版一辑。此为《明代文学论丛》第一辑，收录了 2017 年首届明代文学青年论坛的参会论文。请广大学界师友批评教正！

C 目录
CONTENTS

明初君臣唱和与台阁体[*]

余来明[**]

内容提要 作为明代前期重要的文学动向，台阁体的兴起不仅缘于永宣年间的清明政治，也是对洪武初年君臣唱和"祖风"的重新发现。明初君臣以诗唱和包括特定时令、场合以诗应制，君臣间以诗唱酬、联句，君王赐诗而臣下以诗应和等不同情形。这一风气的形成，与朱元璋本人喜好作诗有很大关系，又与上位者引导文坛风气走向、塑造符合王朝建构的士人精神的诉求密不可分。由此展开的明代前期关于台阁文学的论述，在一定程度上影响了明代前期文学的走向。明初君臣唱和创作的诗歌虽是职之所在的职务写作，却也是台阁文人进行台阁体文学创作的重要思想资源。

关键词 明初 君臣唱和 职务写作 祖风 台阁体

　　台阁体的兴起是明代前期重要的文学思潮。其中关于诗歌一体，王世贞称："台阁之体，东里（杨士奇，1366—1444）辟源，长沙（李东阳，1447—1516）道流。"[①] 源、流之间，大体为明代台阁体盛行的一段时期。沈德潜的看法是："永乐以还，尚台阁体，诸大老倡之，众人靡然和之，相习成风，而真诗渐亡也。"所指的诗人群体，范围大致为"解大绅（解缙，1369—1415）以下，李宾之（李东阳）以前"，[②] 主要活跃于永乐、

---

[*] 本文为国家社会科学基金重点项目"《钟惺全集》整理与研究"（项目编号 18AZW015）的阶段性成果。

[**] 余来明，武汉大学中国传统文化研究中心教授，著有《嘉靖前期诗坛研究》等。

[①] 王世贞：《艺苑卮言》卷五，丁福保辑《历代诗话续编》中册，中华书局，1983，第1025页。

[②] 沈德潜、周准编《明诗别裁集》卷三，上海古籍出版社，1979，第59页。

宣德、正统、景泰、天顺等朝。至于沈氏"真诗渐亡"的判断，一方面基于对明前期诗坛风尚由上层文人主导状况的不满，尽管"台阁体"诗对"诸大老"来说或许也是他们眼中的"真诗"；另一方面可能源自李梦阳"真诗乃在民间"① 的论说，以李梦阳、何景明为代表的"前七子"复古运动的兴起，通常被认为是"台阁体"退出主流诗坛的标志。台阁体的兴起是否如沈德潜所说意味着"真诗渐亡"，自是见仁见智；然而对这一诗坛风尚在明前期所产生的影响，以及由此展现的诗坛主流特征和一般体态，明清以来论者基本已达成共识。后世研究者探究其渊源，在文学方面多追溯其与元末明初闽中、江西等派之间的关系，在政治方面则将其与永乐、宣德年间政治清明、士风淳厚的气象相联系。②

　　文学与政治的相互关涉，在明前期台阁体的兴起过程中体现得尤其明显。而这种关涉的起始，从时间上可以追溯到洪武初年，明太祖与馆阁近臣之间的唱和活动，从外在表现看已略具台阁体形态。尽管从内在本质来说，明初馆阁近臣多将这种唱和行为看成"职务写作"，是他们的身份和地位所赋予的职责，与自主抒情的私人化写作在内容、格调上存在明显区别；然而诗歌唱和发生在帝王与大臣之间，相互又都有意识营造一种上下谐和、君臣一体的景象，建构一种盛世文学风貌，遂为后继当政者所争相效仿。在明代台阁体兴起过程中，"三杨"等人的言说主要指向两个方面：其一，永乐、宣德等朝的太平景象，使置身其时的台阁近臣形成了自觉的颂世意识，并将其视为群体自具的天然本职；其二，将台阁文人彼此间、台阁近臣与皇帝间的唱酬、应和之举，视作对本朝"祖风"的追慕。在此义下，考察明初君臣唱和的具体情形，探究类似写作背后的诗学和文化意

① 李梦阳：《诗集自序》，黄宗羲编《明文海》卷二六二，《景印文渊阁四库全书》第 1456 册，台湾商务印书馆，1986，第 67 页。
② 参见左东岭《论台阁体与仁、宣士风之关系》，《湖南社会科学》2002 年第 2 期；陈广宏《明初闽诗派与台阁文学》，《文学遗产》2007 年第 5 期；陈文新、郭皓政《从状元文风看明代台阁体的兴衰演变》，《文学遗产》2010 年第 6 期；李圣华《台阁体派新论》，《文学与文化》2012 年第 1 期；郭万金《台阁体新论》，《文学遗产》2008 年第 5 期；何诗海《明代庶吉士与台阁体》，《文学评论》2012 年第 4 期；饶龙隼《明初台阁体的生成及泛衍》，《苏州大学学报》（哲学社会科学版）2012 年第 1 期；等等。20 世纪关于明代台阁体研究的总体情形，参见史小军、张红花《20 世纪以来明代台阁体研究述评》，《南阳师范学院学报》2006 年第 2 期。

义，发掘其与台阁体之间的渊源与差异，有助于深入理解明前期文学走向所呈现的多种可能与多重面相。

一 明初君臣唱和的一般情形

君臣间以诗唱和的情形，在中国古代诸多时期都曾出现，而其受人注意，则往往多在新朝建立初年。一方面，中国古时朝代的更替通常都经历了由混乱向安定的过渡，因而更易激起士人对来之不易的安定环境的珍视，由此表现出更高的颂世热情，而那些与王朝权力中心接近的士人表现得尤为突出；另一方面，王朝初建时往往需要有与之匹配相行的文化风尚，而当政者之间围绕某一活动进行诗歌唱酬，则被视作盛世气象的表现之一。其中唐初太宗与文臣之间的互动与唱和，常被后世作为可供效仿的先则。明初君臣之间的诗歌唱和活动，即在这样一种氛围和心态中展开。

明初君臣间以诗唱和呈现多种不同的形式，诸如在特定时令、场合以诗应制，君臣间以诗唱酬、联句，君王赐诗而臣下以诗应和，等等。其中在特定时令、场合以诗应制，是明初君臣唱和颇为常见的一种形式。明末陈继儒就将其作为国初的盛事予以表彰："洪武初，建大本堂，命（魏）观侍皇太子说书，及授秦、晋诸王经。十一月，冬暖如春，上召偕危素、詹同、吴琳、宋濂游观内苑燕紫阁，御制赐之曰：'卿等各赋一诗，以述今日之乐。'观奏诗云……上览之大喜。"① 洪武初，魏观先后担任起居注、太常寺卿、翰林侍读学士、国子监祭酒等职；危素在元末文名很盛，官至翰林学士承旨，入明后担任翰林侍讲学士；詹同为虞集侄女婿，元末曾在陈友谅幕府任职，入明后由起居注、翰林待制一直做到翰林学士承旨、吏部尚书，《明史》称他"以文章结主知，应制占对，靡勿敏赡"②；吴琳曾出任起居注、国子博士、吏部尚书等职；宋濂被称为"开国文臣之首"，历任起居注、国子司业、翰林学士承旨。诸人在当时均为近侍文臣，常出现在皇帝召集的各种场合，时时要以诗文应制。如魏观，今存多首长题诗

① 陈继儒：《佘山诗话》卷下，周维德集校《全明诗话》第 4 册，齐鲁书社，2005，第 2845 页。
② 张廷玉等：《明史》卷一三六《詹同传》，第 13 册，中华书局，1974，第 3929 页。

作《二年十一月，和暖如春，上游观上苑，召侍臣危素、宋濂、詹同、吴琳及观等，锡宴于奉天门东紫阁。蒙御制一序赐之，曰：卿等各赋一诗，以述今日之乐》《九月五日，奉命偕詹同、宋濂赐归田里，垂十日启行，出水西门，复走使召还，锡燕奉天门。上喜谕观等曰：前日逐卿去，今日与卿饮，亦可乐也。已而各赋一诗以记其事》① 等，可见其时君臣相与游乐、宴聚赋诗之一斑。

　　类似的应制之事及其相关制作，也屡见于明初文人集中。如汪广洋《凤池吟稿》有《答西域班右丞诗韵应制》《题日本画扇应制》《题钟山胜景应制》等诗。孙蕡曾作《车驾游天界寺应制》《钟山应制》《新春从幸天界寺次詹冢宰钟山应制韵》《驾游钟山应制》等诗。宗泐也有多首应制之作。又如在吴伯宗《荣进集》中，有"奉御题咏五言诗三首""奉御题咏七言诗二十六首"等多首应制诗，其中有《钟山诗十二韵应制》《长江潦水诗十二韵应制》《南亩耕农诗应制》《喜雨诗应制》等。詹同、邓雅、朱同、王彝、高启、杨基、张羽、林鸿等人，也都有在不同场合的应制作品存世。刘基文集中也存有一首题为《侍宴钟山应制》的作品。而同题诗作，也有不少出现在了明太祖的文集当中。从诗歌内容和所用韵脚来看，二者大多属于直接相关的创作。又如张筹，在翰林院任职期间，"日侍左右，或讲说经史，或应制赋古今诗，未尝不再三称善"②。洪武五年（1372）九月，天降膏露，群臣均应诏赋诗。（参见《宋濂全集》第 3 册，第 1250 页）对于明初诗事之盛，正如孙蕡在一首应制诗中所感叹的："敕赐御前催应制，侍臣簪笔思如泉。"③ 上位者屡次相召所显示出来的"殷勤"，与近臣时时承侍所获得的荣耀，二者相互映照，构成了一幅和谐融洽的画面，而诗在其中充当了一种重要的话语媒介。

　　明初近臣的以诗应制行为，不仅体现为一种由下（近臣）向上（帝王）的应景式的单向书写，还经常表现为一种上下联动式的互动唱和。在此类活动中，我们可以清楚地看到，以诗唱和的活动大多从近臣作诗应制

---

① 参见全明诗编纂委员会编《全明诗》第 1 册，上海古籍出版社，1990，第 535、537 页。

② 参见《宋濂全集》第 2 册，人民文学出版社，2014，第 498 页。

③ 孙蕡：《西庵集》卷五《新春从幸天界寺次詹冢宰钟山应制韵》，《景印文渊阁四库全书》第 1231 册，第 525 页。

开始，而后皇帝亦受其感发，作诗应和，进而引来其他近臣的属和，从而形成君臣之间联动式的唱和行为。洪武七年（1374）明太祖与傅同虚等道士之间的唱和活动，即是其中具有代表性的一例。该年十一月二十三日，明太祖召集朝天宫道士提点宋真宗、傅同虚等人撰修道教斋醮仪式范本（后来成书的《大明玄教立成斋醮仪范》）。在听取了宋真宗等人关于编纂情况的介绍后，为了表示朝廷对此事的重视，明太祖赐筵以示优宠。酒兴浓时，明太祖命诸人赋《严冬如春暖诗》。在看到傅同虚、郑仲修二人上呈的诗后，明太祖"亲御翰墨，成长句一首"。虽然傅、郑二人所作之诗今已不得其详，但从朱元璋"龙颜大悦"并且亲自撰写长句的反应来看，其中定然包含了许多歌颂的成分。皇帝赐诗，对于参与其事的人来说是无上的荣耀。在其感召之下，傅同虚等人又对明太祖的诗进行属和："同虚自念岩穴微臣，上承天日照临，光辉艳赫，诚千载之奇逢。乃自撰《古律二十韵》，以纪感遇之盛。才华之士，歆艳弗置，从而属和之。"参与和诗的共有邓次宇、傅同虚等十三人。（参见《宋濂全集》第 2 册，第 642 页）此类情形的出现，既是躬逢其事的臣下内心荣耀感的真实表达，也与其时朝廷上下致力于建构、表现盛世气象的努力与追求一致。

而即便上位君主没有参与诗歌创作，也常会以品鉴、赏赐等行为显示其在唱和活动中的存在感和影响力。洪武六年（1373）正月，明太祖在武楼便阁中召见陈宁、宋濂，相与谈论"嘉祥之应"，并赐予二人甘露，以示恩宠。二人"跪饮"之后，宋濂自述其间的感受是："其味甘如饴而弗腻，其气清于兰而不艳，一入口间，神观殊觉爽越，飘飘然欲御风而行。"受到这种气氛的感召，陈宁向宋濂提出了"发为声诗，以彰君之赐"的倡议，于是宋濂"造诗一章，以侈上之赐"。又有其他近臣若干人，虽然当时并未参与其事，但出于钦羡，也"从而属和"。于是宋濂将这些作品"录成一卷"，目的是要将这种君臣之间相谐融洽的精义"传示万世子孙"，同时表达自己对"荷天之休，至于无疆"的期待。（《宋濂全集》第 2 册，第 576~577 页）明初的近侍文人通过对类似具有象征意义的事件进行铺排、敷衍，目的是传达一种君臣相谐、政治清明的盛世气象。

有时虽不是臣下应制作诗，却因为特定情由引来皇帝属和，由此显示一种上下相谐、君臣相得的太平气象。如宋濂《恭题御和诗后》所记洪武六年发生于编修《大明日历》期间的一件逸事，颇能见出其时君臣之间融洽的关系。无论这种关系的营造是出于何种目的，都足以使当时的近臣为之称颂。其中记载詹同作诗、明太祖属和一段，尤显亲切、生动：

> 十一月十五日，前御史中丞诚意伯刘基偕臣与同侍上燕乾清宫之便阁，同被酒而还，爱昶（黄昶，黄潜从曾孙）有俊才，挥毫赋一诗赠之，字大如斲。少选奉御传宣，召臣等赴右顺门。会上适乘步辇而至。同余醒犹未解，上谓同曰："卿醉未醒邪？"同对曰："臣虽醉，犹能赋诗赠黄秀才。"秀才谓昶也。上曰："诗何在？"同对曰："在史馆中。"上曰："濂宜亟取之。"臣既上奏，且笑谓臣曰："朕即和同诗，卿当为朕书之。"臣书讫，归与昶。言昶自草莱贱士，一旦遭逢盛际，奎璧之光下照幽隐。于是粉黄金为泥，写上赐和之章，饰以黄绫玉轴，而以同诗附其后。（《宋濂全集》第 2 册，第 813~814 页）

黄昶虽然为黄潜从曾孙，但在明初却无多少文名，在《大明日历》的编修中也只是担任誊录工作。他之所以获得詹同、宋濂等人的青睐，与宋濂曾从黄潜受学有直接关系。对黄昶来说，他作为一介"草莱贱士"，不但得到詹同赠诗，更有皇帝赐予和作，无疑是绝无仅有的荣耀，值得大书特书；而对普遍的士人来说，这样的事例同样具有象征意义，显示出皇帝乐于养育人才的用心。有感于此，宋濂也表达了自己对治平盛世的期许："其俯和侍臣之诗。岂非乐育菁莪，以开万世太平之基者欤？"类似情志也见于他作于洪武十二年（1379）的《恭题赐和文学傅藻纪行诗后》："上之待藻，与藻之事上，交尽其道也。视夫导君以谀说，及与臣下争名者，相去不亦远哉。"（《宋濂全集》第 2 册，第 868 页）以诗唱和所显示的君臣关系，符合士人对明君的期待。

在洪武初年诸次应制、唱和活动中，洪武八年（1375）的应制活动有着不同一般的意义。该年八月，明太祖登望远渚，心生感慨，因为不满尹程所作的《秋水赋》"言不契道"，提笔另作赋一篇，让近臣观览，并命各作一篇应制。各人写成之后，就到东皇阁去进献。明太祖每一篇都亲自过目，还逐一加以品评。结束以后，又命赐筵。斟满酒后，明太祖奇怪宋濂为什么不"尽饮"，宋濂就推以"臣年衰迈，恐不胜杯酌"，生怕自己"愆于礼度"。后来在明太祖的督促下，一而再地饮尽杯中之酒，显得略有醉意。用宋濂自己的话说，就是"颜面变赪，顿觉精神遐漂，若行浮云中"。见此情形，明太祖便笑着对宋濂说："卿宜自述一诗，朕亦为卿赋醉歌。"又让朱善、孙蒉等人应制作《醉学士歌》。对一个臣子来说，这样的待遇无疑算是无上的恩荣。宋濂事后的感慨，也有意回应明太祖这种恩宠的示范效应："洪惟皇上，尊贤下士，讲求唐虞治道，度越于唐、宋远甚。虽以臣之至愚，亦昭被非常之殊渥。六合之广，其有抱艺怀才者，孰不思踊跃奋厉以扬于王庭哉？"通过颁赐恩荣收揽人心，吸引更多的野逸贤才为我所用，以此显示盛世气象，也是明太祖组织此类活动的主要期待之一。然而由其间宋濂"举觞至口端，又复瑟缩者三""勉强一吸至尽""天威咫尺间，不敢重有所渎"的畏缩形态，又似乎能体会出明太祖营造君臣和睦情形背后或许另有真容。（《宋濂全集》第 2 册，第 951~952 页）

如果我们走进历史，便能看到这一切背后别有通幽曲径。就在该年五月，明朝开国的重要文臣刘基因病去世。在他死前，曾服用过胡惟庸送来的汤药。因而关于其死因，后世有种种不同猜测，其中也不乏认为是明太祖授意的看法。而在一年多以前，被称为"明代诗人第一"的高启，因为一篇上梁文而被腰斩于市。至于其中因果原委，后人也有各种说辞。而从今存的《御制大诰》及其续编、三编等史料文献中，我们更可以看到明太祖动辄将官吏处死、流放的处罚。在此背景下，明太祖以赐筵、应制、唱和显示恩宠，也就多了一层吊诡、反讽的意味。朱元璋殷勤地与近臣以诗唱和的真实用意，因此也不免引人猜疑。

正是有了洪武时期过于严酷的政治气候作为对照，步入永、宣以后的台阁近臣才得以在"民气渐舒，蒸然有治平之象"① 的时代氛围中体沐皇恩。其表现于诗歌唱和，亦前后有别。从总体来看，洪武前期君臣之间的唱和，皇帝的参与度高，引导意味强，而对参与唱和的文人来说，其创作多带有应制色彩，往往与其所居职位直接相关，属于职务写作，创作的作品风格上趋于同一，而其私人化的写作则别是一调，仍以表现个人情感为

① 张廷玉等：《明史》卷九《宣宗本纪》，第 1 册，第 125~126 页。

主。而至永乐以后台阁体兴盛时期，虽然皇帝也会与近臣以诗唱和，但多数时候是台阁文臣相互之间进行唱和，表现出比较明显的台阁意识，即便是那些抒发个人情感的诗作，也仍然带有比较浓郁的台阁气息（四库提要所称的"雍容平易"）。二者相互对照，可以更清晰地看出明初君臣唱和的特征与实质。

二　朱元璋的诗学趣味与明初
君臣唱和的文化意义

明初君臣间以诗唱和风气的形成，与朱元璋本人喜好作诗有很大关系。在今存明太祖文集中，有多首赐宋濂、宋璲、陶安、张以宁、刘基等人的诗作，还有与吴源、杜敩、龚敩、李祐等人游东苑时的联句，以及赓和刘仲质、王釐、戴安、答禄与权、吴沉等人的诗。（参见《全明诗》第1册，第49~56、29页）宋濂曾记其和释文康所作《托钵歌》之情形："至夜二鼓，上命两黄门跪张于前，且读且和，运笔如飞，终食之间而章已成矣。"（《宋濂全集》第2册，第808页）其作诗之用心，由此可见一斑。而对明太祖好与近臣以诗唱和的现象，朱国祚也曾予以关注："高皇帝诗发乎天籁，自然成音，当日赓歌扬言，匪仅詹、吴、乐、宋四学士而已。若答禄与权、吴伯宗、刘仲质、张翼、宋璲、朱芾、桂慎、戴安、王厘、周衡、吴喆、马从、马懿、易毅、卢均、裴植、李睿、韩文辉、曹文寿、单仲右诸臣进诗，咸赓其韵。今诸臣之作，十九无闻，而圣藻长垂宇宙，高矣美矣。"[1]属和诸臣，多为当时居于近侍的官员。朱彝尊论及彼时风气，也曾历数其所为诗事说："孝陵不以'马上治天下'，云雨贤才，天地大文，形诸篇翰。七年而御制成集，八年而《正韵》成书，题诗不惹之庵，置酒滕王之阁，赏心胡闺苍龙之咏，击节王佐黄马之谣。日历成编，和黄秀才有作；大官设宴，醉宋学士有歌；顾天禄经进诗篇，披之便殿；桂彦良临池联句，媲于扬言；韵事特多，更仆难数。"[2]从中可以看出明太

---

① 朱彝尊辑录《明诗综》卷一，第1册，中华书局，2007，第4页。
② 朱彝尊：《静志居诗话》卷一《明太祖》，人民文学出版社，1990，第1页。

祖与近臣之间进行诗歌唱和活动的大致情况。在明初政治文化生活中，以诗唱和成了一种具有象征意义的行为。

将明太祖与近臣之间开展的诗歌活动，与解缙《顾太常谨中诗集序》的记述进行对读，便可对其时君臣游乐唱和的一般情形有大致了解：

> 臣缙少侍高皇帝，晨暮载笔墨楮以侍，圣情尤喜为诗歌。睿思英发，神文勃兴，雷轰电逐，顷刻间御制沛然数千百言，一息无滞。臣缙辄草书连幅，笔不及成点画，即速上进，稍定句韵，间或不易一字。上惟喜诵古人铿镈炳烺之作，凡遇呫嗫鄙陋，以为衰世之制不足观。故天下之士为诗，鲜有能得上意者。有诗僧宗泐，尝进所精思而刻苦以为最得意之作百余篇，高皇一览不竟日，尽和其韵，雄深阔伟，下视泐韵，大明之于爝火也。①

解缙于洪武二十一年（1388）登进士第，授庶吉士，同年授翰林学士，曾侍于朱元璋之侧，也时常承命应制赋诗。虽然文中提到朱元璋作诗泉思喷涌、出口成章未必尽是实情，"神文勃兴，雷轰电逐"也不无奉承、夸饰之嫌，但他对朱元璋"尤喜为诗歌"的观察，应当是他亲身经历之事。而由序中所谓"上惟喜诵古人铿镈炳烺之作，凡遇呫嗫鄙陋，以为衰世之制不足观"可以看出，诗歌在明太祖视界中是"盛世之制"与"衰世之制"的二元模式，而台阁文学显然更符合"盛世之制"的基本要求。作为对比，序中提到的宗泐（1318—1391），为元末明初著名诗僧，其所作诗可说是山林诗的典型。解缙将其诗与朱元璋诗歌进行对比，给出了"大明之于爝火"的判断，加上他对朱元璋诗"雄深阔伟"的总体评价，可以看出朱元璋在诗歌风貌上试图表现一种与山林诗气象不同的追求。

解缙眼中的朱元璋好作诗歌，这在朱元璋留存至今的作品中也有所反映，他曾撰写过近二十首以"钟山"为主题的诗作：《春日钟山》《钟山二首》《钟山赓吴沉韵》《又赓戴安韵》《又赓答禄与权韵》《春日钟山行》

① 解缙：《文毅集》卷七《顾太常谨中诗集序》，《景印文渊阁四库全书》第 1236 册，第680 页。

《望钟山》《钟山云》《钟山云雨》《钟山》《望钟山白云二首》《秋日钟山赓裴植韵》《钟山僧寺赓单仲右韵三首》《游钟山》。汪广洋所作《奉旨讲宾之初筵（并序）》，也为我们提供了明太祖喜爱诗歌的一般情形：

> 臣广洋忝在谏垣。初，上锐意于图治，搜武余暇，延访遗老，从容赐坐，讨论古今，鉴观兴废，兢兢业业，惟恐有弗迨。与夏禹惜寸阴，殷汤日新其德，周文望道未见之意，实同符而合辙也。顷者博士臣梁贞用古诗三百十一篇，辑成巨帙，进供睿览。原之秦先生、良卿周先生侍坐，上躬亲检阅，以《宾之初筵》一诗，命臣广洋直言讲解。顾念学问迂疏，曷足发扬古作者之微旨，据经引注，敬为演绎。上亦为之兴感，乃曰："卫武公一诸侯也，九十衰耄，尚能令人作诗自儆。"复令人朝夕讽咏，期于不忘。矧今以可为之年，当有为之日，何不激昂黾勉耶？①

《宾之初筵》出自《诗经·小雅》，意主讽刺酒后失德、失言与失礼之举，以此劝诫饮酒必节之以礼。朱元璋因为有感于卫武公九十岁仍"令人作诗自儆"，就命人经常吟诵，以磨砺自身，其对诗歌内涵的关注，由此可见一斑。循此，无论是他自己作诗，或是对臣下所作诗歌的期许，都有类似蕴意方面的追求。

在与近臣进行同题唱和时，明太祖的诗在格调上常表现出阔大的气象。如他和吴伯宗所作的五言排律《长江潦水诗赓吴伯宗韵》：

> 炎蒸和气淳，化水亦无浑。出峡飞轻雪，湍山润厚坤。蛰蛟从此出，浮鹭亦斯奔。旋转如深井，轰流泻巨盆。连云龙气跃，振木虎情蹲。浩荡弥千树，鸿蒙印万村。影摇咸浪合，光射集云屯。尾尾穿波鲤，扬扬透雾鲲。逶迤洪海口，委曲大龙门。汗漫无知已，汪洋实的存。沛然清宇宙，廓尔岂晨昏。汩汩凉隆暑，人间潦水尊。（《全明

---

① 汪广洋：《凤池吟稿》卷一《奉旨讲宾之初筵（并序）》，《景印文渊阁四库全书》第1225册，第498页。

诗》第 1 册，第 23~24 页）

吴伯宗为明朝首科（洪武四年，1371）状元，该科会试由陶凯、宋濂、詹同、鲍恂等人担任考官。其所作《长江潦水诗十二韵应制》为一首应制作品，诗云：

> 巴蜀已消雪，长江潦水浑。洪涛涵日月，巨浪浴乾坤。回拥三山出，雄驱万马奔。大声如拔木，远势泻倾盆。浩荡川原混，微茫岛屿蹲。漫漫连两岸，渺渺接千村。毂转盘涡急，云蒸湿气屯。浮游多浴鹭，变化有溟鲲。已足沾畴陇，还应赴海门。朝宗长不息，灌溉意常存。惠泽流今古，阴阳顺晓昏。滔滔南国纪，永护九重尊。①

二人相与唱和的情境虽不可知，但从直观的用语来看，朱元璋诗中出现的"蛰蛟""巨盆""龙气""虎情""千树""万村""云屯""龙门""宇宙"等词，在境界上更显阔大。而这一点，又可与朱元璋"喜诵古人铿鏴炳烺之作"互为呼应。

诗酒唱酬作为中国古代文人惯常的聚会方式，在历史上曾留下许多令人称羡的故事，明初君臣唱和的双方对此应当不会陌生。然而其情形又不同于一般文人之间的唱和。明初君臣唱和经常以皇帝赐饮的方式展开，其用意部分是要从形式上消除君臣间因等级差异而造成的压迫感，通过营造一种君臣一家、上下一体的和谐氛围，使居于下位的创作者能获得一种相对自由的心态，从而写出满意的诗歌。然而同时也应该看到，在这种君臣之间的诗歌唱和活动中，居于下位的近臣多数时候只是处于被动的从属地位，不仅赋诗的命题出于君主指定，诗歌的内容与风格也要顺从君主的意愿和喜好。发生于洪武二年（1369）冬至的一次唱和活动，颇能反映明初君臣唱和的特点。据宋濂《应制冬日诗序》记载：

---

① 吴伯宗：《荣进集》卷二《长江潦水诗十二韵应制》，《景印文渊阁四库全书》第 1233 册，第 236~237 页。

洪武二年冬十一月二十有二日，上御外朝，遣中贵人召翰林学士臣濂、侍讲学士臣素、侍讲学士臣同、直学士臣经、待制臣祎、起居注臣观、臣琳列坐左右。既而，命太官进馔，赐黄封酒饮之，上屡命尽觞。内官承上旨，监劝甚力。臣濂数以弗胜杯杓，固辞。上笑曰："卿但饮，虽醉无伤也。"酒终，上亲御翰墨赋诗一章，复系小序于首，命各以诗进。臣濂最先，臣祎次之，臣观、臣琳、臣经、臣同又次之。上览之大悦。臣素最后，诗以民瘼为言，上曰："素终老成，其有轸忧苍生之意乎？"于是各沾醉而退。明日，臣素以遭逢盛际，光膺圣眷如此，不可无以示后来，乃集其诗为卷，而以题辞为属。（《宋濂全集》第2册，第455~456页）

文中提到的翰林院诸臣宋濂、危素、詹同、王祎和起居注魏观、吴琳等人，经常出现在明初君臣唱和的诗人群体当中，均为明初重要文人。若非聚会的召集人是凌驾于诸人之上的皇帝，地点是在皇宫内廷，此次聚会与一般的文人燕集并无不同。然而不论是饮酒还是作诗，都体现了这种发生在君臣之间的唱和活动的与众不同，处处透着一种拘谨的意味，参加者很难像日常朋友燕聚时一样肆意表露真实性情。赐饮时"屡命尽觞"，"内官承上旨，监劝甚力"，宋濂"数以弗胜杯杓，固辞"，朱元璋便以"卿但饮，虽醉无伤也"予以宽解，显示出上位者试图消解因为身份差异所带来的不谐因素，以使聚会更接近文人雅集，而不只是一种仪式感十足的宫廷宴会。

文人燕聚，不可无酒，亦不可无诗。明太祖作为这场诗酒唱和活动的主导者，于是"亲御翰墨赋诗一章，复系小序于首，命各以诗进"，希望通过与近臣唱和作诗，营造和融氛围，为明初的盛世气象做注脚。宋濂、王祎、魏观、吴琳、詹同、陈经（樫）等人依次献诗，所写内容虽已不得而知，但从明太祖读后"大悦"的反应可以看出，应与称颂新朝新政有关。这一点，也是近侍文臣在此场合下应有的表现，即宋濂序中所谓的"文学法从之臣，职在献替"。而危素"以民瘼为言"的诗作，显然并未按明太祖预期的方向进行构思，因此才会有"素终老成，其有轸忧苍生之意乎"的评语。新朝初立，百废待兴，危素作为前朝旧臣，关注民生疾苦也在情理之中。然而这样的措意，显然并非明太祖让诸臣献诗的初衷。而若是联系到《列朝诗集》的记述："（危素）入国朝，甚见礼重。上一日闻履声，问为谁，对曰：'老臣危素。'上不怿曰：'我道是文天祥来。'遂谪佃和州。"① 便可以看出明太祖"老成""轸忧苍生之意"评语背后的微言大义。尽管危素诗作的内容已不得其详，然而在彼时"遭逢盛际"又"光膺圣眷"的背景下，危素敬献"以民瘝为言"的诗显然并不合时宜。而通过这种君臣间的互动式唱和，上位者很轻易地就能传达所要表达的意图。危素主动将各人所作诗编辑成卷，并请宋濂为之作序，从某种程度上来说即是对明太祖批评的回应，对自己误读上意的补救，而这正是明太祖所乐见的效果。

事实上，以帝王身份创作诗歌，其目的不一定是要与文人争胜，也并非要在诗艺上刻意追求，而是试图通过诗歌应制、唱和等方式引导近臣自觉书写盛世景象。即如朱元璋对宋濂所说的，"非惟见朕宠爱卿，亦可见一时君臣道合，共乐太平之盛也"（《宋濂全集》第 2 册，第 951 页）。而解缙序中所谓"天下之士为诗，鲜有能得上意者"，一则反映出明初诗坛风气的一般状况，同时也可以从中看出朱元璋试图通过与近臣唱和主导明代诗歌走向的意志。这一点，由王世贞的评价也能见其一斑："高皇帝神武天授，生目不知书，既下集庆，始厌马上。长歌短篇，操笔辄韵，有魏武乐府风。制词质古，一洗骈偶之习。"② 其最终目的，显然不只是局限于文学层面，而是希望借此规约士人的行为，引导士人风气朝自己预设的方向发展。

在此用意下，由君臣唱和而制作的诗歌文本，艺术、技法等并非主要追求，而是有着一般文学创作意义之外的内涵。从士人的角度来说，至少可传达两方面的含义：一方面，经由此类作品，可以表达王朝更替之初的喜悦之情。在元末明初文人的集子中，随处可见对元末战乱造成破坏的描述。在此背景下，身处明初安定平和的环境，表达欢喜之情也在情理之中。另一方面，也不乏期待之意。王朝建立之初，士人不免会心存疑虑，时有谨小慎微之心。在此心理下，通过书写具有盛世意味的诗歌，既是有

---

① 钱谦益撰集，许逸民、林淑敏点校《列朝诗集》甲集第十三，第 3 册，中华书局，2007，第 1467 页。

② 王世贞：《艺苑卮言》卷五，丁福保辑《历代诗话续编》中册，第 1023 页。

所期待，同时也可能含有推促帝王做明君的意图。从帝王的角度来看，与臣下以诗歌唱和，在特定的场合让臣下作诗应制，或者因为某事而赐予臣下诗歌，同样可以显示至少两方面的含义：其一，对君王来说，王朝建立之后，做好士人社会的主导者，向臣下传达恩泽乃是普遍做法，赐诗、唱和、应制即是其体现的方式之一。其二，通过唱和、应制、赐诗等活动，以及一些相关的表述，影响居于上位的文人，进而引导文坛风气的走向，塑造符合国家建构的士人精神。经由近臣士大夫的阐扬，君臣之间简单的诗歌唱和活动就有了不同一般的政治、文化意义。

三　明初的台阁文学论述与明前期文学走向

对盛世气象的期待，是王朝兴盛之初文人的普遍心态。徐一夔谈论朝代更替后具有普遍性的文章观念时曾提示说："国家之兴，必有魁人硕士乘维新之运，以雄辞巨笔，出而敷张神藻，润饰洪业，铿乎有声，炳乎有光，耸世德于汉唐之上。使郡国闻之，知朝廷之大；四夷闻之，知中国之尊；后世闻之，知今日之盛。然后见文章之用，为非末技也。"① 这样的看法，可与曹丕视"文章"为"经国之大业"的论述互为呼应。而颂世风气的出现，是王朝建立初始的普遍现象："国家当兴王之运，其人才必超出常伦。讦谟定命，足以创业而垂统；奉将天罚，足以威加乎海内；至于文学侍从之臣，亦皆博习经艺，彰露文彩，足以备顾问，资政化，所以竭其弥纶辅翼之责，作其发扬蹈厉之勇，摅其献替赞襄之益，致其黼黻藻会之盛。此皆天也。"（《宋濂全集》第 2 册，第 614 页）居于近侍的文臣与帝王之间相互以诗唱和，以此表达对新朝新政的赞美之情。而之所以能够成此潮流，又往往是上导下宣，有意为之。徐一夔《陶尚书文集序》曾说："方是时天下大定，朝廷务导宣恩意，称扬功德，推序勋阀，以照明文物。"② 在宋濂看来，这样的情形古已有之，为盛世常态："自古人君

① 徐一夔：《始丰稿》卷五《陶尚书文集序》，《景印文渊阁四库全书》第 1229 册，第 209 页。
② 徐一夔：《始丰稿》卷五《陶尚书文集序》，《景印文渊阁四库全书》第 1229 册，第 209 页。

有盛德大业者，其积虑深长而诒谋悠久，必日与文学法从之臣论道而经邦。当情意洽孚之时，或相与赓歌，或褒以诗章，或燕之内殿，君臣之间实同鱼水，非直以为观美，所以礼贤俊、示宠恩而昭四方也。"（《宋濂全集》第 2 册，第 951 页）通过唱和展现君臣相谐的图景，不过只是表现之一。由此引出的台阁文学论述，则显示出彼时文人在建构盛世文学风尚方面的自觉追求。

以台阁、山林类分诗文，是台阁文学论述常见的方式，其传统由来甚久，至晚在宋朝已有其说。较近的论述，也可追溯到元代虞集、黄溍、邹奕等人，其中尤以黄溍的论述最可注意。他为迺贤《金台集》作题词说："今之言诗者，大氐祖玉溪而宗杨、刘，殊不思杨、刘诸公，皆侍从近臣，凡所以铺张太平之盛者，直写其所见云尔。江湖之士，置身风月寂寥之乡，而欲于暗中摸索以追逐之，用心亦良苦矣。"① 又在《贡侍郎文集序》中说："昔之论文者，盖曰：文之体有二：有山林草野之文，有朝廷台阁之文。夫立言者，或据理，或指事，或缘情，无非发于本。实有是实，斯有是文。其所处之地不同，则其为言不得不异，乌有一定之体乎？"② 言下之意，无论是庙堂台阁之诗，还是江湖行吟之作，都是其情感的真实表达，题材、风格的差异，只是出于各人身处情境的不同。对比不同身份诗人的创作，其说可以为理解台阁文学提供更深刻的视角。

宋濂作为元末明初最重要的金华文人之一，曾师事黄溍、柳贯、吴莱、许谦等人，其思想观念亦一脉相承。他关于山林、台阁文学的看法，尤以《汪右丞诗集序》中的论说为人所熟知：

> 昔人之论文者，曰有山林之文，有台阁之文。山林之文，其气枯以槁；台阁之文，其气丽以雄。岂惟天之降才尔殊也？亦以所居之地不同，故其发于言辞之或异耳。濂尝以此而求诸家之诗，其见于山林者，无非风云月露之形，花木虫鱼之玩，山川原隰之胜而已。然其情也曲以畅，故其音也眇以幽。若夫处台阁则不然：览乎城观宫阙之

---

① 黄溍：《金台集题词》，纳延（迺贤）《金台集》卷首，《景印文渊阁四库全书》第 1215 册，第 264 页。
② 黄溍：《贡侍郎文集序》，《黄溍全集》上册，天津古籍出版社，2008，第 272 页。

壮，典章文物之懿，甲兵卒乘之雄，华夷会同之盛，所以恢廓其心胸，踔厉其志气者，无不厚也，无不硕也。故不发则已，发则其音淳庞而雍容，铿鍧而镗鞳。甚矣哉，所居之移人乎！（《宋濂全集》第 2 册，第 459 页）

按照宋濂的看法，山林、台阁之文的产生，与诗人"所居之地"直接相关，各人所处环境不同，诗歌表现的内容、情韵自然就会有所差异。他这种环境决定论，虽然未必适用于每一个诗人，但若是从一般性的表现上来说，仍有一定的道理。反观其说，循此理解那些应制、台阁作品，不一味批判和贬斥，多作"同情之理解"，或能更好地理解潜藏于这类作品背后的深层含义。

在此背景下，刘仔肩洪武三年（1370）编纂《雅颂正音》，其象征意义就显得更加突出。刘氏收集明初五十余人的诗作，编成五卷，并请宋濂、张孟兼二人作序。其中所收各人诗作，大多只是略举数首。而其择选的标准，正如宋濂序中所言，所取为雅、颂之作，"雅者，燕飨朝会之乐歌；颂，则美盛德告成功于神明者也"（《宋濂全集》第 2 册，第 494 页）。目的是通过编选作品展现盛平气象。时值明朝初立，士人由乱世而入新朝，写作颂美的作品是意料中事。即如宋濂在预测温迪罕诗歌写作上的变化时所说的："他日拜舞龙墀之下，殊恩异渥，必将便蕃而至。退而与亲朋胥会，以叙离合之情，庶几重睹天日，以享承平之福。当此时，发于性情，无非雅颂正音，以歌咏朝廷之盛德。其视向日忧深思远之作，霄壤不侔矣。"（《宋濂全集》第 2 册，第 575 页）这样的转变，促成了《雅颂正音》的诞生。四库馆臣即肯定其对明初风尚的标示意义："其时武功初定，文治方兴，仔肩拟之雅颂，固未免溢美。要其春容谐婉，雍雍乎开国之音，存之亦足以见明初之风气也。"[1]

宋濂在明初时代背景中对"昔人之论文者"的言说予以重申，并在此基础上更作阐发，与明初宫廷唱和互为呼应，从某种程度来说启示了永乐以后台阁文学的兴盛。杨士奇等人便以一种称慕的心态去追忆（也是有意

---

[1] 永瑢等：《四库全书总目》卷一八九，下册，中华书局，1965，第 1713 页。

建构）明初君臣相得之盛。其所作《胡延平诗序》云：

> 洪惟我太祖高皇帝神圣文武，膺受天命，有天下。当时魁伟豪杰贤智才望之士，云附景从，各效其用，以建混一之功。暨天下大定，茂兴文治，广德教，征用儒术，以复隆古帝王之世。天下之怀抱道德、蕴蓄器能、方闻博雅之士，欣幸遭遇，林林而至者，盖比于《书》之"野无遗贤"，《大雅》"棫朴"之咏也。①

杨士奇曾身历洪武朝，尽管当时他并非居于近侍，对太祖与近臣之间的游处、唱和情事也知之不多，然而其事作为本朝先达逸闻，杨士奇必定会有所耳闻。兼且他在永乐以后入为近臣，不仅可以通过阅读文献、观览文物、登临其地想象先朝盛迹，还能以与前朝近臣相同的方式，与当朝皇帝以诗唱酬，从而获得更深切的体悟。由此，杨士奇等居于近侍的文臣倡行"台阁体"，也就成了顺势而然之事。

在今存杨士奇、杨荣、胡广、王直、梁潜等人的文集中，多有篇章记录与宫廷生活（如赐游、赐宴、应制等）相关的诗歌活动，其中也不乏与皇帝进行唱和的作品。王直《立春日分韵诗序》记述了永乐十二年（1414）内阁近臣的一次诗歌唱和活动：

> 永乐十二年，车驾在北京。是年十二月二十三日，为明年之春，应天尹于潜诣行在进春如故事。宴毕，翰林侍讲曾君子棨等七人者退坐秘阁，相与嘉叹，以谓国家当太平无事之时，而修典礼弥文之盛，岂特为一时美观哉！②

立春行"籍田"之礼，劝农耕桑，乃是国之大事。王直、曾棨作为台阁、翰林文臣，参与这一具有象征意味的活动，以分韵赋诗记述其盛，带

---

① 杨士奇著，刘伯涵、朱海点校《东里文集》卷四《胡延平诗序》，中华书局，1998，第46页。
② 王直：《抑庵文集》卷四《立春日分韵诗序》，《景印文渊阁四库全书》第1241册，第68页。

有明显颂歌盛世的意味，是彼时文臣自觉建构或描述国家太平气象的直接表现。杨士奇文集中，也多有记载其时馆阁近臣相与唱和的事迹。① 个中情形，一如他在序中所说的："因时纪事，以歌咏盛美而垂之后世者，本儒臣职也。"由此可以窥见台阁、翰林文臣集体撰写颂诗的自觉意识。

从已有的对"台阁体"的理解来看，论者聚焦的重心多在诗歌的内容和风格，而对诗歌创作的场景（多发生于宫廷、馆阁）及生产方式（如分韵赋诗、诗赋应制、以诗倡和等）则相对关注较少。君臣之间以及翰林、台阁近臣相互之间的诗歌唱和活动，是明前期"台阁体"兴起的重要推动力。胡俨曾在《元宵唱和诗序》中阐发唱诗活动的意义：

> 诚以圣天子在上，天下康宁，吾徒窃禄于朝，虽无裨于治化，然幸以文字为职业，乃得优游于侍从之间者，皆上之所赐也。今兹休暇，抚时燕乐，而觞咏劝酬，奇藻递发，岂不可以叙朋游之好，鸣国家之盛矣乎？②

胡俨的这番表白，突出地反映了永乐、宣德年间台阁近臣的一般心态。他们大多未经历易代的悲痛，对洪武时期严苛的政治环境也体会不深。因此在彼时国家隆盛、政治相对宽和的背景下，近侍文臣们自觉地将自己定位为盛世气象的叙述者和传播者，以诗唱和不过是其表达的方式之一。此义之下，"台阁体"的兴起也就成了翰林、台阁近臣情志的自然表达。

"台阁体"在永宣年间的兴起，不仅是由彼时的清明政治所促成的，同时也是洪武以来上层文人唱和风尚的重新发现。二者之间的演变逻辑，既由君臣关系的变化（宣德时期的台阁文臣与皇帝之间存在辅命关系）所引起，也与洪武到永乐、宣德政治环境由严苛转为平稳有直接关系。近侍文人与帝王之间以诗唱和的风气，在洪武时期因为参与人数不多、文人遭

---

① 参见杨士奇著，刘伯涵、朱海点校《东里文集》卷五《对雨诗序》，第 76 页；卷六《听琴诗序》，第 81~82 页。

② 胡俨：《颐庵文选》卷上《元宵唱和诗序》，《景印文渊阁四库全书》第 1237 册，第 571 页。

际严苛，并不引人注意，也未成为文坛主导，文人应制唱和也多属职责所在，私人化写作的诗歌仍以抒情纪事为主；而至永乐、宣德以后，经由"三杨"等人倡导、推阐，以"雍容平易"为特点的"台阁体"写作遂成一时风尚。其中既有作为近臣的杨士奇、杨溥、杨荣、黄淮等人的极力鼓吹，也与在上位的仁宗、宣宗等人追慕"祖风"喜作诗歌有很大关系。① 王世贞《艺苑卮言》称："仁宗皇帝在东宫时，独好欧阳氏之文，以故杨文贞宠契非浅。又喜王赞善汝玉诗，圣学最为渊博。宣宗天纵神敏，长歌短章，下笔即就。"② 仁宗、宣宗对诗文产生浓厚兴趣，一方面与他们做储君时受教于杨士奇等人有直接关系；另一方面也与他们离明初开国未远，在行事上仍处处以接武"祖风"为尚密不可分。宣宗自己就曾作《祖德诗九章》，追慕太祖以来的政德懿行。又如《列朝诗集》收录明宣宗所撰《喜雪之歌》，下注记载作诗缘起："宣德六年十二月辛巳敕曰：'腊后五日之夜，大雪，迨旦而霁，盖丰年之祥也。因作《喜雪之歌》，与群臣同乐之。已命光禄赐宴，其悉醉而归。'"③ 如此做法，与明太祖赐宴赋诗如出一辙。

黄佐《翰林记》记载明宣宗"尤喜为诗"，所举事例有三则，均与当时名臣有关。其一，明宣宗刚即位时，起用文渊阁学士李时勉，"一日，幸文渊阁，赐诸学士饮，呼时勉谓曰：'卿非朕，安得饮此酒？'时勉顿首谢。他日，侍游东苑，上赐时勉酒，酌以上所御金瓯，时勉顿首辞曰：'臣可与陛下同饮，不敢与陛下同器。'上悦，命易以银爵。既醉，上出御制诗，俾赓之"。其做派、语调，竟与明太祖颇为相近。其二，宣德六年（1431）万寿节，"上御制诗一章，赐尚书胡濙、蹇义，大学士杨士奇、杨荣，且曰：'朕茂膺天命，惟尔四人赞翼之功。'赐宴尽欢而罢。明日，士奇、荣各奉和睿制以献"。其三，"与大学士黄淮燕饮于万岁山，淮献诗。

① 仁宗、宣宗喜好作诗，曾屡赐诗臣下，杨士奇（《东里文集》卷九《恭题仁庙御制诗后》，第129页）、王直（《抑庵文集》卷一二《恭题少师蹇公所藏仁宗皇帝御制诗后》，《景印文渊阁四库全书》第1241册，第277页）、吴宽（《家藏集》卷四八《恭题杨文贞公所书宣宗御制诗后》，《景印文渊阁四库全书》第1255册，第435页）等曾为其诗作撰写题跋。
② 王世贞：《艺苑卮言》卷五，丁福保辑《历代诗话续编》中册，第1023页。
③ 钱谦益撰集，许逸民、林淑敏点校《列朝诗集》乾集之上，第1册，第16页。

他日陛辞，复燕饮于太液池。御制长歌以赠焉"。① 钱谦益编《列朝诗集》，收录明宣宗诗四十二首，在明代诸帝中收诗最多。也正是出于对上层文人与皇帝之间以诗赓和的欣羡，黄佐曾不无感慨地说："嗟乎！虞廷喜起，卷阿游歌，其响不闻久矣，至我朝而续。夫燕所以示慈惠也，诗所以道性情也。燕饮赓和之际，而至情蔼然，迥出千古。祖宗盛时，上下之交，有如是哉！"无论是当时适逢其会的近臣，还是后世通过征诸文献而向慕其风的文人，从类似事件中看到的都不只是诗歌文本，更重要的是能从中读出时代风尚的走向，以及与此相关的文人精神风貌。从此义来说，洪武初年君臣唱和之于明代文学演进的意义，须放在明前期"台阁体"文学兴起的历史脉络中进行考察方能得以凸显。

余　论

洪武初年，朱元璋颇注意对文学的引导和干预，与近臣之间的诗歌唱和只是其中之一，对文章写作规范、风格、情感表达、功能定位等都曾做过一定论述。② 目的之一，是希望通过规约处于权力上层文人的作诗、作文风尚，改变、引导文风、士风走向，进而建构与国家兴盛相一致的文学风气和士人面貌。其论说又与部分近臣的思想互为呼应，如桂彦良："上屡命词臣赋诗，先生（桂彦良）应制，辄先进，含讽谏其中。一日与论诗之工巧，因从容奏曰：'帝王之学，具载于经，若《书》之典谟、训诰，皆治世安人之道，诗词非所急也。'"③ 他的这种看法，得到了朱元璋的肯定与赞赏。类似看法及出台的相关政策，自然也不是明初才有的特例，乃是诸朝立国之初都曾采用的策略。在此义下，君臣间以"非所急"的诗进行唱和，其用意自然不会仅仅停留在艺术技巧的锻炼上。

明初君臣唱和进行的创作，因为与权力、政治的联系过于紧密，缺少具有高超艺术水平的作品，在后世的文学史书写中往往很少获得正面评

① 黄佐：《翰林记》卷六《燕饮赓和》，《景印文渊阁四库全书》第596册，第923页。
② 参见余继登《典故纪闻》卷二、卷三，中华书局，1981，第30、49页。
③ 乌斯道：《春草斋集·文集》卷二《清节先生传》，《景印文渊阁四库全书》第1232册，第208页。

价。而若是将其放在反映时代文学、文化风气走向的大格局中进行观照，或许能从中读出更丰富的意蕴和内涵。具体又可以从创作者和作品两个层面加以理解。

从创作者的角度来说，台阁之作的创作群体，因为其身份的特殊性，以及身份所赋予的职责和对外表达的意愿和要求，与所谓"山林诗人"有较明显的分野。① 宋人吴处厚曾提示说："文章虽皆出于心术，而实有两等，有山林草野之文，有朝廷台阁之文。山林草野之文，则其气枯槁憔悴，乃道不得行、著书立言者之所尚也；朝廷台阁之文，则其气温润丰缛，乃得位于时、演纶视草者之所尚也。"② 宋濂亦曾指出："予闻昔人论文，有山林、台阁之异。山林之文，其气瑟缩而枯槁；台阁之文，其体绚丽而丰腴。此无他，所处之地不同，而所托之兴有异也。"（《宋濂全集》第 2 册，第 827 页）不同的诗人所处境地不同，在形诸歌咏时，兴象、情感也不免有所差异，由此产生了不同体类的作品。也有论者认为，无论身处何位，都可以发挥表现盛世风尚的文学功能："士之达而在上者，莫不咏歌帝载，肆为瑰奇盛丽之词，以鸣国家之盛；其居山林间者，亦皆讴吟王化，有忧深思远之风，不徒留连光景而已。"③ 然而即便如此，其所作诗歌的艺术境界也会呈现不同面貌。

从作为作品的"诗"的角度来说，不同类型的创作有着不同的要求。明末一位诗法作者曾概括作诗在风格方面的一般性要求："大抵作诗，随其所宜。台阁之作，气象要光明正大；山林之作，要古淡闲雅；江湖之作，要豪放沉着；风月之作，要蕴藉秀丽；方外之作，要夷旷清楚；征戍之作，要奋迅凄凉；怀古之作，要慷慨悲惋；宫壸闺房之作，要不淫不怨；民族歌谣之作，要切而不怒，微而婉。"④ 此即明人常予强调的"得体"。虽非绝对标准，却体现了评论者的一般认识。台阁作品与山林作品在格调上又常表现出明显分野。宋人吴龙翰就曾说过："台阁之文温润，

---

① 如陈谟在《次萧子所至日怀京国》诗中曾说："璧水育材须妙选，钟山应制岂凡流。"参见陈谟《海桑集》卷二，《景印文渊阁四库全书》第 1232 册，第 556 页。

② 吴处厚：《青箱杂记》卷五，《景印文渊阁四库全书》第 1036 册，第 628 页。

③ 王祎：《王忠文公文集》卷五《张仲简诗序》，《北京图书馆古籍珍本丛刊》第 98 册，书目文献出版社，1998，第 100 页。

④ 王檟：《诗法指南·总论》，周维德集校《全明诗话》第 3 册，第 2457~2458 页。

山林之文枯槁。"① 而之所以出现这样的区别，也不过只是"各鸣其所以而已"，即与创作者各自不同的身份有关。

由君臣唱和而制作的诗歌，在艺术上固然缺少可以称道之处，所写内容也常缺少丰富内涵与深刻蕴意，然而对于这类创作的认识与理解，显然不能仅拘泥于纯文学审美一隅的限制，至少可在以下两点上作"同情之理解"。其一，这类作品的产生，与作者所处地位、创作发生的情境等密不可分，是一种合乎情理的创作；其二，对于此类创作，更应看到其艺术、审美之外的价值，尤其是其对政治、社会、文化走向的标示意义。况且，所谓的审美标准，也只是近代西学输入所形成的"后设的理论"，在中国传统观念体系中，诗歌一直都承担着"颂世"的功能。明代前期台阁文学创作的兴起，亦当作如是观。

（责任编辑：马昕。本文原刊于《中国文学研究》2019 年第 1 期）

---

① 吴龙翰：《古梅遗稿》卷六《上刘后村书》，《景印文渊阁四库全书》第 1188 册，第 865 页。

非经典文本的程式化写作：
以谢榛七律送别诗为例

颜子楠*

内容提要 在近世诗歌作品中，非经典文本中屡有出现程式化写作的现象。以明代诗人谢榛的七律送别诗来说，由《送谢武选少安犒师固原因还蜀会兄葬》诗入手，可以总结谢榛送别诗中出现的三种相对固定的写作程式，分别为诗题与诗句之间相互对应的线性逻辑，在中间两联对行旅途中时空转换的关注和代入视角的写法，以及在结尾替人抒情与假设场景的习惯。这三种写作程式暗示着谢榛在创作时有着较强的读者意识与偿还诗债的心态。

关键词 谢榛 七言律诗 送别诗 程式化 非经典文本

  基于一个长期的经典化过程，在现今的文学史框架下，学界对于中世诗歌的认知已经非常成熟，针对诗歌文本的分析方法也较为完备，例如传统的文献考证、知人论事、文以载道、情景交融、诗史互证，受到西方学术影响的比较文学、结构主义和解构主义阐释方式，以及现今比较流行的地域研究与文化研究，等等。然而相较之下，对于缺乏经典化过程的近世诗歌文本而言，现今学术界的研究似乎还未能超越"文学史书写"的阶段。与此同时，由于近世诗歌的数量太大，且"经典诗学面对占绝对数量的非经典作品时常有力不从心之感"，学界针对明代"非经典文本"的系

---

* 颜子楠，北京师范大学文学院副教授，著有《乾隆诗体之变化》等。

统性的分析也较为缺乏。① 有鉴于此，本文的主要目的是从一种新的、针对非经典文本的分析角度，以明代诗人谢榛（1499—1579）的七律送别诗为例进行个案研究，思考非经典文本本身的特性，以及在明代文化环境下诗歌写作实践中所展现的社会性与实用性。

正如张剑所关注的，"近世诗歌的日常化、地域化和私人化倾向，与近世诗学观念、诗人身份和诗歌功能的变化有着较为密切的联系"（《情境诗学：理解近世诗歌的另一种路径》）。在此基础之上，本文认为近世诗歌的另一特点是"程式化倾向"。所谓"程式化倾向"主要体现在诗歌文本层面，即创作情境的近似、表现内容的趋同、文体风格的模仿等，而"程式化"往往最为直接地体现在诗人写作技巧的"僵化"上，也就是作者对于某些固定的写作程式的一再重复，无论是有意识的还是无意识的。因此，本文即专门研究诗歌文本所展现的"程式化"问题，尝试分析谢榛留下的大量非经典诗歌文本。然而以非经典文本作为研究对象，还是有必要先从经典文本切入的。谢榛作为明代"后七子"中影响力较大的一人，其生平、社交、诗学等方面已经得到了足够的重视。② 本文希望在前人研究的基础上，讨论谢榛最为"经典"的一首七律送别诗，进而揭示经典文本与非经典文本之间的关联，并思考谢榛诗歌创作行为背后所隐藏的社会性与实用性。

① 关于"中世诗歌""近世诗歌""经典诗学"等概念，参见张剑《情境诗学：理解近世诗歌的另一种路径》，《上海大学学报》（社会科学版）2015年第1期。
② 现有关于谢榛的研究成果，以李庆立的贡献为主。李庆立《谢榛全集校笺》的附录中有一个较为详细的索引（参见谢榛著，李庆立校笺《谢榛全集校笺》下册，江苏古籍出版社，2003，第1422~1426页）。2003年之后的研究成果关注的重点依旧是谢榛的诗学思想，这些论文大多可以在"中国知网"上找到，但由于数量较多，在此无法一一援引。最近的有关谢榛的专著是赵旭《谢榛的诗学与其时代》（中国社会科学出版社，2013）。其他关于明代诗学研究的著作中也有许多与谢榛有关的论述，如陈国球《明代复古派唐诗论研究》（北京大学出版社，2007）、郑利华《前后七子研究》（上海古籍出版社，2015）。整体看来，学界主要讨论的问题大多围绕着谢榛的生平交际和诗学理论而展开，唯有张德建的《明代山人文学研究》从谢榛的山人身份出发，讨论了其诗歌创作行为和社会活动的一系列问题。参见张德建《明代山人文学研究》，新星出版社，2003，第73~79、98~99、126~127、144、146、151~152、190~192、206页。

一 明代“最好”的七言律诗之一

从诗歌的体裁来看，后世的文学批评家大多赞赏谢榛的五言律诗而非七言律诗，主要原因就是他的七言律诗大多具有应酬的倾向。① 谢榛的七律总数约有六百首，几乎百分之九十的作品都是写给特定读者的，拥有比较明确的社交功能，他的很多诗题都包含他人的姓名、官职以及“送”“寄”“酬”等字样，甚至会明确记录下写作的具体时间、地点与目的。许学夷（1563—1633）对于谢榛的应酬诗作非常反感，② 但对其与行旅、送别相关的律诗则持较为积极的态度：

> 严沧浪云：“唐人好诗，多是征戍、迁谪、行旅、离别之作，往往能感动激发人意。”愚按：茂秦五七言律、绝，其妙处正在于此。今人不惟厌其诗，且厌其题矣。（《诗源辩体》，第 421 页）

作为清代著名的诗歌评论家，沈德潜（1673—1769）对于谢榛五、七律的观点与许学夷大致相仿。同时，他于《说诗晬语》中提及有明一代“最好”的两首七律，其中一首便是谢榛所作：

> 谢茂秦古体，局于规格，绝少生气，五言律句烹字炼，气逸调高。集中“云出三边外，风生万马间。”“人吹五更笛，月照万家霜。”“绝漠兼天尽，交河荡日寒。”“夜火分千树，春星落万家。”高岑遇之，行当把臂。七言《送谢武选》一章，随题转折，无迹有神，与高青丘《送沈左司》诗，并推神来之作。③

沈德潜在雍正十三年（1735）成书的《明诗别裁集》中重申了这一观

---

① 参见李庆立《谢榛研究》，齐鲁书社，1993，第 299~302 页。
② 参见许学夷著，杜维沫校点《诗源辩体》，人民文学出版社，1987，第 419 页。
③ 沈德潜著，霍松林校注《说诗晬语》，叶燮、薛雪、沈德潜著《原诗 一瓢诗话 说诗晬语》，人民文学出版社，2006，第 240 页。

点。《送谢武选少安犒师固原因还蜀会兄葬》（以下简称"《送谢武选》"）云："天书早下促星轺，二月关河冻欲销。白首应怜班定远，黄金先赐霍嫖姚。秦云晓渡三川水，蜀道春通万里桥。一对郑筒肠欲断，鹈鸪原上草萧萧。"沈德潜评曰："将题意逐层安放，一气转折，有神无迹，与高青丘《送沈左司诗》，三百年中不易多见者也。"① 谢榛的《送谢武选》被沈德潜看作明代最好的两首七律之一。当然，《送谢武选》是不是明代最好的七言律诗可以进一步讨论，然而此诗在明代七言律诗中具有相当的代表性，这是毋庸置疑的。本文即从这首《送谢武选》诗开始，在以下三小节中分别讨论这首诗的诗题、颈联和尾联所反映的写作程式，进而延伸到针对相同类型的非经典文本的分析。

二 分割诗题与线性逻辑

毫无疑问，沈德潜对于《送谢武选》诗的解读是非常准确的，即这首诗的写作方式就是"将题意逐层安放"在四联之内。我们可以先将诗题中所有的动词提炼出来，即"送""犒""还""会"，并以每一个动词所从属的短语为单位，将诗题分割为四部分。与之相对应，这首诗的每一联分别阐述了诗题中的一部分（一个动词短语）：首联写谢榛"送"谢东山（字少安，号高泉子，1541 年进士，当时可能于兵部武选清吏司任职）出京，颔联假设谢东山在固原（今宁夏境内）"犒师"的场景，颈联假设谢东山顺道"还蜀"时能够看到的景色，尾联再次假设谢东山"会兄葬"时的心态。这首诗的四联完全按照线性顺序将诗题的四部分呈现出来。

鉴于沈德潜强大的诗歌鉴赏话语权，或许可以将《送谢武选》视为一首被沈德潜"经典化"的作品。不过当他的观点被接受之后，似乎后世很少有人继续发展此种分析方式来讨论谢榛其他的七律作品。换言之，传统的文学批评方式似乎并不在意这首诗所展现的"将题意逐层安放"的现象是不是一个普遍现象。因此在很大程度上，《送谢武选》诗成了一个特例，

---

① 沈德潜、周准编《明诗别裁集》，中华书局，1975，第 96 页。

一个让人赞叹的、拥有奇妙结构的佳作。① 然而，这恐怕只是经典化所产生的幻象而已。如果我们深入阅读谢榛的诗集，用同样的角度来观察谢榛全部的七言律诗，就会发现这种"将题意逐层安放"的现象实际上并不罕见。《冬夜宗考功子相宅同张比部士直、钱进士惟重饯别方行人仲安使阙里，便道还蜀》云："虚堂秉烛共开樽，岁晚梅花发禁园。南北交情今夜醉，江湖别思几时论。天边候雁逢燕使，雪后春泥过鲁门。家在涪川暂归去，万峰回首隔中原。"（《谢榛全集校笺》上册，第471~472页）这首诗的题目依然可以被分割成四部分，即提炼出动词"同""饯别""使""还"（动词"便"字在此从属于"还"字）。从诗句的内容来看，这首诗的首联强调的是宗臣（1525—1560，字子相）、张士直（生卒年不详）、钱有威（字惟重，1550年进士）、方正修（字仲安，1550年进士）、谢榛五人"共开樽"和"岁晚"，以照应诗题第一部分的"同"和"冬夜"；颔联描写的是"饯别"的场景；颈联是在假设方正修从北京前往山东阙里的路上会遇到的情景；尾联则是在假设方正修"便道还蜀"时的状态。与《送谢武选》诗非常相似，谢榛在创作这首诗的时候，同样将诗歌的四联按线性顺序来照应诗题的四部分。

当然，并不是所有诗题都是可以被准确地分割为四部分的，诗题可以被分为三部分的情况较为常见，而线性逻辑的呈现在诗题含有"兼"字的作品中尤其明显。《送马汝瞻暂还夏县兼讯乃弟子端》云：

> 王门赉酒慰平生，浮世宁求著述名。千里自嗟仍老计，十年相见又离情。月明上党时虚榻，云白中条秋满城。有弟最良心自远，莫教宦迹似难兄。（《谢榛全集校笺》上册，第506页）

《送王大参明甫之秦中兼寄张方伯子文》云：

---

① 关于前人对于《送谢武选》诗作的其他几条评论，参见谢榛著，李庆立校笺《谢榛全集校笺》上册，第476~477页。陈书录同样赞同沈德潜的观察，也认为这首诗在谢榛的诗集中属于"个别精品"，参见陈书录《明代诗文创作与理论批评的演变》，凤凰出版社，2013，第317~318页。

岛夷能御待论功，歌起渔樵吴会同。兵甲威名悬海上，旌旄行色入关中。金城远抱山河地，宝气犹存秦汉宫。君见张衡正秋兴，三峰欲赋两争雄。（《谢榛全集校笺》上册，第512页）

《送别张金宪肖甫之颍州兼忆徐太守子与》云：

浮云蓟北叹相违，旧社词人各是非。谪后两迁心事定，醉中多赋宦情微。黄花含笑孤秋色，白雁离群几夕晖。颍上有怀徐干远，建安风调迩来稀。（《谢榛全集校笺》上册，第512~513页）

《送翟逸人之京兼寄张太史叔大》云：

别来几梦汉江干，瘦马长驱道路难。行李三秋云共远，飘蓬千里岁将残。黄金旧使燕台重，白雪今知楚调寒。独有高情张学士，故人北去好相看。（《谢榛全集校笺》上册，第604页）

以上四首诗在结构上的共同特点是：前两联描写诗题的第一部分，即送别的对象；颈联专注于诗题的第二部分，即对象所要前往的地区（谢榛在颈联部分对于景物描写的程式化倾向将会在下一小节中予以阐述）；尾联转向诗题的第三部分，即"兼讯""兼寄""兼忆"之人。由于诗题能够被分割的部分较少，谢榛在前两联的位置才能够更为充分地针对送别的对象展开描述。或许诗题被分割得越多，越限制了谢榛在写作逻辑层面的创造力，而那些不太能够被分割的诗题，反而给予了谢榛更多自由发挥的空间。

此外，分割诗题这一现象并不仅仅局限于"送别"这一题材。在谢榛的诗集中存在很多社交、应酬类的作品，而这类作品的题目往往会写得非常详尽，因此诗题便可以被分割成更多的动词短语，例如《十四夜即席呈应职方瑞伯因忆去秋是夕同瑞伯归自盘山复酌潞阳官舍时北房已走三河慨然赋此》：

去年遥自蓟城回，旷逸堪怜越客才。驿柳清秋还并辔，潞河良夜坐传杯。青山别后边烽起，明月歌中胡马来。今夕相看感离乱，西风吹雨不胜哀。（《谢榛全集校笺》下册，第681页）

如果按照动词来分割的话，这首诗的题目甚至可以被划分为八部分："即""呈""忆""同""归""酌""走""赋"。将这八部分放入诗歌的四联中对应分析："即"字和"呈"字在诗中没有体现；"忆"字、题目中涉及的人物"应职方瑞伯"（应云鸾，字瑞伯，1541年进士）和时间"去秋是夕"反映在首联；二人从盘山"同""归"的行为反映在颔联出句，在潞阳官舍"酌"的行为则在颔联对句；北虏"走"反映在颈联；谢榛"赋"诗的行为则在尾联中予以表达。

由此可见，当诗题本身拥有很明确的叙述性时，谢榛会倾向于按照诗题的叙述顺序来安排诗句的具体内容：无论题目可以被分割成几个部分，作品中所展现出的诗题与内容严谨对应的线性逻辑（沈德潜所说的"将题意逐层安放"）正是谢榛写作的一个基本程式。当然，诗题能够被分割的部分越多（诗题中的动词越多），其内容与诗题的对应及其线性逻辑便越明显；反之，线性逻辑则越不清晰，以至于很难被读者发现。这也就是说，写作的线性逻辑或许也存在于那些诗题简短的作品中，例如那些仅仅可以被分割为两部分，甚至是无法分割的诗题，如"赠某人""寄某人""答某人"等。但是，也正是由于诗题太短，无法将其作为诗句的参照系。如果我们再要试图证明线性逻辑普遍存在于谢榛所有的作品中，恐怕便有生搬硬套的过度阐释之嫌了。

总而言之，谢榛在送别诗，以及其他类型的社交诗的创作过程中存在一种习惯性的写作程式，即按照诗题叙事的线性逻辑来书写诗歌的内容。反向思考这一问题，拥有这种线性逻辑的作品或许能够从侧面证明，谢榛的写作行为是先决定诗题，然后按照诗题创作具体内容的，也就是"命题作文"的写作程式。律诗依照题目而写，逐层铺展的程式化写作方式并非谢榛独有，这在前人的诗歌创作中也曾有所体现，尤其是"应制""应命""应教"之类的作品。不过，谢榛对于这种写作方式的运用似乎更为刻意，其适用范围也更广，且更符合他自己所宣扬的诗学理念。例如，谢榛《四海诗话》中刻意强调的写诗不需要先"立意",这或许意味着谢榛更倾向于按照诗题所表达的意思顺势创作诗句。①

三 时空转换与代入视角

在上一节中,我们从《送谢武选》诗的题目与内容的关系入手,揭示了谢榛在送别诗中所展现的一种写作程式(且这种写作程式不仅仅局限于送别诗)。在这一节中,我们由《送谢武选》诗的颈联入手,即"秦云晓渡三川水,蜀道春通万里桥"两句,揭示谢榛在送别诗的中间两联中经常运用的另一种写作程式,即对于时空转换的刻意强调以及代入旅人视角的写景习惯。

一般来讲,谢榛在送别诗的诗题中至少会写明两项信息:人物的身份和前往的地点。当然,有一些诗题也会包含更多的信息——正如《送谢武选少安犒师固原因还蜀会兄葬》,以及以下这首诗题很接近的作品——《送蹇武选子修使秦中便道还巴郡》:

> 都亭离宴对斜晖,万里星轺岁暮归。蜀岭云低迎昼锦,巴江草绿换春衣。天连上国书难达,山断中原梦不违。南北严兵当此日,岂容常掩故园扉?(《谢榛全集校笺》上册,第576页)

如果按照上一节中的方式阅读这首诗,我们首先会发现线性逻辑的缺失,原因是诗题中的第二部分"使秦中"在作品中并没有明确地展现出来,作者只是简略地谈到"万里星轺",首联言及"送"蹇来誉(1518—1596,字子志,更字子修,号文塘)离京,而颔联便直接是在描写他"便道还巴郡"的状况了。

值得注意的是,谢榛在《送蹇武选子修使秦中便道还巴郡》诗的颔联运用时空转换的描写方式是为了展示一种旅人在行旅途中的行进动态。

---

① 谢榛对于"宋人谓作诗贵先立意"有颇多不满,参见赵旭《谢榛的诗学与其时代》,第193~195页;郑利华《前后七子研究》,第470~473页。

在"蜀岭云低迎昼锦，巴江草绿换春衣"两句中，出句强调空间的变化（动词"迎"字），而对句则表现时间的推进（动词"换"字）。参照《送谢武选》的颈联"秦云晓渡三川水，蜀道春通万里桥"来观察，我们会发现其运用的写作程式是一致的（出句动词"渡"字和对句动词"通"字同样表现了时空的变化）。①

谢榛的送别诗往往极为关注空间和时间的转变，这表现了他对行旅过程的重视，而重视行旅过程则引发了他对"路"这一概念的强调。仔细阅读谢榛送别诗的颔联或颈联，我们会发现他比较执着于描绘行旅路上所见的景物，例如以下九个例子：

马经三辅雪霜后，路出五陵松柏西。（《送张别驾赴秦中》颔联，《谢榛全集校笺》，第 475 页）

旗影极天开驿路，剑光终夜照边楼。（《送田户曹子仁督饷秦中》颔联，《谢榛全集校笺》，第 580 页）

两迁薇省秦中路，一望岷山塞上云。（《送孟方伯存甫之关中》颔联，《谢榛全集校笺》，第 559 页）

天开鸟道三秦外，地入蚕丛万岭西。（《送张给事仲安擢蜀中参政》颈联，《谢榛全集校笺》，第 576 页）

使节天边云渺渺，王程春暮草萋萋。（《送宋行人进之使太原、潼关诸郡》颔联，《谢榛全集校笺》，第 478 页）

北极云开燕道路，中原天划晋河山。（《送陈参政汝忠还任太原》颔联，《谢榛全集校笺》，第 579 页）

驿骑先飞秋草路，使旌高卷夕阳天。（《送张户曹茂参募兵真定诸郡》颔联，《谢榛全集校笺》，第 660~661 页）

马经滹水鱼龙避，霜下恒山道路清。（《送杨侍御按真定》颈联，《谢榛全集校笺》，第 673 页）

关开涿鹿云连树，路出蜚狐雪满城。（《送李给事元树奉使云中诸镇》颈联，《谢榛全集校笺》，第 468 页）

---

① 有其他版本录为"蜀道春随万里桥"。

综合看来，谢榛对于行旅路上的景物描写大致有四个规律。其一，谢榛习惯描写旅人在路上行进的状态，且尽量将其动态化，这也就是强调了出句和对句之间的空间转换。其二，由于受到线性逻辑的影响，谢榛在出句中所展示的空间，往往是距离旅人的出发地较近的，而在对句中所展示的空间，则是距离目的地较近的。如此一来，两句之中空间的变化就代表着时间的推进。① 其三，谢榛所写的旅途中的景物，是通过一种代入旅人视角的方式观察到的，即谢榛假设旅人在行进途中能够看到何种景色。其四，景物描写缺乏细节。

前人并没有从这个角度分析其他诗人的作品，因此暂时无法准确判断以上四个规律是否为谢榛独有的特点。然而，通过对比梁有誉（1519—1554）、宗臣、徐中行（1517—1578）三人的七律送别诗，仅就描写行旅过程而言，三人并不像谢榛一样有意识地强调"时间空间转换"和"代入旅人视角"，而唯一相似的是，梁、宗、徐三人的送别诗中也没有细致的景物描写。②

以上这些例子都是谢榛送人前往西北内陆地区的诗句，而这些例子尤其缺乏景物的细节描写。假设我们删去诗题和诗句中的所有地名，以及那些与季节特征相关的词语，我们会发现剩下的景物是很空泛的，无非一些"山""天""云""草""树""旗"之类的概括性的名词。③ 那么为什么谢榛只运用这些相对空泛的描述，而不去观察更为细致的景色呢？这个问题的答案取决于诗歌审美的个人偏好，而谢榛对此的认知在其《四溟诗话》中有着很明确的表述：

> 写景述事，宜实而不泥乎实。有实用而害于诗者，有虚用而无害

---

① 中文没有具体的"时态"概念，因此如果诗人要想表达时间的变化，他或需依靠虚字的介入，或需依靠描写空间的变化。

② 参见梁有誉《兰汀存稿》卷四至卷五，台北：伟文图书出版社，1976，第123~174页；宗臣《宗子相集》卷七至卷八，台北：伟文图书出版社，1976，第313~403页；徐中行《徐天目先生集》卷七至卷一〇，台北：伟文图书出版社，1976，第271~450页。

③ 同理，当谢榛描述江南地区景物的时候，一般会用"江""帆""海""月""云""草""树"等概括性名词，但组合变化似乎要比描写西北内陆地区的词语更丰富一些。

于诗者。此诗之权衡也。①

凡作诗不宜逼真，如朝行远望，青山佳色，隐然可爱，其烟霞变幻，难于名状；及登临非复奇观，惟片石数树而已。远近所见不同，妙在含糊，方见作手。②

从一方面看，谢榛不喜欢追求"实"的效果，且倾向于使用概括性的言语来描述景物，也就是描绘"远景"——他甚至认为"含糊"即是美。这应该是谢榛模仿盛唐诗风的一种方式，即使用精练的语言描写景物的宏观性质而非微观内容。但从另一方面看，这或许更暗示着一种取巧的描写景物的态度，既然景物"难于名状"，那么与其费力气描写以达到"逼真"的效果，不如描写得"含糊"一些更为省事：

杜约夫问曰："点景写情孰难？"予曰："诗中比兴固多，情景各有难易。若江湖游宦羁旅，会晤舟中，其飞扬辕轲，老少悲欢，感时话旧，靡不慨然言情，近于议论，把握住则不失唐体，否则流于宋调，此写情难于景也，中唐人渐有之。冬夜园亭具樽俎，延社中词流，时庭雪皓目，梅月向人，清景可爱，模写似易，如各赋一联，拟摩诘有声之画，其不雷同而超绝者，谅不多见，此点景难于情也，惟盛唐人得之。"约夫曰："子能发情景之蕴，以至极致，沧浪辈未尝道也。"③

在这段对话中，谢榛更明确地将写作的题材与方式结合在一起讨论。在保证效法"唐体"的大前提下，他尤其认为在写作"江湖游宦羁旅"这一题材时，务必要着重写景，因为在这种题材下，写情要比写景更难把握

---

① 谢榛著，宛平校点《四溟诗话》，谢榛、王夫之著，宛平、舒芜校点《四溟诗话 薑斋诗话》，人民文学出版社，2006，第22页。
② 谢榛著，宛平校点《四溟诗话》，谢榛、王夫之著，宛平、舒芜校点《四溟诗话 薑斋诗话》，第74页。
③ 谢榛著，宛平校点《四溟诗话》，谢榛、王夫之著，宛平、舒芜校点《四溟诗话 薑斋诗话》，第63~64页。

尺度。这也可以佐证谢榛在写作送别诗时可能存在一定的投机取巧、追求便利的心态。

然而更重要的问题是，谢榛在创作送别诗的时候，是要代入旅人视角的。谢榛实际上不可能看到行旅之人真正会看到的景色，因此，他只能通过想象来描绘这些景色。而谢榛所能想到的景物，也都是很空泛的——似乎他只能想到那些雷同的驿道、山峰、白云、树木而已。① 这可能是因为谢榛一生的踪迹局限在京津、河北、山西、河南、山东一带（参见《谢榛研究》，第 19 页），并没有太多接触不同风景的行旅经验。既然谢榛想象中的景物都差不多，那么如何在不同作品中区分不同的行旅路线呢？恐怕只剩下那些用来点明时间和空间的词语了。因此，我们会在谢榛送别诗的句子中找到大量指示时间和空间的名词，例如"春"、"秋"、"冬"（"雪"）、"夜"（"月"）、"暮"（"夕阳"）等，以及一系列的地名。

地名的使用在谢榛的送别诗里是极为频繁的，他无意对景物进行细致的描写，但同时又必须尽可能地将不同的行旅途径做出区分，那么，借助不同的地名则是一种最为便捷的区分不同行程的方式。此外，正像前人已经讨论过的，使用地名是一种快捷地模仿"唐体"的方式。② 地名是一种直接而又模糊地承载历史、文学、文化的方式，例如前文中涉及的"三辅""三秦""潆水""涿鹿"等，都是唐人诗作中经常使用的汉代地名。阅读到这样的词语，读者很自然地会联想到与其相关的秦、汉时期的故事，抑或是前代诗人，尤其是唐代诗人的相关题咏，即便是无法联想到具体的故事或诗句，读者也能够模糊地感受到地名所附带的文化底蕴。因此，从审美效果来看，读者的思绪或许会被诗句中的地名所引导，进而发展为对历史与文化方面的体悟（当读者有了这种体悟，或许就会认为这首诗写得很美了）。

综上所述，本节讨论的是谢榛在创作送别诗时，往往在首联点明"送别"的主旨，继而在颔联或者颈联以代入旅人视角的方式，描写他人在行

---

① 当谢榛在谈及如何快速创作大量作品的时候，曾经说过"景出想象"的创作方式，参见谢榛著，宛平校点《四溟诗话》，谢榛、王夫之著，宛平、舒芜校点《四溟诗话　薑斋诗话》，第91页。

② 参见钱锺书《谈艺录》下册，生活·读书·新知三联书店，2001，第 826 页。

旅途中可能看到的景物，同时强调空间的变化和时间的推进。然而这些景物的描写大多是空泛模糊的，且往往需要借助地名来表现不同行程之间的差异。这样的文本表现形式并非意味着谢榛修辞能力的局限性；这反映了谢榛是如何在创作实践中模仿"唐体"的，也暗示着谢榛写作时可能具有的追求便利的心态。如果我们再度反向思考这一现象，可以发现，地名的使用、对于行旅过程的描述，本质上都是为了照应"送别"这一主题而存在的，因为谢榛一定会在诗题中明确地指出送别的对象（大多时候会写明官职）和他所要前往的地方。这样看来，似乎谢榛在创作送别诗的颔联和颈联时，其思维的核心是如何让诗句尽可能地契合题目，即考虑并描绘其送别的对象是如何到达目的地的。

四　替人抒情与假设场景

在了解了谢榛写作颔联和颈联的大致程式之后，让我们再次回顾《送谢武选》诗的尾联，"一对郱筒肠欲断，鹡鸰原上草萧萧"，借此展开谢榛送别诗中所表现出的第三种写作程式的分析。尾联两句诗的写法依然是代入旅人视角，即假想出谢东山在看到故乡景色的同时怀念已经逝去的兄长的场景。尽管出句"肠欲断"的主语在行文中被隐匿了，但很明显，句子的主语是谢东山——谢榛想象谢东山会在那样的场景中产生悲伤的情绪。而此句的妙处恰恰在于主语被隐匿这一现象——这样一来，谢榛似乎也是在暗暗地表达他对于谢东山的处境是感同身受的，而"肠欲断"或许在不经意间也变成了作者谢榛所要抒发的情绪。

由于中文诗歌语言的特点，隐匿主语的情况普遍存在，而正是得益于主语的隐匿，抒情的效果往往能够达到最佳。一旦主语被隐匿，作者笔下所创造的写作对象的情感便很容易与作者自身的情感混杂在一起。因此，替人抒情与自我抒情是无法明确区分的。《皇甫水部道隆谪大梁诗以寄怀》云："闻君遥自楚天来，一到梁园见赋才。摇落旧曾悲屈宋，寂寥今复吊邹枚。黄河荡日寒声转，嵩岳连空远色开。何事弟兄俱谪宦，西风愁对菊花杯。"谢榛评："其兄子循谪开州。"（《谢榛全集校笺》下册，第 687 页）尽管并不是明确的送别诗，但这首诗的颈联同样是在想象皇甫濂

（1508—1564，字道隆）在前往大梁的途中能够见到的景色。尾联由于隐匿了主语，我们无法确定到底是谁在"愁对菊花杯"。一种解读是谢榛做出了一个假设，即其送别对象皇甫濂想到了其兄皇甫汸（1498—1583，字子循）同样被贬，因而发愁；另一种解读则是谢榛想到了皇甫弟兄双双被贬而发愁——这依旧是一种感同身受、替人发愁的写法。

谢榛在七律的尾联不仅仅会替他人表达负面情绪，也会替他人表达正面情绪，尤其是在那些送人前往边疆地区的作品中，比如以下六个例子：

豪侠从来多慷慨，几人钟鼎勒奇勋？（《送吴将军北伐》尾联，《谢榛全集校笺》，第 535 页）

丹凤城高天咫尺，壮心时拂宝刀尘。（《送李别驾宗器北上》尾联，《谢榛全集校笺》，第 589~590 页）

漫说请缨平百越，行看仗策静三韩。（《送许中丞伯诚镇辽阳》尾联，《谢榛全集校笺》，第 468 页）

班固为郎宁久滞，还期北去勒燕然。（《送张户曹茂参募兵真定诸郡》尾联，《谢榛全集校笺》，第 660~661 页）

计日楚才封事上，君王深见九边情。（《送李给事元树奉使云中诸镇》尾联，《谢榛全集校笺》，第 468 页）

不信赏功资郡邑，封章拟报圣王知。（《送张明府召和之边》尾联，《谢榛全集校笺》，第 508 页）

当谢榛写诗送别的对象前往边镇地区，谢榛便自然而然地联想到军事上的成就或者帝王的赏识，进而对其进行正面的期许或赞美，借此暗示自己替人振奋的情绪。

非常显而易见的是，以上涉及的这些负面情绪和正面情绪是很笼统的，且都是谢榛基于人情常理揣测而来的。谢榛在《四溟诗话》中曾经颇为自得地记录，他在一日之内代作送别诗二十篇，并向他人介绍自己是如何能够在短时间内完成这样的任务的：

夫欲成若干诗，须造若干句，皆用紧要者，定其所主，景出想象，情在体贴，能以兴为衡，以思为权，情景相因，自不失重轻也。①

　　在短时间内创作大量作品，谢榛并不需要有任何实际的感动或者具体的经验，只需要按照想象来描写景物，按照常理来揣测他人心态即可——这就是他所说的"景出想象，情在体贴"。而谢榛大部分送别诗都具有"应酬"的性质，即在他人升迁、贬谪、转任之际写诗赠予，这些作品中所表达的情绪往往都是程式化的，因为谢榛很有可能完全不了解其人官职变动的前因后果，甚至是与其完全不相识——谢榛也只能依照常理揣测他人的情感。这样一来，在谢榛的笔下，大凡贬谪之人，情绪都是愁苦的；大凡升迁之人，前景都是积极的；大凡前往边疆之人，心中都是有抱负的。

　　然而谢榛并没有在每一首送别诗的尾联都替人抒情，因为他根本不可能准确地揣测某些人物在转任时具体的心态。那么，在这种情况下，谢榛只能采用更加"含糊"的处理手段，即假设其人到达了目的地之后，会在某一个场景中做某一件事情。那么在谢榛的想象中，旅人在到达目的地之后一般都会做些什么事情呢？其一，其人会"回首"或"遥望"，一般是朝向京城方向：

　　　　渐老江州白司马，建章回首隔重云。（《送白户曹贞甫之三河》尾联，《谢榛全集校笺》，第479~480页）

　　　　回首风尘迷北望，几逢燕使问京华。（《送毛明府伯祥之羊城》尾联，《谢榛全集校笺》，第663页）

　　　　共道转输非旧日，帝京遥望朔云秋。（《送田户曹子仁督饷秦中》尾联，《谢榛全集校笺》，第580页）

　　　　沈约未须裁八咏，倚楼时复望长安。（《送沈郎中宗周出守顺庆》尾联，《谢榛全集校笺》，第667页）

　　　　定知丰剑归君后，遥望长安北斗边。（《送朱参政之豫章》尾联，《谢榛全集校笺》，第663页）

① 谢榛著，宛平校点《四溟诗话》，谢榛、王夫之著，宛平、舒芜校点《四溟诗话 薑斋诗话》，第91页。

其二，其人会与谢榛"相忆"，有时候是相互的，有时候是单方面的：

宦游莫惜梅花信，岁暮长安定忆君。（《送符主簿之蜀》尾联，《谢榛全集校笺》，第 488 页）

东林尚忆谈禅处，月满松庭共夜分。（《送孟方伯存甫之关中》尾联，《谢榛全集校笺》，第 559 页）

鸣琴尚忆天涯客，莫待梅花始寄声。（《送刘明府朝宗之瑞安》尾联，《谢榛全集校笺》，第 679 页）

芳杜青时定相忆，赤湖桥上寄双鱼。（《送太仆卿李钝甫之滁州》尾联，《谢榛全集校笺》，第 566~567 页）

南都赋就应相忆，明月孤樽坐夜阑。（《送龚侍御性之赴南都》尾联，《谢榛全集校笺》，第 654 页）

其三，其人务必要"登高"或"赋诗"，且往往是在秋季：

宋玉三秋还有赋，谁同华岳一攀跻？（《送宋行人进之使太原、潼关诸郡》尾联，《谢榛全集校笺》，第 478 页）

壮游共拟磨崖赋，海岱秋高木叶丹。（《送许克之下第归历城》尾联，《谢榛全集校笺》，第 491 页）

江山自此增颜色，漫向高秋独赋诗。（《送莫宪副子良督学贵州》尾联，《谢榛全集校笺》，第 670 页）

山灵暂尔留旌节，独立西风赋武夷。（《送章行人景南使闽中》尾联，《谢榛全集校笺》，第 477 页）

胜地且留何逊赋，春风应见贾生归。（《送何进士振卿谪乐平少尹》尾联，《谢榛全集校笺》，第 479 页）

简单来讲，谢榛一般会在送别诗的尾联的位置，揣测他人心态并代替他人抒发情感，而当谢榛不知道应该抒发哪种情绪的时候，则会采用假设场景的方式，描写他人到达目的地之后可能会做的某件事情。

总的看来，谢榛送别诗的尾联与颔联、颈联在思路和逻辑上是一脉相承的，甚至也会有线性的倾向。当谢榛在颔联或颈联代入旅人视角，描写他人在旅途中可能看到的景物之后，其在尾联则依旧会代入视角，描写他人到了目的地之后的行为。而且无论是颔联、颈联，还是尾联，都是谢榛依据常理想象与揣测出来的场景。这种写法的基本原则便是假设自己处于他人的状态下观察景物并思考问题。如果说得更夸张一些，或许谢榛根本不了解，也无须了解他的送别对象在离别时具体的想法。我们甚至可以把谢榛送别诗的创作逻辑看成"谢榛送别谢榛前往某处"：前者是真实的谢榛，而后者所经历的一切都是谢榛想象与揣测的成果，是纯粹的艺术性的创造，没有丝毫的真实性可言。

五　读者意识与偿还诗债

通过文本分析，以上三节依次揭示了谢榛送别诗中的三个相对固定的写作程式。首先，从诗题与诗句的对应关系来看，谢榛的线性思维是比较明显的。其次，在首联扣题之后，谢榛往往在颔联、颈联想象旅人在前往目的地的路途中所能看到的景物，强调行旅空间的改变和时间的推进；但这种景物想象大多都很空泛，因此他需要借助地名来区别不同的行程。最后，谢榛在尾联会习惯性地推测旅人的心态、替人抒情，但有时候他也会假想出旅人到达目的地之后所处的一个场景，及其将要做的事情。因此，谢榛的送别诗从原则上讲是以虚构为主体的，而出现这种虚构是因为他写作送别诗的主要目的是社交和应酬，谢榛或许并不太了解他所送别的对象，很有可能在大多数情况下，他只是听闻了某人要升迁、转任的消息，然后便写诗送别。① 当然，并非谢榛所有的送别诗都是遵循这几种写作程式的，或许我们可以认为，在那些数量相对较少的非程式化的作品中，被送别的人物与谢榛的关系是较为熟络的，因此谢榛比较了解对方的真实行为或想法，这样在写诗时也就不需要完全遵照以上这些相对僵化的程式了。

① 这也就是说，如果想通过谢榛的送别诗（或者其他类型的交际诗）来构建谢榛的社交网络，还是有较大风险的。

由于暂时还没有关于明代其他诗人送别诗写作程式化的研究成果可供参考，本文也无法过度强调谢榛的程式化写作的唯一性。然而通过比对梁有誉、宗臣、徐中行三人的七律送别诗，最为直观的感受便是谢榛诗作中的线性逻辑表现得更为明显：不仅仅是诗题与诗句相对应，谢榛在中间两联与尾联中运用的代入视角、替人抒情的方式，及其诗歌整体所表现出的时间线性推进，在梁、宗、徐三人的诗中几乎无法找到。因此，至少我们可以认定，在谢、梁、宗、徐几人之间，谢榛七言送别诗的程式化程度较为严重。①

谢榛特殊的山人身份应该是导致其诗歌创作程式化程度较为严重的根本原因之一。明代的山人指的是那些游走于四方公卿门下，以文学或其他方面的技能干谒权贵，并以此为生存之道的一个特殊群体。（参见《明代山人文学研究》，第 29~33 页）山人大多交游广泛，谢榛的状况尤其如此，他往往借官僚权贵升迁转任、寿辰宴会、子孙诞生等机会写诗干谒。（参见《明代山人文学研究》，第 187 页）凡是此类情境下创作的诗歌，其创作行为本身被赋予了极强的社会性与实用性，诗歌的内容则往往更加关注其预期读者的感受，而非作者自身的情绪。

从创作实践的角度来看，具有干谒性质的诗歌同样也需要作者的自我表达；但更重要的是，作者的自我表达务必要契合其预期读者所处的情境，即作者在创作时必须拥有极强的"读者意识"。谢榛在写作七律送别诗时，他的读者意识是很明确的。其代入视角和替人抒情的写作方式，正是为了让其读者在阅读时能够产生一种最为直接的感同身受的体验：谢榛在下笔时写的是"你如何如何"，其读者在阅读时自然而然便会以"我如何如何"的视角去阅读了。除此之外，谢榛在《四溟诗话》中提及的"家常话"和"官话"，以及"堂上语""堂下语""阶下语"的差别，都是他重视读者感受的旁证。②

同样是由于布衣山人的身份，谢榛的生计很大程度上依存于他的写诗

---

① 谢榛诗集中七律送别诗的数量要远大于另外三人同类作品的数量，因此诗歌材料的基数较大，也使得我们比较容易发现谢榛写作的程式化倾向。

② 谢榛著，宛平校点《四溟诗话》，谢榛、王夫之著，宛平、舒芜校点《四溟诗话　薑斋诗话》，第 66~67、105 页。

能力，而写诗则被认为是他的谋生工具。① 谢榛作为王府幕客，经常需要在宴席上代主人即时赋诗，或者在主人的要求下按时完成并上呈固定数量的诗作。他在《四溟诗话》中就曾记录自己在有外界压力的情况下快速创作的经验：

> 嘉靖甲寅春，予之京，游好饯于郭北申幼川园亭。赵王枕易遣中使留予曰："适徐左史致政归楚，欲命诸王缙绅辈赋诗志别，急不能就，子盍代作诸体二十篇，以见邺下有建安风，何如？"予曰："诺！明午应教毕，北首路矣。"②

此外，钱谦益（1582—1664）在《列朝诗集小传》转引潘之恒（1556—1622）《亘史》中的记载，谢榛死亡的直接诱因是他被要求在短时间内写一百首贺寿诗：

> 逾二年，（谢榛）至大名，客请赋寿诗百章，至八十余，投笔而逝。③

无论谢榛是否因为写诗而累死的，其作为布衣山人，经常需要在有压力的情况下进行创作，这种状态和其他那些具有官僚身份的诗人（例如后七子中的另外六位）是完全不同的。

参考艺术史学者柯律格（Craig Clunas）对于文徵明（1470—1559）绘画的研究：绘画、书法，甚至是诗文都是在"人情网络"的社会框架下生产并流通的，可以看作"礼物"和"商品"的结合。对于文徵明而言，很多画作的产生是源于社交的压力，而非出于艺术家的天性自发创作的。简而言之，艺术创作不是为了纯粹的艺术追求，是为了偿还欠下的人

---

① 参见廖可斌《明代文学复古运动研究》，上海古籍出版社，1994，第312~313页。
② 谢榛著，宛平校点《四溟诗话》，谢榛、王夫之著，宛平、舒芜校点《四溟诗话 薑斋诗话》，第91页。
③ 钱谦益：《列朝诗集小传》，上海古籍出版社，1983，第425页。

情"雅债"。① 对于生活在同时代的谢榛而言，未尝不可将其诗歌创作置于同样的社会框架下进行阐释。谢榛的诗歌所具备的社会性与实用性极其明显，其创作行为往往也是在有压力的情况下产生的，有着偿还"诗债"的意味：

> 凡诗债丛委，固有缓急，亦当权变。若先作难者，则殚其心思，不得成章；复作易者，兴沮而语涩矣。难者虽紧要，且置之度外；易者虽不紧要，亦当冥心搜句，或成三二篇，则妙思种种出焉，势如破竹，此所谓"先江南而后河东"之法也。②

谢榛于短时间内创作大量作品有着较多的实践经验，然而在其《四溟诗话》中，我们终究无法得知谢榛是如何具体构思的；只有通过分析其诗歌文本的程式化，我们才能够看出哪些固定的程式有助于谢榛在短时间内快速完成诗作。在诗题与诗句之间放置线性逻辑相照应，在颔联或颈联的出句与对句之间放置时空转换，在尾联放置一个假设场景，一旦掌握这些固定的程式，谢榛则不需要担心诗歌的篇章构架，只需要更专注于具体字句的锤炼即可。而谢榛《四溟诗话》中关注的重点，恰好是对于具体字句的锤炼，甚至"有时竟致只顾字句而不顾全诗"③。

余　论

柯律格不无遗憾地认为他无法准确地构建文徵明的"画作风格（画成

---

① 〔英〕柯律格：《雅债：文徵明的社交性艺术》，刘宇珍、邱士华、胡隽译，生活·读书·新知三联书店，2012，第 Ⅸ~ⅩⅨ 页。
② 谢榛著，宛平校点《四溟诗话》，谢榛、王夫之著，宛平、舒芜校点《四溟诗话　薑斋诗话》，第 66 页。
③ 宛平：《四溟诗话校点后记》，谢榛著，宛平校点《四溟诗话》，谢榛、王夫之著，宛平、舒芜校点《四溟诗话　薑斋诗话》，第 133 页。

何样）与其制作之社会情境（为谁而画）的关系"①，本文则尝试揭示谢榛的诗文风格（写成何样）与其制作之社会情境（为谁而写）的关系。通过针对非经典作品的文本分析，我们从谢榛的送别诗中发现了种种程式化的倾向；进一步分析，"代入视角"和"替人抒情"是因为谢榛在创作时拥有较强的"读者意识"，而"线性逻辑""时空转换""假设场景"则是谢榛"偿还诗债"时比较有效的手段。总而言之，无论是"读者意识"还是"偿还诗债"的概念，都脱离了经典诗学的审美范畴，进而揭示了非经典诗歌文本是如何与具有社会性与实用性的创作行为相互勾连的。

如果我们能把这种针对非经典诗歌文本的程式化研究推而广之，其最直接相关的便是社会学与经济学框架下的诗人行为模式的探讨。当诗人的行为模式趋向于个人利益的追求时，其对于自身能力和文化资本的运用，把诗歌文本的生产与现实资本的交换相勾连，或许才是诗歌创作的原始动机和终极目标。简而言之，当我们继续对近世诗歌进行文学史书写的时候，相比于针对某些诗人和作品的经典化，我们是否应该更加注重构建一个以非经典文本为主导的文学史框架，进而强调以社交、应酬为主的诗歌作品的社会性与实用性。甚至我们也可以进一步追问，在已经被传统的"经典诗学"所统治的中世诗歌的文学史中，我们对于诗人主体性的过度关注和推崇，是否已经误导了我们对于那些诗歌作品在当时社会经济环境下的价值认知？

（责任编辑：马昕。本文原刊于《求是学刊》2018年第4期）

---

① 柯律格说："当时或许太过天真，以为真有可能建立画作风格（画成何样）与其制作之社会情境（为谁而画）的关系。很快地，我便清楚意识到这无疑是缘木求鱼。"《雅债：文徵明的社交性艺术》，第 V 页。

"诗史"传统与晚明清初的乐府变运动

叶 晔*

内容提要 以王世贞《乐府变》组诗为肇端，从明嘉靖末年至清康熙初年，诗坛兴起过一次以新题乐府为体式、以讽咏今事为宗旨、以"诗史"学说为理论纲领的创作潮流。这场乐府变运动宗尚唐代杜甫等人的新题乐府创作，又因其自觉、独立、针对性极强的"诗史"书写意识，有别于唐代的新乐府运动，成为晚明大变局和明清王朝鼎革在诗歌创作中的一次现实反映。这是晚明文学中亟待挖掘的一个重要文学现象，同时也为我们重新认识清初"梅村体"的诗学渊源及晚近传统提供了一条新的路径。

关键词 王世贞 乐府变 新题乐府 诗史梅村体

有关明末清初的"诗史"创作，我们最熟知的莫过于吴伟业的"梅村体"，以及相当数量的明遗民诗作。在以往的中国文学史之叙述中，吴伟业是唯一可与杜甫分享"诗史"荣誉的伟大诗人，"梅村体"也经常被拿来与中唐白居易、元稹的"长庆体"相比较，再加上以吴伟业为代表的娄东诗派是清代宗唐诗风的最早倡导者与践行者之一，由此种种，给我们留下一个强有力的既成印象，即吴伟业的"梅村体"创作，主要向唐代诗人学习，既吸收了《长恨歌》《琵琶行》《连昌宫词》等的"长庆体"写法，重在叙事，又辅以初唐四杰的文藻，温庭筠、李商隐的情韵。就算对明代文学的养料有所汲取，也是在文本结构上借鉴了明传奇中的多线叙事模式，而这已是不同文体之间的互动，并不是单一文体内部的成长。换句话

---

* 叶晔，浙江大学中国语言文学系教授，著有《明代中央文官制度与文学》等。

说，在严格的诗学领域，其文学传统来自唐代，而不是"诗必盛唐"的明代。这样的思路，总体来说没有问题，但对某一文学现象之传统的追溯，未免太强调本源（远传统）的重要性，而忽略了过往五十至一百年间尚可触摸的近代文学观（近传统）之于诗人创作的影响。在某种程度上，是用已成经典的唐诗之研究眼光看待明清诗歌，较少考虑到明清诗歌的自我运作机制，以及其是否有独立生长并发展出某一种新文学现象之可能。本文接下来要介绍的"乐府变运动"，既是对晚明清初之重要文学现象的一次挖掘，也希望借此补上"梅村体"之近传统研究中缺失的一环。

文学现象以"运动"相称者，在中国文学史中并不多见，如唐宋古文运动、中唐新乐府运动、明代文学复古运动等。归根结底，这些"运动"的称谓，都是民国以来的学术产物，新文化运动所处的时代虽然最晚，却是所有"文学运动"称谓的思想来源。在 21 世纪的学术语境中，继续用"运动"二字来描述文学世界中的重大潮流及变革，是否仍具有合理性，一直是笔者的困惑。但考虑到"运动"一词在当代学术话语中所包蕴的丰富内涵，以及可与中唐新乐府运动形成文学史上的前后呼应关系，笔者还是决定采用"乐府变运动"这一概念，来概说晚明清初的新题乐府创作风气及相关诗学观念的递变。至于是否妥当，留待学界同人指正。

笔者所称的"乐府变运动"，指以王世贞《乐府变》为肇端，从明嘉靖末年至清康熙初年，在诗坛兴起的一次以新题乐府为体式、以讽咏今事为宗旨、以"诗史"学说为理论纲领的创作潮流。据笔者统计，现存明确以"乐府变""新乐府""今乐府""似乐府""明乐府"等为题的作品，就有十数组五百余篇；其他散见于作家别集中的反映重大历史事件和当代社会现实的新题乐府，亦数以百计。单从作家、作品的数量来看，其规模远超过唐代的新乐府运动。但这一文学现象，一直以来未引起学界的关注，甚至连最基本的文献梳理工作也尚未展开。除了王世贞《乐府变》①、"明史

---

① 贾飞：《论王世贞的乐府诗及其"乐府变"的历史地位》，《江苏师范大学学报》（哲学社会科学版）2017 年第 2 期。在此之前，徐朔方、廖可斌、魏宏远、郦波等人的研究成果中，对《乐府变》有一定篇幅的论及。

乐府"① 有专题论文外，其他作家、作品的乐府学研究，基本上是一片空白。有鉴于此，本篇的主要目的是，梳理晚明清初之新题乐府创作的基本面貌，及其在诗学脉络上与杜甫新题乐府、白居易新乐府之间的关系。在此基础上，结合明中叶以后日渐丰富的中国"诗史"传统，探究乐府变运动在晚明大变局与明清易代之际的文学史意义，及其与吴伟业"梅村体"之间的复杂关系。

一　王世贞《乐府变》与晚明清初的新题乐府

所谓"乐府变"，典出王世贞的《乐府变》组诗二十二首。在此之前，历代新题乐府有"系乐府""新乐府""正乐府""今乐府"诸别名，但未有以"变乐府"或"乐府变"相称者。王世贞自述嘉靖末"尝备皂衣西省，故时时闻北来事，意不能自已。偶有所纪，被之古声，以附于寺人、漆妇之末"②，则这组诗作于嘉靖四十年（1561）至隆庆元年（1567）其家居时期。其诗歌本事，沈德潜、周准编《明诗别裁集》，陈田辑撰《明诗纪事》，徐朔方著《晚明曲家年谱》等有考证。③ 既关涉严嵩、陆炳、仇鸾、赵文华等朝中显要，也涉及任环、曾铣、商大节、曹邦辅等忠臣义士，甚至还有对嘉靖间诸宗室丑闻的直白揭露。一言概之，对于嘉靖中后期的重大历史事件，王世贞采用"即事命题"的新题乐府创作法，多有掇拾

---

① 参见朱端强《万斯同〈《明史》新乐府〉选笺》，林超民主编《西南古籍研究（2004年）》，云南大学出版社，2005；〔日〕儿岛弘一郎《〈明史楽府〉序説—吳炎、潘檉章〈今楽府〉について—》，《松浦友久博士追悼記念中国古典文学論集》，日本研文出版，2006；〔日〕儿岛弘一郎《明清時代における〈連作詠史楽府〉—〈明史楽府〉を中心に—》，《中国古籍流通学の確立：流通する古籍・流通する文化》，東京：雄山閣出版，2007；〔日〕儿岛弘一郎《尤侗〈明史擬稿〉と〈擬明史楽府〉—史と詩のあいだ—》，《中国詩文論叢》第27集，東京：中国詩文研究会，2008；张煜《万斯同〈新乐府〉对白居易〈新乐府〉的因革》，吴相洲主编《乐府学》第4辑，学苑出版社，2009；张煜《吴炎、潘柽章新乐府研究》，吴相洲主编《乐府学》第6辑，学苑出版社，2010。

② 王世贞：《弇州山人续稿》卷二《乐府变》小序，《四库提要著录丛书》编纂委员会编《四库提要著录丛书》集部第120册，北京出版社，2010，第144页。

③ 参见沈德潜、周准编《明诗别裁集》卷八，上海古籍出版社，1979；陈田辑撰《明诗纪事》己签卷一，第4册，上海古籍出版社，1993；徐朔方《晚明曲家年谱》，浙江古籍出版社，1993。

讽咏。

　　这二十二篇作品在晚明诗坛影响甚巨，很多文人的新题乐府创作，都明言受王世贞的影响。如熊明遇说："（王世贞）作《乐府变》，自谓杜陵遗诀，以备一代采择，甚盛心哉。……乃后之作乐府者滥觞，将时事直叙其体，则近日歌行而题曰古乐府，可乎哉？"① 他精辟地指出，作为源头的《乐府变》对晚明乐府创作有两大贡献：一是"将时事直叙其体"，此法虽非王世贞首创，但晚明新题乐府的创作风气，无疑更多承袭弇州而来，诗人们多因王世贞的推重而溯源杜甫，少有人提及元稹、白居易的传统。二是"歌行而题曰古乐府"，即乐府、歌行二体混一，杜甫的不少新题乐府，在严格意义上属歌行体，② 与白居易、元稹的"新乐府"不是同一概念。王世贞在《乐府变》中称杜甫"即事而命题，此千古卓识也"③，虽与复古派的"诗必盛唐"说相契，却扰乱了读者对乐府、歌行二体的认识。他的"即事命题"说，明显脱胎自元稹《乐府古题序》中对杜甫歌行"即事名篇，无复倚傍"④ 的评价，却对元、白只字不提，此非无意之举，当是有意回避⑤。以上两个观念的树立，对晚明诗家的乐府史观有极大影响。宗杜而不宗元、白，歌行、乐府在体制上的相对随意性，⑥ 成为多数晚明清初诗人创作新题乐府的基本宗旨。

　　由此，将杜甫与王世贞绑在一起论说，成为晚明文人乐府诗论中的一

① 熊明遇：《文直行书诗》卷一《古体》小序，四库禁毁书丛刊编纂委员会编《四库禁毁书丛刊》集部第106册，北京出版社，1997，第45页。

② 有关乐府、歌行、七古三者的关系，参见葛晓音《初盛唐七言歌行的发展——兼论歌行的形成及其与七古的分野》，《文学遗产》1997年第5期。有关新题乐府与新乐府的差异，参见葛晓音《论杜甫的新题乐府》，《社会科学战线》1996年第1期；葛晓音《新乐府的缘起和界定》，《中国社会科学》1995年第3期。

③ 王世贞：《弇州山人四部稿》卷六《乐府变》小序，《四库提要著录丛书》集部第117册，第189页。

④ 元稹撰，冀勤点校《元稹集》卷二三《乐府古题序》，中华书局，1982，第255页。

⑤ 关于王世贞淡化《乐府变》在批判现实的自觉性上与白居易《新乐府》的关系，陈田辑撰《明诗纪事》（己签卷一，第4册，第1880页）曰："七子论诗，断自大历以上。故弇州于张文昌、白乐天乐府，曾不齿及。"又，关于王世贞回避"即事命题"说源自元稹《乐府古题序》，徐朔方在《论王世贞》（《浙江学刊》1988年第1期）一文中有所论及。

⑥ 在诗学理论上，晚明亦有对杜甫歌行之乐府化的批评，如许学夷《诗源辩体》卷一九："子美《丽人行》，歌行用乐府语，不称。"（人民文学出版社，1987，第214页；标点有修改）但在创作上，作家们的辨体意识要淡薄很多。

个常见现象。如刘城《乐府变》曰：

> 昔王弇州取嘉、隆间事，作《乐府变》二十余章，即事命题，比于子美。虽云依隐善托，固不害大书特书矣。余往于崇祯间，有所感叹，皆借古题影略之，读者不觉也。今年乙酉五月中，多不忍言者，乃不能不斥言之。以其人其事稍被古声，辞取显白，亦不肯乖于田畯、女红之意。①

这段话是对王世贞《乐府变》小序的自觉呼应。王世贞赞誉杜甫"能即事而命题，此千古卓识也。而词取锻炼，旨求尔雅，若有乖于田畯、红女之响者"②，故刘城在此基础上，作了两方面的进一步发挥。

首先，刘城《峄桐文集》中有《今乐府》七篇、《乐府变》九篇。但与王世贞不同，刘城的《今乐府》属新题乐府，而《乐府变》属旧题乐府，可见他认为"乐府变"的核心，不在新题、旧题之争，而在"不忍言"的讽喻精神。王世贞强调杜甫的"即事命题"精神，容易将读者对《乐府变》的理解引向"新题乐府"之形式，刘城则"借古题影略""稍被古声"，坚持用乐府旧题来创作《乐府变》，明确了《乐府变》的核心在"即事"，而非"命题"。

其次，对崇祯间事，刘城"有所感叹，皆借古题影略之，读者不觉"；对乙酉间事，却"多不忍言者，乃不能不斥言之。以其人其事稍被古声，辞取显白"。虽然都用了旧题，二者之别却显而易见，一种是隐晦的写法，另一种是直白的写法，对应的正是他眼中的"依隐善托""大书特书"二法。而他将后一种写法落实为"不肯乖于田畯、女红之意"的态度，亦受王世贞《乐府变》的启示而来。王世贞推崇杜甫乐府，指出其唯一不足之处，在"词取锻炼，旨求尔雅，若有乖于田畯、红女之响者"，即太温柔敦厚，缺少乐府诗的生气。故王世贞宁愿"鄙俗"，也要避免这种文人气。刘城在遭遇王朝鼎革后，对"辞取显白"的追求无疑更自觉，他就是要与

---

① 刘城：《峄桐诗集》卷一《乐府变》小序，《四库禁毁书丛刊》集部第121册，第541页。
② 王世贞：《弇州山人四部稿》卷六《乐府变》小序，《四库提要著录丛书》集部第117册，第189页。

杜甫的"词取锻炼"区分开来，用乐府诗的民间性和口语化特征，畅快地表达自己的愤懑情感。类似的情况，在明末作家中颇为普遍，如王思任《诏狱可罢行》《缇骑来》二篇，其《诏狱可罢行》小序曰："少陵即事命题，弇州谓其卓识，而不满其尔雅之词，以为不似田畯、红女之口也。予偶愤二事，即冲口出之。言责官守，未遣其会，辄以鄙俚歌之。"① 在推崇杜甫、王世贞之新题乐府的基础上，于语言方面有所调整，形成相对"鄙俚"的诗歌风格，其法与刘城如出一辙。

王世贞用"鄙俗"来改变杜甫的"尔雅"，在一定程度上，是诗歌语言的一种选择；而刘城、王思任等人认同王世贞的作法，则不仅是诗歌语言层面的认可，更指向乐府主题在社会批判层面的超越。嘉、隆间事，只是朝廷士大夫的内部动荡，王世贞秉持"依隐善托""备异时信史"的态度，大致停留在温柔敦厚的范围内，有刺亦有美；天启阉乱及甲申之变，则指向了士大夫群体的灾难、国家的覆亡，甚至民族政权的统治，刘城的"斥言之"和王思任的"冲口出之"，与王世贞在存削之间犹豫再三的态度迥异。

以上刘城、王思任等人，是晚明因循《乐府变》较自觉的一批作家。甚至可以说，他们对复古诗家的学习，有时胜过对杜甫的学习。刘城《今乐府》小序曰："余读崆峒、元美集，乐府有即事命题者，无论其文古，其事核，即不以言语文字讳，先朝宽大之象可见也。"② 提到了李梦阳、王世贞，而未提杜甫、白居易等人。当然，考虑到他在《今乐府》中称李、王为先朝气象，《乐府变》中又纪乙酉诸事，已是入清口吻，以明遗民自居，那么，他的乐府创作更强调明人传统，或有其他用意。类似对王世贞《乐府变》全盘接受的情况，还有陈子龙的"新乐府"六首、③ 李雯的"乐府变"四首等。在传统文学史中，他们所代表的，正是明代第三次文

① 王思任：《谑庵文饭小品》卷二《诏狱可罢行》小序，《续修四库全书》第1368册，上海古籍出版社，2003，第74页。
② 刘城：《峄桐诗集》卷一《今乐府》小序，《四库禁毁书丛刊》集部第121册，第540页。
③ 清嘉庆八年（1803）刻本《陈忠裕全集》录"新乐府"五首，包括《白云草》中的《范阳井》、《湘真阁稿》中的《谷城歌》《小车行》《卖儿行》、《三子诗稿》中的《韩原泣》。今检《湘真阁稿》卷二"新乐府"中，《谷城歌》《小车行》间尚有《辽兵行》一篇，亦当属新乐府。

学复古运动，发扬王世贞《乐府变》的批评精神，借新题乐府来讽咏今事，重振文坛气象，是顺理成章的一件事。

然而，晚明文学思潮的主流，已不再是文学之复古。与刘城、陈子龙等人对王世贞的一味接受不同，更多的诗人对王世贞的乐府变体观持辩证的态度。他们不会将复古派的乐府观与王世贞的乐府观画上等号，而是对李梦阳、何景明、李攀龙、王世贞等人的乐府创作予以区别看待。比如熊明遇，对所宗李梦阳、何景明、李攀龙诸家有直言批评，但对王世贞依然好评：

> （王世贞）作《乐府变》，自谓杜陵遗诀，以备一代采择，甚盛心哉。然恨不数章，如《寿宁泣》等题，明矣。至《尚书乐》，非有人笺注，孰知其刺赵文华之于相嵩也。乃后之作乐府者滥觞，将时事直叙其体，则近日歌行而题曰古乐府，可乎哉？余甚宗尚四家，而其一二未稳惬处，恐开后世磔裂古体之端，又何敢随声附会也？①

熊明遇说“余甚宗尚四家”，则以上文字是对所宗潮流的反思，而非对异己学说的批判。尽管他批评二李失之断，何景明失之白，且不认同王世贞视歌行为乐府的观念，却坦言《乐府变》为晚明乐府创作之“滥觞”。当然，他所批评的歌行、乐府混一现象，本是杜甫新题乐府的惯用之法，并非王世贞的发明，因此他再怎么疾呼“磔裂古体”的危险，也因无法撼动杜诗的经典地位而收效甚微。从这个角度来说，王世贞将杜甫标举为宗法对象，至少有两个好处：首先，将“乐府变”的体式范围扩大至广义的新题乐府，丰富了乐府变的创作内涵，促成“近日歌行而题曰古乐府”之风气的兴起；其次，找到了一个有力的理论支撑，就算晚明诗人们对其新题乐府观发起激烈的批评，他也能在杜甫“诗圣”光环的庇佑下站稳脚跟。

在晚明时代，像熊明遇这样对李梦阳、李攀龙的模拟有所不满，但认可王世贞之新变的诗人不在少数。每个人的批评角度各有不同，亦不乏对

---

① 熊明遇：《文直行书诗》卷一《古体》小序，《四库禁毁书丛刊》集部第 106 册，第 45 页。

乐府诗史有更宏观认知的作家。如顾景星在崇祯十七年（1644）创作《效杜甫乐府》八首，其序曰：

> 唐拟古乐府，即莫善太白、长吉、文昌、仲初辈，题不必今，辞不必古。元、白辈始创新题，讽喻体裁尽变；若刘猛、李余，古题新意，流传则少。至明李西涯咏古，无切于时。于鳞则睍睍然，称如胡宽营新丰，为善拟其用，至剿古为己有。元美变袭各半，其后撰《乐府变》，谓少陵即事命题，千古卓识。甫本古体诗，谓之乐府也可，以其风刺善也。①

顾景星的这段话，较之熊明遇有两个推进之处。其一，他的辨体论更直溯本源，直言杜甫的新题乐府为古体诗，不认可杜甫在乐府诗史中的意义，而主张"元、白辈始创新题"。熊明遇虽有类似看法，但停留在对明代诗学的批评上，缺乏史的意识，顾景星比他自觉得多。其二，他完全否定了李东阳、李攀龙二人在乐府诗创作层面的价值，认为李东阳"无切于时"，李攀龙"剿古为己有"。而这两位是王世贞乐府思想中的重要参照人物，熊明遇眼中的白玉有瑕，在顾景星眼中一无是处。他说王世贞"变袭各半"，可见其无疑更认同"变"的那一半，而"变"之核心，在"以风刺善"之内容，而非"新题乐府"之形式，这也是坚持辨体的顾景星，勉为其难地承认杜甫歌行亦可称乐府的原因之一。他在创作上亦遵循这一原则，其《效杜甫乐府》八篇，虽纪甲申间事，却采用了《石壕吏》《留花门》一类的命题法，属于拟古乐府（视唐歌行为古）的范畴。这种变通方式，早在王世贞《乐府变》中就已出现，如《治兵使者行当雁门太守》《袁江流钤山冈当庐江小妇行》二篇，可见弇州本人亦未彻底遵行"即事命题"的原则，后来者心领神会，亦在情理之中。

当然，在晚明清初的乐府变创作中，还有走得更远的一批人，他们虽在文学思想和创作风气上受王世贞的影响，但却通过对文学复古思潮的强烈批

---

① 顾景星：《白茅堂集》卷二《效杜甫乐府》小序，《四库全书存目丛书》集部第 205 册，齐鲁书社，1997，第 549 页。

判和反思，跳过了李东阳、李梦阳、王世贞、陈子龙等人的明乐府传统，直接对接杜甫、白居易等人的唐乐府传统。具体而言，或在理论层面上否认明人新题乐府的创造性，或在创作层面上贬低明人乐府的整体质量，从而达到直溯唐人传统的目的。顾景星的文字，已有这方面的痕迹，但他毕竟给予了王世贞较多的正面评价。而他的好友宋荦，就没有那么客气了：

> 古乐府音节久亡，不可摹拟。王（世贞）、李（攀龙）及云间陈（子龙）、李（雯）诸子，数十年堕入云雾，如禹碑石鼓，妄欲执笔效之，良可轩渠。少陵乐府以时事创新题。如《无家别》《新婚别》《留花门》诸作，便成千古绝调。后来张（籍）、王（建）乐府，乐天之《秦中吟》，皆有可采。杨铁崖咏史音节，颇具顿挫。李西涯仿之便劣，要当作古诗读，无烦规规学步也。①

在宋荦看来，李东阳、李攀龙、王世贞、陈子龙等人的乐府诗皆模拟之作，步入歧途。他更认可杜甫、张籍、王建、白居易，甚至杨维桢的作品。他的这段话实为顾景星而发，不仅直言"亡友顾赤方（景星）擅长此体，余最好之"，而且所论的三篇杜甫作品，都是顾景星曾经拟作的对象。但上面说过，顾景星虽对复古派的乐府创作有所批评，但并不完全否定王世贞的乐府观，对《乐府变》还赞赏有加；陈子龙、李雯等人写过"新乐府""乐府变"，熟悉近人诗集的宋荦不可能不知道，但他予以选择性无视。王世贞跳过中唐的新乐府运动，直接揄扬杜甫新题乐府"即事命题"的传统，固然有违文学史的基本常识，但宋荦在赞誉顾景星作品时，罔顾顾氏在乐府自序中对王世贞的评价，避谈王世贞、陈子龙、李雯等人创作新题乐府之事实，而将他们与一贯坚持拟古乐府的李攀龙一概而论，同样有悖文学史常识。这种歪曲文学史的书写方式，固然根植于王世贞或宋荦个人的诗学思想，但作为在文学思潮转变中的有效推动力，其自身也成了文学史事实的一部分。

---

① 宋荦：《西陂类稿》卷二七《漫堂说诗》，《清代诗文集汇编》编纂委员会编《清代诗文集汇编》第 135 册，上海古籍出版社，2010，第 302 页。

综上所述，我们可知，在王世贞《乐府变》创作事实及思想的影响下，晚明清初涌现了一批诗人，他们或承复古思潮，或应时局之变，开始有意识地创作以讽咏今事为主旨的新题乐府。在理论层面上，有的人完全认同王世贞的观点，有的人对王世贞进行辩证认可而基本否定其他复古诗家的贡献，有的人则跳过明人乐府传统，直接对接唐人乐府传统，大致呈现为三种观念有别的批评态度。但无论他们怎么思考，其乐府创作和理论争鸣，都受到晚明乐府变创作风气之不同面向的影响，皆可追溯至王世贞提出的"乐府变"概念。从这个角度来说，"乐府变"不再是一组特定的作品，而是一个明晰的文学观念，以及一场围绕这个观念而风起云涌的文学运动。

二 乐府变运动的体类范围及持续时间

前文通过划分三个层次，概述了晚明清初同中有异的"乐府变"思想，涉及新题乐府、拟古乐府、新乐府、讽喻诗等诸多概念。然而，对于肇其端的王世贞《乐府变》，我们无法用"新题乐府"或"讽喻诗"来简单定义，受其影响的后续作品，情况自然更复杂。从这个角度来说，王世贞《乐府变》的属性为何，不仅涉及晚明清初诗家在新、旧乐府观念上的不同认知，还关系到对整个乐府变运动之体类范围及持续时间的界定，其重要性不言而喻。

乐府诗如何分类定性，前人有大量研究成果。以唐人乐府学为例，从讽喻诗的角度来说，元稹在《叙诗寄乐天书》中有古讽、乐讽、律讽的区别①；从乐府功能的角度来说，钱志熙先生概括为尚辞、尚义、尚乐三种类型；从乐府体制的角度来说，又概括为旧题乐府、新题乐府、新声乐府三种类型②。那么，我们不妨借这三种分类方法，来审视王世贞的《乐府变》。首先，王世贞视杜甫歌行为乐府，则古讽、乐讽之区别法，已难落实；其次，王世贞虽强调"即事命题"，但《将军行》早有刘希夷、张籍等人作品，《治兵使者行当雁门太守》《袁江流钤山冈当庐江小妇行》有致

---

① 参见元稹撰，冀勤点校《元稹集》卷三〇《叙诗寄乐天书》，第 352~353 页。
② 参见钱志熙《唐人乐府学述要》，《中国社会科学》2013 年第 8 期。

敬经典之意，概称为新题乐府，亦有失严谨。排除了以上二法，我们再看钱志熙先生所谓的"尚义"，在《乐府变》中颇为显眼：

> 古乐府自郊庙、宴会外，不过一事之纪，一情之触，作而备太师之采云尔。拟者或舍调而取本意，或舍意而取本调，甚或舍意调而俱离之，姑仍旧题，而创出吾见。六朝浸淫以至四杰、青莲，俱所不免。少陵杜氏，乃能即事而命题，此千古卓识也。而词取锻炼，旨求尔雅，若有乖于田畯、红女之响者。①

在这里王世贞表达了三层态度：其一，在拟古乐府内部，无论舍调取意（尚旧义），还是舍意取调（尚乐），皆不及舍意调而创吾见（尚新义），即提倡不拘形式以求新，故他对李白的旧题乐府评价甚高；其二，推崇杜甫即事命题的新题乐府，不再像李白那样创吾见而仍旧题，以为千古卓识；其三，在新题乐府的创作上，主张尚辞（词取锻炼）、尚义（旨求尔雅），兼顾尚乐（田畯、红女之响），在三者无法兼顾的情况下，则优先考虑辞、义的表达。其《弘治宫词》《正德宫词》《西城宫词》，继承的就是唐代的新声乐府传统，作为另一条创作之路，与《乐府变》并行不悖。综上而论，王世贞《乐府变》的核心在"尚义"，即讽咏今事的传统。

那么，晚明诗人如何看待王世贞的这组作品呢？顾景星评价王世贞乐府"变袭各半"，可见在他看来，《乐府变》的核心内涵在一"变"字。我们有必要明确此"变"的参照对象为何，是在文学文本层面，对李攀龙"剿古为己有"的拟古创作有所改变；还是在文学现实层面，突破李东阳《西涯乐府》中"无切于时"的保守思想？这涉及两个不同的文学传统，一为"乐府新题"传统，一为"诗史"传统，有必要进行细致区分。一旦我们细究这两个文学传统的不同之处，两种特殊的乐府类型就凸显了出来：一类以乐府新题纪咏旧史，渊源于李东阳《西涯乐府》，在晚明清初有不少效作；一类以乐府旧题讽咏今事，渊源于唐刘猛、李余诸家，明末

---

① 王世贞：《弇州山人四部稿》卷六《乐府变》小序，《四库提要著录丛书》集部第117册，第189页。

以顾景星《效杜甫乐府》为代表。这两类作品是否也在"乐府变"的范围内，将在很大程度上决定乐府变运动的文学史意义。从这个角度来说，对王世贞《乐府变》定性并不难，但受其影响而发展壮大的乐府变运动，其各式作品的文体边界要复杂得多。

我们先看晚明作家对"乐府变"三字的常规理解。刘城《乐府变》九首，明言"间仍古题，皆增字以别之，而调亦加变"[1]，所用诸题皆袭改元前旧题，而所咏为乙酉国变事；其《今乐府》七首，赞赏李梦阳、王世贞的新题乐府"其文古，其事核，即不以言语文字讳"[2]，多和李梦阳新题之作；另撰《乐府》三十四篇，沿汉魏旧题，却一再强调"其文则古，而其事与义则别，余固不为拟古乐府"[3]。以上种种，皆见刘城对"乐府变"的理解，甚至其对"乐府"原初概念的认知，即在内容上的讽咏今事，而非新、旧题之形式。

明遗民薛敬孟，其《击铁集》中有"乐府变声"十一首，[4] 兼具讽咏今事和乐府新题二要素；另撰"乐府新声"二十三首，效唐人王建、张籍等人的新题乐府。可见在他眼中，无论是"乐府变声"还是"乐府新声"，都是讽咏今事之作，它们的主要差异，是借唯名定义之不同，将唐人、明人的新题乐府区分开来。另一遗民潘江，其《木崖集》中有"乐府变体"二十四首，这些作品以首句的前二、三字为题，每题下有"美禁火耗也""美通商也""美禁关节也"[5] 之类的小序，明显学习白居易《新乐府》的命题法。潘江将之定类曰"乐府变体"，亦希求在时代上有别于唐人"新乐府"。从这个角度来说，他与薛敬孟一样，只是将"变"视为区分时代的一种标签，在内容上仍遵循讽咏今事的宗旨。

由上可知，在多数作家眼中，《乐府变》创作的第一义在"尚义"，在讽咏今事的"诗史"实践。但他们对"变"的理解，大多停留在时代之变上，缺少对乐府学流变的深层认知。而一旦"诗史"观念被固定下来，作

---

① 刘城：《峄桐诗集》卷一《乐府变》小序，《四库禁毁书丛刊》集部第121册，第541页。
② 刘城：《峄桐诗集》卷一《今乐府》小序，《四库禁毁书丛刊》集部第121册，第540页。
③ 刘城：《峄桐诗集》卷一《乐府》小序，《四库禁毁书丛刊》集部第121册，第536页。
④ 参见薛敬孟《击铁集》卷一"乐府变声"，《四库未收书辑刊》第7辑第20册，北京出版社，1997，第123页。
⑤ 潘江：《木崖集》卷三《桐山谣》，《四库禁毁书丛刊》集部第132册，第34页。

为第二义的"新题乐府"，便有了在形式上寻求变化的多种可能。王世贞为了改变复古派的拟古风气，力倡"即事命题"之说，而在当时，根据前人的创作经验，"即事命题"至少有三个学习方向：一是以杜甫新题乐府、白居易《新乐府》为代表的极意讽喻之作，此为王世贞的本旨，诚然大流；二是以李东阳《拟古乐府》为代表的"因人命题""缘事立义"的批评前事之作，王世贞晚年对此评价甚高；三是以白居易《长恨歌》《琵琶行》、元稹《连昌宫词》为代表的哀感顽艳之作，直至清初，方见气象（后有详论）。这三种类型中，只有第二类与早期乐府传统无关，是明乐府自身发展出来的新传统，且对王世贞乐府观的转变有重要影响，不可不提。

李东阳《拟古乐府》二卷（又名《西涯乐府》，共一百首），取明以前正史故事作咏。虽曰"因人命题""缘事立义"，实缺少杜甫乐府讽咏今事的精神。他回顾唐以来的乐府发展史，"唐李太白才调虽高，而题与义多仍其旧。张籍、王建以下，无讥焉；元杨廉夫力去陈俗，而纵其辩博，于声与调或不暇恤"①。根本未提杜甫的新题乐府；至于元、白的新乐府，也在"张籍、王建以下，无讥焉"的轻蔑语调中略过。可见李东阳对乐府创作的理解与杜、白等人大相径庭。其作虽曰"拟古乐府"，实为拟古事之乐府，而非拟古乐府之题与义，与复古派的拟古乐府，是两个不同的概念。

这样的创作形式，在嘉靖以后的诗坛没有产生太大的影响，王世贞也认为其作"十不能得一"②。但他晚年对《西涯乐府》的态度大变，成为诗人们判断复古诗风转变的一个窗口：

> 吾向者妄谓乐府发自性情，规沿风雅。大篇贵朴，天然浑成。小语虽巧，勿离本色。以故于李宾之拟古乐府，病其太涉论议，过尔抑剪，以为十不得一。自今观之，亦何可少。夫其奇旨创造，名语迭

---

① 李东阳：《诗前稿》卷一《拟古乐府引》，周寅宾点校《李东阳集》第 1 卷，岳麓书社，1984，第 1 页。

② 王世贞：《艺苑卮言》卷六，丁福保辑《历代诗话续编》下册，中华书局，1983，第 1046 页。

出，纵不可被之管弦，自是天地间一种文字。若使字字求谐于房中、铙吹之调，取其声语断烂者而模仿之，以为乐府在是，毋亦西子之颦、邯郸之步而已。①

这段文字关涉"弇州晚年定论"，故现今学界主要关注王世贞前、后期文学思想之转变，及对晚明文学思潮的诸多影响。较少从乐府文体学的角度，来探究李东阳《拟古乐府》造成王世贞乐府观变化的原因。王世贞在《艺苑卮言》中说"李文正为古乐府，一史断耳"②，评价甚低，却在晚年盛赞他"奇旨创造，名语迭出""自是天地间一种文字"。与此同时，看衰"求谐于房中、铙吹之调"在乐府发展中的前景，此法正是嘉靖年间他与李攀龙一同奉行的创作圭臬，故他所嘲笑的"取其声语断烂者而模仿之"，实可视为早年的自己。我们不禁要问，西涯乐府到底有什么魅力，让王世贞晚年幡然醒悟，以至于态度有如此大的转变？

李东阳的拟古乐府，本质上是咏史诗。后人评曰："李西涯之乐府，其文不谐金石，则非乐也；不取古题，则不应附于乐府；又不咏时事，则不合于汉人歌谣及杜陵新题乐府，当名为咏史乃可。"③ 这种前所未见的"三不"特征，让读者很难将其归入《乐府诗集》的分类体系中，因为它与宋以前的古、近乐府皆不同。从王世贞、李攀龙的早年创作来看，他们在"不谐金石""不取古题"二事上，与李东阳截然不同，只在"不咏时事"的态度上基本一致。但严格地说，"后七子"主张不咏事，李东阳主张咏古事，故弇州批评其"太涉论议"。王世贞晚年看重的，亦非"咏古事"本身，而是"咏古事"中的议论之法，这超越于今事、古事之上，可资借鉴。《弇州山人续稿》中有不少以新题咏古事的"拟古乐府"，如《信陵行》《东方曼倩行》《乌孙公主歌》等，都是王世贞乐府思想转变之后的作品。至于《西涯乐府》是否"有直刺时事者"④，笔者未敢妄论，

① 王世贞：《弇州山人读书后》卷四《书李西涯古乐府后》，《四库提要著录丛书》集部第123册，第90页。
② 王世贞：《艺苑卮言》卷六，《历代诗话续编》下册，第1046页。
③ 吴乔：《围炉诗话》卷二，郭绍虞编选，富寿荪校点《清诗话续编》第1册，上海古籍出版社，1983，第513页。
④ 陈仅：《竹林答问》，郭绍虞编选，富寿荪校点《清诗话续编》第4册，第2234页。

但 "西涯乐府，得古诗之遗，风刺并见，含蓄可味"① 的看法，是晚明清初诗人的普遍观念。作为创作技法的 "风刺并见"，完全可能被他们所用。

巧合的是，对王世贞《乐府变》有过效仿的刘城，也对李东阳《拟古乐府》发表过看法。作为在王世贞乐府观影响下的一代人，他对李东阳的认识，多少带有王世贞的某些痕迹：

> 唐惟杜少陵即事创题，不仍往昔。本朝李西涯别用故事，尺度自裁，皆古今卓识。教俗订讹之功，斯为大矣。余少得《西涯乐府》本，读而好之，后览元美《卮言》，谓一史断耳，心然疑其说。夫不拟古之既作者而自为之，此有所动千中矣。然其事则古，其文则古，即安能无美刺讽喻其间。……不盈不肯拟古，持论正与余同。其独和西涯者，盖以题无因仍，事见本末，情有感触，语具兴观，故能独纵己力为之也。②

这是刘城为顾尔迈《和西涯乐府》撰写的序文，虽然他对王世贞《乐府变》推崇备至，却没有读过《弇州山人读书后》，以至于当他看到王世贞评价西涯乐府为 "史断" 的时候，难免心疑其说。但即使如此，他还是认为西涯乐府 "美刺讽喻其间"，指出从不创作拟古乐府的顾尔迈之所以和《西涯乐府》，就是因为其中有一般拟古乐府没有的东西，"题无因仍，事见本末，情有感触，语具兴观"。可见在刘城等人看来，《西涯乐府》区别于一般拟古乐府的关键之处，在今人所谓的 "尚义"。

顾尔迈的《和西涯乐府》是否涉明代史事，因文献不存，无法确言。从他欣赏《西涯乐府》"题无因仍，事见本末，情有感触，语具兴观" 来看，如果只是一味地因题次韵，就会变成对其欣赏对象的一种解构，这种可能性不大。后来的明遗民陶汝鼐，撰《广西涯乐府》三卷一百二十首，前二卷仿《西涯乐府》吟咏古事，第三卷续《西涯乐府》咏明朝事，则有

---

① 朱彝尊编《明诗综》卷二二引陈恭尹语，《四库提要著录丛书》集部第 317 册，第 388 页。

② 刘城：《峄桐文集》卷二《和西涯乐府序》，《四库禁毁书丛刊》集部第 121 册，第 398 页。

怀念故国、反思旧史的明确指向。在他眼中，与七子乐府的"斤斤学步"不同，《西涯乐府》虽咏古事，却寄批评于其中，有"风义""救时"① 之旨。在清政权渐趋平稳的局势下，委婉刺时的咏史诗，比直白讽喻的新题乐府，更适宜生存。如清初人单隆周，撰《似乐府》五十四首，其序曰：

> 拟古之外，取近代可歌可咏之事，立题制什，此亦变通唐人《系乐府》《新乐府》之意也。尝读明史，因刺取其事，兴会所起，繁简听之，被以古体，间以唐音。即境写情，遇物成象，得如干首，题曰《似乐府》。昔李西涯自为乐府，王元美始痛抑之，已而自悔，称其奇旨创造，名语迭出。李空同以乐府音节谣咏近事，极得讽喻之体。数百年来，竞称卓绝。余窃取其义，用抒于邑云尔。②

单隆周明言其作有两个传统：一是唐人《系乐府》《新乐府》的取近代可歌咏之事，立题命篇，即"刺取其事"；二是西涯乐府的"奇旨创造"、空同乐府的"极得讽喻之体"，即"窃取其义"。也就是说，于唐人乐府更关注新题，于明人乐府更关注新义。从批判精神来说，他继承的是李东阳、李梦阳、王世贞一脉而下的明人传统，后万斯同《明乐府》六十八首，尤侗《拟明史乐府》一百首，吴炎、潘柽章《今乐府》一百首等，都是类似的情况。之所以清初人有这样的普遍认识，王世贞晚年对西涯乐府的高度评价，及钱谦益对"弇州自悔"的再三宣传，起到了很重要的作用。

从当下的文学眼光来看，李东阳、陶汝鼐、单隆周、万斯同等人的乐府，皆咏前代事（古事、近事）而非今事。虽然他们都有批判精神寄寓其中，但一个是历史批评，一个是现实批评，二者有不小的差别。我们需要认识到，王世贞晚年之所以赞誉西涯乐府，是因为其中的批判精神不同于嘉靖后期的模拟之风，其"变"的参照物，是李攀龙乐府；而清初人效仿西涯乐府，是由整个时局造成的，他们不便对新政权的统治进行直白的批判，只能转向对明朝史事之吟咏，借此对旧王朝的覆灭有所反思，其

---

① 陶汝鼐：《荣木堂合集》卷二《噉古自序》，《四库禁毁书丛刊》集部第85册，第490页。
② 单隆周：《雪园诗赋初集》卷三《似乐府》小序，《四库未收书辑刊》第8辑第17册，第226页。

"变"的参照物，是创作空间渐小的乐府变传统。时代不同，"变"的初衷和诉求亦不同。王世贞试图借李东阳的历史批评，来改变李攀龙的模拟风气，殊不知百年后的另一批诗人，面对新政权的文网，又借李东阳的历史批评躲进小楼，将王世贞开创的乐府变运动引向了终结之路。

既然王世贞题曰《乐府变》，后人也认同其意义在"变"不在"袭"，那么，我们在接受他变革前人乐府之事实的同时，也得允许后人在核心内涵不变的情况下，可以对他的乐府观念有细微的改变。就像刘城的《乐府变》稍改乐府旧题，只要讽世刺时的主旨尚在，就仍是"乐府变"的精神。从这个角度来说，无论是创作者还是研究者，都没有必要过度拘泥于形式，否则只会遮蔽对真实面貌的探究。

综上而论，乐府变运动的起始时间，在嘉靖四十年至隆庆元年间，王世贞的《乐府变》创作于这一时期；其结束时间大致在清康熙前期，因吴伟业卒于康熙十一年（1672），万斯同《明乐府》作于康熙十八年（1679）上京前，尤侗《拟明史乐府》作于康熙二十年（1681）。其作品内容，主要针对晚明国家变局和地方民生状况，以及明清鼎革带来的社会剧变，涉及王世贞、陈子龙、李雯、王思任、刘城、顾景星、薛敬孟、潘江、钱澄之等诗家。入清以后，风气渐弱，虽有魏裔介《今乐府》、陈维崧《新乐府》诸篇，但规模已大不如前。其创作主流，转为陶汝鼐、单隆周、万斯同等人的明史乐府。当然最重要的是，在明末乐府变风气与清初变局的合"变"影响下，出现了一位以歌行创作名垂诗史的作家。吴伟业是这次乐府变运动的殿军，还是超越乐府变运动的更伟大的诗人，接下来会继续讨论。但有一点毋庸置疑，即吴伟业身上最鲜明的"诗史"和"梅村体"两个标签，都与晚明清初的乐府变运动有密切的关系，这是学界以往考察吴伟业诗歌较少关注的一面。

三 "七子"乐府变体思想与"诗史"传统的自觉

如果将乐府变运动视为又一次的新乐府运动，我们不禁要问，这次运动为什么会发生在晚明清初这一历史时段？晚明的政治变局与清初的国家动荡，固然是非常重要的外在原因，但类似场景在两宋之交、宋末元初、元末明初皆有出现，且都与民族政权的更迭有关，为什么在此之前没有如此大规模的新题乐府创作现象？我们只有将内因与外因结合在一起考察，方能对乐府变运动的思想基础有更深刻的认知。

"乐府变"肇始于王世贞，在某种程度上，我们可以将之理解为王世贞后期思想在乐府创作中的一次实践。他在《乐府变》中赞誉杜甫的新题乐府，未提元、白二人，表面上是"新题乐府"和"新乐府"两个概念的差异，但或许可以理解为在复古派"诗必盛唐"学说下的必然选择。还有一点也很重要，那就是明以前诗人，论杜甫而及"诗史"，已成常态；但白居易、元稹及其《新乐府》，却少有人以"诗史"相称。强调杜甫的"即事命题"，可以有效地与晚明兴起的"诗史"思潮挂钩。之前何景明、王廷相等"前七子"，对杜甫的"变体"创作多有批评，[①] 如何景明《明月篇》小序曰：

> 仆始读杜子七言诗歌，爱其陈事切实，布辞沉着，鄙心窃效之，以为长篇圣于子美矣。既而读汉魏以来歌诗及唐初四子者之所为而反复之，则知汉魏固承三百篇之后，流风犹可征焉。而四子者，虽工富丽，去古远甚，至其音节，往往可歌。乃知子美辞固沉着，而调失流转，虽成一家语，实则诗歌之变体也。[②]

在何景明看来，乐府、歌行须音调流转，杜甫的歌行过于强调切实，属于诗歌之变体，"其调反在四子之下"。显然，在何景明的诗学体系中，这种变体不是最好的学习对象，《明月篇》的风格，也更接近四杰之流丽。王廷相对杜甫"变体"的看法亦类似，其《与郭价夫学士论诗书》曰：

> 若夫子美北征之篇，昌黎南山之作，玉川月蚀之词，微之阳城之

---

① 廖可斌指出，复古派作家在考察中国古典诗歌的审美特征及其发展变迁过程中，就对"诗史"概念的合理性产生了怀疑。参见廖可斌《明代文学复古运动研究》，上海古籍出版社，1994，第 100 页。

② 何景明：《何大复先生集》卷一四《明月篇》小序，《四库提要著录丛书》集部第 274 册，第 122 页。

什，漫數繁叙，填事委实，言多趁帖，情出附轃，此则诗人之变体，
骚坛之旁轨也。①

他提到的四首叙事诗，杜甫《北征》、韩愈《南山诗》、元稹《阳城
驿》为五言古诗，卢仝《月蚀诗》为杂言古诗。在后世的文学评价中，这
四首叙事诗不只有内容上的"填事委实"，还有政治上的含蓄批评。如果
说何景明是从杜诗向前批评，那么，王廷相则是从杜诗向后批评，韩愈、
卢仝、元稹一并进入他的论说范围。对比可见，同为对"变体"的批评，
何景明更关注声与辞的差异，王廷相更关注情与事的差异，于此来说，王
廷相的关注点更具"诗史"意识。

既然何景明、王廷相一再批评杜甫"变体"，而王世贞却借杜甫的新题
乐府突出一"变"字，我们实可从用词中发现前、后七子的思想关联，即王
世贞针对何、王的"变体"说，赋予了"变"字新的诗学内涵。究其原因，
一方面，与王世贞后期力求为复古诗学注入新的活力有关；另一方面，弘治
朝的欣荣气象和嘉靖朝的党同伐异，形成了鲜明的对比，家国带来的巨大悲
愤，是他求变的外部动力，承袭了《诗经》而下的变风变雅传统。

讨论了"变"字在复古诗学内部的观念变化后，我们再来看王世贞
《乐府变》小序中的一段话：

> 其前集取亡害者半留之，几欲削去其余。既复自念三百篇不废风
> 人之语，其悼乱恶谇，不啻若自口出，乃犹以依隐善托称之。《诗》
> 亡然后《春秋》作，至直借赏罚之柄，而不闻有议其后者。秦兴而始
> 禁偶语、焚载籍，然不久而汉竟洗之。以国家宽大显信，其必亡虑，
> 于它可推已。②

他在这里征引了孟子的名句，即"《诗》亡然后《春秋》作"，这句

---

① 王廷相：《王氏家藏集》卷二八《与郭价夫学士论诗书》，《四库全书存目丛书》集部第
53 册，第 164 页。
② 王世贞：《弇州山人续稿》卷二《乐府变》小序，《四库提要著录丛书》集部第 120 册，
第 144 页。

话非同小可，因为在数十年后明清之际"以诗为史"阅读传统的确立过程中，它将成为清初各家"诗史"说大讨论中的一个公共话题。① 而王世贞是较早在具体的"诗史"创作实践中提到这一点的作家，我们有理由认为，王世贞对此的思考相当自觉，因为他在另一篇《编注王司马宫词序》中也提到了这句话，而且其就诗、史、情、事诸关系，展开了更清晰的论证：

> 《诗》亡然后《春秋》作。《春秋》者，史也，史能及事，不能遽及情；诗而及事，谓之诗史，杜少陵氏是也。然少陵氏蚤疏贱，晚而废弃寄食于西诸侯，足迹不能抵京师，所纪不过政令之瘝瘝，与衷乱乖离之变而已。独王司马建生于贞元之后，以宗人分，偶有所稔习于宫掖而纪其事，得辞百首。②

很显然，王世贞认为诗与情、史与事是两组对应的关系。史不能及情，诗却能及事，那么，诗的功能和意义无疑要比史大，其代表作家就是杜甫。由此，我们不难理解王世贞为什么要在《乐府变》中标榜杜甫：一来《乐府变》属于乐府新题，而非乐府新声，正匹配杜甫的歌行之体；二来王世贞创作时正值家居期间，其情形与杜甫晚年远离京城有相似之处，就诗情、史事二者关系的处理方式来说，更接近杜甫新题乐府的情况。他在《乐府变》和《宫词》的序言中都提到"《诗》亡然后《春秋》作"，显然不是无心之举，自有其深层的用意。他的《乐府变》和《弘治宫词》《正德宫词》《西城宫词》，即其"诗史"思想在不同类型创作中的自觉实践。

我们继续向前追溯，在"前七子"的另一篇重要文章中，又发现了

---

① 参见张晖《中国"诗史"传统》，生活·读书·新知三联书店，2016，第177～235页。另，张晖在台湾版《诗史》一书中，将第四章第二节的标题定为"《诗》亡然后《春秋》作：清初'诗史'说中的一个公共话题"（张晖：《诗史》，台北：学生书局，2007，第195～212页）。三联书店的修订版，删去了原标题，突出了"以诗为史"阅读传统之概念，在无形中淡化了"《诗》亡然后《春秋》作"这一学术话题。
② 王世贞：《弇州山人续稿》卷四三《编注王司马宫词序》，《四库提要著录丛书》集部第120册，第588页。

"《诗》亡然后《春秋》作"的踪迹。那就是李梦阳的《诗集自序》：

> 夫诗者，天地自然之音也。今途咢而巷讴，劳呻而康吟，一唱而群和者，其真也，斯之谓风也。孔子曰："礼失而求之野。"今真诗乃在民间。而文人学子顾往往为韵言，谓之诗。夫孟子谓"《诗》亡然后《春秋》作"者，雅也，而风者，亦遂弃而不采，不列之乐官。悲夫！①

以上论说文字，治明诗者很熟悉，因为李梦阳"真诗乃在民间"的主张，被后来学者视为空同"晚年自悔"的重要证据。在这篇文章中，李梦阳借同年文友王崇文之口，回顾了自己过往的诗歌创作观念，并进行了一定的反思和完善。② 可能是学界太关注"真诗乃在民间"一句的缘故，竟未留意此文是明代文学思潮中最早论及"《诗》亡然后《春秋》作"的作品。当然，李梦阳的态度以批评为主，认为此说虽雅，却间接造成了风诗、真诗遂弃不采的状况。以诗情、史事来说，他崇尚诗情一路，与王廷相、何景明等人批评杜诗"填事委实""陈事切实"，实殊途同归。而王世贞的《乐府变》则不同，既在"变体"的创作概念上，阐发出有别于王廷相、何景明的乐府新内涵；又在"《诗》亡然后《春秋》作"的理论概念上，选择了与李梦阳截然不同的"诗史"观。无论从哪个方面来看，王世贞的变革都是实质性的，作为乐府变运动的开端，无可争议。

乐府变运动中"诗史"传统的强化，不仅体现在初创者王世贞的言论中，其后继者亦有明确的理论意识。如万时华读过刘城的《乐府变》，告诫他"勿以示人""守此如瓶"；梁以樟对诗中的政治隐喻，亦有"斯指某，斯指某"③ 的猜测。可知这些作于崇祯十二年（1639）的作品，因指涉当时人事，包括对权臣的讽刺，并不适宜在短期内广泛流传。其作品的

---

① 李梦阳：《空同子集》卷首《诗集自序》，《四库提要著录丛书》集部第 40 册，第 129 页。
② 参见廖可斌《关于李梦阳"晚年自悔"问题》，《诗稗鳞爪》，浙江大学出版社，1999，第 137～151 页。
③ 刘城：《峄桐文集》卷九《书男蛾刻乐府变后》，《四库禁毁书丛刊》集部第 121 册，第 490～491 页。

现实批评，已从公共空间转向私人空间，这显然更接近杜甫的新题乐府，而非元、白的新乐府（只有前者才被公认为"诗史"）。另外，刘城将自己的乐府诗比作谢翱、文天祥、郑思肖的文字，而谢、郑等人的作品，显然不能用乐府或歌行之体来涵盖，但却可以用"诗史"学说来阐释。其文章的论述重心，不言自明。更关键的是，拿宋末谢翱、文天祥、郑思肖等人的事迹，来追溯易代之际的"诗史"创作传统，是钱谦益、黄宗羲等人的惯用手法。清初有关"诗史"最有名的两篇文章，钱谦益《胡致果诗序》和黄宗羲《万履安先生诗序》，① 其中讨论对"诗史"概念的理解，亦用到谢翱、文天祥、郑思肖、黄震、汪元量等人的故事。而钱、黄二文的主题无关乐府，是对广义诗、史关系的讨论。由此逆推，可知至明清之际，在"乐府变"传统的内部，相关主旨之重心，已从乐府之体式，转向"诗史"之功能。这种核心属性的变换，是乐府变运动与杜甫、白居易等人的唐乐府运动的最大不同，它在精神上比新题乐府更自觉，在体式上比新乐府更自由。当然，也因为它在精神上的自觉，使得对文学审美的追求有所忽视；因为在体式上的自由，使得对范畴边界的控制略显宽松。这些都为入清以后乐府变运动的衰落和变形埋下了诸多不稳定因素。

综上所述，乐府变运动有两个文学传统，一是体式层面的"新题乐府"传统，二是功能层面的"诗史"传统。向前追溯，它们同源于杜甫的歌行。故在很大程度上，王世贞小序中宗尚杜甫而不是白居易，有其必然的一面。晚明的乐府作家，更看重的是王世贞力振的"新题乐府"传统，他们对"诗史"概念及内涵的讨论，其实比较单一，尚没有像清初作家那样挖掘出丰富的内涵。与之相比，清初的乐府作家，更看重王世贞的"诗史"观念，这与整个时代环境的变化有一定关系，晚明时局让诗人们仍抱有讽时刺世、以求上听的愿景，这也符合乐府采风的初始功能；但其他政权的统治，让新题乐府丧失了沟通上下的路径，立足未稳的统治者未必从善兼听，诗人们也畏惧于潜在的文字之祸，更愿意在私人空间中行使"诗史"的创作权利。这个时候，"新题乐府"和"诗史"两个文学传统的不

---

① 张晖在《中国"诗史"传统》一书中，对这两篇文章中的"诗史"学说有重点论述（参见第 178~185 页）。

同，已不再是简单的体式、功能之别，而是文学创作及传播之公共空间与私人空间的不同。从这个角度来说，明清之际的家国灾难，让中国古典文学中的"诗史"传统进入了一个更深刻、更丰富的自觉阶段，而这种自觉性，又反过来延续了晚明乐府变运动的生命，促使其在创作方向上的某些调整和转变，从向上进言转为向内诉说，并最后引出了吴伟业的"梅村体"歌行。综上而论，自觉的"诗史"观念，是乐府变运动走向高潮的重要原因，也是乐府变运动较之中唐的新乐府运动在文学史意义上的最大不同。

四 晚明"乐府变"与清初"梅村体"的关系

有关吴伟业及"梅村体"的研究，是清代文学研究中的一个热点。对其歌行风格的溯源，早在清初，王士禛就说过："明末暨国初歌行，约有三派：虞山源于杜陵，时与苏近；大樽源于东川，参以大复；娄江源于元白，工丽时或过之。"[1] 指出钱谦益宗法杜甫、苏轼，陈子龙宗法李颀、何景明，吴伟业宗法元稹、白居易，颇有暗示明人学明、清人学唐的分流清源之意。此后的诗家，亦有补充发明，或以为学初唐四杰，如四库馆臣评"格律本乎四杰，而情韵为深；叙述类乎香山，而风华为胜"[2]；或以为学李商隐、温庭筠，如朱庭珍评"以《琵琶》《长恨》之体裁，兼温、李之词藻风韵"[3]。以上说法，皆精辟有见。他们都认为，吴伟业之所以能形成"梅村体"之风格，主要来源于对唐诗名家的学习。在清人大力批判明代文学遗产的形势下，跟着清人的溯源脚步，我们也理所当然地认为清人的创作一定跳过明代，直接向更早期、更经典的文学传统学习。亦有不少学者指出，"梅村体"学习了明传奇的叙事手法，[4] 这主要是从小说、戏曲等

---

[1] 王士禛：《带经堂诗话》卷一，人民文学出版社，1963，第21页。

[2] 永瑢等：《四库全书总目》卷一七三，下册，中华书局，1965，第1520页。

[3] 朱庭珍：《筱园诗话》卷二，郭绍虞编选，富寿荪校点《清诗话续编》第4册，第2355页。

[4] 关于"梅村体"与明传奇的关系，参见李瑄《"梅村体"歌行与吴梅村剧作的异质同构：题材、主题与叙事模式》，《浙江学刊》2016年第1期；李瑄《"梅村体"歌行的文体突破及其价值》，《文学遗产》2017年第3期。

更被当代学术所认可的俗文学体式中寻得灵感。事实上，明代文学与清代文学之间的关系，远没有像清人所划界限那么简单。① 本节尝试探究吴伟业"梅村体"与晚明乐府变运动之间的关系，以此为个案，观察明中叶以来形成的诸多文学"近传统"之于清代文学复兴的文学史意义。它们不仅发生在小说、戏曲等俗文学领域及性灵诗歌、小品文等艺术审美领域，而且在更大的文体范围内，皆有错综复杂的表现。

王世贞将"乐府变"定义为新题乐府，并以杜甫为标杆，在很大程度上，为后来很多诗人视歌行为乐府的创作行为，提供了理论上的支持。虽然也有一些诗人力辨杜甫歌行之体，如熊明遇、顾景星、许学夷等，但这种唯名之争只停留在批评层面，在创作上仍趋从大流，顾景星的《效杜甫乐府》就是最好的例证。这一趋势，在观念上为"乐府变"与"梅村体"的衔接，提供了充分的可能性。

如前所述，在晚明时代，"即事命题"的新题乐府呈现为两个学习方向：一是以杜甫新题乐府、白居易《新乐府》为代表的极意讽喻之作，二是以李东阳《拟古乐府》为代表的批评前事之作。入清以后，前一种情况基本上已不可能，单隆周、万斯同等人选择了第二种方案，这与他们的遗民身份及思痛精神有关。吴伟业则尝试了一个新的方向，即以白居易《长恨歌》、元稹《连昌宫词》为代表的"哀感顽艳"的创作风格。从吴伟业前后期歌行风格的转变，可以很好地认识到这一点。

现可考知的吴伟业的较早歌行，是作于崇祯四年（1631）的《悲滕城》、崇祯十年（1637）的《高丽行》《东皋草堂歌》、崇祯十一年（1638）的《殿上行》、崇祯十二年的《悲巨鹿》等。分咏滕州水灾、朝鲜臣清、瞿式耜党争陷狱、黄道周廷谏遭贬、卢象升死难诸事。无论在语言风格上，还是叙事结构上，都与文学史中所谓"梅村体"之哀感顽艳、婉转流丽不同，反而与王世贞《乐府变》中的《大地变》《辽阳悼》《商中丞》《黄河来》等多相似之处。叶君远就指出，吴伟业的早期歌行中，

---

① 参见廖可斌《关于明代文学与清代文学的关系——以诗学为中心的考察》，《文学评论》2016 年第 5 期。

苍凉沉重、反映现实之作甚多。① 这种风格，从宗唐的角度来说，更接近杜甫的新题乐府，如果一定要说他学习元、白，也是学白居易的"讽喻诗"而非"感伤诗"。至于吴伟业后期为什么会转向哀感顽艳，笔者以为，政治气氛的变化，让他不再一味敢言，而是需要用一种更委婉的批评方式，来表达自己的情感。故其吟咏对象，从重要历史人物，转为非帝王将相式的人物；其描述内容，从重大历史事件的发生，变为宫苑园亭的兴衰变迁；其创作出发点，也从政治上的批评和劝喻，变为对历史的咏怀和思考。从这个角度来说，他和万斯同等人异中有同，其主旨都从现实批评转向历史批评，他们希求回应的，并不是统治者的虚怀若谷，而是普通读者（同时代文人和后世的历史观察者）的认同和诗文存续的永恒。

以上考察"乐府变"和"梅村体"在风格、体式层面的关系，这属于文学内部研究之法；与之相应的是外部研究之法，主要体现在对王世贞、吴伟业二人关系的探究上。在中国文学史中，我们称吴伟业及"太仓十子"为"娄东诗派"，对这个地域诗派来说，同为太仓人的王世贞，是一位先行者的形象。无论在唐诗学上，还是地缘诗学上，王、吴二人都有不少相似之处。但吴伟业的文字中提到王世贞的次数屈指可数，给人一种欲说还休的感觉。有关二人在唐诗学上的关系，吴伟业《致孚社诸子书》曰：

> 弇州先生专主盛唐，力还大雅，其诗学之雄乎！云间诸子，继弇州而作者也；龙眠、西陵，继云间而作者也。风雅一道，舍开元、大历其将谁归？②

吴伟业推崇唐诗的风雅之道，在此思想体系下，肯定王世贞、陈子龙、李雯等人之于明代唐诗学的贡献。所谓的"龙眠"，指以方以智、钱澄之为代表的桐城诗人群。毛奇龄《龙眠风雅序》曰："当夫黄门（陈子龙）崛兴，与海内争雄，一洒启、祯之末驵狯余习。而其时齐驱而偶驰者，龙眠

---

① 参见叶君远《重新审视吴梅村的早期诗歌》，《清代诗坛第一家——吴梅村研究》，中华书局，2002，第64~77页。

② 吴伟业：《吴梅村全集》卷五四《致孚社诸子书》，下册，上海古籍出版社，1990，第1087页。

也。故云龙之名，彼此并峙。"① 而《龙眠风雅》的编者，正是前面提到的创作《桐山谣》的潘江。以上诸人，王世贞、陈子龙、李雯、潘江皆有《乐府变》或《新乐府》存世，方以智、钱澄之则是以"诗史"有声于时代的遗民诗人，② 吴伟业的叙事歌行亦享有"诗史"的评价。一条以诗歌宗唐为主张、在创作中践行"诗史"传统的跨地域诗学脉络，已隐约浮现出来。

而在地缘诗学上，吴伟业视王世贞、王锡爵为太仓文脉之大端，"两王既没，雅道渐灭"。但吴伟业以为王世贞的当学之处，在其盛年的"瑰词雄响"，而非晚年的"隤然自放"③。《乐府变》作于王世贞四十岁左右，正是其盛年用意之作，符合吴伟业"瑰词雄响"的标准。遗憾的是，在吴伟业看来，稍后的晚明时代，太仓文坛陷入了一种将"隤然自放之言"视为"有合于道"的困境。而这样的局面，是由王世贞晚年思想及其后继者的趋从所造成的。因此，从变革诗风的角度来说，吴伟业对王世贞持一种批评中有局部认同的复杂态度。

尽管吴伟业肯定了王世贞在宗唐、地缘诗学上的重要地位，但没有明说自己的文学思想是否受其影响。李瑄指出，吴伟业《杂剧三集序》中论诗、词、曲三者关系的文字，实沿袭王世贞《曲藻序》旧说而来（参见《"梅村体"歌行的文体突破及其价值》），可为一例。更早的洞察者，如乾隆年间的程穆衡，以《吴梅村诗笺》闻名诗坛，其评曰：

> 今观梅村之诗，指事传辞，兴亡具备。远踪少陵之《塞芦子》，而近媲弇州之《钦鴀行》，期以摭本反始，粗存王迹。同时诸子，虽云间、虞山犹未或识之，况悠悠百世欤！④

---

① 毛奇龄：《西河文集》序卷一二《龙眠风雅序》，《清代诗文集汇编》第87册，第279页。
② 参见钱澄之《藏山阁集》文存卷三《生还集自序》："所拟乐府，以新事谐古词，本诸弇州新乐府，自谓过之。"（《清代诗文集汇编》第39册，第704页）足见王世贞《乐府变》对其"诗史"创作的影响。亦可参见张晖《易代之悲：钱澄之及其诗》，人民文学出版社，2014。
③ 吴伟业：《吴梅村全集》卷三〇《太仓十子诗序》，中册，第693~694页。
④ 程穆衡：《娄东耆旧传·吴伟业传》，吴伟业《吴梅村全集》附录一，下册，第1413页；标点有修改。

　　程穆衡明确指出吴伟业的诗歌特征是"指事传辞，兴亡具备"。这八个字正指向了乐府变运动中最重要的两个文学传统：指事传辞，即新题乐府传统；兴亡具备，即"诗史"传统。另外，他对"梅村体"宗法对象的远近关系，也把握得很到位。杜甫的《塞芦子》，在白居易《与元九书》中被专门提到，与"三吏"、《留花门》并论。前及顾景星《效杜甫乐府》八篇，选题就是"三吏""三别"和《塞芦子》《留花门》，宋荦亦有"少陵乐府以时事创新题，如《无家别》《新婚别》《留花门》诸作，便成千古绝调"的评价，可见清人将这批作品视为新题乐府，已成常态。王世贞的《钦鵶行》，是《乐府变》中的一篇，沈德潜以为刺严嵩，此诗以鸟喻人，有寓言诗的特色，是一篇讽咏今事的佳作。程穆衡的"远踪近媲"说，使我们对"梅村体"的认知不再孤立地遥接唐人传统，同样对近代传统有所关注。毕竟对任何作家的创作来说，文学史及已有经典，是他们知识体系中的基础部分，晚近的文学风貌和社会现实，是他们知识体系中的变动部分。前者代表了理性的文学史认知，后者代表了对现实世界的文学体验，即使再伟大的作家的创作，也是由这两个部分合力形成的。

　　总的来说，"梅村体"中的精神、主旨一脉，形成于崇祯年间，从杜甫、王世贞继承而来；而风格、形式上的特征，来自对元白、四杰的学习，及对早年诗风的自觉改造，从而提升了其歌行的艺术审美价值。较之先前的王世贞、陈子龙、顾景星等人，他不仅在作品质量上有所超越，更有其他多方面的文学意义，如将"乐府变"的核心内涵从精神主旨转至风格形式，从现实批评转至历史批评等。随着这些要素离王世贞的原旨越来越远，最终发展为自成一家的文学样式。它自"乐府变"脱胎而来，又以新的面貌"梅村体"被后世诗人学习效仿，成为另一个文学传统的开端。

　　故笔者以为，"梅村体"的出现，是乐府变运动的一次突变。它的最大贡献，是将乐府变运动的创作主旨，从向外的刺时或咏史，内转至对文本语言、风格的锤炼与尝试。这一内转趋向，固然有为政治环境所迫的原因，但晚明宗唐诗家内部对复古学说的反思，造成"诗必盛唐"观念的瓦解，及对中晚唐诗风的探索，亦值得留意。但不管怎么说，王世贞提倡乐府"变"是为了赋予杜诗"变体"纪实刺世的时代内涵，而清人话语中对"梅村体"之语言、体式特征的偏重，却在一定程度上消解了这一内涵的影响力。至于它是否开启了另一种时代内涵，不在本文的讨论范围内。

最后，笔者想说的是，在中国文学史中，杜甫和吴伟业是最当得起"诗史"荣誉的诗人，虽然也有人对汪元量、黄遵宪等有过"诗史"的评价，但他们在文学史上的地位，尚不能与杜、吴二人并论。从杜甫的新题乐府，到吴伟业的"梅村体"，二者在本质上都是歌行，但位居"诗史"金字塔尖的作品之风格，前为沉郁顿挫，后为哀感顽艳，发生了明显的变化。我们不禁要问，为什么"诗史"的荣誉未曾落到兼擅《新乐府》之沉痛和"长庆体"之流丽，且被吴伟业推崇备至的白居易身上？除了白居易所处时代不像安史之乱、明清易代那么剧烈外，是否还有其他原因？笔者认为，这涉及之前所说的文学创作中的私人空间、公共空间等问题。无论是杜甫还是吴伟业，他们的"诗史"作品，虽为纪实，但首先有感而发，充溢着饱满的私人感情。白居易略有不同，《新乐府》自云"欲见之者易谕""欲闻之者深诫"①，有以求上观的诉求，其理性批评难免对情感有所约制；《长恨歌》《琵琶行》等作品，或虚构太多，或个人行迹太显，与社会现实的关系颇疏。不管哪一种情况，都未能在情和事之间达成一种平衡。这种平衡，唯有杜甫和吴伟业处理得最好，包括王世贞、陈子龙、顾景星等人，皆有顾此失彼的遗憾。这或许是在读者及批评者的眼中，乐府变运动不为人知而"梅村体"尽人皆知的深层原因吧。

（责任编辑：马昕。本文原刊于《文史哲》2019 年第 1 期）

---

① 白居易著，顾学颉校点《白居易集》卷三《新乐府》，第 1 册，中华书局，1979，第 52 页。

由诗到词：明清《江南春》唱和与文体误读[*]

汤志波[**]

内容提要 元末倪瓒作七言古诗《江南曲》与《江南春》，又将二者合钞称"《江南春》三首"赠友人。明弘治间以沈周为首的吴中文人开始追和《江南春》，按其音调视为两首整体追和，至嘉靖中期已有五十人参与并编刻成集。倪瓒原唱及沈周、文徵明等人和作是诗非词，但嘉靖后明人对《江南春》文体认识出现分歧，或入诗集，或入词集，情况不一。随着唱和过程中题材范围不断扩大、不再严格步韵以及题目与"词牌"分离，清康熙间《江南春》已多被视为词一阕，而《倚声初集》《瑶华集》等词集编纂收录《江南春》，则起到了推波助澜的作用。光绪间刊刻的《江南春词集》丛书名于理论上巩固了其词体地位，民国间《明词汇刊》又据此收录，《江南春》被误认为词的过程至此完成。《江南春》唱和与文体误读与明清词史、词学发展有着密切的关系。

关键词 《江南春》 倪瓒 沈周 诗词辨体 自度曲

一 《江南春》唱和与文体之争

明弘治间，长洲许国用得倪瓒手卷"《江南春》三首"，甚为宝惜，邀请吴中文人追和。倪瓒原作全录如下：

* 本文为国家社会科学基金青年项目"沈周与吴中文坛研究"（项目编号15CZW036）阶段性成果。

** 汤志波，华东师范大学中文系副教授，著有《明永乐至成化间台阁诗学思想研究》等。

汀洲夜雨生芦笋，日出曈昽帘幕静。惊禽蹴破杏花烟，陌上东风吹鬓影。

远江摇曙剑光冷，辘轳水咽青苔井。落花飞燕触衣巾，沉香火微萦绿尘。

春风颠，春雨急，清泪泓泓江竹湿。落花辞枝悔何及，丝桐哀鸣乱朱碧。嗟我胡为去乡邑，相如家徒四壁立。柳花入水化绿萍，风波浩荡心怔营。①

弘治二年（1489）至十二年（1499）间，沈周、祝允明、杨循吉、徐祯卿、文徵明等先后唱和《江南春》，沈周凡再四和。②嘉靖间许国用所藏手卷转为袁袠所得，袁袠请文徵明、仇英为之补图，并掀起首次唱和高潮。这次唱和时间约从嘉靖九年（1530）至二十六年（1547），吴中文人王守、王宠、王毂祥、钱籍、皇甫涍、文嘉、彭年、袁表、袁袠、陈沂、顾璘等四十余人参与，并编刻成《江南春》一卷，是为"嘉靖本"。由于《江南春》唱和主要通过书画传播，且《江南春图卷》已有多幅同时流传，所以唱和也不再是单线进行，万历间朱之蕃亦据所见《江南春》钞录并增入续和，与嘉靖本互有增删，学界称之为"万历本"。袁袠所藏《江南春图卷》至清初转为翁澍所得，翁澍在清代又掀起一次唱和高潮，由归庄作序刊刻出版。此书虽或已亡佚，但仍能辑佚到陆世仪、王武、许振光、汤承蘯、席后沆、陈瑚、孙致弥、归庄等人受翁澍之邀所和《江南春》。道光间方东树、邓廷桢据万历本《江南春》重刊并由梁廷枬增补各家传记，光绪间金武祥又据道光本翻刻并增补周履靖、薛信辰、陈维崧、徐廷华、潘遵祁、黄淳耀等人和作。除上述《江南春》总集所收诸家唱和外，已发

---

① 沈周等：《江南春》，《四库全书存目丛书》集部第 292 册，齐鲁书社，1997，第 378 页。

② 嘉靖九年文徵明再和《江南春》并题云："徵明往岁同诸公和《江南春》，咸苦韵险，而石田先生骋奇抉异，凡再四和。其卒章也，韵盖穷而思益奇，时年已八十余，而才情不衰，一时诸公，为之敛手。今先生下世二十年，而徵明亦既老矣。"沈周等：《江南春》，《四库全书存目丛书》集部第 292 册，第 380 页。正德元年（1506），沈周八十岁，学界多据此以为沈周在正德间又和《江南春》。按，文徵明云沈周"时年已八十余"当是误记，因现存明弘治十六年（1503）刻本《石田稿》已收沈周四和《江南春》，沈周再和《江南春》当是在弘治十一年（1498）左右，与文徵明初和同时。

现的唱和者还有黄姬水、周天球、钱穀、杨仪、朱曰藩、徐焞、赵琦美、李流芳、贡修龄、张凤翼、邵圭洁、尤侗、孙尔准、黄丕烈、许锷、翁同龢等数十家，每次书画易主、《江南春》编刻都会引起或大或小的群体唱和，可以说其唱和贯穿明清，地域上也不再局限于吴中，已成为全国范围内的文化事件。

倪瓒作所《江南春》是诗或词，明清时已多有争议。如胡应麟《跋吴下名流江南春诗》云："诸诗大类宋人长短句，然则谓《江南春》词可也，诗不可也。"① 虽题作"江南春诗"，但胡氏认为当作"江南春词"，诗词之辨已产生。杨仪则曰："予按其声即《木兰花令》。前二阕已终，其忧思之怀未尽，故后章作三字句为过肉，以发其情。"② 指出《江南春》即《木兰花令》之异体，"春风颠"则是其过片换头而已。最具代表性的是四库馆臣——翁方纲为嘉靖本《江南春》所作提要云：

> 瓒原倡题作三首，而其后和者皆作二首。祝允明跋云"按其音调是两章，而题作三首，岂误书耶"。袁表则云"细观墨迹，本书二首，人以阕谬，增为三也"。据此，既云"阕"，则原倡是词而非诗矣。考《云林诗集》，"春风颠"一首载入七言古体，题作《江南曲》，而无"汀州夜雨"一首。则后一首是七言诗，而前一首是词耳。……今姑以《江南春词》一卷存其目。③

翁氏认为倪瓒原唱是词，或者可以分为两首，前者是词，后者是诗。修订后的《四库提要》继承翁氏"前者是词，后者是诗"之观点，删除"原倡是词而非诗""今姑以《江南春词》一卷存其目"等句，增入"则当时实皆以诗和之。盖唐人乐府，被诸管弦者，往往收入诗集，自古而

---

① 胡应麟撰，江湛然辑《少室山房集》卷一〇八《跋吴下名流江南春诗》，《景印文渊阁四库全书》第1290册，台湾商务印书馆，1986，第782页。

② 杨仪：《杨氏南宫集》卷七《江南春》，《北京图书馆古籍珍本丛刊》第106册，书目文献出版社，1998，第834页。

③ 翁方纲撰，吴格整理《翁方纲纂四库提要稿》，上海科学技术文献出版社，2005，第1086页。

然，固非周之创例矣"① 一句，更倾向于认为原唱与和作是诗。清末丁绍仪、金武祥等先后从句式音韵的角度考证《江南春》是倪瓒"自度曲"，而顾文彬则据倪瓒诗集及《江南春图卷》认为"其体诗也，非词也"②，可见至清末仍未有定论。

《江南春》文体问题延续至今，唐圭璋先生所编《全金元词》收录倪瓒词十七首，但不收此《江南春》。《全明词》收倪瓒《江南春》并在词牌下加按语曰："《词律》《词谱》录《江南春》调凡三十字，为寇准自度曲。倪瓒此词凡一百十二字，有别于寇词。"③《江南春》作为词牌早已有之，《词律》录宋代寇准自度曲《江南春》："波渺渺，柳依依。孤村芳草远，斜日杏花飞。江南春尽离肠断，苹满汀洲人未归。"④ 调凡三十字，"两三两五两七"句式，显然有别于倪瓒百余字之《江南春》，且不存在继承关系。《全明词》编者在倪瓒词后又按曰："倪瓒词作，已见唐圭璋所编《全金元词》，但此首《江南春》却未之见。而倪瓒此词写成后，明代江南吴中和者甚夥，并汇编《江南春词集》刊行。"⑤ 认为《全金元词》漏收《江南春》，而今以《江南春词集》补录。《全明词补编》又在《全明词》基础上据嘉靖本《江南春》及诸家别集、总集增补倪调《江南春》十七首。同样，《全清词》中已出版的"顺康卷""雍乾卷""顺康卷补编"收录《江南春》作者七十四人词一百零六首，其中既有继作寇准之"自度曲"，亦有继作倪瓒之"自度曲"。换言之，今人编纂的《全明词》《全清词》中，两套"江南春"词牌同时并存；而若将《江南春》视作诗，则

---

① 四库全书研究所整理《钦定四库全书总目》（整理本）卷一九一《江南春词一卷》，下册，中华书局，1997，第 2679 页。
② 顾文彬、顾麟士：《过云楼书画记·续记》卷四《文衡山补图云林江南春卷》，江苏古籍出版社，1999，第 111 页。
③ 饶宗颐初纂，张璋总纂《全明词》第 1 册，中华书局，2004，第 28 页。按，倪瓒《江南春》为一百一十一字，非一百一十二字。
④ 参见万树编著《词律》卷一《江南春》，上海古籍出版社，1984，第 81~82 页。按，吴文英亦有《江南春》（又名《秋风清》《江南春慢》），双调一百零九字，与寇准《江南春》无涉。参见秦巘编著，邓魁英、刘永泰整理《词系》卷五《江南春》，北京师范大学出版社，2010，第 228 页；徐本立《词律拾遗》卷五《补调江南春慢》，《续修四库全书》第 1736 册，上海古籍出版社，2002，第 657 页。
⑤ 饶宗颐初纂，张璋总纂《全明词》第 1 册，第 28 页。

会出现《全明词》《全明诗》重复收录的情况。学界虽然对《江南春》之文体做过一些考证，但或以为诗，或论其词，① 论据多有抵牾，论述也有待深入，故笔者在其基础上试再做考察。

二 《江南春》原唱及初和是诗非词

倪瓒原作《江南春》是诗还是词，是首先要厘清的问题。但仅通过和作及后人评论加以考察，颇有舍本逐末之嫌，还要回归其别集本身探求。倪瓒现存别集有手稿《自书述怀诗稿册》《送盛高霞等八诗帖》，明天顺四年（1460）刻本《倪云林先生诗集》、明隆庆五年（1571）刻本《倪隐君集》、明万历十九年（1591）刻本《倪云林先生诗集》、明万历二十八年（1600）刻本《清閟阁遗稿》、明万历三十九年（1611）刻本《清閟阁遗稿》、明崇祯七年（1634）刻本《倪云林先生诗集》、清康熙二十二年（1683）刻本《云林先生诗集》、清康熙五十二年（1713）刻本《清閟阁全集》等近二十种。② 通过排查其别集收录编排情况可知，倪瓒所作应是《江南曲》与两首《江南春》，均是七言古诗，而非整体一首《江南春》诗或词。《送盛高霞等八诗帖》只有"春风颠"一首题作《江南曲》，不载"江南春"二首。③ 明天顺刻本《倪云林先生诗集》与此相同，并将《江南曲》编入"七言古诗"中。④ 其后隆庆本《倪隐君集》、万历本《倪

---

① 参见汪超《"〈江南春〉现象"：明词传播中文化增殖一瞥》，《明词传播述论》，中华书局，2017，第313~328页；余意《〈江南春〉词集版本考略及其相关问题》，《词学》第22辑，华东师范大学出版社，2009，第97~112页；张若兰《明代中后期词坛研究》，中国社会科学出版社，2010，第48~53页；张仲谋《〈全明词〉中词学资料考释》，《词学》第23辑，华东师范大学出版社，2010；任德魁《词文献研究》，南开大学出版社，2010，第138~141页；徐德智《明代吴门词派研究》，台北：花木兰文化出版社，2012，第253~276页；何丽娜《〈江南春词〉倡和集相关问题考辨》，杜桂萍主编《明清文学与文献》第一辑，黑龙江大学出版社，2012；张仲谋《论〈江南春〉唱和的体式及其文化意味》，《南京师大学报》（社会科学版）2017年第2期。

② 倪瓒别集版本系统较为复杂，参见杨柳《倪瓒诗文集版本源流考述》，硕士学位论文，北京师范大学，2006；朱艳娜《倪瓒诗文集版本考》，硕士学位论文，南京师范大学，2011。

③ "江南春"始于大历间王建，属于唐声诗，七言四句形式。参见任中敏著，张之为、戴伟华校理《唐声诗》下册，凤凰出版社，2013，第372~373页。

④ 参见倪瓒《倪云林先生诗集》卷二《江南曲》，《四部丛刊》，上海书店，1985，第7a~7b页。

云林先生诗集》均沿袭天顺刻本，直至明万历二十八年倪珵刻本《清閟阁遗稿》才同时收录《江南曲》《江南春》，两首虽均在卷六"七言古诗"中，但中间相隔《陆隐者祷雪获应》《郑有道隐居梁鸿山》等三十余首诗。① 清康熙间曹培廉在清初倪桌刻本基础上辑佚增补，编成《清閟阁全集》十二卷，始将两者合为一首，总题作《江南春》。② 清人纂修《四库全书》时即以《清閟阁全集》为底本，而将万历刻本收入"存目"，故延续《清閟阁全集》中合二为一之编排，影响较广。但即使是首次将《江南曲》《江南春》合为一首的《清閟阁全集》，《江南春》仍收在卷四"七言古诗"中，而不列入专收词曲的卷九"乐府"中。由此可见，无论是倪瓒手稿还是后人编刻的倪瓒别集，均未将《江南春》视作词。至于弘治间沈周等人所见倪瓒手卷，或是倪瓒一时兴起将两者合钞。③

最早追和《江南春》的沈周、文徵明等人，其和作是诗或词，亦可从其别集入手加以探讨。沈周现存别集有稿本《石田稿》、明弘治刻本《石田稿》、明正德刻本《石田诗选》、明隆庆刻本《沈石田集》、明万历刻本《石田先生集》、明崇祯刻本《石田先生诗钞》等六种，④ 其中《江南春》仅见于明弘治刻本，沈周四和均收录其中，题作《江南春和倪云林先生韵八首》，即是将原唱视作两首，故四和总计八首。⑤ 弘治本《石田稿》是沈周在世时经过其审定所刻，可以准确体现出作者之意图。沈周在唱和时曾云："国用爱云林二词之妙，强余尝一和。"⑥ 有学者据此认为沈周所作是

① 参见倪瓒《清閟阁遗稿》卷六《江南曲》《江南春》，《北京图书馆古籍珍本丛刊》第 95 册，第 615、620 页。
② 参见倪瓒《清閟阁全集》卷四《江南春》，《无锡文库》（第四辑），凤凰出版社，2012，第 38 页。
③ 上海博物馆藏倪瓒《江南春三首》手卷多有修改痕迹，如原作"清泪泓泓竹枝湿"改为"清泪泓泓江竹湿"，"柳花随水化绿萍"改作"柳花入水化绿萍"；且与刻本系统对照异文较多，如"嗟胡为客去乡邑"，明天顺刻本作"嗟我胡为去乡邑"，"风波浩荡心忡营"，明天顺刻本作"江波摇荡心忡营"，当是即兴书之。
④ 关于沈周别集系统，参见拙文《沈周著作考》，《图书馆理论与实践》2012 年第 8 期；《沈周诗集编刻考》，程章灿主编《古典文献研究》第 16 辑，凤凰出版社，2013。
⑤ 参见沈周《石田稿》卷二《江南春和倪云林先生韵八首》，明弘治间刻本，第 236a～237b 页。吴中文人将《江南春》三首视为二首，如祝允明认为是倪瓒所谓"三首"是"误书"，袁表则云"细观墨迹，本书二首，人以阙谬增为三也"。其实《江南春》属于唐代乐府，为七言四句形式，即"汀洲夜雨"一首，"远江摇曙"一首，倪瓒所云"三首"并无问题。
⑥ 沈周等：《江南春》，《四库全书存目丛书》集部第 292 册，第 380 页。

词非诗，其实沈周所云"词"并非文体学意义上的"词"，作"诗"之代
称亦可；且曰"二词"，并非后人所云"一阕"。文徵明所和《江南春》，
其在世时所编四卷本《甫田集》与《文翰林甫田诗选》均有收录，同样编
入"七言古诗"中。① 而且尤应注意的是别集之标题，沈周题作《江南春
和倪云林先生韵八首》，文徵明题作《追和倪元镇先生江南春》，唐寅题作
《江南春次倪元镇韵二首》，均不云"江南春词"一首或一阕。

嘉靖后明人对《江南春》文体认识出现分歧，除前及胡应麟、杨仪等
人对《江南春》文体之质疑考辨外，可再举唐寅别集中收录《江南春》的
情况为例。唐寅生前未有别集编刻，嘉靖十三年（1534）袁褧编刻《唐伯
虎集》二卷，仅收诗三十二首，不载《江南春》。万历四十年（1612）沈
思辑、曹元亮刊刻《唐伯虎集》将《江南春次倪元镇韵二首》列入"七
言古诗"中，② 但两年后何大成辑刻《唐伯虎先生外编续刻》却将其收入
词卷，题目也改作《江南春次倪元镇韵》，③ 删除了"二首"以明确为词
一阕，足见万历间文人对《江南春》文体认识之差异。此外，不同作者将
《江南春》和作收入别集的情况也各不相同，如王伯稠、文嘉、文肇祉、
黄淳耀、朱曰藩、李流芳等收入诗集，④ 而贡修龄、俞彦、张凤翼、黄姬

---

① 参见文徵明《甫田集》卷一《追和倪元镇先生江南春》，明原刊本，第 18b~19a 页；文
　徵明《文翰林甫田诗选》卷上《追和倪元镇江南春》，明万历二十二年（1594）文从龙
　承天寺重云精舍刻本，第 10b~11a 页。按，《文翰林甫田诗选》初刻于嘉靖二十二年
　（1543），是年文徵明七十四岁。嘉靖本今已不存，本文所用为万历间文徵明曾孙文从龙
　据嘉靖本重刊本。
② 参见唐寅《唐伯虎集》卷一《江南春次倪元镇韵二首》，沈乃文主编《明别集丛刊》第 1
　辑第 87 册，黄山书社，2013，第 349 页。
③ 唐寅著，何大成辑《唐伯虎先生外编续刻》卷八《江南春次倪元镇韵》，沈乃文主编
　《明别集丛刊》第 1 辑第 87 册，第 299 页。
④ 参见王伯稠《王世周先生诗集》卷九《追和云林江南春词》，《四库全书存目丛书》集
　部第 142 册，第 724 页；文嘉《和州诗集·追和元云林倪征君江南春词》，沈乃文主编
　《明别集丛刊》第 2 辑第 58 册，第 4 页；文肇祉《文录事诗集·江南春追和倪元镇韵》，
　沈乃文主编《明别集丛刊》第 3 辑第 9 册，第 8 页；黄淳耀《陶庵全集》卷一二《江南
　春二首和倪元镇作》，《景印文渊阁四库全书》第 1297 册，第 786~787 页；朱曰藩《山
　带阁集》卷一五《江南春和倪云林二首》，《四库全书存目丛书》集部第 110 册，第 142
　页；李流芳《檀园集》卷二《江南春次倪元镇韵》，沈乃文主编《明别集丛刊》第 5 辑
　第 16 册，第 627~628 页。

水、孙楼、邵圭洁等人却编入词集。① 这种分歧在明诗选本与明词选本中同样存在，如《石仓历代诗选》收录沈周、唐寅、文彭等人所作，②《明诗钞》收录周天球之作，均是以诗视之，③ 而《唐宋元明酒词》又收录周履靖所作，则是以词待之。④

三　嘉靖后唱和演变与文体误读

随着唱和范围推广，《江南春》题材范围不断扩大，不再严格步韵及题目与"词牌"的分离，使《江南春》在创作中更倾向于词之文体。首先是内容题材的扩大。《江南春》早期唱和集中于江南春色的描写，袁袠为之作序称："我吴先辈，追和厥辞，或述宴游，或标风壤，或抒己志，或赋闺情。"⑤ 唱和主题不出以上四端。从明末开始以《江南春》写时事，如天启六年（1626）贡修龄所作《江南春·时闻缪西溪被逮再次前韵》：

江村气暖怒生笋。春浪迫来喧夜静。黄鹂啼后乱蛙鸣，谁信弓蛇

---

① 参见贡修龄《斗酒堂集》卷一一《倪元镇先生有江南春辞和者数十人丙寅寓京其家中翰宇和以成书见投漫次其二时正仲春廿五社日也》，《四库禁毁书丛刊》集部第80册，北京出版社，1997，第476~477页；俞彦《俞少卿集·江南春和倪元镇》，沈乃文主编《明别集丛刊》第5辑第1册，第414页；张凤翼《处实堂集》卷四《追和倪元镇江南春》，《四库全书存目丛书》集部第137册，第341页；黄姬水《黄淳父先生全集》卷四《江南春》，《四库全书存目丛书》集部第186册，第313~314页；孙楼《刻孙百川先生文集》卷一二《江南春次倪云林韵》，沈乃文主编《明别集丛刊》第3辑第4册，第130页；邵圭洁《北虞先生遗文》卷二《江南春用韵》，沈乃文主编《明别集丛刊》第2辑第45册，第390页。

② 参见沈周《江南春和倪云林先生四首》，曹学佺编《石仓历代诗选》卷四九一，《景印文渊阁四库全书》第1394册，第7页；唐寅《江南春次倪元镇韵》，曹学佺编《石仓历代诗选》卷四九三，《景印文渊阁四库全书》第1394册，第47页；文彭《追和元云林倪征君江南春韵》，曹学佺编《石仓历代诗选》卷四九九，《景印文渊阁四库全书》第1394册，第164页。

③ 参见周天球《江南春词》，彭孙贻《明诗钞》卷二，《四部丛刊续编》第77册，第91a页。按，此首《江南春词》，实为黄姬水之作。

④ 参见周履靖《唐宋元明酒词》卷下《江南春词二阕和倪云林韵》，《元明善本丛书十种》第40册，国家图书馆出版社，2014，第638~640页。

⑤ 袁袠：《衡藩重刻胥台先生集》卷一四《江南春词序》，《四库全书存目丛书》集部第86册，第588页。

是杯影。池塘梦断花砖冷。长昼无人汲渫井。青衫华发乌纱巾。散作瀛洲九斛尘。　　花信迟，风信急。春到江南雨丝湿。芝焚蕙怨庸何及。杜鹃虽红终化碧。美人一去空于邑。那得还向山头立。柳绵已作浪中萍，临河而叹空营营。①

缪西溪即东林党早期领袖缪昌期，其与阉党斗争被逮之事《明史》有载："（天启）五年春，以汪文言狱词连及，削职提问。忠贤恨不置。明年二月复于他疏责昌期已削籍犹冠盖延宾，令缇骑逮问。逾月，复入之李实疏中，下诏狱。"② 虽然同样是写江南春景，但贡作以"怒生笋"开篇，"怒"字奠定全篇的情感基调，"春浪"迫近打破了江南春夜之安宁，预示着局势的紧张变动，原来杯弓蛇影之传说，竟然变成事实。"乱蛙鸣""芝焚蕙怨"等意象隐喻与"杜鹃啼血""苌弘化碧"等典故使用，均暗示缪昌期被逮之事。再如明遗民侯泫，其父侯岐曾、伯父侯峒曾皆因抗清被杀，其《江南春·谷日入旧宅，时尚为里猾祠神其中》③ 看似是写江南春景与旧宅，实际写"嘉定三屠"后的世道人心，表达易代之悲、家国之痛，词境也更加开阔。

其次，自沈周开始"次韵《江南春》"，全诗十七句，"笋""静""影""冷""井""巾""尘""急""湿""及""碧""邑""立""萍""营"十五字严格次韵，《江南春词集》所收唱和均是如此。这种完全按照原唱韵脚逐字押韵的创作难度极大，南宋张炎曾论及词之和韵云："词不宜强和人韵，若倡者之曲韵宽平，庶可赓歌。倘韵险又为人所先，则必牵强赓和，句意安能融贯，徒费苦思，未见有全章妥溜者。"④《江南春》次韵唱和更多是出于逞奇斗博，越往后唱和难度越大。但是随着唱和增多，和作也已不再严格步韵，如周履靖《江南春·和倪云林韵》：

① 周明初、叶晔补编《全明词补编》下册，浙江大学出版社，2007，第778页。
② 张廷玉等：《明史》卷二四五，第21册，中华书局，2007，第6353页。
③ 参见南京大学中国语言文学系全清词编纂研究室编《全清词·顺康卷》第2册，中华书局，2002，第911页。
④ 张炎：《词源》卷下《杂论》，唐圭璋编《词话丛编》第1册，中华书局，1986，第265页。

村前万树桃花盛。绿柳垂丝间红杏。呼朋拉友玩芳春，历遍韶华三月景。雕鞍金勒相驰骋。青楼翠巷追佳兴。吴姬袅娜笑欢迎。握手殷勤话更亲。入兰房，檀麝集。银灯翠馆延嘉客。冰盘玉馔陈芳席。金尊潋滟浮琥珀。玉指纤纤调锦瑟。牙床绣帐娱朝夕。金鸡三唱促登程。惆怅相看不尽情。①

周作内容上与沈周等人所和相似，但韵脚已有变化。原唱韵脚分为上声十一轸、上声二十三梗、平声十一真、入声十四缉、平声九青五个韵部，而周作有九个韵部。以下阕为例，原唱"急""湿""及""碧""邑""立"均在入声十四缉部，但周作除第一句"檀麝集"尚与原唱在同一韵部外，其他"客""席""珀""夕"均属于入声十一陌，而"玉指纤纤调锦瑟"之"瑟"又属于入声四质。原唱最后两句韵脚"萍"和"营"是平声九青，而周作"程"和"情"则属于平声八庚。不再严格步韵更便于创作，有利于《江南春》唱和的发展。

最后，《江南春》唱和中开始出现独立的题目。前期唱和多以"江南春次倪云林韵"之类为题，不云诗词，两者皆可。如贡修龄作《江南春》三首，其中两首是明确次韵倪作，其自序云："倪元镇先生有《江南春》辞，和者数十人。丙寅寓京，其家中翰宇和以成书见投，漫次其二。"② 但第三首即上举《江南春·时闻缪西溪被逮再次前韵》不再云"追和""次韵"，与倪瓒原唱已无关涉。再如康熙间董元恺《江南春·送汪舟次掌教郁州，和吴天篆韵》（《全清词·顺康卷》第 6 册，第 3360 页）、彭桂《江南春·戊午立春日，同何奕美登燕子矶》（《全清词·顺康卷》第 10 册，6080 页）等作，均已经将"江南春"视作词牌，另列题目。而且以上三种情况逐渐出现融合趋势，以陈祥裔所作《江南春·秋兴》为例：

试问天涯秋几许。西风满地悲羁旅。芭蕉多事近窗纱，芙蓉消瘦浑无主。燕子欲归花带雨。蛩儿说尽伤心语。仁看一雁下边庭。深情

---

① 周明初、叶晔补编《全明词补编》上册，第 521~522 页。

② 贡修龄：《斗酒堂集》卷一一《倪元镇先生有江南春辞和者数十人丙寅寓京其家中翰宇和以成书见投漫次其二时正仲春廿五社日也》，《四库禁毁书丛刊》第 80 册，第 476 页。

人怕惹闲情。客如秋，秋似客。辞林黄叶轻飘泊。愁肠觉比情肠恶。猿啼清泪鲛珠落。虎啸声膻闻不得。黄昏都向官衙侧。唾壶敲缺作歌长。短剑休怜锷似霜。（《全清词·顺康卷》第 19 册，第 11386 ~ 11387 页）

陈祥裔号耦渔，顺天人。康熙三十一年（1692）授成都府督捕通判，《江南春·秋兴》即是年作于蜀地，借鉴了杜甫七律《秋兴》，上阕写秋季萧瑟之景，尚存吴中词坛的婉约之风；下阕抒壮志难酬之志，则颇有悲壮宏丽之感。亦不再步韵，同样以下阕为例，原唱前六句均在十四缉部，而陈作则分属入声十一陌（"客"）、十药（"泊""恶""落"）、十三值（"得""侧"）三个韵部，韵律感更强。

《江南春》文体在康熙间进一步被误为词，与相关词集编刻亦有一定关系。成书于康熙初的《倚声初集》，依小令、中调、长调次序，词牌下列各家之作，已收邓汉仪之《江南春》。① 康熙二十五年（1686）蒋景祁编纂《瑶华集》亦以词牌立目，收薛信辰、陈维崧、侯汸等人所作《江南春》。② 《倚声初集》《瑶华集》是清初重要的清词选本，被誉为"清词人最善之选本"③，对《江南春》词体之确立亦有一定的影响。同样编刻于康熙间的太湖地方文献《七十二峰足征集》，分为诗八十六卷、赋三卷、词两卷、文十卷，其中收录王延陵、蔡羽、孔闻徵、蔡箫、翁澍、王武、许振光、汤承彝、席后沆等九人所作《江南春》十余首，明确分在词卷，不列入诗卷。④

康熙后已多有文人将《江南春》目为词，如道光十八年（1838）梁廷枏跋《江南春》云："吴下诸贤追和元倪高士所作《江南春词》，凡三十

① 参见邹祗谟、王士禛《倚声初集》卷一九《江南春》，《续修四库全书》第 1729 册，第 426 页。按，《倚声初集》卷首序署顺治十七年（1660），学界多称为"顺治本"，但该书实际成书于康熙初，书中各家评语中时有康熙前期之记事。参见严迪昌《清词史》，人民文学出版社，2011，第 64 页。
② 参见蒋景祁《瑶华集》卷一六《江南春》，《续修四库全书》第 1730 册，第 274 页。
③ 夏承焘：《天风阁学词日记》，《夏承焘集》第 5 册，浙江古籍出版社，1998，第 199 页。
④ 参见吴定璋《七十二峰足征集》卷八七，《四库全书存目丛书补编》第 44 册，齐鲁书社，2002，第 277~286 页。

有八人，得词百十有四阕。"① 光绪十七年（1891）金武祥序《江南春词集》云：

> 《词律》录《江南春》调，凡三十字，为寇莱公自度曲。元时倪云林亦有自度《江南春》调，凡一百十一字，而《词律》不录，殆万氏未之见欤？……余按，《清閟阁集》以此词列入七言古中，编次殊舛，其字多互异，"冷"字叶韵，而集作"寒"字，尤误。此本中或疑三首，或谓二首，其实一首，分上下阕而已。夫诗与词界域判然，词多七字句者，尤易与诗混。且既和词韵，则句中平仄，亦必与叶。而和韵诸家，间或未尽详订，盖皆一时兴到之作耳。然《金笺》一卷，名迹长留，吴苑莺花，秦淮佳丽，其风华旖旎，常流溢于楮墨间，固不必概以宫商图谱绳之也。②

金氏已经注意到宋代寇准之《江南春》与倪瓒所作格式完全不同，但认为寇准、倪瓒所作均是"自度曲"，《江南春》不是三首，也非二首，而是一首词之上下阕。金武祥对倪瓒别集中将《江南春》编入古诗卷不以为然，并以集中"寒"字不叶韵为据，证明其"编次殊舛"；而对于《江南春》不符合词之平仄要求，则以唱和者"一时兴到之作""间或未尽详订"为由搪塞，指出不必"以宫商图谱绳之"。同样持"自度曲"观点的还有丁绍仪、陈作霖等人。丁绍仪《听秋声馆词话》云："江南春为倪云林高士自度曲，与宋裴穆护砂同为元调。虽篇中均七言句，然前后四换韵，换头系三字两句，明明是词非诗，乃词谱、词律均未收入，后人亦无填用者。吾乡薛国符方伯信辰有赋本意一阕云……"③ 指出《江南春》不仅四次换韵，还有下阕句式变成三字两句，与上阕的七言句换头明显，显

---

① 梁廷柟：《江南春跋》，《江南春词附考》卷末，清道光间刻本，第9b页。

② 金武祥：《重刻江南春词集序》，《江南春词集》卷首，清光绪间刻本，第1a~1b页。按，最早的嘉靖刻本卷端仅题"江南春三首"，故其书名历来著录多不一致，或云"江南春"，或云"江南春集"，或云"江南春词"，亦是其文体不明之表现。光绪间金武祥刻本卷端、版心、封面均题作"江南春词集"，《江南春》"词集"之属性首次以书名形式展现出来。

③ 丁绍仪：《听秋声馆词话》卷二《薛信辰词》，《词话丛编》第3册，第2592~2593页。

然是词，故与宋褧之《穆护砂》同属于"自度曲"。陈作霖《江南春词集跋》亦曰："《江南春词》长调，元倪云林处士瓒所自度曲也。"① 两次总集刊刻传播并在词话、序跋中多次论证为倪瓒"自度曲"，加之民国间赵尊岳编刻《明词汇刊》又将光绪本《江南春词集》收入其中，作为明词辑刻规模最大的一部丛书，《江南春》是词非诗在清末民国间已成为学界主流观点。

四 《江南春》文体误读原因检讨

通过上述梳理可以看出，倪瓒原作七言古诗《江南曲》一首、《江南春》二首，弘治间沈周、文徵明将其视作两首诗来整体唱和。但嘉靖后文人对《江南春》之文体认识开始混乱，亦有其原因。首先，从《江南春》自身来看，其三言、七言长短句的搭配句式，形式上更像是词。且嘉靖间吴中文人群体唱和均是将两首作为一个整体，以至于有上下阕之疑。再加之唱和严格步韵，后人逐渐忽视了原唱是古诗的事实，误为讲究声律之词作。从内容上来讲，《江南春》描写江南旖旎之春景，抒发美人迟暮之感怀，在"诗庄词媚""诗言志，词缘情"的诗词之别印象中，更倾向于后者。其次，《江南春》唱和与明代词坛的发展大致同步，弘治间沈周、祝允明等人首和《江南春》，正值明代词坛开始复苏，而沈周等人恰是吴中词坛的主要作者。嘉靖间以文徵明为代表的吴中词坛崛起兴盛，也正是《江南春》唱和高峰，文徵明绘有多幅《江南春图卷》流传，是唱和的主要推动者，且吴中词坛主要作者均参与唱和并编刻成集，故后人追述明词史时多关注到吴中文坛这一盛事，《江南春》也被理所当然地视为词。最后，明人辨体意识不强，如天顺间吴讷专门"假文以辨体"编选《文章辨体》，指出"词曲为古乐府之变"②，不区分词与曲；其编选的《唐宋名贤百家词》倪瓒词中也收《凭栏人》《殿前欢》《水仙子》等曲调。不仅词

---

① 陈作霖：《冶麓山房藏书跋尾》丁部总集选本类《江南春词集跋》，屈万里、刘兆佑编《明清未刊稿汇编·冶麓山房丛书》第9册，台北：联经出版事业公司，1976，第2547页。

② 吴讷：《文章辨体凡例》，吴讷著，凌郁之疏证《文章辨体序题疏证》，人民文学出版社，2016，第2页。

曲不分，诗词界限亦不严格，明人认为乐府是诗、词、曲之源头，如陈敏政云："下迨魏晋唐宋，始以诗词为乐府。"① 周瑛曰："词家者流，出于古乐府。"② 王九思谓："夫诗余者，古乐府之流也。"③ 故对词、曲、古诗或用"乐府"统一指代，不仅倪瓒《清闷阁全集》卷九"乐府"中词曲混收，明末邵捷春所和《江南春》亦编入"乐府"，不区分诗词。④ 加之《江南春》次韵多是唱和者的即兴游戏之作（这也是数量甚多的《江南春》不见收于作者别集的原因之一），如董其昌《江南春题词》载："吏部徐大冶为舍人时，和倪瓒《江南春》之词，每韵八首，又广之为四时，而夏秋冬各八首，虽文生于情而意若有托，非仅仅《比红诗》、《香奁集》等者。"⑤ 徐大冶和倪瓒《江南春》每韵八首，又推而广之作《江南夏》《江南秋》《江南冬》各八首，游戏之意显而易见。

康熙间翁澍掀起唱和高潮并编刻出版，所邀唱和者多是江南明遗民，如太仓陆世仪明亡后闭关谢客，当事者屡荐之不从；陈瑚曾是崇祯十五年（1642）举人，明亡奉父隐居昆山；归庄曾参与抗清斗争，与顾炎武密谋反清复明，失败后终生野服。归庄《汇刻江南春词序》云：

> 余因念云林当至正之末，方内如沸，淮张据吴，所谓江南春色，半销磨于金戈铁马之中；若文、沈以下诸公，生成、弘、正、嘉间，此极盛之时也。山川锦绣，楼阁丹青，有非画图之所能尽者，宜其胜情藻思，波涌云兴。今日江南，则又一变矣！要之泽国江山，吴宫草树，三春佳丽，无改于前，虽复怀伯仁之叹嗟，亦何妨子山之词赋哉。⑥

① 陈敏政：《乐府遗音序》，瞿佑著，乔光辉校注《瞿佑全集校注》上册，浙江古籍出版社，2010，第267页。
② 周瑛：《词学筌蹄序》，《词学筌蹄》卷首，《续修四库全书》第1735册，第392页。
③ 王九思：《碧山诗余序》，赵尊岳辑《明词汇刊》下册，上海古籍出版社，2012，第1858页。
④ 参见邵捷春《剑津集》卷一《江南春》，《四库禁毁书丛刊补编》第78册，北京出版社，2005，第6页。
⑤ 董其昌：《容台文集》卷三《江南春题词》，严文儒、尹军主编《董其昌全集》第1册，上海书画出版社，2013，第106页。
⑥ 归庄：《归庄集》卷三《汇刻江南春词序》，上册，上海古籍出版社，1984，第212页。

倪瓒作《江南春》时正值元末动乱，故多有去国怀乡之悲。而沈周、文徵明等人追和时正是大明"极盛之时"，江南春景不改，但两者心态迥异。到清初翁澍等人追和时，作者心态又为之一变。所谓"伯仁之叹嗟"，即东晋周顗在晋室南渡后嗟叹"风景不殊，正自有山河之异"[①]；"子山之词赋"则指庾信伤悼梁朝灭亡的《哀江南赋》，归庄序中的"故国之思"甚为明显。值得注意的是，康熙六年（1667）词坛领袖陈维崧作《江南春·本意和倪云林原韵》[②]，对《江南春》传播亦起了一定的推动作用，后人对此作评价甚高，如陈廷焯《白雨斋词话》云："迦陵词，惟《江南春·和倪云林原韵》一章，最为和厚，全集三十卷仅见此篇。词云……怨深思厚，深得风人之旨。"[③]陈维崧是阳羡词派领袖，该词派有着鲜明的政治倾向，作者多遗老逸民、忠烈后裔，作品也多有慨叹故国之痛。江南作为抵抗清军最为激烈，代价也最为惨痛的地区，康熙间《江南春》唱和的兴起，表面是《江南春图卷》书画易主，但实质则是江南文人以此"新亭对泣"，借江南春景抒发易代之际的悲悯，与阳羡词派的兴盛有一定关联。

康熙后《江南春》创作开始萧条，以《全清词》之"顺康卷""雍乾卷"为样本统计，"顺康卷"及其"补编"中收《江南春》七十二首，其中继作寇准"自度曲"五十九首，继作倪瓒"自度曲"十三首，而"雍乾卷"中收《江南春》三十四首，继作倪瓒"自度曲"仅一首，两者差距甚为明显。这其中既有康熙后词坛中衰之原因，亦与清代词律学的兴起有关。倪瓒原唱是七言古诗，并不符合词律之要求，李佳《左庵词话》云："金粟香辑倪云林江南春词，并后人和作，汇刻一卷。此调除下阕起二句，句三字，余皆七字句。似七言古体诗音节，不如他调长短相间之妙。"[④]明确指出倪瓒《江南春》音节似七言古诗。终清一代，从康熙间万树《词律》、官修《钦定词谱》到道光间戈载《词林正韵》、秦巘《词系》均只收寇准《江南春》，而不收倪瓒《江南春》，正是因为其不协平仄。

① 徐震堮：《世说新语校笺》卷二，上册，中华书局，2016，第50页。
② 参见陈维崧《迦陵词全集》卷二四《江南春·本意和倪云林原韵》，《续修四库全书》第1724册，第340页。系年据周绚隆《陈维崧年谱》，人民出版社，2012，第299页。
③ 陈廷焯著，杜维沫校点《白雨斋词话》卷三，人民文学出版社，2005，第72~73页。
④ 李佳：《左庵词话》卷下《江南春词》，《词话丛编》第4册，第3147页。

清末论证《江南春》多云其为"自度曲"，在明代及清前期亦罕见此说。所谓自度曲，即在旧词调之外自创新调，柳永、周邦彦、姜夔、吴文英等精通音律，皆有自度曲。但元明以来词乐失传，乐谱不存，词逐渐成为文人案头读物，清人多批评元明之自度曲，为恢复词的音乐性，清人尝试"以伶为师"并大量创制自度曲，在清末民初甚至出现了《新声谱》一书，专选清人自度曲。① 在"自度曲"创作繁荣的大背景下，丁绍仪、金武祥等人理所当然地将《江南春》认为是倪瓒"自度曲"。赵尊岳师从晚清四大词人之一的况周颐，遵师之嘱汇集明词，十余年间"随得随刊，将三百家"，即今《明词汇刊》，共收录明词别集二百五十七种，合集、唱和三种，另有词话、词谱、词选等，涉及明词家二百五十一人。赵尊岳跋《江南春词集》云：

> 《江南春词集》一卷，未见明写本，盖代有增作，未尝汇为专集，逮万历朱之蕃始合而书之也。原本辗转收藏，具见方跋。自方刻出，而其书始盛传于世，江阴金浙生丈又增辑《清闷集》及所载周词、《听秋声馆词话》所载薛词，合为附录，并以清代陈其年以次四家为续附录，而重锓之，辑入《粟香室丛书》。浙生丈曩以贻示，欢喜展读。越二十年，余刻此词，即用全本，合二续录为一卷，序跋率如其旧。②

据此可知，赵尊岳并未见到明嘉靖刻本及《江南春图卷》，不了解《江南春》唱和背景，误认为万历前"未尝汇为专集"。赵尊岳与金武祥同为常州人，《江南春词集》即后者二十年前亲手所赠。乡谊之亲及求全心态下赵尊岳亦当接受了"自度曲"之说，将《江南春词集》收入《明词汇刊》。今人编纂《全明词》在已知《全金元词》不收倪瓒《江南春》情况下，以《明词汇刊》为依据作"辑佚"，亦是对"自度曲"界定不同所致。

① 参见刘深《清词自度曲与清代词学的发展》，《南京大学学报》（哲学·人文科学·社会科学）2015年第6期。
② 倪瓒等：《江南春词集》，赵尊岳辑《明词汇刊》上册，第1174页。

结　语

　　词是隋唐时期随着燕乐兴盛而产生的一种韵文形式，继诗而兴，故又称为"诗余"。故宋人诗词之辨多以能否入乐为依据，李清照的"词别是一家"，即是强调词之音乐属性。明人不甚重视辨体，词曲不分，亦是因词乐消亡，或以曲乐代替词乐度曲，导致词曲混淆。李渔在《窥词管见》中已指出："词既求别于诗，又务肖曲中腔调，是曲不招我而我自往就，求为不类，其可得乎？"① 清人为恢复词乐而大量创制自度曲，自度曲创作亦是词律学激发兴起的原因之一。清代词谱中不收元明自度曲，如万树《词律》卷一《发凡》云："能深明词理，方可制腔。若明人则于律吕无所授受，其所自度，窃恐未能协律。故如王太仓之《怨朱弦》《小诺皋》，扬新都之《落灯风》《疑残红》《误佳期》等，今俱不收。"② 康熙后词律著作中不收《江南春》，成为《江南春》唱和衰落的原因之一，但另一方面因《江南春》追和者众多、传唱广泛等符合"自度曲"流行特征而在清末被误认为是词。清代先著在《词洁发凡》中指出：

　　　　唐人之作，有可指为词者，有不可执为词者，若张志和之《渔歌子》、韩君平之《章台柳》，虽语句声响居然词令，仍是风人之别体。后人因其制，以加之名耳。夫词之托始，未尝不如此。但其间亦微有分别，苟流传已盛，遂成一体，即不得不谓之词。其或古人偶为之，而后无继者，则莫若各仍其故之为得矣。倘追原不已，是太白"落叶聚还散"之诗，不免被以"秋风清"之名为一调。最后若倪元镇之《江南春》，本非词也，只当依其韵，同其体，而时贤拟之，并入倚声。此皆求多喜新之过也。③

---

① 李渔：《窥词管见》，《李渔全集》第 2 卷，浙江古籍出版社，1991，第 507 页。
② 万树编著《词律》卷一《发凡》，第 18 页。
③ 先著：《词洁发凡》，先著、程洪辑，刘崇德、徐文武点校《词洁》，河北大学出版社，2007，第 2 页。

其说甚为合理。《江南春》原唱是诗非词，经过明清两代数百年间唱和，严格次韵，按谱填词，流传已盛，遂成一体，并被收入多种词集中，皆是"多喜新之过"。从《江南春》唱和演变与文体误读之过程，亦可窥明清时期文体互相渗透，诗词界限模糊，诗词在内容与形式上趋于合流之势。

（责任编辑：马昕。本文原刊于《文艺理论研究》2017 年第 6 期）

真我·破体·摆落姿态：
徐渭散文的文体创格[*]

内容提要 徐渭在明代中后期散文文体的演变过程中发挥了十分重要的作用。他在创作实践中不断地突破传统的文体规范，并创作了大量个性突出、风格特异的小品文。阳明心学影响下的"真我"观是其文体创新的理论基础，强烈的自我宣泄的创作动机是其内在的驱动力。其古文创作的"破体"现象，是明代中后期文体观念渐趋松动的重要标志。"摆落姿态"、独存"本色"是其小品文最核心的风格特征，也是他对晚明散文体貌最重要的贡献。

关键词 徐渭　真我　破体　摆落姿态　晚明小品

《四库全书总目》评徐渭诗文曰："盖渭本俊才，又受业于季本，传姚江纵恣之派。不幸而学问未充，声名太早，一为权贵所知，遂侈然不复检束。及乎时移事易，侘傺穷愁，自知决不见用于时，益愤激无聊，放言高论，不复问古人法度为何物。故其诗遂为公安一派之先鞭，而其文亦为金人瑞等滥觞之始。"[①] 这主要是批评性的意见，客观上却揭示了徐渭独特的诗文风貌及其受阳明心学影响的事实，并且指出其对晚明文学思潮有着导

　＊　本文为国家社会科学基金重大招标项目"易代之际文学思想研究"（项目编号 14ZDB073）
　　　阶段性成果。

＊＊　刘尊举，首都师范大学文学院副教授，发表论文《唐宋派的分化、演变及其流派属性问题》等。

　①　永瑢等：《四库全书总目》卷一七八，下册，中华书局，1965，第 1606 页。

夫先路的作用。然而，仅凭"放言高论""不复问古人法度为何物"这样的表述，我们尚无法准确地把握徐渭在明中后期散文发展过程中的作用和意义。通过系统地分析徐渭的散文理论与创作，我们发现，"真我"是其文学思想的核心理论，是他全部的散文观念与创作的思想基础；"破体"是他最突出的创作特征，充分地体现了他对传统文体的冲击和突破；"摆落姿态"则是最能体现其个性特征的创作风貌，也是他对晚明散文最重要的贡献。

一　徐渭"真我"理论的三个层面

论者或以"本色"，或以"真我"概括徐渭重视自我真性情的文学思想。要之，无论是"本色"，还是"真我"，都是强调本来面目，要求艺术创作"出乎己而不由于人"。只是"本色"侧重于真实面目，更多地应用于戏曲批评，"真我"更强调主体性情，更适用于诗文领域。本文则倾向于以"真我"来概括徐渭核心的文学思想。

学界对徐渭的"真我"观与"本色"论已有相当充分的研究。陈望衡把徐渭的"真我"观归纳为"重真""重情""重个性""重本色"四个方面。[1] 左东岭认为徐渭文学思想的核心即是本色说，"他保持了唐顺之本色说真实独特的内涵，却减少了道学的色彩与成贤成圣的意识，而以自我表现与自我宣泄为核心"；他在形式方面没有太多的突破，"依然在用传统的艺术形式与方法抒发自我情感"，但他"已经不再局限于某一种体裁、某一种风格、某一种技巧而创作，而是将它们统统打碎，随意拿来为其所用"。[2] 肖鹰指出徐渭的美学思想"围绕着自我、真性和本色这三个核心范畴展开"，这三个范畴统一于"独立的、不可复制的'真我'"，而"真我"的核心精神则是"个体自性"。[3] 上述观点基本上能够阐述清楚徐渭"真我"观的理论内涵。本文在上述研究成果的基础上具体讨论"真我"的三个层面——主体意识、本色与个性化，有助于我们对徐渭的散文观念

---

[1]　参见陈望衡《徐渭和他的"真我"说》，《理论月刊》1997 年第 7 期。

[2]　左东岭：《王学与中晚明士人心态》，人民文学出版社，2000，第 471 页。

[3]　肖鹰：《个体自性：徐渭美学思想综论》，《哲学研究》2013 年第 2 期。

有更加系统的认知。

论者多引用《涉江赋》中的一段文字论述徐渭的"真我"观："爰有一物，无罣无碍。在小匪细，在大匪泥。来不知始，往不知驰。得之者成，失之者败。得亦无携，失亦不脱。在方寸间，周天地所。勿谓觉灵，是为真我。"① 其所谓"真我"，即是心学话语中的"灵明"与"良知"；强调"勿谓觉灵"，意在淡化其经验化色彩，强调良知良能的超越性与永恒性。黄卓越指出，徐渭所谓"真我"乃本体之"我"，即释氏"常乐我净"之"我"，而非世俗之"我"。② 这一论断无疑是十分准确的。尽管徐渭在此讨论的并非艺术问题，但他主要的艺术观却显然是建立在这一思想基础之上的。

在本体之"我"的影响下，徐渭"真我"的艺术观，第一个层面体现为明确的主体意识。他在《跋张东海草书千文卷后》一文中辩证地阐述了其"出乎己而不由于人"的创作观：

> 夫不学而天成者尚矣，其次则始于学，终于天成。天成者非成于天也，出乎己而不由于人也。敝莫敝于不出乎己而由乎人，尤莫敝于罔乎人而诡乎己之所出。凡事莫不尔，而奚独于书乎哉？近世书者阔绝笔性，诡其道以为独出乎己，用盗世名，其于点画漫不省为何物，求其仿迹古先以几所谓由乎人者已绝不得，况望其天成者哉！是辈者起，倡率后生，背弃先进，往往谓张东海乃是俗笔。厌家鸡，逐野鸡，岂直野鸡哉！盖蜗蚓之死者耳！噫，可笑也！可痛也！以余所谓东海翁善学而天成者，世谓其似怀素，特举一节耳，岂真知翁者哉！③

此文是徐渭为张弼书法辩护而作。张弼（1425—1487），字汝弼，号东海，长于草书。在徐渭看来，张弼转益多师，自成一体，乃"善学而天成者"。世人不识，反谓之俗笔。事实上，仅就其为张弼的辩护而言，徐

---

① 徐渭：《徐渭集·徐文长三集》卷一《涉江赋》，第 1 册，中华书局，1983，第 36 页。标点有改动，下同。

② 参见黄卓越《佛教与晚明文学思潮》，东方出版社，1997，第 138 页。

③ 《徐渭集·徐文长佚草》卷二《跋张东海草书千文卷后》，第 4 册，第 1091 页。

渭主要肯定的是其"善学"的一面，他所针对的是世人之"罔乎人"而非
"由乎人"。他之所以进一步提出"出乎己而不由于人"的"天成"境界，
既是要将张弼的书法拔高一格，更是借以表述其重视本体之"我"的艺术
创作思想。在传统的书论或文论话语中，"天成"通常是指不假雕琢、自
然浑成，而徐渭却强调"出乎己而不由于人"，则创作者真切而独到的感
知或体悟成为"天成"的基本前提。所谓"由乎人""罔乎人"，"人"非
谓他人，而是指前人、传统、经验、规范；则"出乎己而不由于人"是强
调创作主体对现有规则的突破或超越。当然，徐渭并不赞同盲目自信而置
基本的法度、规则于不顾。他认为如果连基本的法度都不能熟练掌握，违
背基本的艺术规则而自以为独创，则"由乎人"而不可得，"天成"更是
无从谈起。然而，一味地遵从法则、仿效古人，终究不是徐渭的目标，
"天成"毕竟是要"出乎己"。徐渭在《书季子微所藏摹本兰亭》中表达
了类似的观点：

> 非特字也，世间诸有为事，凡临摹直寄兴耳。铢而较，寸而合，
> 岂真我面目哉？临摹《兰亭》本者多矣，然时时露己笔意者，始称
> 高手。①

临摹或许是不可忽略的环节，最终却要寄寓自我的性情与趣味，才算
得上真正的艺术创作。而所谓"时时露己笔意"，显然不仅是作为表现内
容的体验或感悟而已，更有展现个体才华与技艺的意味，流露出其展现自
我、追求个性的创作倾向。严格地讲，以上两段引文所表达的意思各有侧
重，并不完全在同一个层面上。"出乎己而不由于人"强调的是创作主体
的能动作用，主要指向对传统或规则的超越；"寄兴""露己笔意"则是从
艺术表现内容的角度强调自我情怀的意义。然而，在实际的艺术创作中，
两者往往是交织在一起的。徐渭将其概括为"就其所自得，以论其所自
鸣"，"自得"与"自鸣"分别体现了其表现自我与突破规则的创作冲动，
这将在下文展开论述。

---

① 《徐渭集·徐文长三集》卷二〇《书季子微所藏摹本兰亭》，第2册，第577页。

"真我"的第二个层面是"本色"。如果说"主体意识"主要体现的是"真我"之"我"，那么"本色"则是强调其"真"。徐渭论"本色"，多是就戏曲语言的"本色当行"而言，但有时又以"本色"指称普遍意义上的"本来面目"。其于《西厢序》中所论之"本色"，显然超出了戏曲语言所涵盖的范畴：

> 世事莫不有本色，有相色。本色犹俗言正身也，相色替身也。替身者，即书评中婢作夫人终觉羞涩之谓也。婢作夫人者，欲涂抹成主母而多插带反掩其素之谓也。故余于此本中贱相色，贵本色。众人喷喷者我响响也！岂惟剧者，凡作者莫不如此。①

徐渭于此所论之"本色"，即是指本来面目。与之相对的是"相色"，特点有二：一曰"涂抹""插带""反掩其素"，是说其不真实；一曰"终觉羞涩"，是说其不自然。则"本色"的特征即是真实与自然。徐渭在一则题跋中表达了类似的意思，且有进一步的发挥：

> 昨过人家圃榭中，见珍花异果，绣地参天，而野藤刺蔓，交戛其间。顾问主人曰："何得滥放此辈？"主人曰："然！然去此亦不成圃也。"②

"珍花异果"人人知其为美，却不知缺少了"野藤刺蔓"，便不是园圃的本来面目，也就没有了生机。"然去此亦不成圃也"，这一颇具哲理意味的表述，意味着在徐渭看来，事物的本来面目即便是朴野无华，也因其生机自然而独具魅力。而所谓"野藤刺蔓"，不正是徐渭的艺术创作乃至其生命形态的生动写照吗？袁中郎《叙小修诗》云："其间有佳处，亦有疵处，佳处自不必言，即疵处亦多本色独造语。"③ 与文长此论遥相呼应，是

---

① 《徐渭集·徐文长佚草》卷一《西厢序》，第 4 册，第 1089 页。
② 《徐渭集·徐文长三集》卷二〇《又跋于后》，第 2 册，第 575 页。
③ 袁宏道著，钱伯城笺校《袁宏道集笺校》卷四《叙小修诗》，上册，上海古籍出版社，1981，第 187 页。

强调在本来面目的基础上，追求艺术风格的独特性，纵使生僻险怪也在所不惜。

主体意识的增强与对本色的强调，自然可以生发出"真我"的第三个层面：艺术创作的个性化，以及随之而生的奇崛的文风取向。徐渭在《书田生诗文后》一文中明确地表达了其个性化的创作倾向：

> 田生之文，稍融会六经，及先秦诸子诸史，尤契者蒙叟、贾长沙也。姑为近格，乃兼并昌黎、大苏，亦用其髓，弃其皮耳。师心横从，不傍门户，故了无痕凿可指。诗亦无不可模者，而亦无一模也。此语良不诳。以世无知者，故其语亢而自高，犯贤人之病。噫，无怪也。①

可知徐渭并非不允许学习古人，其本人亦融会经史子集，但他不肯依傍门户，只是领会其神情、趣味，终究是要出乎一己之心，随意挥洒，断不许有古人痕迹。尤其值得注意的是，其所谓"以世无知者，故其语亢而自高，犯贤人之病"，表明他为了凸显自我，有意发出激亢的、不和谐的声音，不惜与一世"贤人"相抗衡而被视为有奇言怪行。可见其表现"真我"，乃是一种有意识地突破传统的创作行为。这进一步说明，徐渭强调"真我"，既不是出于心性主义而寻求性命之真，也不是出于实录精神而客观地记录生命的体验或历程，而是表现特立独行之自我。如此抒写"真我"，是道人之所不欲言、人之所不敢言，出人意表，骇人听闻，自然与奇崛文风相关联。徐渭本人对此也有清醒的认识，其于《答许口北》中论诗曰："试取所选者读之，果能如冷水浇背，陡然一惊，便是兴观群怨之品，如其不然，便不是矣。"② 以"冷水浇背，陡然一惊"形容兴观群怨，与传统的温柔敦厚的诗学观相去何啻千里，突出地表现了徐渭对奇特的表达效果的追求。袁宏道在《徐文长传》中引述梅客生之言，以论徐渭之奇："文长吾老友，病奇于人，人奇于诗，诗奇于字，字奇于文，文奇于

---

① 《徐渭集·徐文长逸稿》卷一六《书田生诗文后》，第 3 册，第 976 页。
② 《徐渭集·徐文长三集》卷一六《答许口北》，第 2 册，第 482 页。

画。"① 以"奇"概括徐渭的艺术创作特征，无疑是十分精准的。而这种奇特的艺术风格显然是由徐渭独特的性情与表达方式决定的。

可见，徐渭所谓"真我"，包括主体意识、本色和个性化三个层面，既重视其"真"，更突出其"我"，强调的是抒写一己之性情和独特之体验。强烈的自我表现的愿望必然会对现有的文体及写作惯例造成不同程度的冲击。徐渭散文独特的艺术魅力与文体价值，正是在其乖戾的性情与文体规则之间的冲撞、妥协与突破中生成的。

二　执着而隐曲的"自我书写"

徐渭眼空千古的自我高视与其命运多舛、功名蹭蹬的人生经历，令其形成"傲"与"玩"的人生态度，从而具有异乎寻常的自我表现、自我宣泄的创作动机。（参见《王学与中晚明士人心态》，第470~471页）他常常在不同场合、多种文体中或直接或隐曲地倾泻怀抱、吐露心志，笔者把他的这种创作行为称作"自我书写"。徐渭对此也有明确的理论主张，他在《叶子肃诗序》中论道：

> 人有学为鸟言者，其音则鸟也，而性则人也。鸟有学为人言者，其音则人也，而性则鸟也。此可以定人与鸟之衡哉！今之为诗者，何以异于是？不出于己之所自得，而徒窃于人之所尝言，曰某篇是某体，某篇则否；某句似某人，某句则否。此虽极工逼肖，而己不免于鸟之为人言矣。若吾友子肃之诗则不然，其情坦以直，故语无晦，其情散以博，故语无拘；其情多喜而少忧，故语虽苦而能遣；其情好高而耻下，故语虽俭而实丰，盖所谓出于己之所自得，而不窃于人之所尝言者也。就其所自得，以论其所自鸣，规其微疵而约于至纯，此则渭之所献于子肃者也。②

---

① 袁宏道：《徐文长传》，《徐渭集》第4册，第1344页。
② 《徐渭集·徐文长三集》卷一九《叶子肃诗序》，第2册，第519~520页。

　　"其情坦以直，故语无晦""其情散以博，故语无拘""其情好高而耻下，故语虽俭而实丰"，虽是论叶子肃诗，却恰好可以描述徐渭古文的主要创作风格。"出于己之所自得"更是徐渭对包括古文在内的一切艺术创作的基本要求。因此，这一篇论诗的文字，我们不妨将其视为徐渭对其古文思想的高度概括。"就其所自得，以论其所自鸣"，"自得"是自我的生命体验，"自鸣"是独特的表达方式。我们亦可借此二语分别观照徐渭散文抒写自我性情及其对独特创作方式的选择与探索。

　　徐渭在散文创作中有着超常的表现自我的热情和勇气，主要表现为其高度自信的态度与自抒怀抱的行为。徐渭的自信或自负主要表现在其狂傲不羁的生命行为中，同样体现在其散文创作中。那些直接表现自我能力的文字自不待言，其言说方式所间接透露的自负便已令人印象深刻。以其《答龙溪师书》一文为例：

　　　　颈联乃因今年中秋月盈而及往年中秋月蚀，《淮南子》云，蟹蛤视月之盛衰，从阴类也。奏鼓，救月也。函丈疵其不整，诚然。但少陵赐樱桃诗颈联有云"忆昨与沾门下省，退朝擎出大明宫"，亦似此体。古评云"诗至李、杜、昌黎、子瞻而变始尽，乃无意不可发，无物不可咏"，正谓此也。彼以字眼绳者，所得盖少矣，有意而不能发矣。某匍匐学步，殊未到此，然却是望其门墙，不敢苟且作不整也。冒妄之深，伏希函丈裁之。①

　　在这封信里，徐渭认认真真地回应了王畿对其诗歌创作的质疑。在具体解释诗句含义及写作缘由的基础上，首先肯定王畿的质疑是有道理的。转而以杜诗为例，说明其诗体渊源有自；复借古人评语从理论上论证其创作方式的合理性。接着又放低姿态，谦称初学，不敢望其项背，却是为下文留有余地；笔锋一转，又称此等作品或远不及李、杜、韩、苏之境界，却是取法乎上，而非苟作。最终又表达多有冒犯、祈请海涵之意。应该说这是一篇极好的尺牍文字，明确地表达自己的观点，据理力争，寸步不

---

　　① 《徐渭集·徐文长三集》卷一六《答龙溪师书》，第 2 册，第 485 页。

让，而行文却委婉曲折；态度虽称不上婉顺，而对狂傲的徐文长来说却已是极为难得了。通篇文字都是在探讨具体的诗歌写作的问题，我们却可以从中感知到一个对诗道虔诚，认真而又充满自信的徐文长的形象。

狂傲人格的呈现与激愤情怀的宣泄，是徐渭抒写"真我"的另一种重要表现。《自为墓志铭》代表了一种表达方式，正面陈述其悲愤、凄凉、无奈而又狂傲的情怀。① 这种表达方式较多地呈现于书启、尺牍中。另一种表达方式是"借他人酒杯，浇自己块垒"，《送章君世植序》一文堪称典型。其文如下：

> 吾乡沈先生炼，故锦衣经历，以言事今徙保安为布衣者，其始为诸生时，即以文才为时辈所推重。凌厉崛奇，深造远览，横逸不可制缚。而吾世植君既与沈为好友，独取一管毫之力，以斫其阵而角其锋，与之齐名，一时人称沈必曰君。沈一举一乡，再举于廷，三仕于县，一言事于朝，声名满天下。而君独以穷且老，犹抱其一经，负笈走东西数百里道，以坐人家塾中，一丈之席而不可必得，岂造物者故同其才而独异其命耶？渭惑焉。渭既辱君之教，而穷于时亦久矣，故于君建平授经之行，序一言于诸赠诗之首。乃若渭之穷，则理之宜而非所惑者也。②

这也是一篇奇特文字。文章本为同乡章世植而作，却从沈炼说起；本是以沈炼之文才引出章世植，偏偏又先讲沈炼"以言事今徙保安为布衣"；言沈炼文才又强调其"凌厉崛奇，深造远览，横逸不可制缚"之特征，实则既是借送别章氏寄寓了其对沈炼遭遇的愤懑不平之气，又是借沈炼的文章风貌彰显自己的文学才华与文风取向。沈炼虽然遭受权奸迫害，前此却考取进士，且借言事而"声名满天下"；而章氏虽然少时与沈炼齐名，如今却"独以穷且老"，"坐人家塾中"，"一丈之席而不可必得"，栖栖遑遑，落魄潦倒。徐渭由此生发出"岂造物者故同其才而独异其命耶"的哀叹。这一声

---

① 参见《徐渭集·徐文长三集》卷二六《自为墓志铭》，第 2 册，第 638~640 页。
② 《徐渭集·徐文长三集》卷一九《送章君世植序》，第 2 册，第 517 页。

哀叹，是为章世植而发，更是为他本人而发。所谓"乃若渭之穷，则理之宜而非所惑者也"，自是牢骚之词。则写沈炼"声名满天下"也好，写章氏"独以穷且老"也好，无不是抒发自我郁郁不得志的愤懑心情。

徐渭之"自得"，还表现为他对人情世态独特而深刻的理解与把握。《周愍妇集序》一文是为典型。这是一篇奇文，多取法于太史公《伯夷列传》，又写出徐渭本人的深刻思考，由周氏妇之冤死，讨论人性之善与恶、生罹实祸与死享虚名、天道与善与否等一系列问题。第一层论人性之善恶，虽认可孟子的性善说，实则在吞吐、辩难之间持保留态度，曰："吾欲非荀子，何以有周之姑？欲非孟子，何以有周之妇？欲非杨子，何以既有周之妇，复有周之姑？"第二层以名实之辨衡量"罹实祸于生"与"徒获虚名以死"之轻重，虽然最终指出死享虚名毕竟胜过"生为善无以自白"而"死蒙恶名"者，终究表现出徐渭对周氏生罹实祸的痛惜与愤慨。第三层以沈炼之死与其子之生质疑所谓天道与善："然天能活伯子，何不能不死锦衣也？岂伯子为善人，而锦衣为不善人耶？"第四层以东海孝妇之事进一步质疑天道，"天能为旱以白其冤于后，乃独不能别有所为以免其死于先"。第五层再度回到生之实与死后名的问题上，指出假如果然是名贵于实，那么周氏以其贤且孝，虽未获享生之实，却能博得死后名，也可以瞑目了。第六层转而讨论虽为善类却身败而名裂如蔡邕、韩信者，是对"天道与善"毫无保留的质疑。① 徐渭此文一反同类题材文章惩恶扬善的书写模式，以强烈的愤慨与控诉表达对人性的质疑，以及对生前身后名的极度关注与深重焦虑。这正是徐渭之"自得"，是一种深刻而独特的生命体验与需求。其他如《赠余医师序》②《送李子遂序》③ 诸文，虽表述方式各不相同，要之皆独抒己见、无所避讳，皆徐渭书写"自得"之作。

当然，徐渭的古文创作并非只是书写一己之性情，徐渭之前的古文家同样不乏书写自我怀抱与生命体悟之作。而徐渭之所以在古文发展史上具有独特的意义，主要取决于两点：一是书写自我的密度与强度，二是书写方式的独特性。所谓书写密度，是指徐渭能在各种场合、多种文体中书写

① 参见《徐渭集·徐文长三集》卷一九《周愍妇集序》，第 2 册，第 554~555 页。
② 《徐渭集·徐文长三集》卷一九，第 2 册，第 516 页。
③ 《徐渭集·徐文长三集》卷一九，第 2 册，第 520 页。

怀抱，且有大量的作品；所谓书写强度，是指其古文创作中表现自我的意愿之强烈、形象之鲜明、情感之激烈与体悟之独特。通过以上分析，我们已经大致领略到其书写自我的密度与强度，这是其所谓"自得"。以下将通过分析其独特的书写方式，即其所谓"自鸣"，进一步理解其以"真我"为中心的散文观及其个性化的创作倾向。

三　"破体"：行走在规则的边缘

徐渭创作方式的独特性，主要体现为对法度和文体的突破。上文在分析其"真我"观时指出，徐渭既尊重基本的艺术规则，又要打破常规、摆脱束缚，追求"出乎己而不由于人"的"天成"境界。徐渭进行传统文体的写作时，在遵守基本的文体规则和精熟运用古文法度的基础上，"时时露己笔意"，有意识地突破规则，追求个性化的表达，这最能体现他在文体创新方面的尝试与成就。

徐渭散文极有法度，往往能做到层次清楚、逻辑严密而简洁紧凑。[1]陶望龄称"其为诗若文，往往深于法而略于貌"[2]，即是就其严密而简洁的特点而言。更重要的是，徐渭往往能在精熟运用法度的基础上，根据表达的需要而有所突破，从而形成独特的叙事角度与叙述方式。我们以《送山阴公序》[3]一文为例。此文为送山阴知县刘尚志赴都而作，作于万历七年（1579）。[4]就整体的结构布局而言，文章叙议相生，逐层推进，似乎并没有什么特殊之处。然而，如果注意到其独特的叙事角度，便能体会其篇章安排的独具匠心。送别地方官员的赠序，通常历叙其政绩，称颂其功德，此文却只是反复陈述当地士民的依赖与感念，借此渲染官员之贤德。开篇从称谓之谦敬说起，引出赠序之诚伪，似乎只是铺垫，居然就成为文章的主线，全文始终围绕着士民拳拳之情展开叙述。文章本为送别"刘公"

① 参见付琼《徐渭散文研究》，上海古籍出版社，2007，第97~150页。
② 陶望龄：《刻徐文长三集序》，《徐渭集》第4册，第1347页。
③ 《徐渭集·徐文长三集》卷一九《送山阴公序》，第2册，第563~564页。
④ 关于此文所涉史实，参见徐朔方《晚明曲家年谱·浙江卷·徐渭年谱》，《徐朔方集》第3卷，浙江古籍出版社，1993，第139~142页。

（刘尚志）而作，引入正题之后却劈头从"贵溪公"（前任知县徐贞明）说起，接连三层对比：第一，强调在其数十年撰写赠序文的经验中，当地士民对待徐贞明这般诚恳的态度绝无仅有，转而却道"孰谓其遽见于今刘公之行耶"，此是抑扬笔法。第二，比较二公离任之区别，徐贞明受召赴都，是一去不复返，则士民眷恋不舍尚不难理解；而刘尚志只是朝觐，尚有返回之期，士民居然有此"遑遑然"之依恋，尤为难得。第三，对比二公治理方式之异同，徐贞明主张无为而治、休养生息；刘尚志则是积极干预、纲举目张，往往有立竿见影之效验，故更为士民所依赖。此上叙山阴县士民之仰赖，此下转入徐渭本人及其亲友之感念，且聚焦于刘尚志一人，是为双起单收。这里有两个问题令人困惑：第一，尽管文章主题明确、层次清楚，但为何偏偏选取"士民感戴"这一角度，而不正面讨论其政绩、功德？第二，文章明明是为送别刘尚志而作，何以在前任知县徐贞明的身上花了大量的笔墨？关于第一个问题，徐渭在文中给出了这样的解释："某衰且钝，不能持筹以述，而公之美亦非筹之所能尽也，故仅识其大者如此。"究竟果如徐渭所言"公之美亦非筹之所能尽"，还是刘尚志政绩乏善可陈呢？徐渭另有一篇文字《刘公去思碑》①也是在同一时期为刘尚志而作，重点讲述了其听讼断狱的才能和功绩，亦无具体事例，其他仅述及刘尚志兴修邑校、督造江堤二事。去思碑具有明确的彰显德政之功能，固知刘尚志在山阴任上并无太大的作为。这就不难理解徐渭何以在赠序中回避其政绩、功德，而选择"士民感戴"这一相对虚化的话题了。况且，虽然赠序文体也具有不同程度的公众属性（尤其是这种赠别官员的文字），但至少形式上是面向受赠者个体的，因此具有更大的私人化叙述空间。刘尚志广受山阴县士民爱戴或许不尽属实，但他在此期间对徐渭的确是礼敬有加，而徐渭也一向重视官长的知遇之恩，屡屡在文中表达感激之情。由此看来，徐渭以"感念"的话题展开叙述，是有真情实感的，也更容易为刘尚志所接受。至于处处以徐贞明相比照，大约出于以下两点考虑：第一，徐贞明在运作徐渭出狱的事情上颇为尽力，徐渭出狱后与之过从甚密，对他的感恩戴德是真实可靠的，因而两人之间的比照理应不会给

---

① 《徐渭集・徐文长三集》卷二四《刘公去思碑》，第 2 册，第 621 页。

刘尚志带来不快；第二，刘、徐二令广受士民感戴，实则缺乏足够的事实支撑，而文章对两人逐层对比，则巧妙地转移了话题的重心，此乃周折、掩应之笔法。另外，徐贞明以山阴知县转迁工科给事中，以之相比照，对正要入觐的刘尚志来说未尝不是好预兆。巧合的是，刘尚志后来改迁刑科给事中。徐渭自然不可能预知这一后果，但在当时，这样的比照或许是刘尚志乐于闻见的。要之，徐渭择取"士民感戴"这一特殊视角称颂官长功德，避实就虚，逐层铺叙，反复渲染，令读者入其彀中而不知，我们不得不感叹其用心之良苦及其法度运用之精巧。另如《胡公文集序》①，选取应俗文字入手，称其"直不伤时，而婉不失己"，并"因论文而发其志"，同样是一篇奇绝文字。

上述文章的写作尚且遵循通常体例，有些文章则打破常规，又不失严密，另有一种奇特风貌。如其《陶宅战归序》②一文，记会稽县尉吴成器嘉靖三十四年（1555）抗倭事迹③。文章直接从叙事切入，曰"往昔松江之寇，载连岁所掳掠，航海而归"云云，并不事先交代被叙者之姓名、身份，开篇即打破常规。叙事次第也颇为独特，先从战事说起，当事人"会稽尉吴君"只是在整体的叙事中自然带出，提出他对当时战局及战术的看法；既而讲主将不接受吴成器的合理建议，急躁冒进，落得个一败再败的结局；又详述吴成器在两次战役中的机敏与勇武，或在大的败局中取得局部的胜利，或最大限度地减少伤亡。在完成对战事的叙述之后，依然没有交代"吴君"的身世、履历，而是落脚于两府"恨不早用君之言"，并由此引发他对时事的感慨："嗟夫，世独忧无善言耳，然或有言而不能用，或能用而不察言之是非，大抵能言者多在下，不能察而用者多在上，在上者冒虚位，在下者无实权，此事之所以日敝也。"此后两段文字更是奇特，完全将吴成器抛在一边，一段讲徐渭本人，一段讲山人王寅，均有韬略却无施展的机会，从而生发出这样的感慨："吴君固县尉，然官也，又数搏贼有明效，言且不见用，王山人未尝试战，且一布衣耳，其见弃复何怪？"此后方叙述吴成器之籍贯、履历、生平事迹与品行等，并补入其与王寅之

---

① 《徐渭集·徐文长三集》卷一九《胡公文集序》，第 2 册，第 518~519 页。
② 《徐渭集·徐文长三集》卷一九《陶宅战归序》，第 2 册，第 529~530 页。
③ 参见徐朔方《晚明曲家年谱·浙江卷·徐渭年谱》，《徐朔方集》第 3 卷，第 86~87 页。

交游及此文之写作缘由，不动声色地把上文关于吴成器、王寅与徐渭本人的三段叙事绾结起来。最后以感叹收篇："嗟夫，使有善用君者，以尽展君之才，即封侯何足道哉！"再度照应上文对"有言而不能用""能言者多在下"的社会现象的愤慨。此文法度可谓既精严又奇特，对吴成器之智勇与战功有详尽描述，重心却落在对"有言而不能用"的愤慨之情上。读者分明可以从中感受到徐渭对时局的焦虑，及其对自身才华无以施展的愤懑之情。文中三段叙事，章法尤奇，事件本身并无事实关联，只是反复铺陈，表达"有言而不能用"之意，颇似《诗经》之联章结构。《送山阴公序》一文开篇以称谓变化引出赠序之诚伪，亦颇有兴之意味。徐渭从季本治《诗》，浸淫至深，将《诗经》的艺术手法运用到古文创作中也未尝没有可能。

　　还有一些文章，在强烈的自我表现的动机驱使下，明显突破了通常的文体界限。《方山阴公墓表》是一篇典型的"破体"文字：

　　　　渭尝闻越长老学士言，自知山阴以来，吏治有文学者两人，其一歙方公也。公治山阴时，数值潦，郡长吏汤公始议为水门者廿有八，北接以堤，长百丈，广十丈，欲以键大海中潮所往来口，制水出入。石空山，铁枯冶土，平丘陵菱茅筸竹，童林薮，十塞九决，而犹不已。役率倚县，议纷起，公营益力。及成，至今三十年无潦灾，增田以万计。天乐属界远阻山，习傲，每诃挺所遣，呼吏士如峒獠然。公一夕遣卒，悉缚数十人以来，杖而谕遣之，后无不一呼辄集者。出见缢尸无列者疑之，停舆捕傍舍，惟一人匿不出，一讯俱服。监司使者牒雨集，无不从容对者。有不可，持不为动。民不能自白，必再三诤得之乃已。嘻，治固剧且难至此哉！顾往往得闲暇日，与山人墨卿暨诸学士有才行者益谈道论文，或稍及民疾苦。而公所著为诗文，他不论，即入署以来者亦且盈数卷。悉出心入理，诚切笃致，如其为人。如作《逐蝗文》，而蝗枕股以毙满塍岸者可知已。

　　　　先是嘉靖己丑间，知山阴者为凤阳刘公，才妙敏有建安风。渭年十一，以事谒之，辄课问渭，知已能为举业文字三年矣，遂命题，令立制一篇。稍赏之，谓青紫可拾取，顾勉令博古书。渭自是好弹琴击剑习骑射，逡巡里巷者十年，而始遇公，公又谬器别之。从史令籍泮为诸生也，至今又二十五年，墓木拱矣，而渭儚然犹诸生也。气消沮，盖并少时所谓驰射弹击者亡之。顾独得遇公嗣子阜民于逆旅，以表墓属焉。感旧伤知，悲悯时命，不觉其涕之横流也。已乃洒然操笔为之表。表成，以告于故长老学士，尝怀思公者，举无不涕泫然下。

公讳廷玺，字信之，号南岑，起贤科，仕止于县。而凤阳刘公者，名昺，字晋初，号望岑。山阴士人谓自知山阴官长有文学者两人，刘其一也。①

此文是徐渭为方廷玺撰写的墓表。文章以"吏治有文学者两人，其一歙方公也"领起全文，先以一段文字历叙方廷玺的吏治与文学，再以一段文字详叙山阴前后两任知县刘昺和方廷玺对他本人的知遇之恩，及其"感旧伤知，悲悯时命"的哀痛之情，最后简略地介绍了二公的姓名、字号等。从一般意义上来看，这篇文章层次清楚，叙事详明，并且抒发了真挚、深厚的情感，应该算是一篇比较成功的叙事散文。然而，若从文体规范的角度加以审视，却是大有问题的。墓表文有特定的书写对象和内容，主要用来记述墓主重要的、能反映其功德的生平事迹。此文的前半篇，基本上是遵循着这样的文体规范写作的，记述了方廷玺在山阴任上的事迹与成就。然而叙事平淡，文字并不出彩。后半篇带有强烈的抒情色彩，很有感染力，却不尽符合墓表文的文体规范。唐宋以来，墓碑文可以附带说明作者与墓主或乞文者的关系，或是写作缘由，但不应该喧宾夺主。清人钱泳对墓碑文的文体规范及其流变作了如下描述："如墓碑之文曰：君讳某字某，其先为某之苗裔，并将其生平、政事、文章略著于碑，然后以某年、月、日葬某，最后系之以铭文云云。此墓碑之定体也，唐人撰文皆如此。至韩昌黎碑志之文，犹不失古法，惟《考功员外卢君墓铭》、《襄阳卢丞墓志》、《贞曜先生墓志》三篇，稍异旧例，先将交情、家世叙述，或代他人口气求铭，然后叙到本人，是昌黎作文时偶然变体。而宋、元、明人不察，遂仿之以为例，竟有叙述生平交情之深，往来酬酢之密，娓娓千余

① 《徐渭集·徐文长逸稿》卷二二《方山阴公墓表》，第3册，第1027~1028页。

言而未及本人姓名、家世一字者。甚至有但述己之困苦颠连，牢骚抑郁，而借题为发挥者，岂可谓之墓文耶？"① 徐渭详尽叙述刘、方二公对他的赏识与推毂，且极力渲染其"感旧伤知，悲悯时命"之情，无论是文字比例，还是用笔力度，都超出了合理的范围。更严重的问题是，墓表本是为方廷玺而作，却把刘昺置于太过重要的位置。倘若只是开篇讲"吏治有文学者两人，其一歙方公也"，行文中偶尔涉及刘昺，我们不妨将其视为点缀或衬托。然而，徐渭却在文末特意强调"山阴士人谓自知山阴官，长有文学者两人，刘其一也"，与开篇"渭尝闻越长老学士言，自知山阴以来，吏治有文学者两人，其一歙方公也"首尾呼应，俨然是将刘昺作为另一墓主对待。这显然远远超出了墓碑文体所允许的变化空间。而徐渭之所以对刘昺念念不忘，"吏治有文学"只是一个表面的理由，真正的原因是刘昺当年对徐渭的激赏所导致的现今复杂的情感。刘昺的赞誉与勉励对少年徐渭来说自然是一笔宝贵的精神财富，令其信心大增，对前程充满了希望。而在饱受挫败、历尽沧桑之后，当年的精神财富却成为徐渭沉痛却又依恋的生命负担。面对当下惨淡的人生，昔日的空中楼阁会让徐渭感受到更加强烈的失落和痛苦。然而那些为数不多的，尽管是虚幻的辉煌，却又是他生命中极其珍贵的精神食粮，让他在反复的咀嚼中感受到些许慰藉。因此，当他提笔为方廷玺撰写墓表时，不可避免地追忆起最早赏识他并给予他更多激励的刘昺，与之相随的是感激、痛惜、骄傲、失落、愤懑、迷惘相交织的复杂情感，即其所谓"感旧伤知，悲悯时命"。当其复杂而强烈的情感不可遏制地流露于纸面上时，就形成了这种有悖常规的文章体貌。可见，在此文的创作过程中，徐渭强烈的自我表达的意愿，强行改变了文章的文体功能，尽管他通过对法度的精熟运用，营构出首尾自圆、逻辑严密的篇章结构，却依然无法避免"破体"现象的发生。

从《方山阴公墓表》一文中，我们可以发现徐渭笔下文体功能的变化所导致的体制的变化，而在一些传体文的创作中，徐渭则在体制变化方面做了更加主动的探索。如《赠光禄少卿沈公传》② 一文，以一"奇"字贯

---

① 钱泳：《履园丛话》卷三，中华书局，1979，第82页。
② 《徐渭集·徐文长三集》卷二五《赠光禄少卿沈公传》，第2册，第624~625页。

穿全文，通过"以文奇""以政奇""以谏奇""以戆奇"串联全文，概括了沈炼最具传奇色彩的生平。从文章构思的角度来看，这样安排无疑有利于集中地表现传主的主要品格与特征，结构紧凑，行文简洁明快；然而这样必然会对传主的生平事迹做出剪裁与取舍，势必影响到传记的完整性。徐渭在正文之后续写"外史徐渭曰"一段文字，既有对其一生的评论与感叹，又补入其"孝忠"的品德和事迹，并旁及两位重视情谊与节义的朋友。从功能上讲，这是对正文的有效补充；从体制上讲，则既是破体，又是主动的体制创新。《王君传》的创作与此文极为相似，全文以"此人人能知之，某亦能言之""此虽人人未必尽知之，然某犹能言之""此则人或知之，生，君未尝言之，死，某亦不得言之"三段文字结构全篇，最后在"论曰"部分补入传主善治园林之特长，① 与《赠光禄少卿沈公传》一文异曲同工。而《叶泉州公传》一文详尽记叙了叶慎对抗权阉并因之致死的悲壮事迹，其他经历一概置之不论。篇末云："渭乃为公传遗事，其生平出董吏部若长沙两公笔者，夫渭乌得而袭之哉？"② 这番解释恰恰说明徐渭对文体规则的突破是一种自觉的探索行为：为了突出重点、叙述集中，不惜打破常规、变化体制。

从以上对徐渭古文创作实践的分析来看，或是出于表达自我的强烈意愿，或是为了突出表现某种核心特征，或是为了追求新奇的叙述效果，徐渭在法度与体制变化方面做出了积极的探索与尝试，在功能、体制与风格等各个层面表现出文体规范意识的淡薄化。而晚明小品文的兴起，正是建立在明代中期以来古文文体渐趋松动的基础上的。

四 "摆落姿态"：独树一帜的小品文体貌

徐渭是公认的晚明小品文的代表作家，关于他的小品文已经有了诸多研究成果。本文提供一个特别的视角——"姿态"的摆落，来考察徐渭小品文的特色及其在晚明小品文形成、发展过程中的意义。

---

① 参见《徐渭集·徐文长三集》卷二五《王君传》，第 2 册，第 627~628 页。
② 《徐渭集·徐文长三集》卷二五《叶泉州公传》，第 2 册，第 623~624 页。

徐渭于《书草玄堂稿后》中论道：

> 始女子之来嫁于婿家也，朱之粉之，倩之鬟之，步不敢越裾，语不敢见齿，不如是，则以为非女子之态也。迨数十年，长子孙而近妪姥，于是黜朱粉，罢倩鬟，横步之所加，莫非问耕织于奴婢，横口之所语，莫非呼鸡豕于圈槽，甚至龋齿而笑，蓬首而搔，盖回视向之所谓态者，真赧然以为妆缀取怜，矫真饰伪之物，而娣姒者犹望其宛宛婴婴也，不亦可叹也哉？渭之学为诗也，矜于昔而颓且放于今也，颇有类于是，其为娣姒哂也多矣。①

"朱之粉之，倩之鬟之"，即徐渭在《西厢序》中所说的"相色""替身"，是"涂抹""插带""反掩其素"的假面目。"步不敢越裾，语不敢见齿"，则是矜持拘束、扭捏造作的伪姿态。世人偏把这假面目、伪姿态作为女子的应有之态。及至年老，铅华褪尽，逐渐呈现"龋齿而笑，蓬首而搔"的真面目，回视平生，方知昔日之"态"，只是"妆缀取怜，矫真饰伪"的小伎俩罢了。所谓"矜于昔而颓且放于今"，即是徐渭摆脱激愤骄矜而渐至颓然自放的生命形态的转变，也是他从刻意安排、一意抒发愤慨之情，到任意挥洒、自然呈现自我面目的诗文创作的转变。这种转变的关键便是对"态"的摆落，既是生命的姿态，也是创作的姿态。这一个"态"字，着实戳中了有明一代古文的软肋。明人作文，尤其是明代前中期文人作文，往往带有浓厚的姿态感。最典型的有两个作家群体：一是台阁派，一是七子派。台阁体文不遑多论，前后七子的文章，弊端之一就是故作姿态、矫揉造作，因而拉开了与真实人生的距离，失去了原始的感染力。今人论李攀龙的古文，往往关注的是其佶屈聱牙、奥峭生涩的行文风格，殊不知这种险怪的文风与其强烈的"代入感"密切相关。他处处揣摩古人，处处效仿古人，言谈举止便也古腔古调了。一个有趣的例子是，他在写给徐中行的赠序中屡言"我二三兄弟"② 如何如何，俨然一副古人的

---

① 《徐渭集·徐文长三集》卷二一《书草玄堂稿后》，第 2 册，第 579 页。
② 李攀龙著，李伯齐点校《李攀龙集》卷一六《送汝南太守徐子与序》，齐鲁书社，1993，第 395 页。

样子。即便是归有光，尽管他写出很多真情实感的文章来，但我们在字里
行间依然能够明白无误地感受到文人儒士的架子。徐渭之前，明代的正统
文人中，真正能够放下架子，自然、平实地表达意见的，大概只有唐顺之
一人。且不论朋友间的尺牍，即便是那些讨论性理的文章，他也能娓娓道
来，如同当面交谈一般。然而，由于唐顺之本身是一个严正的儒者，我们
从他的文章中尚不能感受到太多独特、新奇的东西。徐渭就不同了，尤其
是到了晚年，颓然自放的人生态度让他彻底放下了架子，回归到一个真
实、自然、不避妍丑的活生生的人的状态。尤其是那些勇于自嘲的文字，
更能体现这一特征，例如：

> 　　肉质蠢重，衰老承之，不数步而挥汗成浆，须臾拌却尘沙，便作
> 未开光明泥菩萨矣。再失迎候道驾，并只在乡里故人咫尺之间摇扇闲
> 话而已，非能远出也。①
>
> 　　在家时，以为到京必渔猎满船马。及到，似处涸泽，终日不见只
> 蹄寸鳞，言之羞人。凡有传笺蹄缉缉者，非说谎则好我者也，大不足
> 信。然谓非鸡肋则不可，故且悠悠耳。②
>
> 　　乍捧手教，继拜盛仪。回思往日，衔杯圃榭树石之间，谈说鼓
> 鼙，盼睐弓剑，日沈月升而犹不忍别去，乘醉拂袂，球骑杂扬，尘缕
> 缕起道上，醺然几坠，真昨日事耳。旧景殢人，继今新雅，驰想可知
> 矣。潇然到都，解装便思插羽，顾以三百里之遥，裹足可至，傥再勤
> 围人，付以一策，则事济矣。然岂仆所当自言耶？把管奉复，值忙且
> 暑，挥汗成浆，兼蝇集笔端，遂不多及。③
>
> 　　发白齿摇矣，犹把一寸毛锥，走数千里道，营营一冷坑上，此与
> 老牯踉跄以耕，拽犁不动，而泪渍肩疮者何异？噫，可悲也！④

徐渭身长体胖，自喻为"未开光明泥菩萨"，极其生动，也极为可爱。

---

① 《徐渭集·徐文长三集》卷一六《与梅君》，第2册，第484页。
② 《徐渭集·徐文长三集》卷一六《与柳生》，第2册，第483页。
③ 《徐渭集·徐文长三集》卷一六《答李参戎》，第2册，第483~484页。
④ 《徐渭集·徐文长三集》卷一六《与马策之》，第2册，第483页。

"只在乡里故人咫尺之间摇扇闲话而已"，闲适无聊的老年形象跃然纸上，这是他对自我形貌的轻松调侃。"以为到京必渔猎满船马"，"终日不见只蹄寸鳞，言之羞人"，对自己打抽丰的行为及其未得到满足的焦急与失落毫不掩饰。"言之羞人"四字极为有趣，文中是徐渭因打抽丰所得甚寡而为之羞愧，文外却是读者看到一个毫不讳言、不以为羞的徐文长，妙趣横生。这段文字把一种并不是那么体面的行为和心理惟妙惟肖地呈现了出来。"回思往日……真昨日事耳"一段文字，极生动，极优美，令人神往。"驰想可知""解装便思插羽""裹足可至"等语，承上文而来，基于对往昔欢乐的追忆，他急切地想要与故人相聚。"傥再勤围人，付以一策，则事济矣。然岂仆所当自言耶？"迫不得已，道出真实目的，虽无可厚非，却将此前"意驰神往"的情绪瞬间消解。回视前文，令人不禁莞尔。这段文字不仅写出作者的微妙心态，且令人从文字的安排中体会到独特的趣味。末段文字则直截了当又极为形象地写出了作者的狼狈与艰辛，读之令人鼻酸。此类文字大量存在于徐渭的文集中，虽无关乎文学大命题，但对于拓展散文的书写领域、丰富文学形象、转变文学趣味及表现方式都有着重要的意义。

徐渭《游五泄记》在叙述游览历程之后，有这样一段文字："余堕驴者二，越溪而溺者一，濡者四五，驴蹶于岭者三，诸子淖而跌者弗论也。"① 津津乐道于旅途中的狼狈情形，恰恰写出了游赏山川苦乐交融而又无法抵御的天然乐趣。无独有偶，袁宏道也有记叙游览五泄的文字："次日始行，一路多顽山，无卷石可入目者。余私念看山数百里外，敝舟羸马，艰辛万状，今诸山态貌若此，何以偿此路债？周望亦谓乃弟：'余辈夸张五泄太过，若尔，当奈中郎笑话何？'……因相顾大叫曰：'奇哉！得此足偿路债，不怕袁郎轻薄也。'王静虚曰：'未也，尔辈遇小小丘壑，便尔张皇如是，明日见五泄，当不狂死耶？'……余与公望闻之喜甚，皆跳吼沙石上。"② 文章描绘五泄风光的文字固然清丽奇特，但更有趣的却是其所呈现的游览者真实、生动的心理变化，及其坦荡率真、不加掩饰的言语

---

① 《徐渭集·徐文长三集》卷二三《游五泄记》，第 2 册，第 599 页。
② 袁宏道著，钱伯城笺校《袁宏道集笺校》卷一〇《五泄一》，上册，第 447~448 页。

和行为。徐、袁二文诚有异曲同工之妙，要之皆得益于"摆落姿态"而独存"本色"。这正是晚明小品文区别于传统古文的重要特征之一。

<h1 style="text-align:center">结　语</h1>

徐渭在明代中后期的文体演变中扮演了一个非常重要的角色。一方面，他对传统文体的写作十分精通，并借此获得很高的声誉。另一方面，从技法到体制，从趣味到功能，他又不断地突破传统文体的界限，并成为晚明小品文的先驱。阳明心学影响下的"真我"观是其文体创新的理论基础，强烈的自我表现和情感宣泄的创作动机是其内在的驱动力，"破体"的创作行为体现了其自觉的文体创新意识，摆落儒家士大夫"姿态"的小品文则是他对晚明文体最重要的贡献。

唐顺之的"本色论"是最早受心学思想影响的诗文创作理论，其核心主张是"直摅胸臆，信手写出"，求其"真精神与千古不可磨灭之见"①。但唐顺之所论之"本色"，从根本上讲还是属于识见的范畴，具有浓重的道学色彩。因此，它并没有给古文的文体功能带来显著的变化，其主要的理论意义在于对主体精神的强调与对创作法度的颠覆性冲击。而从唐顺之本人的创作实践来看，尽管在法度运用上呈现自由、灵活的特点，但基本上没有带来古文体制的变化。真正给古文的文体功能带来变化的是归有光，他把真切的日常伦理情感带到古文创作中，拓展了古文的书写空间，使得抒情成为古文越来越重要的文体功能。虽然这类文章数量并不是很多，但其文化意义及其对此后古文思想发展方向的影响却是极为深远的。徐渭的"真我"观对古文的文体功能产生了更为显著的影响。如果说归有光尚以经世致用作为古文的主要功能，只是局部地把人的内心世界引入古文创作中，那么徐渭则是以抒写"真我"作为古文创作的主要目的，在实际的创作行为中也体现出更加强烈的表现自我的愿望，在其各体古文作品中他本人的影子无处不在。过度强烈的表达与宣泄动机在有效增强抒情效果的同时，也给传统的写作技法与文体带来显著的冲击与突破。徐渭对此

---

① 唐顺之：《荆川先生文集》卷七《答茅鹿门知县》，《四部丛刊初编》，第96页。

有自觉的意识，积极、主动地进行了一些文体创新的探索与尝试。① 尽管这种尝试尚未能给古文文体带来彻底的变化，却无疑是明代中后期文体观念渐趋松动的重要标志，而小品文的兴盛正是发生在这样的背景之下。晚明小品文在主题、功能、体制、风格等方面均有区别于传统古文的显著的文体特征。在笔者看来，摆落传统士大夫的"姿态"，无限地接近真实的人生，是其中最重要的变化之一。或许这也就是徐渭对晚明小品文最突出的贡献了。

（责任编辑：马昕。本文原刊于《文学遗产》2019 年第 1 期）

---

① 付琼《从郁勃到颓放：徐渭真我理论与散文创作的偏离与合一》（《江西财经大学学报》2005 年第 1 期）一文指出，徐渭的散文风格有一个从郁勃到颓放的转变过程，与之相伴的是其"真我"理论与创作实践从偏离走向合一；"诸生期"的徐渭写了不少违背其真实思想的"谀文"，并没能真正实践其"真我"理论。诚然，徐渭早期的古文，相比以小品文为代表的晚年作品，在表现"真我"与"本色"方面，的确还有一定的差距，但他在各体古文的创作中为表现自我而用心经营，不惜以破坏文体规则为代价，正是其"出乎己而不由于人"的"真我"观另一种形式的极端化表现。

论邢侗古文的多元形态及其文学史意义[*]

李慈瑶[**]

内容提要 邢侗是"后王李"时代的复古名家，他在文章领域既坚守传统的秦汉法度，又能主动反思拟古之不足，积极破除南北文化之樊篱，广泛吸收唐宋文、六朝文的元素，呈现复古末期开放多元、与时俱进的时代新貌，又从个体层面折射了文学思潮兴替的部分内在机制。邢侗古文活动的多元特质，为文学史研究提供了丰富的细节信息和独特的观察视角，故而具有典型价值，也能为非经典作家研究提供一些方法论上的借鉴。

关键词 邢侗 复古 古文 非经典作家

在明代文学史的传统语境里，万历文坛上演的浪漫文学思潮与复古主义之间的对抗，本质上是一场文学的进化革命。它以复古元老王世贞、汪道昆和吴国伦相继离世的万历二十年（1592）——是年，袁宏道恰好中进士——前后为新旧界限，[①]并导致"后王李"时代的复古作家普遍面临"不合时宜"的处境：既无力争锋，又顽固不化。如同属王世贞生前择定的"末五子"人选，李维桢、胡应麟就因坚持复古底线而易被后人斥为守旧，亲近性灵的屠隆则获得较多的肯定。事实上，以李维桢、冯时可等为代表的诸多后进，在继承"格""法"的同时，已自觉趋向一种多元、变通的"集大成"式复古，乃至在一定程度上与浪漫文学思潮形成合流。只

* 本文为浙江省哲学社会科学规划课题一般项目"明代文学思潮中的骈文嬗变"（项目编号18NDJC106YB）阶段性成果。

** 李慈瑶，宁波大学中文系讲师，发表论文《君臣权力关系与洪武表笺改革新解》等。

① 参见廖可斌《明代文学复古运动研究》，上海古籍出版社，1994，第341页。

是若一味以公安、竟陵、汤显祖等为参照，则此类调整终究都是"退步"的，充其量也只起到有限的"过渡"作用。

临邑邢侗蒙王世贞提携，跻身"四十子"之列，后又获"中兴五子"之名，遂成万历中后期的复古名家。但他死后二十载即在江南文名不显，只剩书法行世，亦可稍稍窥见当日新思潮的摧枯拉朽之势。① 在清初四库馆臣眼里，他的折中复古，进"不能自成一队"，退又"更近于涩"，不过徒有"不依七子门户"② 的消极进步。于是，恰似这截复古余波本身之于晚明文学进程的附庸性，邢侗的文学史研究价值并未得到重视。③ 然而，邢侗生长于李攀龙之乡，本得王世贞"文匠东京前"④ 的赏拔，又被吴国伦誉为"济南边李"⑤ 之后继，却转而不拘复古樊篱，甚至"晚乃驰骋于东汉、晋宋间，好作骈俪语"⑥。其文章风格的蜕变过程，几乎跨越了嘉靖晚期至万历朝的大部分时段，恰是考察思潮兴替始末及其复杂成因的合适样本。而且，比起一位吴越作家回归其地域审美天性，江左元素对邢侗齐鲁文统的改造，无疑更具文化冲突下的"戏剧张力"，也在某种程度上更富有文学演变的启示性。除此之外，本文亦试图借助邢侗的个案研究，来探讨所谓非经典作家的文学史意义及其恰当的认识途径。

---

① 范景文崇祯十年（1637）所作《重订来禽馆文集序》云："顷来南中，南人之知先生者，徒以先生临池妙天下，至其为文，不少概见。"邢侗：《来禽馆集》卷首，清光绪十七年（1891）重刻本。

② 邢侗：《来禽馆集》卷末附四库提要，四库全书存目丛书编纂委员会编《四库全书存目丛书》集部第161册，齐鲁书社，1997，第754页。

③ 目前，有关邢侗的研究成果多带有地方文化色彩，且集中在生平事迹考证及书法史研究领域。孟庆星《万历书坛——邢侗个案研究》（人民文学出版社，2017）侧重于晚明书史细致的时序波段化研究，及其与复古文学、地域文化、文人结社等的互动关系，颇资文学史研究借鉴。但如郑利华《前后七子研究》（上海古籍出版社，2015）等著述，一般仍将邢侗简单视作以王世贞为中心的复古后营阵营新成员之一，着墨不多。

④ 王世贞：《弇州续稿》卷三《邢侍御侗》，《景印文渊阁四库全书》第1282册，台湾商务印书馆，1986，第37页。

⑤ 吴国伦：《甔甀洞稿》续稿诗卷八《邢子愿少参遗书见问 兼有过访之约 却寄一首》，《四库全书存目丛书》集部第123册，第479页。

⑥ 黄克缵：《数马集》卷二七《邢子愿先生传》，四库禁毁书丛刊编纂委员会编《四库禁毁书丛刊》集部第180册，北京出版社，1997，第334页。

一　立足秦汉："法"的继承与反思

现存的邢侗《来禽馆集》最早刊印于万历四十六年（1618），共录诗文二十九卷。自卷六起皆为文章，合计二十四卷。值得注意的是，卷一〇除有一则《汉书·朝鲜》的传疏外，其余六篇皆为"拟古书"，依次是《拟井公博已上穆天子书》《拟晋郤克与鲁卫曹三大夫伐齐书》《拟范蠡居陶上计砚书》《拟司马迁与李陵书》《拟张汤劾鼠盗肉爰书》《拟单于讼右率陈饶椎印书》。从篇目看，周秦与两汉题材恰好各占三篇。但这些兼有习作与戏笔色彩的文字，并不像李攀龙的《戏为绝谢茂秦书》《拟秦昭王遗齐湣王书谋伐宋》一样被置于《沧溟先生集》的"杂文"卷，与各种引、答、移、策、题跋等混编，而几乎是独立成卷，且冠以"拟古"这一专名。事实上，《来禽馆集》确实在卷二一设有"杂俎"，但只用于收纳一些书画主题的题跋、像赞、随笔等。而在分配卷六至卷二九的"座次"时，"拟古"卷也没有被下放到常见的"书启"前一卷的靠后位置上，而是仅次于四卷序文，高居碑、记、传、墓志、诔、行状、祭文、题跋、论等一系列文体之上，占据着相当醒目的咽喉地带。

邢侗卒于万历四十年（1612），遗稿的审定工作先是由其生前最亲密的文学同好李维桢、冯时可协助遗属展开，冒愈昌、喻应益随后加入。这就意味着《来禽馆集》的体例基本是由一个复古小团体讨论产生的，因此其细节设计难免带有特殊企图。文卷部分最靠前的是"诗文序"，起首的《吴景猷先生诗序》一文提纲挈领，历数前后七子、六朝派各家得失，鲜明地反映了作者通达、开放的新复古主义诗学观，亦在衔接诗卷时起到承上启下的作用。而选择打破惯例，让邢侗的拟古杂文提前登场，有意增强其存在感，则无疑结构性地暗示了学习秦汉是作者个人文章体系中的一个关键环节。早在万历三十三年（1605），冯时可撰《五子赞》时就已选用"秦腴汉隽"[①] 一词来概括邢侗文章的核心特征，且为邢氏本人所默许，因

---

① 冯时可：《冯元成选集》卷三二《五子赞（有序）》，《四库禁毁书丛刊补编》集部第62册，北京出版社，2005，第342页。

此这一处理也应符合作者对其传世文学形象的期许。

"拟古书"的编排是对邢侗复古身份的有力证明，因为讲究法度、坚持格调是复古的底线所在，力追秦汉散文是复古派践行文章"格法"的终极目标。李攀龙的《戏为绝谢茂秦书》能于行文间频繁穿插《左传》语，正是基于对原著用词习惯和句法构造的高度推崇与精熟。《拟晋郤克与鲁卫曹三大夫伐齐书》《拟司马迁与李陵书》则是邢侗尸祝《左传》《史记》的一手证据。以后者为例来看：

> 太史公牛马走司马迁再拜言，少卿足下：……仆当少卿军败时，陛下怒甚，举朝皆罪足下。上以问，仆时待罪太史令，得稍近上，为叩头省户下言：陵事亲孝，与士信，常奋不顾身，以殉国家之急，有国士风。今提兵不满五千，深践戎马之地，与单于连战十余日，所杀过半当。及至兵尽道穷，救兵不至，犹能沫血饮泣，振臂呼劳，争向死敌，彼之不死，欲得当以报汉也。臣诚卑贱，见上惨怆，辄效款款如此。……上愈益大怒，谓群臣：迁与陵昵，计沮贰师军，为陵也游，为单于也地。感慨多言，适与狱会，卒从吏议，当以诬上，佴之蚕室，遂就腐刑。①

这篇拟古书从司马迁《报任安书》中"夫仆与李陵俱居门下"以下一段敷衍而来。节录文字大部分是从母本直接裁剪出来的，只在组合时稍稍颠倒语序、重整逻辑而已。而且，《报任安书》各版文字有差，邢文篇首所用"太史公牛马走司马迁再拜言，少卿足下"的称谓仅见于《文选》，《汉书》无此语。此处舍东京而取六朝，无非要借助更具标志性的古语，来实现更为逼真的仿古效果。显然，此即机械拟古饱受非议的"拿来主义"，却是邢侗同类创作的基本模式。《拟井公博已上穆天子书》便试图把两个同样奇幻诡谲的战国文本拼接在一起：

---

① 邢侗：《来禽馆集》卷一〇《拟司马迁与李陵书》，《四库全书存目丛书》集部第 161 册，第 491~492 页。

草莽臣井□再拜𥡴首，天子……肆意远骋，不乐臣妾。造父为政，八骏雁行，七萃之士，是凭是将。……迨见西王母，宾而觞于瑶池之上，谣以白云，倚而和之，其辞颇哀，乃纪丌迹于弇山之石，树之槐眉。游行般般，自西徂东，诸侯王吏，或饮以白鹄之血，或雪以牛马之湩。……臣闻金注者惛，钩注者惮，瓦注者巧。……夫若骤若驰，若霍若挥，无动不变，无时不移，博之象也；其合缗缗，其分芸芸，若相弃也，实相收也，若相及也，实相遗也，博之理也。情莫若率，形莫若缘，缘则不离，率则不劳，不离不劳，形神弗胶。……臣而后乃今知夫。①

这篇拟作的前半部叙述周穆王远游的背景，故多引《穆天子传》文；后半部专论博戏小技中的大道，故又改用《庄子》语。后段说理，娴熟流畅地杂糅了《达生》"以瓦注者巧，以钩注者惮，以黄金注者殙"、《秋水》"物之生也，若骤若驰，无动而不变，无时而不移"、《天地》"其合缗缗"、《逍遥游》"物之芸芸""而后乃今"、《山木》"形莫若缘，情莫若率。缘则不离，率则不劳。不离不劳，则不求文以待形"等《庄子》各篇词句，胜在不仅能将所有素材熔炼一体，还能保证其协调统一地服务于新的主题思路，展现了复古派"拟议成变"的功力。不过，这种"变"的本质仍不出字搬句引的绳墨，故而记游内容虽多与博戏主题无关，却仍不厌其烦地将"造父""八骏""七萃之士""白鹄之血""牛马之湩"及与西王母相关的"白云""弇山之石""槐眉"等名物堆砌上去，因为若没有这些特色词语，则题中的"穆天子"风味便不够浓郁。

值得一提的是，作为对文字形态尤为敏感的优秀书法家，邢侗较其他复古作家，更擅长利用古体字来演绎文章的复古内涵：如《拟井公博已上穆天子书》开头的"𥡴"乃古之"稽"字，"稽"在《穆天子传》中不止一见，但"𥡴"仅于卷三"奔戎再拜𥡴首"中一出；又"丌"乃古之"其"字，亦仅见于卷二之"丌味中麋胃而滑"。如此琐碎执拗地摆脱一切

---

① 邢侗：《来禽馆集》卷一〇《拟井公博已上穆天子书》，《四库全书存目丛书》集部第161册，第488~489页。

浅俗，作者标榜学养渊博、法度正宗、格调高古的心思不难觉察，而这点又很难不受邢侗晚年"字用王而杂章"（将"二王"与汉魏古篆隶系统相融合）的复古书学思想影响。据李维桢序称，邢侗"精六书，多古文奇字，常手校雠付家梓人"①，并直接导致《来禽馆集》后期校对、刻印的难度大增。可见这类冷僻字眼几乎通行全集，也是邢侗在语词、句式外常用的另一种不容忽视的"拟议"手法。

这种忠实还原秦汉文面貌的趣味与能力，奠基于邢侗的文学启蒙期，恰好与"拟古书"居前的象征性位置相对应。邢侗生于嘉靖三十年（1551），其父如约长李攀龙两岁，笃治《史记》多年。是年前后，李攀龙、王世贞诸子亦相继聚首刑部，砥砺复古，摒弃他说，"后七子"运动迅速升级。后李攀龙几经外任，终于在嘉靖三十七年（1558）谢病归乡，也将其日渐成熟的复古影响力带回了山东。作为同乡子侄，邢侗最初的文章观不可避免地要受这股正值壮盛的地域风尚与父辈意志的影响。

邢如约还负责家族子孙的课业，故邢侗自幼从读家塾，"顾常受训于父师矣"②。邢如约遇客又喜论《史记》，"娓娓剧谈，一出若高屋之建瓴水也"③，对其子也有潜移默化的影响。邢侗一生最精熟的就是《史记》，直到万历四十年临终绝笔，犹自憾"西汉书未烂"④，进一步反证其早期文学偏好的根深蒂固。历城于鲸是与邢侗年纪相仿的青年才俊，二人早年的文学经历颇堪互较。于父芳与李攀龙、许邦才、殷士儋这三位古文家都有交往。此三人皆性情狷介，不容异见，说明于芳可能也是倾向复古的。故其子"九岁能文，即精意《左氏》"⑤，颇得王世贞推赏，被许邦才招作快婿，连李攀龙亦俯身与结文章之交。邢侗在他为于鲸所作的墓

---

① 李维桢：《〈来禽馆集〉序》，《来禽馆集》卷首，《四库全书存目丛书》集部第 161 册，第 344 页。
② 邢侗：《来禽馆集》卷二七《答王恒叔参知》，《四库全书存目丛书》集部第 161 册，第 718 页。
③ 邢侗：《来禽馆集》卷一八《先侍御史府君行状》，《四库全书存目丛书》集部第 161 册，第 606 页。
④ 李维桢：《大泌山房集》卷七九《陕西行太仆寺少卿邢公墓志铭》，《四库全书存目丛书》集部第 152 册，第 376 页。
⑤ 邢侗：《来禽馆集》卷一三《中宪大夫太仆寺少卿济南于公配恭人许氏合葬墓志铭》，《四库全书存目丛书》集部第 161 册，第 548 页。

志中写道：

> 公不欲以词赋名，乃若所构撰，无不出于鳞法者。于文自左氏外，尤喜龙门太史，命字子长，虽以表讳，则亦惟慕说故。……先是，正甫文庄公书致于鳞云："于鳞天下文宗，子长长才大器，勉矣自爱。"①

殷士儋致书李攀龙，明白以"长才大器"嘱咐"天下文宗"，体现了长辈们为复古事业精心培养人才、谋求未来发展的长远眼光。于鲸"慕说"秦汉经典的文章天赋，再经李攀龙等人的刻意发掘引导，终被成功改造成了"无不出于鳞法"的完美副本。受此"法"约束的古文创作，自然多为嫁接左丘明、司马迁等古人语，以求当于古之作者，与前引邢侗《拟井公博已上穆天子书》《拟司马迁与李陵书》的构撰套路雷同。

不过邢侗在四十五岁时反思"后七子"以来复古之得失，只"觉今人一字不迹古。元美畅美，于鳞艰深，皆非班左斯文正髓"②，对"于鳞法"的权威性提出了正面挑战，并肯定了朱长春"不更作于鳞牙后慧"③和郭正域"不旁（王李）门墙"④的觉悟。他称于鲸"无不出于鳞法"，乍看之下是大行赏誉，实则对其复古做法持潜在质疑态度，因为于鲸的古文越是步趋李攀龙，就越是偏离真正的秦汉法度。据邢侗座师于慎行的一篇墓志记载，与于鲸交好的于完璞也是历城人，亦从李攀龙游，为李所许，故"平生所心服者，惟其师李先生一人而已。其为文觚规意象，本诸李公，

---

① 邢侗：《来禽馆集》卷一三《中宪大夫太仆寺少卿济南于公配恭人许氏合葬墓志铭》，《四库全书存目丛书》集部第161册，第549~550页。
② 邢侗：《来禽馆集》卷二五《与傅金沙》，《四库全书存目丛书》集部第161册，第703页。
③ 邢侗：《来禽馆集》卷二七《与少宗伯孙以德年兄》，《四库全书存目丛书》集部第161册，第717页。
④ 邢侗：《来禽馆集》卷二九《与少宗伯郭明龙》，《四库全书存目丛书》集部第161册，第750页。

而不纯用其体，稍按事实，更为平易"①。言下亦颇有批评李文之"体"不"按事实"、不够"平易"之意，可为辅证。

邢侗常自称是"授经无分济南生"②，故与于鲸的文学背景似而不同。他曾请王世贞执笔《邢氏五世事略志》，志云："（邢侗）以文学名海内，其业分受之封公（邢如约）。居恒称封公之治太史公也，殆不减刘小中垒、杜征南之于左氏，日雌黄之与乙，而丹铅加表，矻矻无停手，岂不贤于吾家子才误书倍蓰哉？"③可见他本人更乐于强调复古文统具有父子相传的家学属性。通过塑造独立精晓《史记》的"父师"形象，邢侗让自己得以绕过"于鳞法"这一中介，重新建立起与"班左斯文正髓"的直接联系。

由此反观，后世给邢侗贴上李攀龙后人或王世贞羽翼的标签，更多的是基于对邢侗复古身份的一种先验想象，从而预设了王李"附庸"的结论。其实在"何为秦汉法度"的核心问题上，邢侗已亮出了与王李和而不同的鲜明态度，体现了复古主义后期自觉萌生的一种内省视角，也决定了复古运动的继续必定不是"后七子"文风的惯性延宕。

二　化言唐宋："奇"的平缓与内敛

"于鳞法"为守秦汉法度之正，采用了画地为牢的策略。李攀龙甚至提出，除班固《汉书》尚"狡狡"，"记述之文厄于东京"④，古文的严格时限被进一步缩短至西汉以前。其原因就在于，东汉文已渐趋整饬流丽，故不及周秦文之雄奇和西汉文之醇厚。在一定程度上讲，后者粗放简质的风格，是早期物质载体简陋与修辞意识不够自觉的客观产物。但因其古奥艰涩、稚拙浑朴处，最能与近代行文之圆熟滑易构成反差，从而激发一种骇人耳目、迥异常情的阅读体验，所以被李攀龙刻意放大，并最终形成其

---

① 于慎行：《穀城山馆文集》卷二〇《明故亚中大夫陕西布政使司右参政完璞于公墓志铭》，《四库全书存目丛书》集部第147册，第594页。
② 邢侗：《来禽馆集》卷五《历下先生》，《四库全书存目丛书》集部第161册，第419页。
③ 王世贞：《弇州续稿》卷一四一《邢氏五世事略志》，《景印文渊阁四库全书》第1284册，第74页。
④ 王世贞：《李于鳞先生传》，李攀龙著，包敬第标校《沧溟先生集》，上海古籍出版社，1992，第721页。

奇崛高古的文章个性。

万历十三年（1585），邢侗改任湖广参议。他自言："楚诸大夫国人皆我欲焉，曰：'是夫也，于鳞李子之乡人，而好为奇节雄文，以自标异者也。'"① 此处的"而"字不表示转折，而是因果关系的标志。李攀龙本人虽早卒于隆庆四年（1570），但这种"奇""雄""标异"的美学特质却蔓延为一种地域文统，俨然成了山东文章活动的应有底色。郭正域是湖广江夏人，他在《送藩伯邢子愿转饷淮南》中写下了"邹鲁肇文学，东海自大方。伊人铲奇采"② 的句子，正可为楚人语作一笔注脚。应当留意的是，这条感慨追忆发自二十年后，邢侗已到了五十五岁的暮龄，其时浪漫文学思潮正在取代复古主义思潮。而回想位于新思潮中心的公安、竟陵诸子，无不是由二十年前的楚文化酝酿而出的。那么，当日楚人所感知到的奇异，便不仅仅是南北文化固有的静态冲突，也应是新旧文学理念的动态碰撞。老邢侗固持"皆我欲焉"的周秦口吻，一方面是在昭示自己坚持复古的立场，一方面又兼有几分缅怀七子声势、感慨齐鲁荣耀的得意与失落。

"于鳞法"之奇，主要奇在遣词之古洁老成和句式之孤峭夭矫。邢侗于叙事简净处，颇能中其文理，如他在《中宪大夫陕西按察司副使章丘逢原张公志铭》中梳理张氏世系：

> 章丘之张，徙自枣强。徙祖曰某，其徙，以金河决故。按章丘牒，主名可纪为从政，从政子文显，降而纪，而能，而雄，而鸾，而焕，世种厥德。③

短短五十字便将一个家族的渊源脉络交代无遗，且句式精短参差，音节险促，风骨棱棱。虽属直笔平叙，内容除"金河决"外，一路波澜不惊，但因笔调本身的古炼，颇露秦汉历史叙事的宏大气象，也给平凡故事

---

① 邢侗：《来禽馆集》卷二六《答周斗垣民部》，《四库全书存目丛书》集部第 161 册，第 708 页。
② 郭正域：《合并黄离草》卷七《送藩伯邢子愿转饷淮南》，《四库禁毁书丛刊》集部第 13 册，第 534 页。
③ 邢侗：《来禽馆集》卷一三《中宪大夫陕西按察司副使章丘逢原张公志铭》，《四库全书存目丛书》集部第 161 册，第 534 页。

镀上了一层传奇的色彩。

受父亲熏陶，邢侗于秦汉文中尤喜《史记》。通过前引《拟司马迁与李陵书》片段，已足以窥见其于字比句模间所下的苦功。故而在撰写碑志时，邢侗也会自然而然地倾向于《史记》笔法，较为熟练地带出司马迁那股跌宕激烈之气。如其《金乡令汝南桂公去思碑》一文，作于万历二十二年（1594）前后，开篇即构思警拔，先声夺人：

> 今上癸巳，序在寒孟，金乡桂令君以治行第一应公车，且入矣。邑之三老孝弟，胜冠毁齿，竟万人徘徊焉，鸣号焉，踯躅焉，踟蹰焉，载道扳留，若疑若寐，然后能去之也。已而聚族而谋所为志厥不忘者，盖轻千里之涂，冒暑雨而漓然止于齐，跪而前曰：某某邑之乡有秩也，某某仕而执珪者之才子弟也，某某辋车以下力田务本者也，某某医桑待尽仆遫重腯不必为人者也，请以事谒。余进而问故，则踉跄嘶声，舌本木僵，相籍而言曰：令实生我！令实生我！①

碑文首叙吏民拥戴前金乡令桂有根之状，通过传神地描绘两组极富爆发力的群像，瞬间就吸引住读者的眼球，从而为导出桂氏德政设置了一个精彩的悬念。在具体编排两个活动场景时，邢侗先写众人徘徊挽留之苦，次及全族千里求志之诚，既贴合情理，又有层次侧重，在反复渲染间将文势一步步推向高潮。等到引文末的两声疾呼后，便继以一二曹吏乞文的请求，让剑拔弩张的节奏舒缓下来，慢慢转入对桂氏事迹的介绍。不难看出，这个戏剧化开场绝对是邢侗谋篇的重中之重，足以给全文定下一个高亢劲健的调性。为此，他集中借鉴太史公惯用的排比、重叠手法，用四个"焉"、四个"某某"和两个"令实生我"接连倾泻，情感之夸张已近乎极端；同时，又用"胜冠毁齿""漓然""有秩""执珪""辋车""仆遫重腯"等古奥词语设置语感障碍，最终催生出了超越常态的奇荡效果。

---

① 邢侗：《来禽馆集》卷一一《金乡令汝南桂公去思碑》，《四库全书存目丛书》集部第 161 册，第 508 页。

不过，若好奇过度，则未免绳削苛刻，雕琢生硬，反而因古妨今。李攀龙为徐中行母作《明故封太安人许氏墓志铭》时，尚能娓娓道来，情理平易。当然，这很可能是受所据行状的束缚，加之应酬场合的顾忌，故未能一任己意发挥，导致李攀龙事后留有"志铭形秽"①的遗憾。而他在自撰《亡妻徐恭人状》时，因不需徇请者之意，而得以更加彻底地践行自己的复古法则，也使得那篇状词成为其寄寓悼亡哀思与文章旨趣的理想载体：

> 尽，则杯棬甈合、细靡锭柎鬻诸市，朝售焉饔，夕售焉餐，无常饱矣。恭人佐太恭人赁缝井臼晏然，箕帚不满隅，荫一壁，炀一灶，历寒暑者数年无躁容。……始余与庐州别驾郭君，为诸生同笔研，尝过余，而止之饭。恭人莝帘以爨也，前萧惟谨。郭君察之，假担薪。②

该片段中，四字以下的句子比重过半，"尽""荫一壁""炀一灶""假担薪"等处压缩篇幅的意图尤为明显，这些导致语势紧迫，辞气冷峻，温情大减。又如"朝售焉饔，夕售焉餐""荫一壁，炀一灶"之套用秦汉句式，"杯棬甈合""细靡锭柎"之佶屈聱牙，"前萧"之语意晦涩，皆因一味流于语言之尖新绝俗，而牺牲了自然流畅的情感表达效果，虽有奇文共赏之趣，却终获不近人情之讥。

万历十五年（1587），邢侗的原配陈氏因难产去世，他亲撰《累敕封孺人亡妻陈氏墓志铭》，中言："盖吾郡于鳞先生状其内徐恭人也，曰：'恭人，人朴耳。夫人朴之称，无乃质胜乎！'而我孺人，谢绝脂韦，诚朴矣！"③可见他在构撰此文之前，胸中已先有一理状在。作为拟古标杆，"于鳞法"在复古群体日常创作中所发挥的示范引导作用，及其对一代文风的深层影响，也由此可见一斑。正因如此，邢文最终所呈现的全新风貌，便更能凸显作者有意摆脱复古传统模式的用心：

---

① 李攀龙著，包敬第标校《沧溟先生集》卷三〇《与王敬美》，第 711 页。
② 李攀龙著，包敬第标校《沧溟先生集》卷二三《亡妻徐恭人状》，第 543 页。
③ 邢侗：《来禽馆集》卷一三《累敕封孺人亡妻陈氏墓志铭》，《四库全书存目丛书》集部第 161 册，第 533 页。

孺人复随之南宫。居邸中可五岁，身袭嫁时衣补，簪珥无华，曰："廉吏，君好为之，所愧新妇不能为廉吏妇耳。"竟任，未尝私市一缣帛。……已按三吴，孺人兀然一室，昼督妪婢纺，夜篝灯，刀尺声不绝。臧获数百指所须衣褐，半出手指。即朝晡所御食，率用疏粝。①

同样是表现亡妻的俭德，这段文字却舍弃了秦汉派的骨鲠乖戾之气。无一字怪僻，句式也未经斧削，语词、语法皆贴近"正常"的语言习惯和思维逻辑，不故作惊奇。而像"廉吏，君好为之，所愧新妇不能为廉吏妇耳"这样直录徐氏家常语的写法，文中还有多处。如写她随行之楚，坐船渡江时不禁慨叹："闺中妇，俗在东鄙，夫安得浮家泛宅于此？此无亦千百不一觏遭乎！"② 视角细腻，笔致温柔，其妻天真喜悦的情态跃然纸上，鲜活如生，不似李攀龙描述其妻徐氏时总是模糊隔阂的。事实上，这种不待修辞、笔墨清淡、文气舒缓，更善于袒露主观情感的创作手法，已十分接近归有光等人的唐宋派散文了。归氏亦自负龙门家法，但却不生硬比画《史记》的字句招式，而是注重学习如何在笔锋中裹挟情思，如何勾勒富有生命力的细节，故终不因屈从法度而扭曲人情，反要使主观精神一自胸中流出。光绪十七年夏，临邑县教谕赵汝鹏在《重刻来禽馆集序》中写道："其为文，一以唐宋八家为法。"③ 可见邢侗集中这类文章比重不小，其主体手法、美学效果都与王李时期的复古派文章大不相同，竟让一个晚清人产生了这样的错觉。

从时段上讲，邢侗与唐宋派各家的年龄差普遍在四十岁以上，故而基本不会存在交集。唯茅坤一人格外长寿，一直活到了万历二十九年（1601）。他先通过子甥辈读到邢侗的部分文稿，后次子茅缙又于章丘知县任上拜访了邢侗。《金乡令汝南桂公去思碑》一文则是邢侗遣使特意寄送

---

① 邢侗：《来禽馆集》卷一三《累敕封孺人亡妻陈氏墓志铭》，《四库全书存目丛书》集部第 161 册，第 532 页。
② 邢侗：《来禽馆集》卷一三《累敕封孺人亡妻陈氏墓志铭》，《四库全书存目丛书》，集部第 161 册，第 533 页。
③ 赵汝鹏：《重刻来禽馆集序》，邢侗《来禽馆集》卷首，清光绪十七年（1891）重刻本。

给茅坤的，茅坤在回信中如此点评："其所次吏民之拥戴，与田野所尸祝，及当事者所按其科条而遍行三齐州邑处，一一如掌，当不减太史公及班掾之传循吏。"[1] 复古派与唐宋派皆推崇《史记》《汉书》，故常引以恭维对方的文采，区别是复古派一般指向具体字句之逼肖，茅坤则显然偏重起伏抑扬开阖间的无形章法，故而首推邢侗层次井然、一统万绪的才能。最有趣的是，茅氏于信中继云："甚矣！知己之赐，所当与日月俱远者也！"[2] 竟以文学同志径呼邢侗，这就至少反映出两点问题：第一，复古巨子既已全部陨落，复古思潮越发异化、衰退，阵营壁垒不再牢固，邢侗的文学交游可以更加自由地伸向曾经尖锐对立的唐宋派成员；第二，复古后期弊端已不断暴露，邢侗通过与唐宋派的沟通交流，参鉴不同的文学主张，反思调整机械拟古的偏失，最终有助于其复古理念的多元化发展。从该角度看，邢侗古文"奇"气的相对平复，实是基于对"于鳞法"取径狭隘、审美单一等弊端的突破。

除此之外，于慎行也是影响邢侗文章活动的主要角色。他虽为邢侗座师，但只年长六岁，亦出山东，实属同辈乡人。加之隆庆二年（1568）即登进士选庶吉士，后又供职翰林，长期出入馆阁，文章观多与本土父辈之传统有异，推崇"发秦汉之清蕴，化其体而为虚"[3] 的苏轼古文。同乡冯琦和他在年岁、科举、仕宦上皆相近，故而文学理念也很契合。邢侗数从二人游，常能在文章思路上获得一些新鲜有力的启发。比如针对邢侗师法过窄的问题，于慎行就不无担心地指出："女文章一夜郎王，耽耽自命，碑版志传，汉季魏初乎？"[4] 于氏对复古派的"拟议以成其变化"有较为深刻的反省："盖顷者先正诸公，亟称拟议以成其变化，岂非名言？然拟之

---

[1] 茅坤：《茅鹿门先生文集》卷九《与邢知吾少参书》，《续修四库全书》第 1344 册，上海古籍出版社，2002，第 585 页。

[2] 茅坤：《茅鹿门先生文集》卷九《与邢知吾少参书》，《续修四库全书》第 1344 册，第 585 页。

[3] 于慎行：《穀城山馆文集》卷一二《宗伯冯先生文集叙》，《四库全书存目丛书》集部第 147 册，第 433 页。

[4] 邢侗《东阿于文定公年谱跋》引于慎行语，邢侗编纂，阮自华撰述《东阿于文定公年谱》，山东省图书馆藏明万历间手稿本。

议之，为欲成其变化也，无所变而之化，而姑以拟议当之，所成谓何？"①
其中将重心从"拟议"转向"变化"，改"守"法为"化"法，正反映了
复古主义后期演变的一个核心特点。

黄克瓒于万历二十九年起升任山东巡抚。是年，茅坤卒。但邢侗反倒
在《答黄抚台》中称举王慎中的古文成就：

> 伏读桥碑，雅与王尊岩先生旨趣合，总之原本六经，而出之以肥
> 肠满脑。……尊岩文章不第追逐欧曾，大抵得之腐令神髓者为多。王
> 李拮据，似不免罨翠罗珍，沾沾作好奇而过焉者状，尊岩地下，应笑
> 此辈画脂镂冰耳。②

不可否认，因抚台大人的文章口味"雅与王尊岩先生旨趣合"，因此
邢侗之褒扬王慎中，带有称颂黄氏碑文本身的世俗功利目的。不过，他针
对王李"画脂镂冰""好奇而过"的批判虽有刻薄激烈之嫌，却基本切中
肯綮。邢侗肯定王慎中的主要原因就在于，王李拟古过分执着于"罨翠罗
珍"的语言形式，只有"拟议"，没有"变化"；而王慎中却更善于直接
把握六经、《史记》、《汉书》的抽象精神，并通过一系列主动转化，呈现
融汇古今的全新面貌（"出之以肥肠满脑"）。这一论点恰可与其师于慎行
的说法呼应。

由于化解了对复古语言形式的偏执，张扬的"奇"气便得以转而内
敛。不妨以其《报公孝与》一文的片段为例来看：

> 于时轮鞅北辕，未几薄游返辔，马带五陵之雪，袖染三殿之云。
> 颜鬓悲凉，衣裳蒙茸，挽袂连坐，缩秋啖蘖，俯仰人代，纵横世情，
> 处仲之壶骤缺，延津之箭鸣先。寄声冯史，回席昌平，飞扬于塞下太
> 仓，扼腕于立谈良与，叹汗漫之所遭，极周环之陈迹。我歌君舞，君

---

① 于慎行：《穀城山馆文集》卷一二《宗伯冯先生文集叙》，《四库全书存目丛书》集部第
147 册，第 434 页。

② 邢侗：《来禽馆集》卷二九《答黄抚台》，《四库全书存目丛书》集部第 161 册，第 742
页。原文"王尊岩先生"，应为"王遵岩先生"。

倡余和，傍人辟匿，谓两狂生矣。行逼岁阑，庭闱不遥，陈遵还辖，相如倦游。南陌分襟，凄其以风，李季泛滥，小人佐之，官柳凋伤，前溪冻合，人非金石，情胡以堪！①

在这些文字里，完全看不出《拟司马迁与李陵书》模拟《报任安书》时的拘谨板滞，虽然词句迥然不同，却又分明充溢着一股慷慨激越之气。细究之下，司马迁在总论"大抵圣贤发愤之所为作"时，曾以一连串四字句构成排比之势，将全文的情绪与主题推向顶峰。而邢文在蓄积悲壮、倾泻声情时就很好地化用了这一手法，"颜鬓悲凉，衣裘蒙茸，挽袂连坐，缩秫啖薑，俯仰人代，纵横世情"与"南陌分襟，凄其以风，李季泛滥，小人佐之，官柳凋伤，前溪冻合，人非金石，情胡以堪"两处，脉络急张，骤然起伏，以奔腾之节律演绎汹涌之襟怀，正不失为对"腐令神髓"的一次精彩重现。

三　托体六朝："辞"的精整与南化

除了文势的通达，《报公孝与》的另一抒情手法是骈俪元素的点缀。如"马带五陵之雪，袖染三殿之云""俯仰人代，纵横世情""飞扬于塞下太仓，扼腕于立谈良与"等处的对偶，于急进散行间错杂舒展徘徊之慢板，既丰富了节奏上的抑扬顿挫之美，又勾勒出豪迈悲怆下的细腻层次。又如"处仲之壶骤缺，延津之箭鸣先""寄声冯史，回席昌平""陈遵还辖，相如倦游"等几处用典，既使得句式整齐凝练，情思婉转含蓄，又增添了几分典雅的韵致。就总体而言，它也给读者带来了与"于鳞法"截然不同的观感，即通过化法成变，抚平了机械拟古的佶屈聱牙，将修辞的偏好从雕刻突兀转向熔铸和谐，从而带动整体文风由坎坷不平转入整畅精严。

出于这一新的宗旨，邢侗在取径秦汉上也正好与李攀龙逆向而行：后

---

① 邢侗：《来禽馆集》卷二五《报公孝与》，《四库全书存目丛书》集部第 161 册，第 692~693 页。

者欲力超西汉而上，前者则想降及东汉以下。其中，东汉文作为承接古今、文风潜移的灰色地带，最能集中折射二人文章观的一些本质分歧。如李氏认为，文至东京已普遍堕落，唯班固《汉书》可取；邢侗则显然并不受限于《汉书》，而尤喜《鲁灵光殿赋》之精丽极妍、结构规整。如其《张攀龙先生芝楼草序》即希望"异日一杖过攀龙，攀龙其出威硕之婢，诵《鲁灵光赋》，坐邀子愿"①，以为赏心乐事。又有《长啸篇为顾朗哉东游作》一首云："灵光古殿鲁恭瓦，狼藉残阳故台下。拾将一片比璠瑛，铲作风形秀而雅。"② 将灵光殿残瓦视作山东风雅的象征。万历二十三年（1595），平原知县陈喻义重修碧霞元君行宫，邢侗奉命撰写《重修泰山碧霞元君灵应宫碑》。文中详细罗列宝、帛、币、供、器、乐、仪等各色名物，体物铺排，极具汉赋包罗万象之情态；又写建筑之雄美云，"藻井连茄，会遭脊茅之地；飞云丽日，若开宝鸡之天"③。似亦隐约可见其整合《鲁灵光殿赋》"圆渊方井，反植荷蕖。发秀吐荣，菡萏披敷。……飞陛揭孽，缘云上征。……周行数里，仰不见日"等语的影子。值得一提的是，如果我们在涉及复古作家时，将"使君文逼东西汉"等话语想当然地解作千年不变的《史记》《汉书》，而遗漏《鲁灵光殿赋》等新材料的出现，就可能对作家整体以及时代文风的动态缺乏了解，从而人为地虚构了复古思想僵化顽固的文学史假象。

邢侗之偏好此赋，其本质应是在风格朴拙的先秦、西汉文之外，追求一种更为华美工丽的语言，可视作其文风六朝化的一个先兆。王世贞早年作《艺苑卮言》称："吾于文虽不好六朝人语，虽然，六朝人亦那可言。……然如潘、左诸赋，及王文考之《灵光》，王简栖之《头陀》，令韩、柳授觚，必至夺色。"④ 他将东汉王延寿的《鲁灵光殿赋》一并归入六朝文的行列，深刻地昭示了它在风格、技术等方面，实有开启六朝文藻

---

① 邢侗：《来禽馆集》卷六《张攀龙先生芝楼草序》，《四库全书存目丛书》集部第161册，第442页。

② 邢侗：《来禽馆集》卷一《长啸篇为顾朗哉东游作》，《四库全书存目丛书》集部第161册，第371页。

③ 邢侗：《来禽馆集》卷一一《重修泰山碧霞元君灵应宫碑》，《四库全书存目丛书》集部第161册，第499页。

④ 王世贞著，罗仲鼎校注《艺苑卮言校注》卷三，齐鲁书社，1992，第150页。

艳、精整等特质的前导性。于慎行的三兄于慎言擅长六朝骈俪，为文多法黄省曾、皇甫汸等吴中文人，死后即获"赋灵光而绝和兮"①的称美。

目前能够肯定的是，邢侗的晚期文章活动已具备鲜明的六朝化特点。黄克缵与邢侗后期接触较多，其称邢氏"晚乃驰骋于东汉、晋宋间，好作骈俪语"，应属可信。继作《重修泰山碧霞元君灵应宫碑》两年之后，邢侗又于万历二十五年（1597）作《德州学宫创建文昌阁碑》，中云：

> 德州学宫据址叶旺，凤苞人文，硕德俊异，代称不乏。比日歌鹿弗都，题雁未惬，人或咎于轴位，兼亦仵于星纬。待时弥渴，于胡能然？天以黄刘公重畀兹土，谆谆单赤，损己益下，冰则避其寒莹，刃则妙于刉劙。……乃谋于荐绅士父老子弟阁焉。……白垩丹腹，靡不备具，庀徒揆日。……爰倡爰作，尽人翕赴，不日而竣于事。……上出云霓，下临无地。网珠承乎夕露，飞栱耀乎朝采。戟棍缘之以起势，殿庑于焉而表盛，岿然方州一巨观矣。②

显然，此文在骈俪、藻饰的比重和水准上都进一步超越了《重修泰山碧霞元君灵应宫碑》，且骈散穿插更为自如，反映出邢侗在六朝文领域的进益。而且单就引文看，其化用北齐王简栖《头陀寺碑》原文"宁远将军长史江夏内史行事彭城刘府君讳諠，智刃所游，日新月故；道胜之韵，虚往实归。因百姓之有余，间天下之无事，庀徒揆日，各有司存。于是民以悦来，工以心竞。……层轩延袤，上出云霓。飞阁逶迤，下临无地。夕露为珠网，朝霞为丹腹"处，皆有迹可循。这证明邢侗所效仿的蓝本是体式健全、技法娴熟的六朝文，故在师法时段上已明确突破了"于鳞法"严守的东京下限。

不过，邢侗的古文"越境"始于何时较难说清。于慎行每责其"碑版志传，汉季魏初"，邢侗自述亦云：

<hr />

① 于慎行：《穀城山馆文集》卷三一《亡兄乡贡进士冲白先生哀辞》，《四库全书存目丛书》集部第 148 册，第 138 页。

② 邢侗：《来禽馆集》卷一一《德州学宫创建文昌阁碑》，《四库全书存目丛书》集部第 161 册，第 497 页。

不肖每谓今之作者如林，求其于碑板沉雄，韵言典质者，似未多得。意欲抗颜宗昉，在六季之先，而经笥嗛腹，书秘愧行。将俟五车浸涉，而夺于家贫，学殖弗茂，致难执笔。兼之伏慑大巫，转成荒踬。①

这里，对"汉季魏初"及颜延之、任昉这样的南朝文章家的追摹，固然与碑志体裁自身的文体传统有关；但不可否认，就文集的总体情况来看，邢侗在序、碑、传等各种体裁中使用骈偶、追求精整的概率都全面地超过李攀龙。同是替王穉登的《谋野集》作序，冯时可用的是散体，邢侗却有意选用极富吴中声情的骈体，以与作家作品的地域特色相匹配。

而上言"伏慑大巫"的被迫压抑，则暗示当王李在世，复古主义尚垄断文学话语权时，邢侗就已心仪六朝，从而为其后期文章观与文风的转向早早埋下伏笔。虽然邢侗的早期履历显示，他差不多是要等到成年后岁贡入京时，始得"尽友天下士"②，似乎不太可能过早地接触江左风流，但事实不然。因为晚明吴越科举兴盛，北人多有聘请南人为师者。如德平葛氏是山东著名的诗书仕宦之家，直至明末都科甲相继，代不乏人。其中，葛守礼之孙葛昕"最后则师博士浙韩公，遂尽其学，而学焉浸浸吴越名士风"③。邢侗之母万氏亦出自德平，或是受当地延师风气的引导，她也十分尊崇南师，以故"吴越大师投诚告至，曰：'邢大母隆师重道，声问满江南。'"④ 邢家"一岁数更师，束修之费，朱提十流，所招延皆吴越名孝廉及邑宿老"⑤。这就保证了邢侗自小有师从江南士人的丰富经历，得以直接吸取吴越文学，唤起其雅好藻丽的文学天性。与

---

① 邢侗：《来禽馆集》卷二六《答大司马李于田》，《四库全书存目丛书》集部第 161 册，第 708~709 页。

② 黄克缵：《数马集》卷二七《邢子愿先生传》，《四库禁毁书丛刊》集部第 180 册，第 333 页。

③ 邢侗：《来禽馆集》卷一九《奉政大夫修正庶尹尚宝司卿加四品服俸德平龙池葛公行状》，《四库全书存目丛书》集部第 161 册，第 628 页。

④ 邢侗：《来禽馆集》卷一八《累敕封孺人先妣万太君行状》，《四库全书存目丛书》集部第 161 册，第 618 页。

⑤ 邢侗：《来禽馆集》卷一二《仲父南陂先生传》，《四库全书存目丛书》集部第 161 册，第 514 页。

之相反的是，李攀龙所在的历城似乎相对封闭，故于芳亲自督学，并为于鲸"延齐鲁大儒高先、王尉"①，这也是导致于、邢二人文章轨迹最终分化的一个不可忽视的原因。由此可见，虽然山东境内不同地区的开放程度不同，但江左文统正依托科举教育这一载体，不断地进行传输渗透，终于撼动本土代际传递的齐鲁文统或"于鳞法"，打开新一代北地士子的文学视野。于是，复古重镇的思想堡垒便从内部逐步瓦解，新旧思潮的更替也能够水到渠成。

邢侗的"拟古书"中有篇戏作《拟张汤劾鼠盗肉爰书》。"爰书"就是判词，后世多用四六撰写。其本事虽出自《史记》，乍看之下仍不离复古派的文章经典谱系，但作法上却已然不拘秦汉，反而托体六朝。而这正应归功于爰书这一特定体裁所提供的弹性空间。如：

> 尔鼠玉衡禀气，石鼫托宅，近譬则韩卢、东郭以并形，遐稽则伯劳、彭蜞之肇化。地支取象，厥予建初；国风兴歌，无牙寓讽。若夫量盈一勺，技嗛五穷，在庚则雀共分粮，去穴则猫恣为膳。亦有奋鬐飞尾，命畴啸侣，缘架破鞍，荡柜衔炷，腾掷搅乎熟眠，潜啮损夫被具。……犹尔白日人立，藉神仲能；向夕狐蹲，炫彩赤豹。②

邢侗在《参知马叔先逸事》中云："每读公爰书，即公风议，而叹曰：'马君少年即古称鼠狱鸡碑者，其才识胡有也？'"③ 可见此题原是用作少年炫智，似不宜老来逞才。虽未注明作年，却也很可能是篇少作。除了题材本是小儿故事，其中"白日人立"的细节也恰与邢侗少时塾中遇鼠的经历吻合，很可能就是一种日常的时艺练习。通篇体式工整，对仗规范，用典妥帖，颇能体现邢侗扎实的四六功底。

而其文入六朝的现象，会被李维桢选中作为集序主题，更是大有深

---

① 邢侗：《来禽馆集》卷一三《诰封中宪大夫太仆寺少卿南槐于公配恭人顾氏合葬墓志铭》，《四库全书存目丛书》集部第 161 册，第 546 页。

② 邢侗：《来禽馆集》卷一〇《拟张汤劾鼠盗肉爰书》，《四库全书存目丛书》集部第 161 册，第 492~493 页。

③ 邢侗：《来禽馆集》卷二二《参知马叔先逸事》，《四库全书存目丛书》集部第 161 册，第 676 页。

意。除了捕捉作者创作个性这一浅层原因，李氏对论述重心的刻意选择更反映了当时文学心理的深层转变。因对个体六朝文才能的肯定，首先要基于对六朝文价值的重新认同，其背后必不可少地要有南方文化、江左风流的地位支撑。李维桢在选集序和全集序里都用北朝第一才子邢邵去类比邢侗，不可轻易读过：

> 东晋后，文献徙江左，而中原以五胡云扰，遂若荒服。明兴，则江左帝基肇迹，故南方之学得精华者，校西北殊众。《北史》称，邢子才文章典丽，年未二十，名动衣冠。南人曾问宾司："邢故应是北间第一才士。"今代有临邑子愿氏，与子才同姓，又北间第一才士也。①

> 余尝以邢子才比子愿，特取其同姓耳。子才六朝人，在北易为雄长，令与江左诸君并驱，或亦韩陵片石之类耳。山东有子愿，而南北士林推逊率服，不谋同辞，岂不难哉！②

除了"取其同姓"、同属"北间"等表面缘故，两段序文其实都在暗示一个六朝与晚明共通的地域文化大背景，即南方文学的兴盛与北方文学的式微。李维桢正是据此界定邢侗的文坛地位的：第一，邢侗是实力相对衰落的北方文人群体中的魁首；第二，强调邢侗的文学造诣是被南方文化圈所认可的。客观地讲，这一褒奖暗含了一个贬低北方文学的前提，但是符合邢侗生前的南北认知：

> 侗间与幼明言："明盛以来，舣翰之长，群归江左；碑版之富，亦首金间。"③

> 天地之元运流行，常悬衡于南北。而南较胜，以精英清淑，得气

---

① 李维桢：《大泌山房集》卷一一《邢子愿小集序》，《四库全书存目丛书》集部第150册，第531~532页。
② 李维桢：《〈来禽馆集〉序》，《来禽馆集》卷首，《四库全书存目丛书》集部第161册，第343~344页。
③ 邢侗：《来禽馆集》卷六《平昌葛端肃公家乘集古法书序》，《四库全书存目丛书》集部第161册，第447页。

独先，着物则靡霍，着人则韶秀云而；于北则天行稍后，符采稍逊，谢南物与人，若沉郁不畅，苞息未达，然而蓄极之余，则悠远博厚，斯征焉。①

邢侗于第二段中所论南北"符采"之天生优劣，显与李氏"南方之学得精华者，校西北殊众"同理。而第一段中邢侗发言的对象"幼明"就是葛昕，其族虽是当地诗文大家，在江左翰墨面前亦须俯首。就连"悠远博厚"一句也只是谨慎地肯定了北方文学的内涵优点，远不及李梦阳之于徐祯卿、李攀龙之于王世贞的那股凌厉自信的优越感。万历六年（1578），邢侗为座师撰序，其中仍高言："盖吾乡于鳞先生有言：'齐鲁于文学，故其天性。'侗也执鞭往昔，兴怀骏烈，则唧焉长慕之矣。"② 但李氏死后北地文坛一时马群皆空的落寂感，依然禁不住从字里行间泄露出来。而南北文化强弱关系对换所产生的地域冲突，在邢侗刻意选用的一个吴地典故里暴露无遗："七子之俦及吴下阿蒙退舍矣。"③ 此句意在借助两个层面的强大参照来凸显于慎行的诗歌成就，"七子之俦"关乎流派，"吴下阿蒙"则指向地域。后者语出《三国志·吴书·吕蒙传》，既暗含了当日吴地文学兴盛的客观事实，也透露了北人相对被动的竞争心态。

但冲突本身却是江左风流全面渗透北地的副产品。邢侗由湖广参议离任时，郭正域的赠诗里有"晏语喷清香""厄言掩齐梁"④ 之语，可见其日常言行已颇染六朝清谈之风。邢侗的《祭东阿尊师于文定公文》回忆于慎行生前对自己的器重时表示："若曰：'余其处，而以出付之帐下之阿玄。'"⑤ 正可以帮助我们想象山东人是如何效仿魏晋风度的。另外，邢侗

① 邢侗：《来禽馆集》卷九《贺魏公封大中丞暨九十春秋序》，《四库全书存目丛书》集部第 161 册，第 476~477 页。
② 邢侗：《于氏家藏诗稿后序》，李贤书裁定，吴怡纂《（道光）东阿县志》卷一八《中国方志丛书（华北地方山东省）》，第 362 号，台北：成文出版社，1976，第 819 页。
③ 《东阿于文定公年谱跋》，邢侗编纂，阮自华撰述《东阿于文定公年谱》，山东省图书馆藏明万历间手稿本。
④ 郭正域：《合并黄离草》卷七《送藩伯邢子愿转饷淮南》，《四库禁毁书丛刊》集部第 13 册，第 534~535 页。
⑤ 邢侗：《来禽馆集》卷二〇《祭东阿尊师于文定公文》，《四库全书存目丛书》集部第 161 册，第 647 页。

的书法也是出入二王，广得赵孟𫖯、沈度、王宠、祝允明等人的江南笔意，为淮北所稀有。就连他在老家的居所也是仿自吴中园林，更不要说那些驰骋六朝的骈俪文了。

这种南化现象还集中体现在邢侗对《世说新语》的重视上。他提出："且词娴甚，如《国策》，如《内外传》，如班，如义庆。"① 在主张广泛采撷秦汉六朝的时候，将《世说新语》抬升至与《战国策》《左传》《国语》《汉书》等古文经典并列的地步。大约在万历十七年（1589），亦即王世贞过世前一年，邢侗寄去的文章就因采用了《世说新语》而得到表扬：

> 大小文尤更古雅，冷语散辞出入东西京，间采《世说》，读之令人心折。仆所以差能赤帜一方者，政为能舍吴装耳，公能不为北所束，何所不佳？②

《世说新语》的文辞妙处，曾被王世贞概括为："或造微于单辞，或征巧于双行，或因美以见风，或因刺以通赞，往往使人短咏而跃然，长思而未罄。"③ 这种隽永的碎片式文字，难以支撑鸿篇巨制，却极适于细节处的点睛。比如邢侗所撰的于鲸墓志在描写复古众先辈时，对历城三人皆施以秦汉之豪放笔墨，唯王世贞一人口操乡音："阿懋尚不及伊。"④ "阿懋"即其弟王世懋。此句与于慎行"阿玄"一语皆得化用《世说新语》之神理，即通过极简的一笔点染，就使特定角色音容宛然，个性分明，同时也增加了叙事的韵致，令其更富回味的空间。但须指明的是，王氏的肯定并不单单是修辞层面的。南方"声俊"固然有助于北方文学"饰椎文陋，倡

---

① 邢侗：《来禽馆集》卷二九《答南和朱抚公》，《四库全书存目丛书》集部第 161 册，第 747 页。

② 王世贞：《弇州续稿》卷一九八《答邢知吾》，《景印文渊阁四库全书》第 1284 册，第 804 页。

③ 王世贞：《弇州山人四部稿》卷七一《世说新语补小序》，《明代论著丛刊》第 7 册，台北：伟文图书出版社，1976，第 3434 页。

④ 邢侗：《来禽馆集》卷一三《中宪大夫太仆寺少卿济南于公配恭人许氏合葬墓志铭》，《四库全书存目丛书》集部第 161 册，第 548 页。

雅成趣"，增添后者先天缺乏的文采和意趣；但北文南化的根本目的还在于"不为北所束"，放下传统复古法则的身段，跨越地域文化的界限广泛征引，从而突破机械拟古这一狭隘思路的束缚。

四 由邢侗的个案研究看非经典作家的典型性及其方法论价值

作为一名复古作家，邢侗不仅屡次批评王李偏失，甚至还对六朝派领袖杨慎给出很高赞誉：

> 杨集书肆八宝，错落并陈，一时损重，下里惊奇。……《升庵集》不知剗残至此。此老博综沉典，当朝不第二。有属弟眼中为更一铨次，亲家慕吴匠镂之，此文献大举止也。代尊序，弟力为之，以颇悉此老平生。①

推重杨慎最容易让人联想到邢侗转习骈俪的文章喜好。但据上文分析，他对杨慎的肯定显然是基于一种整体性与丰富性的考量，而绝非针对某一孤立文体。杨慎因身处与前后七子交错的文学史间隙，故而能够在文学理念与创作手法上相对自由地吸取不同元素，最终呈现风流博奥的综合面貌。② 身处新旧思潮、南北文化交替期的邢侗，碰巧也面临与之类似的复杂处境和开放选择，各种文学成分的更迭、异化、冲突与融合，在其一生的文章活动中留下了驳杂的痕迹。他致力于打破门墙，与复古派、唐宋派、吴中文人等都有过各种形式的交集；又能转益多师，身兼数器，游走在秦汉文、唐宋文、六朝文的不同技法风格间。从这一角度来看，邢侗又何尝不是在追求一种"书肆八宝"的理想境界呢？故而杨集的兼容并蓄、不专一格尤能激发其惊赏与共鸣。

"八宝"相当于文学元素，其流动、组合的形态是自由多变的：在一

---

① 邢侗：《来禽馆集》卷二八《与蜀抚王霁宇》，《四库全书存目丛书》集部第 161 册，第 728 页。

② 参见罗宗强《明代文学思想史》，中华书局，2013，第 363～386 页。

个特定的文学时期，它们能够形成倾向性明确的文学流派或文学思潮，也可以只是表现为某些混沌难名的中间状态；若这种宏观文学格局投射到其间的微观个体身上，便呈现为其人文学思想、文学立场的单一偏狭或多元通达。在传统文学史的书写中，流派的兴替或思潮的演变往往被简化为一种优胜劣汰的单线型结构。这种一元价值论最乐于借助一方激进的革新派和一方顽固的守旧派，去演绎富有戏剧冲突的文学史转折点，故而对文学对象的典型性要求，亦注重偏执的鲜明与片面的一致，甚至不惜带上脸谱化的色彩。然而事实上，兴、变本身都只是文学史庞大冰山的一角，不过代表了文学在阶段性演进中所迈出的最后一步。它是各方势力博弈后打破均衡的产物，因为经过了对不同文学元素的重重筛汰，存其主干，去其枝蔓，故而只保留了不够完整的文学史信息。这就导致旧式的典型研究不可避免地存在视野局限和认知偏差，进而影响到文学史体系构建的全面性、真实性与合理性。

作为一名并不纯粹的复古文人、对新思潮亦缺乏足够对抗性的保守作家，邢侗在既有的晚明文学史中乏善可陈。但通过对邢侗文章个案多元性的有效发掘，本文有意重拾那些向来为文学史主线所过滤的"次要"细节。从中不难发现，在看似泾渭分明的新旧矛盾与门派对立下，同时存在着一片不同文学力量能够妥协、共存的中间地带。它们用另一种缓慢渗透、动态僵持的方式，潜移默化地推动了文学的历史进程，就像邢侗的反思复古、以北入南，在破除定式、顺时变通的大方向上终与新思潮的发展殊途同归。究其根本原因，就在于无论各文学主张间的分歧如何，它们都首先源于一个共同的文学生态，面临着相通的文学困境，故而各派表面上的各自为政，本质上都要受客观条件的统一约束，沿着同样一条隐形轨迹被动前行。当更清楚地意识到这一点后，我们便能在文学史研究的具体过程中更加用心地秉持一种开阔、贯通、多维的思维方式，时刻顾及各种元素、个体、流派显见差异背后的共性及其复杂动因，从而使得对于文学史发展规律的把握摆脱粗浅的表象式总结，进入更加精致细密的深层境界。而伴随着研究理念由粗放向集约的转型，邢侗这类文学史群体的典型意义也能够被逐步发现，并渐渐获得重视。因在一元价值论下，这种多元性本是妨碍作家文学身份确认和干扰文学史二元模型的游离因子，故不受重视；而在新的文学史观的影响下，对作家作品的同情式理解要重于对先验模式的机械套用，对文学史具体场景的现场还原要重于对知识素材的抽象整理归类，对人类思想与精神之旅的观照要重于对成败结果的功利性分析，因此邢侗式的研究对象作为多种文学元素和文化片段的载体，就好比是宏观文学环境所投射下的一个细节充沛、结构有机的微观模型，能够为一系列文学史观察提供多元化的证据和视角，并由此凸显其独特新颖的典型价值。

对文学史典型意义的重新选择和定义，也为如何研究邢侗这些所谓的二三流作家提供了一种新思路。传统文学史对个体的评价标准主要有二：或为其文学才能及作品水准，或为其文学史影响力及特殊作用。这是一套更适用于经典作家的考核机制。但文学史上最大数量的存在还是芸芸众生，明代文学所要应对的文学主体也是这样一批二三流作家，以及他们所创作的浩如烟海的作品。他们或因才华平庸而欠缺传世佳作，或如邢侗般处于进退变守之间，在文学演进的大潮中只留下一些模糊的身影。如果移用经典作家的研究模式，或许能发现一些介绍文献和填补空白的价值，但并不能有针对性地、最大化地提炼每个文学样本的独特个性和专门意义。因此，本文对邢侗的个案研究，试图在艺术价值和文献价值之外摸索出另一种诠释路径，即让作家扮演一个"观光车"的角色，以其个体文学经历为主线串联起周边各种相关的历史碎片，用大量看似散漫的细节编织一个更加真实立体的文学世界，以便徜徉其间的读者能够在有限的文本空间内移步换景，尽可能领略一个时代文学的多元面相，打通文学现象间的潜在关联，从而发现那些长期为主流文学或经典文学所遗失的闪光点。而一旦非经典作家的整体研究累积到一定规模，且相互交织成一幅幅日渐清晰完整的文学新画面，便完全有可能导向对既有文学史的大幅重写，并迫使我们重新界定那批经典作家的历史地位。

需要注意的是，这种细微研究必须同步建立在对文献文本更加精细敏锐的解读判断之上，而非照字面简单搬用，或不加鉴别地堆砌，从而与粗放型的个案研究拉开距离。研究者需要通过假设排除特定语境所产生的隐曲或遮蔽，过滤分离出包裹在外的层层"言下之意"，以求不断接近其文学思想的核心。并且，较之剖析一些显见明白的文学概念，我们还应善于捕捉其字里行间的"下意识反应",或是那些潜伏在语言丛中的细微的主观情绪,以求进一步牵引出作家复杂矛盾的深层文化心理。

(责任编辑:马昕。本文原刊于《文学遗产》2018 年第 4 期)

明代格调派诗歌情感观再辨析[*]

——以考察该派对诗歌情感价值、限度的判断为中心

徐　楠[**]

内容提要　重情、追求"情真"，是明代格调派诗学的重要特征。但辨析相关观点所处原始语境后可以发现，该派很多重情言论，以不同方式呈示了对传统儒家诗学"真正合一""以正律真"精神的认可，与"真诗在民间"一类观念在价值立场上存在差别，不能混为一谈。格调派情感观中体现"真正合一""以正律真"精神的内容与其格调论在思维方式上均有重规范、明限度的倾向，在价值理想上均以儒家人格典范为归宿。因此，该派"重情"与"尊格调"具有共生的必然性。理解这些问题，有助于我们细致体察明代格调派诗学的复杂品格，亦可为古代诗学研究中如何省思、处理"预设"与"实证"二要素的矛盾关系提供参照。

关键词　明代　格调派　诗歌情感

以抒情为诗歌的基本属性和功能，是中国古代诗学史上贯穿始终的核心观念之一。在明代诗学史上，长期占据主流地位、以"前后七子"及其追随者为代表的"格调派"，并没有背离这一传统。长期以来，学界对该派诗歌情感观的研究主要集中于两个思路：其一是通过典型案例分析，证明该派诗学具备"重情"、追求"情真"的特征，并由此揭示其在明代诗学史及中国古代诗学史中的积极意义。其二则试图以此为起点，说明该派

---

* 本文为中国人民大学"明德青年学者计划"项目"中国古代文论基本观念研究"（项目编号 13XNJ038）阶段性成果。

** 徐楠，中国人民大学文学院副教授，著有《明成化至正德间苏州诗人研究》等。

在学理上存在"重情"与"尊格调"的矛盾，从而指出，正是这两个要素的凿枘不投，导致该派实际创作捉襟见肘，最终只能付出但见格调、不睹性情的沉重代价。①

　　然而细究之，有关格调派诗歌情感观的问题，仍有进一步探讨的必要。因为学界在围绕上述思路取得诸多精解胜识的同时，或许对以下问题的辨析略欠深入：在不同的言说意图中，该派诗歌情感观的内蕴是否存在差别？在很多倡言诗情的典型语境中，该派怎样具体判断情感的价值、限度，其事实判断和价值判断又是何种关系？如果对这些要点缺乏考察，而只是泛言该派的"尊情""重真"并随之对相关文献作出一元化的特征解读、意义揭示，那么我们的某些结论即便与实情吻合，也会因欠缺扎实的诠释起点而显得预设色彩过于鲜明；而某些结论就可能因误读文献而缺乏足够的说服力。这些既不利于准确把握该派情感观的特征、渊源和流变方向，也不利于深入思考该派诗学"重情"与"尊格调"这对基本矛盾得以共生的内在原因。辨析上述有关明代格调派情感观的细节问题，便构成了本文的核心内容。相关探讨，庶几亦可为思考当下古代诗学研究方法问题提供参照。

一

　　明代格调派如何判定诗歌情感的价值呢？活跃在明末的许学夷，具有该派诗学总结者、集成者的特征。在这个问题上，其代表作《诗源辩体》中的观点颇具典型意义。而当前相关研究，似还主要集中于揭示其重情观的诗学史价值，对其复杂性则关注不够。② 我们就以分析这一重要个案为开端。

---

① 现代学界对明代格调派情感观的重视，发端于民国时以郭绍虞先生《中国文学批评史》为代表的研究。20世纪80年代以降走向深入后的代表性成果，参见章培恒《李梦阳与晚明文学新思潮》，《安徽师范大学学报》（人文社会科学版）1986年第3期；黄保真、成复旺、蔡钟翔《中国文学理论史》，北京出版社，1987；陈建华《中国江浙地区十四至十七世纪社会意识与文学》，学林出版社，1992；袁震宇、刘明今《中国文学批评通史——明代卷》，上海古籍出版社，1996；廖可斌《明代文学复古运动研究》，上海古籍出版社，1994；黄卓越《明永乐至嘉靖初诗文观研究》，北京师范大学出版社，2001。

② 涉及许学夷诗歌情感观的代表性研究成果，参见汪群红《许学夷〈诗源辩体〉研究》，博士学位论文，复旦大学，2002；方锡球《许学夷诗学思想研究》，黄山书社，2006。

《诗源辩体》的"凡例"，承担着交代全书基本旨趣的任务。在该部分开宗明义第一条里，许学夷就隆重地讲到自己的核心批评原则："此编以'辩体'为名，非辩意也，辩意则近理学矣。故《十九首》'何不策高足''燕赵多佳人'等，莫非诗祖，而唐太宗《帝京篇》等，反不免为绮靡矣。知此则可以观是书。"①他公开表明"非辩意""辩意则近理学"，无疑是在自觉地和那种唯知以政教尺度和政教内容律诗、谈诗的理学家思路划清界限。在他看来，哪怕《古诗十九首》中公开宣扬功利、个体情爱的作品与政教理想不合，也仍然地位崇高，"莫非诗祖"；而同时说唐太宗《帝京篇》"不免为绮靡"，便是在含蓄地表态，仅有宏大端正之主题的作品，是不足以成为诗歌创作的典范的。古代文论中"意"的概念，通常指观念、旨趣、创作意图。它与"情"存在内涵差别，但毕竟与后者的性质、价值、表现特征等诸问题息息相关。因此，是否"辩意"，往往体现出论诗者对情感的看法。既然这样，我们似乎也就很容易推出如下结论："辩体不辩意"的许学夷，对情感要素所持态度应该是相对宽容、开放的，断不会斤斤计较其是否突破政教限度。

不过，真相恰恰并非如此简单。一旦进入《诗源辩体》表述细节，读者的上述印象就将发生动摇。此书第一卷为《诗经》专论。有趣的是，在该卷言及《国风》情感问题时，出现过这样一段言论："风人之诗，诗家与圣门，其说稍异。圣门论得失，诗家论体制。至论性情声气，则诗家与圣门同也。"（《诗源辩体》，第6页）这里与"诗家"对举的"圣门"，当是指儒学。那么，许氏何以认定在论"性情"时，两者若合符契呢？下面的引文会为我们提供答案："《周南》、《召南》，文王之化行，而诗人美之，故为正风。自《邶》而下，国之治乱不同，而诗人刺之，故为变风。是《风》虽有正变，而性情则无不正也。孔子曰：'《诗三百》，一言以蔽之，曰：思无邪。'言皆出乎性情之正耳。"（《诗源辩体》，第2页）原来，他在这里毫无保留地坚持了《诗经》汉学的基本立场。那就是：《国风》表现的情感，均与美刺相关，合乎"正"的要求，也即体现出纯正的儒家政教精神。既然如此，他认为论"性情"时"诗家与圣门同"，当然

---

① 许学夷著，杜维沫校点《诗源辩体》，人民文学出版社，1987，凡例，第1页。

就不足为奇了。许学夷如此持论，绝非偶然。在《诗源辩体》卷一论《国风》的四十九条文字中，从不同角度申说"《风》虽有正变，而性情则无不正"之理者多达三十六条，这足以说明他对该问题的重视。而宣扬此观点时，他尚从不同角度出发，驳斥《诗经》宋学的代表人物朱熹。这里仅举其中三则为例：

> 风人之诗，多诗人托为其言以寄美刺，而实非其人自作。至如《汝坟》、《草虫》、《静女》、《桑中》、《载驰》、《氓》、《丘中有麻》、《女曰鸡鸣》、《丰》、《溱洧》、《鸡鸣》、《绸缪》等篇，又皆诗人极意摹拟为之。说诗者以《风》皆为自作，语皆为实际，何异论禅者以经尽为佛说，事悉为真境乎？（《诗源辩体》，第4页）
>
> 风人之诗，虽正变不同，而皆出乎性情之正。按：《小序》、《正义》说诗，其词有美刺者，既为诗人之美刺矣。其词如怀感者，亦为诗人托其言以寄美刺焉。朱子说诗，其词有美刺者，则亦为美刺矣；其词如怀感者，则为其人之自作也。予谓：正风而自作者，犹出乎性情之正，闻之者尚足以感发；变风而自作者，斯出乎性情之不正，闻之者安足以惩创乎！（《诗源辩体》，第8页）
>
> （朱熹）于变风如怀感者必欲为其人之自作，则当时诸儒亦有不相信者。按：孔子曰"《诗三百》，一言以蔽之，曰：思无邪"，其旨甚显，其语甚明。朱子则曰："凡诗之言善者可以感发人之善心，恶者可以惩创人之逸志，其用归于使人得其性情之正而已。"是《三百篇》不能无邪，而读之者乃无邪也。岂孔子之意耶？（《诗源辩体》，第9页）

众所周知，朱熹《诗经》研究中的一个重要观点，就是将《国风》中的很多篇章判定为直抒胸臆的里巷歌谣，认为其中不少文字并无美刺意图，有些则属"淫奔之作"。这也就等于承认，《诗经》文本中存在违背"性情之正"要求的情感内容。而不难看出，沿袭汉儒观点的许学夷，正与此针锋相对。在他看来，无论从审美鉴赏常识、政教意图落实效果、圣人权威结论等哪个角度来看，《国风》中那些看上去具有单纯抒情品格、无涉美刺的作品（也即他所谓"词如怀感"之作），都必然是诗人寄托美刺观念的代言体，绝非像朱熹揭示的那样，"为其人之自作"，甚至偏离"性情之正"的轨道。在考论《国风》本义的问题上，到底是许学夷还是朱熹更接近真相，并不是本文探讨的重点。笔者此处格外关注的是：设计多个辩驳角度，反复攻击朱熹"其人自作"说这一事实，正折射出许学夷对《诗经》情感问题的高度敏感。他作出《国风》"皆出乎性情之正"的判断，同时决绝地认为"风人之诗，多诗人托为其言以寄美刺"，无非在申说：《国风》不可能置政教原则于不顾，过分表现个体情感；其情感必然，也必须合乎"正"的要求。对《诗经》在诗歌史上的典范地位，许学夷格外重视。在他眼中，"古今说诗者以《三百篇》为首，固当以《三百篇》为源耳"（《诗源辩体》，第 2 页）；《国风》"性情声气为万古诗人之经"（《诗源辩体》，第 3 页）。而他又曾不无得意地宣称："予作《辩体》，自谓有功于诗道者六……论《周南》、《召南》以至邶鄘诸国，而谓其皆出乎性情之正，二也。"（《诗源辩体》，第 314 页）由此可知，前述辨析，在许氏诗学系统的建设中具有非常重要的意义。它们既是对《诗经》情感问题的评判，也堪称许氏诗歌情感观在终极理想层面的明确表达，绝非持中性立场的事实分析。

当然，这般片面地讲情之"正"，毕竟有可能出现对古典审美传统中"真"这一基本原则的遗漏。于是，为了使观点严密、完善，许学夷又有过这样的补充："或曰：'若是，则《国风》有不切于性情之真，奈何？'曰：风人之诗，主于美刺，善恶本乎其人，而性情系于作者，至其微婉敦厚，优柔不迫，全是作者之功。俓《国泰》谓：'好恶由衷'而不能自已，即性情之真也。"（《诗源辩体》，第 12 页）在这个阐释逻辑中，《国风》之情既具备"真"的属性，又天然合乎"正"的要求，于是实现了"真"与"正"的合一。既然这样，它那"万古诗人之经"的地位，就更是无可置疑的了。有关这种"真正合一"的理想，在《诗源辩体》下面这段话中，体现得同样典型："或曰：唐末诗不特理致可宗，而情景俱真，有不可废。赵凡夫云：'情真、景真，误杀天下后世。不典不雅，鄙俚叠出，何尝不真？于诗远矣！古人胸中无俗物，可以真境中求雅；今人胸中无雅调，必须雅中求真境。如此求真，真如金玉，如彼求真，真如砂砾矣。'"

（《诗源辩体》，第 309 页）针对以"情景俱真"肯定唐末诗这一看法，许学夷引用赵宦光之语严加驳斥，而这段引文当然足以代表许氏自己关于"情真"价值问题的基本判断。不难发现，在他眼中，情真只有合乎雅正标准才值得肯定，否则便是"鄙俚叠出"，无足效法的。行文至此，何为许氏理想中的诗歌情感，已经昭然若揭：它是"真"与"正"的浑然一体，并非个体感性无条件的自由表达。试问，论诗时这般重视"性情之正"，如何与"辩意"无关？其判断诗歌情感的价值尺度，当然也不仅仅是纯然审美的，而是同时体现出儒家道德理性标准的明确介入。

　　从其他案例可以发现，这样的尺度在许氏的批评中，确实时时得到自觉的贯彻。即便面对他推崇备至的汉魏古诗，该尺度也没有被遗忘的迹象。《诗源辩体》卷三第五则讲道："汉魏五言，虽本乎情之真，未必本乎情之正。故性情不复论耳。或欲以《国风》之性情论汉魏之诗，犹欲以《六经》之理论秦汉之文，弗多得矣。"（《诗源辩体》，第 45 页）同卷第三十八则曰："《十九首》性情不如《国风》，而委婉近之，是千古五言之祖。盖《十九首》本出于《国风》，但性情未必皆正，（如：'何不策高足，先据要路津。''无为守穷贱，轗轲长苦辛。''燕赵多佳人，美者颜如玉。''思为双飞燕，衔泥巢君屋。'其性情实未为正。）而意亦时露，又不得以微婉称之。然于五言则实为祖先，正谓'兴寄深微，五言不如四言'是也。"（《诗源辩体》，第 57 页）读至此便可明了，前引"凡例"第一条中，将《古诗十九首》中的《今日良宴会》《东城高且长》二首标举为"诗祖"，并不能代表许学夷的完整观点。在他看来，这类作品固然"是千古五言之祖"，但至少在情感一环上，它们合"真"却未必合"正"，因此还不足以代表自己的终极理想。当然，若以常情揣测，则许学夷能够这般推重公开宣扬功利、情爱之作，很难说仅仅是出于对形式问题的考虑，而毫无暗赏其情感内容的可能。不过显而易见，即便对《今日良宴会》《东城高且长》这类自由写真之作心存好感，他也并没有自觉宣扬其情感内容的意愿。换句话说，在他的诗歌情感观中，个人私爱与价值理想皆有呈示，而二者界限则始终比较清晰，各自所得理性评判也存在明确的价值高低之别。关于此点，《诗源辩体》卷三一中有一段表达颇耐人寻味，可为参照：

> 予尝以唐律比闺媛，初唐可谓端庄，盛唐足称温惠，大历失之轻弱，开成过于美丽，而唐末则又妖艳矣。然美丽、妖艳虽非端庄、温惠可比，而好色者不免于溺，此人情之常，无足为异。（《诗源辩体》，第 298 页）

这段话评价的是唐代律诗风格，其中自然包含着对情感问题的思考。细玩之，若不是时时被晚唐律诗的艺术魅力打动，具备感同身受的体验，许学夷未必做得出"美丽、妖艳虽非端庄、温惠可比，而好色者不免于溺，此人情之常，无足为异"这种判断。尽管如此，"端庄"的初唐诗、"温惠"的盛唐诗与"美丽""妖艳"的晚唐诗何者更受他青睐，仍然是一望即知的。这其中所含价值取向实仍体现出许氏一以贯之的"真正合一"理想，很难被说成是言不由衷的高腔大调。① 就此而言，在当下的相关研究中，混淆许氏私爱与价值理想的差别，未免是不够细致的；若是仅以其中一方面为许氏诗歌情感观全貌，也就很容易不可避免地夸大该方面的意义，从而导致过度诠释的产生。

二

在明代格调派中，对诗歌情感持上述态度的许学夷，并非孤立的个案。关于该派诗人重视个体感性之情、从民歌中寻找诗歌理想的事实，章培恒、陈建华、廖可斌、黄卓越等当代学人已有较多举证，无须笔者赘述。这类证据可以说明，仅仅将该派认定为汉魏盛唐抒情范式冥顽不化的守望者，是不符合实情的。与此同时，我们也能够从很多篇章中发现，尽管具体缘由和表达方式或有不同，"真正合一""以正律真"始终是该派一以贯之的重要尺度。像李梦阳在《与徐氏论文书》里讲的"夫诗，宣志而

---

① 在批评中晚唐诗歌时，许学夷经常明确作出诸如"气象风格，至此而顿衰"（《诗源辩体》，第 234 页）、"异端曲学，必起于衰世"（《诗源辩体》，第 248 页）一类总体判断。与此同时，他亦不乏对中晚唐重要诗人独特风格、文学史意义的冷静思考，产生诸如"晚唐诸子体格虽卑，然亦是一种精神所注"（《诗源辩体》，第 284 页）等观点，表现出其思考的复杂性。此问题与本文主旨不尽相关，需另行阐释，这里不作展开。

道和者也"①，何景明于《内篇》中说到的"召和感情者，诗之道也"②，王廷相在《刘梅国诗集序》中所谓诗应"本乎性情之真，发乎伦义之正"③，以及胡应麟在《素轩吟稿序》中称颂的"粹乎根极，情性之正，非世称述文人墨客可比迹上下"④，等等，均体现出对这种尺度坦白的认同。不过在笔者看来，目前特别需要细心辨析的，并不是这些意旨一望即知的表述。在该派论诗歌情感的代表性文献中，有不少确体现出重情观念。但与此同时，面对其中有关情感价值、限度的判断，今人恰需要结合具体语境特点才能抓住要害；否则便可能出现程度不同的误读。这类误读往往会影响到很多重要结论的精确性，所以便值得我们更为慎重地对待。在明代格调派中，李梦阳、王世贞无疑是领袖人物。而二公论情感的很多核心文献，恰好存在这类问题。故以下便以他们为重点个案加以申说。

首先请看李梦阳。言及他的重情观时，今人常引用其《张生诗序》《林公诗序》《鸣春集序》等文的内容，并将其视作"真诗在民间"说的同类观点。事实上，这恰恰忽视了此类文献或许反映的是李梦阳观念的其他重要侧面。就《张生诗序》而言，该文"夫诗发之情乎，声气其区乎，正变者时乎"，以及"声时则易，情时则迁，常则正，迁则变，正则典，变则激，典则和，激则愤。故正之世，二南锵于房中，雅颂铿于庙庭，而其变也，风刺忧惧之音作，而来仪率舞之奏亡矣"（《空同先生集》第4册，第1444页）诸表述，确乎挣脱了专主雍容和雅抒情范式的明前期台阁体观念，但毕竟仍属于儒家诗学以正变论诗的常规陈述（关于格调派诗歌情感观的渊源问题，后文另有专门阐发）。凭这些言辞便判定李梦阳主张不受羁勒地自由抒情，就有略欠严谨之嫌。我们可再举其《林公诗序》为例。征引此文时，今人的注意力容易集中于下面这一片段："夫诗者，人之鉴者也。夫人动之志，必著之言，言斯永，永斯声，声斯律，律和而应，声永而节，言弗暌志，发之以章，而后诗生焉。故诗者，非徒言者

① 李梦阳：《空同先生集》第4册，台北：伟文图书出版社，1976，第1730页。
② 何景明：《大复集》，《景印文渊阁四库全书》第1267册，台湾商务印书馆，1986，第274页。
③ 王廷相：《王廷相集》，中华书局，1989，第417页。
④ 胡应麟撰，江湛然辑《少室山房集》，《景印文渊阁四库全书》第1290册，第583页。

也。是故端言者未必端心，健言者未必健气，平言者未必平调，冲言者未必冲思，隐言者未必隐情。"（《空同先生集》第4册，第1442页）从这段话中，确实也可析出"诗为情感的真实呈示"一类内涵。不过问题在于，李梦阳全文的中心意旨是否仅仅在此？即便有这一观念，他又是否对其予以价值上的自觉认可？为回答这些问题，就必须通观上文所处整体语境。《林公诗序》在这段话前的文字是："李子读莆林公之诗，喟然而叹曰：'嗟乎，予于是知诗之观人也。'石峰陈子曰：'夫邪也不端言乎？弱不健言乎？躁不冲言乎？怨不平言乎？显不隐言乎？人乌乎观也？'李子曰：'是之谓言也，而非所谓诗也。'"一望即知，这篇文章的说理，采用了宾主问答模式。前引"夫诗者，人之鉴者也"一段，乃是李梦阳"答友人问"内容的一部分。而当他说完"隐言者未必隐情"一句后，其实还讲道："谛情、探调、研思、察气，以是观心，无廋人矣。故曰诗者人之鉴也。"读到这样的上下文，我们已经可以明了，李氏行文至此，一直是在自觉地论证"观诗可以知人"这一主题，贯穿其中的，乃是"诗可以观""文如其人"两种传统观念。因而，其核心意图并不在于从创作论角度强调自由抒情的合理性。至于该文随后的内容，便又提供了其他不容忽视的信息：

"昔者相如之哀二世也端矣，而忠者则少其竟。屈之为词也健矣，而直者则咎其险。谢之游山冲矣，而恬者则恶其贪。白之古风平矣，而矜者则病其放。潘之闲居隐矣，而真者则丑其伪。夫伪不可与乐逸，放不可与功事，贪不可与保身，险不可与匡主，言不竟不可与亮职。五弊兴而诗之道衰矣。是故后世于诗焉，疑诗者亦人自疑，雕刻玩弄焉毕矣，于是情迷调失，思伤气离，违心而言，声异律乖而诗亡矣。"陈子曰："若是，则子胡起叹于林诗？"李子曰："夫林公者，道以正行，标古而趋，有其心矣。行以就政，执义靡挠，有其气矣。政以表言，嚚华是斥，有其思矣。言以摅志，弗侈弗浮，有其调矣。志以决往，遁世无悔，有其情矣。故其诗，玩其辞端，察其气健，研其思冲，探其调平，谛其情真。是故其进也有亮职之忠，匡救之直，有功事之敏，而其退也，身全而心休也。斯林公之诗也。"陈子闻之，瞿然而作曰："嗟乎！予于是知林公诗，又以知诗之观人也。"

不难发现，这篇文章的完整理路是：首先承认诗能够在客观上反映创作者的情感、个性；继而表示，正因为诗具有无可置疑的反映功能，所以要想写出"辞端""气健""思冲""调平""情真"的好诗，就必须培养出如林公般合乎政教精神要求的情感、个性。就此而言，《林公诗序》即便言情、说及"情真"，也并没有宣扬个体感性之真或"个性情感自由表达"这些意思。换言之，李梦阳常被后人称引的"诗者，人之鉴者也。夫人动之志，必著之言"云云，其实是事实判断，而非价值判断。而此文这种先抛出事实判断，后揭示价值判断的写法，在李氏其他几篇文献中也有相似呈示，几乎成为一种套路。其《题东庄饯诗后》开篇即云："夫天下有必分之势而无能已之情……情动则言形，比之音而诗生矣。"在文末说出的则是："分者势也，不已者情也，发之者言，成言者诗也，言靡忘规者义也，反之后和者礼也。故礼义者，所以制情而全交，合分而一势者也。"（《空同先生集》第 4 册，第 1671 页）看来承认天下"无能已之情"，并不等于认可"凡真情皆合理"。以礼义节情，才是他在文中认可的稳妥之举。他在《观风河洛序》中，有"情者，风之所由生也……古者陈诗以观，而后风之美恶见也"（《空同先生集》第 4 册，第 1535 页）的表达；在《刻戴大理诗序》中则写道，"情感于遭，故其言人人殊。因言以布章，因章以察用，故先王之政不诗废也"（《空同先生集》第 4 册，第 1468 页）。可见这两篇文章都重在肯定诗歌的认识功能，而不是反省多样情感的合理性问题。再如《鸣春集序》曰：

> 诗者，吟之章而情之自鸣者也，有使之而无使之者也。遇之则发之耳，犹鸟之春也。故曰以鸟鸣春。夫霜崖子一命而踣，廿年困穷，固凝惨殒零之候也。然吟而宣，宣而畅，畅而永之，何也？所谓不春之春，天籁自鸣者邪？抑情以类应，时发之邪？（《空同先生集》第 4 册，第 1453 页）

以鸟之鸣春为喻，阐发诗乃"情之自鸣"，是李梦阳的著名观点。不过在诠释其意义时，我们仍需慎重。因为此作品其实与前举诸篇模式相同。也就是说，该文陈述的"情之自鸣"依然只是事实判断；那种哪怕身处逆境，仍能"吟而宣，宣而畅，畅而永之"的境界，才凝聚着价值理想。行文至此，上述观点与李氏"真诗在民间"说的差别，已是比较清楚的了。我们知道，"真诗在民间"，乃是李梦阳在《诗集自序》（《空同先生集》第 4 册，第 1436 页）中正式推出的著名命题。通观该文，不难发现，李梦阳明确地以"真"而非"雅""正"为尺度，对"曲胡""思淫""声哀""调靡靡"的"民间音"作出了无条件的肯定。因此，"真诗在民间"命题中内含的情感观，实具有事实判断与价值判断合一的特征。这无疑与"以正律真"思路异趣，也自然同上举诸篇中的价值理想存在差别。①在有关李梦阳诗歌情感观（也是有关其整体诗学观）的研究中，存在两种典型观点。一种是以《中国历代文论选》（郭绍虞主编，中华书局，1963）等论著为代表的"晚年自悔"说，即认为李梦阳存在一个由推重格调典范转向认可民间"真诗"理想的单线演变过程。另一种则以陈建华、廖可斌等学人为代表，认为李梦阳一以贯之地省思"情真"及"真诗在民间"问题，并不存在晚年观念的巨大转折。②在笔者看来，后者的论证有理有据地确定了李梦阳相关言行的产生年代，其基本结论是令人信服的。不过，这样的论证在思维方式上，或许尚未摆脱"晚年自悔"说的格局。也就是说，二者都把探讨焦点集中于李氏相应观念是否存在单纯的历时性变化上，对其是否存在共时层面上的复杂性则估计不足。而当我们对前举《林公诗序》及其同类文章的内蕴作出辨析后，就可以发现，这些文献的存在能够说明，李梦阳对诗歌情感问题的言说，其实存在两个价值立场不尽一致的维度：一个觉察到了情的多样性与丰富性，但时时要以"正"尺度规范之；另一个则赋予多样情感价值意义，从而拆解了"正"尺度存在的必

---

① 对李梦阳"真诗在民间"这一命题，当代学人一直从不同角度给予很高评价。陈文新的观点在 21 世纪相关研究中较有代表性。他认为此类精神的实质"在于坦率表达不受礼义拘束的私生活领域中的情怀，与古典诗歌所抒发的公共生活领域的情怀有质的差别"。参见陈文新《"真诗在民间"——明代诗学对同一命题的多重阐释》，《杭州师范学院学报》（人文社会科学版）2001 年第 5 期。

② 参见陈建华《晚明文学的先驱——李梦阳》，《学术月刊》1986 年第 8 期；廖可斌《明代文学复古运动研究》第四章"前七子的文学理论"，商务印书馆，2008，第 113～117 页。

要性。它们的共生，其实证明了李梦阳诗歌情感观的复杂性。低估其中哪一者，我们的相关认识，都是不够深入的。

下面来看"后七子"领袖王世贞。论及王世贞文学观，尤其是论及其后期文学观变化问题时，近年来仍存在一种常见思路，即持其"性情之真""有真我而后有真诗"诸说为例，证明其对抒写真情实感的重视、对"真诗在民间"说的延伸，由此亦思考其通向晚明文学新思潮的可能性。[①]不过与前面的情况相类，王世贞这些命题所处的原始语境往往未得到充分辨析，因此相应结论也就存在商榷余地。标举"性情之真"或"真我"，是否即走向民间、标举个体情感之意？不妨先辨析王世贞的"性情之真"说。对这一观点的典型表达，来自其约在隆庆、万历之际为章适（字景南）所作的《章给事诗集序》。该文开头便讲道："自昔人谓言为心之声，而诗又其精者，予窃以诗而得其人。若靖节之言澹雅而超诣，青莲之言豪逸而自喜，少陵之言宏奇而饶境，左司之言幽冲而偏造，香山之言浅率而尚达，是无论其张门户、树颐颡，以高下为境，然要自心而声之，即其人亦不必征之史，而十已得其八九矣。后之人好剿写余似，以苟猎一时之好，思蹐而格杂，无取于性情之真。得其言而不得其人与得其集而不得其时者相比比也。"[②] 虽然文中沿袭扬雄的心声心画说，认为诗乃"心声"，且明确支持抒写"性情之真"，但这些并不足以证明王世贞主张自由抒写个性情感。原因有二。其一，就如前及李梦阳处存在的言说惯例一样，王世贞这里的诗为心声论，只是一种事实判断。它只能说明王世贞认可"诗足以反映真实情感"这一事实，很难揭示其有关诗歌情感的应然理想到底是什么。其二，在文中，王世贞认为处于"性情之真"对立面的，乃是"剿写余似""思蹐而格杂"这类创作现象。由此可见，这里之所以标举

---

① 如魏宏远、孟宁认为："（王世贞）提出'有真我然后有真诗'，认为'文人学士'只有走向民间，抛弃功利化的写作，成为不为某种特定社会主题而进行教化的'真我'，才能够创作出'真诗'。"（魏宏远、孟宁：《从"真诗"到"真我"：七子派对复古运动的修正与完善》，《学术交流》2014 年第 3 期）在笔者所见相关研究成果中，孙学堂的《崇古理念的淡退——王世贞与十六世纪文学思想》（天津古籍出版社，2004）能较早地反思王世贞"真"观念的限度问题，甚有见地。若能结合细致的文本语境辨析加以论证，则其结论或将更为严密。

② 王世贞：《弇州山人四部稿》，台北：伟文图书出版社，1976，第 3327 页。

"真"，主要意在反对文品不端、取径不正。这类表达不但同样难以具体揭示王世贞所谓"真性情"的应然品格，反而会提示我们：在称颂"性情之真"时动辄念及文品、取法路径的他，可能存在限定"真"的意图。果然，该文随后的表述就把这个意图说得很清楚了："间一过从，章君陋巷席扉，香一缕出其虢，而始知有君。煮茗匡坐，征其诗数篇相与吟咀，恍然而若置身于陶韦之间，而厌吾曹之工于藻也。已稍与深语，则无非诗也者。徐而察其眉宇，则亦无非诗也者……然后知君之诗非君之诗，而陶与韦之诗也，有所取至于篇则无问句，有所取至于句则无问韵，意出于有而入于无，景在浓淡之表而格在离合之际，其所以合于陶与韦者，虽君之苦心，君亦自不得而知也。"原来前面种种铺叙，都是为了推出这段赞美之词，即称颂章适其人其诗均有陶渊明、韦应物的风致。换句话说，只有体现出特定精神品格的"性情之真"，才会得到王世贞的肯定。这种事实陈述在先，价值规定在后的理路，正与其前辈李梦阳不谋而合。

接下来再看"有真我而后有真诗"。该观点出自王世贞万历间为邹迪光（字彦吉）所作之《邹黄州鹪鹩集序》。相关文字如下：

> 近季，北地、历下之遗，则皆俨然若有当焉，其不为捧心而为抵掌者多矣，不佞故不之敢许，以为此曹子方寸间先有它人，而后有我，是用于格者也，非能用格者也。彦吉之所为诗，诸体不易指屈，然大要皆和平粹夷，悠深隽远，铉然之音与渊然之色不可求之耳目之蹊，而至味出于齿舌流羡之外，盖有真我而后有真诗。其习之者不以为达夫摩诘，则亦钱刘。然执是而欲以一家言目彦吉，不可得也。夫古之善治诗者，莫若钟嵘、严仪，谓某诗某格某代某人诗出某人法，今乃而悟其不尽然，以为治诗者毋如《乐记》，云：治世之音安以乐，乱世之音怨以怒，亡国之音哀以思。如是三者以观世，足矣。亡已而又有文中子者，出于魏晋六季之撰，辨其深而典者君子，激而冶者小人，碎者纤，诞者夸，淫者鄙，繁者贪，捷者残，虚者诡，急以怨者狷，怪以怒者狂；若饮上池而后脉之，十不失一焉。今试即彦吉集掩

其名而号之，识者其不以为君子鲜也。①

在这个语境中，"有真我而后有真诗"一语，是由"如何学古"这一格调派常见话题引出的。所以其论证真我、真诗的理论起点，并不是个性气质、自我情感的独特性，而是能否灵活运用既定审美典范、不邯郸学步般地模拟古人。那么他推崇的"真我"又到底具有何种特征呢？在他眼中，邹迪光诗"和平粹夷，悠深隽远"。这个对"真诗"风格的描述，其实已经多少透露出他对"真我"特征可能采用的理解方式了。果然，当王氏接下来将论旨引向"诗可以观""文如其人"的路数，写出"试即彦吉集掩其名而号之，识者其不以为君子鲜也"这句总结的时候，"真我"要义，也就浮出水面：这里的真，仍然是合正之真；而其标举"真我"的用意，无非称颂邹迪光具备君子人格。从集中收录王世贞晚期作品的《弇州山人续稿》中不难发现，明确要求或认可"以性节情"，乃是他这一阶段论文时的常见表达。像卷四五《徐天目先生集序》中的"（徐中行）诸诗咸发情止性"（《弇州山人续稿》第5册，第2383页），同卷《张伯起集序》中的"发于吾情而止于性"（《弇州山人续稿》第5册，第2388页），以及卷七六《喻太公传》中的"所为诗发乎情止乎性，用自愉适而已"（《弇州山人续稿》第8册，第3731页），等等，均堪为显例。与此同时，较多地推崇从容平和、明白清雅的创作精神，乃是其晚年的重要特征。②究其实质，这种创作精神只是为诗歌情感提供了与汉魏盛唐品格有所不同的另一种传统范式，并非为自由表达个体情感立言。就这些情况来讲，《邹黄州鷾鸸集序》中的"有真我而后有真诗"说，无论在限定情感还是标识价值典范哪一方面，都没有越出该阶段王世贞常见的思维惯性之外。只不过相比意旨明白的"发乎情止乎性"云云，其观念表达并不那么直露罢了。据此看来，该说既不是对李梦阳"真诗在民间"精神的深化，也与标举个体感性之真的晚明新思潮毫不相干，反而更足以说明：晚年王世贞仍典型存在"真正合一""以正律真"这一格调派常见思路。可以说，当

---

① 王世贞：《弇州山人续稿》第6册，台北：文海出版社，1970，第2617页。
② 这一观点今人已有较多阐述，此不展开。

前的王世贞诗学研究中，认为其人识见体现出相当的包容性、灵活性，但并未真正跨越格调派的樊篱，是比较切近真相的结论。然而，如果我们不能对反映其情感观的关键案例作出准确解读，那么对其观念中"趋新"与"守正"各自所占比重的判断，就会出现偏差。与此同时，在缺乏恰切论据支撑的情况下，这个基本结论也就无疑是缺乏说服力的。

<h1 style="text-align:center">三</h1>

　　从上可见，有关格调派诗歌情感观的不少典型文献，在言说目的和价值立场上未必一致，不能混为一谈。尤其是那些暗含"真正合一""以正律真"观念的言辞，更需要我们细心加以辨析。这里需要补充说明的是，在考究此类"真正合一""以正律真"观念所处具体语境的同时，我们还有必要梳理有关其诗学史渊源的内容，这样才可能更为深入、完整地把握其实质，并在识别时具备足够的敏感。

　　毋庸置疑，格调派诗歌情感观中的"真正合一""以正律真"，乃是源自传统儒家诗学的基本原则。在判断诗歌情感时，传统儒家诗学的确尊重"真"尺度。不过与此同时，反映政教精神、合乎"礼义"要求的"正"，同样是其价值理想。尤其当两者并举时，"正"实有提升"真"、规范"真"的意义，其价值无疑居于"真"的上位。至于偏激地拒斥抒情合理性或主张无条件地抒发个体情感，则是其规避的两个极端。这些基本内容人所共知，无须多言。相比之下，更需要细致体认的，乃是此类观念的三种具体表达模式。以下试简要述之。

　　第一种模式是在肯定情感价值的同时，又明确要求节制之。《诗大序》论"变风"，一面承认其"发乎情"乃是"民之性"，不容否定；一面以"先王之泽"为理由，要求其"止乎礼义"，堪称此类模式的范例。后世所谓"发乎情止乎礼义二语，实探风雅之大原。后人各明一义，渐失其宗"[①]以及"不发乎情，即非礼义，故诗要'有乐有哀'；发乎情，未必即礼义，

---

① 纪昀：《纪文达公遗集》卷九《云林诗钞序》，《清代诗文集汇编》编纂委员会编《清代诗文集汇编》第354册，上海古籍出版社，2010，第320页。

故诗要'哀乐中节'"① 等观点，均属于这一类型。第二种则是看似明确提出并推举"性情之真"命题，实则每每以"性情之正"为并置条件。如此，则"正"自然成为"真"的前提。如真德秀曰："古之诗出于性情之真。先王盛时，风教兴行，人人得其性情之正。故其间虽喜怒哀乐之发，微或有过差，终皆归于正理。"② 方孝孺曰："道之不明，学经者皆失古人之意，而诗为尤甚。古之诗，其为用虽不同，然本于伦理之正，发于性情之真，而归乎礼义之极。三百篇鲜有违乎此者。"③ 真德秀为宋代以理学观念论文之重要人物，方孝孺乃明前期官方正统文艺观的代表者。他们的表述几乎言必称"性情之真"，但就具体语境来看，其"性情之真"均以"合正"为前提，因此无非"性情之正"的代名词而已。与此相同，明前期理学家陈献章曾在《认真子诗集序》中提出"率吾情盎然出之"这一创作观，似乎给人倡导自由抒情的印象；而究其实际，陈氏在该文中，尚对诗歌"明三纲，达五常，征存亡，辨得失"的政教意义念念不忘。有此考虑，则他所谓应当"盎然出之"之情，当然是不可能与自由多样的个体感性之情等量齐观的。至于第三种表达模式，便是一方面描述情感（同时往往也包括个性、风格等）诸般特征，一方面明确申说自己的价值立场；这就体现出典型的事实判断与价值判断分立的特征。《礼记·乐记》在陈述心物相感乃无可回避之事实的同时，又认为感物所生诸种情态不尽合理，由此说明政教规范的必要性，并揭示合乎政教理想之乐的基本面貌。这堪称此种模式的典型。与此相似，陆机《文赋》讨论以诗为首的十种文类时，先逐一描述其"缘情而绮靡"等基本特征，最后以"禁邪而制放"这一总体原则节制之，思路与《礼记·乐记》可谓如出一辙。同样地，服膺儒术，以原道、征圣、宗经为"文之枢纽"的刘勰，在《文心雕龙》中也呈示出这种理路。从"论文叙笔""剖情析采"部分的诸多篇章不难看出，刘勰对文（其中当然包括诗这一文类）之构思、表达、风格各方面特征描

---

① 刘熙载撰，袁津琥校注《艺概注稿》，中华书局，2009，第391页。
② 真德秀：《西山文集》卷三一《问兴立成》，《景印文渊阁四库全书》第1174册，第492页。
③ 方孝孺：《逊志斋集》卷一二《刘氏诗序》，《景印文渊阁四库全书》第1235册，第375页。

述可谓穷形尽相。可归根结底，在作出事实陈述的同时，他又以正统儒学价值观为尺度，对文情、文风诸问题提出"合正"的要求。在这种表达模式中，我们自可窥知古人对丰富多样的文学现象体会之精、爱恋之深；但由此而模糊其稳定的终极价值立场，恐怕也就未能尽得论者之心了。

由是观之，前述明代格调派不少"重情"的典型言论或公开以正律真，或为情真暗设前提，或将事实判断与价值判断分别言之；无论基本观点还是表达模式，都可一一于儒家诗学传统中寻得上源，彼此间并不存在价值立场上的根本差别。正如不能一见到台阁体诸公或理学家们以"情真"云云论诗，就以为他们在观念上突破了政教尺度一样，读到明代格调派的类似言论，我们自然也不能脱离语境，随意生发。同样地，今人既然很难将《礼记·乐记》一类文献中描述感物生情的文字视作有关价值理想的表述，那么也就不宜在判断格调派的同性质表达时断章取义、忽略其根本意图。而本文的思考尚不应到此为止。因为在通过上述不同角度体察该派情感观后，我们就能更为深入地认识到其与"格调说"的内在关联。众所周知，"重情"与"尊格调"是格调派诗学中并生的核心内容。如果我们过多强调二者的对立关系，就很容易在判断该派的诗学史意义时，将其得与失分成两截：认为捍卫诗歌抒情本质，表现出开放的，甚至通向性灵派的创作精神，是其得；延续严羽的独断思路，将汉魏盛唐审美理想规定为诗歌本质，并坚持狭隘的模拟观，是其失。而经过前文辨析后不难看出，对格调派情感观的过度诠释，恰好是支撑这种对立型思维习惯的关键因素之一。一旦厘清该派情感观与传统儒家诗学的亲缘关系，就会更为准确地发现，其"重情"与"尊格调"未必这般水火不容。经过学界的充分讨论，我们已经可以知道，在多数情况下，格调派极其重视的"格调""体"及其同类概念，近乎当代文论中兼形式与内容二要素而言的"风格"。至于格调派之推尊汉魏盛唐审美传统，则不仅意味着确立形式典范，更流露出对诗歌内在精神品格及相应人格理想的期待，体现出对正大、明朗、活跃的生命力和浑融、和谐之创作风貌的执着追求。这种风格理想不排斥儒学义理本身，而是反对以直白宣讲义理破坏诗的抒情特性；也不反对政教精神，而是拒绝对其作出狭隘限定，力避对生命活力常态表达的破坏。就此而论，无论"重情"还是"尊格调"，格调派都存在相对稳定的思维方式，即为诗歌创作寻求规范、划定限度。从价值追求来讲，则该派无论讨论情感还是讨论格调，都常常包含着对传统儒家"正"原则的执着信赖，以及对儒学传统人格精神的自觉反省与认定。在这样两个层面上，该派情感观中体现"真正合一""以正律真"精神的内容和其格调论可谓殊途同归。无疑，以李贽、公安派等为代表的晚明文学新思潮同样存在复杂性和矛盾性，在诗歌领域中，也一样没有解决"如何成功创造新典范"这一难题。但无可否认的是，这些文人在诸多具体语境中，往往能自觉地从不同角度出发，将崇高意义赋予个体感性，将其理解成文学活动最关键的支配力量；在阐发"童心""童趣"等核心观念时，多次实现了事实判断与价值判断的合一。比较可知，在格调派的诗学整体中，"真诗在民间"这类突破雅正尺度、推崇自由抒情的观念，既缺乏扎实的理论起点和多样的理论阐发，也缺乏风格论等其他理论维度的呼应，未免孤掌难鸣。而情感观上的"守正"，显然是合乎该派整体价值取向的常则。既然这样，该派何以很难将民歌自由写真的精神贯彻到创作实践中，形成相对稳定的创作倾向和新的诗歌审美形态，乃至实现对流派典型特性的自我超越，也就更不难为今人所理解了。

总而言之，笔者无意低估格调派情感观的诗学史价值，也无意武断地推翻目前有关格调派"重情"的基本结论，而是要试图说明：在研究问题时，应该尽可能细致地逐一清理全部基本文献的原始语境，掌握其言说意图的多种可能性，并从思想基础、思维方式、表达惯例等不同层面体察其诗学史的恰切上源，由此尽量做到诠释的相对可靠。如果我们只是无条件地演绎那些根据局部材料归纳出的观点，那么无论其是否确属合理，都难以遮蔽研究中存在的致命学理问题，即"预设"与"实证"二要素的失衡。毋庸讳言，在面对纷繁复杂的考察对象时，由于受认识能力、掌握材料的可能性等诸多条件限制，即便是主观态度再严谨的研究，也难免在实证的同时不断地作出预设。我们需要努力做到的，也许并不在于颠覆预设这一思维方式本身，而在于如何以预设为起点和参照，在未经实证的文献空间内不断展开扎实的细读，实现对预设的证明、修正甚至推翻，使研究具有不断趋近真相的可能性。就本文研究主题而言，当我们早已不再沿袭部分清人"瞎盛唐诗"一类偏激思路裁割明代格调派，而是力图体察其多样的诗学史、文学史特征及意义时，我们的研究，其实已经走上了更为坚实的道路。不过即使在这个阶段，也依然应该防止"预设"与"实证"失衡的问题的出现。也就是说，我们仍然需要审慎地体察现有各种论据，在推敲其有效性、填补论证漏洞的同时，也不断地归纳新材料，最终完成对格调派情感观在渊源、内涵、表达方式上诸多细节特征的进一步体认与发现，从而亦深化对该派诗学整体特征的认识。如果对这些工作不够重视，那么所谓超越"瞎盛唐诗"思路的视野与问题意识，同样可能因缺乏扎实的诠释起点而降低说服力，甚至退化为由"复杂性""多样性"这样的另一种预设形式编织出的精致幻象。省思上述情况，不仅对于明代格调派研究颇为必要，对于中国古代诗学其他专题研究而言，或许也是不无参考价值的。

（责任编辑：马昕。本文原刊于《文学评论》2015 年第 3 期）

论"古学渐兴"与复古诗学的原初意义*

杨遇青**

内容提要 从弘治十一年（1498）至正德二年（1507）是文学复古运动的早期阶段，所谓的茶陵派与复古派共同构筑了这一"古学渐兴"的黄金时代。从表象上看，复古派与茶陵派的分道扬镳是正德政治恶化——丁卯之变的结果；但事实上，这种分歧根植于李梦阳与李东阳在诗学理念上的微妙区别，只不过正德初年的政治危机使得诗学趋向与政治抉择绾结起来，也使得李梦阳诗学中的道德理想主义得以明晰地展现出来。李梦阳与徐祯卿等以汉魏古诗为典范，要求诗歌创作要"宣志而道和""因义抒情"，其"考德以言"的诗学批评标准根源于明代社会的道德危机，体现了他们重塑明代士人精神的理想情怀。

关键词 古学渐兴 复古诗学 丁卯之变

李梦阳在《朝正唱和诗跋》里对文学复古运动的兴起做出明确判断，以为"诗倡和莫盛于弘治。盖其时古学渐兴，士彬彬乎盛矣，此一运会也"①。"朝正"指大臣在新年向皇帝拜贺的仪式，也称"贺正"或"元会"。正德五年（1510）冬，开封知府顾璘、金华知府赵鹤等赴京朝正，与在京的徐祯卿等唱和，结集为《朝正唱和诗》。随后，顾璘返回开封，

---

* 本文为国家社会科学基金青年项目"关陇学术与中晚明文学思想的地域位移"（项目编号11CZW038）阶段性成果。

** 杨遇青，西北大学文学院副教授，著有《明嘉靖时期诗文思想研究》等。

① 李梦阳：《空同集》卷五九《朝正唱和诗跋》，吉林出版集团，2005，第552页。

请寓居开封的李梦阳为唱和诗作跋。① 事实上，正德五年对李梦阳来说也具有特殊意义，这一年刘瑾集团的覆灭给予李梦阳极大的鼓舞，重新估定弘治古学的意义也被李梦阳提上了议程。因此，李梦阳称这次朝正为"一运会也"②。在这篇跋文里，李梦阳首次对文学复古运动的兴起加以省察，认为以弘治时期为发端，以"诗倡和"为形式，发展出了古学渐兴的局面。本文拟对这一"古学渐兴"时期的诗学状况加以考察，并以李梦阳与徐祯卿的诗学碰撞为中心，对文学复古运动的原初形态与核心价值予以重新估定。

一　"诗倡和莫盛于弘治"

弘治时期是一个君明臣贤的"盛世"③，这一时期，李东阳居于京师文坛的领袖地位。明人以为："前代相臣与学士分官，而我朝合之；前代文章与事业异能，而我朝兼之。其真能合而兼之者，三杨而下，屈指李文正。"④ 在文学史上，以李东阳为中心的文学圈子，以"茶陵派"的名称为人所熟知。但这一文学唱和群体实际上与"地域"的联系尤其疏略，主要是以科甲年第关系为纽带的馆阁文人圈子。廖可斌认为："茶陵派的主要成员有两批，一批是与李东阳同年中进士并同入翰林院者，主要有谢铎、张泰、陆钱、陈音等人；另一批是李东阳的门生，即他担任乡试、会试考官和殿试读卷官时所录取的士子，以及他在翰林院教过的庶吉士，主要有邵宝、石珤、罗玘、顾清、鲁铎、何孟春、储巏、陆深、钱福等人。这些人多从翰林院出身，后来也多在馆阁任职，所以茶陵派在某种意义上仍是

---

① 高儒《百川书志》卷二〇："《朝正唱和》一卷、《朝正归途唱和》一卷，皇明徐祯卿、赵鹤诸名人十三人之作。"《续修四库全书》编纂委员会编《续修四库全书》第 919 册，上海古籍出版社，2002，第 448 页。李梦阳《朝正唱和诗跋》："皇帝明圣，断殛元恶。"《空同集》卷五九，第 552 页。指正德五年八月刘瑾案，时顾璘任开封知府"岁觐都下"。因之此次朝正在正德六年（1511）新年。
② 李梦阳：《空同集》卷五九《朝正唱和诗跋》，第 552 页。
③ 参见谷应泰《明史纪事本末》卷四二《弘治君臣》，第 2 册，中华书局，2015，第 626～627 页。
④ 周之夔：《弃草文集》卷一《祝姚昆斗先生序》，四库禁毁书丛刊编纂委员会编《四库禁毁书丛刊》集部第 112 册，北京出版社，1997，第 562 页。

台阁体的延续。"① 该段论述对这一文学圈子的概括简洁而确切。两批成员
中，前者在成化时期已经成名，后者是弘治时期涌现出来的"茶陵派"后
劲。众所周知，李梦阳是李东阳弘治六年（1493）担任会试主考官时"所录
取的士子"，依据这一标准，似乎不应简单地将其排斥在这一文学圈子之外。
何宗美认为自明清以来，茶陵派"经历了反复被讨论、被争议、被重塑、被
层累的过程，导致逐渐远离真实而变形走样"②，洵为确论。事实上，从李东
阳到李梦阳的诗学进程也可能经历了某种"重塑"和"层累"。如果我们从
李梦阳的视角切入弘正之际的诗史，古学复兴的内在逻辑可能别有况味。

郑利华《前后七子研究》指出："以前七子文学集团的建构及其复古
活动发轫的时间来说，弘治十一年大致可以作为一个分界点。"③ 从李梦阳
的视域看，确切地说，"古学渐兴"起于其弘治十一年"承乏郎署"，止于
正德二年的"丁卯之变"。李梦阳《朝正唱和诗跋》对"诗倡和莫盛于弘
治"有着清晰的描述，他说：

> 余时承乏郎署，所与倡和则扬州储静夫、赵叔鸣，无锡钱世恩、
> 陈嘉言、秦国声，太原乔希大，宜兴杭氏兄弟，郴李贻教、何子元，
> 慈溪杨名父，余姚王伯安，济南边庭实。其后又有丹阳殷文济，苏州
> 都玄敬、徐昌谷，信阳何仲默，其在南都则顾华玉、朱升之其尤也。
> 诸在翰林者以人众不叙。自正德丁卯之变，缙绅罹惨毒之祸，于是士
> 始皆以言为讳，重足累息，而前诸倡和者，亦各飘然萍梗散矣。（《空
> 同集》卷五九，第552页）

李梦阳举进士后，因母丧扶柩西归，直至弘治十一年服阕，才被授为
户部主事，开始融入京师的唱和圈子。据《朝正唱和诗跋》，这一时期，
李梦阳所与唱和的诗人甚夥。从地域看，可分为京师与南都两地；从工作
性质看，京师诗友又可分为郎署与翰林；从时序看，郎署诗友也可分为两

① 廖可斌：《茶陵派与复古派》，《求索》1991年第2期。
② 何宗美：《茶陵派非"派"试论——"茶陵派"命名由来及相关问题的考辨》，《文学遗产》
　2012年第6期。
③ 郑利华：《前后七子研究》，上海古籍出版社，2015，第56页。

批，即弘治十一年已在京师的先进诗友如储巏、赵鹤、王守仁、边贡等，以及弘治十一年以后的都穆、徐祯卿、何景明等。但李梦阳显然没有后世言之凿凿的派系观念，他明确地把储巏、乔宇等"茶陵派中人"[①] 编织进了古学渐兴的谱系里。

《朝正唱和诗》的编订者顾璘是弘治九年（1496）进士，对弘治中后期的京师文学转型有切近的感受。在顾璘眼中，户部主事李梦阳在弘治中叶尚默默无闻："余自弘治丙辰举进士，观政户部，获与二泉邵公国贤、空同李君献吉、芦泉刘君用熙友……时献吉名尚未盛。"[②] 那么，当时京师士林中，谁称得上负有盛名呢？顾璘在另一篇文章里指出："弘治丙辰间，朝廷上下无事，文治蔚兴，二三名公方导率于上，于时若今大宗伯白岩乔公宇、少司徒二泉邵公宝、前少宰柴墟储公巏、中丞虎谷王公云凤，皆翱翔郎署，为士林之领袖，砥砺乎节义，刮磨乎文章，学者师从焉。"[③] 在谈到南都诗友朱应登时，顾璘进一步明确指认邵宝、储巏是为文学复古运动"开启门户"的人物："皇朝文尚淳厚，自成化、弘治间质文始备，翰苑专门，不可一二数。其在台省，初有无锡邵公宝、海陵储公巏等开启门户，自是关西李梦阳、河南何景明、姑苏徐祯卿，维扬则先生，狱立宇内，发愤覃精，力绍正宗。其文刊脱近习，卓然以秦汉为法。"[④] 顾璘也把弘治时期京师的唱和圈子分为翰苑与台省，认为古学渐兴与邵宝、储巏等人的参与密不可分。明人李舜臣有云："储、乔始奋，何、李追随。"[⑤] 李梦阳毫

---

① 廖可斌：《明代文学复古运动研究》，上海古籍出版社，1994，第 68 页。又李梦阳弘治十八年（1505）《赠阎子序》对八位诗友加以点评，其中有六位出现在《朝正唱和诗跋》里，既有被纳入"茶陵派"的乔宇、储巏等，也有名列于"后七子"的边贡与徐祯卿等。

② 顾璘：《顾华玉集·凭几集续编》卷二《重刻刘芦泉集序》，《景印文渊阁四库全书》第 1263 册，台湾商务印书馆，1986，第 327 页。

③ 顾璘：《顾华玉集·息园存稿文》卷一《关西纪行诗序》，《景印文渊阁四库全书》第 1263 册，第 458 页。乔宇传记的作者对这一批士林领袖与李东阳的关系有清楚的界定，认为乔宇"举进士，又从文正西涯李公游，益肆力于文字间，其所友者海陵储公巏、晋江蔡公清、毗陵邵公宝、和顺王公云凤、藁城石公珤，德行道义渐磨者深焉"，并以为"自今北方之士言文苑者，必首称之"（雷礼辑《国朝列卿纪》卷二六《吏部尚书行实》，《续修四库全书》第 522 册，第 428 页）。

④ 顾璘：《凌溪先生墓碑》，朱应登《凌溪先生集》卷一八，四库全书存目丛书编纂委员会编《四库全书存目丛书》集部第 51 册，齐鲁书社，1997，第 497 页。

⑤ 李舜臣：《愚谷集》卷九《祭故户部尚书九峰孙公文》，《景印文渊阁四库全书》第 1273 册，第 736 页。

不犹疑地把这些诗友视为古学渐兴的代表。其中，储巏尤为重要。他奖掖后进，"海陵先生雅爱士，晚得徐郎道气伸"①，被李梦阳亲切地称为"文雅师"②。他喟叹于"科举行而古文废非一日矣"③，以提倡古文辞自任，是复古派坚定的支持者和庇护者，"时李梦阳、何景明等倡古文辞，执政者嫉才欲摈斥之。巏以文章复古为国家元气，故于李、何极其扶植，得不倾陷"④。顾璘更以为，储巏是推动唐诗学兴起的关键人物。他说：

> 成化以来，李文正翔于翰苑，倡中唐清婉之风，律体特盛。其时罗、谢、潘、陆从而和之，声比气协，传为联句，厥亦秀哉！弘治初，储文懿公巏为吏部郎，以清才雅识，领袖缙绅，始取则杨士弘诗选，分别唐代始、正、中、晚之格，指示后进，的有准绳。乃扬州赵鹤与璘，宗之学唐，又有姑苏陈霁为六朝诗，武昌刘绩、关中李梦阳为杜诗，各竞起，争工联句，遂襄诸染翰，骏发虽多，其人或杂出不专。自是信阳何景明、姑苏徐祯卿、关西康海继兴，而词亦畅。（杨士弘编选，张震辑注，顾璘评点，陶文鹏、魏祖钦整理点校《唐音评注》，河北大学出版社，2010，第18页）

顾氏为我们勾勒出了极为珍贵的文学史脉络。一是唐诗学的传承。李东阳曾说："选唐诗者，惟杨士宏《唐音》为庶几。"⑤ 储巏进而以杨士宏《唐音》为理据，论述始、正、中、晚，弘扬唐诗学，不仅赵鹤与顾璘"宗之学唐"，也影响到以李梦阳为代表的杜诗学的兴起。二是联句的盛行。经李东阳等人的提倡，联句唱和成为人们争相效仿的写作方式。据此，从李东阳到储巏再到李梦阳等人所推动的文学复古运动，呈现为环环

---

① 李梦阳：《空同集》卷二○《徐子将适湖湘余实恋恋难别走笔长句述一代文人之盛兼寓祝望焉耳》，第156页。

② 李梦阳：《空同集》卷三○《答太仆储公见赠》，第261页。

③ 储巏：《柴墟文集》卷九《徐元定墓志铭》，《四库全书存目丛书》集部第42册，第494页。

④ 王兆云：《皇明词林人物考》卷三《储文懿》，《四库全书存目丛书》史部第111册，第714页。

⑤ 李东阳：《怀麓堂诗话》，李东阳撰，周寅宾校点《李东阳集》第3册，岳麓书社，2008，第1508页。

相扣的递进关系。

李梦阳《朝正唱和诗跋》所述的唱和圈子并未提及台阁领袖李东阳。揆诸情理，这并不意外。不少明人都肯定李东阳"兴起何李"的事实，以为"间至弘治，西涯倡之，空同、大复继之"①，"李公才情兼美，于何李有倡始功"②。但李东阳与初出茅庐的李梦阳在官阶和年岁方面都过于悬殊，在二李之间，储巏、乔宇等郎署高阶官员发挥了承上启下的作用，他们既被视作"茶陵派中人"，也被推为古学复兴的先驱。事实上，弘正之际，李梦阳既与李东阳的先进弟子们唱和甚勤，也从未对李东阳有诋諆、击排之事实。③ 弘治十一年，李东阳为李梦阳父亲作《墓表》，称梦阳为"予礼部所举士，其视予，犹视杨公也"④。正德元年（1506）六月，李梦阳为李东阳献上寿诗，称其"文章班马则，道术孟颜醇"⑤。可见古学渐兴时期，李东阳理所当然地被视为文学领袖和士林楷模。同年二月，李梦阳

① 胡应麟：《诗薮》续编卷一，上海古籍出版社，1979，第 345 页。
② 朱彝尊编《明诗综》卷二六，吉林出版集团，2005，第 867 页。
③ 有关李东阳与复古派的对立，存在两种论述：一是嘉靖十九年（1540）康海去世后，王九思、张治道与李开先等在纪念康海的系列文章中，形成了关于李东阳与复古派的冲突的系统论述，认为李东阳以"浮靡"之习败坏文风士气，如王九思《明翰林院修撰儒林郎康公神道之碑》以为："本朝诗文自成化以来，在馆阁者倡为浮靡流丽之作，海内翕然宗之，文气大坏，不知其不可也。"（《续修四库全书》第 1334 册，第 230 页）二是钱谦益《列朝诗集》抬高茶陵派，贬抑复古派，认为前七子以"剽窃"之学无端排击李东阳，再次扩大了两派之间的对立倾向。但钱谦益对李梦阳与"关陇之士"做了既有联系又有区别的模糊处理，以为："北地李梦阳，一旦崛起，侈谈复古，攻窜窃剽贼之学，诋諆先正，以劫持一世；关陇之士，坎壈失职者，群起附和，以击排长沙为能事。"（钱谦益：《列朝诗集小传》上册，上海古籍出版社，1983，第 245～246 页）他指认"击排长沙为能事"者为康海、王九思、张治道等"关陇之士，坎壈失职者"，对李梦阳"抵諆先正"含糊其词，造成李梦阳与康王一派大同小异的论述语势。事实上，把李梦阳和康王一派的观点混为一谈，是不严谨的。
④ 李东阳撰，周寅宾校点《李东阳集·文后稿》卷一六《明周府封丘王教授赠承德郎户部主事李君墓表》，第 3 册，第 1141 页。
⑤ 李梦阳：《空同集》卷二八《少傅西涯相公六十寿诗三十八韵》，第 241 页。当代论述前七子与李东阳冲突的论文虽多，但推论二李关系冷淡或交恶的论据只有两条：一是该诗"专颂扬其书法，轩轾已见微意"（陈田辑撰《明诗纪事》丁签卷一，第 2 册，上海古籍出版社，1993，第 1136 页），这种对"微意"的解释难免揣度之辞。二是李梦阳晚年所作《凌溪先生墓志铭》说："柄文者承弊袭常，方工雕浮靡丽之词。"（《空同集》卷四七，第 435 页）这两条证据经陈田抉发，已成所谓"共识"。事实上，关于二李交恶的论述，大都受到"关陇之士，坎壈失职者"与钱谦益所建构的两种对立史观的影响。如果摆脱这种对立观点，以"兴起李何"的连续性观点切入丁卯之变以前的诗坛状况，则文学史的面貌或许会大不一样。

在写给徐祯卿的赠别诗中"述一代文人之盛",认为"宣德文体多浑沦,伟哉东里廊庙珍。我师崛起杨与李,力挽一发回千钧"①。"宣德文体"指宣宗时期以杨士奇为代表的台阁体。李梦阳把"宣德文体"编在"建安与黄初,叱咤皆风云。大历熙宁各有人,戛金敲玉何缤纷"的文学谱系中,抉发其"浑沦"的美学品格和"伟哉"的文坛地位,并勉励徐祯卿"大贤衣钵岂虚掷,应须尔辈扬其尘",追随和传承宣德文体的衣钵。如果说李梦阳在献给李东阳的诗中或有恭维之词,那么他在赠别挚友徐祯卿的诗中并没有装点的必要。可以推见,在古学渐兴时期,不但李梦阳于宣德文体似乎并无嫌隙,从李东阳到李梦阳的师门授受也彰显出其应有的连续性。事实上,"文章与事业"合而兼之是每个士大夫的梦想。如果没有正德初年的政治变局,从李东阳到储巏、乔宇,再到李梦阳、徐祯卿,这种梦想或许会代代传承下去。

二　"丁卯之变"与文坛变革

复古派从京师文人圈子里分化出来并且取代茶陵一派,在一定程度上可以视为正德政治变局的结果。李梦阳《朝正唱和诗跋》说:"正德丁卯之变,缙绅罹惨毒之祸,于是士始皆以言为讳,重足累息,而前诸倡和者,亦各飘然萍梗散矣。"政局虽然不能完全左右文学思想演变之理路,却可以改变士人生态,使得思想的分歧更为清晰地呈现出来。我们必须从正德初年的政治变局中辨识"丁卯之变"的文学史意义。

弘治时期,皇帝被视为道德楷模,内阁是事业与文学的渊薮,明王朝的政治中心有着凝聚和感召士人精神的向心力。但在正德以后的政局面前,这种向心力开始解体。正德帝登基后,亲昵近幸,游戏万机。元年九月,户部尚书韩文征求刘健、李东阳、谢迁等三阁老的意见后,授意李梦阳草撰谏书,要求法办"八虎","明正典刑"。疏上,一日之间,形势屡变。次日夜,正德帝"召刘瑾等入司礼而收王岳、范荣,诏窜南京,寻杀二人于

---

① 李梦阳:《空同集》卷二〇《徐子将适湖湘余实恋恋难别走笔长句述一代文人之盛兼寓祝望焉耳》,第156页。

途。已又连斥刘、谢二老，顾独恳留李。而韩公辈汹汹咸拔茅散矣"①。

值得注意的是"内阁三老"在反刘瑾斗争中的不同表现。史载："初，健、迁持议欲诛瑾，词甚厉，惟东阳少缓，故独留。健、迁濒行，东阳祖饯泣下。健正色曰：'何泣为，使当日力争，与我辈同去矣。'东阳默然。"②李梦阳这样描述当时"阁议"的情形："健尝椎案哭，谢亦亹亹訾訾罔休。独李未开口，得恳留。"③ 这一事件本是韩、李与"三老"共谋，但关键时刻李东阳缄默不语，无疑令李梦阳大为失望。李开先《李崆峒传》认为："已得旨拿问矣。西涯久恨晦庵碎其诗文，简遣心腹人漏言于阉辈。"④ 韩邦奇《见闻随考录》则云："正德初，韩忠定率九卿伏阙，请刘瑾等八人下狱，内则太监王公岳，外则大学士刘公健合谋。已得旨，但是日天晚，候明早即宣旨送出瑾等。而瑾等不知也。大学士李公东阳泄其谋于瑾，瑾等始大惊。"⑤ 他们一致指认，是李东阳的泄谋，使得整个事件功亏一篑。

李东阳虽然未必与刘瑾同流合污，但性格软弱是不争的事实。类似的情况曾发生在弘治十八年李梦阳的上疏事件里。其时，"孝庙坐文华殿，召见大学士刘公健、李公东阳、谢公迁，问李梦阳宜何如？刘公叩头对曰：'梦阳狂直，不足深罪。'孝庙色变。李不敢对，叩头叩头而已"⑥。一代文宗李东阳在关键时刻只"叩头叩头而已"。这样的性格弱点在与刘瑾的斗争中暴露无遗，使得他此后的执政生涯与声誉都蒙上了阴影。王世懋《窥天外乘》说："后刘、谢以持八党被逐，而李独留。刘瑾时，天下遂以薰莸三相，有为诗讥之者，有为书绝之者。"⑦ 因此，经过这次进谏事件及

---

① 李梦阳：《空同集》卷四〇《秘录附》，第 363 页。
② 张廷玉等：《明史》卷一八一《李东阳传》，第 16 册，中华书局，1974，第 4822 页。
③ 李梦阳：《空同集》卷四〇《秘录附》，第 363 页。
④ 李开先著，卜键笺校《李开先全集》卷一〇《李崆峒传》，文化艺术出版社，2004，第 769~770 页。
⑤ 韩邦奇著，魏冬点校整理《韩邦奇集》下册，西北大学出版社，2015，第 1706 页。
⑥ 袁袠：《李空同先生传》，黄宗羲编《明文海》卷三九五，《景印文渊阁四库全书》第 1457 册，第 561 页。
⑦ 参见李东阳撰，周寅宾校点《李东阳集》附录三《杂纪》，第 3 册，第 1636 页。关于"为诗讥之者"，参见江盈科《雪涛小书诗评》（周维德集校《全明诗话》第 4 册，齐鲁书社，2005，第 2778 页）。"为书绝之者"是指其门生罗玘，《明史》说："侍郎罗玘上书劝其早退，至请削门生籍。东阳得书，俯首长叹而已。"（张廷玉等：《明史》卷一八一，第 16 册，第 4823 页）

此后与刘瑾虚与委蛇的执政生涯，李东阳要保持道德楷模和"文章与事业"兼之的正宗地位，已然不再可能。

正德二年三月，刘瑾矫诏榜"奸党"碑于朝堂，定"奸党"五十三人，李梦阳和刘健、谢迁、韩文、王守仁等榜上有名。此即《朝正唱和诗跋》所谓"丁卯之变"。李梦阳《熊士选诗序》："曩余在曹署，窃幸侍敬皇帝，是时国家承平百三十年余矣。……盖暇则酒食会聚，讨订文史，朋讲群咏，深钩赜剖，乃咸得大肆力于弘学，於乎，亦极矣！于是士选为御史，日与四方士游，声光赫赫，颇有千仞览辉之望。夫治极乱继，名高毁入，丁卯后事，余难言之矣。"① 这一年，李梦阳放归田里，何景明也因政局靡烂称病还乡。弘正之际京师唱和活动，盛宴不再，人去楼空。丁卯之变不只是一个政治事件，也是文化生态转折的标志性事件。康海以为"岁自丁卯以来，权臣以刑威持国，天下沸然不能安"②"天下之事，自丁卯以来，盖炭炭于累卵，然外危而中安，故民未有怨志，其识者犹曰：'此蔽于佞幸耳！'"③ 因此感叹道："嗟自丁卯来，海宇日腾沸。"④ 又作《骂玉郎·丁卯即事》二首等抒愤。何景明《封征仕郎中书舍人先考梅溪公行状》自云："值正德丁卯，自以道不立，欲修学近亲，乃请病归。"⑤ 崔铣亦以为："丁卯、己巳之间，缙绅之祸棘矣。"⑥ 直到十五年后，正德皇帝驾崩，亲历这一过程的顾璘才意味深长地说："璘性好游，昔在南曹，与陈鲁南、王钦佩诸君盛追山水之乐。盖自丁卯以来，十五年无是舒舒者矣。乃今复及见之，甚幸哉！"⑦

储巏曰："文章复古为国家元气。"文学复古运动本质上是一场道德与文化的自救运动，旨在从三代汉魏的诗文里汲取振奋士气的文化因子，以

---

① 李梦阳：《空同集》卷五二《熊士选诗序》，第481页。
② 贾三强、余春柯点校《康对山先生集》卷三二《送东冈子序》，三秦出版社，2015，第564页。
③ 贾三强、余春柯点校《康对山先生集》卷二八《送杨克承序》，第517页。
④ 贾三强、余春柯点校《康对山先生集》卷六《赠滦江公》，第106页。
⑤ 李淑毅等点校《何大复集》卷三七《封征仕郎中书舍人先考梅溪公行状》，中州古籍出版社，1989，第627页。
⑥ 崔铣：《洹词》卷二《东溪君寿序》，《景印文渊阁四库全书》第1267册，第400页。
⑦ 顾璘：《顾华玉集·息园存稿文》卷一《东湖亭纳凉诗序》，《景印文渊阁四库全书》第1263册，第464页。

拯救靡然委顿的士风，其根源深植于明代社会的道德危机之中。李梦阳在弘治十八年的《上孝宗皇帝书稿》里首言"元气之病"："元气之病者何也？所谓有其几而无其形，譬患内耗，伏未及发，自谓之安，此乃病在元气。臣窃观当今士气颇似之。"又曰："今人不喜人言，见人张拱深揖，口呐呐不吐词，则目为老成，又不喜人直，遇事圆巧而委曲，则以为善处，是以转相则效，翕然风靡，为士者口无公是非，后进承讹踵弊，不复知有言行之实矣。"① 作为李梦阳上疏的同谋者之一，② 王守仁在《陈言边务疏》中探讨了同样的议题，认为国之大患在于"沮抑正大刚直之气，而养成怯懦因循之风。故其衰耗颓塌，将至于不可支持而不自觉"③。他们的忧患意识都聚焦于元气的委顿与士风的软滑。就此而言，康海、王九思等交口斥责弘治文风之"软靡"，也很可能与这种政治风评有关，而李开先指斥李东阳"诗文取絮烂者，人材取软滑者，不惟诗文趋下，而人材亦随之"④，显然领会到了文学复古运动的深意。李梦阳在晚年写定的《凌溪先生墓志铭》里也说："柄文者承弊袭常，方工雕浮靡丽之词，取媚时眼。"⑤ 他不指名地指责"柄文者"，显示其与台阁体的文学风气已然分道扬镳。

　　"丁卯之变"使得"古学渐兴"告一段落，但这次进谏事件为复古派获得令誉，而李东阳则在嘉靖以后的文学史里影响式微。这种历史沉浮不仅与其文学实绩相关，也与其政治抉择与道德评骘不无联系。何景明说："夫文之兴于盛世也，上倡之；其兴于衰世也，下倡之。"⑥ 正德初年，朱厚照、刘瑾等荒废朝政，政治危机引发道德和文化转型的契机。台阁体失去了赖以生存的社会条件，在新的历史纪元里销声匿迹，连李东阳这样承前启后的大家也不能维系其影响力。李梦阳、何景明和王守仁这些充满危机感、责任感和道德感的士大夫，却给士人的文化抉择留下了丰厚的遗

---

① 李梦阳：《空同集》卷三九《上孝宗皇帝书稿》，第352页。
② 关于李梦阳上书前与边贡、王守仁密议的情况，参见李梦阳《空同集》卷三九《秘录附》，第359页。
③ 王守仁撰，吴光等编校《王阳明全集》卷九《别录一》，上册，上海古籍出版社，1992，第285页。
④ 李开先著，卜键笺校《李开先全集》卷一二《对山康修撰传》，第759页。
⑤ 李梦阳：《空同集》卷四七《凌溪先生墓志铭》，第435页。
⑥ 李淑毅等点校《何大复集》卷三四《汉魏诗集序》，第593页。

产。当道统与文统由庙堂转向省署和民间，由"文章与事业"合而兼之的内阁辅臣转向充满道德责任意识的下层士大夫，由政治意识形态转向个人体验时，文学史中看起来含混不清的思想流派也陡然变得清晰起来。

三 《与徐氏论文书》的文学史意义

综上所述，"古学渐兴"始于弘治十一年，止于正德二年丁卯之变。在此期间，康海、何景明、徐祯卿等先后举进士，合力变古，"自是操觚之士往往趋风秦汉矣"①。弘治十八年，发生在李梦阳与徐祯卿之间的辩论是古学渐兴时期的关键文献，既解释了"倡和"的复杂意义，也展现了古学的原初意义。李梦阳《与徐氏论文书》曰：

> 昔者舜作《股肱》《卿云》之歌，即其臣皋陶、岳牧等赓和歌，当是时一歌一和，足下以为奚为者耶？其后召康公从成王游卷阿之上，因王作歌，作歌以奉王，即王戚戚入也。足下亦观诸风乎？浏浏焉，其被草若木也。飒飒溶溶乎，草木之入风也。故其声輷礚轰砰，徐疾形焉，小大生焉。且孔子何人也，与人歌善矣，必反而后和。何则？未入耳。今足下忘《鹤鸣》之训，舍虞周赓和之义弗之式，违孔子反和之旨，而自附于皮陆数子，又强其所弗入。仆窃谓足下过矣。夫诗宣志而道和者也。故贵宛不贵崄，贵质不贵靡，贵情不贵繁，贵融洽不贵工巧。故曰："闻其乐而知其德。"故音也者，愚智之大防，庄诐、简侈、浮孚之界分也。（《空同集》卷六二，第572页）

徐祯卿希望他们像皮、陆一样酬唱，遭到了李梦阳当头棒喝。这里，李梦阳以舜、周成王和孔子为例展现了其对"赓和之义"的特殊理解。其中，《股肱歌》是《尚书·益稷》里舜帝与皋陶唱和的诗歌，《卿云歌》为传说中虞舜禅让时百官相贺之歌，皆是对儒家经典里三代之治的诗意描

---

① 孟洋：《中顺大夫陕西按察司提学副使大复何君墓志铭》，李淑毅等点校《何大复集》附录一，第682页。

述。明初，仁宗和杨士奇曾就此问题有段经典对话。仁宗问他的老师："古人为诗者，其高下优劣如何？"杨士奇回答道："诗所以言志，'明良喜起'之歌，'南薰'之诗，是唐、虞之君之志，最为尚矣。"（《明诗纪事》甲签卷一，第1册，第9页）"南薰"据说是舜的琴歌："南风之薰兮，可以解吾民之愠兮。""明良喜起"即所谓《股肱歌》。杨士奇以此说明文学不过是王道致治的饰品而已，他以王、霸定优劣，以盛、衰论高下，建立了颂世文学的政治道德标准。这一标准同样体现在李梦阳的诗学里。李梦阳明确地把舜与皋陶、成王与召公的赓和作为诗学的不朽盛事，这也有助于我们理解他为什么会把"宣德文体"视为文学的不刊正宗。显然，弘治君臣的开明政治鼓舞着年轻诗人的灵魂，他蔑视"连联斗押"的元、白、韩、孟、皮、陆之徒，希望文学在开明政治中铺张盛美，有裨治化。正如他对徐祯卿的勉励一样，传统士人无法释怀"致君尧舜上"的理想，无法拒绝扮演皋陶和召公的角色，而"文章与事业"合而兼之的杨士奇和李东阳不过为他们的理想增添了切近的想象。

李梦阳《与徐氏论文书》所述的""《鹤鸣》之训"、"虞周赓和之义"和"孔子反和之旨"至少包含两层内涵：一是王道政治的仁义内涵；二是"同声者应"的精神感发。这篇文章里也展现了与李东阳《怀麓堂诗话》基本一致的主题——诗歌与音乐的亲缘关系及其"宣志而道和"的感发作用。《怀麓堂诗话》开篇就说："诗在六经中，别是一教，盖六艺中之乐也。乐始于诗，终于律。人声和则乐声和，又取其声之和者，以陶写情性，感发志意，动荡血脉，流通精神，有至于手舞足蹈而不自觉者。"① 把抒情性与音乐性视为诗的本质与诗文分际，认为诗乐一律，具有中和之义与感发作用。李梦阳和李东阳显然都以为，诗歌应具有这种"宣志而道和"的道德与情感力量。由此可见，在古学渐兴时期，李梦阳不但在唱和形态上以明君贤相的赓和为理想范式，在内在理路上也与宣德文体和李东阳诗学具有内在联系。

但相对于《怀麓堂诗话》，李梦阳诗学有其殊胜之处。如果说李东阳"人声和则乐声和"或有粉饰太平的浅薄的话，那么李梦阳的"宣志而道

---

① 李东阳：《怀麓堂诗话》，《李东阳集》第3册，第1501页。

和"就充满了下层士大夫的道德力量和批判精神。毋庸置疑,李梦阳在诗学的复古理想和道德寓意上比李东阳走得更远。

其一,对"宣志而道和"的不同理解。李梦阳认同诗乐的一致性,进而以为"音也者,愚智之大防,庄诐、简侈、浮孚之界分也"。这种严格的道德理想主义情怀,体现了孟子以意逆志与知言养气说的基本内涵。李梦阳不仅以为"闻其乐而知其德",也强调"古者考德以言"①。其《林公诗序》说:"夫诗者,人之鉴者也。夫人动之志,必著之言,言斯永,永斯声,声斯律,律和而应,声永而节,言弗暎志,发之以章,而后诗生焉。故诗者,非徒言者也。是故端言者未必端心,健言者未必健气,平言者未必平调,冲言者未必冲诗,隐言者未必隐情、谛情、探调、研思、察气,以是观心,无庚人矣。"②"人焉庚哉"是孔孟通过以意逆志的方式对人的德性状态的判断。孔子说:"视其所以,观其所由,察其所安,人焉庚哉?"孟子说:"听其言也,观其眸子,人焉庚哉?"③语言是可以修饰的,但生命情态却不可以掩饰。因而,诗歌不仅"非徒言者也",还是人性的一面镜子。通过语言中所蕴含的情、调、思、气,可以"观心",可以考见德性。因而,"格调"体现诗人之心志,具有无法隐藏的本真意义。

其二,对汉魏古诗内涵的重估。李梦阳认为:"三代而下汉魏最近古,乡使繁巧崄靡之习,诚贵于情质宛洽,而庄诐、简侈、浮孚意义殊无大高下,汉魏诸子不先为之邪!"④古、今之争表现为"情质宛洽"与"繁巧崄靡"的对峙。修辞不仅是审美的,对庄诐、简侈、浮孚的修辞学批评中蕴涵着"考德以言"的价值判断。孔子曰:"巧言令色,鲜矣仁!"(《四书章句集注》,第48页)孟子以为"诐辞知其所蔽,淫辞知其所陷,邪辞知其所离,遁辞知其所穷"(《四书章句集注》,第232~233页),一切巧言令色与诐淫邪遁都是对德性的背离。李梦阳对汉魏古诗的礼赞即以此种

---

① 徐祯卿著,范志新编年校注《徐祯卿全集编年校注》附录四《序跋著录》,人民文学出版社,2009,第846页。
② 李梦阳:《空同集》卷五一《林公诗序》,第476页。
③ 朱熹:《四书章句集注》,中华书局,1983,第56、283页。
④ 李梦阳:《空同集》卷六二《与徐氏论文书》,第572页。

德性价值为标准与依归。因而，他反对"繁巧崄靡"，提倡"情质宛洽"，要把一切"诐""侈""浮"的言辞从文学中扫荡出去。这种旗帜鲜明的诗学态度和斗争精神是李东阳诗学中所没有的。

"三代而下汉魏最近古"成为复古诗学旗帜鲜明的主张。李梦阳的弟子李濂以为："夫诸前辈者，文固美矣，然闳博虽有余，而体格尚未复古。其所为诗非不清雅成章，上而拟诸汉魏，未能也。是以知言君子，不能无遗憾。"① 因而，李梦阳在《刻阮嗣宗诗序》中主张："夫三百篇虽逖绝，然作者犹取诸汉魏。"② 何景明于正德二年辞官还乡后，经过审慎的思考，也认为"古作必从汉魏求之"③，"盖自汉魏后而风雅浑厚之气，罕有存者"④，同时的康海也"崛起前明中叶之际，与李、何、王、边倡为古文汉魏诗歌，一时宗尚"⑤。古体法汉魏，近体宗盛唐，成为弘德诸子大体一致的趋向，而以汉魏古风之雄浑朴略、情质宛洽，扭转清新靡丽的时风，才是古学渐兴所注入文坛的崭新气象。

四 "宣志而道和"与古典诗学之本质

"夫诗宣志而道和者也"是对古学本义的阐述，也是理解《与徐氏论文书》的核心。就诗学渊源看，李梦阳的诗学是汉魏晋古典诗学的发展，综合了古典诗论中言志、缘情与感物的多重论述。他根据《乐记》与《诗品序》里"感物—动情"的创作机制，认为缘情宣志是万物之同情，是一切"活的生物"在与环境的互动中共通的感触与反应。所谓"情者，动乎遇者也"⑥，"夫吟者万物之共情也"⑦，"有情则吟，窍而情，人与物同也"，有了"遇者物也，动者情也"的触发，"音"就会生之于心而发之

---

① 李濂：《胡可泉集序》，胡缵宗《鸟鼠山人小集》卷首，《四库全书存目丛书》集部第 62 册，第 189 页。
② 李梦阳：《空同集》卷五〇《刻阮嗣宗诗序》，第 471 页。
③ 李淑毅等点校《何大复集》卷三四《海叟集序》，第 594 页。
④ 李淑毅等点校《何大复集》卷三四《汉魏诗集序》，第 593 页。
⑤ 张洲：《对山集后序》，贾三强、余春柯点校《康对山先生集》卷首，第 26 页。
⑥ 李梦阳：《空同集》卷五一《梅月先生诗序》，第 478 页。
⑦ 李梦阳：《空同集》卷五二《刻戴大理诗序》，第 485 页。

于情，衍生出"情遇则吟，吟以和宣，宣以乱畅，畅而永之，而诗生焉"①
的表达。其感物说受《乐记》影响最为明显。《乐记》以为：

> 乐者，音之所由生也，其本在人心之感于物也。是故其哀心感
> 者，其声噍以杀；其乐心感者，其声啴以缓；其喜心感者，其声发以
> 散；其怒心感者，其声粗以厉；其敬心感者，其声直以廉；其爱心感
> 者，其声和以柔。六者非性也，感于物而后动。（《礼记正义》卷三七
> 《乐记》，《十三经注疏》下册，第 1527 页）

《乐记》与《诗品序》的感物说微有不同。在《诗品序》里，由气及
物是第一动力，诗人受到春花秋月的触发，这应该称为"物感"。《乐记》
建构了以人心为主的"感物"，即作为主体的人，基于某种先在情绪借助
主体化了的意象来表达情志。《乐记》把这种先在情绪析为"哀心""乐
心""喜心""怒心""敬心""爱心"，统称为"人心"。如果说前者是审
美主义的，那么作为孔门要典，后者具有更深广的政治与伦理关怀。《乐
记》曰："凡音者，生于人心者也；乐者，通伦理者也。是故，知声而不
知音者，禽兽是也。知音而不知乐者，众庶是也。唯君子为能知乐。"② 虽
然"吟"是万物之共情，但禽兽之心、众庶之心与君子之心毕竟不同，因
而"知言"可析为三个层面，即知声、知音与知乐。"声"是自然之本能，
"音"是人心之所发，是"众庶"互相沟通和成长的始基；"乐"则是君
子之德，是人文化成的理想秩序。《乐记》把艺术表达建立在"人心"之
上，更建立在君子对德性的追求之上，这和孟子的知言养气说是相通的，

---

① 李梦阳：《空同集》卷五一《鸣春集序》，第 480 页。有学者指出，李梦阳关于情的论述
　可概括为"诗发乎情""情者动乎所遇者也""情感于遭故其言人人殊"三层面，认为他
　重真情，但"并未超出传统诗涉及的范围"（王运熙、顾易生主编《中国文学批评通
　史·明代卷》，上海古籍出版社，2007，第 11 页）。近来这一观点遇到了挑战，徐楠《明
　代格调派诗歌情感观再辨析——以考察该派对诗歌情感价值、限度的判断为中心》（《文
　学评论》2015 年第 3 期）认为李梦阳与复古派的诗学具有"真正合一""以正律真"的
　特点。
② 郑玄注，孔颖达等正义《礼记正义》卷三七《乐记》，《十三经注疏》下册，上海古籍出
　版社，1997，第 1528 页。

构成了李梦阳"音也者，愚智之大防"的基本理据。

李梦阳根据孟子学与《乐记》建构起"宣志而道和"的丰富内容。

第一，"血气心知"构成了"宣志而道和"的心理基础，这是其诗学的逻辑起点。在《结肠操谱序》里，李梦阳曾以琴士陈鳌之口，讲述了他对"情"的深刻见地：

> 天下有殊理之事，无非情之音，何也？理之言常也，或激之乖，则幻化弗测，《易》曰"游魂为变"是也。乃其为音也，则发之情而生之心者也。《记》曰"民有血气心知之性，而无哀乐喜怒之常，应感起物而动，然后心术形焉"是也。感于肠，而起音，罔变是恤，固情之真也。是故是篇也，鳌始鸣之琴也，泛弦流徵，其声噭以杀也，知哀之由生也。比之五音，黯以伤也，知其音商也。（《空同集》卷五一，第 475 页）

陈鳌为李梦阳《结肠篇》谱曲入声，引发了李梦阳深沉的感慨。其思考的基础根源于《乐记》。《乐记》曰："凡音者，生人心者也，情动于中，故形于声，声成文，谓之音。"[1] 因而李梦阳认为"其为音也，则发之情而生之心者也"，人心是情与音的起点，情志的外化构成了音乐的质地。由此，李梦阳推知，诗章亦是情的展现，他说："予为是篇也，长歌当哭焉矣。知其思索以悲，切别恋离，若逐臣怀沙，迷弗知其所之，然不知其些之犹楚也；知其情萧焉瑟焉，若回风陨叶，寒蝉暮聒，然不知其音商也；知其抒哀焉已矣，而不知其声噭以杀也。是故声非琴不彰，音非声何扬，诗非音，人其文辞焉观矣。"[2] 音乐激活了李梦阳内心沉睡的感情和生命力，使他深悟诗理。问题在于人心何谓？在该篇中，李梦阳特别引用《乐记》中关于"血气心知"的论述，以"血气心知"构成"哀乐喜怒"的质地。在《空同子》里，李梦阳还认为"血气"是道心的基础："道心者，借血气行者也。"[3] 众所周知，在理学里，道心为性，是绝对天理的显

---

① 郑玄注，孔颖达等正义《礼记正义》卷三七《乐记》，《十三经注疏》下册，第 1527 页。
② 李梦阳：《空同集》卷五一《结肠操谱序》，475 页。
③ 李梦阳：《空同集》卷六六《论学上篇第五》，第 611 页。

现，与血气心知的感性体验背道而驰。而李梦阳以"血气"为道心之基础和动力，肯定自然体质与道德能力的关联性。事实上，"血气心知"是"万物之共情"，是情感力量的源泉，是李梦阳一切思考的逻辑起点。这一点力反宋学，显示了李梦阳独辟蹊径的人性考量。因而，其《结肠操谱序》嘲弄了宋学之"理"，认为理是虚妄的，情是真实的、丰富的。事实上，只有有血性和生命张力的作者才能写出感发人心的作品。"血气心知"是人性始基，也是创作动力。以此为基础，缘情说才有其本质意义。

第二，"宣志而道和"以"因义抒情"为内涵与边界。《送杨希颜诗序》这样概括古学的精义："夫歌以永言，言以阐义。因义抒情，古之道也。"① "义"构成了抒情诗学的边界，为其道德理想主义诗学的主体内涵。作为古学中的激进派，李梦阳综合言志与缘情的传统，其诗学本质上符合儒家诗教的导向。他这样定义志的意义："志者，完美而定情者也。夫琴之言禁也，所以遏邪而宣和者也。……志以向之，犹足警寓以彰类。"② 他还这样解释情的意义："情者，性之发也。然训为实，何也？天下未有不实之情也，故虚假为不情。"③ "德者，所以为风者也；情者，所以流德者也。"④ 有这样的志与情，就有这样的文学观念："夫诗者，人之鉴者也。""诗者，风之所由形也。故观其诗以知其政，观其政以知其俗，观其俗以知其性，观其性以知其风。于是彰美而瘅恶，湔浇而培淳，迪纯以铲其驳，而后化可行也。"⑤ 李梦阳认为"天下未有不实之情"，要求文学"言弗暌志"，抒情写"实"。因而，他在《诗集自序》中说："故真者，音之发而情之原也，非雅俗之辩也。"⑥ 其"因义抒情"就是要排斥一切虚假之情，言志合一。在此基础上，更应发挥"警寓以彰类""彰美而瘅恶"的道德功能，展现"真""美""淳""纯"的诗学品质。

第三，"宣志而道和"以"中和"为其美学品格。李梦阳认为："声

---

① 李梦阳：《空同集》卷五二《送杨希颜诗序》，第484页。
② 李梦阳：《空同集》卷五三《琴峡居士序》，第497页。
③ 李梦阳：《空同集》卷六六《论学上篇第五》，第614页。
④ 李梦阳：《空同集》卷五一《观风河洛序》，第481页。
⑤ 李梦阳：《空同集》卷四九《观风亭记》，第462页。
⑥ 蔡景康选编《明代文论选》，人民文学出版社，1993，第102页。

言直，音言曲，乐言律。直者单而粗者也，音者方而文者也，律者比而谐者也。"① 他的诗学以"人心"为创作的本质力量，以"音"为批评依据，以"乐"为理想境界。在音的层面上，"真者，音之发而情之原也"，"音也者，愚智之大防"；在乐的层面上，"惟君子而后知乐"②。乐律要"比而谐"，所以李梦阳提倡以比兴手法书写温柔敦厚的情思，认为："古之人之欲感人也，举之以似，不直说也；托之以物，无遂辞也。"③ "难言不测之妙，感触突发，流动情思，故其气柔厚，其声悠扬，其言切而不迫，故歌之心畅而闻之者动也。"④ 诗发乎情止乎礼义，贯注着真挚的情感力量，形成悠扬柔厚的格调，具有中和的道德感染力。李梦阳在后期的《驳何氏论文书》里仍坚持标榜中和之义。他说："柔澹者思，含蓄者意也，典厚者义也。高古者格，宛亮者调，沉着雄丽，清峻闲雅者，才之类也，而发于辞。辞之畅者，其气也。中和者，气之最也。"⑤ 李梦阳提倡的柔澹、含蓄与典厚诸义不应被片面解释为风格，而应被视作生命情志或道德情怀的中和呈现。一般而言，人之"才"不同，因而风格是多样的，或沉着雄丽，或清峻闲雅。但是，柔澹、含蓄与典厚"非雅俗之辩也"，"非徒言者也"，本质上是情、思、意、气等生命或道德情怀的展开方式。这种情怀并不依托于宋明理学的天理阐释，而是发源于生命元气，以中和为内涵，借助比兴的方法，表现为健康朴茂的自然情思与人性美。

第四，"宣志而道和"以"同体之义"为价值归依。李梦阳的"宣志而道和"表达的是作者超越小我、达于大观的生命气象。在《四友亭赋》小序里，李梦阳说："夫物有情契，事有偶同。人有大观，气有流通，故一本而视，同体之义存焉。体物著用，因心之懿宣焉。"⑥ 基于真情的"体物著用"是其诗学的基本趋向，而"同体之义"是其创作的重要特质。既

---

① 李梦阳：《空同集》卷六五《物理篇第三》，第 604 页。
② 《乐记》曰："唯君子为能知乐。"（《礼记正义》卷三七《乐记》，《十三经注疏》下册，第 1528 页）李梦阳《物理篇第三》引作："惟君子而后知乐。"（《空同集》卷六五，第 604 页）
③ 李梦阳：《空同集》卷五二《秦君饯送诗序》，第 483 页。
④ 李梦阳：《空同集》卷五二《缶音序》，第 483 页。
⑤ 李梦阳：《空同集》卷六二《驳何氏论文书》，第 575 页。
⑥ 李梦阳：《空同集》卷三《四友亭赋》，第 30 页。

然吟者是"万物之共情",那么"和"即承载着万物同体的生命力量。李梦阳的诗歌无论抒写个体情志还是国家兴衰,都感慨激切,真情迸发,把视线投向国事民瘼,少自私自怜之叹。这种一本同体之"大观",与张载的气论息息相关,李梦阳在该序的最后说:"矧吾一气也。乾父坤母,物不吾异也哉!"如果说李梦阳的诗学起点是《乐记》,那么其诗学终点就是《西铭》,这使得他与李东阳的诗学观点颇为不同。李梦阳谨慎地和宋明理学保持距离,他批评"理"的虚妄,认同"气"的大观,因而他对道心别有体会:"道心者,借血气行者也。"

五 徐李之交和对汉魏古诗的价值重估

徐祯卿是古学渐兴时期李梦阳最重要的唱和者。一般认为,徐祯卿登第后,与李梦阳交游,"始大悔改"[1],"悔其少作"[2],"每闻品论,辄终夜不寝,以思改旧矩,可谓奋厉焦苦矣"[3]。这种影响当属事实,但徐李的诗学交往并不是单向度的授受。黄鲁曾《徐祯卿传》谈到李梦阳"品论"的具体内容。他说:"(徐祯卿)二十七举进士,李梦阳倾盖,见二书曰:'《谈艺》之文,起驾六朝,而《叹叹集》则气格卑弱,若出二人手。'"[4]他认为李梦阳对徐祯卿《叹叹集》持批评态度,对《谈艺录》则充分肯定。这一描述是有依据的。在弘治十八年所作的《徐迪功别稿叙》里,李梦阳明确说:"予见昌谷《谈艺录》及古赋歌颂,谓其有自得之妙。及览斯稿,顾殊不类。"[5]徐祯卿去世后,李梦阳又在《徐迪功集序》里说:"《谈艺录》备矣。夫追古者未有不先其体者也,然守而未化,故蹊径存焉。"[6]他坚持其对理论与创作的双重批评。那么,在理论上臻于完备的

---

① 王世贞:《艺苑卮言》卷六,丁福保辑《历代诗话续编》,中华书局,2006,第1045页。
② 钱谦益:《列朝诗集小传》上册,第301页。
③ 黄省曾:《寄北郡宪副李公梦阳书》,李梦阳《空同集》卷六二,第580页。
④ 黄鲁曾:《徐祯卿传》,徐祯卿著,范志新编年校注《徐祯卿全集编年校注》附录五《传记志文》,第880页。
⑤ 李梦阳:《徐迪功别稿叙》,徐祯卿著,范志新编年校注《徐祯卿全集编年校注》附录四《序跋著录》,第846页。
⑥ 李梦阳:《空同集》卷五二《徐迪功集序》,第482页。

《谈艺录》对复古诗学的建构有何种意义，就是古学渐兴过程中必须直面的问题。

《谈艺录》作于徐祯卿弱冠之年，① 其论述范围上起帝尧之《卿云》，下迄魏晋，无一语及于晋室东渡之后，为汉魏诗学的发覆之作。胡应麟于此颇有卓见，他说："严羽卿论诗，六代以下甚分明，至汉、魏便鹘突。……昌谷始中要领，大畅玄风。"（《诗薮》内编卷一，第28页）严羽曾以为"汉魏晋与盛唐之诗则第一义也"，但于汉魏古诗的美学品格语焉不详，只说："汉魏尚矣，不假悟也。""词理意兴，无迹可求。"② 令人一头雾水，不知所云。明兴以来，汉魏古诗似未引起广泛重视，如李东阳感叹："今之为诗者，能轶宋窥唐，已为极致。两汉之体，已不复讲。"③ 所以，弘治十八年，徐祯卿携《谈艺录》进京，激起了复古派诗人的共鸣。首先是李梦阳在《与徐氏论文书》中明确表示"三代而下汉魏最近古"。这无疑是对《谈艺录》的积极回应。至正德二年，何景明也在《海叟集序》中写道"古作必从汉魏求之"④。从时序上看，认为何景明对汉魏诗的领悟受到徐李相关论述的影响，应不为过。

《谈艺录》认为："魏诗门户也，汉诗堂奥也。入户升堂，固其机也。"⑤ 徐祯卿对汉魏古诗的要领进行了抉发，包括以情为本的本源论、由质开文的文质论、因情立格的文体论等，大都与李梦阳的诗学观点枘凿相契，桴鼓相应。

以情为本，是李梦阳诗学的核心内容。徐祯卿对此亦有独到之见解。他说："凡厥含生，情本一贯，所以同忧相瘁，同乐相倾者也。"⑥ 亦以一

---

① 徐缙《〈迪功集〉跋》："初昌谷甫弱冠，游郡庠，即工古文词，知所向往。《谈艺录》其一也。"（徐祯卿著，范志新编年校注《徐祯卿全集编年校注》附录四《序跋著录》，第846页）吴中古文辞运动起源较早，邸晓平《明中叶吴中古文辞运动简论》（《北京科技大学学报》2011年第2期）认为："吴中地区的古文辞运动是弘治二年开始的，从时间上看，京师地区的以李梦阳为首的复古运动则稍后于此。"
② 严羽著，郭绍虞校释《沧浪诗话校释》，人民文学出版社，2005，第12、148页。
③ 李东阳撰，周寅宾校点《李东阳集·文稿》卷八《镜川先生诗集序》，第2册，第483页。
④ 李淑毅等点校《何大复集》卷三四《海叟集序》，第594页。
⑤ 徐祯卿著，范志新编年校注《徐祯卿全集编年校注》卷六《谈艺录》，第762页。
⑥ 徐祯卿著，范志新编年校注《徐祯卿全集编年校注》卷六《谈艺录》，第764页。

切"含生"的真情感发为诗学之根底，在此基础上，徐祯卿对情思之生成与文学创作的关系加以系统地论述：

> 情者，心之精也。情无定位，触感而兴，既动于中，必形于声。故喜则为笑哑，忧则为吁戏，怒则为叱咤，然引而成音，气实为佐，引音成词，文实与功。盖因情以发气，因气以成声，因声而绘词，因词而定韵，此诗之源也。然情实眇渺，必因思以穷其奥；气有粗弱，必因力以夺其偏；词难妥帖，必因才以致其极；才易飘扬，必因质以御其侈。此诗之流也。（《徐祯卿全集编年校注》卷六《谈艺录》，第 760 页）

在理学家的话语里，情是"心之动"，或是"心之用"，必须"合乎性"才能得性情之正。但在文学家的话语里，情是"心之精"，是生命的质地、写作的中枢，"情无定位，触感而兴"，所以喜怒哀乐，因声成文。这里创作被细化为一种生命的流程："情"借助"气"，引而成"音"；音借助"文"，敷衍成"词"。写作从情发端，经过气、声（音）、词、韵等一系列创作要素与步骤，实现情感的文本化和形象化。这是创作的本质进程。此外，还需要以思、力和才质为助缘，实现创作过程的平衡。他把这一创作体验称为"精神之浮英，造化之秘思"。

无独有偶，李梦阳在弘正之际的几篇文章里阐述了以情为本的多要素论，《潜虬山人记》与《缶音序》是李梦阳的早期作品，[①] 后者对诗歌作了如下定义：

> 夫诗，比兴错杂，假物以神变者也。难言不测之妙，感触突发，流动情思，故其气柔厚，其声悠扬，其言切而不迫，故歌之心畅，而闻之者动也。（《空同集》卷五二，第 483 页）

---

① 李梦阳《潜虬山人记》是为余育作，其中说："山人年五十余耳，发须皤尽矣。"（《空同集》卷四八，第 453 页）而张旭《梅岩小稿》卷二八《钝斋处士余君墓表》作于正德元年前后，时余育"年几六十"（《四库全书存目丛书》集部第 41 册，第 271 页）。《潜虬山人记》又曰："夫山人名育字养浩，号邻菊居士，其父存修者，亦诗人也，有《缶音》刻行矣。"（《空同集》卷四八，第 454 页）谈及余存修之《缶音》，疑与《缶音序》的写作时间接近，当作于正德元年前后。

　　李梦阳以"情"为动力，衍生出气、声、言这三种创作要素。相当于徐祯卿"因情以发气，因气以成声，因声而绘词"的"诗之源"。其中"感触突发，流动情思"即徐祯卿所谓的"触感而兴"，甚至是徐氏所说的"朦胧萌拆，情之来也；汪洋漫衍，情之沛也；连翩络属，情之一也"①，也可视为"流动情思"的一个注脚。在《潜虬山人记》里，李梦阳说："夫诗有七难：格古调逸，气舒句浑，音圆思冲，情以发之，七者备而后诗昌也。然非色弗神。"② 可以分为三个层面：第一层面是"情"，是诗的基础与发动中枢；第二层面是格、调、气、句、音、思六要素；第三层面是色。李梦阳没有像徐祯卿一般把诸生命要素具体化为创作过程，但其以情为本的多要素论与徐祯卿的论述方式仍然有相似之处。

　　陆机《文赋》不仅提出缘情说，也曾对创作心理过程加以细致描述。徐祯卿的创作论显然受到《文赋》的影响。但他仍然尖锐地批评了陆机的文学思想，说"'诗缘情而绮靡'，则陆生之所知，固魏诗之查秽耳"③，认为陆机对"绮靡"的强调，背离了汉魏诗歌的精神。徐祯卿认为："夫本盛则末繁，枝披则叶散，滋蔓永久，则纠错纷纭而不可绪焉。"④ 因而，若本质不清，是极危险的。如果本末颠倒，认贼作父，则"其敝也不可以悉矣"。他据此把诗歌的发展分为"由质开文"、"文质杂兴"和"由文求质"三个阶段，分别对应古诗、魏诗和晋诗，认为陆机的"缘情绮靡"说，助长了舍本逐末的风气。

　　诗歌要"文质彬彬"，关键在主体的质性。班固《白虎通义》曾说："事莫不先有质性，后乃有文章也。"⑤ 徐祯卿认为，这种质性表现为忠厚的德性之美。他说：

　　　　夫词士轻偷，诗人忠厚，上访汉魏，古意犹存。故苏子之戒爱景光，少卿之厉崇明德，规善之辞也；魏武之悲东山，王粲之感鸣鹤，

① 徐祯卿著，范志新编年校注《徐祯卿全集编年校注》卷六《谈艺录》，第 767 页。
② 李梦阳：《空同集》卷四八《潜虬山人记》，第 453 页。
③ 徐祯卿著，范志新编年校注《徐祯卿全集编年校注》卷六《谈艺录》，第 762 页。
④ 徐祯卿著，范志新编年校注《徐祯卿全集编年校注》卷五《东鲁韩氏世谱序》，第 751 页。
⑤ 陈立撰，吴则虞点校《白虎通疏证》卷八《三正》，上册，中华书局，1994，第 368 页。

子恤之辞也；甄后致颂于延年，刘妻取譬于唾井，缱绻之辞也；子建言恩何必衾枕，文君怨嫁愿得白头，劝讽之辞也。究其微旨，何殊经术。作者蹈古辙之嘉粹，刊侻靡之非轻，岂直精诗，亦可以养德也。（《徐祯卿全集编年校注》卷六《谈艺录》，第770页）

"诗人"和"词士"不可混淆，前者是"古辙之嘉粹"，由质开文，其性忠厚，其辞缱绻，其旨在于规善、子恤、劝讽，是"古意"的守护者；后者"侻靡之非轻"，由文求质，流于轻偷，"其敝也不可以悉矣"。因而，诗人之微旨与"经术"不异，"精诗"可以"养德"，创作应当"法经而植旨，绳古以崇辞"。这里说得很明白，何谓"汉魏古意"？一言以蔽之，忠厚而已。徐祯卿以屈原为"忠厚"的典则，他"闵原之含忠陨郁"①，认为屈原之文"丽而不淫，哀而不怨，盖无恶焉。及诵司马长卿之言，靡丽浩荡，不可穷矣，虽绝特之观，非盛世之所见也"②。这种论述与李梦阳的"因义抒情"是一致的。李梦阳《徐迪功别稿叙》曰："古者考德以言，文者言之华也。斯殆以自考乎？"他认为徐祯卿《谈艺录》"有自得之妙"，但认为《徐迪功别稿》"殊不类"，便建立在这一"考德以言"的基础之上，即《谈艺录》以汉魏古意为宗，由质开文，微旨忠厚；《徐迪功别稿》则由文求质，流于侻靡。

李梦阳和徐祯卿在诗学渊源上仍有微妙的差异。李梦阳"宣志而道和""因义抒情"的诗学，基于孟子与《乐记》的儒家文艺批评。《谈艺录》的理论基础是六朝诗学——陆机、刘勰和钟嵘。刘凤以为："《谈艺》之作，出钟嵘矣。吴之文自昌谷始变而为六代。"③ 钟嵘《诗品》是通史之作，徐祯卿《谈艺录》乃断代之体，后者断自汉魏以前，主情尚质，宗经厚德，重视艺术生成的过程与美感，而致力于诗学的返古溯源。其"宗经"之说也可能受到《文心雕龙》的影响。因此，李梦阳虽然对徐祯卿的

---

① 徐祯卿著，范志新编年校注《徐祯卿全集编年校注》卷四《反反骚赋序》，第635页。
② 徐祯卿著，范志新编年校注《徐祯卿全集编年校注》卷五《与李献吉论文书》，第697页。
③ 刘凤：《徐祯卿传》，徐祯卿著，范志新编年校注《徐祯卿全集编年校注》附录五《传记志文》，第878页。

创作颇有微词，但对《谈艺录》无一言抨击。他们在"汉魏古意"上的相互印证，同声相应，澄清了古学的特殊内涵与理论基础。

综之，"古学渐兴"是复古诗学生发、抉择、融通和自我澄明的过程。如果说古学分化时期的诗学以李何之争为中心，那么，"古学渐兴"的诗学应以李、徐为中心，这一时期徐祯卿和李梦阳的诗学交往建构了古学的核心要义。通过对李、徐诗学的考察，我们可以对古学的原初意义加以初步总结，如以汉魏古意为典范，以宣志道和或因义抒情为内涵，以考德以言为批评标准，提倡比兴和忠厚，反对直陈和靡丽，重质尚实，要求言志合一等。其中汉魏古意是载体，宣志道和、因义抒情是其要义。这些原则衡之何景明和康海等亦应不会有太大出入。他们对汉魏古意的抉发建构了复古文学的共识，也使得复古派与茶陵派的区别变得更为显豁。但到了李何之争，李梦阳愈辩愈远，归纳出了抽象的"法式"概念，古学的原初意义反而变得模糊了。① 笔者以为，"法式"这一概念并未曾出现在李梦阳的任何早期文献中，也不能充分展现"宣志而道和"的古学要义，将其视为李梦阳诗学的核心范畴，是可以商榷的。

（责任编辑：马昕。本文原刊于《文学遗产》2019 年第 3 期）

---

① 事实上，已经亡佚的《与何氏论文第一书》可能是以此为主题的。何景明《与李空同论诗书》曰："空同贬清俊响亮，而明柔澹、沉着、含蓄、典厚之义，此诗家要旨大体也。"（《何大复集》卷三二，第 574 页）此柔澹之义应理解为宣志道和的"汉魏古意"，是超越"沉着雄丽""清峻闲雅"等风格论述的古典美学精神。

从"诗之观人"说看李梦阳的
文学思想[*]

孙学堂[**]

内容提要 李梦阳《林公诗序》强调诗可以"观人",表现的是重道德事功而非抒情审美的倾向。此论固与评论对象即林俊其人其诗有关,却也是李梦阳本人深信不疑的观念。他以"作人"自负,在出任江西提学副使之后却遭遇信任危机,强调"诗之观人"也有向世人剖白自我的意味。明代许多人在"观人"的意义上论说儒家"诗可以观"的命题,李梦阳之说在尚质复古方面与前人相同,而强调"心端""气健",则表现出其文学思想的时代性。从强调"诗可以观"来看,李梦阳重视社会参与,并非宣扬"形式方面的复古"。李梦阳晚年的《叙九日宴集》将"观人"的讨论推及普通人,这是他嘉靖以来生活和心理走向平淡的写照,但离晚明追求个性自由的真情论仍然很远。

关键词 李梦阳 观人 诗可以观 复古

李梦阳正德末所作《林公诗序》强调"诗之观人",作于嘉靖四年(1525)的《叙九日宴集》则将此看法表述为"诗可以观"。自郭绍虞先生以来人们便经常征引其说,用以证明复古派不仅重格调,而且重"真

---

* 本文为国家社会科学基金一般项目"多视角下的明代文学复古研究"(项目编号14BZW061)成果。
** 孙学堂,山东大学文学院教授,著有《明代诗学与唐诗》等。

情"①。近来有人提出不同意见，举《林公诗序》以证李梦阳的"真情"其实是"以正律真"②。见仁见智，可见其说并不简单，且与李梦阳文学思想密切相关。

"观人"说在宋明诗论中早已融入"诗可以观"这一儒家诗学的经典命题，而李梦阳借此论述的重点与前人有同有异，他的《林公诗序》和《叙九日宴集》先后所谈也有差别。细致考察这一诗学命题，是透视李梦阳文学思想的一个窗口。

一 《林公诗序》重道德事功的诗论

《林公诗序》之所以被视为提倡"真情"，与开头的"设为问答"有一定关系。李梦阳读林俊诗，谓"予于是知诗之观人也"，林俊和李梦阳共同的友人、时任河南布政使的陈琳（号石峰）提出，作诗的人有可能说假话、装好人，谓："夫邪也不端言乎？弱不健言乎？躁不冲言乎？怨不平言乎？显不隐言乎？人乌乎观也？"③李梦阳则宣称，他可以穿透语义层面的"言"，准确探察作者的为人。他说：

---

① 郭绍虞《中国文学批评史》强调李梦阳诗论有"主情"的一面，征引《诗集自序》《林公诗序》《张生诗序》《叙九日宴集》等相关言论之后说，"由上文所引各文言之，简直可称为公安派的论调"（上海古籍出版社，1979，第344页）。蔡钟翔、黄保真、成复旺《中国文学理论史》引《林公诗序》前半部分，说"这段话反映出李梦阳对诗与情的关系的确有比前人更深的认识，因而对诗歌创作中的真情也比前人强调得更突出。他讲这段话的目的，正在于批判那些矫情之诗，强调'违心而言'就是诗的灭亡"（第3册，北京出版社，1987，第71页）。郑利华《前后七子研究》综括《林公诗序》和《叙九日宴集》，认为其说"是李梦阳从重诗人情感体验和表现真实性的求真诗学立场出发，去标立一种原则性的创作要求"（上海古籍出版社，2015，第121页）。

② 徐楠《明代格调派诗歌情感观再辨析——以考察该派对诗歌情感价值、限度的判断为中心》（《文学评论》2015年第3期）举《林公诗序》为例反拨说："从这段话中，确实也可析出'诗为情感的真实呈示'一类内涵。不过问题在于，李梦阳全文的中心意旨是否仅仅在此？即便有这一观念，他又是否对其予以价值上的自觉认可？""这篇文章的完整理路是：首先承认诗能够在客观上反映创作者情感、个性；继而表示，正因为诗具有无可置疑的反映功能，所以要想写出'辞端''气健''思冲''调平''情真'的好诗，就必须培养出如林公般合乎政教精神要求的情感、个性。"他认为格调说的情感论特点是"真正合一"或称"以正律真"。

③ 李梦阳：《空同集》卷五〇《林公诗序》，明嘉靖九年（1530）黄省曾序刊本，第5a页。

夫人动之志，必著之言。言斯永，永斯声，声斯律。律和而应，声永而节。言弗睽志，发之以章，而后诗生焉。故诗者，非徒言者也。是故端言者未必端心，健言者未必健气，平言者未必平调，冲言者未必冲思，隐言者未必隐情。谛情、探调、研思、察气，以是观心，无廋人也矣。故曰：诗者，人之鉴也。

此处用《尚书·尧典》"诗言志，歌永言，声依永，律合声"，论证诗虽最终表现于言辞（著之言），却并非就是言辞本身（非徒言），还包含着近于生命律动的永、声、律、节。意思是读诗不仅要看作者说了什么，而且还要推究他是怎样说的。李梦阳把这种探察细化到五个层面：情、调、思、气、心。并称之为"谛情""探调""研思""察气""观心"①。又列举出如下典型例子：

昔者相如之哀二世也，端矣，而忠者则少其竟；躬之为词也，健矣，而直者则咎其险；谢之游山，冲矣，而恬者则恶其贪；白之古风，平矣，而矜者则病其放；潘之闲居，隐矣，而真者则丑其伪。夫伪不可与乐逸，放不可与功事，贪不可与保身，险不可与匡主，言不竟不可与亮职，五弊兴而诗之道衰矣。是故后世于诗焉疑，诗者亦人自疑，雕刻玩弄焉毕矣。于是情迷调失，思伤气离，违心而言，声异律乖，而诗亡矣。

为了看得清楚，我们把他的评说列示如下（见表1）。

表 1　李梦阳评说

所举作品	探察角度	作品貌似	实得评判	缺陷（五弊）
司马相如《哀二世赋》	观心	心端	忠者则少其竟	不可与亮职

---

① 在我们看来，这五个层次分类标准并不统一，且有些混乱。"心"与"志"其实并无差别，李梦阳说"谛情、探调、研思、察气，以是观心"，说明他同样也将"心"视为比其他四者更高一阶的概念。"情"按他下文所举的例子，主要指归隐的情思，因而只是"心"或"志"的一种类型。只有"调""思""气"似可并列。

续表

所举作品	探察角度	作品貌似	实得评判	缺陷（五弊）
息夫躬《绝命词》	察气	气健	直者则咎其险	不可与匡主
谢灵运《山居赋》	研思	思冲	恬者则恶其贪	不可与保身
李白《古风》	探调	调平	矜者则病其放	不可与功事
潘岳《闲居赋》	谛情	情隐	真者则丑其伪	不可与乐逸

就表1 "实得评判"一项看，李梦阳的表述很容易让人想到王通《中说》对诗人的评价：

> 子谓文士之行可见。谢灵运小人哉，其文傲，君子则谨；沈休文小人哉，其文冶，君子则典……江总，诡人也，其文虚。皆古之不利人也。
>
> 或问陶元亮，子曰："放人也，《归去来》有避地之心焉，《五柳先生传》则几于闭关矣。"①

王通对作家人品与文品的判断主要停留在道德层面，显得很武断。相比之下，李梦阳是希望通过审度诗歌的情、调、思、气等艺术特质来完成对作者为人的把握。他自信这完全可行，因此说"诗者，人之鉴也"。但他所持的标准——"忠""直""恬""矜""真"，差不多都是道德标准；他给出的评判——"言不竟""险""贪""放""伪"则是功利和道德的评判。他对这些经典作品的评价其实都带有明显的功利性或道学气。不妨将他对司马相如和息夫躬的评价与朱熹作一比较。朱熹《楚辞后语》说：

> 盖相如之文能侈而不能约，能谄而不能谅。其《上林》《子虚》之作，既以夸丽而不得入于《楚词》；《大人》之于《远游》，其渔猎又泰甚，然亦终归于谀也。特此二篇，为有讽谏之意，而此篇（引者按：指《哀二世赋》）所为作者，正当时之商监，尤当倾意极言以窬

---

① 王通撰，王雪玲校点《中说》卷三《事君篇》、卷九《立命篇》，辽宁教育出版社，2001，第12、43页。

主听。顾乃低回局促，而不敢尽其词焉，亦足以知其阿意取容之可贱也。不然岂其将死而犹以封禅为言哉！

《绝命词》者，汉息夫躬之所作也。躬以变告东平王云祠祭祝诅事拜官封侯，而云坐诛死。后又数上疏论事，语皆险谲。竟以罪系诏狱，仰天大呼，绝咽而死。躬以利口作奸，死不偿责。而此词乃以发忠忘身，号于上帝。甚矣，其欺天也。特以其词高古似贾谊，故录之。而备其本末如此，又以见文人无行之不足贵云。[1]

朱熹和李梦阳的立足点都不是谈审美，朱熹谓司马相如"低回局促，而不敢尽其词"，李梦阳谓其"言不竟"，都是批评其不能尽文章应有的政治功能。朱熹不满《绝命词》乃是着眼于文章内容与作者精神不符，从这一角度谓之"欺天"，就文章而言则肯定其"高古似贾谊"。李梦阳评息夫躬谓"直者则咎其险"，似乎就是指朱熹所说的"数上疏论事，语皆险谲"，但他实际上把朱熹所论的不同内容混为一谈，尚不及朱熹的评价客观准确。其下文所谓"险不可与匡主"，显然也是针对息夫躬的"上疏论事"而不是就《绝命词》而言。可以说他批评息夫躬的着眼点不在文章，而在政治事功方面。

李梦阳所举的其他三例，其实都是脱离作品本身而论道德与事功。他谓李白《古风》"平矣，而矜者则病其放"，"矜"意谓庄重、谨慎，"放"是放达，"不可与功事"是说因放达而不能有事功建树，这是以儒家"三不朽"中的"立功"为评判标准论李白，与王通批评陶渊明"避地""闭关"的着眼点一样。不同的是，王通的结论基于陶诗之"言"——说出来的内容，而按李梦阳的说法，他是透过李白貌似"调平"的言说，而探察到他心中潜藏着的"放逸"。李梦阳论潘岳着眼于《闲居赋》的内容与其人格精神不符，说"伪不可与乐逸"，意谓潘岳不能真正体验闲居之乐。按李梦阳自己的说法，他也是透过潘岳言说蕴含隐逸之情的作品，谛其情而知其情非真隐，故说"隐言者未必隐情"。论谢灵运也一样，他宣称是透过《山居赋》冲和淡泊的言说，看出谢客为人之"贪"，人贪则"不可与保

---

[1] 朱熹：《楚辞后语》卷二、卷三，《楚辞集注》，上海古籍出版社，1979，第233、245页。

身"。

如果李梦阳不知李白、潘岳、谢灵运之为人，仅凭其"平""隐""冲"的言辞，他能够判断出他们的为人如何吗？朱熹评李白说："李太白诗不专是豪放，亦有雍容和缓底，如首篇'大雅久不作'，多少和缓！"又说："李太白诗非无法度，乃从容于法度之中，盖圣于诗者也。"[①] 连朱子都认为"和缓""从容于法度"的文本，李梦阳如何是探察出"放"的人格的呢？我们不能不怀疑，李梦阳虽然标榜"谛情、探调、研思、察气，以是观心"，但真实的情况是，他并没有从作品本身去体会作者精神，而是仍然采用知人论世的方法，且他的知人论世主要不是去解释作品何以如此，而是拿对作者人格的理解来评判作品，实际是认定一切作品都无法脱离作者恒定的人格精神。这其实是一种轻视甚至否定感性情思、把人格精神绝对化的倾向。人的精神活动是复杂的，潘岳、谢灵运固然热衷权势，却未必不会在特定时候出现真挚的归隐之思与热爱自然之情。因为他们热衷权势就断定他们写归隐之思、自然之情的作品是"伪"或"贪"，实在很武断。

尤其要注意，李梦阳说的"五弊兴而诗之道衰矣"，"五弊"指"伪""放""贪""险""言不竟"，这实际是创作者为人的问题，与此相应的结果是作者不能"乐逸""功事""保身""匡主""亮职"，即人与文学在社会生活中不能承担儒家认定的相应角色。在李梦阳看来，这是诗道"衰"和"诗亡"的原因。序中固然说"情迷调失，思伤气离，违心而言，声异律乖，而诗亡"，即"矫情"或"言不由衷"导致"诗亡"，但其根本原因还在于作者为人之"五弊"。

由此可以说，《林公诗序》以道德事功为标准衡量诗人与诗歌，其论与王通《中说》评价诗人的道德论实质相近，而不是重情感、重审美的诗论。

二　林俊其人其诗

林俊（1452—1527）字待用，成化十四年（1478）进士，成化末任刑

---

① 黎靖德编，王星贤点校《朱子语类》卷一四〇，第 8 册，中华书局，1986，第 3325～3326 页。

部郎官时上疏请斩妖僧继晓、罪中贵梁芳，触怒宪宗而被谪，弘治、正德间历任按察副使、布政使、都御史巡抚等职，"禀忠义之资，负刚大之气，而能充以问学，发之文章……忘身犯难，不恤艰险，而屡乞闲退，恬于利禄，持正抗直，始终一节，士论高之"①。李梦阳在序中称赞他说：

> 道以正行，标古而趋，有其心矣；行以就政，执义靡挠，有其气矣；政以表言，嚣华是斥，有其思矣；言以摅志，弗侈弗浮，有其调矣；志以决往，遁世无悔，有其情矣。

又称从他的诗中"观"得的是：

> 其进也有亮职之忠，匡救之直，有功事之敏；而其退也，身全而心休也。

显然是把他视为进退得宜、合乎理想的人格典范。

林俊虽出李东阳之门，而其文"奇崛博奥，不沿袭台阁之派"，"其诗多学山谷、后山两家，颇多隐涩之词，而气味颇能远俗"②，从审美风貌说，属于李梦阳所不喜的宋型诗风。而李梦阳此序却从"诗之观人"的角度将其视为典范，这难道仅仅是应酬之词吗？林俊自正德六年（1511）致仕乡居，至此已经十年。对一位退休的贤达，如此应酬有何必要？且就李梦阳之个性而言，也不会做这样的违心应酬。那么答案只有一个：在李梦阳看来，为人比诗艺更重要。后来他评杨一清诗，谓"虽唐宋调杂，今古格混，瑜瑕靡掩，轨步罔一，然所谓千虑一失者也"③，在他看来，风格声调上的"不纯"是次要的。清人叶燮《原诗》说："自不读唐以后书之论出，于是称诗者必曰唐诗，苟称其人之诗为宋诗，无异于唾骂。"④ 叶燮认

---

① 郑岳撰，郑炫编《山斋文集》卷一四《故荣禄大夫太子太保刑部尚书见素林公行状》，《景印文渊阁四库全书》第 1263 册，台湾商务印书馆，1986，第 89 页。
② 纪昀等：《钦定四库全书总目》（整理本）卷一七一，下册，中华书局，1997，第2305 页。
③ 李梦阳：《空同集》卷六二《奉邃庵先生书》（其七），第 7a 页。
④ 叶燮：《原诗》卷一《内篇上》，王夫之等《清诗话》下册，上海古籍出版社，1963，第567 页。

为这是李梦阳影响之下的风气。① 其实李梦阳在艺术上虽然不喜宋诗，却远未将宋型诗风视为洪水猛兽而一概排斥。

邵宝《见素先生诗集后序》对林俊诗的看法，可帮助我们理解李梦阳的出发点。他说：

> 世有诗人之诗，有非诗人之诗。非诗人之诗而才情、风致、音调、格律皆诗人也，则谓之诗人也亦宜。曷为而谓之非诗人之诗也？有所重焉者在尔。《七月》，周公之诗也；《卷阿》，召公之诗也。说者谓万世法程在是。《离骚》，屈原之诗也，说者谓风雅再变，为后世词赋之祖。然千载而下，称周公者曰圣，称召公者曰贤，称屈原者曰忠，而不曰诗人，有所重焉者在，则不敢以所轻者加之。②

在他眼里，称圣贤忠义之士为"诗人"便是看轻了他们，他们的诗无论如何好，也毋宁称之为"非诗人之诗"。李梦阳倒没有这样轻视诗人，但他将失落理想人格的诗视为"雕刻玩弄"，视为诗之衰、诗之亡。在他看来，只有表现理想人格的诗才能称作真正的诗。由此可以说，李梦阳论诗树立了一个很高的标准：没有进退从容、光明俊伟的人格就没有资格谈诗道，作诗的要义首先在于做人。毫无疑问，这不是以"文学"或"艺术"为本位的论诗标准，更不是长期以来研究者所说的重"真情"的观点。

三　《林公诗序》的"潜台词"

李梦阳固然反对虚假，不喜"文其人无美恶皆欲合道传志"③，但这并

---

① 《原诗》开篇论诗歌盛衰时说："如明李梦阳不读唐以后书，李攀龙谓唐无古诗……自若辈之论出，天下从而和之，推为诗家正宗，家弦而户习……而诗道遂沦而不可救。"（王夫之等《清诗话》下册，第 565 页）

② 邵宝：《容春堂集·续集》卷一二《见素先生诗集后序》，《景印文渊阁四库全书》第 1258 册，第 591 页。

③ 李梦阳《论学》："古之文，文其人如其人便了，如画焉，似而已矣，是故贤者不讳过，愚者不窃美。而今之文，文其人无美恶皆欲合道传志，其甚矣。是故考实则无人，抽华则无文。故曰：宋儒兴而古之文废。或问何谓，空同子曰：'嗟，宋儒言理，不烂然欤？童稚能谈焉，渠尚知性行有不必合邪？'"（李梦阳：《空同集》卷六六，第 604 页）

不意味着他倡导"抒写真情"。他的人生志趣及"真情"论实际上充满了儒家正统色彩。

李梦阳直言敢谏、不惧权贵的风骨气节与林俊相似。其平生大事可记者主要是几次入狱，尤其是孝宗末年上疏痛陈"二病""三害""六渐"，作为一个户部郎官慷慨论天下利病，若没有以天下为己任的胸襟志气，这样的"匡主"直言是难以想象的。正德初，他与户部尚书韩文谋除刘瑾，并起草奏章，虽因种种变故事终未济，却可以说明他"有功事之敏"。正德十年（1515）他写给杨一清的信说：

> 勘官……移文各府县廉我阴事，某自保曾参决不杀人，料亦无事可廉也。即有之，不过害我作官耳。彼既不能害我作人，他非所忧矣。某自沾余馥以来廿年于兹矣，恒惧玷点名教，忝违训旨。每以不欺师君实，不以死生富贵动心法希文，而揽辔澄清则欲效孟博之为。①

司马光字君实，范仲淹字希文，范滂字孟博，李梦阳自称以他们为榜样。司马光说："古之王者不欺四海，霸者不欺四邻，善为国者不欺其民，善为家者不欺其亲。"②"不欺"则心地坦荡，行事光明。欧阳修称范仲淹"少有大节，于富贵贫贱、毁誉欢戚，不一动其心，而慨然有志于天下"③。不动心则不为名利所诱，不惧权势之高压。范滂"登车揽辔，慨然有澄清天下之志"④。欲效范滂，表明他有强烈的社会责任感。这样的人生追求，与林俊并无差别。李梦阳把自己在江西提学任上的作为称作"振纪纲，慑权贵，兴礼教，作士气，起废举坠，拔冤伸枉，植善锄强"⑤，这就是他的"亮职之忠"。其《答左使王公书》说：

---

① 李梦阳：《空同集》卷六二《奉邃庵先生书》（其一），第 2a 页。
② 司马光编著，胡三省音注《资治通鉴》卷二，第 1 册，中华书局，1956，第 48 页。
③ 欧阳修著，李之亮笺注《欧阳修集编年笺注》卷二〇，第 2 册，巴蜀书社，2007，第 169 页。
④ 范晔撰，李贤等注《后汉书》卷六七《党锢列传》，第 8 册，中华书局，1965，第 2203 页。
⑤ 李梦阳：《空同集》卷六二《奉邃庵先生书》（其一），第 2b 页。

> 尝自负丈夫在世，必不以富贵死生毁誉动心，而后天下事可济
> 也。于是义所当往，违群不恤。豪势苟加，去就以之。①

不以一己之利害动心，才能勇于担当天下大事，出处进退便无所迟疑，这便是李梦阳自信、自负的"作人"原则。嘉靖初进士江以达"最慕李献吉之为人"，王慎中称"其豪毅敢决，临以威武刑祸而益峻，大略相类"②，可见后辈对李梦阳为人的认同。

鉴于此，绝不能把李梦阳视为一个重情感体验和艺术个性的才子诗人，不可以在"纯文学"的意义上考察他的诗论。

《林公诗序》作于正德十五年（1520）末或十六年（1521）初。③ 从正德九年（1514）李梦阳罢职闲住，至此在大梁赋闲已经七年。他的匡主之直、亮职之忠、功事之敏，除了有可能在史册上著录一笔外，也只有自己在回忆中慢慢品味。如果此后没有起复的机会，他所能做的只有"身全而心休"一条了。知天命之年的他感叹"自信右军非墨客，谁言高适是诗人"（《辛巳元日》），内心何曾以纯粹的诗人自命！就林俊诗提出"诗之观人"的命题，似乎也在向世人表明，他自己虽然以诗文名世，多年放浪林野，但并不希望世人仅把他看成一个诗人或文人。他的诗表现着他的为人，表现着他不同于雕章刻句之"诗人"的素质。

值得注意的是，以"作人"自负的李梦阳多年来一直面临"信任危

---

① 李梦阳：《空同集》卷六二《答左使王公书》，第 10b~11a 页。
② 王慎中：《遵岩集》卷二〇《江午坡先生哀辞》，《景印文渊阁四库全书》第 1274 册，第 494 页。
③ 陈文新先生将该序系于正德十六年，见《中国文学编年史·明中期卷》（湖南人民出版社，2006，第 11 页）。李梦阳《奉林公书》谈及他接受林俊邀请为其诗集作序，开篇云"愚生也晚，不幸不获侍公"，可知这是两人初次正式通信。又说"私幸溉公之余波，凡闻公一言一行，真如睹景星、瞻乔岳"，可见李梦阳对林俊十分景仰。信中说到"石峰藩使克日北行，有童南返"，"石峰藩使"就是《林公诗序》中提到的"石峰陈子"，名琳，字玉畴，号石峰，与林俊同为莆田人，正德十年四月由山东按察司副使升任河南布政司右参政，十五年十一月升广东右布政使。李梦阳称之为"藩使"，盖陈琳已得到升任布政使的消息，因此北行至京，同时有家童南返莆田，可以为林俊带信。李梦阳《咏怀六章》首章云"南伐经年驾北还"，指武宗"亲征"宁王朱宸濠"南巡"，自正德十四年（1519）八月始，至十五年十二月抵京。诗又云"花明合殿春开扇，柳引千官晓复班"，写春日之景，若与《林公诗序》作于同时，则当系于正德十六年春，武宗去世之前。

机"。他与江西官场抵牾，被系广信狱，尽管他对自己行事的正义性十分自信，并在江西生员中获得了广泛支持，但其处事绝非无可议之处。《明史·郑岳传》载："宸濠夺民田亿万计，民立砦自保。宸濠欲兵之，岳持不可。会提学副使李梦阳与巡按御史江万实相讦，岳承檄按之。梦阳执岳亲信吏，言岳子浥受赇，欲因以胁岳。宸濠因助梦阳奏其事，因掠浥。巡抚任汉顾虑不能决，帝遣大理卿燕忠会给事中黎奭按问。忠等奏勘岳子私有迹，而梦阳挟制抚、按，俱宜斥。"李梦阳为挟制郑岳采取一定的办法或许说明他有"功事之敏"，但其手段却并不光彩。郑岳也以风节著称，史称："郑岳等居官，历著风操。箴主阙，抑近幸，本末皆有可观。斤斤奉职，所至以治办闻，殆列卿之良欤。"① 其时江西右参政吴廷举以傲骨风节闻，也"奏梦阳侵官，因乞休。不俟命竟去"②。可见李梦阳在江西触怒的不只是小人。何景明上书杨一清论救李梦阳，提到"今京师之士，其弗知者，则已流言传讹，昧形议影，群猜共怒，一吠百声，持辩风起"③，可知当时很多官员都不以李梦阳为然④。

正德十四年朱宸濠谋反，又一次把李梦阳推到了舆论旋涡的中心。该年五月"御史萧淮尽发宸濠不轨状，诏重臣宣谕，宸濠闻，遂决计反"⑤。萧淮的奏疏中就明确提到前江西提学副使李梦阳等"附势助虐，宜削夺其官为民"⑥。而朱宸濠起兵前不久，还曾派人到大梁向李梦阳送礼物、求诗文。李梦阳作《林公诗序》时一定无法预料，几个月后（正德十六年五月），御史周宣高喊"培养士气"的口号弹劾他，说："培养士气在辨别忠邪。江西副使李梦阳深情厚貌，阴比宸濠，忌布政使郑岳之秉正不回，则假其势而设倾危之阱；嫉御史江万实之豫防奸蘖，则煽其党而开群喙之

---

① 张廷玉等：《明史》卷二〇三，第 18 册，中华书局，1974，第 5352、5376~5377 页。
② 张廷玉等：《明史》卷二〇一，第 17 册，第 5309 页。后来吴廷举与李梦阳冰释前嫌，"化敌为友"了。《空同集》卷六二《报吴献臣书》云："仆与公虽幸并生明盛之世，共有海内之名，而往昔……各负气不下，致生异同，此亦古今豪杰之常。"（第 11b 页）
③ 李淑毅等点校《何大复集》卷三二《上杨邃庵书》，中州古籍出版社，1989，第 567 页。
④ 直到清代也还有人把李梦阳视为"伪君子""真小人"，参见陈文述《颐道堂文钞》卷二《书李空同集后》（清道光五年［1825］刻本）。该文从政治事件谈到诗文创作，以数千字的篇幅全面否定了李梦阳的气节文章。
⑤ 张廷玉等：《明史》卷二八九，第 24 册，第 7428 页。
⑥ 《明实录·武宗实录》卷一七四，第 69 册，中研院历史语言研究所，1962，第 3370 页。

端，致使大狱株连，累岁不决，其罪不减于刘养正、李士实。"① 把李梦阳视为貌忠厚而心叵测的奸邪小人，甚至认为他的危害大于从宁王叛乱者。周宣字彦通，号秋斋，也是莆田人，弘治十八年（1505）进士，正德末谏南巡，嘉靖初议大礼，"在仕砥公廉，罢归，乐意山水，不挂时事。能诗文，书法端劲有体格，海内重之"②。他和萧淮对李梦阳的看法，在朝中有一定代表性。

嘉靖元年（1522）李梦阳再次入狱，巡按御史认为他与朱宸濠"虽未共谋，有同助逆，况事已彰闻，却隐情不首，于法难容"。林俊时已出任刑部尚书，特上疏论救李梦阳，疏中谈到梦阳与郑岳"俱有时名"，梦阳与巡按御史江万实相诘时郑岳"两与善处"，梦阳却"妄起事端"，致使郑岳为朱宸濠中伤，梦阳因此"为士论不齿"③，他的表述比较客观。康海在给朱应登的信中说："君子厚被污辱，欲天下亡事，安可得哉？李献吉被论尤惨，至有以败坏风俗言者。於乎！献吉岂斯人哉！"④ 朋友固然相信李梦阳的文章气节，可天下知音又有多少呢？李梦阳对此也是清楚的，正如他在书信中所说："仆婞直之性，孤危之行，皎然难白之心，自诿世无知已久矣。"⑤

把《林公诗序》的写作放回这一系列事件的进程中，有助于看清李梦阳强调"诗之观人"说的意图。他对萧淮的奏疏一定早有耳闻，可能也已经预料到更猛烈的攻击将会到来。他无所畏惧，但一定会抓住机会向世人表明自己内心之光明无私。值此之际，比李梦阳年长二十余岁而又久负士林声望的林俊请他为自己的诗集作序，对李梦阳来说正是一个绝佳的机会。就林俊而言，此举固然是对李梦阳诗名的借重，同时也是向纷纷扰扰的"士论"表明自己对李梦阳这个有争议的人的看法。而林俊诗集的编纂

① 《明实录·世宗实录》卷二，第 70 册，第 60~61 页。
② 朱谋垔：《续书史会要》，陶宗仪、朱谋垔撰，徐美洁点校《书史会要·续书史会要》，浙江人民美术出版社，2012，第 347 页。
③ 林俊：《见素集·奏议》卷七《辩李梦阳狱疏》，《景印文渊阁四库全书》第 1257 册，第 444~445 页。
④ 贾三强、余春柯点校《康对山先生集》卷二三《与朱升之》，三秦出版社，2015，第 444 页。
⑤ 李梦阳：《空同集》卷六二《与李道夫书》，第 9b~10a 页。

者，即《林公诗序》结尾提到的"同邑山斋先生"，恰好是因李梦阳"妄起事端"而遭朱宸濠"中伤"的郑岳，他是林俊的同乡好友。李梦阳借序林俊诗为契机，也是在向世人宣示：诗可以观人，是照察一个人为人的镜子，我是正人端士还是奸邪小人，具眼者从诗中不难看出。

四 "观人"说与"诗可以观"

李梦阳《林公诗序》的中"观人"说，在嘉靖四年所作《叙九日宴集》中表述为"诗可以观"（详见下文）。"诗可以观"出自《论语·阳货》："小子何莫学夫诗？诗，可以兴，可以观，可以群，可以怨。迩之事父，远之事君，多识于鸟兽草木之名。""观"按郑玄注乃"观风俗之盛衰"，孔颖达正义："谓学诗可论世也……世治乱不同，音亦随异，故学诗可以观风俗而知其盛衰。若吴季札观乐，最箸也。"① 朱熹亦释为"考见得失"②。这样的解释都从政治风俗角度着眼，"诗"是民间所作，为朝廷和士大夫所用。后来也有人将这一意义引申到文人诗，如元人程文海《王寅夫诗序》说"《九歌》可以观楚俗之鬼，《天问》可以观楚祀之淫"，谓杜甫诗"秦蜀纪行等篇，山川风景一一如画，逮今犹可想见"③，这与"观人"说还相去甚远。春秋时期还有赋诗"言志""观志"之说，《汉书·艺文志》载："古者诸侯卿大夫交接邻国，以微言相感，当揖让之时，必称诗以喻其志，盖以别贤不肖而观盛衰焉。"④ "别贤不肖"已含"观人"之义，但侧重群体而非个人，故仍是"观盛衰"。刘勰《文心雕龙·明诗》云："春秋观志，讽诵旧章，酬酢以为宾荣，吐纳而成身文。"⑤ 所谓"观志"亦然。

而在明代，人们已普遍在"观人"的意义上谈论"观志"和"诗可以观"。如王直《萧宗鲁和三体诗序》说："夫言者心之声，而诗则声之成

① 刘宝楠撰，高流水点校《论语正义》卷二〇，下册，中华书局，1990，第690页。
② 朱熹：《四书章句集注》，中华书局，1983，第178页。
③ 程文海：《雪楼集》卷一四《王寅夫诗序》，《景印文渊阁四库全书》第1202册，第177页。
④ 班固撰，颜师古注《汉书》卷三〇，第6册，中华书局，1962，第1755~1756页。
⑤ 刘勰著，范文澜注《文心雕龙注》，人民文学出版社，1962，第66页。

文者也。心所感有邪正，则言之发者有是非。非涵养之正，学问之充，才识之超卓，有未易能也。是以观其言则可以知其人，故曰'诗可以观'。"①林俊《白斋诗集序》说："夫诗可以观志，以得其为人。"② 粗略考察历史上的相关讨论可知，这一意义上的"观"主要由两个话题衍生、汇聚而来，一是"赋诗观志"被用于评论文人创作，从强调观群体之得失贤否到强调观创作者个体之志气德行；二是孔子关于观人言行的说法。

就前一方面而言，较早的文献如魏吴质《答东阿王书》谓："众贤所述，亦各有志，昔赵武过郑，七子赋诗，《春秋》载列，以为美谈。质小人也，无以承命。"③ 虽不满于曹植等人的创作，但将"众贤所述"与春秋赋诗并论，谓时人之创作"亦各有志"，已初步融通了用诗语境下、群体意义上的"观盛衰"和创作语境下、个体意义上的"观情志"之间的界限。就后一方面而言，王通谓"文士之行可见"，与孔子"听其言而观其行"之说前后相承，只是他的逻辑看起来像是"察其言而知其行"，但实际评论中却更接近"知其行而论其言"，正如杨明先生所说，"他论作品，往往与作家为人相联系，而常用对于其为人的品评代替了对作品的评价"④。无论如何，他开启了以诗文"观人"的先河。《诗人玉屑》引《高斋诗话》云："吕献可诲尝云：丁谓诗有'天门九重开，终当掉臂入'，王元之禹偁读之，曰：入公门犹鞠躬如也，天门岂可掉臂入乎！此人必不忠。后果如其言。"⑤ 这里的逻辑很明显是"察其言而知其行"，该条的题目便是"诗可以观人"。苏轼《谢梅龙图书》将这两个话题汇聚为一。他说：

> 轼闻古之君子，欲知是人也，则观之以言。言之不足以尽也，则使之赋诗以观其志。春秋之世，士大夫皆用此以卜其人之休咎，死生

---

① 王直：《抑庵文后集》卷一六《萧宗鲁和三体诗序》，《景印文渊阁四库全书》第 1241 册，第 714 页。
② 林俊：《见素集》卷五《白斋诗集序》，《景印文渊阁四库全书》第 1257 册，第 46 页。
③ 陈延嘉等校点主编《全上古三代秦汉三国六朝文·全三国文》卷三〇，第 3 册，河北教育出版社，1997，第 309 页。
④ 杨明：《王通与〈中说〉》，《复旦学报》（社会科学版）1989 年第 5 期。
⑤ 魏庆之：《诗人玉屑》卷一二"诗可以观人"条，中华书局，2007，第 376 页。

之间，而其应若影响符节之密。夫以终身之事而决于一诗，岂其诚发
于中而不能以自蔽邪？《传》曰："登高能赋，可以为大夫矣。"古之
所以取人者，何其简且约也。后之世风俗薄恶，渐不可信。孔子曰：
"今吾于人也，听其言而观其行。"知诗赋之不足以决其终身也，故试
之论以观其所以是非于古之人，试之策以观其所以措置于今之世。而
诗赋者，或以穷其所不能，策论者，或以掩其所不知。差之毫毛，辄
以摈落。后之所以取人者，何其详且难也。夫惟简且约，故天下之士
皆敦朴而忠厚；详且难，故天下之士虚浮而矫激。伏惟龙图执事，骨
鲠大臣，朝之元老。忧恤天下，慨然有复古之心。亲较多士，存其大
体。诗赋将以观其志，而非以穷其所不能；策论将以观其才，而非以
掩其所不知。使士大夫皆得宽然以尽其心，而无有一日之间苍（仓）
皇扰乱、偶得偶失之叹。故君子以为近古。①

　　苏轼立论的着眼点在于朝廷如何取士，因而故意将上古用诗时代的
"赋诗观志"与后世"试诗赋"时代的个人创作混同而言，这样"观志"
便完全成为由士大夫的个体创作"观"其情志德行了。他认为古人赋诗完
全可用以"观人""知人"，原因是赋诗者"诚发于中而不能以自蔽"。他
引孔子"听其言而观其行"之言，意思是说，在孔子的时代赋诗已经不足
以"观人""知人"了，所以还要"观其行"。有鉴于此，后来取士更要
加试策和论。取士制度与政治风俗紧密相连，他赞美梅挚取士"有复古之
心"，认为"存其大体。诗赋将以观其志"将带来时政风俗的变化。综观
这段话，苏轼所推崇者，就士大夫个体而言要"诚发于中"，就政治风俗
而言要"敦朴而忠厚"。这是苏轼所谓"复古"的目标。对于文学（赋
诗）而言应当如何，他虽然没有说，但道理很清楚，取士者要观其志，应
试者当然要言其志；取士者要存大体，应试者一样要着眼于大体，而不必
"穷其所不能"。要言之，即是以敦厚质朴为复古。苏轼认为朝廷可以取士
为契机，引导士人敦厚质朴，从而达到政治风俗的复古。

---

① 孔凡礼点校《苏轼文集》卷四九《谢梅龙图书》，第 4 册，中华书局，1986，第 1424～
1425 页。

从实然的角度，苏轼认为诗不足以"知人"；但从应然的角度，他又认为诗足以"观志"，从而足以"观人"。他的论述包含了观志、观人、观俗诸层面，尤其是在个体创作的意义上展开讨论，可以视为对孔子"诗可以观"这一命题的新发挥。

明初王祎的《跋宋戴二君诗》已明确在"观人"的意义上直接引用孔子的"诗可以观"之说了：

> 嗟乎，诗道之废久矣！十年以来，学者士大夫往往诎于世故之艰难，溺于俗尚之鄙陋，其见诸诗，大抵感伤之言委靡而气索，放肆之言荒疏而志乖，尔雅之音遂无复作矣。二君素以古道相尚，是诗之倡酬，盖仿于苏、李，譬犹律吕之相宣、规矩之互用。然其为言或务简淡，而其思远以切；或尚宏衍，而其情婉以周。鲍、谢之微旨，殆各有之。至其托物连类，抚事兴怀，则又俱有陈子昂、朱元晦兴感之遗音焉。嗟乎，诗道之废久矣，吾读二君之作，于是有慨夫古诗之绪未终绝也。孔子曰"诗可以观"，读乎其诗，则其所可观者可得而见矣！①

"鲍、谢之微旨"是指个体不平的怨调，说宋、戴二人虽不免乎此，但其主导情思还是"托物连类，抚事兴怀"，似陈子昂与朱熹，近"尔雅之音"。这里直接引用了孔子的"诗可以观"说，其"所可观者"，显然在无荒疏之志、无萎靡之气，这是士大夫基于身心修养的情志与德行。这里说的"诗可以观"已经是"观人"了。当然，如果再向上推一层，还是要着落到风俗盛衰和政教得失——有这样的诗人存在，说明"先王之泽"未竭，这也是儒家眼中最终意义上的"所可观者"。因而可以说，"观世"的意图仍然隐藏于"观人"之义的背后。

李东阳《王城山人诗集序》则将"观俗"与"观人"并提：

---

① 王祎撰，刘杰、刘同编《王忠文集》卷一七《跋宋戴二君诗》，《景印文渊阁四库全书》第 1226 册，第 354 页。

其叙事引物，感时伤古，忧思笑乐，往复开阖，未尝不出乎正。观此亦可以知其人焉。夫诗者，人之志兴存焉，故观俗之美与人之贤者必于诗。今之为诗者亦或牵缀刻削，反有失其志之正。信乎，"有德者必有言，有言者之不必有德"也！①

判定一个人"贤"否的标准不是看一个人的才略和勇气，而是看他的情感向度是否合乎"正"，因此李东阳又把结论引到《论语》中的另一命题："有德者必有言，有言者之不必有德。"孔子这句话，朱熹《论语集注》阐释说："有德者，和顺积中，英华发外。能言者，或便佞口给而已。"② 这一命题的本意是说"有德"是"有言"的充分条件，以此强调"德"的根本性和自足性，希望学者专心于道德人格之修养，不必在言辞上留心；同时，这一命题也把言辞按作者是否"有德"一分为二了。作诗"牵缀刻削"则失于正，也就不是有德者之言，不可用以"观俗之美与人之贤"。"观俗之美与人之贤者必于诗"脱胎于《汉书·艺文志》所说的"称诗……别贤不肖而观盛衰"，李东阳所论者为个体创作，于此也寄托了改化政治风俗的诉求，其内在逻辑也与上引苏轼之论一样，以个体"诚发于中"为起点，以政治风俗"敦朴而忠厚"为终点。

从苏轼到王祎和李东阳，都涉及以诗"观人"的话题，观点和倾向实基本一致，都是着眼于"观"诗人个体之情志；都表现出崇尚简质的复古倾向；而推求其更高一层的理想，则在政治风俗之复古。最后一个特点是"诗如其人""有德者必有言"等相近的命题所不具备的，这或许是人们一定要用"观人"说并将其追溯至孔子"诗可以观"说的主要原因。

李梦阳《林公诗序》的观点与此也多有一致处。比如强调"言弗暌志"，反对"雕刻玩弄"，崇尚质朴的复古倾向等。李梦阳说"谛情、探调、研思、察气，以是观心，无庾人也矣"，此所谓"诗之观人"，其前提条件是"五弊"未兴、"诗道"未衰，也就是在应然的意义上才能说"诗者，人之鉴也"，这与苏轼之论也一致。《林公诗序》虽没有抬出孔子的

---

① 李东阳：《怀麓堂集》卷二二《王城山人诗集序》，《景印文渊阁四库全书》第 1250 册，第 230 页。
② 朱熹：《论语集注》，齐鲁书社，1992，第 139 页。

"诗可以观"说，但一样也暗含政治风俗复古的诉求，这可以从李梦阳对"后世于诗焉疑，诗者亦人自疑"的批评以及对林俊"道以正行，标古而趋""政以表言，嚣华是斥"的赞扬看出。"诗之观人"体现的是李梦阳"即末以验本，缘用以占体"① 的思维方式，诗与人相比，诗是"末""用"，人与志是"本""体"。若人人以"担荷世道"② 为己任，则政治风俗之复古将不远矣。李梦阳、何景明、徐祯卿等人的文学理想都有政教风俗复古的目标。"观人"背后隐藏着"观世"目标，则提出者之立场肯定是集体主义的，而不可能崇尚个性自由。倡导的态度越激进，意味着"求治"的意愿越强烈，落实于诗文则愈强调法度而非个体真情，这一点可另文专论，此处不拟展开。

五　李梦阳"观人"说与其
文学思想的时代性

同样强调诗可以"观人"，李东阳所观在"志之正"，"正"的标准颇为笼统，四库馆臣把李东阳诗喻为"衰周弱鲁，力不足御强横，而典章文物尚有先王之遗风"③，虽然"正"，但在正德朝却显得与时代脱节。李梦阳对于林俊诗的赞美，更强调进退之间的勇气和果决，在感情上，对"心端""气健"的强调尤能体现其时代特点。

如果拿《林公诗序》中的五个标准来衡量李东阳的为人，西涯先生除了"保身"之外，在其他方面几乎全不合格。尤其是刘瑾专权的几年，他没有表现出一个首辅大臣该有的匡主之勇、亮职之忠，虽然对遭刘瑾迫害的一些士大夫有曲为救护之力，但从整体上说谈不上"功事之敏"。难怪以方刚自负的罗玘要与他断绝师生之谊，康海和王九思也对他颇为不满了。嘉靖六年（1527），李梦阳为朱应登作墓志铭，谈到弘、正之交"柄

---

① 李梦阳《董生兄弟字义》说："君子测源于澜，揆润于玉。澜以观道，玉以比德。即末以验本，缘用以占体。"（《空同集》卷六〇，第13b页）
② 王世贞《读书后》卷四《书李空同集后》说："空同先生两疏，于弘治间担荷世道不浅。"（《景印文渊阁四库全书》第1285册，第53页）
③ 纪昀等：《钦定四库全书总目》（整理本）卷一七〇，下册，第2299页。

文者承弊袭常，方工雕浮靡丽之词，取媚时眼"①，所谓"弊"与《林公诗序》说的"五弊"是相通的。或许在李梦阳看来，西涯先生在强调"正"的掩护下过多沉溺于诗艺了。《麓堂诗话》说："诗必有具眼，亦必有具耳。眼主格，耳主声。闻琴断，知为第几弦，此具耳也；月下隔窗辨五色线，此具眼也。"② 此所谓"辨体"，所辨者几乎全在艺术特征，包括时代格调、地域特征、个性风貌。李东阳论诗也强调德行、教化，却很少谈到诗歌对社会政治的参与。

李梦阳与林俊唱和的六首咏怀诗体现的人生思考和诗学思想与《林公诗序》是一致的。第一首写武宗南巡北返，希望自此以后"务农销甲"，可见乡居已久的李梦阳仍存"匡主"之心。第二首回忆孝宗时期上朝、退朝的情景，眷恋那时"日侍龙颜"的时光。第三首回忆江西之任，以"搔首昔曾霄汉上"自豪，这是对昔日"亮职""功事"的追忆。第四首写江西罢职后曾拟卜居襄阳，像孟浩然一样垂钓汉江。第五首写新买园林，傍轩栽松，表现"保身""逸乐"之情。这些与序中所写"观人"的五个方面基本对应。该组诗艺术上的特点，一是富有感情气势，二是善用比兴手法。如其三：

> 青天万仞削芙蓉，忆踏匡庐第一峰。哀壑暮云埋虎豹，大江春浪变鱼龙。天池玉笔亲留碣，石室山僧独扣钟。搔首昔曾霄汉上，旧题应被紫苔封。③

以壮丽的写景起笔，化用李白写五老峰"青天削出金芙蓉"句，加"万仞"二字，更加健拔，起得极有声势。"踏匡庐第一峰"不仅是一次出游，而且兼喻自己衔王命提学江西，颇有光明俊伟气象。颔联以虎豹鱼龙喻江山形胜中觊觎王朝权位的各种势力，包括很快被平定的农民起义，也包括谋反被诛的宁王。颈联"玉笔"指庐山顶朱元璋为周颠亲撰碑文，言

---

① 李梦阳：《空同集》卷四五《凌溪先生墓志铭》，第 2b 页。
② 李东阳：《麓堂诗话》，丁福保辑《历代诗话续编》下册，中华书局，1983，第 1371 页。
③ 李梦阳：《空同集》卷三二《见素林公以咏怀六章见寄触事叙歌辄成篇什数亦如之末首专赠林公》，第 8a~8b 页。

外谓"先帝"神明如在，所谓虎豹鱼龙者不足虑，天下事如山僧扣钟，神闲气定可也。尾联双关，既写旧日庐山之游，又喻昔日"匡主""亮职"的经历，志得意满之际转眼已成前尘，自己也将被朝廷遗忘了。这两句化用杜甫《秋兴八首》"彩笔昔曾干气象，白头吟望苦低垂"，结得"软而冷"，而通篇的气势十分壮阔。其他几首也多有兴寄、有风骨，如其二后半："锵锵剑佩鹓行乱，袅袅旌旗凤辇移。迂谬一麾今廿载，半生心事白头知。""鹓行乱""凤辇移"暗喻从孝宗之"治"到武宗之"乱"的悄然转变。弹指间今已白头，而自己的心事却罕有人知，实际是说自己虽身处江湖，却不曾放下揽辔澄清之志，读之令人悲慨。第五首颈联"风林跃马狐狸走，草泽回舟雁鹜冲"，字面写闲居生活，而"狐狸走"喻过去小人畏惧自己的风节望风而逃，"雁鹜冲"喻而今受到小人攻击。由这样的诗可知李梦阳的诗歌既非为个人得失悲叹，也不是一般的"忧谗畏讥"，更非流连光景、吟赏烟霞，而是与社会政治和自己的人生追求密切相关。

李梦阳以"观人"说为核心的诗学观强调对社会政治的参与，与之前的严羽和李东阳都不一样。郭绍虞先生提出李梦阳"要于诗文方面复古，而不是于道的方面复古"，"偏重在文之形式复古，而不重文之内容复古"（《中国文学批评史》，第347页），他的论断缺乏足够论证。若按郭先生的看法，唐宋诗歌史上倡"内容复古"的代表是陈子昂，呼吁汉魏风骨，认为诗歌应有打动人心的感情力量；提倡"兴寄"，主张诗歌与社会人生相关，反映现实、批判现实。"形式复古"的代表人物是严羽，他主张学汉魏盛唐诗，其复古之最高境界是把自己的诗杂入古人集中可以乱真，令具眼者难以分辨，是为"本色""当行"。两相比较，陈子昂更强调情志为本，严羽所论更偏重艺术规范。郭绍虞先生认为"盖明人所谓格调，是合沧浪所谓第一义之悟与气象之说体会得来。重在第一义，所以只宗汉、魏、盛唐；重在气象，所以又于汉魏盛唐中看出他的格调"（《中国文学批评史》，第542页）。而据本文所论，李梦阳的诗论，尤其从"观人"说看，更近于陈子昂。李梦阳推崇汉魏诗，出发点与陈子昂推崇建安、正始之音正复相似。其《刻阮嗣宗诗序》说：

　　夫《三百篇》虽逖绝，然作者犹取诸汉魏。予观魏诗，嗣宗冠焉，何则？混沦之音，视诸镂雕奉心者伦也？顾知者稀寡，效亦鲜焉。钟参军曰嗣宗《咏怀》之作"洋洋乎会于风雅"，使人忘其鄙近，斯为不佞矣。颜延年注今莫可考见，然予观陈子昂《感遇》诗差为近之，唐音沨沨乎开源矣。及李白为《古风》，咸祖籍词。①

"混沦"不仅是字句声调之自然，更主要的还是说阮籍诗"出诸心"，为"人之鉴"，可以"观人"。与之相对的"雕镂奉（捧）心"也不只是重锤炼，而是指脱离"为人"之大节，写景状物、卖弄学问，或者表现一些细微的个人情绪，也就是《林公诗序》中所说的"雕刻玩弄"。李梦阳对《感遇》诗的高度推崇，与后来李攀龙在辨体、尊体的意义上声称"唐无五言古诗"并对"陈子昂以其古诗为古诗"表示轻蔑很不相同。

从创作看，李梦阳确实继承了严羽复古论的一些特点，比如在"体制""格力""音节"方面的讲究，重"气象"更是他们的共同点。但严羽谓"盛唐诸公，惟在兴趣"，"兴趣"主要来自诗人对个性自由的追求。盛唐诗浓郁蓬勃的"兴趣"在后世鲜有继承，李梦阳诗于此更相去甚远。许学夷说："献吉五七言律、绝，于朝廷、郊庙、边塞诸作则工，于山林、田野、闲适诸诗则拙。"② 其实不独近体，古体也一样。张扬群体性之志节而疏于个体性之兴趣，正是李梦阳为人为诗的重要特点。这可以视为李梦阳诗论与创作的第一个局限。这一局限与"诗可以观"的观念有密切关系。过于重视以诗歌表现作者为人，而作者为人又以道德事功为核心，审美"兴趣"在这样的观念中找不到位置。其与林俊唱和的六首咏怀诗中的第四首云"林猿浦雁心常往，楚雨襄云路不迷"，心系山林代表着一种端正的人生态度，而并非出于对自然风光的由衷热爱。

与此相关，李梦阳思想观念中重纲常名教、礼义廉耻的倾向过于明晰，限制了他观察和批判现实的广度和深度。他认为通过养士气、振纪纲就可以再造盛世，这其实是很天真的想法。他抨击圆滑的官僚、专权的外戚和宦官，却缺乏对最高统治者的批判，更不会思考现存制度是否

① 李梦阳：《空同集》卷四九《刻阮嗣宗诗序》，第 6a 页。
② 许学夷著，杜维沫校点《诗源辩体》，人民文学出版社，1987，第 405 页。

合理。这与他以"国士""天下士"自任的自我身份认同有关，与后来徐渭、李贽等站在体制以外的批判精神有很大差距。而且，他的人格和思想观念中存在一定的道学气，也限制了他的批评精神和对个性自由的追求。吕柟说他"为曹、刘、鲍、谢之业，而欲兼程、张之学，可谓'系小子失丈夫'矣"①。"系小子失丈夫"是《周易·随卦》六二爻辞，程颐说："系小子而失丈夫，舍正应而从不正，其咎大矣。"② 吕柟是站在道学立场批评李梦阳因小失大，追逐文学之业，无法深造于程、张之学。在我们看来恰恰相反，是他过于坚硬的儒学理念限制了他的审美情趣、批判精神，从而局限了他的文学成就。这是李梦阳与陈子昂的差距所在。至于他在复古意识指导下"为了弘扬某种时代氛围和精神状态而违背了文学应该表现真情实感的创作规律"③，也是与陈子昂的差距所在。当然，这些差距均非全由李梦阳主观努力决定，而在很大程度上是时代思潮的产物。

六 《叙九日宴集》与李梦阳晚年文学思想

《叙九日宴集》作于嘉靖四年，记重九日的一次雅集，参加者身份各异。李梦阳借《周易》卦象描述说："赵帅、张尹则汇征有期，蓝帅、白帅、王帅则剥床未释，王尹则不远复者也，黄子、和子咸丘园之贲，左生、和生则利宾于王者也。"④ 按《泰》卦："初九，拔茅茹，以其汇，征吉。""汇征有期"大概是不久将有新的任命。《剥》卦："剥床以肤，切近灾也。""剥床未释"或指因遭陷害、弹劾在乡闲居。《复》卦："初九，不远复，无祇悔，元吉。""不远复"多用为修身之意，这里似乎也指政治处境，可能不久就可以起复。《贲》卦："贲于丘园，束帛戋戋，吝终吉。""丘园之贲"盖指没有入仕的隐者。《观》卦："观国之光，利用宾于王。"⑤ 应是说左生、和生有志于出仕。序文在一段高朗雅炼的写景之后说：

---

① 吕柟撰，赵瑞民点校《泾野子内篇》卷一，中华书局，1992，第6页。
② 梁韦弦：《〈程氏易传〉导读》，齐鲁书社，2003，第132页。
③ 参见阮国华《文学的社会参与不能违背自身规律——对李梦阳文学思想的反思》，《文艺理论研究》2005年第5期。
④ 李梦阳：《空同集》卷五八《叙九日宴集》，第11b页。
⑤ 以上见阮元校刻《十三经注疏》，中华书局，1980，第28、38、39、38、36页。

空同子览于众诗，乃喟然而叹曰：嗟，"诗可以观"，岂不信哉！夫天下百虑而一致，故人不必同，同于心；言不必同，同于情。故心者，所为欢者也；情者，所为言者也。是故科有文武，位有崇卑，时有钝利，运有通塞。后先长少，人之序也；行藏显晦，天之畀也。是故其为言也直宛区，忧乐殊，同境而异途，均感而各应之矣，至其情则无不同也。何也？出诸心者一也。故曰："诗可以观。"

这些人年龄、职位、时运、出处各不相同，所写的诗是直是宛，是忧是乐，情调风格各不相同，李梦阳却强调他们的"心"和"情"是一样的，所谓"同于心""同于情"。细味其意，不是说各人的"心""情"一样，而是说各人感而应，情出诸心的心理机制一样，也就是说，每个人的诗都出于各自之"情"，各自之"情"又出于各自之"心"，因此诗可以观"心"。这也就是他在别处所说的"言不违心"①。

值得注意的是，李梦阳在表述中强调的不是人心不同、其异如面，而是反复强调"百虑而一致""同于心""同于情"。结尾在列举参加者的身份之后说："故曰：人不必同，同于心，斯之谓也。"在这样一个"宾主既洽"的场合，面对重九的良辰美景，李梦阳从参加者的诗中"观"得的，显然不是每个人个性化的情感体验或各自不同的个性气质，而是共同的明朗开阔的志气。"可以观"的对立面，有可能是围绕"九日"堆砌辞藻典故，是为"雕刻玩弄"；也可能是以曲折的构思表现常人难以理解的生命体验②。"心"是情感的滤镜，情感的"私人化"也算是"违心之言"。

如果说《林公诗序》借一个杰出人物提出"诗可以观"的话题，把"诗之观人"的讨论放在一个极高的标准上，同时也表现了壮年李梦阳"作人"的自我期待，那么，《叙九日宴集》则宣告，任何一个社会人，无论是

---

① 李梦阳《空同集》卷六三《报吴献臣书》说："来诗云：'夫既遭颜面，岂不惬素心。如何异同论，三两相差参。君诚子渊俦，而我非孔壬。'辞旨婉实，所谓言不违心者也。第子渊拟仆则似过耳。"（第11b页）
② 晚明曹于汴《公余漫兴跋》说："诗以抒性灵，洩积臆也，故曰：诗可以观。乃有标新斗异，抽黄对白，俯仰流光，荏苒情窦，敲推几失常度，性情因而成苦，是亦不可以已耶。"（《仰节堂集》卷三，《景印文渊阁四库全书》第1293册，第713页）"乃有"后面描述的争新奇、斗文采及对生命体验和深曲之情的发掘，都在"诗可以观"所反对之列。

文是武，是少是长，地位高卑，时运通塞，只要他的诗发自合乎道义的"心"与"情"，则其诗无不"可以观"。这就把这一话题的讨论"降落"到了普通人的层次。一个人在道德事功方面或无所成，但他的诗同样"可以观"。

如果说《林公诗序》是李梦阳正德年间波澜起伏的仕宦生涯和极高的自我期待的总结，那么，《叙九日宴集》则是他自嘉靖以来生活和心理日益走向平淡的写照。李梦阳嘉靖元年所作的《梅山先生墓志铭》写鲍弼的生活："理生、饬行、训幼、睦族、玩编、修艺、课田、省植，八者焉已。其久也内孚而外化之，是故乡人质平剖疑、决谋丐益者必之焉。"① 他自己的乡居生活也不过如此。没有了仕宦的波澜，高远的理想必然向平淡的生活着陆。这时李梦阳生活上有追求豪奢之嫌，② 而在心灵上或更需要理学之支持。魏校《论学书》云：

> 李献吉晚而与某论学，自悔见道不明，曰："昔吾泪于词章，今而厌矣。静中恍有见，意味迥然不同……"……因问平生大病安在。曰："公才甚高，但虚志与骄气，此害道之甚者也。"献吉曰："天使吾早见二十年，讵若是哉！"③

正德间"学士大夫相与释俎豆而议干戈"④ 或许是促使李梦阳在创作中追求"气健"的重要原因。李梦阳《迪功集序》说"爽畅以达其气"，《潜虬山人记》说"气舒、句浑"，《缶音序》说"其气柔厚"，《驳何氏论文书》说"辞之畅者其气也，中和者气之最也"，爽朗、舒展、柔厚、中和，这些对"气"的描述或要求，都不易看出其与李东阳强调的"情性之正""浑雅正大"有何差别。在谋除刘瑾时，李梦阳说韩文所草奏疏"言

---

① 李梦阳：《空同集》卷四三《梅山先生墓志铭》，第 16a 页。
② 《明史》梦阳本传谓梦阳闲居后"益跅弛负气，治园池，招宾客，日纵侠少射猎繁台、晋丘间"（第 23 册，第 7347 页）。薛蕙《考功集》卷八《读李空同诗》云："可怜词客李空同，治第筑园学富翁。地下定遭刘主笑，我犹如此况如公。"（《景印文渊阁四库全书》第 1272 册，第 93 页）
③ 黄宗羲著，沈芝盈点校《明儒学案》卷三《崇仁学案三》，上册，中华书局，1985，第 60 页。关于李梦阳晚年的理学倾向，参见史小军《论明代前七子之儒士化》，《文学评论》2006 年第 3 期。
④ 李梦阳：《空同集》卷五一《熊士选诗序》，第 2a 页。

虽端而气不劲，又鲜中肯綮"，"气劲"是要有力，有力才能够动人、服人。嘉靖初李梦阳为杨一清编辑诗稿并评论说"负气者让其雄高"，"雄高"也不同于"情性之正"。李梦阳还说"凡文必据大体，存气象，是故琐屑寻常，一切铲刈"，"据大体，存气象"，在表述上更有概括性，可以是"中和""柔厚"，也可以是"舒""爽"，同样还可以是"劲""健""雄高"。在剑拔弩张的正德时代，后者显然更具有时代性。王世贞《书李空同集后》谓其"虽再下诏狱，见以为煅炼，而实益其刚果之气。若广信之讼，血气与义气各强半耳"[①]。李梦阳正德间所作《大梁书院田碑》说："宁伪行欺世而不可使天下无信道之名，宁矫死干誉而不可使天下无仗义之称。"[②] 以"义气"加"血气"，张扬"元气""士气"，而务求胜人，便是时人非议他的"尚气"，在追求心平气和的理学家看来，此之谓虚志与骄气；表现在诗文里，就是吴乔所批评的"粗心骄气"[③]。

嘉靖间李梦阳远离官场，心气渐和，霜降水收，诗文风格也转向平易，如这篇《叙九日宴集》和《梅山先生墓志铭》等文章，都写得笔调轻松，不复是"揎拳把利刃作响马态"[④]。作家在社会政治体系中走向边缘化、创作走入真实的日常生活，这是晚明重情思潮的特征。李梦阳晚年的转变与此方向一致。然而在强调"诗可以观"这一点上他没有变，他还坚持认为诗要表现诗人作为社会成员所秉持的教养和志气，这就意味着漠视或反对敏锐的情感体验和个性自由意识的表达。就此而言，其文学思想离晚明的真情论仍然很远。

（责任编辑：马昕。本文原刊于《南开学报》2019 年第 3 期）

---

① 王世贞：《读书后》卷四《书李空同集后》，《景印文渊阁四库全书》第 1285 册，第 53 页。

② 李梦阳：《空同集》卷四〇《大梁书院田碑》，第 11a 页。

③ 吴乔《围炉诗话》卷六说："献吉立朝大节，一代伟人，而诗才之雄壮，明代亦推为第一……惟其粗心骄气，不肯深究诗理，只托少陵气岸以压人，遂开弘、嘉恶习。"（郭绍虞编选，富寿荪校点《清诗话续编》第 1 册，上海古籍出版社，1983，第 663 页）

④ 王夫之《明诗评选》卷四评李梦阳《杂诗》"挥袂层霄间，抚剑增慨忼"曰"使人以躁气当之"，"青天白日，衣冠相向，何至揎拳把利刃作响马态耶"（王夫之著，《船山全书》编辑委员会编校《船山全书》第 14 册，岳麓书社，1996，第 1312 页）。

《楞严经》与竟陵派文学思想的指归*

李　瑄**

内容提要　佛教在晚明士林极为流行，性灵文学思潮即是文人习佛的产物。竟陵派在明末清初影响极大，其佛学思想却向来为研究者所轻视。钟惺标举"古人精神"以救晚明诗坛公安派矫枉与复古派因袭的双重流弊，实根柢于《楞严经》及如来藏思想的修习。如来藏即众生本来所有之佛性真如。佛性真如的形上性质使"古人精神"得以为文学古今通变提供依据：超越性与永恒性使今人与古人有遇合的可能，遍在性则要求个体具备独立意志。主体的理想状态是消灭妄想、回归心体虚净，从而与万物精神感通，最终成就为涵容广大的"厚"。钟惺的《楞严经如说》在明末清初评价甚高，通常对竟陵文学"深幽孤峭"的印象有悖其思想旨趣，"古人精神"实有开发世人心灵以感通万物生机的意味。

关键词　《楞严经》　竟陵派　钟惺如来藏

佛教在晚明士林极为流行。《四库全书总目》云："盖明季士大夫流于禅者十之九也。"（《大云集》提要）①　又云："万历以后，士大夫操此论者（按：指浸淫于二氏）十之九也。"（《澹思子》提要）②　其说虽带政教敏感，于晚明佛禅风气却并非夸大。万历时"士大夫不与诗僧游，则其为士

　＊　本文为中央高校基本科研业务费研究项目"晚明清初佛教与文学思想研究"（项目编号skqx201506）阶段性成果。

＊＊　李瑄，四川大学中国俗文化研究所教授，著有《明遗民群体心态与文学思想研究》等。

　①　永瑢等：《四库全书总目》卷一七九，下册，中华书局，1965，第1617页。

　②　永瑢等：《四库全书总目》卷一二五，上册，第1074页。

大夫不雅"①；而文学史论所及，无论《列朝诗集》《明文英华》，还是袁行霈主编《中国文学史》或徐朔方《明代文学史》的入选者，几乎无不涉猎佛教。此种时代精神必然渗入文学思潮；但迄今为止的晚明文学与佛教相关研究，体量上还不能与其重要性相称，对佛学影响文学路径的梳理尤其不足。

竟陵派在性灵文学思潮中地位特殊。其兴起不久就遭文坛显要如钱谦益、王士禛唾斥，被贴上"深幽孤峭"②标签，向来颇受轻视。然而，研究者必须尊重一个历史事实：竟陵派是晚明性灵文学思潮中影响范围最大、时间最长的流派。明末盛传"钟、谭一出，海内始知性灵二字"（《列朝诗集·丁集》第 10 册，第 5367 页）；钱锺书总结"明清之交诗家"，大抵是"竟陵派与七子体两大争雄"③的局面。

竟陵派浸习佛教很深。钟惺二十余岁"讽贝典，修禅观"④，临终前立誓"生生世世，愿作比丘优婆塞"⑤；他精研《楞严经》，"眠食藩溷，皆执卷熟思"⑥。但竟陵派文学思想与佛教的关系没得到应有重视。钱锺书对竟陵文学评点成就发覆甚多，言至以禅论诗却用"引彼合此，看朱成碧"（《谈艺录》上册，第 313 页）抹过；竟陵派佛学自此为研究者所轻⑦。事实上，钟惺的佛学修养绝非浅薄，他晚年所著《楞严经如说》⑧"一扫从前

① 钟惺著，李先耕、崔重庆标校《隐秀轩集》卷一七《善权和尚诗序》，上海古籍出版社，1992，第 251~252 页。
② 钱谦益撰集，许逸民、林淑敏点校《列朝诗集·丁集》第 10 册，中华书局，2007，第 5360 页。
③ 钱锺书：《谈艺录》上册，生活·读书·新知三联书店，2001，第 298 页。
④ 李维桢：《大泌山房集》卷二一《玄对斋集序》，四库全书存目丛书编纂委员会编《四库全书存目丛书》集部第 150 册，齐鲁书社，1997，第 755 页。
⑤ 钟惺著，李先耕、崔重庆标校《隐秀轩集》卷三〇《病中口授五弟快草告佛疏》，第 510 页。
⑥ 谭元春著，陈杏珍标校《谭元春集》卷二五《退谷先生墓志铭》，下册，上海古籍出版社，1998，第 682 页。
⑦ 黄卓越《佛教与晚明文学思潮》未对钟惺思想逻辑加以清理，就定论为"于思辨上显然是准备不足"，"显得杂芜紊乱"（东方出版社，1997，第 81 页）。
⑧ 此书为钟惺与贺中男合著，钟惺所撰约占十分之七。全书共十卷，钟惺云："七卷以前，已怀强半；八卷至末，贺说居多。"（钟惺著，李先耕、崔重庆标校《隐秀轩集》卷一六《首楞严经如说序》，第245页）

注脚"①。清初周真德认为，此书基于天如惟则《楞严经会解》和一雨通润《楞严经合辙》两种注本，"可谓青出于蓝"②；刘道开、纳兰性德乃至钱谦益亦有赞词。此外，钟惺生前在佛教界人望不低，名僧憨山德清、一雨通润等皆与之过从。故彭际清编撰《居士传》，钟惺堪居一席之地。③

以晚明士人涉入佛教之众，浸染程度之深，可以说缺乏佛学考察则理解此期文艺思潮必有缺憾。像竟陵派这样引领时代风潮者，厘清其文学中的佛学因素，对于准确掌握其文学思想旨趣，从而把握晚明文学思想的主要走向是必不可少的。④

一　晚明诗坛的双重困境与"古人精神"

"古人精神"是竟陵派反复论及的一个范畴，也引起了一些研究者的注意，却少有人将其论定为竟陵派文学思想的核心，⑤ 故列出钟、谭言论以谛审其意旨。

钟惺《诗归序》云：

引古人之精神以接后人之心目，使其心目有所止焉。⑥

谭元春《诗归序》亦云：

---

① 徐波：《遥祭竟陵钟伯敬先生文》，钟惺《钟伯敬先生遗稿》卷四"附"，明天启七年（1627）刻本，第 3b 页。

② 钟惺：《重刻楞严经如说跋》，钟惺、贺中男《楞严经如说》卷末附，藏经书院编《卍续藏经》第 21 册，台北：新文丰出版公司，1993，第 72 页。

③ 参见拙文《钟惺的佛教生活及其佚诗三首》，《中国诗歌研究》2017 年第 1 期。

④ 除了黄卓越《佛教与晚明文学思潮》上编第二章"运动过程与思想影响"（第 74~81 页）简单述及之外，仅有周群《儒释道与晚明文学思潮》（上海书店出版社，2000）第十一章"静观默照与深幽孤峭：竟陵派对'性灵说'的承嗣与新变"（第 321~337 页）论及竟陵派文学思想与佛教的关系，主要集中于两点：第一，"孤行静寄"与静观默照；第二，佛教"苦谛"与荒寒境界。

⑤ 陈广宏注意到："精神"一词，是钟惺在理论上成熟、创作上自新后特相标榜的一个术语。参见陈广宏《竟陵派研究》，复旦大学出版社，2006，第 333 页。

⑥ 钟惺著，李先耕、崔重庆标校《隐秀轩集》卷一六《诗归序》，第 235 页。

必古人之精神至今日而当一出。①

钟惺《隐秀轩集自序》自称其作诗：

外不敢用先入之言，而内自废其中拒之私，务求古人精神所在。②

谭元春认为诗人：

与古人精神相属，与天下士气类相宣。③

可见，无论是《诗归》之选，还是钟、谭自作诗文，无不觑定"古人精神"为鹄的。他们自命先觉者并试图引导今人与古人遇合，"古人精神"正是其文艺思想的核心。

钟、谭标举"古人精神"的针对性相当明确。一方面，以"古人"纠正公安派"宁今宁俗"之论，有复归古雅传统之意。公安派在晚明的贡献是动摇复古论对文坛的控制，袁宏道破除复古习气的釜底抽薪之举是取消古典范型：

见从己出，不曾依傍半个古人，所以他顶天立地。④
善为诗者，师森罗万像，不师先辈。⑤

矫枉意识使他走到"决不肯从人脚根转，以故宁今宁俗"⑥ 的极端。其矫激之论的功过是中国文学古、近代转变过程中尚可深论的问题，但在

---

① 谭元春著，陈杏珍标校《谭元春集》卷二二《诗归序》，下册，第 595 页。
② 钟惺著，李先耕、崔重庆标校《隐秀轩集》卷一七《隐秀轩集自序》，第 259~260 页。
③ 谭元春著，陈杏珍标校《谭元春集》卷二三《汪子戊己诗序》，下册，第 622 页。
④ 袁宏道著，钱伯城笺校《袁宏道集笺校》卷一一《张幼于》，上册，上海古籍出版社，1981，第 502 页。
⑤ 袁宏道著，钱伯城笺校《袁宏道集笺校》卷一八《叙竹林集》，中册，第 700 页。
⑥ 袁宏道著，钱伯城笺校《袁宏道集笺校》卷二二《冯琢庵师》，中册，第 781~782 页。

风雅自任的钟、谭看来，其流弊造成"牛鬼蛇神，打油定铰，遍满世界"①。钟惺见人"时时称说袁石公"，而不自觉"堕近人者亦十或三四"，诊断为"实子不刿心唐以上之所至也"②。回归古人成了涤除近人习气的药方。故周亮工云："竟陵矫公安之纤弱，人知复古，不无首功。"③

另一方面，虽倡言"以古人为归"，钟、谭却不肯回到复古派。钟惺放言"国朝诗无真初、盛者，而有真中、晚，真中、晚实胜假初、盛"④，又云"直写高趣人之意，犹愈于法古之伪者"⑤，在拟古与存真之间立场很鲜明。但他们的态度与公安派也不同：袁宏道号称"不曾依傍半个古人"；钟惺仍以古人为最高标准，只反对"取古人之极肤、极狭、极熟，便于口手者，以为古人在是"⑥。

在钟、谭看来，当下文坛面临"因袭有因袭之流弊，矫枉有矫枉之流弊"⑦ 的双重困境，"古人精神"是他们找到的对症良方。但世人为形貌之古所误，评选《诗归》就是为了"举古人精神日在人口耳之下，而千百年未见于世者，一标出之"⑧，实有"作聋瞽人灯烛舆杖"⑨，拔众生于泥涂的意思。不过，"精神"没有实体、难以把捉，他们提出"古人精神"的思想基础是什么？古今悬隔，今人怎么能够"以古人精神为归"，"古人"又会把文学导向何方？这些都是探寻竟陵派文学思想旨趣必须解决的问题。

"古人精神"的建构由钟惺主导。考察其文集用例，"精神"指向超越物质层面的意志范围，所谓"古人精神"当具如下基本特性。一是超卓，

① 钟惺著，李先耕、崔重庆标校《隐秀轩集》卷二八《与王稚恭兄弟》，第463页。
② 钟惺著，李先耕、崔重庆标校《隐秀轩集》卷一七《周伯孔诗序》，第253页。
③ 周亮工：《赖古堂名贤尺牍新钞三选结邻集·凡例》，四库禁毁书丛刊编纂委员会编《四库禁毁书丛刊》集部第36册，北京出版社，1997，第498页。陈广宏指出竟陵派还受到"后七子一派文学复古风气很大的影响"，"其取向亦终不脱古人之传统"（《竟陵派研究》，第141~142页）。
④ 钟惺著，李先耕、崔重庆标校《隐秀轩集》卷二八《与王稚恭兄弟》，第463页。
⑤ 钟惺著，李先耕、崔重庆标校《隐秀轩集》卷三五《跋袁中郎书》，第578页。
⑥ 钟惺著，李先耕、崔重庆标校《隐秀轩集》卷一六《诗归序》，第236页。
⑦ 钟惺著，李先耕、崔重庆标校《隐秀轩集》卷二八《与王稚恭兄弟》，第463页。
⑧ 钟惺著，李先耕、崔重庆标校《隐秀轩集》卷二八《与蔡敬夫》，第468页。
⑨ 钟惺著，李先耕、崔重庆标校《隐秀轩集》卷二八《再报蔡敬夫》，第471页。

超出纷杂世相、指向形上本体，并显现力的强度。故曰"精神超砾莽"①，"精神堪警俗"②，"满腹精神堪独往"③。陈广宏言："观'精神'之词义演化，其凝聚纯粹之内涵基本稳定。"（《竟陵派研究》，第 343 页）"凝聚纯粹"四字点出这一范畴超然物外而卓越有力。二是遍在，显现于自然与人间之事事物物，如"篇籍者，造化之精神"④ "珠玉蕴藏，精神见乎山川"⑤ "落花精神"⑥ "香久结精神"⑦ "以吾与古人之精神，俱化为山水之精神"⑧ ……精神虽超越世相之上，却无所不在于万物之中。三是永恒，不因时间迁流而增损变化，故曰"松柏得全其精神以与山终始"⑨ "（真可传者）水火兵劫不能遮拦"⑩。正因为其恒一，今人才得以超越时空而感通古人。

　　钟惺拈出"精神"，实质上提出了一个超越而遍在的形上范畴。陈广宏指出"精神"一词是其"形上理论的支柱范畴"（《竟陵派研究》，第 342 页），切中要害。竟陵派心性论有宋明理学与佛教两个可能的思想资源。其与心学的关系，陈广宏已论之甚详，兹不赘述。钟惺对佛教热衷到宣称"读书不读内典，如乞丐食，终非自爨"⑪ 的地步。理学心性论更富道德约束意味，钟惺形容佛教感悟真如的状态是"眼目顿开，忽见心量遍周法界"⑫，涵容万物而广阔自在。钟、谭"精神"一词诸多用例并不强调

① 钟惺著，李先耕、崔重庆标校《隐秀轩集》卷四《补和杨文弱年丈书德山读元碑见寄之作》，第 38 页。
② 钟惺著，李先耕、崔重庆标校《隐秀轩集》卷七《赠刘玄度孝廉为雷太史同年好友》，第 109 页。
③ 钟惺著，李先耕、崔重庆标校《隐秀轩集》卷一〇《寄答尤时纯》，第 158 页。
④ 钟惺著，李先耕、崔重庆标校《隐秀轩集》卷三五《题潘景升募刻吴越杂志册子》，第 564 页。
⑤ 钟惺著，李先耕、崔重庆标校《隐秀轩集》卷二八《复陈镜清》，第 488 页。
⑥ 钟惺、谭元春编《诗归·唐诗归》卷二〇，《四库全书存目丛书》集部第 338 册，第 326 页。
⑦ 钟惺著，李先耕、崔重庆标校《隐秀轩集》卷九《上巳过牛首山庄看云池王翁桃花翁先约往四年中凡三至此矣》（其二），第 134 页。
⑧ 钟惺著，李先耕、崔重庆标校《隐秀轩集》卷一六《蜀中名胜记序》，第 243~244 页。
⑨ 钟惺著，李先耕、崔重庆标校《隐秀轩集》卷一九《方母八十序》，第 312 页。
⑩ 钟惺著，李先耕、崔重庆标校《隐秀轩集》卷二八《复陈镜清》，第 488 页。
⑪ 谭元春著，陈杏珍标校《谭元春集》卷二五《退谷先生墓志铭》，下册，第 682 页。
⑫ 钟惺：《楞严经如说》卷三，藏经书院编《卍续藏经》第 20 册，第 825 页。

道德而多指向情志能量，与佛教关系似更密切。有时这种关联直接显露于字面，如：

> 精神随处始，愿力有生来。①
>
> 精神堪警俗，耳目不知喧。就此机锋里，窥君静慧根。②

"精神"与"愿力""机锋""静慧"等词并举，与佛教概念系统融合无间，而更重要的是它与如来藏思想的内在联系。

宋以后，如来藏说"成为大乘的通量"③，晚明佛教"流行的修行依据，是以禅为主流的如来藏系统的思想"④。如来藏即一切众生烦恼身中所藏本来清净之佛性真如。钟惺佛学以对佛性真如的信仰为基础，把真如信仰称为他的精神支柱也不过分。他曾自述病中景况："沉疴忘故吾，情形日几变。有时如婴儿，饥寒仰母便。有时如老人，奄奄息如线。过去未来身，一日游屡遍。真身宛自如，光明时隐见。"⑤ 在病重恍惚、身心不能自主的状态下，唯有真如佛性似一线光明引领其精神。他亦有禅偈云："偶尔丧珠复反，急时扣钥相求。未免劳劳多事，世尊不合低头。"⑥"珠"喻真如，此偈应该是禅修体验的描述：世人虽容易被幻相迷惑，佛性却是本来所有、不会失去的。

钟惺全力修习的《楞严经》虽有伪经嫌疑，宋代以来却很受文人欢迎。其教人破除魔障、阐说修行法门，皆以妙性真如为依托。真如即形上本体，《楞严经》云："汝见变化迁改不停，悟知汝灭，亦于灭时知汝身中

---

① 钟惺著，李先耕、崔重庆标校《隐秀轩集》卷一二《章晦叔至白门题其行卷》，第194页。

② 钟惺著，李先耕、崔重庆标校《隐秀轩集》卷七《赠刘玄度孝廉为雷太史同年好友》，第109页。

③ 释印顺：《如来藏之研究》，《印顺法师佛学著作全集》第18卷，中华书局，2009，第2页。

④ 圣严：《明末的居士佛教》，《华岗佛学学报》1981年第5期。

⑤ 钟惺著，李先耕、崔重庆标校《隐秀轩集》卷一《乙巳卧病作》，第6页。

⑥ 钟惺著，李先耕、崔重庆标校《隐秀轩集》卷一三《诺讵那尊者岩偈》，第207页。

有不灭耶？""汝身汝心，皆是妙明真精妙心中所现物。"① 明言世相生灭之上有恒定不变者。钟惺《首楞严经如说序》开篇即云：

> 夫妙性真如，是谓大佛顶，见相永离，大定坚固，斯名'首楞严'。菩提始满。乃始中终之所不得异，而过现未之所不能殊也。②

钟惺解《楞严经》大旨在教人如何体悟真如。他强调真如佛性是一切修习的基础。首先，真如即佛性所假之名，是超越所有虚幻现象的唯一真实，称为"大佛顶"和"首楞严"，一表其"见相永离"的超越性，再表其与万法虚空相对而"大定坚固"。"菩提始满"即觉悟"涅槃元清净体如来藏心"③，因其超越，故不为时空所限，"始中终之所不得异，而过现未之所不能殊"。其次，真如遍在天地万物之中。《楞严经》云："不知色身外洎山河虚空大地，咸是妙明真心中物。"④ 钟惺云："妙明真心，范围天地，包含万象。"⑤ 觉知真如即能体察天地万象。竟陵派所谓"精神"的超卓、遍在与永恒，即依托于此真如本体而成为其艺文论的思想基础。

二 作为古今通变依据的"精神"

"古人精神"的佛性论底蕴使其既恒定又活泼，因而能突破诗坛因袭与矫枉的双重困境，成为会通古人与今人的桥梁。

佛性论底蕴赋予"精神"的形上性质，为今人与古人遇合提供了可能。首先，精神的超越性与永恒性使竟陵派劝化今人回归古人底气十足。即使在复古流弊为天下厌弃之时，仍可以宣称"近时所反之古，及笑人所泥之古，皆与古人原不相蒙，而古人精神别自有在也"⑥。古人的价值基准

---

① 《楞严经》卷二，高楠顺次郎、渡边海旭等编《大正新修大藏经》第 19 册，台湾佛陀教育基金会，1990，第 110 页。
② 钟惺著，李先耕、崔重庆标校《隐秀轩集》卷一六《首楞严经如说序》，第 245 页。
③ 钟惺：《楞严经如说》卷一，藏经书院编《卍续藏经》第 20 册，第 765 页。
④ 《楞严经》卷四，《大正新修大藏经》第 19 册，第 121 页。
⑤ 钟惺：《楞严经如说》卷二，藏经书院编《卍续藏经》第 20 册，第 786 页。
⑥ 钟惺著，李先耕、崔重庆标校《隐秀轩集》卷一七《隐秀轩集自序》，第 260 页。

地位不会因泥古、反古者而动摇，所谓"口亦询时变，心常在古人"①，万变不能离其宗。其次，精神的遍在性使后人有可能理解古人。钟、谭以先觉者自许，就是要指点出那些寄寓古人精神的事物为后学作津梁。"真诗者，精神所为也"②，精神之有无决定文字价值之有无。先觉者的责任是"使古人精神不为吠声者所蔽"③，所以《诗归》编选意在"能使作者与读者之精神为之一易"④。最后，"一段说不出病痛，须细看古人之作"⑤，今人领会古人精神即可受其引导。"引古人之精神以接后人之心目，使其心目有所止焉"，觉知本体能够获取凝定力量，古人的导向使今人的意志不再盲目发散。

"古人精神"的形上性质又是个体独立的依据。精神涵容于不同对象中就呈现各异面貌："精神者，不能不同者也，然其变无穷也。"⑥ 一元本体是"不能不同者"，万千境象则"其变无穷"。"汉、魏、唐人诗，所以各成一家至今日新者，以其精神变化，分身应取，选之不尽"⑦，在不同情境中本体的形貌不能固定不变，变化才能成就永恒。个体要超越无穷变相领悟"古人精神"，必须有独立意志："凡夫操之一人而能为可久者，其精神学问必有一段不敢苟、不肯轻为同者也。"⑧ 只有不迷失于变化之中，才能超出具体行迹之上。今人要显现古人精神，就不能不刊落以往陈迹、自成其独特变化："内自信于心，而上求信于古人在我而已。"⑨ 文学的古、今、通、变由此获得统一。⑩

"古人精神"是切中万历后期诗坛肯綮又极具适应性的范畴。一方面，

---

① 钟惺著，李先耕、崔重庆标校《隐秀轩集》卷九《金岭驿与王带如夜谈》，第151页。

② 钟惺著，李先耕、崔重庆标校《隐秀轩集》卷一六《诗归序》，第236页。

③ 钟惺、谭元春编《诗归·唐诗归》卷一六，《四库全书存目丛书》集部第338册，第276页。

④ 钟惺、谭元春编《诗归·唐诗归》卷一五，《四库全书存目丛书》集部第338册，第270页。

⑤ 钟惺著，李先耕、崔重庆标校《隐秀轩集》卷二八《与弟恮》，第476页。

⑥ 钟惺著，李先耕、崔重庆标校《隐秀轩集》卷一六《诗归序》，第236页。

⑦ 钟惺著，李先耕、崔重庆标校《隐秀轩集》卷二八《答袁未央》，第490页。

⑧ 钟惺著，李先耕、崔重庆标校《隐秀轩集》卷三五《题邢子愿黄平倩手书》，第580页。

⑨ 钟惺著，李先耕、崔重庆标校《隐秀轩集》卷一七《隐秀轩集自序》，第259页。

⑩ "自信于心"与"求古人精神所在"的关系，陈广宏《竟陵派研究》（第335～345页）已论之甚详，故此从略。

在辉煌的古典诗歌传统之下，不仅崇古者高唱古人至上，即使那些反对拟古以图自新的叛逆者，也不能切断与传统的血缘，更不用说多数习诗者需要借助古典来自我陶醉或装点人生。依托"古人"就保住了主流立场，不致触犯多数人的价值平衡，激发攻击性反应，这是竟陵派广有受众的前提。"古人精神"可谓相当讨好的提法。另一方面，"精神"只要求一种指向性，其实就是心灵抽离平庸的提升需求。它高远空灵，因无形貌故无限制，以古人名义向今人敞开了自我演绎的无限空间。依托"精神"，那些未经前人歌咏的，甚至世俗的日常都可能焕发出辉光。所以《诗归》所选之诗与复古派选本大异其趣，竟陵派也饱受"鄙俗""尖新"等批评，但意欲打通诗歌和真实体验的诗人却可大逞其便。"精神"提醒今人发现自我，突破现成模式去直接面对现实生活，由此创造新的文学世界。这是竟陵派收获大量追随者的制胜之诀。从其灵活性来看，"古人精神"又是非常取巧的提法。

与"精神"相关的另一范畴是"性灵"。"钟、谭一出，海内始知性灵二字"① 之说流行于晚明的事实或令三百年后的研究者疑惑。钟、谭现存文字不但少谈"性灵"，而且也没有打出公安派"独抒性灵，不拘格套"② 那样醒目的旗帜，他们如何使"性灵"观念更加深入人心？寻绎其故，应该和竟陵提倡"古人精神"这一价值依托相关。公安、竟陵的"性灵"差异非常明显。公安之性灵境触而发，谈分殊而不谈同一；袁宏道以临济禅的否定性思维方式为主导，不设本体以免落入执定，其"性灵"不易追随。③ 竟陵之"性灵"依托"古人精神"："夫真有性灵之言，常浮出纸上，决不与众言伍，而自出眼光之人，专其力，壹其思，以达于古人，觉古人亦有炯炯双眸，从纸上还瞩人。"④ 有形上依据就可立定脚跟、方便度人，为后来者提供登岸舟筏，其"性灵"因而深入人心。

---

① 钱谦益撰集，许逸民、林淑敏点校《列朝诗集·丁集》第 10 册，第 5367 页。
② 袁宏道著，钱伯城笺校《袁宏道集笺校》卷四《叙小修诗》，上册，第 187 页。
③ 参见黄卓越《佛教与晚明文学思潮》，第 152～155 页；拙文《手提无孔锤，击破珊瑚网——禅学思维与袁宏道的诗学策略》，《中山大学学报》（社会科学版）2011 年第 5 期。
④ 谭元春著，陈杏珍标校《谭元春集》卷二二《诗归序》，下册，第 593 页。

三　"幽情单绪"与"期在必厚"

钟惺《诗归序》中所言"求古人真诗所在"的途径早已为人熟知：

> 真诗者，精神所为也。察其幽情单绪，孤行静寄于喧杂之中；而乃以其虚怀定力，独往冥游于寥廓之外。如访者之几于一逢，求者之幸于一获，入者之欣于一至。①

"幽情单绪，孤行静寄"多被用来证明竟陵派癖好清冷孤寒，或未孚钟惺本意。寻绎原文逻辑，可以解释为"精神"的性状描述："单""孤"形容其超越形质而无所对待，"幽""静"形容其处根本之位而不为喧杂所动。主体与之感遇的唯一途径是"以其虚怀定力，独往冥游于寥廓之外"，也就是回到未受牵染的本然状态，获得超越性体验。

去蔽返真是《楞严经》指示的修养途径。钟惺云："真心、妄想二种，全经大旨揭于此矣。"②《楞严经》开示人人皆有佛性，为众生指明返归真如之路。其修养形态非常复杂，但全都围绕着"破除妄想"这一中心："一切众生从无始来，生死相续，皆由不知常住真心、性净明体，用诸妄想。"③妄想造成现象界的纷杂动荡，妄想消除，立返清净本源："我因妄想，故久在轮回。佛因妄灭，故独妙真常。"④妄灭则无一丝障蔽染污，主体呈现虚静状态而能反照万物本相："觉明虚静，犹如晴空，无复粗重前尘影事。观诸世间大地河山，如镜鉴明。"⑤由于修习《楞严经》，竟陵派工夫论的中心也落在如何回归心体本真上，概而言之即是"永洁精神四字"⑥。

---

① 钟惺著，李先耕、崔重庆标校《隐秀轩集》卷一六《诗归序》，第236页。
② 钟惺：《楞严经如说》卷一，藏经书院编《卍续藏经》第20册，第769页。
③ 《楞严经》卷一，《大正新修大藏经》第19册，第106页。
④ 钟惺：《楞严经如说》卷四，藏经书院编《卍续藏经》第20册，第835页。
⑤ 《楞严经》卷一○，《大正新修大藏经》第19册，第151页。
⑥ 钟惺、谭元春编《诗归·唐诗归》卷六，《四库全书存目丛书》集部第338册，第151页。

虚静无染的状态有时用"洁""净""清""幽""寂"形容，强调主体不受干扰：

　　　　精神久寂寞，盘薄见其天。①

它被看作古人精神之所在：

　　　　看古人轻快诗，当另察其精神静深处。②

是后人感知古人精神的前提：

　　　　平气精心，虚怀独往，外不敢用先入之言，而内自废其中拒之私，务求古人精神所在。③
　　　　世多同面目，子独具精神。癖贵居心净，痴多举体真。④

也是文情诗思发动的灵府：

　　　　性情渊夷，神明恬寂，作比兴风雅之言。⑤

以上材料除了表明钟惺向往虚静，亦可见其虚静并非一味孤僻清寒，而常与万物生机相关。主体无染便感物澄明，如水静能照、镜洁影明。"虚"与"灵"是一体之两面⑥：

---

① 钟惺著，李先耕、崔重庆标校《隐秀轩集》卷三《赠徐象一年丈并索其画》，第30页。
② 钟惺、谭元春编《诗归·唐诗归》卷二八，《四库全书存目丛书》集部第338册，第431页。
③ 钟惺著，李先耕、崔重庆标校《隐秀轩集》卷一七《隐秀轩集自序》，第259~260页。
④ 钟惺著，李先耕、崔重庆标校《隐秀轩集》卷一二《郭圣仆五十诗》，第195页。
⑤ 钟惺著，李先耕、崔重庆标校《隐秀轩集》卷一七《简远堂近诗序》，第250页。
⑥ 黄卓越《佛教与晚明文学思潮》第二章提到"'灵'与'精神'均有心性的灵动照用性"（第79页）。

性灵渊然以洁，浩然以赜。①

虚衷集欣感，遭物触其端。②

居心无欲恶，触物自清空。③

　　"精神"作为虚静与照用的统一，可以帮助理解竟陵文学思想的另一个重要范畴——"厚"。钟惺云："诗至于厚而无余事矣。"④ 谭元春云："与钟子约为古学，冥心放怀，期在必厚。"⑤ "厚"是竟陵文学的最高理想。试析其"厚"。第一，"厚"又表述为"朴"，如"古法帖无妍拙放敛，其下笔无不厚者"，"其朴而无态"⑥，此"无妍拙放敛"之厚，即"无态"之"朴"。再如"痕亦不可强融，惟起念起手时，厚之一字可以救之"⑦，以"厚"作为"有痕"的反面，取其朴质。"朴"指事物未经加工的原初状态，有本然意。谭元春云："'元气浑沌'以上语，止宜厚其气而泯其迹。"⑧ "'元气浑沌'以上"明显意在形上本体，可以把"厚"理解为对本体性状的形容。第二，"厚"常与虚静结对出现，如"冥心放怀，期在必厚"，再如"夫诗，以静好柔厚为教者也"⑨，"静"与"厚"具同质性。只有心灵虚静才能感通本体遍在宇宙、无所不包之"厚"。⑩ 第三，"灵"被视为"厚"的前提。钟惺云："厚出于灵，而灵者不即能厚。""必保此灵心，方可读书养气，以求其厚。"⑪ "灵"的基本性质是感通，"厚出于灵"即感通万物以成其丰沛。"灵者不即能厚"，即感通能力尚不

---

① 谭元春著，陈杏珍标校《谭元春集》卷二三《万茂先诗序》，下册，第623页。

② 钟惺著，李先耕、崔重庆标校《隐秀轩集》卷四《武昌令陈镜清前以忧去　遗六诗于寺壁　情文俱古　钦其希声　诗志欣叹》，第53页。

③ 钟惺著，李先耕、崔重庆标校《隐秀轩集》卷七《赋得不贪夜识金银气》，第108页。

④ 钟惺著，李先耕、崔重庆标校《隐秀轩集》卷二八《与高孩之观察》，第474页。

⑤ 谭元春著，陈杏珍标校《谭元春集》卷二二《诗归序》，下册，第593页。

⑥ 钟惺著，李先耕、崔重庆标校《隐秀轩集》卷三五《阅圣教序庙堂碑圣母坐位四帖》，第569页。

⑦ 钟惺著，李先耕、崔重庆标校《隐秀轩集》卷二八《又与谭友夏》，第473页。

⑧ 谭元春著，陈杏珍标校《谭元春集》卷二七《奏记蔡清宪公前后笺札》（其八），下册，第764页。

⑨ 钟惺著，李先耕、崔重庆标校《隐秀轩集》卷一七《陪郎草序》，第275页。

⑩ 关于"静"与"厚"，参见周群《儒释道与晚明文学思潮》，第329页。

⑪ 钟惺著，李先耕、崔重庆标校《隐秀轩集》卷二八《与高孩之观察》，第474页。

足体验本体之广大涵容。[①] 第四，“厚”常与“养气”相联系，或云“博于读书，深于观理，厚于养气”[②]，或云“元气流不薄，终占此深厚”[③]。“养气”来自儒家内圣修养学说，钟、谭将其略作改造，添加了形上本源“元气”“造化”，元气磅礴的状态也就是与天地万物感通无碍的状态。与精神修养的虚静观一致，他们又强调养气须以心体去蔽无染为基础：“心平而气实。”[④] “学诗者先于淡其虑，厚其意，回翔其身于今人之上，无意为诗，而真气聚焉。”[⑤] 养气就是保持主体精神不被遮蔽，扩充感知万物的能力。“厚”的养成主要通过读书，但读书的根本目的不是积累知识，而是“求古人精神所在”，培养感悟能力。[⑥] 总之，“厚”是虚静感通与浩然充满的统一，因其涵容广大而不受限于具体形质，它强调的是精神的包容量，“一切兴废得失之故，灵蠢喧寂之机，吞吐出没之数，趋舍避就之情，豪圣仙佛之因，拘放歌哭之变”，“出有而入无，确于中而幻于外”[⑦]。因此“厚”不是一种风格，而具本体总量的性质，是“精神与天下人往来”的磅礴状态，“能察山际昏晓之变，能辨烟雨所以起止，能乘月听水于高低田之间，能上绝顶，望大江落日，能选石斜倚，寂然相对，能穿松径，爱其不成队者，趺而坐之”[⑧]。以这样大的精神容量为基础，竟陵派在具体风格论上是朴、清、丽、奇、快乃至偏、僻等形态无所不包的。将竟陵文学定性为“深幽孤峭”既有悖其文学思想旨趣，也与其创作实际不符。[⑨]

① 关于“厚”之“致寂而感通”，参见陈广宏《竟陵派研究》，第317~415页。

② 钟惺著，李先耕、崔重庆标校《隐秀轩集》卷一九《送王永启督学山东序》，第305页。

③ 谭元春著，陈杏珍标校《谭元春集》卷三《渡江》，上册，第47页。

④ 钟惺著，李先耕、崔重庆标校《隐秀轩集》卷一七《孙昙生诗序》，第270页。

⑤ 谭元春著，陈杏珍标校《谭元春集》卷二〇《陈武昌寒溪寺留壁六诗记》，下册，第561页。

⑥ “诗为活物”说最能代表竟陵派不重知识积累而求精神共鸣的读书态度。参见钟惺著，李先耕、崔重庆标校《隐秀轩集》卷二三《诗论》，第391页；邬国平《论诗为“活物”说》，《复旦学报》（社会科学版）1988年第6期。

⑦ 谭元春著，陈杏珍标校《谭元春集》卷二三《汪子戊己诗序》，下册，第622页。

⑧ 谭元春著，陈杏珍标校《谭元春集》卷二三《九峰静业序》，下册，第640页。

⑨ 关于竟陵派诗歌创作的风貌突破，参见拙文《禅宗“机锋”与钟惺诗的标新》，《中山大学学报》（社会科学版）2018年第2期。

结　语

本文所论佛学理念主要集中于钟惺。作为竟陵派灵魂人物，他的佛禅修习渗入竟陵派的基本文学取向中，并进而推动晚明清初性灵文学思潮的演变。钟惺自称拈出"古人精神"是"一片老婆心"①，以之作为文学批评的核心范畴，其提升学人意志品质的意图是很明显的。标举"古人"似乎回归了正统，然而深入其"精神"的佛学底蕴却可以发现它是超越古今、超越具体风格，乃至超越雅俗的。当时流行的"正文体"之说，被钟惺看作"锢天下有才有学之士也"②。"引古人之精神以接后人之心目"与其说是规范，不如说是开发：通过阅读古人引导今人体验形上本体，培养他们感通万物的能力，由此在昏暗的时代传递生机。

竟陵派只是晚明习佛文人群体的案例之一。明代中后期被称为佛教的"复兴"时期，前承唐宋余续，后启近现代端倪，在宗教史上地位至关重要。"复兴"不仅体现在佛门之内的经藏刊刻、宗派复兴等方面，居士佛教的兴起也蔚为大观。文人与僧侣的密切互动带动丛林寺观内艺文之风大盛，同时也为文人提供精神养分。无视晚明文学的佛教色彩势必造成理解盲区，深入厘清佛教如何通过影响文人心态和思维方式渗入文学思潮，是晚明文学研究中亟待展开的工作。

（责任编辑：马昕。本文原刊于《文艺研究》2019 年第 8 期）

---

① 钟惺著，李先耕、崔重庆标校《隐秀轩集》卷二八《再报蔡敬夫》，第 470 页。
② 钟惺著，李先耕、崔重庆标校《隐秀轩集》卷一九《送王永启督学山东序》，第 306 页。

日本内阁文库及南京图书馆藏少室山房本《诗薮》考论

侯荣川[*]

内容提要 日本内阁文库及南京图书馆所藏少室山房本《诗薮》为胡应麟自刻，二本的刊刻时间有先后之别，内容上也有着明显的差异。经比勘可知，其文本差异多出于作者自己的修订，后出的南图本更能反映胡氏成熟的诗学观。此二本的发现与研究，有助于对《诗薮》版本系统作出全面而准确的判断，对诗学研究及文献整理也有着重要的价值。

关键词 日本内阁文库 南京图书馆 《诗薮》 胡应麟

胡应麟《诗薮》是经典的传统诗学著作之一，其版本系统颇为复杂，就现存的十几个版本而言，均存在不少字句、条目及条目次序的差异。拙文《胡应麟〈诗薮〉版本考》（《文学遗产》2014 年第 3 期）曾对张养正本、江湛然本、程百二本、吴国琦本、高丽铜活字本、日本贞享本及广雅本等加以校对、考证，将其分为原刊本系统（张本、江本、吴本、广雅本）和稿本系统（程本、高丽本、贞享本），认为原刊本系统的文本更符合胡应麟的原貌，基本厘清了《诗薮》的版本系统。但是仍然存在几个问题待解决。一是原刊本系统虽有序跋等作为分类界定的佐证，但此系统内张本、江本等也存在差异，这是由何造成的？二是两个系统的差异由何造成？如何确定这些差异的性质，即哪些代表胡应麟的观点，哪些是后来刊刻或校订者的观点？三是将程本等各本称为稿本系统只是笔者的猜测，由

---

* 侯荣川，温州大学人文学院教授，著有《梅鼎祚戏曲研究》等。

于缺乏文献依据，其性质的判断有待证实。

笔者近来于内阁文库及南京图书馆分别发现两种少室山房本《诗薮》，经过比勘，可以确认这两个本子均为胡应麟自刻本，内阁本即程本等系统的祖本，南图本为张本、江本等系统的祖本。二本的刊刻时间一先一后，其文本差异的形成除装订原因外多为胡应麟自己的修订，南图本更能反映作者成熟的诗学观。据此，我们可以对《诗薮》版本系统的真实面貌及各本的性质作出全面而准确的判断，这对文献整理及诗学研究都有着重要的价值。

一　内阁文库藏少室山房本《诗薮》

内阁文库藏《诗薮》（见图1），请求番号为"集109—0014"，著录作"刊本，明，少室山房"。二十卷八册，编次为内编六卷、外编六卷、杂编六卷、续编二卷。左右双边，白口，半叶九行行二十字。单黑鱼尾，版心上刻"诗薮"，鱼尾下刻"古体上"、页数，最下刻"少室山房"。卷首《诗薮序》，题下署"新都汪道昆著"，末署"万历庚寅春二月朔"，序末钤"方外司马""泰茅氏"二印。卷一收藏印三枚：上长方章"云卧阁"，下方章"仲文""闻礼和印"。

从版心页码看，此本有三十余叶为原刻补叶：内编一，补"又廿二"叶；内编二，补"又十九"叶；内编四，补"又六"叶、"前十四"叶、"后十五"叶、"前十六"叶；内编五，补"后十四"叶；内编六，补"又九"叶；外编一，补"又十四"叶、"又廿"叶；外编三，补"又十八"叶、"又十九"叶；外编四，叶一二、叶一三之间补"又十二"叶、"又十三"叶，又补"后十六"叶、"又十八"叶，又重二"廿"叶；外编五，补"又廿五"叶；外编六，叶一六、叶一七之间补"又十六、前十七"叶；杂编一，补"又四"叶、"又十三"叶；杂编四，补"又十"叶、"又十三"叶；杂编五，补"又十四"叶、"又十五"叶、"又十八"叶；杂编六，补"又十三"叶、"前十五"叶；续编一，补"又三"叶、"又十三"叶；续编二，叶八、叶十之间补"又九"叶、"下九"叶、"前十"叶。

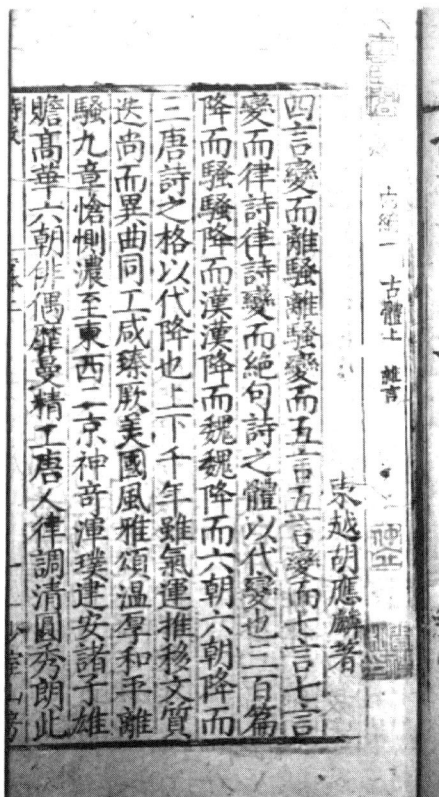

图 1　内阁文库藏《诗薮》

　　此本又有部分页码缺漏：外编二无叶一七、叶二三，外编四无叶五、叶六，杂编一无叶八、叶九，续编一无叶七、叶八。但与其他各本比勘，这些从页码上看存在的"缺叶"，并无条目及文字方面的内容缺失，当是刻板错误或内容修订的抽除。

　　这些补叶与缺叶，除个别可能是刊刻者的粗疏与失误所导致的装订错误，大多应该是作者对文本进行调整而导致的补刻或抽除，如所缺八叶页码，与其他各本比勘，并无条目及文字的缺漏。这说明内阁本的刊刻时间较早，尚处在文本并未成熟的阶段，而且由于急于行世而在仓促之中刊刻，许多书叶存在缺补问题。

　　内阁本也并非完整之本，有部分缺叶及残叶为抄补：内编一，抄补叶一四；内编二，抄补叶八；内编五，抄补"又廿二"叶，叶二八"嘉隆学杜善矣"条后抄补"献吉为杜歌行""嘉、隆七言律，不专学杜"两条；内编六，抄补叶二二；外编一，抄补"又一"叶、叶六、叶二二；外编二，叶二一"顾埜王《玉篇》三十卷"条，抄补"作之富如此"五字，又抄补叶二五；外编三，抄补叶三、叶四、叶五；外编四，抄补叶一六；外编五，抄补叶一，叶一〇抄补部分残缺文字，又抄补叶二八至叶三一，又叶三二"凡唐绝，高者大类汉人古诗"条后抄补"宋一代惟知学老杜瘦劲"一条；杂编四，抄补叶一七；杂编六，抄补叶一七。

这些抄补文字所据应该也是相同的版本，并非来自其他版本，其依据有二。一是所抄各叶，除版心最下无"少室山房"外，书名、卷次、页码均抄，其中内编五抄补"又廿二"叶，外编一抄补"又一"叶。目前所知《诗薮》各本，页码出现"又某"叶的，除内阁本外，只有吴国琦刻本，然此二叶吴本分别作"二十三""二"。二是内阁本所抄补文字，有些是今知其他各本所无。如内编五叶二八，"嘉隆学杜善矣"条后抄补二条："献吉为杜歌行，周昉之图赵纵也；为杜近体，王朗之学华歆也。""嘉、隆七言律，不专学杜，然其规模体段，陶铸此老，为……"内编六叶二二抄补一条："初唐绝句，人不过数篇，盛唐王、李大家，通集不过数十，中唐钱起《江行》、王建宫体乃一百首，犹之可也。唐末罗虬《比红儿》、胡曾《咏史》，浅陋猥琐，皆至百篇，而至今单行不绝。吁，亦异哉！"外编一叶六抄补"仲尼诸弟子著述传于汉者""《世子》十六篇""受业仲尼者曾子外""吾夫子世以文事显""吾夫子裔傅尚书者安国"五条。因此，内阁本基本上能够反映此版本的原始面貌。

将内阁本与其他各本比勘，内阁本应为程百二本的祖本，因二本字句、条目及次序基本相同，尤其程本部分条目的有无、残缺与内阁本有关。

一是内阁本所抄补的二十余叶中，有七叶的内容是程本没有的，包括外编二叶二五，外编三叶三、叶四、叶五，外编四叶一六，杂编四叶一七，杂编六叶一七。

二是内阁本部分条目残缺或抄补，而程本亦缺或无，足可证明程本是依据内阁本重刻。除上举内阁本内编五叶二八、内编六叶二二、外编一叶六所抄补各条外，又如外编二叶二一，"顾埜王《玉篇》三十卷"条，"齐梁制作之富如此"句，内阁本"作之富如此"五字残缺抄补，程本此五字及以下小字注并缺。

外编五叶一六"宋初僧诗"条末小字注："'分'字余欲易为'纷'，尤觉本色。"① 内阁本残缺不可识，程本无。

杂编一叶一四"王延寿赋三篇"条，小字注："《灵光》《王孙》《梦赋》。东京文字崛奇，无若文。考者《梦赋》用字，韩《李皋碑》实出此。""东京文字崛奇"以下内阁本残缺，程本无。

因此，我们可以确定内阁本为程本、高丽本及贞享本等《诗薮》系统的祖本。

二 南京图书馆藏少室山房本《诗薮》

南京图书馆藏《诗薮》（见图 2），索书号为 GJ/EB/117953，著录作"刻本，胡氏少室山房"。十五卷四册，编次为内编六卷、外编六卷（杂编仅存卷五，装订在外编五后）、续编二卷。此本版式较为复杂。内编一至六为四周单边，半叶十行行二十字。白口，单黑鱼尾，版心上刻"诗薮内编"，鱼尾下刻"古体上"，页数。外编一至六为四周双边，半叶十行行二十一字，个别叶为半叶十行行二十二字。白口，单黑鱼尾，版心上刻"诗薮"，鱼尾下刻"周汉"、页数，卷一叶一版心最下刻"三百七十六"，叶二起刻"少室山房"。杂编仅存卷五，版式与外编同。续编二卷为四周双边，半叶十行行二十字，个别叶为半叶二十行行二十一字。白口，单黑鱼尾，版心上刻"诗薮"，鱼尾下刻"国朝上"、页数，最下刻"三百五四"等。②

此本亦非全本，除杂编仅存卷五外，另有部分缺叶：内编二缺叶八；

---

① "'分'字"以下，内阁本残缺，程本无。

② 此本虽然各编版式有所不同，但从字体来看，基本保持一致。又曾请复旦大学古籍所陈正宏教授代为查验，陈教授与沈燮元先生一同目验此本，认为似是出于不同刻工之手，但应为同时刊刻，并非修版、补刻之类；而且由纸张墨色看，亦是同时刷印，为明刻明印本无疑。谨此致谢。

外编二缺叶一〇；外编三叶一一、叶一二页码连续，然而叶一一"唐著姓若崔卢韦郑之类"条，此叶至"崔子尚"，下接"虽颇胜当时华要，亦可悲也"，中间缺三叶内容。

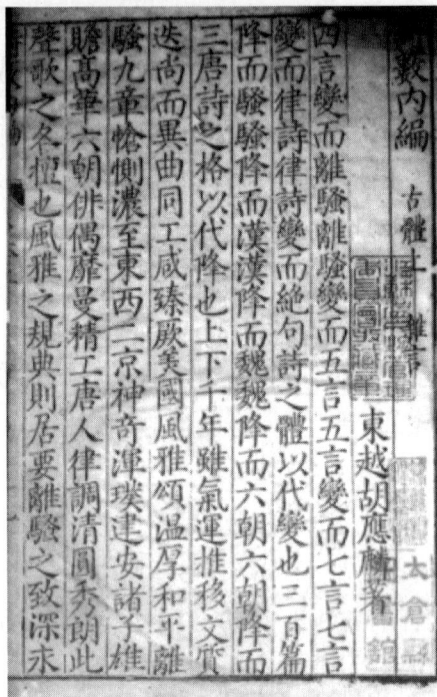

图 2　南京图书馆藏《诗薮》

南京图书馆又藏有张养正重刻本《诗薮》十五卷，六册，杂编亦仅存卷五，装在外编五、六之间。半叶九行行十八字，小字双行同；白口，左右双边，单白鱼尾，版心上题"诗薮内编"，鱼尾下题"古体上"，下刻页数。卷首二序：一为《诗薮序》，下题"新都汪道昆著"，末署"万历庚寅春二月朔"；一为《重刻诗薮序》，末署"时万历岁次己酉仲春顿丘张养正叙"。卷末一跋，署"建武黄承试季兆父跋"。正文卷端题"东越胡应麟著"。

此本除杂编存佚及各编装订次序与南图本相同外，更有多处文本表明其所据即是该本。

张本卷首亦收汪道昆《诗薮序》，其中云"要以同乎己者正之也，即元美、于鳞，不耐不异"，与南图本同。内阁本、江本等均作："要以同乎己者正之也，即仪卿、廷礼，不耐不同；以异乎己者正之也，即元美、于鳞，不耐不异。"

又内编四末"洪景卢云作诗至百韵"一条，中"所重"二字南图本划去，张本亦空二字。

又南图本续编二叶一三"当弘正时，李、何、王号海内三才外"条，至"而南自王、汪外"止，缺"吴、徐、宗、梁不下数十家，亦再倍于北矣"，于"李于鳞以诗自任"条后补，张本亦同。

又续编二"唐歌行如青莲、工部"条，南图本末云"未知是否"，他本均无，唯张本同。

二本所不同者，南图本外编五叶二四"王维遥知兄弟登高处"条后接"刘辰翁评诗有妙理""《早朝》诗九天阊阖开宫殿""杜委波金不定""张文潜以杜娟娟戏蝶过闲幔""南渡之末忠愤见于文词者""陆放翁一绝老去元知万事空""林景熙字德旸""林收二帝遗骨""吾邑唐诗人惟舒元舆""伯高白头吟云""南渡时天彝少章""杨巨源清新明丽""卢仝奇怪贾岛寒涩"，此十三条重见杂编五，张本则已删去。

万历四十六年（1618），金华府同知江湛然搜辑胡应麟著作，刊行为《少室山房类稿》、《少室山房笔丛》（附《诗薮》二十卷）。经比勘，江本与南图本在文本及条目次序上基本相同，除内编一"左延年《秦女休行》"条缺外，另有四十余处文字差异，详见表1。

这些文字差异，一种是南图本缺漏讹误，江本补正的，如"狙公""荣光""昨夜""元宋""尺寸""文蔚，路粹字""昨日""五马""南渡""咏物"十处；二是原本不误，江本亦通的，如"秀发""权谋""斑斑""宣朗""畅乎""轻狷""深沉""公主""不逮""曲径""深山""何诅""甚疑""不精""哉""有如""闳丽""杜意""诅可"十九处；三是南图本有而江本缺漏的，如"少陵""亦""为""一笑""皆""得""惜""未知是否"八处；四是南图本不误，江本讹误的，如"卑贱""二字""一歌""李义""王兵""非也""林逋影""洪永""卒以"九处。其他如"然六朝殊少继者""无可疑也"二处后多"俟考"，或是所据之本的批注，误入正文；"气骨殊寡"后多"意度"，或是涉下而衍。

表1　江本与南图本文字差异

卷次	南图本	江本	卷次	南图本	江本
内编一	风华秀令	"令"作"发"	外编二	气骨殊寡	后多"意度"
	权侔警跸	"侔"作"谋"		杨用修强桃叶三歌附会谢作	"三"作"一"
	猛虎班班	"班班"作"斑斑"	外编三	夫博而弗精	"弗"作"不"
	日华耀以宣明	"明"作"朗"		乔偲、乔备、李义	"义"作"乂"
	卑浅相矜	"浅"作"贱"		六卿则齐瀚、王丘等	"丘"作"兵"
内编二	得衷合度，畅矣	"矣"作"乎"		况龙而鱼服耶？一笑	无"一笑"
	随徂公觅一饱不可得	"徂"作"狙"	外编四	乍日玉鱼蒙葬地	"乍"作"昨"
内编四	往往失之轻儇	"儇"作"狷"		杨用修苦缠刘梦得，何也	"何"作"非"
	一句之中二事串用	"事"作"字"		用字皆极工而不觉巧	无"皆"
	学杜者但刻意沉深	"沉深"作"深沉"		亦何害其美耶	"耶"作"哉"
	皆少陵前所未有	无"少陵"	外编五	疏影横斜水清浅	"疏影"作"林逋影"
	玉霄宫主山庄	"宫"作"公"		且多得杜字法	无"得"
	张良器"河出云光"	"云"作"荣"	外编六	即见浮江五来	"来"作"马"
内编五	由其材不近	"近"作"逮"	杂编五	而渡前隐居不仕	"而"作"南"
	乍夜微霜初度河	"乍"作"昨"		惜当时无人叩之	无"惜"
内编六	然六朝殊少继者	后多"俟考"		下笔如有神	"如有"作"有如"
	无可疑也	后多"俟考"		杨巨源清新明丽	"明"作"闳"
	一径通幽处	"一"作"曲"		今人因献吉祖袭杜诗	"诗"作"意"
	夜静春山空	"春"作"深"	续编二	渠可尽诬	"渠"作"讵"
	亦何渠胜晚唐	"渠"作"讵"		永乐以后诸子	"永乐"作"洪永"
外编一	元之闰也	"之"作"宋"		元美《味物》六十首	"味"作"咏"
	盖亦民谣之类	无"亦"		而世率以书名掩之	"率"作"卒"
	余叵疑之	"叵"作"甚"		则唐与明一，未知是否	"一"后有"也"，无"未知是否"
	辄为掩卷太息	无"为"			
	曷尝有天寸怜才之意	"天"作"尺"			
	文蔚，路粹字	在下一条			

虽然有以上文字差异，但江本仍与南图本、张本为同一系统。参与江本

刊刻的有兰溪令卢化鳌（字尔腾，号云际，漳浦人），徐应亨代卢尔腾撰有《重刻少室山房类稿序》，云其"摄篆兰溪，得少室汇编读之……第家刻漫漶，读者至难卒业。……遂捐俸首倡，谋一翻梓以惬同好"①。胡应麟《与王长公第三书》云："《诗薮》小复益之，外编卷帙，略与内等，漫应征索，大为侧理氏灾，尚数板剞劂未完，寻当贡上。"②又《与吴明卿》云："《诗薮》三编近颇行世，辱长公骤许，以为千虑之得；汪司马公亦以公心独见滥推，总之私衷谬臆。"（胡应麟《少室山房集》卷一一四）故所谓"家刻"，即是胡应麟少室山房自刻本，则江本为原刻本的翻刻本（参见《胡应麟〈诗薮〉版本考》）。据此，我们可以确定南图本应为胡应麟自刻本。

三 内阁本与南图本的关系及《诗薮》版本系统

由以上所述，内阁本、南图本分别对应了今存《诗薮》的两个系统，确认这两个版本的性质与关系对于厘清《诗薮》版本系统有着重要的意义。

首先，内阁本版心均刻有"少室山房"，南图本外编六卷及仅存之杂编卷五版心亦刻有"少室山房"。《诗薮》今存七种明刻本，其余五种版心均无此版记。③其次，从《诗薮》各本的字体看（见图3），内阁本与南图本基本相同，属于带有手写软件字的明代中前期风格，后五种则已是较为方正成熟的宋体字，因此从时间上来说，内阁本、南图本均早于其他刻本。④而仔细地对照内阁本与南图本，其用笔及字画形态、粗细与字间及行间疏密高度一致，基本可以确定是出自同一刻工之手。"少室山房"为胡应麟之斋号，表明内阁本与南图本均为胡氏自刻本。

---

① 徐应亨：《徐伯阳诗文集》卷一《重刻少室山房类稿序》，明万历至崇祯间递刻本，第9a页。
② 胡应麟：《少室山房集》卷一一一《与王长公第三书》，民国刻《续金华丛书》本，第5b页。
③ 拙文《胡应麟〈诗薮〉版本考》误作"江湛然本、吴国琦本版心均刻有'少室山房'"，谨此改正。
④ 笔者曾将内阁文库书影请教复旦大学古籍所陈正宏教授，认为从断版、刷印情况以及纸张看，内阁本应是明刻清印的本子；就字体及刻板情况看，与南图本亦属同一时期甚至同一刻工所刻。谨此致谢。

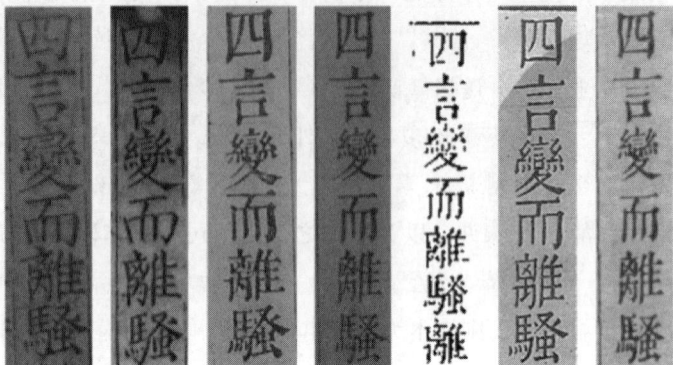

图 3　今存七种明刻本《诗薮》

注：从左到右依次为内阁本、南图本、张养正本、江湛然本、程百二本、黄衍相本、吴国琦本。

南图本内编四末"洪景卢云作诗至百韵"一条，内阁本无。此条云："余《哭长公》诗几倍之，虽笔力远不侔，乃勘点之功，亦靡敢自恕也。"则南图本的刊刻时间在万历十八年（1590）十一月王世贞去世之后。因此，从时间上看，内阁本要早于南图本，是《诗薮》的初刊本。

内阁本与南图本均为胡应麟自刻，然二本版式完全不同，内容差异较大，刊刻时间之差大致在一年之内。在较短的时间内重新刊刻，其原因应有两个。

一个原因是初刊时《诗薮》的内容尚未定稿，因此在作了条目增删与文字修订后重新刊刻。除上举南图本较内阁本多内编四"洪景卢云作诗至百韵"一条外，内阁本相比南图本则多十六条诗话：内编五"嘉隆学杜善矣"条后抄补"献吉为杜歌行""嘉、隆七言律，不专学杜"二条；内编六"乐天云试问池台主"条后抄补"初唐绝句，人不过数篇"一条；外编一"汲冢书奇奥古绝"条后抄补"仲尼诸弟子著述传于汉者""《世子》十六篇""受业仲尼者曾子外""吾夫子世以文事显""吾夫子裔傅尚书者安国"五条；外编三"唐人主工文词者"一条；外编四"邕诗一首见杜集"一条；外编五"徽宗《宫词》佳者""《说郛》载宣和帝一绝云"二条；外编六"廉夫《香奁八咏》""盱江胡布《子申集》十卷""子申五七言绝""陶宗仪九成"四条。这十六条诗话，有些当为胡应麟再刻时所删，如外编一"仲尼诸弟子著述传于汉者"等五条实与诗无甚关系；其他各条或亦作者所删，或为残缺所致。

相较于内阁本，南图本除个别文字的校正外，亦有较多用语表述上的修订，显然是出于作者之手。如杂编五"《韶语阳秋》云"条，内阁本末云："此郢少作，殊佳，惜后不复著，岂夭耶？"南图本删去"岂夭耶"。

外编一"蒙叟《逍遥》"条，内阁本"长卿《上林》，创撰子虚、乌有、亡是三人，此深得诗赋情状者，非以文为戏也"，南图本改作："长卿《上林》，创撰子虚、乌有、亡是三人者，深得诗赋情状，初非以文为戏也。"

外编三"凡著述贵博而尤贵精"条，内阁本"为喷饭满案"，南图本改作"为之绝倒而罢"。

外编三"人主如文皇"条，内阁本、南图本差异较大，一是将"人主则文皇、明皇之属""宗室则越王、韩王之属"等叙述的"之属"均改为"等"，二是南图本删去了内阁本"殷七七以幻，王季友以卖履，邵谒以县胥""天竺童子以牧，海印以尼，香山天复诸老以年，李泌、杨收、路延以稚，范摅之子以殇，李贺、林杰以夭，顾非熊以再生，郑虔、刘商以画，张南史以弈""卢从愿以富，郊岛以穷，卢照邻以癫，李华以风痹"等内容。①

外编四"《正声》于初唐不取王杨四子"条，内阁本"用修于此四者，政自不能了了，宜其轻于持论也"，南图本删去。

续编一"宣庙好文"条，内阁本"然才俱不甚宏巨，非国初比"，南图本改作"然非国初比"。

续编一"国朝诗流显达"条，内阁本"李文正东阳、杨文襄一清……凡所制作，务为和平畅达，演绎有余，覃研不足"，南图本删去"演绎有余，覃研不足"。

续编一内阁本"杨用修格不能高""杨用修才情学问"二条，南图本

---

① 拙文《胡应麟〈诗薮〉版本考》认为这些文字差异的形成，或是原稿较为繁富，刊行时进行了删削；或是《诗薮》在刊行之后，作者又作了较多的增补，而殷七七等既非重要诗家，且所涉及的幻、再生、癫等或者不经，或者无意义，会削弱《诗薮》在诗学探讨上的严肃性，因此，前者的可能性更大些。现在既知内阁本、南图本为胡应麟先后自刻，亦可证明拙文推测正确。

合为一条。

续编二"弘、正五言律"条，内阁本"然二君俱不能七言律"，南图本改作"然二君似未长七言律"。

续编二"高自标致前无古人"条，内阁本末多"本朝杨用修论诗论学亦然，而疏漏尤甚。三子者不同道，其趋一也"，南图本删去此段。

续编二"弘正前七言律数篇外"条，内阁本末云"不足多论"，南图本删去此句。

续编二"唐歌行如青莲、工部"条，南图本多"未知是否"一句。

另一个原因是初刊本的质量较差，颇为粗糙。除一般刻本常见的讹误字外，内阁本还存在颠倒叶、补刻叶以及重出条目等问题。颠倒叶、补刻叶前已指出共有三十余处，重出条目则有四处。

内编一"孔曰'草创之，讨论之'""世谓三代无文人""《诗》三百五篇""周、汉之交""文质彬彬，周也"五条，又于外编一抄补。

内编四抄补"唐轻薄子弹摘人诗句""自宋有田庄牙人之说"二条，又见后外编四叶二三。

内编五"又廿二"叶抄补"唐以诗赋声律取士"至"凡唐人诗引韵旁出"等数条，又见外编三。

内编六卷末"王之涣《凉州词》""大顺中有王涣者"二条，又于外编四抄补。

内阁本这些重出的条目均为抄补，那么是否为误抄所致？不能排除部分条目为误抄的可能性，但内阁本在抄补时版心页码亦抄，其中"又某""前某""后某"等页码显然是所据之本原有，所以全部为误抄所致的可能性不大。还有可以作为旁证的是南图本也存在条目重出的问题，如前举外编五"刘辰翁评诗有妙理"等十三条，又重见杂编五叶一六，而这些条目均非抄补。

综上所述，我们看到，内阁本确实是文本不成熟且刊刻比较粗糙的本子，胡应麟予以修订后重新刊刻是合乎情理的。与之相类似的情况在明代中后期诗话刊刻中也较为常见，如王世贞《艺苑卮言》在嘉靖、隆庆、万历间有数个刻本；丽泽馆本《诗家直说》为早期刻本，与赵府冰玉堂刻《四溟山人全集》本诗话条目、文字内容差异较多；许学夷万历四十一年

（1613）刻《诗源辩体》十六卷与定稿本三十六卷、崇祯刻三十八卷更有着极大的文字润色及诗史认知、诗学观念发展造成的差异。这一现象，既反映出明人急于传播自己诗学观的意愿，也表明明人在诗学上精益求精，不断研讨深入的理论追求。

由内阁本、南图本性质的判定，我们可以将《诗薮》的版本系统作出更为准确的描述（见图4）。

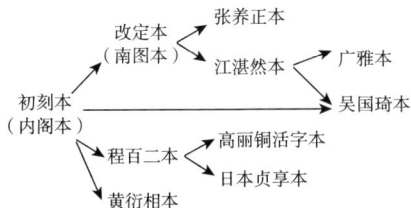

图 4 《诗薮》版本系统

我们看到，今存《诗薮》各本构成一个复杂的文本系统，因此在进行文献整理及诗学研究时应该明确所用之本的性质特点，只有这样才能确保整理及研究的科学性。就诗学理论的研究而言，南图本作为作者修订后的自刻本，是胡应麟诗学观最为成熟的代表，而内阁本、南图本中相关文字修订及条目增删的比对无疑是显示其理论发展脉络的重要资料。对于《诗薮》的文献整理来说，情况则相对复杂。虽然作为胡应麟修订的自刻本，南图本理应是整理底本的首选；但其部分缺叶，尤其杂编仅存卷五，其他各卷必须另找底本。考虑到江湛然本是据南图本重刻，可以作为南图本杂编残缺部分的底本使用，在具体整理时亦应与内阁本参酌而定。其他如张养正本、程百二本、黄衍相本、吴国琦本、高丽铜活字本、日本贞享本、广雅本在特定文字的确定时也各自有着不同的参校价值。

（责任编辑：马昕。本文原刊于《文献》2018 年第 6 期）

王世贞《艺苑卮言》实物印本考覈

魏宏远[*]

内容提要　后印本是对前印本的最好阐释，《艺苑卮言》实物印本的物质性形态、"说部"形态以及"诗话"形态呈现不同的意义指向。从"单行本"、《四部稿》"说部"本、"诗话"本到现代铅字标点本；从四卷本、六卷本、八卷本、十二卷本、十六卷本到《卮言倪》《全唐诗说》《国朝诗评》《文评》《词评》《曲藻》《文章九命》等"摘选本"，《艺苑卮言》的文本形态不断变化，题名、字体、纸张、序跋、卷次、钤印、牌记、刻工、堂号、墨钉、另行等可视性符号为理解实物印本产生的历史时空提供了重要元素，彰显了印本参与文学活动、文化表征的意涵。《艺苑卮言》实物印本的物质性形态参与了文本意义的生产，在脱离作者掌控后实物印本"物的叙事"与"作者意图"渐行渐远，由最初作者"策名艺苑""以书为礼"的"谈艺"转为"以资闲谈"的"诗话"或"诗论"。

关键词　王世贞　《艺苑卮言》　实物印本　诗话

　　《艺苑卮言》实物印本的物质性形态不仅仅是文学思想、审美经验、历史文化的载体，更是一种"物的叙事"，承载着作品内容、时代审美、社会文化以及编刊者的思想意图等。[①]《艺苑卮言》实物印本的物质性形态

---

　*　魏宏远，兰州大学文学院教授，著有《王世贞文学与文献研究》等。
　①　麦克卢汉曾提出："媒介即讯息。""研究媒介就必须研究其影响。""理解媒介不是理解媒介本身，而是理解新旧媒介的关系，尤其是新新媒介与人的身体、感官和心理的关系。""媒介是塑造历史和社会的隐蔽力量。"参见〔加〕麦克卢汉《理解媒介：论人的延伸》，何道宽译，译林出版社，2011，特伦斯·戈登序，第3~4页。

具有可视性和非虚构性，题名、字体、纸张、序跋、图片、卷次、钤印、牌记、刻工、堂号、墨钉等时代印痕为理解实物印本产生时的历史文化场提供了重要的元素，展示出实物印本生产的文化空间、历史氛围以及文化意涵。《艺苑卮言》实物印本不断变化的物质形态是社会文化、时代审美不断变动的"活态"呈现，特别是某些卷帙或条目被抽离出来单独成书，或与其他印本构成丛书，在新的文本群中获得了新的文化阐释或者意义指向。这样，文本物质意义通过编刊者对实物印本的改造而发生转变，因此，实物印本的物质性形态已成为文本意义的参与者与言说者。

对古人而言，"物"中往往寓"理"，朱熹谈"格物致知"时强调从"物"中发现"理"，尽管有"一本之理"与"万殊之理"，但"物"中含"理"已为不争事实。王阳明在讲"格物"时提出"格"为"正"，"物"为"事"，"物"者"意之所在"，提出了"心外无物""物外无心"，"如意在于事亲，即事亲便是一物"①。王阳明将"物"引申为"事"或者"事件"，也就是"事件"往往有实物的遗痕。"物"作为认识对象与认识共存，古籍实物印本的物质性形态背后寓含着书写者、编刊者的主旨、理念以及相关的"文化事件"。刘大櫆提出"即物以明理，即事以寓情"，说明"物"于古人不仅仅是形式，更是思想、审美和文化的表征，是创作者或文化产品生产者的意图、思想、观念的直观呈现。为此本文拟以《艺苑卮言》实物印本的物质性形态、"说部"形态以及"诗话"形态来探讨实物印本的物质性文化意涵，通过对《艺苑卮言》实物印本"物性"的把握将其作为一种可触摸的文化存在，② 探讨孕育在实物印本"物性"之上的社会思想、文化意图以及艺术精神和文化品格。

---

① 王阳明撰，邓艾民注《传习录注疏》，上海古籍出版社，2015，第13页。

② 目前西方艺术界较重视"物性"研究，巫鸿提出："不仅将一幅画看作是画出来的图像，而且也将其视为图像的载体，并将这两方面的融合与张力看作是一件人工制品之所以成为一幅'画'的关键因素。"（〔美〕巫鸿：《重屏：中国绘画中的媒材与再现》，文丹译，黄小峰校，上海人民出版社，2009，第1页）巫鸿认为，对于传统中国的绘画，就目前的学术研究来看，一般分为两种：一种是对"风格和图像作'内部'分析"，一种是"对社会、政治与宗教语境作'外部'研究"。这两种研究方式都将"一幅画简化为图画的再现"，结果导致图画再现成为学术研究唯一的对象而被反复讨论，而画的物质形式（一幅配以边框的画心、一块灰泥墙壁或一幅卷轴、一套册页、一把扇子以及一面屏风）被遗漏掉了。

《艺苑卮言》实物印本分为单行本、《四部稿》"说部"本以及"诗话"本。单行本有四卷本、六卷本、八卷本、十二卷本和十六卷本；《四部稿》"说部"本有一百八十卷本、一百九十卷本、一百七十四卷本、《四库全书》一百七十四卷本；"诗话"本有《谈艺珠丛》本、《历代诗话续编》本、日本和刻本、《明诗话全编》本、《全明诗话》本、《明诗话要集汇编》本以及摘选本等。"说部"本、"诗话"本及其"摘选"本脱离原历史语境后，进入新的历史文化空间，与新的文本建构起附有编刊者意图的新的文本群。新文本群对《艺苑卮言》的阐释具有新的导向作用。目前有关《艺苑卮言》的研究主要关涉版本、内容、理论、审美等方面，这些成果大都围绕《艺苑卮言》具体内容展开，而有关《艺苑卮言》刊印的社会文化活动，特别是对《艺苑卮言》实物印本的研究尚付阙如，下面将从"物性"视角探讨围绕《艺苑卮言》所展开的文学活动以及所建构的文化空间、社会思想等，并将由此而产生的文化生产及消费、文学权力运行等作为关注对象，以此来探讨《艺苑卮言》实物印本的物质性形态如何参与印本意义的生产。

一 《艺苑卮言》的物质性形态

一部书稿完成后还要经过书工书写、刻工刻字、印工印刷、装订工装订等多个环节，实物印本烙有这些程序的历史印痕。实物印本的物质性形态是指印本的纸张、题名、序跋、牌记、堂号、删改、墨钉等可视性存在，具有符号学意义，呈现了文化产品的特质。古籍印本为古人思想、审美、文化的媒介性载体，印本形态的变化是文化思想、审美经验以及编刊者意图的演变。古籍印本与时代、地域有着密切的关系，张彦远提出："若论衣服车舆，土风人物，年代各异，南北有殊，观画之宜，在乎详审。只如吴道子画仲由，便戴木剑。阎令公（立本）画昭君，已著帏帽，殊不知木剑创于晋代，帏帽兴于国朝。"[1] 绘画中的实物有明显的时代特征，若不顾及实物与时代的关系，绘画中就会出现舛误。张彦远指出："芒屩非

---

[1] 张彦远：《历代名画记》，京华出版社，2000，第20页。

塞北所宜，牛车非岭南所有。详辩古今之物，商较土风之宜，指事绘形，可验时代。其或生长南朝，不见北朝人物；习熟塞北，不识江南山川；游处江东，不知京洛之盛；此则非绘画之病也。"（《历代名画记》，第20页）绘画中的实物有地域属性，如果错乱，就会失真。同样古籍印本也被打上了时代的文化烙印，留有时间印痕，印本的物质性形态具有"物的叙事"功能，以实物展现时代文化特征。

实物印本是一种可视性的物质存在，展开印本，首先映入眼帘的便是题名。古籍题名一般会在函套、内封页、卷首、版心等处。《艺苑卮言》六卷本、八卷本、《四部稿》本并未特意请人题写书名，王世贞自称"腕中有鬼"，即"老夫强作解事语，腕中有鬼奚以为"①，对题写书名并不自信："吾王氏墨池一派为乌衣马粪夺尽，今遂奄然。庶几可望者吾季耳，吾眼中有笔，故不敢不任识；书腕中有鬼，故不任书，记此以解嘲。"② 作为书论家的王世贞对书名的题写有很高要求，一般的书法之作难入其法眼，虽对弟弟王世懋的书写颇为欣赏，但时间仓促，王世贞还是选择了楷体作为《艺苑卮言》的书名题字。《艺苑卮言》晚出的版本对书名题写有了更高要求，十六卷本题"镌王凤洲增补艺苑卮言"，字体较大，行楷字产生出较好的视觉效果，"增补"二字意在突出与别本的不同。十二卷本题名"增补弇州山人艺苑卮言"，为楷体大字；日本四卷本封面题"艺苑卮言"，为手写草书，字体优美；日本和刻本题"弇州山人艺苑卮言"，为正楷大字。几种后出的印本在书名题写上都比较用心，意在突出与其他版本的不同，强调《艺苑卮言》新版本的存在。汪道昆为《四部稿》所作的序文由"吴门周天球书"，周天球为明代著名书法家，师承文徵明。书名、序跋的题写一方面展示编书者、刊印者的审美取向，另一方面也展示了出书者的经济实力。《四部稿》本的字体"雅近欧柳，首尾如一笔书"，叶德辉推测"意当时必觅工楷法者为之"③，然而这样一部刻印精品却未留下刻

---

① 王世贞：《弇州山人四部稿》卷二一《歌赠程孟孺》，明万历间刻本，第15a页。
② 王世贞：《艺苑卮言》附录三，《弇州山人四部稿》卷一五四，第22b页。
③ 叶德辉《书林清话》卷七"明人刻书载写书生姓名"条："《杨慎升庵全集》、王世贞《弇州山人四部稿》字体雅近欧柳，首尾如一笔书，意当时必觅工楷法者为之，惜如此巨编，而不著其姓氏名字。"（浙江人民美术出版社，2016，第251~252页）

工姓名，叶德辉为此感叹说"读者摩挲景仰"，刻工却"没世无称，亦枉抛心力也"。书名题写也透露出文本的刊印时间，日本藏《艺苑卮言》四卷本、日本和刻本以及十二卷本的题名或正文行首皆题"弇州山人艺苑卮言"。王世贞晚年号"弇州山人"，王士骐云："先府君……晚又自号弇州山人。自《弇州四部》之行世也，世之学者又多称弇州先生。"① 说明题名有"弇州山人"字样者应出自王世贞晚年。以"艺苑"二字作为书名，显示出王世贞的特别用心。此前杨慎著《艺林伐山》《谭苑醍醐》，徐祯卿有《谈艺录》，这些书名对王世贞均有一定的启发。王世贞云："余读徐昌穀《谈艺录》，尝高其持论矣。独怪不及近体，伏习者之无门也。"② 徐祯卿《谈艺录》二十余则，论先秦、汉魏古诗，王世贞扩大了徐祯卿"谈艺"的内容，不过其早期也曾频繁使用"谈艺"一词，"向在青有《谈艺》四卷，丧中理旧帙，稍增损之，不敢轻出，记有采子相诗一则，今录上，倘置集末，亦见区区臭兰之感"③。在青州任上王世贞著成四卷《谈艺》，应是《艺苑卮言》早期文本，他说："鄙作凡六十卷，《谈艺》四卷，记朝事两种，种各廿卷，尔时尽出之，以佐足下舞剑之乐，足下为何如？"④ 后来《谈艺》由四卷增至六卷，"《谈艺》六卷颇匹之鸡肋，幸教而正之"⑤。王世贞私下与友人谈诗论文也经常使用"谈艺"一词，有时用"论艺"，如"仆近有《论艺》六卷，自谓颇窥作者之蕴，刻尚未完，俟后陆提举任滇南，当附览也"⑥；有时用"卮言"来代称，"《卮言》旁及非类，大要有调停意"。后来王世贞改"谈艺"为"艺苑"，在为王世懋类似著述取名时王世贞使用了"艺圃"一词，题作《艺圃撷余》，"艺圃"与"艺苑"有对称之意，这与王世贞号"凤洲"、王世懋号"麟洲"可并举。⑦

---

① 王士骐：《王凤洲先生行状》，上海图书馆藏明万历刻本。

② 王世贞：《弇州四部稿·说部》，《景印文渊阁四库全书》第 1281 册，台湾商务印书馆，1986，第 341 页。

③ 王世贞：《弇州山人四部稿》卷一二一《吴明卿》，第 7b 页。

④ 王世贞：《弇州山人四部稿》卷一二七《答王贡士文禄》，第 16a 页。

⑤ 王世贞：《弇州山人四部稿》卷一二七《答王贡士文禄》，第 17a 页。

⑥ 王世贞：《弇州山人四部稿》卷一二〇《复肖甫》，第 5b 页。

⑦ 陈继儒《王元美先生墓志铭》云："太常大司马（王忬）常命之曰：'吾闻东海有凤麟洲，而兄弟其庶乎？'因署其读书之室曰凤洲。"（陈继儒：《见闻录》卷五，四库全书存目丛书编纂委员会编《四库全书存目丛书》子部第 244 册，齐鲁书社，1997，第 200 页）

　　序跋、牌记作为实物印本的媒介符号具有时间指向标意义，栖载着历史的印迹，有辨识文本年代的功能。序跋不仅为辨识印本的成书提供了重要线索，对印本历史身份的辨认也有重要的价值。序文一般有自序和他序，他序往往借对文本主旨的阐发以申发序者观点。《艺苑卮言》不同印本有不同序文：六卷本仅有王世贞一篇自"叙"，署"戊午六月记"；日本大阪大学藏隆庆元年（1567）八卷单行本仍有此一叙，然而在"附录卷之七"首页却另有一叙，署"丁卯冬日世贞叙"，后来此叙被移至《宛委余编》卷首。《艺苑卮言》编入《四部稿》时多出了署"壬申夏日记"的王世贞另一自序，这篇序文与署"戊午六月记"的序文都被放在《四部稿》本卷一之首。十六卷本也仅一篇王世贞自序，题"艺苑卮言序"，署"嘉靖戊午六月吴郡王世贞元美序"，说明这一版本应源于六卷本或隆庆本。十二卷本首为黄道日《重刻艺苑卮言叙》①，题"蒲阳味玄邹道元梓"，序后附"同校正友人姓字"，有"陈大益"等六人字号籍里，此六人与"黄道日"一起借此书以留名，后有"南州黄河清"《跋艺苑卮言》②。王世贞两篇自序在《四部稿》本卷一正文之首，在十二卷本却被置于正文之末，显示出编刊者利用此书以留名、突出自己之用心。日本和刻本首为《艺苑卮言序》③，题"元文四年九月朔浪华赖焕撰"，王世贞两篇序文被放在卷一之首，题"明吴郡王世贞元美著""日本浪华赖焕处文校"。日本四卷本之首为草书《重刻艺苑卮言序》，文后署"元文己未秋九月浪华源善明"，

---

① 黄道日《重刻艺苑卮言叙》云："王氏元美趋绩北地，悯世情深，辑此《卮言》，即扬榷前代，不免搜罗，而诸所不遗，览者便焉。至于时人之评，尚在月旦；盖棺之后，或有另议。初学鸿宝，亡逾此者。往吴刻甚精，草自元美，复尔忌直，近似微斲。然后学不闻，惠恐不遍，兹复为广布，蕲一洗浸淫于宋元之陋者，共成不刊之美。倘所未罄，其事可以类推。能者意会之，自知便矣。时强圉大渊献则壮书于青阳山房，叙毕。"《增补弇州山人艺苑卮言》，明刻本，第2b~3a页。
② 黄河清《跋艺苑卮言》云："今天下之为元美者几，其不为元美者几。进身以时艺，则未测汪洋，徒尔兴羡；竖帜于词坛，则方驾纵横，反阻回向。顾元美一集此书则示汪洋之岸，而判纵横之决也。我家荆卿缭意此书，叙之甚详，于不佞有当焉，故复尔荣梨，永裨大业，览者尚毋徒兴羡，而阻回向哉！跋毕。"《增补弇州山人艺苑卮言》，第7a~7b页。
③〔日〕浪华赖焕《艺苑卮言序》云："余尝读弇州《卮言》，则见峨眉白雪逼真也。论何以古今哉。前乎此者，于此而指归；后乎此者，于此而阐发。波及词曲书画者，其绪余也。余执诸《四部稿》中，侧施我译公之，曰：后之学文者，舍此将奚取法哉？元文四年九月朔浪华赖焕撰。"《弇州山人艺苑卮言》卷首，日本和刻本。

正文题"弇州山人艺苑卮言"，"大明吴郡王世贞元贞著，日本浪华平保国畏天校"，王世贞两篇序文被放在了卷一之首，这里"元贞"误，应为"元美"，而"大明"一词显示出对朱明政权的敬畏之意，从序跋及内容来判断这一印本应源于《四部稿》本。这些属于后文本的新序对原文本主旨予以重新阐发，引导读者对原文本进行重新理解。

印本上的钤印、运刀、墨色、墨钉、空格、另行等同样蕴含着历史文化信息，如果将印本上的字也视为"物"，也未为不可。当然，实体之物、关涉之物与文字之物并不等同，不过印本字体的选用、古今字的使用也耐人寻味，字的背后是思想、审美或其他寓意。如大阪大学隆庆元年本卷八"隆圆犹如天盖"一句中"隆"字为墨钉，显然是为了避讳，说明这一印本成书于"隆庆"年间。《艺苑卮言》喜用古字、古地名、人名和职官名，古意斑斓的用字使印本古色生香，如多用"承相"而不用"丞相"，朱骏声《说文通训定声·升部》云"承，假借为丞"；又如印本中使用"阬"字，"遇春则以夜阬其十之九"，后来四库本改"阬"为"坑"，①《玉篇·阜部》解释"阬，亦作坑"，"阬"本有"坑杀"之意，《史记·秦始皇本纪》云："乃自除犯禁者四百六十余人，皆阬之咸阳。"王世贞使用"承""阬"等字表现出其在用字方面宗法《史记》《汉书》的倾向。这些古奥之字也会产生一些误解，如《艺苑卮言》中"鐘"与"鍾"混用，书中有"鐘王之今楷"之句，②"鐘"若为姓氏与"鍾"同，《万姓统谱冬韵》云："鐘，见《姓苑》，与鍾同。"从整理《艺苑卮言》来看，若"求是"，即考订书中错误，则须统一用字，将"鐘"与"鍾"统一起来，这样虽便于读者理解，却失去了作者用字的原貌；若"求真"，即恢复古书原貌，就要保留作者原用字，文本中会出现义同而用字不同的情况。不过依据今天古籍整理的标准，异体字、古今字往往会被改字，这样王世贞原用字的历史印痕就被抹去。我们知道汉字的职用会随历史的发展而不断演变，异体字的长期共存在古籍中是一种独特文化意义的显现，同义词的选用也会显示出不同的文化心理，《艺苑卮言》古字所表达的

---

① 参见王世贞《弇州山人续稿》卷八〇《中山王世家》，第4a页。
② 参见王世贞《艺苑卮言》附录二，《弇州山人四部稿》卷一五三，第1a页。

风格、异体字的使用对我们重新认识王世贞文本的文化意图以及汉字职用会有很大帮助。

实物印本的物质性媒介呈现文化产品的样态，刻工、牌记、堂号、广告（丁福保铅印本后附有"艺苑卮言二册定价大洋九角"等内容）等都有商业或文本流通符号的意义，成为社会文化意义的载体，这些对了解印本的流传以及围绕印本所发生的社会文化生活都有重要的价值。六卷本第六卷末有"长洲陆子霄刻"字样，《四部稿》一百七十四卷本版心刻有"世经堂刻"；十六卷本增加了"新安程荣仲仁梓"，扉页刻"樵云馆""镌王凤洲增补艺苑卮言"，有"新安海阳三星里应宿第俞氏家藏"钤印，书后牌记"万历己丑孟冬武林樵云书舍梓行"；十二卷本有"蒲阳味玄邹道元梓""万历辛卯岁累仁堂梓"。日本和刻本有"平安书房、锦山堂、文泉堂梓""不许翻刻，千里必究"等标识，同时题"明吴郡王世贞元美著"，而与之相对日本四卷本卷一题"大明吴郡王世贞元贞著"，而卷二、卷三、卷四题"吴郡王世贞元美著"，书后题"明治廿一年七月二日于上野东町新堂屋""伊贺国阿拜郎"，这里"明"与"大明"虽一字之差，却词气迥异。《艺苑卮言》的八卷摘选本《卮言倪》也有"崇祯元年赐绯堂刻本"字样。以上这些印本媒介符号显示出围绕印本所发生的文化活动：印本的序跋、刊刻、装订、编刊者、纸张、版式、字墨、钤印、牌记等背后都有时代审美、社会观念、商业文化的存在。此外，不同印本在字句上也存在差异，如《四部稿》一百八十卷《艺苑卮言》本附录三有"宋广昌裔，未详其官里"，一百七十四卷本改"未详其官里"为"吾吴郡人"。说明在修订一百七十四卷本时，王世贞知道了宋吕商为"吴郡人"。《艺苑卮言》完稿后进入刊刻、流通、传播等环节，以实物印本为媒介生发出诸多文化活动，通过对实物印本物质性形态的辨识可以还原这些文化活动和文学生态。这些围绕印本的社会活动最终凝聚成印本上的文化符号，今天探讨印本的物质性形态就是要还原附着在印本之上的这些符号的文化意义以及当年围绕印本所发生的文化活动。

二 《艺苑卮言》的"说部"形态

《艺苑卮言》实物印本具有不同的结构形态，那么，不同的文本结构形态反映出印本编刊者什么样的文化理念和意图？《艺苑卮言》的文本结构最初由王世贞建构，以"论诗文"和"谈艺"为正副文本结构形态。六卷本的前五卷"论诗文"、后一卷"谈艺"及论典故名物，形成了"5+1"正副文本结构。在六卷本走向八卷本的过程中，王世贞说"黜其论词曲者，附它录，为别卷"，也就是将论诗文的内容作为"正文本"，由五卷发展为八卷，而其他内容则为"副文本"，作为"附录""别卷"。不过隆庆八卷本之第七卷的卷首题"艺苑卮言附录卷之七"，这里"附录"二字说明隆庆本已开始有"论诗文"与"谈艺"的"6+2"正副文本结构模式。《四部稿》本前八卷"论诗文"，附录四卷为词曲、书法、绘画、名物等"谈艺"内容，形成了"8+4"正副文本结构，此外，四卷副文本之后还有《宛委余编》十九卷。由王世贞所建构和掌控的《艺苑卮言》"说部"文本形态见表1。

表1　王世贞所建构和掌控的《艺苑卮言》"说部"文本形态

	六卷本	八卷本	《四部稿》本
结构形态	"5+1"模式	"6+2"模式	"8+4+（19）"模式
存在形式	隐性正副文本	显性正副文本	显性正副文本
刊印时间	嘉靖戊午	隆庆丁卯	万历五年（1577）闰月

《艺苑卮言》在尚未成熟的情况下便随著随刊，反映出王世贞急于"求名"的心态，或"以书为礼"的文化生活需要，其自称："余十五时受易山阴骆行简先生，一日有鬻刀者，先生戏分韵教余诗，余得漠字，辄成句云'少年醉舞洛阳街，将军血战黄沙漠'，先生大奇之曰：'子异日必以文鸣世。'"① 对于《艺苑卮言》的书写，王世贞抱着强烈的"策名艺苑""以文鸣世"之心，"东晬于鳞济上，思有所扬挖，成一家言。……余

---

① 王世贞：《艺苑卮言》卷七，《弇州山人四部稿》卷一五〇，第16a页。

所以欲为一家言者，以补三氏之未备者而已"①。王世贞科举中第后，未入馆选，内心失意，期待通过艺文以获声名。从《艺苑卮言》六卷本刊刻的时间及王世贞自身经历来看，《艺苑卮言》早期文本承载着其策名艺苑、负志傲世的自我期待，他意图通过《艺苑卮言》的刊印来获得文化领导权和文化资本，这样《艺苑卮言》的成书其实是社会文化交往策略的产物，书中王世贞以"亲历者"身份讲述自己的阅读和诗文交往经历以及对诗文书画的认知和体验，有纪实的功效，同时又有占领文化市场、以文笔掌控文权的用意。沈德符说："当华亭力救弇州时，有问公何必乃尔？则云：'此君他日必操史权，能以毛锥杀人。一曳裾不足锢才士，我是以收之。'人咸服其知人。"②王世贞时代的文权或史权被视为"毛锥"，有传名后世或毁人声名的力量，掌控了文权或史权意义重大，《艺苑卮言》多种印本的不断推出显示出其抢夺"文权"之意。

在《艺苑卮言》的接受过程中作者逐渐失去了对文本的掌控，后来又不断被编选者重新选编，原文本的结构形态发生了转变，由原来的正副文本结构转化为正文本结构，有些卷帙被抽离出来，独立成书。十二卷本将《四部稿》本"8+4+（19）"正副文本结构转化为十二卷正文本结构。十六卷本综合了六卷本、八卷本、《四部稿》附录四卷及《宛委余编》前四卷而成"8+4+4"正文本结构，其中前八卷论诗文，后四卷论词曲、法书、绘画，再后四卷杂考地名、佛道掌故、物候服饰、古今名物等。《卮言倪》作为《艺苑卮言》的摘选本将《四部稿》本的"8+4+（19）"正副文本摘选为八卷正文本结构，其中前五卷论诗文，后三卷谈艺，另外还附有屠隆、摘编者谈诗文条目，这样《艺苑卮言》在作者失去对其掌控后文本结构形态变化见图1。

《艺苑卮言》实物印本的结构形态对理解文本意义以及对文本进行阐释有着重要的价值：卷帙及条目的前后顺次、条目的增减等都是对原文本的重新理解。在卷数的选取上，《艺苑卮言》偏爱偶数，如四卷、六卷、八卷、十二卷、十六卷，《卮言倪》也是八卷，这种追求卷数偶对的倾向

---

① 王世贞：《艺苑卮言》卷一，《弇州山人四部稿》卷一四四，第 1a~1b 页。
② 沈德符：《万历野获编》卷八《严相处王弇州》，中华书局，1959，第 209 页。

《四部稿》本（万历五年）

"8+4+（19）"模式

十六卷本　　　　　　十二卷本　　　　　　八卷本

"8+4+4"模式　　　　"8+4"模式　　　　"5+3"模式（论诗文+谈艺）

（万历己丑刻本）　　（万历辛卯刻本）　　（崇祯元年刻本）

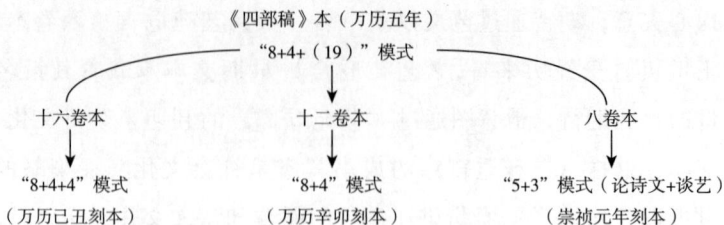

图1　《艺苑卮言》文本结构形态变化

使《艺苑卮言》早期文本不断扩充，甚至拼凑，特别是六卷本之第六卷有明显拼凑的痕迹，此卷主要考辨名物，彰显博学，与前五卷论诗文有较大差异。王世贞于嘉靖三十七年（1558）撰成《艺苑卮言》初稿六卷，后"岁稍益之"，至嘉靖四十四年（1565），由乡人梓行，后来六卷本又不断增益，发展为隆庆八卷本，首仅一"叙"，末署"戊午六月记"，卷七开篇又有一小序，云：

> 余故有《艺苑卮言》六卷，其第六卷于作者之旨亡所扬抑表著，第猎取书史中浮语，稍足考证，甚或杂而亡裨于文字者，念弃之，为其敝帚不忍。而会坐上书，浮系招提中，无他书足携，间于二藏遗编小有所汰澜，或时绎腹笥之遗，合之别成二卷，曰《艺苑卮言附录》。呜呼！孔子之教门人曰："小子何莫学夫诗"，而又继之曰："多识乎鸟兽草木之名"。夫学诗而旁取夫鸟兽草木之名为贵，则夫以鸟兽草木之名而传诗者，十宁无一二益哉！即荐绅先生抗手而谈性命，曰"吾一以贯之"，亦何有乎不佞？嗟夫！嗟夫！余过矣，余乃淫于其末矣。丁卯冬日世贞叙。

这里"戊午"为嘉靖三十七年，丁卯系隆庆元年，此本为六卷本与《四部稿》本之间的过渡本，是在六卷本基础上的增益，序文表明王世贞将后两卷作为六卷之附录。这一序文后来又被置于《宛委余编》卷首，其中"合之别成二卷"被改为"合之别成四卷"，也就是《宛委余编》是《艺苑卮言》的别录，说明《艺苑卮言》具有很强的再生性。十六卷本卷八题"增补艺苑卮言附录卷之八",卷九题"增补艺苑卮言附录卷之九",其余各卷均无"附录"二字,说明这一版本应成书于隆庆本之后,书后牌记为"万历己丑孟冬武林樵云书舍梓行",也就是万历十七年(1589)成书。王重民《中国善本书提要》指出:"程荣此刻,题为'新刻增补',谓较诸本加详也。持校《四部稿》本,此刻实有增补,惜程荣无序跋,不知据何书何本增补也?"① 其实十六卷本就内容来说并无"增补",其前六卷用的是六卷本,其后又拼合《四部稿》本等多个文本而成十六卷本。②十六卷本是《四部稿》本成书后的一个印本,不过这一印本显然不同于《四部稿》本。王世贞后来在《四部稿》本序文中提出:"余始有所评骘于文章家,曰《艺苑卮言》者,成自戊午耳。然自戊午而岁稍益之,以至乙丑而始脱稿。"这里"成自戊午"是指六卷本,"乙丑而始脱稿"是指隆庆元年本,隆庆六年(1572)王世贞又对六卷本进行修正,因此序文说:"盖又八年,而前后所增益又二卷,黜其论词曲者,附它录,为别卷,聊以备诸集中。壬申夏日记。"在隆庆元年本刊印八年后,王世贞思想观念发生了转变,对这一文本颇为不满,于是在原六卷本基础上屡加增益,添加二卷,且黜其论词曲者,附为别卷,隆庆六年八卷本定稿,这与嘉靖三十七年六卷本完成的时间前后相差十六年,此后万历五年前后八卷本《艺苑卮言》被编入《四部稿》"说部",形成了《四部稿》"8 + 4 +(19)"的"说部"文本结构形态。

　　《艺苑卮言》最初编入《四部稿》时出现了《艺苑卮言》与《宛委余

---

① 王重民:《中国善本书提要》,上海古籍出版社,1983,第25页。

② 王世贞晚年曾自悔少作,明抄本《弇州山人续稿》卷二一《书李西涯乐府后》云:"余作《艺苑卮言》时,年未四十,方与于鳞辈是古非今,此长彼短,未为定论。至于戏学《世说》,比拟形似,既不切当,又伤偎薄。第行世已久,不能复秘,姑随事改正,勿令多误人而已。"《四部稿》本《艺苑卮言》卷七有这样一条:"高子业少负渊敏,生支干与伪汉友谅同,既迁楚臬,恒邑邑不自得,发病卒,实友谅彭湖之岁也。"此条在十六卷《增补艺苑卮言》卷五,对这一说法王世贞晚年有所纠正,其《弇山堂别集》卷二七云:"余尝于《卮言》记高苏门叔嗣与陈友谅同支干,其为湖广按察使,又与友谅彭湖之岁同,郁郁不乐而卒。盖故人王允宁、吴峻伯云得之前辈的然者。及后考之信史,殊不然,友谅以癸卯死于彭湖,年四十四,当是元延祐庚申生,而叔嗣则以弘治辛酉生,以嘉靖己亥卒,年三十九,盖无一同者,因更定之,且志一时之误。"(上海古籍出版社,2017,第633页)王世贞这一纠正并未在《艺苑卮言》中体现出来,却收录在《弇山堂别集》。

编》《燕语》名目混淆的现象，这一情况在韩国藏《弇州正集》卷一五〇至卷一七〇的目录中有明显表现，① 具体情况见表2。

表2 《艺苑卮言》编入《四部稿》时的名目混淆现象

卷次	名目
卷一五〇	《艺苑卮言》七
卷一五一	《艺苑卮言》八
卷一五二	缺
卷一五三	《艺苑卮言》附录二
卷一五四	《艺苑卮言》附录三
卷一五五	《艺苑卮言》附录四
卷一五六	缺
卷一五七	缺
卷一五八	《艺苑卮言》别录三
卷一五九	《艺苑卮言》别录四
卷一六〇	《艺苑卮言》附录五
卷一六一	《宛委余编》六
卷一六二	《艺苑卮言》别录七
卷一六三	《艺苑卮言》别录八
卷一六四	《宛委余编》九
卷一六五	《艺苑卮言》别录十
卷一六六	《宛委余编》十一
卷一六七	《艺苑卮言》别录十二
卷一六八	《艺苑卮言》别录十三
卷一六九	《燕语》上
卷一七〇	《宛委余编》十五
……	……

从表2来看，《艺苑卮言》《宛委余编》《燕语》三者边界模糊，出

---

① 参见许建平《王世贞早期著述与〈四部稿〉成书考》，姚大勇、张玉梅编《王世贞与明清文化国际学术交流会论文集》，上海三联书店，2016，第132页。

现了彼此不分的情况，这种混乱说明《弇州正集》为《四部稿》早期版本，这一版本由原来的各单行本攒合而成，在攒合过程中出现了目录淆乱的情况。就《艺苑卮言》在《四部稿》中的存在情况而言，因《四部稿》不断刊印，《艺苑卮言》周边的文本也不断流动和位移。《艺苑卮言》最初单行，在八卷本入《四部稿》时，王世贞有了新的调整，将之定型为"论诗文"与"谈艺"正副文本结构模式。在《弇州正集》中《艺苑卮言》之后除了附有《宛委余编》外，还有《燕语》（二卷）、《野乘家史考误》（三卷）、《皇明盛事述》（三卷）、《皇明异典述》（三卷）。在《四部稿》一百八十卷本中，《艺苑卮言》除了与前面的《札记》《左逸》《短长》《宛委余编》为伍外，又与后面的《燕语》（三卷）、《野乘家史考误》（三卷）捆绑在一起。在《四部稿》一百九十卷本中，《艺苑卮言》与《皇明盛事述》（三卷）、《皇明异典述》（五卷）、《皇明异事述》（一卷）、《史乘考误》（七卷）聚合在一起，构成了新的"文本群"，而《野乘家史考误》《皇明盛事述》《皇明异典述》《皇明异事述》等后来被编入《弇山堂别集》，成为史学著述。在《四部稿》一百七十四卷本中《艺苑卮言》为"说部"的一部分，与《札记》《左逸》《短长》《宛委余编》等连接在一起，[①] 建构成以记事为主，兼及考释，旁涉书画的"语场"。通过将《艺苑卮言》与王世贞文集其他文本进行比对，《艺苑卮言》周边文本的不断变化显示出这一文本的多元属性及不确定性，这也为将《艺苑卮言》编入各类丛书奠定了基础。

王世贞辞世后《艺苑卮言》渐趋失控，甚至书名也被更改。《卮言倪》就是摘选《四部稿》"8+4+（19）"正副文本而成的"5+3"正文本结构，近乎读书笔记的摘抄，其版式为半叶九行行十九字，白口单鱼尾，左右双边，题"琅琊王世贞著，渤海陈与郊纂"，牌记"崇祯元年赐绯堂刻本"，书中依据诗、文、赋按时代顺次进行分类，如卷一至卷五评诗、文、

---

① 有关《宛委余编》的题名，王世贞《宛委余编》小序云："念弃之为其敝帚不忍，而会坐上书浮系招提中无他书足携，间于二藏遗编小有所汰澜，或时绎腹笥之遗，合之别成四卷，晋游以后，复日有所笔，因更益之为十卷，最后里居复得六卷，名之曰《宛委余编》，宛委，黄帝所藏书处也。"[《弇州四部稿》卷一五六《宛委余编》（一），第1a页]

赋，卷六论词、曲，卷七论书，卷八评画，① 具体情况见表3。

表 3 《卮言倪》摘选情况

卷数	目录	则数
卷一	1. 总论诗文	六则
	2. 论文	八则
	3. 评文	十七则
	4. 论赋	二则
	5. 评赋	八则
卷二	1. 总论诗	二十一则
	2. 论诗诸体	十一则
	3. 附《诗薮》内篇	二十五则
卷三	1. 评古诗	三十一则
	2. 附《诗薮》内篇	一则
卷四	1. 评唐诗	五十八则
	2. 评宋金元诗	十三则
卷五	评国朝诗	三十五则
卷六	1. 论词	三则
	2. 评词	十六则
	3. 论曲	三则
	4. 评曲	十三则
卷七	1. 论书	十五则
	2. 评书	二十九则
卷八	论画	九则

编选者对《艺苑卮言》文本形态的随意更改反映出《艺苑卮言》文本结构的松散和不稳定性，新文本编纂者可以依据自己的理解和需要重新整合文本。陈与郊将《艺苑卮言》中的诗文词曲、书法绘画融为一体，将"谈艺"内容提升至与"论诗文"等同的高度，且融入五则自己的谈艺内容。《卮言倪》摘录整合《艺苑危言》，并摘录胡应麟《诗薮》数则，兼

---

① 参见闫勖《陈与郊〈卮言倪〉说略》，《学术交流》2014 年第 9 期。

有五则陈与郊自己的评语，与十二卷本、十六卷本一样，《卮言倪》扩大了原《艺苑卮言》"谈艺"的内容，并将之转化为正文本，说明《艺苑卮言》在作者对其失去控制后，编刊者根据自己的需要随意打乱原文本顺序而不断重新组合文本。①

《艺苑卮言》实物印本结构形态的变化以及与其他文本新连接的建立，对文本主旨的阐释会产生一定影响，某一文本被摆放的位置显示出编刊者对这一文本价值和等次的认定，如《沧浪诗话》最初在《沧浪吟卷》之首，而《沧浪吟卷》卷二、卷三为诗，说明编纂者对《沧浪诗话》之重视。与之不同，明代诗话或不被编入文集，或被编在文集末尾，如《麓堂诗话》最初未入李东阳正德本《怀麓堂稿》，而是以单行本行世，至清人辑刻《怀麓堂全集》才被采录，题名也被改为《诗话》；徐祯卿《谈艺录》为正德本《徐迪功集》附录；谢榛《诗家直说》被收录在明万历本《四溟山人全集》最后四卷（卷二一至卷二四）。通过以上文本在全集中的位置可以看出编刊者对文本的理解和定位。王世贞将《艺苑卮言》放在《四部稿》较后的"说部"，说明其晚年对此类作品的等次和价值的认识已由早年对"策名艺苑"的期待转为晚年对少作的轻视。

三 《艺苑卮言》的"诗话"形态

《艺苑卮言》写作之初王世贞并无整体出版计划，完成六卷后为了"策名艺苑"或"以书为礼"，便开始刊印，后来又不断修改，随改随刊，在这一过程中王世贞始终掌控着文本。六卷本有王世贞一篇自序、隆庆八卷本的第七卷有王世贞"丁卯冬日"序，至《四部稿》本卷一之首有了王世贞两篇自序，说明王世贞通过序文不断强化自己对文本的控制，并对读者的理解予以引导。《四部稿》本前又有汪道昆总序，汪道昆受王世贞之托，序文也是王世贞意图的延伸。然而王世贞将《艺苑卮言》打上"说部"烙印，建构成"8+4"正副文本结构模式，则消解了自己当年"成一

---

① 罗兰·巴特提出"作者已死"，认为作者在作品完成后，只有死亡，读者心灵才能与一个写定的"文本"进行对话，文本的意义才被阐发出来。参见《罗兰·巴特随笔选》，百花文艺出版社，2005，第294~301页。

家之言"的意图。此时"说部"作为谈资，降低了《艺苑卮言》的等次。因《艺苑卮言》"论诗文"与"谈艺"正副文本结构具有不稳定性，两者此消彼长，在接受过程中正副文本结构渐趋失控，新文本的刊印者不断弱化消解原作者对文本的掌控，文本结构形态出现了"说部"与"诗话"阐释权的博弈。

王世贞本意并非将《艺苑卮言》写成"诗话"，可是《艺苑卮言》在接受过程中却被建构成了"诗话"，甚至成为诗学专著。"论诗文"与"谈艺"在《艺苑卮言》正副文本间彼此纠葛，因《艺苑卮言》具有开放性的多元阐释空间，新文本不断带来新的阐释，读者的新阐释往往以自身体验或知识结构或"前理解"来拓展文本，特别是新文本刊印后，后文本成为对前文本的最好阐释。刊印者依据自己对文本的理解和需要而对原文本进行重新整合，这样文本的意义就不断得以延伸，同时新读者的存在又使原文本不断获得新阐释。新文本的出现又不断消减作者的权威，文本成了刊印者思想、审美、意念的物质性呈现。后来《艺苑卮言》被编入"诗话"类丛书，文本阐释更加多元化，形成了入"说部"与入"诗话"文本主旨阐释权的争夺。王世贞在为《艺苑卮言》六卷本撰写的序文中称"以补三氏（严羽、杨慎、徐祯卿）之未备者"，此时王世贞"年未四十"，意图通过《艺苑卮言》将自己的才、学、识呈现出来，其年少气盛，锋芒外露，屠隆说《艺苑卮言》起到了"言掩其德"的负面效应："元美作《艺苑卮言》，鞭挞千古，掊击当代，笔挟清霜，舌掉电光，天下士大夫，读其文，想其丰采。远听遥度，必以为轻俊薄夫，而不知其为人殊长者。"[1] 为了深刻而不惜偏激，王世贞在书中对同时代诗文作者予以尖刻批评，极尽露才扬己之能事。在《艺苑卮言》由六卷转为八卷时，王世贞批判的风格一直未变；后来《艺苑卮言》被编入《四部稿》，王世贞转变了"成一家之言"的态度，将之打上"说部"标识，也就使文本主旨走向了"以资闲谈"，这与其晚年自悔少作有着密切的关联。[2]

当时间进入清代，《艺苑卮言》进一步脱离作者的掌控，不断被编入

---

① 谈迁著，张宗祥校点《国榷》第 4 册，古籍出版社，1958，第 4643 页。
② 参见拙文《王世贞〈艺苑卮言〉的文本生成及文学观之演进》，《陕西师范大学学报》（哲学社会科学版）2016 年第 6 期。

各类丛书，或者单行。《艺苑卮言》从单行本到"说部"本，再到"诗话"本，再到单行本，各印本"物的叙事"被赋予新的意涵，呈现为由"策名艺苑"到"以资闲谈"的转变。《四部稿》本《艺苑卮言》前八卷论诗文的内容被王启原编入《谈艺珠丛》，邓辅纶光绪十一年（1885）序云："今夏侍郎（郭）筠仙先生聘君续修《阮湘耆旧诗集》，寓居讲舍，乃辑历代诗话之尤雅者，自梁钟记室仲伟至国朝黄县丞汉镛，凡二十四家，标其目曰《谈艺珠丛》。"该丛书的编者自叙云："盖自梁刘勰有《明诗》六篇，钟嵘品诗遂详派别。……明则自《麓堂》而后，皆知以诀别法微为归。故梁知其宗，唐别其诣，宋或微中，而明其深造也。两宋后偏家杂说，稍饰以篇制，率被以诗话之名，沿流而作，未知纪极，终于无当微言。"① 这一丛书收录了钟嵘《诗品》、严羽《沧浪诗话》、徐祯卿《谈艺录》、王世贞《艺苑卮言》、谢榛《诗家直说》、王世懋《艺圃撷余》等二十四家二十七部，近乎历代诗学汇编。后来《四部稿》本《艺苑卮言》前八卷又被《历代诗话续编》《和刻本汉籍随笔集》《明诗话全编》《全明诗话》等收入，这些丛书舍"谈艺"而录"论诗文"的内容，强化了《艺苑卮言》的诗学倾向，淡化或遮蔽了"谈艺"成分，这种接受形态彰显了丛书编刊者对原文本的新理解和新阐释，且这一阐释又不断被后世强化。

《艺苑卮言》实物印本形态由"说部"转为"诗话"，某些卷帙或条目被单独抽出，这些独立出来的选本又与其他文本构成丛书，如《全唐诗说》《国朝诗评》《文评》《词评》《曲藻》《文章九命》等。《全唐诗说》是从《艺苑卮言》摘选出评论唐诗的内容，单卷成书，《四库全书总目提要》称其系"割剥《艺苑卮言》"而成，有《学海类编》本、《丛书集成初编》本。《国朝诗评》一卷，是从《四部稿》本《艺苑卮言》卷五抽离出来，以象征、比喻手法撰写诗评，评述一百余位诗人，有《丛书集成初编》本、《学海类编》本（题作《诗评》）。《明诗评》四卷，专门品评明诗人一百一十七家，有传有评，最早收录在《凤洲笔记》，后入《艺苑卮言》，有《纪录汇编》本、《丛书集成初编》本、《和刻本汉籍随笔集》本、《明代传记丛刊》本（源于《纪录汇编》本）。《曲藻》为《艺苑卮

---

① 王启原辑《谈艺珠丛》，光绪十一年（1885）长沙玉尺山房刊本。

言》附录论述词曲内容，被辑出后题《曲藻》，有明万历八年（1580）茅一相《欣赏续编》（戊集）本、高嶹《艳雪斋丛书》本、冯可宾《广百川学海》本以及无名氏《锦囊小史》本、《新曲苑》本、《中国古典戏曲论著集成》本等。《文章九命》是《四部稿》本《艺苑卮言》卷八叙述古今文士命运的内容，被辑出单行，有《闲情小品》本、《说郛续》本、《和刻本汉籍随笔集》本（《历代文话》即据此录入）。这些摘选本独立成书，进一步表明《艺苑卮言》文本结构松散，丛书编纂者可以依据需要任意割裂文本。《艺苑卮言》由"说部"入"丛书"，文本阐释也发生了转变，某些卷帙被摘录入《四库全书》《谈艺珠丛》《历代诗话续编》等丛书，与其他文本建构起新的连接。当某一文本脱离原来语境和文化空间而与其他文本建立起新的连接，那么，这些由新文本构建起的文本群就形成了新的文化阐释"空间"，而这些新"空间"反映出的不仅仅是文本新的组合，更是编刊者的新理念以及对文本的新理解，同时文本时空的改变使得阐释也发生了转变。

　　《艺苑卮言》"谈艺"内容删除后逐步被建构成"诗话"文本，"诗话"文本中一些论诗条目又不断被摘录，这些由若干摘录条目所形成的文本把《艺苑卮言》简化成诗学之作，如明代胡文焕订补《诗家集法》，"诗评"自《离骚》至李攀龙的内容均采录《艺苑卮言》。明代屠本畯编《诗言》五至十卷，精选古今诗话"五种"，序文称："夫《诗品》直陈源委，《吟卷》借喻禅机，《艺录》咀嚼膏华，《新语》采撷芳润，《卮言》渔猎九代、囊括四家。虽言人人殊，总之破的超乘，开觉济迷，盖言之至者矣。"[1] 这些摘选主要侧重诗学内容。明代高嶹辑《艳雪斋诗评》（又称《诗评》）二卷，卷首作者自序云："人莫盛于神庙时，而王元美为之冠，元美以盖代之才为一时楷模，又不靳其藏，为之口抉其秘而《卮言》日出，则言之脍炙人口，而诗之风翕然随以变。"[2] 书中上卷一百余则，均摘自《艺苑卮言》。明代杨春先编撰《诗话随钞》上集四卷、下集四卷、附集一卷，抄录同时代自瞿佑《存斋诗话》、李东阳《麓堂诗话》至苏佑

① 傅璇琮总主编《中国古代诗文名著提要》诗文评卷，河北教育出版社，2009，第235页。
② 傅璇琮总主编《中国古代诗文名著提要》诗文评卷，第266页。

《迪旖漤言》、陈沂《畜德录》、王世贞《艺苑卮言》等，主要摘录论诗文内容。明代茅一相辑《欣赏诗法》（又称《诗法》）一卷，诗评一百六十七条几乎全摘自《艺苑卮言》。明代蒋一葵辑《诗评》，主要摘录王世贞《艺苑卮言》、王世懋《艺圃撷余》等。明代顾起纶撰《国雅品》一卷，以徐祯卿《谈艺录》、谢榛《诗家直说》、杨慎《升庵诗话》、皇甫汸《解颐新语》及王世贞《艺苑卮言》为"五家大备"，诸家评语多引自王世贞，《四库全书总目提要》称之为"唯奉《艺苑卮言》为圭臬"。这些摘选本很多时候显示出的并非原文本的特色，而是摘选者的眼光、思想和观念。这些摘选本在突出放大某些内容的同时，也遮蔽掩盖了原文本的其他内容，使其成为单一的诗学文本。

《艺苑卮言》"诗话"形态破除了王世贞所建构的"说部之体"，"说部"本为王世贞所自创，属于笔记类杂著，以纪实、见闻为主，与今天所言以虚构为主的"小说"了不相涉，但有研究者提出："王世贞以一代文宗之尊，创造性地在自编文集中设立说部，与赋、文、诗并驾齐驱，极大提高了小说的文体地位，为小说进入文苑、跻身古代文体之林开辟了通道，具有重要的文学史和文体学意义。"[1] 这一说法有过度阐释的倾向，王世贞将《艺苑卮言》归入"说部"，并以"说部"入文集只是偶然事件，其晚年编纂《弇州山人续稿》取消了"说部"，在为其弟王世懋编纂《王凤常文集》时也未设"说部"（设有"赋部""诗部""词部""文部"），尤值得关注的是《四部稿》中"说部"内容极不稳定，《四部稿》一百八十卷、一百九十卷、一百七十四卷本的差异主要在于对"说部"内容的增删。[2] 不过真正将《艺苑卮言》由"说部"入"集部"的是四库馆臣，《四部稿》被编入《四库全书》的"集部"，《艺苑卮言》也随之入"集部"，这或许是四库馆臣的无意之举。王世贞设"说部"的真实"意图"，或许是这些"以资闲谈"的内容弃之可惜，存之不足，于是另设"说部"，附在"赋部""诗部""文部"之后，然而"说部"含纳不了的内容，另编"别集"，于是一些"说部"内容如《皇明盛事述》《皇明异典述》《皇

① 何诗海：《说部入集的文体学考察》，《中山大学学报》（社会科学版）2015年第4期。
② 参见许建平《王世贞早期著述与〈四部稿〉成书考》，姚大勇、张玉梅编《王世贞与明清文化国际学术交流会论文集》，上海三联书店，2016，第113~141页。

明异事述》等被编入《弇山堂别集》。当然"说部"的设置不乏王世贞炫耀自己学识广博的意图，《四库全书总目》称其"才学富赡，规模终大，譬诸五都列肆，百货具陈"①。王世贞将《艺苑卮言》归入"说部"，与诗话建立起了连接，《四库全书总目提要》把"诗话"分为五类，其中在谈"体兼说部"一类时说："飏究文体之源流，而评其工拙；嵘第作者之甲乙，而溯厥师承，为例各殊；至皎然《诗式》，备陈法律；孟棨《本事诗》，旁采故实；刘攽《中山诗话》、欧阳修《六一诗话》，又体兼说部。后所论著不出此五例中矣。"② 叙事类诗话被划分为"旁采故实""体兼说部"两类，不过"故实"既可指旧事也可指典故，在此方面《本事诗》与《六一诗话》都有陈述史实的叙事性，因此，很难找出它们的本质差异，似乎将两者并入"论诗及事"诗话更为妥当。自欧阳修《六一诗话》及《大唐三藏取经诗话》始用"诗话"之名以来，③ 以"诗话"题名的主要有两类作品：一为谈诗笔记，一为有诗有话的"话本"。后人将《艺苑卮言》归为"诗话"明显是取前者之意，不过后来"诗话"又偏向理论，张嘉秀《诗话总龟·序》云："夫诗胡为者也？宣郁达情，撷菁登硕者也；夫话胡为者也？摘英指类，标理斥迷者也。"④ 这一说法显然强调诗话的理论性，对此杨鸿烈说："'摘英指类，标理斥迷'几个字竟可借来做我们今日之所谓'诗学原理'最确当的定义了。"⑤ 诗话不断被理论化，记事性不断被弱化，因此作为"体兼说部"具有"诗话"性质的《艺苑卮言》也不断被摘编为诗学之作。

《艺苑卮言》实物印本背后有书写者、刊印者等彼此交织的文化意图，形成了实物印本形态的"非虚构"叙事。《艺苑卮言》最初单行，王世贞自称"戏学《世说》，比拟形似"，是以一种轻松笔调记录当时文人雅士文苑趣事，当单行本增至八卷，王世贞编纂《四部稿》而将之归入"四部"

---

① 永瑢等：《四库全书总目》卷一七二，下册，中华书局，1965，第1508页。

② 永瑢等：《四库全书总目》卷一九五，下册，第1779页。

③ 有关《大唐三藏取经诗话》题名问题，刘德重先生《诗话概说》提出："欧阳修以《诗话》名书，民间有一种话本也题作'诗话'，当亦属于'无心暗合'。"（安徽教育出版社，2009，第5页）

④ 阮阅编，周本淳校点《诗话总龟（后集）》，人民文学出版社，1987，第317页。

⑤ 杨鸿烈：《中国诗学大纲》，台湾商务印书馆，1960，第15页。

之"说部",《艺苑卮言》完成了从仿效《世说新语》到贴上"说部"标识的转变。古人一般较少将论说诗文的诗话纳入文集,"诗话之作始自齐梁,沿唐及今代,袭其制,然或摭及篇什,或杂记委琐,往往类小说家言,故其体弗尊,大抵以别集孤行,附刊于丛书中者亦尠"①。王世贞不仅将《艺苑卮言》编入《四部稿》,还创造性地起了一个名目——"说部",且有四卷附录,建构起正副文本结构模式。王世贞辞世后,《艺苑卮言》"诗话"文本抛弃了此前的副文本,从"说部"走向"诗话",进而走向"诗学"。不过对《艺苑卮言》是否为诗话之作仍存有争议,何文焕《历代诗话·凡例》提出:"诗话贵发新义,若吕伯恭《诗律武库》,张时可《诗学规范》,王元美《艺苑卮言》等书,多列前人旧说,殊无足取。"②认为诗话要有著者心得,"贵发新义",然而《艺苑卮言》第一卷仅罗列了诸家论诗文之语,故何文焕认为不是诗话之作。丁福保不赞同何文焕这一观点,李详《〈历代诗话续编〉序》提出:"若王元美之《艺苑卮言》,虽云少作,实仿仲伟,自钱、朱两选,奉为识志。何氏乃云'罗列前人,殊无足取',此特其识有所未至。仲祜所辑,仍入此书,可以见其趋向之正,不随流俗苟为异同。"③郭绍虞也赞同《艺苑卮言》为诗话,其《清诗话·前言》提出:"到了明代,如徐祯卿的《谈艺录》、王世贞的《艺苑卮言》、胡应麟的《诗薮》等,就不是'以资闲谈'的小品,而成为论文谈艺的严肃著作了。"④《艺苑卮言》入"诗话",附录部分被删除,只保留前八卷,成为一部诗学著述,而赵统称:"王元美著《艺苑卮言》,历叙古今文人、诗人而加评品,而名之曰'艺'。文以载道,嗟,亦轻矣哉!然或谓之'艺史',谓之'艺史断',亦皆可也。"⑤这一说法对《艺苑卮言》为"诗话"提出了质疑,认为《艺苑卮言》本为"谈艺"而非"载道"之作,故应为"艺史"或"艺史断",这就否定了《艺苑卮言》为诗学专著。

---

① 邓辅纶:《谈艺珠丛·序》,清光绪十一年(1885)刻本,第1a页。
② 何文焕辑《历代诗话·凡例》上册,中华书局,1981,第1页。
③ 丁福保辑《历代诗话续编》上册,中华书局,1983,第3~4页。
④ 王夫之等:《清诗话》上册,上海古籍出版社,1978,第3页。
⑤ 陈广宏、侯荣川编校《稀见明人诗话十六种》上册,上海古籍出版社,2014,第310页。

　　综上，通过对《艺苑卮言》实物印本的关注，本文从印本与社会文化的互动、文化史、思想史、文本发生史等角度探讨了《艺苑卮言》实物印本"物的叙事"。《艺苑卮言》最初不断刊印，成为王世贞与文人士大夫交往的一种礼仪性媒介。为了建构自己的文化生活圈而与士大夫阶层进行艺术交往，王世贞少时便不断刊印自己的读书随感和札记，将自己的才、学、识借《艺苑卮言》实物印本传播出去，以此来获得对"艺苑"的阐释权，进而不断获得文化资本和文化领导权力。《艺苑卮言》实物印本的"诗话"形态展示出作者对文本的失控，新文本的刊印者依据自己的理解和需要不断割裂原文本，破坏了由作者所建构的"说部"形态，而将之建构成"诗学"之作。《艺苑卮言》不断被编入各类丛书或诗学之作，而由多种文本组成的诗话丛书"以资闲谈"或"论诗文"的共性改变了王世贞掌控文本时"策名艺苑"的意图，这样围绕《艺苑卮言》实物印本展现出从"策名艺苑"到"以资闲谈"的文化博弈。

　　（责任编辑：马昕。本文原刊于《兰州大学学报》2018 年第 6 期）

明散曲历史观的新旧格局
及其曲学思想根源

马　昕[*]

内容提要　咏史是古代散曲写作的重要题材，在元代形成独特的创作传统，以消极悲观的历史观念为其特色。但是到明代，散曲中的历史观念与创作风貌出现突破与新变，具体表现为谈成败、论兴亡、讲是非这三个方面，共同呈现积极进取的风格。明散曲新旧史观的格局大致是：正德、嘉靖时期，南方曲家与多数北方曲家都沿袭元曲的消极史观，而康海、王九思发展出积极史观；万历至崇祯时期，南北方曲家多数转向积极史观。这一格局变化的背后，还包含着明代曲学思想的微妙变迁：持有积极史观的曲家，往往受复古文学思想的影响，或受政治危局与国家忧患的逼迫；而固守消极史观的曲家，则往往与复古文学思想有所疏离。

关键词　明代　散曲　历史观

　　自班固开辟以诗咏史的先河，咏史①遂成为中国古代诗歌的重要题材。咏史诗的创作，自六朝至于晚唐，体制渐称完备，风格亦趋多元。而到宋代，词作为新兴的诗歌文体，随着其文人化进程的展开，也逐渐形成自己的咏史创作传统，王安石、苏轼、李纲、贺铸、辛弃疾等人皆有此类名作

＊　马昕，中国社会科学院文学研究所副编审，发表论文《明清之际遗民士人的历史论说与名节观念》等。

①　咏史常与怀古相伴，但学界向来认为二者判然有别：咏史多出于书斋写作，怀古则需要面对古迹现场。但这一判断并不严谨，实际上有大量咏史作品也会登临遗迹，只是不在诗中表露而已。咏史与怀古的界限在唐代之后渐趋模糊，本文所涉时段已不需要对此进行严格区分。关于咏史与怀古两种题材的融合问题，笔者将另撰专文予以辨析。

传世，可为表率。金元时期则出现了散曲这一新鲜的抒情诗歌体裁，在散曲创作的版图中，历史题材的地位异常凸显。咏史散曲亦随之成为举足轻重的创作类型，引起学者的重视。

早在 20 世纪 80 年代，就有学者指出："（咏史）散曲作品内容厚实，感情浓烈，寓意深刻，比起大量描写男女风情、纵酒归隐的散曲作品来，它严肃、尖锐，更具政治色彩和时代气息，在一定程度上体现了元散曲思想内容的深度和高度。"① 而这种所谓的"深度和高度"，突出地表现为一种悲剧意识，甚至可以说是历史虚无主义。元代散曲家在写作咏史散曲时，相当普遍地认为：历史上的人与事皆如过眼云烟，最终都要化作尘土，既然如此，倒不如不关心成败，不计较兴亡，甚至不在乎是非。学者将这种现象的成因归结为"对命运表现了无可奈何的畏惧，而没有激起自身的力量感和尊严感"②，而这又与元代汉族知识分子的尴尬处境有关。

即便到元亡以后，政治环境和文人命运都发生了巨大的转变，但代表着散曲创作"本色"的这种悲观消极情绪仍然延续了相当长一段时间。对于咏史题材来讲，历史虚无主义论调所形成的阴郁悲慨、故作放达的语言艺术风貌也一直充当着较为主流的风格形态，并且形成了独立发展的创作习套与文学传统。它更多地受制于文体规范，而不是时代环境。但是，明散曲并非铁板一块，其中的历史观念出现了一些可贵的新变。明代曲家在旧有的写作套路之外，发展出一系列全新的写法，既呼应了明散曲的整体发展特点，也为我们了解明人的历史观念打开一扇门户。过去，学者们对元散曲历史观的问题关注得稍多一些，而对明散曲中的历史书写，尚未见到有分量的成果，本文即就此问题作一些初步的探索。

一　明散曲历史观的突破与新变

（一）笑看功名谈成败

元代咏史散曲中的消极史观，首先表现为对功名事业的淡漠和对英雄

---

① 陈昌怡：《简论咏史怀古题材的元散曲》，《江西教育学院学刊》1985 年第 1 期。
② 万晴川：《元人咏史散曲中的悲剧意识》，《贵州文史丛刊》1988 年第 1 期。

人物的讥讽。元代曲家虽然受制于社会政治的大环境而难以在仕途中获得一骋抱负的机会，但他们反而收起卑怯的面孔，转而以倔强执拗的姿态面对"功名"二字。这甚至影响到那些本来可以入仕的曲家，使这种弃绝功名的态度成为元散曲的一种超越阶层与民族差异的普遍化的基调。因此，身居官场高位的张养浩会说"功，也不久长；名，也不久长"①，贵族世家出身的贯云石则表达了"识破幻泡身，绝却功名念"②的想法。但是，明代曲家常借助历史上英雄人物的事迹，来表达对功名事业的赞颂与渴慕。例如薛论道有〔朝天子〕《屈伸》四首，③第一首提及渭水台前垂钓的齐太公和唐朝凌烟阁二十四功臣，第二首提及苏秦身佩六国相印，第三首提及司马相如成都题桥和齐太公非熊入梦，第四首提及韩信封侯拜将、诛灭项王。这些都是历史上的成功人物，而每首都以"声名"二字作结，诸如"满乾坤声名荡""满乾坤声名震"等，足见作者对功名事业的渴慕。

在元代，咏史散曲的基调是嘲讽英雄人物，认为他们对功名的追求，最终都难以抵抗死亡，无论生前多么威严显赫，死后都要化为黄土。所以，张养浩在〔山坡羊〕《骊山怀古》中说："赢，都变做了土；输，都变做了土。"（《云庄休居自适小乐府笺》，第123页）但他们忘记了，追求功名的快乐实在于不懈追求的过程，而不在于寻求永恒的胜利成果。以化为黄土的终极结局来解释人物成败，实是一种套路化的做法。明人散曲多能跳出这一习套，以刚健笔法描述英雄壮举。这尤其体现在一些笔法细腻的套曲当中。例如位列"国朝一十六人"的明初曲家王子一，其有套曲《十面埋伏》，④叙述了汉初三杰各自的英雄谋略。《词林摘艳》也收录一首无名氏所作套曲，同样写十面埋伏，对包括项羽在内的楚汉英雄进行了更加细致的刻画。曲中不仅写到韩信"九里山施展六韬书，大会垓亲摆布"，张良"高阜处悲歌声能散楚"，以及各路诸侯、诸般人马的阵前英姿；更为可贵的是，作品还写到项羽虽已穷途末路，却仍然是一副"雄纠

① 张养浩著，王佩增笺《云庄休居自适小乐府笺》，齐鲁书社，1988，第127页。
② 杨朝英选，隋树森校订《朝野新声太平乐府》卷二，中华书局，1958，第87页。
③ 薛论道著，赵玮、张强校注《〈林石逸兴〉校注》，云南大学出版社，2011，第73~75页。
④ 张禄辑《词林摘艳》卷三，文学古籍刊行社，1955，第336~346页。

纠将军催着战驹"（《词林摘艳》卷四，第 529 页）的凛然英姿。对失败英雄的同情，淡化了对成败结果的态度。虽然所有人的结果都是化为黄土，但更重要的是英雄人物的性情与作为，以及他们为追求事业成功而英勇奋斗过的身影。

不过，单纯叙述古人的壮举，终归是隔了一层，关键还是要将这种对英雄的赞颂与仰慕化作自身奋进的动力。薛论道 ［朝元歌］《待时》四首，都讲英雄待时而动的道理。其二提及商山四皓和齐太公，说"风云际时志自酬"，"各自有各人时候"（《〈林石逸兴〉校注》，第 299~301 页）。既然"各自有各人时候"，那么对于写作散曲的文人来讲，恰恰也是如此。且看李应策的 ［朱履曲］《席间晤刘大府马总戎和此刘系谪官》，这首曲是为一位贬谪官员所作，其中引述汲黯、班超等人贬谪、外迁的经历以及最终功成名就的结局，就是为了鼓励这位贬谪中的友人，"到而今赫赫声华许并追"①。古代英雄的行为成了明人自我勉励与相互劝慰的资源，相比元代曲家千人同声的悲观腔调，其精神面貌的变化是巨大的。

而手无缚鸡之力的文人，要想在功名事业上有所作为，往往要寄托于才学与谋略。他们摆脱战场杀伐与政坛斗争这一传统的"立功"范畴，而将文学名世、"立言"不朽也视作一种足可追求的功名。例如康海 ［落梅风］《有感》云："张良智，范蠡谋，都不如贾生词赋。响当当美传千万古，有奸谀怎生厮妒？"②贾谊在政治上是个失败者，完全不足以和张良、范蠡相提并论；但其文章流传后世，足可压过张、范，因此康海认为，这也是一种值得追求的人生理想。

可以说，从元散曲对功名的冷漠态度，到明代曲家对功名事业的赞颂、渴慕以及对功名范围的拓展，都体现了明代散曲作家希望有用于世的强烈诉求。而这种诉求又与他们所欣逢的时代密不可分。

（二）欣逢盛世论兴亡

元代咏史散曲的悲观情绪，在个人层面表现为对成与败的漠视，在社

---

① 李应策：《苏愚山洞续集》卷八，沈乃文主编《明别集丛刊》第 4 辑第 44 册，黄山书社，2015，第 205 页。

② 康海撰，周永瑞点校《沜东乐府》卷一，上海古籍出版社，1989，第 23 页。

会层面则表现为对兴与亡的麻木。元代曲家普遍认为，历史上一切繁华盛世皆如过眼云烟，最终都会走向衰落与消亡。这也许是基于他们眼前凄惨的现实景况得出的结论，繁华不属于他们那个时代，而他们在现实中能够见到的，多是兼并战争后遗留下来的断壁残垣。但明人却往往能以相当充沛的自信来看待自己所处的时代，一反元曲习套，将混乱失序留给历史，而将繁华鼎盛留给当今。虽然明代的政治环境在大部分时间里都算不上昌明，但明代曲家却总能怀抱着歌颂圣美时的心态，来衡量历史与现实孰优孰劣。

其中一些作者很明显受到台阁文学风气的影响，借助咏史散曲装点太平。例如殷士儋（1522—1581），山东济南人，曾在嘉靖时期担任翰林院检讨，又在隆庆年间担任礼部尚书。隆庆三年（1569），兼任文渊阁大学士，开始入阁担任辅臣。因受高拱排挤，于隆庆五年（1571）请辞归里。他有一首套曲《咏怀古迹》，写家乡济南的名胜古迹，应是归里后所作。该曲在历数济南著名景点后，开始怀想严光、张翰的归隐之乐，似乎仍陷入不问兴亡、只知享乐的遁世趣味中。但事实并非如此，接下来便突生转折，发出惊叹："呀！喜遭逢累朝累朝全盛，托赖着一人一人有庆，四海无虞罢战争。偃武销兵，重译来庭，万国咸宁，祥瑞休祯。尽如今讴歌登览乐余生，这受用皆天幸。"套曲尾声则将其感念皇恩、感恩盛世的意思和盘托出："感皇恩覆庇深，抚微躯频内省。捐糜何以报朝廷，一点丹心常耿耿。但祝愿当今明圣，万年天保贺升平。"[①] 在济南这样一个历史遗迹众多的古城，作者看到的并不是断壁残垣，而是一派欣欣向荣的景象。他认为，自己所生活的时代正是济南历史上最美好的时期。

说起盛世，在明代之前的历史上，早已出现过众多伟大的时代与贤明的君主。明人称颂盛世时，常与那些贤君盛世作比较，每每认为当今尤胜往古。例如《词林摘艳》等散曲集都收录了一首无名氏的套曲，题为《武功》。这位曲家认为明朝"过舜尧"，"迈禹汤"，"量宽如文景"，"豁达似高光"，"道仿三王"，"智压在孙吴上"（《词林摘艳》卷一〇，第1254~

---

① 殷士儋：《明农轩乐府》，刘祯、程鲁洁编《郑振铎藏珍本戏曲文献丛刊》第51册，国家图书馆出版社，2017，第146页。

1255 页），几乎超越了所有伟大的时代。这首作品虽然有阿谀之嫌，却也代表了明散曲独特的历史观念。

将这种圣朝自信发挥到极致的，是对金陵这座都城的意义开掘。金陵，既是六朝的都城，又是明初的都城。六朝在此建都，国运都不久长，居于繁华之都，竟守偏安之局；朱元璋却能借助钟山王气一扫寰宇，享国长久。在元代咏史散曲中，六朝与金陵，每每成为曲家表达繁华消逝之叹的载体；但在明代咏史散曲中，金陵却成为一座光荣的都城。且看景时珍的套曲《登高有感金陵景》，在历数金陵繁华市貌之后，便切入历史比较的环节："想齐梁晋宋陈，有朱李石刘郭，不多时天数轮着。""争如我大明朝，迈唐尧，一班儿宰辅匡扶，尽都是武略文韬。演武的胜孙杨卫霍，修文的赛伊尹皋陶。"① 同一座金陵城，却有彼时之衰与今时之盛的差别。

金陵的光荣，不仅在于它开启了伟大的明朝，还关涉一个重要的历史命题——华夷之辨，而这也正是元明咏史散曲在兴亡问题上表现出种种差异的一个重要原因。六朝长期遭受北方少数民族政权的侵伐；而同样定都于金陵的朱元璋，却能一举推翻元廷，结束其长达百年的统治。这一区别，使明散曲中的"金陵怀古"主题增添了一抹浓重的政治色彩。例如梁辰鱼的套曲《拟金陵怀古》，其小序明确指出，"卑古崇今"是该曲的创作宗旨。因此，吴与越之兴亡更替，长安、洛阳、邺城之相继凋零，都与当今圣朝之繁华形成鲜明对比；而金陵古都终于在数千年后等来"东南天子"朱元璋，使其重获新生。序文末云："因拟怀古之作，陋尔偏安；实寓尊王之词，欣兹一统。"② 所谓"尊王"，暗寓"攘夷"之义，认为明朝的一统在历代王朝序列中有着尤其不凡的意义。施绍莘也有套曲题作《金陵怀古》，在叙说六朝更替之后，感叹道："叹前朝，真儿戏，到如今，英雄泪。还笑几许么么，要窥神器。谁知天命有攸归，和阳一旅，日月重辉。笑谈间万里，扫腥膻羯胡北去，雪尽中原耻。替古今争气。钟山呵护，别开天地。"③ "腥膻""羯胡""中原耻"这样的字眼，无不关涉民族问题。

而"咏三分"这种咏史主题，本来与华夷问题无关，因为魏蜀吴三方

---

① 佚名撰，任讷、卢前校订《北曲拾遗》，商务印书馆，1935，第 1b~2a 页。
② 梁辰鱼著，吴书荫编集校点《梁辰鱼集》，上海古籍出版社，2010，第 375 页。
③ 施绍莘撰，来云点校《秋水庵花影集》，上海古籍出版社，1989，第 36 页。

力量皆非蛮夷入主。但明人仍会在三国故事中强行渗入华夷之辨。例如丘汝成套曲《咏三分》，从楚汉之争说起，继而讲到三国鼎立，重点称颂诸葛孔明，却专门谈到他平定南蛮的功绩，说这是"心存汉室，恢复华夷"（《词林摘艳》卷四，第 553 页）。这样写，就历史评论本身来看，不免有些轻重失当；但对于彰显明人意识形态来讲，却恰好切中了关键。

（三）明辨忠奸讲是非

元代咏史散曲的消极与虚无还体现在对政治伦理的漠视，由于元朝统治者长期轻视儒学建设，官僚系统普遍缺乏政治信仰，而散曲又先天是一种并不严肃的讽刺文学体裁，因此容易在谈论历史人物的时候，嘲讽忠义之士，泯灭是非界限，以遁世归隐的生活方式回避现实社会中的价值坚守。因此关汉卿在［乔牌儿］中说"且休题，谁是非"①，王仲元［江儿水］《叹世》也说"谁待理他闲是非？紧把红尘避"②。但是到明代，儒家信仰迅速重建，忠义观念深入人心，气节之士层出不穷。即便在散曲文学中，忠义观念都深深植入曲家的精神世界。加之，明人在历史面前表现出突出的自信心态，因此往往当仁不让，敢与奸邪划清界限。即便曲家自身命运坎坷，饱受冤屈，却仍然坚毅沉着，大节不亏，在政治伦理问题上尺寸不让。

例如王九思本为忠节之士，却因与刘瑾为陕西同乡，被名列瑾党，遭到贬官，次年又被勒令致仕，他当时年仅四十五岁。此后他家居四十载，政治抱负化作东流。其命运之坎坷，足可引人唏嘘。然而这并未使他产生对儒家忠义观念的怀疑，反而坚定地说"平生自信修仁道，谁敢与吾敌"。他虽然也看到了"盗跖颜回命不齐"的荒诞史事，却依旧主张"春秋世教赖扶持"，俨然一派纯儒气象。观察他的咏史散曲，要注意两个特别重要的主题。首先是他对隐士的态度。王九思本人的归隐，并非贪图安逸享乐的生活，实是出于被迫，貌似身在田园，实则心在魏阙。因此，王九思赞赏鲁仲连"蹈海耻扶秦"，正是因其鄙视秦国背弃礼义，即所谓"文休表，

---

① 吴国钦校注《关汉卿全集》，广东高等教育出版社，1988，第 623 页。
② 无名氏选辑，隋树森校订《类聚名贤乐府群玉》卷四，上海古籍出版社，1982，第128 页。

德要存，君能倡义我何云"。其次是他对屈原的态度。屈原遭谗蒙冤的经历与王九思多有相合之处，因此王九思对屈原每多同情。在写到屈原时，他说："每思奸恶心如辨，题品忠良味自甘。"① 这份傲然与固执，尤能感动人心。

而谈到屈原，使我们想到元散曲中大量出现的"嘲笑屈原"现象。明人不仅不嘲笑屈原，反而正面称颂其忠义。例如梁辰鱼的套曲《过湘江吊屈大夫》（《梁辰鱼集》，第 365 页），专门"为吊孤忠魄"而作，曲中对屈原只有同情，没有嘲讽。另有收录于《雍熙乐府》的无名氏作品 [朝天子]《述古人》其七，也称赞屈原为"忠正"之"大贤"。② 又比如明末人龙膺（1560—1622），湖南常德人，万历八年（1580）进士。他在万历十七年（1589）始任国子博士，后因屡次直言上书，不容于朝廷，于万历二十一年（1593）春南归常德，迁延至次年才前往杭州出任盐官。在即将启程去往杭州时，龙膺与友人罗禀以散曲唱和，作 [黄莺儿]《南归》二十首，其七云："是三闾近邻，是长沙后身，谁怜折槛披忠悃？"龙氏以屈原自比，显然谈不上嘲笑，主要还是同病相怜。其九又云"连横合纵，鼓舌尽仪秦"③，批评了屈原的对手张仪，以及与张仪一样靠摇唇鼓舌捞取功名利禄的苏秦。将龙膺对屈原和张仪、苏秦的评论相较，其是非标准便显而易见了。

对政治伦理和是非观念的认真探讨，是明代咏史散曲一个明显的特点，也使得这类作品的境界陡然提升。施绍莘套曲《金陵怀古》小序云："盖怆兴废于前人，总成陈迹；而辨是非于后死，差有古心。""辨是非"，正是作者对自己提出的严肃要求。曲文中提到了靖难之役："竟谁知北平兵至，破金川天心暗移。腐儒当国等儿嬉，纷更是非，不合时宜。周官制，成何济，成王已挂衮裳去。孤臣泪孤臣泪滔滔江水，年年化年年化杜鹃啼。"施绍莘将建文帝比作成王，将靖难之役比于管蔡之乱，实已表达其基本立场。对于这样语涉政治禁忌的作品，时人评语中征引了王世贞对《拜月亭记》的批评意见："无词家大学问，一短也。既无风情，又无裨风

---

① 李开先撰，王九思次韵《南曲次韵》，江苏广陵古籍刻印社，1979，第 31a 页。

② 郭勋辑《雍熙乐府》卷一八，明嘉靖四十五年（1566）刻本，第 10a~10b 页。

③ 龙膺撰，梁颂成、刘梦初校点《龙膺集》卷一四，岳麓书社，2011，第 656~660 页。

教，二短也。歌演终场，不能使人堕泪，三短也。"评点者认为《金陵怀古》全无这些弊病，尤其是能够"裨风教"、讲是非。施绍莘《花影集》还收录了胡献征（字存人）的评语："此关系大文字，非目空四海，胸藏万古，岂能雄浑如此。"在明代，词学尚且陷入吟风弄月的花草习气中不能自拔，人们却对散曲抱有如此期待，不得不令我们惊讶。这大概正是咏史这一题材元素在起作用。元代曲家对历史的看法过于消极悲观，其实是对历史的一种不尊重，因为他们并未真正地将历史看作可资借鉴当今的思想资源；而明人竟认为席间消遣之用的散曲作品，一旦涉及历史题材，便具备以古鉴今的力量，这一尊体思路，与明人对现实社会超强的责任感与担当意识密不可分。

明散曲历史观的这些突破与新变，可以说是对元散曲的一种提升。在意识形态层面，这让散曲艺术在价值观上的干瘪获得了救赎；在文学艺术层面，又为散曲艺术争取到一条重要的尊体途径。但事实上，在明代咏史散曲中，以上这几种崭新的创作方法与元散曲中旧有的写作习套其实是长期并存的，甚至在同一作家的不同作品中，这两种截然不同的价值体系与创作风格也都是大量兼容的。虽然新的写法已经出现，但旧的习套仍在延续。这一新旧杂陈的现象又表现出复杂性与不平衡性，即其在明代文学的各个历史阶段里，在散曲作家的不同阵营中，都表现出不尽相同的存在形态。对此，我们还需要深入明散曲发展史的时空维度中，作更细致的研究。

二　明散曲历史观的新旧格局

要对明散曲历史观的新旧格局加以描述，首先要在时间维度上对明散曲历史观念的演变历程进行基本的分期，其次还要注意到南北曲家在这一问题上表现出来的些许差异。在正德之前的明代前期，散曲创作长期处于衰微的状态，涉及历史题材的作品更是少之又少，难以形成一种格局和态势。明散曲的历史写作主要出现在正德、嘉靖时期和万历至崇祯时期，下面分别论述。

（一）正德、嘉靖时期

正德、嘉靖时期是明散曲的第一次创作高峰，以陈铎、杨慎、金銮、夏旸等人为代表的南派曲家，和以康海、王九思等人为首的北派曲家，先后扬声于曲坛。

南派曲家在历史观念与写作模式上几乎全盘继承元散曲，都表现出消极悲观的气质，未见到有明显的新变迹象。例如陈铎在［朝天子］《归隐》二首中说"石崇富易消，范丹贫到老，那一个长安乐"，"韩元帅将坛，严子陵钓滩，那搭儿无灾患"①，表达归隐远害的避世思想。杨慎在［折桂令］《华清宫》中以"云雨无踪，台殿成空；一片青山，万树青松"②作结，在套曲《吴宫吊古》中以"越王得计吞吴地，归去层台高起，只今亦是鹧鸪啼处"（《杨慎词曲集》，第 236 页）为尾声，都沿袭了元代咏史散曲中将歌舞繁华的短暂易逝与自然山水的永恒长存作对比的惯有写法。

北派曲家的情况则稍微复杂一些。

首先，李开先、韩邦奇、常伦、张炼、冯惟敏等多数的北派曲家基本沿袭了元散曲的旧有模式。其中最突出的例子是李开先。他最著名的作品是［傍妆台］百首，其二十一、二十四、三十三、三十五、四十、四十一、四十九、六十四、六十八、七十二、九十三、九十九、一百③都涉及历史内容，并且无一例外地表达了对成败、兴亡与是非问题的含混态度。尤其是其二十四中对屈原的嘲笑口吻，与元散曲的思想状态毫无二致。韩邦奇也是一副悲观论调。他的［折桂令］《金陵》在历数六朝繁华后，却说这些"都做了一场话柄，还落不得半个虚名"。［满庭芳］《洛阳怀古》讲述完东都往事，便说"今和古成长梦，只丢下些虚名虚姓，模糊在断碑中"。［水仙子］《同州道中怀古》也说"长春宫麋鹿游，把豪华都做了一望荒丘"④。显然，他善于描写繁华败落之景，认为一切豪华盛景终将化为

---

① 陈铎撰，汪廷讷订《坐隐先生精订梨云寄傲》，《续修四库全书》编纂委员会编《续修四库全书》第 1738 册，上海古籍出版社，2002，第 342 页。

② 杨慎著，王文才辑校《杨慎词曲集》，四川人民出版社，1984，第 198 页。

③ 李开先著，卜键笺校《李开先全集（修订本）》中册，上海古籍出版社，2014，第 1452~1465 页。

④ 韩邦奇：《苑洛集》卷一二，明嘉靖三十一年（1552）贾应春刻本，第 15a 页。

泡影。常伦少有任侠之气，曲中含有盛唐气象，但其被谗弃官后，却转入玩世闲隐一途。他的咏史散曲也多表达归隐志趣与全身远害之思，例如〔雁儿落带清江引〕其一："石崇富结雠，韩信功催寿。荣华有是非，年命无先后。五柳庄儿常自守。"① 以上诸家所呈现的这类论调，其实也是正德、嘉靖时期北派曲家的主调，与南派曲家并无明显差别。可见在此阶段，新观念与新写法仍未占据曲坛主流。

其次，康海、王九思二人的一部分作品仍然继承元散曲旧有模式，却在另一部分作品中表达积极进取的人生观，展现了全新的气象，从整体上呈现新旧杂陈的格局。一方面，康、王二人都因刘瑾伏诛而遭受牵连，壮年即被迫辞官，隐居田园数十年，绝无再入仕途的希望。这样的挫折经历使二人能够与元代曲家形成共鸣，在散曲中表达一些心灰意懒的悲观言论。例如康海有〔清江引〕六首，都以"懒"字作结，写的也是古代隐士的事迹，"醉卧东山归去懒""梦觉南柯心更懒""百尺竿头心力懒""起草明光魂梦懒"（《沜东乐府》卷一，第27~28页）等语，将这种"懒意"表达得绵长动人。王九思则较多地表达全身远害的思想。例如其〔山坡羊〕《阅世》其一批评"淮阴侯见识错"，称赞"子房公智量高"。韩信与张良的愚智对比，正是元散曲中屡屡出现的"桥段"。另一方面，康、王二人的性格中又含有骨鲠刚强之气，在长期的归隐生活中能够寻求到积极正面的精神支撑。例如康海〔落梅风〕《有感》其一写"草离离遍遮秦汉宫，利和名算来何用"，还是一副消极论调；其二却说，"张良智，范蠡谋，都不如贾生词赋。响当当美传千万古，有奸谀怎生厮妒"（《沜东乐府》卷一，第23页），将功名事业转入立言不朽的范畴，这对于立功不遂的康海来说，不啻为一剂解药。王九思则对忠义大节尤其看重，他在〔清江引〕《再次前韵咏古》十首中侧重于隐士的节烈而非淡泊，在〔傍妆台〕百首中也提出"春秋世教赖扶持""每思奸恶心如辨，题品忠良味自甘"，明辨政治是非成为其历史观念中的重要成分。

---

① 常伦：《写情集》卷下，四库全书存目丛书编纂委员会编《四库全书存目丛书》集部第68册，齐鲁书社，1997，第168页。

（二）万历至崇祯时期

万历至崇祯时期是明散曲的第二次创作高峰，以梁辰鱼为首的南派曲家逐渐占据曲坛主流的位置，而李应策、薛论道等北派曲家也有非常丰富且重要的作品传世。在此阶段，无论南派还是北派，都以表达积极进取的历史观念为主。

首先，在南派曲家中，只有吴国宾、高濂、周履靖等人的个别作品表露出消极史观。例如吴国宾［黄莺儿］其五①抒发了对功名事业的鄙夷，高濂套曲《警悟》②表达了繁华尽逝、成败皆空的思想，周履靖套曲《山林慨古》也说自己只愿"每日间徜徉云水，笑傲渔矶"③。而梁辰鱼、施绍莘、陈所闻这几位重要曲家都集中地表达了积极进取的历史观。正如上文所论，梁辰鱼在咏史散曲中基于华夷之辨的观念，抒发了对明朝的赞美之情，认为今胜于昔；并且对屈原的忠义品质表达敬佩，对其不幸遭遇给予同情。施绍莘则在套曲《金陵怀古》中提出"辨是非于后死"的宗旨，称颂朱元璋驱除鞑虏之功勋，并抨击朱棣靖难之无耻。此外，陈所闻咏史散曲的主题仍然是称颂忠义之士。例如其［驻马听］《拜岳墓》中称赞岳飞"独秉精忠"，并向秦桧发出诘问："试问奸雄，流芳遗臭孰轻孰重。"他在［驻马听］《吴山拜伍相庙》中评论伍子胥时，也将议论重点由对其蒙冤含恨的同情转移到对其"一寸丹衷"④的称赞上来。陈所闻另有一首［懒画眉］《吊方正学祠》，说方孝孺"死甘十族古今难，正气犹生白日寒"⑤。总之，这三位南派曲家的历史观念都偏于积极正面，尤其关注忠义是非的问题。

其次，北派有两位杰出的曲家，即李应策和薛论道，此二人的历史观与康海、王九思一样，都表现出新旧并存的态势。

李应策是以新为主，以旧为辅。除了上文已经提到的几首外，还有一

---

① 吴廷翰著，容肇祖点校《吴廷翰集》，中华书局，1984，第509页。
② 胡文焕编《群音类选》第4册，中华书局，1980，第2359~2362页。
③ 周履靖：《闲云逸调》，民国间刻本。
④ 陈所闻辑《新镌古今大雅南宫词纪》卷五，《续修四库全书》第1741册，第780页。
⑤ 陈所闻辑《新镌古今大雅南宫词纪》卷六，《续修四库全书》第1741册，第795页。

首［水仙子］《因辽事感怀》。该曲由寇准签订澶渊之盟，联想到尉迟恭和班超的千古功业，抒发对"英雄济国难"① 这一人生理想的向往。［混江龙］《闲咏》二首则提到了"傅岩千古济川才，班超万里封侯相"，借以抒发"想拨燕然山顶石，请转高华屿底洋"② 的立功志向。在渴慕功名事业之余，李应策还对政治是非表达明确立场，例如［清江引］《阅史感宋诛檀道济而伤之》二首中批评檀道济"把万里长城误"，并顺便提到"还有个秦桧把高宗误"③。而那种明哲保身、全身远害的论调则仅见于［桂枝香］《感时事作》④ 这样的个别作品中。

薛论道则是新旧史观各占一半。在功名成败的问题上，他经常劝人少涉名利。［水仙子］《成败》四首列举了项羽、苏秦、范增、韩信、萧何、范雎、李斯、晁错等历史人物，说他们"到头来谁是豪杰"（《〈林石逸兴〉校注》，第 134 页）。其［黄莺儿］《怀古》其二更直接说出"多成多败，都是梦一场"（《〈林石逸兴〉校注》，第 161 页）。但是，薛论道又在另一些作品中表达对功名事业的渴慕与赞赏。上文所引的《屈伸》四首且不论，再看其［朝天子］《志学》其一中说："凿壁引光，萤火练囊，一个个都为相。"（《〈林石逸兴〉校注》，第 92 页）对匡衡和孙康勤学苦读而得以身列朝班的经历不乏艳羡之情。［桂枝香］《时不遇》四首虽然讲的是怀才不遇的愤恨，但毕竟其前提首先是胸怀立功之志。正如曲中所言，即便"壮志三尺短"，却仍然"一心万里长"；即便"自恨轻投笔"，也是因为"无能答圣朝"（《〈林石逸兴〉校注》，第 244~245 页），如果有时与能，自然还是要一展平生抱负的。而与"时不遇"主题相对而言的便是"待时"，上文所引［朝元歌］《待时》四首中，就列举了韩信、朱买臣、姜太公、管仲等人作例子。他们都起于草莽寒素，却因为得到机遇而能一

① 李应策：《苏愚山洞续集》卷二二，沈乃文主编《明别集丛刊》第 4 辑第 44 册，第 557 页。
② 李应策：《苏愚山洞续集》卷二二，沈乃文主编《明别集丛刊》第 4 辑第 44 册，第 562~563 页。
③ 李应策：《苏愚山洞续集》卷二二，沈乃文主编《明别集丛刊》第 4 辑第 44 册，第 573 页。
④ 李应策：《苏愚山洞续集》卷二二，沈乃文主编《明别集丛刊》第 4 辑第 44 册，第 568 页。

飞冲天。薛论道的消极史观主要集中在个人成败的问题上，而对于忠义大节，他的立场却非常坚定，并无新旧并存的余地。例如他在［黄莺儿］《吊韩信》中批评韩信"但持忠，一心无二，焉到未央宫"（《〈林石逸兴〉校注》，第179页），背后正是忠君思想。

　　从时间维度来看，明散曲越发展到后面，积极进取的历史观就越占据上风。在正德、嘉靖时期，只有康海、王九思比较多地以这种历史观结撰成篇；到万历至崇祯时期，就演变成南北派曲家共同的趋势，而元散曲的旧有写作模式则成为边缘。从空间维度来看，北方曲家的历史观较为刚健，南方曲家的历史观则稍显保守，后者对新史观的接受也相对较晚。出现这一时空格局的原因又是什么呢？单看作品，恐怕难以得知，还需要深入明代曲家的曲学思想中来观察。

三　新旧格局背后的曲学思想根源

　　散曲作家在其作品中表露何种历史观，并不能用曲家本人的性格或经历来解释。并不能说性格豪迈者或功名顺遂者，其历史观一定是进取的；反之亦然。例如史观较为保守的韩邦奇，却以创作边塞题材著称，实具北派豪放本色。而梁辰鱼和施绍莘都长期困于科场，不免心灰意懒，甚至沉迷于书写艳情，但他们的几首咏史套曲却都严辨华夷、标榜忠义。

　　而且，也不能从南曲、北曲的体制因素方面来为明散曲的史观差异现象求得解释。持积极史观的康海、王九思和持消极史观的李开先、常伦、杨慎，都是南北曲兼作。例如，王九思既用［北双调·清江引］来赞颂隐士节烈，也用［南仙吕·傍妆台］来奖掖鲁仲连的忠义心肠。韩邦奇在表达对功名事业的厌弃时，也是南北曲兼有。

　　最后，我们将目光锁定在曲学思想上，尤其是曲学与诗学思想的关联处。笔者发现，持有积极史观的曲家，往往更认同诗、曲同源，并且更倾向于将散曲进行诗化改造，从而使其偏离金元以来的"本色"特征。而诗学对散曲的改造，之所以能酝酿出历史观念的变化，则与明代中晚期的文学复古运动息息相关。那些与复古派关系密切或在思想上认同复古主张的文人，例如康海、王九思和梁辰鱼，他们在散曲中也就更容易抒发积极进取的观念。而那些与复古派有所疏离的文人，例如杨慎和李开先，或受吴中文学风气的影响，或受唐顺之诗学思想的影响，他们在散曲中就容易放浪于形骸之外，形成较为消极悲观的历史观念。我们仍然按照第二节所划分的两个阶段来分别论述。

（一）正德、嘉靖时期

在康海的曲学思想中，最重要的内容便是诗、曲同源问题。关于散曲的起源，明代诸多论家中，以徐渭和王世贞的影响为最大。徐渭《南词叙录》① 和王世贞《新刻增补艺苑卮言》② 都认为散曲起源于金元时期，因胡乐不协于南词，故而发展出北曲，这大概代表了明人的普遍认识。康海的看法则提出于徐、王之前，他在《沜东乐府序》（1513）中说："古曲与诗同，自乐府作，诗与曲始岐而二矣。其实诗之变也，宋元以来，益变益异，遂有南词北曲之分。然南词主激越，其变也为流丽；北曲主慷慨，其变也为朴实。"③ 可见康海将散曲源头追溯至《诗经》与汉乐府，比金元时期要久远得多，这不仅具有明显的复古色彩，而且将散曲直接与《诗经》、汉乐府所代表的"言志"传统联系起来。正德十四年（1519），康海在为王九思《碧山乐府》所作序中又说："诗人之词以比兴是优，故西方美人，托诵显王；江蓠薜芷，喻言君子。读其曲，想其意，比之声，和之谱，可以逆知其所怀矣。"④ 这里所谓的"词"实指散曲，而所谓"诗人之词"，则是诗人所作之曲，是诗化了的曲，因此也具有言志写怀之意，在其中寄托积极进取的人生观，就是非常正常的事了。曲学理论的这一突破，正是康海散曲在历史观上实现新变，进而脱离元曲"本色"的理论前提。

---

① 徐渭原著，李复波、熊澄宇注释《南词叙录注释》，中国戏剧出版社，1989，第24页。关于《南词叙录》的作者是否为徐渭，骆玉明、董如龙曾撰文《〈南词叙录〉非徐渭作》（《复旦学报》（社会科学版）1987年第6期）予以否定，但徐朔方就此撰写《〈南词叙录〉的作者问题》（中国艺术研究院戏曲研究所《戏曲研究》编辑部编《戏曲研究》第28辑，文化艺术出版社，1988）予以反驳。双方意见各有优劣，学界至今仍多用旧说，本文亦从之。
② 王世贞：《新刻增补艺苑卮言》卷九，《续修四库全书》第1695册，第537页。
③ 任中敏编著，曹明升点校《散曲丛刊》中册，凤凰出版社，2013，第508页。
④ 康海：《碧山乐府序》，王九思《碧山乐府》，四库全书存目丛书补编编纂委员会编《四库全书存目丛书补编》第45册，齐鲁书社，2001，第481页。

如果说康海将散曲言志的理论依据诉诸《诗经》、《楚辞》、汉乐府，那么王九思则将其诉诸李杜之诗，这更切近于前七子诗宗盛唐的主张。王九思《碧山续稿序》（1533）云："风情逸调，虽大雅君子有所不取，然谪仙、少陵之诗亦往往有艳曲焉。或兴激而语谑，或托之以寄意，大抵顺乎情性而已，敢窃附于二子以逭予罪。"因李杜诗中皆有艳曲，所以散曲也可稍免流连风月之讥。更重要的是，李杜之艳曲，其意旨亦不在于艳冶，而是因事感兴，托风月以寄意。这样一来，散曲便具有了返于正道的可能性。王九思在明嘉靖间刻本《碧山新稿》（1541）卷首自序中还说散曲"语虽未工，情则反诸正矣"，便是借散曲之体，寓积极进取之价值观。

与康、王相反，杨慎将曲与词混融为一，推动了散曲的俗化进程。杨慎的诗学思想以浅俗为追求，他评判杜诗"意求工而语反拙"，认为应该"愈俗愈工，意愈浅愈深"①。康、王与杨慎的曲学理论所呈现的雅俗分途，与他们在散曲中传达的人生观与历史观，实现了某种对应的关系。正是这种俗化的倾向，使杨慎的散曲继承并发扬了元散曲的旧有写作模式，呈现一种悲观消极的思想色调。学界在评价杨慎散曲时，经常将其悲观色彩归因于杨慎被贬南疆数十载的悲剧命运，这当然是一个重要原因，但康、王也有类似的经历。他们的散曲在气质上存在的差异，不应只以知人论世之法来解释，还应归结到雅化与俗化这一曲学思想差异上来。

同样以浅俗为散曲本色的，还有李开先。他曾将自己所作的市井俗曲辑成《市井艳词》一书，这本身就是一种崇俗去雅的行为。他还在《〈市井艳词〉序》（《李开先全集（修订本）》上册，第 565~566 页）中认为散曲"直出肺肝，不加雕刻"，"其情尤足感人"，"真诗只在民间"，因此典乐者"放之不可"，"不讴以雅易淫"。他还在《西野〈春游词〉序》（《李开先全集（修订本）》上册，第 596~597 页）中认为诗与曲"意同而体异"，前者宜含蓄，后者须通俗，若以作诗之法约束散曲，则"乖矣"。而散曲的本色特征应以金、元为标准，符合这一标准，便是"词人之词"；若掺以诗法，则是"文人之词"。李开先能有这种尚俗的曲学思想，根源恐怕还在诗学。他在《〈市井艳词〉又序》（《李开先全集（修订

---

① 杨慎撰，王大淳笺证《丹铅总录笺证》下册，浙江古籍出版社，2013，第 918 页。

本）》上册，第 567~569 页）中指出，初学作曲者往往追求"文"，但登堂入室者则转而追求"俗"，这与学诗的过程相似。因为初学作诗者容易追求"古"，也就是复古模拟；而深造其境者则开始追求"淡"，这种"淡"的境界又恰恰指向了唐顺之"率意信口，不调不格"① 的诗学思想。可见，李开先从作诗之法联想到作曲之法，是受唐顺之诗学的启发，同时也是对前七子复古诗学的反动。如上所论，李开先以金、元为散曲的本色标准，将"诗以言志"的追求排除在散曲创作规范之外，那么他在自己的曲作当中完全沿袭金元散曲的消极史观，也就完全可以理解了。

（二）万历至崇祯时期

正德、嘉靖时期，明朝政局开始趋于暗弱，但统治秩序依旧得以维持，国家尚处于总体安定的局面中。因此，文人在散曲中植入进取史观时，主要发自纯粹的理论探讨，尚显优游不迫。而到万历至崇祯时期，政治更趋腐败混乱，内忧外患层出不穷。面对这样艰困而荒诞的时局，曲家亦不能完全抽身世外。这一时期的散曲，在历史观方面展现出更加积极的面貌，将忠义思想融入其中，在文学精神的层面上完成了较为彻底的雅化。梁辰鱼、施绍莘等南派曲家和薛论道、李应策等北派曲家皆以刚健之气撰作咏史散曲，但他们通向这一终点的路径各不相同。

梁辰鱼在嘉靖后期走上曲坛，虽然他的散曲以写情赠妓之作著称，但这只是其散曲成就的一个侧面。在艳情的对立面，是他以沉雄阔大的胸怀书写历史，阐发兴亡之论。事实上，他本人年轻时就已"精心在经史"，"欲究治乱旨"（《梁辰鱼集》，第 101 页）；而其著名的传奇作品《浣纱记》也借吴越兴亡故事来警戒明朝统治者正确应对国家忧患。上文就已提到，梁辰鱼在套曲《拟金陵怀古》小序中寄托了"尊王攘夷"之意。他在另一首套曲《拟出塞》的小序中也一再强调"天限华夷，人分蕃汉"（《梁辰鱼集》，第 371 页）之意，借昭君出塞的旧题，影射嘉靖后期的两重外患：一是蒙古俺答汗发动的"庚戌之变"；二是江南沿海地区的倭寇问题。尤其是后者给身处江南的梁辰鱼带来了更加直接的冲击。梁辰鱼将

① 唐顺之著，马美信、黄毅点校《唐顺之集》上册，浙江古籍出版社，2014，第 257 页。

民族情绪融入其历史观念当中，形成积极进取的政治见解，与元散曲那种不问是非、不讲忠义的写法完全不同。所以，单看其艳情之作，会觉得梁辰鱼与元曲的差别仅在于更加雅致的文辞；但若看其咏史之作，就会发现他为明散曲灌注了何等鲜活的生命力。

与梁辰鱼相比，薛论道实打实地有过边塞军旅经历。他年少时因亲没家贫而放弃举业，转读兵书，自负智囊。当神堂峪有警，他献策于制府，却敌十万众。守大水峪，亦料敌如神，歼敌无算。薛论道从军三十年，一生直面北方边患，维护国家安定的责任感尤其强烈。武人的刚直之性，辅以文人的忠义之气，使他的散曲迥异于一般的文人创作。他在《林石逸兴自序》（1588）中认为自己的散曲作品"或忠于君，或孝于亲，或忧勤于礼法之中，或放浪于形骸之外，皆可以上鸣国家治平之盛，而亦可以发林壑游览之情"（《〈林石逸兴〉校注》，第408页）。薛论道将自己的散曲分为两个类型：一是"忧勤于礼法之中"的作品，是具有鲜明自身特色的刚健之曲、武人之曲；二是"放浪于形骸之外"的作品，是文人逸士之曲、怀才不遇之曲。前者的创作根源是他"竟堕武流"，屡建惊人之功；而后者的根源则是他"自分樗散"，未获腾达之途。如果只有后者，便与寻常曲家无异；幸亏有前者，才使薛论道成为明代散曲史上的一朵奇葩，在散曲艺术殿堂中深深烙下了"忠义"二字。

说到忠义，在明末最追求忠义气节的，首推东林党人。而北派曲家李应策恰是东林党的重要人物，具有颇为强项的性格。其散曲最突出的特点是援引时事，近于"诗史"。他在曲中写到东北战事、万历三大征，也写到内阁之腐败无能、阉党之肆无忌惮。叶晔指出："元散曲以来的'避世一玩世'主题，以及清丽雅正的文学风格，在李应策笔下，变成忧国忧民、充满政治责任感的士大夫精神。散曲成了李应策政治抱负的代言书，发挥了与传统诗歌相同的道德功用，'诗言志''文以载道'的文学理念同样在散曲这一俗文学样式中表现得淋漓尽致。"[①] 将这种时事风格转入咏史题材，就化为其刚健进取的历史观。他的散曲《因辽事感怀》，看似书写宋辽之事，实则此辽即是彼辽，借用澶渊之盟暗指东北战事。他在《阅史

---

① 叶晔：《论李应策散曲及其散曲史意义》，《文学遗产》2011年第1期。

感宋诛檀道济而伤之》二首中抨击檀道济和秦桧的误国误民，实则影射阉党横行、奸佞当道的政治现实。由历史牵连出时事，这种写作手法使李应策的咏史散曲具有更加明显的现实观照，是那种单纯的论古之作所不能比的。

通过上文对散曲作家曲学思想的梳理，我们也对本文第二节所描绘的时空格局做出了解释。首先，从空间维度来看，北方曲家康海、王九思受复古文学思想影响甚大，他们将散曲艺术溯源至《诗经》、汉乐府或李白、杜甫，用以突出其类同于诗的言志功能，从而完成去俗向雅的散曲改良；而杨慎与吴中文学传统关系密切，李开先则深受唐顺之诗学的影响，都与北方复古文学相对立，因此他们主张平淡通俗的散曲风格，主张崇俗去雅，维护元曲本色。正德、嘉靖时期散曲中所呈现的史观差异，表面上呈现为北方曲家积极者多、南方曲家消极者多的态势，实则主要是由散曲作家与复古文学思想的关系来决定的。其次，从时间维度来看，积极史观在正德以后的散曲中优势越来越明显，到明末更是充分融入了儒家忠义思想。其思想根源从单纯的理论探讨层面，延伸到了社会政治的现实层面。在这背后，仍然难以完全摆脱散曲在雅与俗之间的徘徊与争议。

［责任编辑：马昕。本文原刊于《中山大学学报》（社会科学版）2020年第 1 期］

两种清初小曲总集与明清小曲之演进[*]

邓晓东^{**}

内容提要 《万花小曲》和《丝弦小曲》是目前所见清代最早的两种小曲集，收录对象在沿袭和改编明代小曲的基础上又有新变。《西调》和《边关调》首见于清初。《西调》原是明末山西、陕西地区流行的小曲，其声调凄楚哀感，适宜表现悲情内容，传至中原遂成为清前中期的流行曲调而广泛传唱于大江南北。《边关调》亦当兴起于明末，或发源于东北，原先以表现悲感哀吟的题材为主，至清代则演化出悲感哀吟、插科打诨、雄迈悲壮等不同风格，而又以儿女之私、靡靡之音为主。

关键词 《万花小曲》 《丝弦小曲》 《西调》 《边关调》 明清小曲

自郑振铎在《中国俗文学史》中将清代最早的小曲集定为乾隆九年（1744）"京都永魁斋"所梓行的《新镌南北时尚万花小曲》后，这种说法流行了近一个世纪。因此，人们对于清初顺康时期小曲情况的了解，大多是从刘廷玑《在园杂志》中有关"小曲"的介绍而来。然而，令人疑惑的是，初刻于康熙五十四年（1715）的《在园杂志》记载的《陈垂调》《黄鹂调》《呀呀优》《倒扳桨》《靛花开》《跌落金钱》等流行曲调居然在乾隆九年刊行的《万花小曲》和"乾隆初期"刊行的《丝弦小曲》中都

---

  * 本文为国家社会科学基金重大项目"明清民国歌谣整理与研究及电子文献库建设"（项目编号 15ZDB078）阶段性成果。

  ** 邓晓东，南京师范大学文学院教授，著有《唐寅评传》等。

没有收入，① 反而有不少明代常见的曲调出现在这两种乾隆初期刊行的小曲集中，这似乎有悖常理。近年来，随着研究的深入，原来关于《万花小曲》《丝弦小曲》出版年代的错误判断已被纠正。这意味着，因年代错误而造成的对清初至乾隆时期小曲发展的一些错误认识和结论有望得到更正；同时，对明末清初小曲的演进也能够有一个比较清晰的认识。

一　《万花小曲》《丝弦小曲》
所收小曲的时代

目前所能见到的刊刻于清代的最早小曲集是《新镌南北时尚万花小曲》。此集有两种版本，一为乾隆九年京都永魁斋刻本，即郑振铎、傅惜华所见本；另一版本为《善本戏曲丛刊》所收金陵奎壁斋本，书末署"岁在丙申秋月"。据学者考证，此"丙申"当为顺治十三年（1656），此时奎壁斋的主人是郑元美。② 也就是说，奎壁斋《万花小曲》刊行的时间是顺治十三年，比永魁斋本要早八十八年，永魁斋本当是据奎壁斋本翻刻而来，翻刻时将卷首目录中的"金陵奎壁斋藏"改成了"京都永魁斋"。

《新镌南北时尚丝弦小曲》是继《万花小曲》后又一部清代所刊小曲总集。封面标"新刻南北时尚丝弦小曲""姑苏王君甫发行"。王君甫还刊有《新编说唱孙行者大闹天宫》《新镌时尚乐府千家合锦》《新编时尚乐府新声》《大明九边万国人迹路程全图》。有学者据《大明九边万国人迹路程全图》署有"康熙二年癸卯上元吉旦"及各书中不避"玄""福"二字，认为王君甫所刊四书均应在"康熙初年"，③ 这样《丝弦小曲》的出版年代就可上推至康熙初年。

《万花小曲》《丝弦小曲》虽然仍是清代问世最早的两种小曲总集，但

---

① 参见傅惜华《乾隆时代之时调小曲》，《曲艺论丛》，上海文艺联合出版社，1953，第81页。

② 参见尤海燕《〈歌林拾翠〉刊刻年代考论——兼论奎壁斋郑元美的刊刻活动时间》，《文献》2010年第3期。

③ 李雪梅、李豫：《日藏康熙刊本〈大闹天宫〉说唱全本研究》，《文献》2012年第4期。

由于其出版时间被纠正，原来关于它们的一些说法，就存在一些问题。比如，就这两种小曲集孰前孰后的问题，傅惜华曾说："观其（按：指《丝弦小曲》）版刻形式，及其内容所录，确知为乾隆初期之书籍，或尚早于《万花小曲》一书。"① 周玉波据 "《丝弦小曲》中《小曲》内容与《万花小曲》中《小曲》内容相同、数量却少于前者，尚未发现两者有共同底本，因此可将《丝弦小曲》中《小曲》看作是对《万花小曲》中《小曲》的袭用"得出了 "《丝弦小曲》为后出"② 的结论，这一论断较为可信。再如傅惜华就《万花小曲》曾说："此集刻于乾隆九年，在今日现存之清代北方俗曲总集中，乃最早之本。"③ 所谓 "北方俗曲总集"之说显然是根据 "京都永魁斋"而作的推断，但却忽略了《万花小曲》卷首 "新镌南北时尚万花小曲"④ 的题识。

不过，上述错误随着两种总集刊行时间、地点的明晰很容易得到纠正。更为重要的是，两种总集刊行时间的提前带来一个前人没有提出的问题，那就是它们所收内容究竟是晚明还是清初的产物？刊行者郑元美和王君甫都活动于明末清初，因此，即便是他们刊行于清初的书籍也有可能是明末的产物。当然，从情理上来说，至少有四种情况应该予以考虑：其一，两集刊行于清初，所收均为清初流传的小曲；其二，书编成于清初，但其内容系从明代出版物中翻刻而来；其三，书编成于清初，其内容为明末清初流传的小曲；其四，书编在明末，至清初才出版。不过，政治意义上的明末清初并不能用来机械地分割小曲的传播时限，再加上小曲的流传本就没有文人作品的创作时间来得那么精准，所以清初流传的小曲也很难说不是从明末就开始传唱的。因此，第一和第三种情况是可以合并的，笼统地将两集所收作品划归为明末清初也未尝不可。那么这两种总集收录的小曲究竟属于何种情况呢？

有一点可以肯定的是，《万花小曲》《丝弦小曲》虽然刊行于顺康年

---

① 傅惜华：《乾隆时代之时调小曲》，《曲艺论丛》，第 81 页。
② 周玉波编《清代民歌时调文献集》，社会科学文献出版社，2014，第 22 页。
③ 傅惜华：《明清两代北方之俗曲总集》，《曲艺论丛》，第 13 页。
④ 傅惜华在《乾隆时代之时调小曲》一文中，显然注意到了此一问题，故而表述改为 "所录俗曲，均为当时南北所流行者"（《曲艺论丛》，第 60 页）。

间，但所收小曲的总体风貌仍因袭自晚明，理由有二。一是它们所收小曲的曲调大多见于明代，如《劈破玉》《吴歌》《桐城歌》《银纽丝》《玉娥郎》《金纽丝》《醉太平》《黄莺儿》《挂枝儿》《哭皇天》《刮地风》①《罗江怨》《寄生草》等，而刘廷玑所记载的一些清代曲调如《陈垂调》《黄鹂调》《呀呀优》《倒扳桨》《靛花开》《跌落金钱》等均未见收录。二是从小曲内容来看，有不少是因袭明代而来。就《万花小曲》而言，所收五十三首《劈破玉》，有三十四首见于明代《乐府万象新》《乐府玉树英》《徽池雅调》《挂枝儿》等戏曲民歌文献，只有十九首为新见；其《银纽丝》之"五更调"与明代戏曲集《风月词珍》中的《新兴闹五更银纽丝》也仅有一些字句出入。另有《醉太平》除开头二首"玉堂中散仙""新勤了几年"外，其余十首均出自明初朱有燉的《诚斋乐府》（参见《清代民歌时调文献集》，第294、301页）。就《丝弦小曲》而言，其《小曲》十一首、《劈破玉》十三首与《万花小曲》中的《小曲》《劈破玉》基本相同，其《挂枝儿》又见于明冯梦龙辑《挂枝儿》和《万花小曲》中的《劈破玉》。

那么，这是否意味着《万花小曲》《丝弦小曲》是根据明代某些小曲集翻刻或者整合而成的"再版"物？本文认为出现这种情况的概率较小，理由同样有二。

首先，两集中都出现了不见于现存明代小曲集中的小曲，如《万花小曲》中的《小曲》三十六首、《玉娥郎》等，《丝弦小曲》中的《哭皇天》《刮地风》《罗江怨》等，其中《小曲》曲调不明，而《哭皇天》等三种都为明代已有曲调。那么能否认为《万花小曲》《丝弦小曲》据以翻刻或整合的明代底本现已失传？这种可能性也不大。且不说《万花小曲》在其卷首就声称该集所收为"各家""合时"之作，单就逻辑而言，如果是据底本翻刻或整合而来，那么其文字应当相同。然而，我们将《万花小曲》《丝弦小曲》与明代小曲相同的部分进行对照，发现它们之间并非完全一

---

① 《刮地风》在周玉波所编《明代民歌集》中未见，但凌蒙初《谭曲杂札》有云："今之时行曲，求一语如唱本《山坡羊》、《刮地风》、《打枣竿》、《吴歌》等中一妙句，所必无也。"（俞为民、孙蓉蓉编《历代曲话汇编·明代编》第3集，黄山书社，2009，第190~191页）

样，最明显的便是冯梦龙所辑《挂枝儿》中倒数第二句句末虚词"也"在《万花小曲》中均变成了"哥哥"或者"冤家"等实词，尽管它们在曲中的作用与"也"并无多大区别。除了这一普遍性的差异外，还有一些其他方面的差别，如"汗巾儿汗巾儿谁人扯破，不要瞒我，瞒了我就有天大的祸。汗巾儿虽然小，汗巾儿情意多。作贱我的汗巾，哥哥，如同作贱我"（《清代民歌时调文献集》，第7页）。冯梦龙辑《挂枝儿》作："汗巾儿汗巾儿谁人扯破，快快说快快说不要瞒我，若还不说就有天大的祸。汗巾儿人事小，汗巾儿人意多。作贱我的汗巾也，如同作贱我。"① 《万花小曲》中少了"快快说快快说"，并将第三句"若还不说"改成了"瞒了我"，这种变异正是小曲流传的特点所致。另外，还有因方言不同而造成的变化，如《万花小曲》的："发了愿再不把相思害，猛可的撞见个俊多才，不由人见了心中爱。正是拆了秦楼瓦，又盖上楚阳台。卖了相思，哥哥，又把相思买。"冯梦龙辑《挂枝儿》首句作："罚了愿再不把相思害。"（《明清民歌时调集》，第94页）"发"与"罚"发音相近，但"罚"在吴语中有"发誓"且带有"赌咒"的意思，其意义较"发誓"更精确。从"中国基本古籍库"检索"罚誓"得五十三条记录，剔除"毕力赏罚，誓有孥戮"之类，剩下二十一条，分别出自《戒庵老人漫笔》《拍案惊奇》《二刻拍案惊奇》《千金记》《金云翘传》《孙庞斗智演义》《目连救母劝善戏文》《西湖二集》《长生殿》《一捧雪》，它们的作者分别是江阴李诩、乌程凌蒙初、嘉定沈采、青心才人、苏州褚人获、祁门郑之珍、杭州周楫、杭州洪昇、苏州李玉，除青心才人因不知何人而籍贯未详外，其他诸人均出自吴语区。因此，"发愿"较"罚愿"的地域性模糊，或许与传唱者非吴语区的人有关。综上所述，我们认为《万花小曲》《丝弦小曲》据明本翻刻或整合而来的可能性不大，除非有新的版本依据。

其次，两集中都出现了只有在清代文献中才见记载的曲调，即《万花小曲》中的《西调鼓儿天》和《丝弦小曲》中的《边关调》。关于《西调》起源的习见材料是明末清初人陆次云的《圆圆传》。传中有云："是时骧方降闯，闯即向骧索圆圆，且籍其家，而命其作书以招子也。骧俱从

---

① 冯梦龙、王廷绍、华广生编述《明清民歌时调集》，上海古籍出版社，1987，第143页。

命，进圆圆。自成惊且喜，遽命歌。奏《吴歈》，自成蹙额曰：'何貌甚佳而音殊不可耐也？'即命群姬唱西调，操阮筝琥珀，己拍掌以和之，繁音激楚，热耳酸心。"① 此事当发生在崇祯十七年（1644）三月、四月间。陆次云此传晚于吴伟业《圆圆曲》，《圆圆曲》创作于顺治八年（1651），故而此传不会早于顺治八年。因此，不能直接据此来确定《西调》起源于明末。不过陆次云对《西调》不同于"吴歈"及其乐器、声情等的描写，是具有一定参考价值的。李自成是陕西米脂人，不管他是否真的爱听《西调》，陆次云显然是将《西调》理解为西北小曲的，这代表了清初人的一种看法，同时，也透露了之所以称《西调》的地理原因。虽然从陆次云的记载无法判定《西调》出现的时间，不过，就目前最早的《西调》曲词《西调鼓儿天》来看，该曲中"我男征西掌团营"中"团营"一词却透露了其创作的大致时间。"团营"是明代特有的拱卫京师的军事制度，为于谦在土木堡之变后所创设，战时可以充当军队开赴战场，至嘉靖二十九年（1550）才废除。② 然晚明人著述中也有提到"团营"者，如陈子龙写于崇祯九年（1636）的《问京兵积弱何以为居重御轻之计》。③ 由此我们认为这首《西调鼓儿天》很可能是明末的产物，其中的"征西"或与征讨李自成起义有关，而非傅惜华所云清雍正间征讨准噶尔事。现存的各种明代民歌小曲集中都没有《西调》，明代也没有关于《西调》的记载，这或许恰恰说明了《西调》起源于明末而至清初才被记录下来。傅惜华曾引《圆圆传》并翟灏《通俗编》中的相关记载，认为该调"相传起于清初"④，这一结论似乎值得商榷。

关于《边关调》起源的习见材料出自刘廷玑《在园杂志》："小曲者，别于昆弋大曲也。……在北则始于《边关调》，盖因明时远戍西边之人所唱。"⑤ 刘廷玑生于顺治十年（1653），《在园杂志》初刻于康熙五十四年，

---

① 张潮辑，王根林校点《虞初新志》卷一一，上海古籍出版社，2012，第131页。
② 参见张廷玉等《明史》卷七六，第6册，中华书局，1974，第1858～1859页；毛佩奇、王莉《中国明代军事史》，人民出版社，1994，第62～66页。
③ 参见陈子龙著，王英志辑校《陈子龙全集》中册，人民文学出版社，2011，第736～738页。
④ 傅惜华：《乾隆时代之时调小曲》，《曲艺论丛》，第69页。
⑤ 刘廷玑撰，张守谦点校《在园杂志》卷三，中华书局，2005，第94页。

系作者任官职时笔记，刘廷玑于康熙二十四年（1685）始任浙江台州府通判，因此《在园杂志》所录是其康熙二十四年至康熙五十四年间的见闻。据此，刘廷玑关于《边关调》的记载是根据康熙中后期的流行情况而来的，因此要获得关于《边关调》的确切信息，尚需要更多的文献材料。目前所见关于《边关调》的最早记载是清初查继佐的《罪惟录》："丙戌鲁败，阮大铖北归，从征八闽。至衢，有黑内院者，事戎马而好声哦，大率所谓《边关调》也。大铖以所制剧本《春灯谜》等上之，过自诩，以阿黑能词令，黑悦。"① 李天根《爝火录》"中有黑内院者，满人"②，可补查氏记载之不足。查氏所记虽旨在突出阮大铖以剧曲诣事满人，但却保留了关于《边关调》的最早记载。《罪惟录》的撰写时间，据作者自序说，从顺治元年（1644）开始，到康熙十一年（1672）写成，用了二十九年的时间。《罪惟录》关于明末史事的记载，一部分是作者自身所经历，尤其关于鲁王政权的历史，作者就是当事人。查氏"大率所谓《边关调》"虽没有肯定"黑内院"所唱一定为《边关调》，但至少可以得出他所了解的《边关调》当是北方小曲且在清初（"丙戌"即顺治三年，1646）已经流行至南方这一认识。又清初吴嘉纪《赠歌者》诗云："战马悲笳秋飒然，边关调起绿樽前。一从此曲中原奏，老泪沾衣二十年。"③ 此诗见于周亮工所刻《陋轩诗》，该集前有周亮工康熙元年（1662）及王士禛康熙二年（1663）序，集中系年最晚者为康熙三年（1664）十月六日（《哭程在湄》小序），故周刻《陋轩诗》最早也当刊行于康熙三年末，因此《赠歌者》当作于康熙三年前。又该集所收之诗多处提及"二十载""二十春"等，如："闭门二十载，霜雪满头颅。治乱从当世，箪瓢自老夫。空阶苔半掩，颓壁树全扶。寥落无邻舍，乾坤此室孤。"（《自题陋轩》）"潦倒丘园二十秋，亲炊葵藿慰余愁。"（《内子生日》）"豹人生也独不辰，匝地兵荒二十春。奇士落落沦草莽，关河相对长酸辛。"（《赠孙豹人》）"忆昔甲

---

① 查继佐：《罪惟录·列传》卷三二，《续修四库全书》编纂委员会编《续修四库全书》第323册，上海古籍出版社，2003，第583页。
② 李天根撰，仓修良、魏得良校点《爝火录》卷一六，浙江古籍出版社，1986，第673页。
③ 吴嘉纪：《陋轩诗》，《续修四库全书》第1403册，第432页。下文所引吴诗均出此本，不一一注明。

申岁，四镇拥兵卒。……经营二十年，两淮元气植。……甲辰春正月，梅花开第宅。"（《赠汪生伯先生》）"知君自是情深人，落拓湖干二十春。荆榛满地难为客，混入屠沽号酒民。"（《赠戴酒民》）"冰雪高眠二十年，无端今日受君怜。"（《郝羽吉寄予宛陵棉布》）吴嘉纪入清为遗民，结合《陋轩诗》约刻于康熙三年这一情况，故上述诸诗中的"二十年""二十春"均应从明亡之甲申年算起，而《赠歌者》中的"二十年"所表达的情意与前引诸诗相近。因此，不管这"二十年"是确数还是概数，该诗均当作于康熙三年前后。由此可知，吴嘉纪"一从此曲中原奏"也认为《边关调》当起源于明末边地。查、吴二人生活年代较刘廷玑早，且都由明入清，他们的记载均指向了《边关调》起于明末。同时，查、吴二人不约而同地将《边关调》与东北相关联。查氏所记唱《边关调》的黑内院是满人，吴嘉纪虽没有明言《边关调》起自东北，但所谓"一从此曲中原奏，老泪沾衣二十年"显然是将满洲人入主中原与自己的遗民生涯联系在一起，这也等于说《边关调》起自东北。关于这一点，还可以从清初阎尔梅《丙午元宵与孝升、伯紫、仲调、炅儿，同用钱牧斋灯屏旧韵》中得到佐证。康熙五年（1666）元宵节，阎尔梅与龚鼎孳、纪映钟、白梦鼎等人在北京赏灯时作此诗，诗中有"璇阙星桥路几多？红灯觑出小银河。辽东人喜边关调，不数江南子夜歌"① 数句，"辽东人"即指满洲人。暂且不管此诗的用意，单就"辽东人喜边关调"便指向了满人与《边关调》的关系。从查、吴、阎三人的记载来看，《边关调》很可能是东北小曲。至于刘廷玑所说的"远戍西边之人所唱"，不知有何依据，目前也缺乏相关佐证材料，故应存疑。由上文考述可知，《西调》《边关调》是明末产生的曲调的可能性很大，不过它们广泛流传并引起人们的注意，则已经到了清初。

综上所述，本文认为《万花小曲》与《丝弦小曲》所收录的小曲，既有从明代中后期一直传唱而来的，又有兴起于明末而流行于清初的。它们并非完全沿袭自晚明，也与清代康熙中叶以后流行的小曲不同，对于了解明末清初小曲的演进具有重要的价值。

---

① 阎尔梅著，王汝涛、蔡生印编注《白耷山人诗集编年注》，中国文联出版社，2002，第508页。

二　《万花小曲》《丝弦小曲》
与明清小曲之演进

诚如上文所述，《万花小曲》《丝弦小曲》中有不少内容是因袭明代小曲而来的，内容上大多属于爱情婚姻题材，既有打情骂俏的，又有诉说相思之苦的，还有嗔怪男子负心的，等等。即便是一些不见于明代的小曲，其风貌也与明代极为相似，如："日字儿多似猛松雨，既要相交那在乎一时。要自要你有情来我有意，再别拿着丹田的话儿在我心坎上递。也自是柴重人多不凑咱两个的局，也罢了另择个日子把佳期叙。又"（《清代民歌时调文献集》，第1页）又如："小冤家床前跪，骂了声狠心贼。这已（儿）日不见你在谁家睡，想是另有姐妹。花言巧语来哄谁，快招成饶了你的风流罪。"（《清代民歌时调文献集》，第31~32页）这类情歌，篇幅短小，多数为只曲，亦有一些以四季、十二月或五更调等形式组成的套曲，不管是内容还是形式都可看作明代小曲的沿袭。

在诸多小曲中，《万花小曲》中两套《十和谐》值得注意。该曲明代未见，但冯梦龙辑《山歌》卷一《睃》后有"余幼时闻得《十六不谐》"，即"一不谐，一不谐，七月七夜里妙人儿来，呀，正凑巧心肝爱"（《明清民歌时调集》，第272页），其句式与《万花小曲》中的《十和谐》"一和谐，又七月七夜里妙人来。呀，正凑巧，心肝爱"（《清代民歌时调文献集》，第17页）完全一致。我们将《十六不谐》与《万花小曲》中的第一套《十和谐》进行比对，发现从"一不谐"至"四不谐"与"一和谐"至"四和谐"，"六不谐"与"五和谐"，"九不谐"与"六和谐"，"十不谐"与"七和谐"，除了首句中的"不"与"和"及少数数量词不同外，其他完全一样。换言之《万花小曲》中的第一套《十和谐》可以看作从晚明《十六不谐》演变而来，只不过从原来的十六叠减至十叠。另外，明末清初才子佳人小说《金云翘传》第八回中有一首《十不谐》，其格式与《十和谐》完全一致。《金云翘传》"最早的版本当是顺治前的贯华堂梓行本"①，而

①　石昌渝主编《中国古代小说总目·白话卷》，山西教育出版社，2004，第173页。

《万花小曲》的刊行时间（顺治十三年）与《金云翘传》的流行时间相接近，因此，可以认为晚明的《十六不谐》在明末清初逐渐演变为《十不谐》和《十和谐》，这种体式上的变化，是民间文学演变的常见方式。①

如果说以上所述体现了清初小曲对明代的因袭继承的话，那么《西调》《边关调》的出现则代表了清初小曲的新貌。先看《西调》。目前关于《西调》的早期文献只有《万花小曲》所收的《西调鼓儿天》一套，更多《西调》文献是在乾隆及以后出现的。不过，幸运的是，清初如皋诗人丁确有《聱张西调行》一诗，该诗对了解《西调》之起源、曲调之风格均有价值，且未见学界征引，现引全诗如下：

> 北风夜吼灯花落，我坐毳毡神寂寞。中堂老客迥生愁，买酒脱却羔羊裘。呼余同命酒，销此寒更久。座客三五人，相逢笑开口。或言时事于今有是非，或溯古昔以来之精微，或极诙谐类方朔，或弹铁拨追明妃。总之客次无聊赖，借以模糊驱一概。独有聱张惨不舒，手持虬髯发长慨。自言我是关中人，关中旧事犹能陈。不写伊凉苦离别，不学平羌旧损神。别有新词号《西调》，中间凄恻伤怀抱。请君酌酒为君歌，只恐闻之魂料峭。座客行筹各不言，聱张歌发如哀猿。初度沉沉鼓鼙死，渐响呜呜壮士冤。啭喉哽咽血流热，抗声激烈刀飞雪。唱到无腔万马哀，歌残本调千军灭。一然移商与换宫，停徵变角声沉雄。不独三湘肠欲断，还教西蜀泪垂红。可怜关陇古雄镇，百万生灵齐殒命。谱入新词只益哀，编来小令还添恨。开元莫唱李龟年，凝碧池头泪黯然。千年之后说兴废，又有聱张一曲传。聱张聱张且莫唱，谁遣中原成版荡。此事分明李闯儿，搅破山河真孟浪。聱张笑谓君莫知，区区寇盗何能为。从来兴废关天意，大约臣工实致之。忆昔怀宗宵旰切，求贤有意如饥渴。谁得文章出腐儒，盈廷聚讼公私别。豺狼当道问狐狸，燕雀处堂突不移。宰相东堂盛丝竹，诸侯西第空旌旗。上公辇翠回华毂，驸马驮珠入金屋。羽檄空驰司马门，战书不报将军

---

① 蒲松龄在《聊斋俚曲·禳妒咒》第三十一回中用了一套《十和解》，可视为对《万花小曲》中的《十和谐》的进一步改编。参见盛伟编《蒲松龄全集》第3册，学林出版社，1998，第438～439页。

幕。请缨小子空弃缥，献策少年徒痛哭。大厦难将一木支，纷纷况属庸愚儿。因兹九社皆沦弃，黄巾白马纷相驰。我闻此歌心不悻，方知我辈无深识。七十二代尽如斯，岂徒李贼恣猖披。请君莫唱伤心曲，霜气漫空酒不绿。①

丁确，字子砭，号石仓。编于康熙三十四年（1695）的《振雅堂汇编诗最》二集卷四选其诗并有小传云："喜为诗词，出语警策，为李小有、杜于皇所推。"② 可知其与兴化李盘（原名李长科）、杜浚等明遗民友善。据《振雅堂汇编诗最》本传后佘文宾"辛未冬"识语："岁庚午杪冬朔越日偶同薛虎文、许山渔过石仓圜室，谈及吴汉槎入关未几而殂，石仓深为叹惜。不料石仓甫出禁，即赴玉楼之召，先后宛同一辙。"（《振雅堂汇编诗最》二集卷四）其中谈及吴兆骞从宁古塔赎还一事，故此语当写在康熙二十三年（1684）之后；"杪冬"是农历十二月的别称，"庚午杪冬"尚在，"辛未冬"即殁，可知丁确当卒于"辛未"，即康熙三十年（1691）。因此，此诗的作年最晚也可划定在康熙三十年，当然其实际作年应早于此。此诗可说处有五：第一，诗中提及崇祯言其庙号，可知该诗作于清初无疑。第二，诗中借髯张弹唱《西调》而发兴亡之感慨，明为听曲，实则探寻明亡之原因，因此作于明亡后不久的可能性最大。且诗中论及明亡虽只提李自成和"臣工"，然却用"开元莫唱李龟年，凝碧池头泪黯然"及"白马"暗指清廷入主与明朝颠覆之因果关系，似乎是慑于清初文禁而不敢直言。第三，诗中称《西调》为"新词"，又云"小令"，则知其确属一种新兴的时新小曲。第四，髯张所唱之《西调》主要涉及李自成起义与明清战争之际生灵涂炭等内容，而与后来《霓裳续谱》中所收《西调》之多相思情话不同。第五，诗中用了"如哀猿""鼓鼙死""壮士冤""血流热""刀飞雪""唱到无腔万马哀，歌残本调千军灭。一煞移商与换宫，停徵变角声沉雄。不独三湘肠欲断，还教西蜀泪垂红"等语句来描述《西调》的曲调声情，可谓凄楚哀感。

---

① 王豫、阮亨辑《淮海英灵续集》庚集卷一，《续修四库全书》第 1682 册，第 373 页。
② 倪匡世：《振雅堂汇编诗最》二集卷四，清康熙三十四年刻本。

我们将《髯张西调行》中描写的《西调》与《圆圆传》的记载相比，可以发现：首先，它们关于《西调》发源地的记载基本一致。《圆圆传》中虽未明言《西调》起于何处，但李自成系陕西米脂人，故其爱听之曲当是陕西一带的小曲。而髯张为关中人，关中即陕西中部，因此两者都将《西调》指向为陕西小曲。其次，两者描述的《西调》的声情基本相同。前文均已引用，此处不赘。再将《髯张西调行》所描写的《西调》与《万花小曲》中的《西调鼓儿天》相比照，可以发现有三处相似的地方：第一，篇幅较长。《万花小曲》中的《西调鼓儿天》是以《西调》重头小曲十八支，加《清江引》尾组成。而《髯张西调行》中髯张用《西调》弹唱兴亡，也非短制。第二，两首曲子都以叙事为主。《西调鼓儿天》从"焚香祝告"开始，到"梦儿里梦见我的冤家"再到与过路的二哥对话，然后又挨过两夜，最后终于盼到丈夫回家，两口团聚。《髯张西调行》通过"初度""渐响""啭喉""抗声""唱到无腔""歌残本调"等声情描写侧面反映了其所说兴亡的始末。第三，内容伤感，极富悲情。《西调鼓儿天》所唱内容为离情，《髯张西调行》所唱内容为兴亡，这些内容的感染力与《圆圆传》中"热耳酸心"的效果是相同的。

就《西调》的声情效果而言，可以说从明末至康熙中叶，始终保持了"悲情"的特点。清初费锡璜《北征哀叹曲》有云："行人口《西调》，此调亦何悲。"① 据该诗自序"《北征哀叹曲》者，蜀人费锡璜所作也。锡璜少贫，母丧未终，其亲戚与同之叶县，中途哀感而赋此诗"② 云云，可知《北征哀叹曲》乃费氏去叶县途中创作的。其《游客》诗云："费子弱冠客吴趋，年二十六客中州。"③ 叶县位于河南中部偏西南，河南古称中州，因此费锡璜应该是二十六岁时客叶县的。据其《甲申偶计同人于咸受庚子、刘德治及家兄辛丑、于丹元壬寅张羽可癸卯、胡羽鹏及余甲辰、刘德问彭子觐乙巳，皆逾四十，惟咸受、丹元、子觐仅自给，余皆衣食于奔走，偶成四十字柬诸子》诗，可知费氏生于"甲辰"即康熙三年，又据其

---

① 费锡璜：《掣鲸堂诗集》，四库禁毁书丛刊编纂委员会编《四库禁毁书丛刊》集部第187册，北京出版社，1997，第195页。

② 费锡璜：《掣鲸堂诗集》，《四库禁毁书丛刊》集部第187册，第194页。

③ 费锡璜：《掣鲸堂诗集》，《四库禁毁书丛刊》集部第187册，第278页。

《除夕至叶县署中晤杨申佩表兄》及《游山引》前小序"康熙庚午间，余客叶县"①，可知费氏至叶县的确切时间是康熙二十八年（1689）除夕。因此《北征哀叹曲》中所记其听《西调》的时间"寒冬十一月"即为康熙二十八年十一月。此诗说明康熙中期《西调》的声调依然是"亦何悲"的。另外，问世于康熙二十七年（1688）的洪昇《长生殿》第三十八出《弹词》中山西客听李龟年唱曲时有云："他唱的是甚么曲儿，可就是咱家的《西调》么？"②洪昇把《西调》看作山西小曲，这与前文所云陕西并不矛盾。山、陕接壤，今天还有山陕民歌一说。乾隆年间李调元也曾说："今以山、陕所唱小曲曰'西曲'，与古殊绝，然亦因其方俗言之。"③因此，对于《西调》起源地，似可不必过于拘泥。

当然，从《髯张西调行》《西调鼓儿天》等来看，早期的《西调》都是叙事体，且篇幅较长。不过，这种情形至乾隆年间发生了变化。被傅惜华定为乾隆初叶的《西调百种》，"均系小令，有抒情者，有写景者，然叙事者未见，全为民间'嘌唱'之作"④。所谓"嘌唱"，宋程大昌《演繁露·嘌》曰："凡今世歌曲，比歌郑卫，又为淫靡。近又即旧声而加泛滟者，名曰嘌唱。"⑤而乾隆四十五年（1780）刊行的《西调黄鹂调集抄》中的《西调》，虽然在内容上"以情词为多"，"皆写景抒情，怨慕离别之类"，与《西调百种》区别不大，但"多出于知识分子之笔"，还有不少是"自元明两代名家散曲翻换改编而成者"⑥。这种情况到了乾隆六十年（1795）刊行的《霓裳续谱》就更为明显了。不仅如此，清初以阮、筝、火不思（《圆圆传》所谓"琥珀"）等为伴奏的《西调》到了乾隆中期已变成了"以牙箸击瓷器""与丝竹相和"，时人有"新声一串玲珑堕，瓷

---

① 费锡璜：《掣鲸堂诗集》，《四库禁毁书丛刊》集部第 187 册，第 226 页。

② 洪昇：《长生殿》，人民文学出版社，1983，第 172 页。

③ 李调元：《雨村剧话》卷上，俞为民、孙蓉蓉编《历代曲话汇编·清代编》第 2 集，第 321 页。

④ 傅惜华：《明清两代北方之俗曲总集》，《曲艺论丛》，第 16 页。

⑤ 程大昌：《演繁露》卷九，《景印文渊阁四库全书》第 852 册，上海古籍出版社，1989，第 142 页。

⑥ 傅惜华：《明清两代北方之俗曲总集》，《曲艺论丛》，第 19 页。

器双敲玉箸头。西调何须夸击瓮，倾杯序里即伊州"① 之评。由一种诉说悲苦之情的小曲转变为写景抒情、怨慕离别的情词，由一种民间的歌唱转变为一种底层文人创作的消遣小曲，由雄豪之音变成了婉约之调，《西调》的变化可谓不小。李家瑞曾说："《西调》在雍乾时，曾一度风行，到了清朝中叶以后，可就寂然无闻了。"② 这或许是《西调》在雅化以后达到极盛，之后不能进一步新变，最终被淘汰的缘故吧。

再看《边关调》。《边关调》的起源，前文已述，此处不赘。兴起于明末的《边关调》在清初颇为流行，并引起了文人的注意，记下了它的声情特点。清初方文《赵献清招饮闻边曲有感》有云："置酒高堂春夜深，忽闻丝竹动哀吟。当年只是《边关调》一作乐，今日都为吴越音。坐上有谁能顾曲，天涯无处不伤心。知君好客难辞酒，一任胡姬取次斟。"③ 方文此诗，写于顺治十六年（1659）二月的北京。诗中称《边关调》为"边曲"，且说"今日都为吴越音"，说明此时的《边关调》已受江南方言的影响而出现了新变。关于《边关调》的曲调，方文说是"哀吟"。孙枝蔚作于康熙二十年（1681）的《曾锡侯招同杜于皇、柳公韩泛舟秦淮》诗云："琵琶无顿老，曲调入凉州。"后有小字注云："时闻邻舟唱《边关调》。"④ 将《边关调》的曲调比作《凉州曲》，与刘廷玑"其调悲壮，本《凉州》《伊州》之意"是一致的。因此，可以说从顺治至康熙中后期，《边关调》一直保持着其原本哀吟、悲感的特点。这一点在彭孙贻的《宿红花埠闻弹丝乞食者》诗中也可得到印证，诗云："行尽山邮及水程，故园东望已含情。何人更唱《边关调》，白发西风此夜生。"⑤ 该诗收入作者《燕游行橇集》，彭孙贻于康熙七年（1668）入都，此诗作于入京途中，

---

① 李声振：《百戏竹枝词·打盏儿》，丘良任、潘超、孙忠铨等编《中华竹枝词全编》第1册，北京出版社，2007，第58页。《百戏竹枝词》的作年向有康熙中期和乾隆中期两说，孟繁树先生在《说〈百戏竹枝词〉》（《戏曲艺术》1984年第3期）中已证明了其创作于乾隆二十一年（1756），修改并重钞于乾隆三十一年（1766）。

② 李家瑞：《北平俗曲略》，台北：文史哲出版社，1974，第94页。

③ 方文：《嵞山集》续集《北游草》，下册，上海古籍出版社，1979，第596~597页。

④ 孙枝蔚：《溉堂集》后集卷三《曾锡侯招同杜于皇、柳公韩泛舟秦淮》，上海古籍出版社，1979，第1346页。

⑤ 彭孙贻：《茗斋集》卷一四《宿红花埠闻弹丝乞食者》，《四部丛刊续编》，台湾商务印书馆，1975，第559页。

"白发西风此夜生"当是作者听闻《边关调》后所生的愁苦之情。

方、孙、刘、彭四人的记载均指出了《边关调》悲感哀吟的特点。不过，刘廷玑还说康熙中期的《边关调》已"尽儿女之私，靡靡之音矣"（《在园杂志》卷三，第95页）。核之目前所见最早的康熙初年的十二首《边关调》（《丝弦小曲》），其情况却较为复杂。首先，其中确有不少悲感哀吟者，如："哭一声不得见，哭一声不得团圆，哭一声藕儿断了丝莲牵。哭一声山高路又远，哭一声亲人难得见。"其次，也有刘廷玑所说的"儿女之私，靡靡之音"者如："你爱我千般好，我爱你百样娇。妙人儿正遇着人儿妙，既相交论甚么钱和钞。山盟海誓枕边言，知心话儿休使人知道。"我们认为，这种内容不太可能以哀感的曲调表现，而此类《边关调》在《丝弦小曲》中还有三四首。最后，除了这两种风格外，还有两首则近于插科打诨，如其中一首："细思量那人儿真悔气，没来由娶了个大脚妻。□唇快嘴恼了一世，又臭又且肥，脚丫里许多泥。炒闹了一场，他自是不肯洗。"（《清代民歌时调文献集》，第26页）这在《丝弦小曲》所收《边关调》中虽不多见，但也代表了该调的一种发展方向。黄中坚《武林经游记》有云："余慕西湖之胜久矣。辛卯杏月……从郡治出涌金门，中流正忆僧仲殊《诉衷情》一阕，适旗丁数人共一舟唱《边关调》而来，为之一笑。"[①] 黄中坚生于顺治六年（1649），卒于康熙五十八年（1719），因此《武林经游记》中所谓"辛卯"只能是康熙五十年（1711），"旗丁"是漕运的兵丁。正当作者陶醉于西湖美景并吟咏北宋词人仲殊描绘清波门周围景致的佳作时，突然听到旗丁唱《边关调》，且为之一笑，那么旗丁所唱应该就与"细思量那人儿真悔气，没来由娶了个大脚妻"之类的内容相似。除了悲感哀吟、靡靡之音、插科打诨这三种不同的声情风格外，《边关调》还有一种悲壮慷慨的风格，如："斗大黄金印，天高白玉堂。大丈夫豪气三千丈，百万雄兵腹内藏，要与皇家做个栋梁。男儿当自强，四海把名扬，姓名儿定标在凌烟阁上。"（《在园杂志》卷三，第94~95页）由此，从目前所见清初《边关调》来看，共有悲感哀吟、靡靡之音、插科打

---

① 黄中坚：《蓄斋集》卷一三补编《武林经游记》，四库未收书辑刊编纂委员会编《四库未收书辑刊》第8辑第27册，北京出版社，2000，第262页。

诨、雄迈悲壮这四种不同风格,其中第一种当为《边关调》的主要声情特点,这不仅是清初文人的共识,而且到了乾隆中期还继续保持这种风格。李声振《花档儿》诗曾说:"妙龄花档十三春,听到边关最怆神。"后小字注云:"曲中《边关调》至凄婉。"[①] 以"怆神""凄婉"来形容《边关调》,当与清初诸人所谓悲感哀吟相去不远。

还有一点值得注意的是,清初的《边关调》都是小令,篇幅短小,到了清朝中期《霓裳续谱》卷八中的《边关调》则变成了以五更加《清江引》而组成的套曲,篇幅中等,而到了清朝后期,则已衍为长篇了。李家瑞记录他所寓目的《边关调》时曾说:"百本张抄本里也有两种,两种都名《十二重楼》,因为这种曲,每本都用十二月为纲,每一月即为一重,每重用一韵,每韵都有四落,每落六句,第一二两句是叠句,第三四两句也是叠句,歌唱的时候,音调必是重重叠叠的,所以又名为重楼歌。"(《北平俗曲略》,第87页)

总而言之,基于目前对《万花小曲》《丝弦小曲》成书年代的判断较前人更准确,我们对原本了解不深的明末清初小曲有了更进一步的认识。这两种总集所收录的小曲,不管是内容还是曲调形式,都留下了因袭明代小曲并作变化的鲜明痕迹,显示了小曲演变过程中的传承性和变异性。同时,《西调》和《边关调》的出现,给清代小曲的发展提供了新的曲调。《西调》当兴起于明末,原是山、陕地区流行的小曲,其凄楚哀感的声调,特别适宜表现悲情的内容。流传至中原后,遂成为清初及清代中叶广泛传唱的流行小曲。《边关调》当兴起于明末,或发源于东北,原先以表现悲感哀吟的题材为主,流传于大江南北后,则呈现悲感哀吟、插科打诨、雄迈悲壮等不同风格,而以儿女之私、靡靡之音为主。这两种曲调一开始都显示出悲凄的声情效果,而随着它们的流传,最终都演变为歌唱儿女私情的婉约之音。另外,有关小曲的记载向来较少,本文尝试从文人诗歌中寻绎有关小曲的蛛丝马迹,希望通过对文人行迹的考订来大致判断其所谈及之小曲的年代,从而追寻小曲演进的线索。同时,他们记下的听唱小曲的

---

① 李声振:《百戏竹枝词·花档儿》,潘超、丘良任、孙忠铨等主编《中华竹枝词全编》第1册,第58页。

感受，对于我们了解小曲的声情特色亦有参考价值。至于所作结论是否恰当，还祈请学界同人予以批评指正。

[责任编辑：马昕。本文原刊于《南京师大学报》（社会科学版）2017年第 1 期，《中国人民大学复印报刊资料·舞台艺术（音乐、舞蹈）》2017 年第 4 期全文转载]

诗律与散句[*]

——从语体与体式探讨中西方小说标目的分界

李小龙^{**}

内容提要　中国古典小说与西方小说在哲学基础与艺术表现上均存在深刻差异，但是，在复杂的时代文化背景下，中国古典小说文体被西方小说同化并取代。以回目这个中国古典小说特有的标目方式为基点，将其与西方小说的标目方式进行着眼于文体意义的比较研究，可以发现中西方小说标目最大的区别便是与各自文学系统中诗歌关系的不同，并从语体（语法、雅俗、句式）与体式（篇有定句、句有定字、对仗）方面进一步考察它们在语法形态及叙事意义方面的差别，不但梳理了回目与标目相异的表现形态与本质规定，也由此彰显出中西方两种叙事文体之间易被忽略的不同。

关键词　中国古典小说　回目　西方长篇小说　标目

一部中国近现代史，就是一部中国文化对西方文化从顺差到严重逆差的历史，在此过程中，许多中国传统文化元素或在试图强国的摸索中被置换，或在无意中被同化，这其实正是长久以来国人文化共识多显参差的根源。就文学领域而言，中国古人所创造的优秀文学遗产与当下隔绝开来，成为真正的"古典"文学，其中的小说文体更是被格式化为 story 与 novel，^① 于是，

---

　*　本文为国家社会科学基金青年项目"中国古典小说命名方式与叙事世界建构之关系研究"（项目编号10CZW041）阶段性成果。

**　李小龙，北京师范大学文学院教授，著有《中国古典小说回目研究》等。

　①　参见拙文《中西方小说文体辨析及其在教学中的理论意义》，《中国大学教学》2012 年第9 期。

中国小说进化之路被中断，并被嫁接到另一传统之上。这种改变影响深远，最著者则为当代读者多"以西例律我国小说"，或膜拜于托尔斯泰们脚下，对中国风格的叙事传统不屑一顾；或欲为揄扬，却因亦步亦趋于西方标准而方枘圆凿。

所以，我们需要对中西方两种不同的叙事文体进行深细的文体学研究，给他们各自的文体规定性以应有的尊重。中国古典小说中最具代表性的文体是章回小说，其文体规定中最核心的又是分章剖回的形式，把代表了分章剖回成果的回目与西方小说文体①中的标目进行对比研究，将有助于我们厘清这两种文体之间的界限。笔者认为，忽略许多枝节上的差异，中西方小说标目方式最大的不同在于它们与各自文学系统中诗歌样式的关系，②从文体的四个层次来看，中国古典小说回目在体制（外在的形状、面貌、构架）上使用了诗句的构成方式，在语体（语言系统、语言修辞和语言风格）上运用了诗句特有的语法与句式，在体式（表现方式）上则将诗句整齐、对偶的体制规定移用为叙事上的体式特点，在体性（表现对象和审美精神）上也不同程度地体现出类诗意化的特征；相对而言，西方小说并没有这样的"格律化"标目，于是便在文体上呈现诸多差异。以上四个方面中，就体制而言，笔者已在《中国古典小说回目研究》一书中进行了探讨，此不赘述。就体性而论，虽然不少作品中存在诗意化的回目，还有一些作品的回目在形式上使用诗的韵脚，也不乏直接用诗句以及用完整的诗篇充当回目的作品，但是回目的职能毕竟是叙事，其诗意化必然要受到叙事的制约，所以，笔者将其称为"类诗意化"，也就是说，其诗意的营造不完全来自语言，更多是来自叙事的反馈。此外，诗意本身便是一个没有明显界限的概念，易入见仁见智之争，因此，本文仅深入讨论语体和体式两个层次。

---

① 将西方的 novel 对译为"小说"其实正是中国章回小说被同化的重要条件，因此，笔者倾向将其译为"长篇叙事文"，以便与中国本来的"小说"相区别，但由于这一译词已经约定俗成，故本文仍暂时沿用。

② 参见郭英德《中国古代文体学论稿》，北京大学出版社，2005，第 4 页。

一　中西方小说标目语体的不同格调

对于中西方小说标目的语体分析，可以从语法、雅俗和句式三个角度来讨论。

（一）语法

王力先生在《汉语诗律学》中指出近体诗语法的三大特点："第一，在区区五字或七字之中，要舒展相当丰富的想象，不能不力求简洁，凡可以省去而不至于影响语意的字，往往都从省略；第二，因为有韵脚的拘束，有时候不能不把词的位置移动；第三，因为有对仗的关系，词性互相衬托，极便于运用变性的词。"① 简单来说，就是省略、位移和变性。不过，变性多为诗人用以"制造警句"的手段，后来的回目虽然因为"对仗的关系"也有了一些变性的例子，但并不多见，因此我们仅以目前所能看到最早的章回小说嘉靖本《三国演义》来分析一下回目中的省略和位移。②

首先来看省略。王力先生细致地归纳出十一种近体诗省略类型，其前四种在回目中均多有其例（由于回目与诗句一样语法成分颇不易确定，故统计或可商榷，然大体可反映事实）。

第一种为略姓名。王力先生举了王维《送崔三》"鲁连功未报"、杜甫《即事》"多病马卿无日起"等例，并指出"姓名的省略，往往是为了平行语的整齐"。此点在小说回目中更为广泛，嘉靖本《三国演义》中便有三十五例，比较典型的如"凤仪亭布戏貂蝉""定三分亮出茅庐""献荆州粲说刘琮""群英会瑜智蒋干"等，大多是省去了姓。其他则多为"玄德""孔明""云长"之类的省略。

事实上，小说回目中的略姓名主要目的与诗句相同，亦为"平行语的整齐"，如果回目其他成分较少，则用"刘玄德""关云长"之类来增加字数；若已有五字，则可省略为"玄德""云长"或者改称"刘备""关

---

① 王力：《汉语诗律学》，《王力全集》第 17 卷，中华书局，2015，第 274 页。
② 参见罗贯中《三国志通俗演义》，上海古籍出版社，1980。

羽"；若字数太紧张，甚至还可以不合情理地用一个字，比如上举的"凤仪亭布戏貂蝉"之类。中国人姓名的伸缩性给回目整齐的调配带来了方便。

第二种为略"于"字。王力先生举了大量的例子，如杜甫《秦州杂诗》"老树空庭得"、《客亭》"日出寒山外"之类。而小说中更多，就嘉靖本《三国演义》来说便有五十七例，如其第一则云"祭天地桃园结义"（于桃园祭天地结义），其余则多为地理名词前的省略，如"赵子龙磐河大战""李傕郭汜寇长安"之类。

第三种为略"则"字。如杜甫《收京》"赏应歌《杕杜》，归及献樱桃"之类，《三国演义》共有十例，如"废汉君董卓弄权""迁銮舆曹操秉政"之类均是。

第四种为略"而"字。《三国演义》有十三例，如"祢衡裸体骂曹操""云长擂鼓斩蔡阳"之类，"裸体"与"骂曹操"之间本应有一"而"字，若无，以散文视此句则不大通顺，因为"裸体"与"骂曹操"在逻辑上并无联系，"而"字将这两个词当作两个动作并列起来共同做"祢衡"的谓语。

第二种至第四种其实都是省略虚词。林庚先生在《唐诗的语言》一文中即指出："语言的诗化……突出的表现在散文中必不可缺的虚字上。如'之''乎''者''也''矣''焉''哉'等，在齐梁以来的五言诗中已经可以一律省略。"[1] 而回目也循此例将虚字删除殆尽了。删除这些虚字自然亦有求齐的功能，但更多的却是造成一种"诗的格调"，因为相对于散文，诗"是尽量避免连介词的"[2]，而小说回目也会以此尽量造成一种不同于散文直叙的"回目的格调"，比如"吕温侯濮阳大战"，完全可以写为"吕布大战于濮阳"，之所以不这样，就是有意避免"于"字的出现而破坏了回目的"诗的格调"（当然还有句式的问题，参下文），为此还不得不把两个字的"吕布"变为三个字。在《三国演义》回目中，吕布出现了八次，有六次是用"吕布"的，有一次为了省字而缩为"布"，这次却为了

---

① 林庚：《唐诗综论》，商务印书馆，2011，第 90 页。
② 王力：《汉语诗律学》，《王力全集》第 17 卷，第 280~282 页。

凑数而增为"吕温侯"。

　　以上四种方式去除重复者便有一百零二例，已近《三国演义》全部回目的一半。

　　此外，另有七省略方式，末三种即可能式、平行式及歇后式省略在诗中亦不多见，故可不论。中间四种为略"是"字、略"有"字、略普通动词、略谓语，其实质均为略去了动词，即王力先生所说"和描写句性质相近"，故与小说回目之叙述句特征发生冲突，因此回目中亦极少，如省略动词及谓语的情况在嘉靖本《三国演义》中只有两处，即"孔明秋风五丈原"（孔明在秋天死于五丈原）及"姜维避祸屯田计"（姜维以屯田为避祸之计）。

　　其次来看位移。王力将诗句的位移分为五种，前三种是从诗句用韵角度来考虑主语及宾语的倒置，这在小说回目中自然并无其例；第五种中的一部分"是因为平仄的关系"，而另一部分与第四种则"在韵脚上和平仄上都没有妨碍；其所以倒装者，只因为那样更像诗句些"①，这正是回目位移努力达到的效果，自然并非"更像诗句"，而是"更远离散文"或者干脆说"更像回目"。如嘉靖本《三国演义》共有六十六例位移，可大体分为三类：一是将地理名词移于谓语之前，如"赵子龙磐河大战"（赵子龙大战于磐河）之类，此种最多；二是将地理名词移于主语之前，如"安喜张飞鞭督邮"之类；三是将双谓语中的一个移于主语之前，如"废汉君董卓弄权"之类。在嘉靖本《三国演义》中，这些位移一般会有两个目的：一是调整叙述句节奏，二是突出叙事效果。如"废汉君董卓弄权"，原本当为"董卓弄权废汉君"，两个动宾词组都接在主语后面，在节奏上显得拖沓，当然，在叙事上也不够鲜明；而"赵子龙磐河大战"一类其实也可以用"赵子龙大战磐河"来代替，但在回目中，句尾的词在叙事上很重要（类似于诗歌句末之韵对抒情的重要），故将"大战"这样的词移到后面，以收醒目之效。

　　嘉靖本《三国演义》基本上是古典小说回目最古朴者，此后的作品在回目方面的省略与位移就更为复杂了，大致来说，姓名省略较此减少，但

---

　　① 王力：《汉语诗律学》，《王力全集》第 17 卷，第 277~279 页。

由于句式更加复杂，虚词的省略更多了；位移也因为有了对仗或叙事效果的考虑而更加重要；同样，对仗也使得嘉靖本《三国演义》回目中几乎没有的词性变化进入了后来的回目中，比如《水浒传》就有"小霸王醉入销金帐""柴进门招天下客"之类动词变为副词、名词变为副词的例子。

（二）雅俗

从雅俗的角度来比较中国诗歌与散文的语言，则不得不承认，虽然一般来说，散文也是雅化的文言，但相较而言，还是诗歌的语言要更为典雅精致一些。这自然与诗歌力求精练有关，但也与作者的词语选择有关。诗人选词更注重多义性与张力；小说的正文自然是散文式的叙述语，但回目则更注重书面化表达。

就第一点精练来说，回目既然采用了诗句的形式，自然要在有限的字数内尽可能全面而合理地概括出本回的情节，所以精练是应有之义，而这也恰恰是前文讨论回目语法中省略的大量使用时论述过的。由于精练与整齐，便需要将可有可无的成分省略，由于大量的省略，词与词之间的关系便开始多义或者拼接，而这也恰恰是诗歌语言的特点，这种特点也使得诗句与回目均呈现雅的一面。

回目的这种特点在章回小说中其实会造成语体的不协调，因为这与其所统辖故事的雅俗分判太强烈了。以明代四大奇书为例，无论是生活场面到作者的理想都一俗到骨的《金瓶梅》（这一评价并非贬低其艺术成就，只是要表明，《金瓶梅》的作者不但写了市井生活，而且在大部分篇幅里也是用了市井的目光来写市井生活的），还是表面披了宗教的外衣，但实际上却总是以市俗来调侃、嘲笑崇高的《西游记》，又或者是作者努力地写英雄，但读者读到的不但有江湖气，更多的是市井气的《水浒传》，甚至是《三国演义》，从题材到语言都严肃认真，但事实上故事的非历史化便是民间讲说史中市井趣味渗入的表现。这些作品都受制于中国小说文体的基因，从而带有丛残小语的特点。但无论哪部作品，其回目却都是雅致的，哪怕是《金瓶梅》中的性描写，也要用"潘金莲醉闹葡萄架""潘金莲兰汤午战"这样的表述来隐括。这使得回目与正文间产生了微妙的雅俗错位，这种错位正是回目基因控制的结果。而读者早已习惯了这种错位，所以历来读者的阅读并未觉得这在文体上有何不妥。

（三）句式

由于汉字基本上是表意文字，所以，中国古典诗歌的节奏与旋律要更多地依靠对平仄的调配与句式的安排。因此，句式是古典诗歌非常重要的语体因素。如果说，中国古典小说的回目在语法与雅俗层面与中国古典诗歌颇为切合的话，那么，其在句式层面则与古典诗歌中的词体有共通之处。

郑骞先生认为，中国古典诗歌的句式"可分为二，曰单与双。五字、七字者，单式也。四字、六字者，双式也。单式句，其声健捷激袅；双句式，其声平稳舒缓"，又云："四五六七字句则均须分段，以调节语气之轻重疾徐。而句式之究竟为单为双，即视其下段所含之字数为定。"① 进一步探究，我们会发现，相对来说，传统的五、七言诗均为单式音节，而词则有大量的双式音节，甚至词中距诗较近的小令还是单多双少，而慢词则以双式音节为主了。

中国古典小说的回目以七言为核心，其句式恰与诗句的上四下三不同，而多为上三下四。这种四字尾容易形成一个较为完整的叙述句，或者主谓宾齐全如"曹操秉政""董卓弄权"之类，或者让出主语只留下状语及谓语、宾语如"桃园结义""辕门射戟"之类，总之都有清晰的叙事能力。而若以三字句结尾则更多是个动宾结构，如"鞭督邮""伐董卓"之类，要实现回目的叙述功能必须与此前的四个字一起构成叙述句，如"安喜张飞鞭督邮""曹操起兵伐董卓"，这样的话，整个回目的叙事就只有一个向度，不像后四字已经完成一个核心叙事之后的七言回目那样有充足的叙事空间。正因如此，七言回目中，上四下三的类型听起来便不像上三下四的句式那样有"回目的格调"。这当然只是表面现象，其真实的原因便在于对叙事的容括度不同。所以，嘉靖本《三国演义》的全部二百四十条回目都是七言，上四下三的单式音节占一百二十七条，超过上三下四的类型；而到了毛宗岗评本中，共有八十九对七言回目，却只有三十三对仍为

① 郑骞著，曾永义编《从诗到曲》，商务印书馆，2015，第860~861页。

上四下三句式，其余五十六对都是上三下四句式，这其中包括为数不少的将原上四下三标目改为新的上三下四标目的例子。比如将"安喜张飞鞭督邮""何进谋杀十常侍""董卓火烧长乐宫""袁绍孙坚夺玉玺"变为"张翼德怒鞭督邮　何国舅谋诛宦竖""焚金阙董卓行凶　匿玉玺孙坚背约"。当然，从《红楼梦》开始，八言目便与七言目分庭抗礼，而八言回目一如词中八字句的句式一样，① 多为上三下五，这样的话，这个五字尾的半逗流速要比上三下四中的四字尾更快，也就更不宜言志抒情而宜于叙事了。

与西方小说标目在语体上的比较当然会由于中西方语言本身的巨大差异而难以落实，不过我们仍然可以从两个方面来展开一些探讨。一是西方小说标目基本上是散文句式，这一点与西方诗歌的语法便有很大差异，比如说英语诗歌，其特点与汉语诗歌亦有类同之处，也以省略、位移与变性作为体现诗之格调的手法，即所谓"诗的破格自由"② （poetic license），而英国小说标目并不使用这些方法。二是抛开语言差异来直接比较，亦可得出同样的结论，虽然西方小说标目也会偶尔省略一些并不重要的介词，但总体而言与其他散文文体的标目一样，使用较为普通的散文化句子。比如《格列佛游记》（1726）第一章标目及《弃儿汤姆·琼斯的历史》（1749）第三章标目：

> The author gives some account of himself and family. His first inducements to travel. He is shipwrecked, and swims for his life, gets safe on shore in the country of Lilliput; is made a prisoner, and carried up the country. （作者略述自己的家世和出游时最初的动机。他在海上覆舟遇险，泅水逃生，在利立浦特境内安全登陆；他当了俘虏，被押解到内地。）③

> An odd accident which befel Mr. Allworthy at his return home. The de-

---

① 关于词中八字句句式的讨论，参见王力《汉语诗律学》，《王力全集》第 17 卷，第 635~638 页。

② 参见王佐良、丁往道主编《英语文体学引论》，外语教学与研究出版社，1987，第 366、412~413 页。

③ Jonathan Swift, *Gulliver's Travels* （New York: Bantam Dell, 2005）. 中译参见〔英〕斯威夫特《格列佛游记》，主万、张健译，人民文学出版社，2000，目录。

cent behaviour of Mrs. Deborah Wilkins, with some proper animadver-sions on bastards. (奥尔华绥先生一回家就碰上一桩怪事。德波拉·威尔根斯大娘合乎体统的举止，以及她对私生子正当的谴责。)①

可以看出，这些句子与小说正文的句子在语法上没有什么区别。那么更进一步探讨，这些标目与正文之间也完全没有雅俗之别，在句式上更无深微的声情与意义。当然，除这种标目方式外，还有一部分作品的标目缩减成为短语或词，这与回目的语体差别就更大了。

二 中西方小说标目体式在叙事上的影响

前文所论均属于文体外在结构上的差异，这些差异可以说是一目了然，但它们却还带来了小说文体叙事世界建构方面无法直观感受到的深层差异，需要更进一步从体式的角度来进行探讨。

中国的格律诗形式上可以概括为三个特点：篇有定句（偶数句，一般或四句、或八句），句有定字（或五言、或七言，总之一篇之内，长短相同），讲求对偶（律诗中间两联必须对仗）。其实这三点西方诗歌也有。比如"篇有定句"，西方也有十四行诗或八行诗这样诗律严密的诗体。② 至于"句有定字"，在惠特曼之前，西方一般的诗也是"句有定音"的，即"每行的音数相同"③，这在某种程度上相当于中国的"句有定字"。当然，之所以说"某种程度"，是因为音节相同了，读起来自然与汉语的音节节奏差不多了，但仍有显著的不同：一是直观感受不同，西方诗歌音节相同并不等于单词数或字母数相同，所以一首诗可以音节均同，但直观感受还是长长短短地错落着；二是意义也并不相等，中国古诗"句有定字"不但是直观的整齐，也是诗意构建的整齐，这一点是西方诗歌做不到的。此

---

① Henry Fielding, *The History of Tom Jones, A Foundling* (London: Penguin Group, 2005). 中译参见〔英〕菲尔丁《弃儿汤姆·琼斯的历史》，萧乾、李从弼译，人民文学出版社，1984，第 14 页。
② 参见辜正坤《中西诗比较鉴赏与翻译理论》，清华大学出版社，2003，第 15~19 页；王力《汉语诗律学》，《王力全集》第 17 卷，第 915 页。
③ 王力：《汉语诗律学》，《王力全集》第 17 卷，第 816 页。

外，西方诗歌中也有对仗的要求，如莎士比亚十四行体的末尾多是一个对句，其第一首结尾是："Pity the world, or else this glutton be, To eat the world's due, by the grave and thee."（辜正坤译为："可怜这个世界吧，否则你就无异贪夫，／不留遗嗣在人间，只落得萧条葬孤坟。"）① 从汉语的角度我们自然很难认同这是对仗，这是因为西方由于语言的特点，其对仗规定得更为宽泛。② 当然，这还只是中西诗歌的差别，就诗歌与标目的关系来说，这种差别就更大了。

回目既瓣香于诗句，又进一步把诗句的形式因素变为对古典小说叙事的节奏控制，分述如下。

第一，古典小说的"篇有定句"，即回目体制对章回小说整体构思的调控。

章回小说的章节数量（也即回目数量）总会倾向于某个有意味的数字。据笔者统计，中国古典小说中具有回目的作品九百五十种，分回数量从一回到一千五百余回不等，计有一百余种类型，但某些特殊数字的回目数却占了很大的比例：以十二、十六、十、二十、四十、八、二十四、一百、三十为总数的作品分别有九十一、八十、六十四、五十八、五十七、五十五、三十、二十六、二十六条，这九种计有四百八十七条。这些数字可以分为三个系列：一是八系列，为八卦的数量，属此系列的八、十六、三十二、六十四（全部作品中有十部作品为六十四回，未列入前文统计），都是八的倍数，也都与八卦有关；二是十系列，是最完美的数字，也是天干的数量，属此系列的有十、二十、三十、四十、六十、八十（共十五部，亦未列入前文统计）、一百；三是十二系列，是一年月份的数量，也是地支的数量，属此系列的有十二、二十四、一百二十（共七部）。前述九种类型的数量超过了全部作品的一半以上。而且这些类型全都被包含在上列三种系列之中，可以知道，中国古代小说作家的回数选择肯定有着某种规律。

那么，这种规律究竟是什么呢？回到我们的议题就会发现，这恰恰就是格律诗的规律。

---

① 《莎士比亚全集》，朱生豪、孙法理、辜正坤译，译林出版社，1998，第 145 页。
② 关于中西方文学中对仗的问题，参见〔美〕浦安迪《平行线交汇何方：中西文学中的对仗》，《浦安迪自选集》，刘倩等译，生活·读书·新知三联书店，2011，第 341~365 页。

我们来看一下王力对律诗的论述就会发现二者惊人的相似："关于排律的韵数，普通总喜欢用整数，例如十韵、二十韵、三十韵、四十韵、五十韵、六十韵；六十韵以上，往往索性凑成一百韵。"（《汉语诗律学》，第23~24页）"自唐以后，试帖诗都是五言排律，而且都是限定用十二句的。""当然也有些排律的韵不是整数的，例如刘禹锡《送陆侍御归淮南使府》用五韵，杜甫《风疾舟中伏枕书怀》用三十六韵，元稹《泛江玩月》用十二韵，《酬东川李相公》用十六韵，《酬段丞与诸蓁流会宿弊居见赠》用二十四韵，等等。但这些到底占少数，而且像三十六和二十四之类，在古人的心目中仍旧是另一类的整数。"（《汉语诗律学》，第30页）这里提到的数字，几乎便是上文出现的那些数字，这种巧合自非偶然，而是有其内在渊源的。

事实上，就连王力所说"索性凑成一百韵"的话在上文所列数据中也有体现，因为一百是一个使用率相当高的长度，那些对叙事文学具有野心的作家都更倾向于这个长度。这一时期中，百回作品虽然只有二十六种，约占总数的百分之五，却包括《西游记》《三宝太监西洋记》《水浒传》《封神演义》《金瓶梅》《醒世姻缘传》《隋唐演义》《女仙外史》《绿野仙踪》《镜花缘》等作品，可以说中国古典小说中的一流作品可能只有《三国演义》《儒林外史》《红楼梦》等少数作品未包括其中了。之所以有这样的现象，原因就在于中国文化向来会赋予某些数字以神秘的力量，[1] 作者在创作小说时也努力以这些数字为创作的量化标准。而新小说之后，百回作品几乎失踪，似乎也表明此后小说家已经没有了那样宏大的叙事野心。

在"篇有定句"上，西方小说则完全不同，除极少数例外，[2] 小说章节的数量并无特殊意义，正如中国古典小说的分卷一样，只是需要考虑实

---

[1] 杨义曾指出其中神秘数字的运用，参见杨义《中国古典小说史论》，中国社会科学出版社，1995，第330~337页。美国学者浦安迪则多次指出中国古典小说的"百回长度"及其"所暗示的各种潜在对称和数字图形意义"，参见〔美〕浦安迪《明代小说四大奇书》，沈亨寿译，生活·读书·新知三联书店，2006，第59、183、286页。

[2] 如捷克作家米兰·昆德拉的作品大多均有意设定为七章，作家自己也承认"我的小说都是以数字七为基础的同一建筑风格的不同变种"，并说这是"我无法逃避的形式原型"，当然，其所谓的原型其实是一种音乐的形式美。参见〔捷〕米兰·昆德拉《小说的艺术》，孟湄译，生活·读书·新知三联书店，1995，第83~91页。

物的分册而已。欧洲小说也曾经有过注重分册的时期，19世纪时，小说基本上都分为三卷，但这只是"方便了巡回图书馆的书籍流通借阅——就同一小说来讲，图书馆可以把它同时借给三个读者"①，这种现实的考量也曾让作者尽力将自己的作品划分为三卷，但这只是分卷，而非分章。也就是说，它关注的是小说书籍形态而非叙事世界的分划。而说到分卷，还有一种特点，可以透露出西方小说作者对于全书章节数目的不关心：在西方小说中，只要一部作品分了卷，那么一般而言其各卷内的章节数字便自为起讫，并不累加，这不但与中国小说作者对分回数量如此执着的关心形成鲜明对比，也与下文要谈到的页码标注问题形成有趣的反差。

当然，西方文学中也偶有与中国作者一样迷恋"一百"这一数字的作家，只不过并非出现在长篇小说中，比如但丁的《神曲》和薄伽丘的《十日谈》，前者恰恰是诗，而后者是短篇小说集。《神曲》的《地狱篇》《炼狱篇》《天堂篇》各有三十三章，"加上作为全书序曲的第一章共一百章"，田德望先生评论说："这种匀称的布局和结构，完全是建立在中古关于数字的神秘意义和象征性的概念上的，因为中世纪人认为'三'象征'三位一体'，是个神圣的数字，'十'象征'完美'、'完善'，是个吉祥的数字。"② 欧洲长篇小说是诞生在现实主义哲学基础之上的，③ 它也理所当然地放弃了但丁和薄伽丘对数字的执着。

第二，古典小说的"句有定字"，即回目体制对章回小说每回长度的均衡。

中国章回小说的作者总会努力使每回的篇幅都大体持平，几乎没有长短错综相杂的作品。虽然不同的作品各回长度差别甚大，如最短的《于公案奇闻》，全书不到十二万字，却分出了二百九十二回，每回不到四百字（正文两回并为一回，每回也不过七百余字）；而最长的《姑妄言》百万余

---

① 参见〔英〕戴维·洛奇《小说的艺术》，卢丽安译，上海译文出版社，2010，第198页。

② 〔意〕但丁：《神曲·地狱篇》，田德望译，人民文学出版社，1997，序言第28页。当然，认为数字有"神秘意义和象征性"并非仅存在于欧洲的"中古"，其当代文化依然赋予了某些特殊数字以神秘的意义。

③ 在美国学者瓦特那里，"现实主义"绝非一种创作方法或艺术表现，而是novel中的哲学蕴含，也是novel得以产生的原因之一。参见〔美〕伊恩·P.瓦特《小说的兴起》，高原、董红钧译，生活·读书·新知三联书店，1992，第4~9页。

字仅分二十四回，每回近五万字，超出前者一百倍。但就每部作品本身而言，每回的篇幅却是基本一致的。结合前文所论"篇有定句"时与格律诗的对比，则此"句有定字"更易从格律诗每句五言、七言的相同长度中找到渊源。

当然，就小说史的脉络来看，章回小说每回的分划其实是说书基因的遗留，因为最早的讲史故事都有相当的长度，"一回"（"一次"，日语直到现在还保留着这一用法）难以讲完，因此发展出多"回"的体制来。而"回"的篇幅也与此有关，因为每次讲多长时间也当有一个惯例。但是，在章回小说案头化的时候，其每回的长度已经与讲说脱离了关系，此时对全书每回篇幅长短的齐整便不能否认有格律诗句有定字的背景。

西方诗歌大体上还要求"句有定音"，但这种体制与小说完全无关。除了在小说主要阵地为各种报刊的时期里，为了适应报刊的要求而对每章的长度进行了技术性的调控之外，总体来说，西方小说如果要分章节，那么其所体现的并非着眼于均衡的切割而是叙事进展的要求。所以，虽然有的作家也很在意切割的均衡性，比如英国小说家洛奇对其小说《你的限度何在》的标目进行解释后说："我刻意重复使用特定的词，因为我想要在章节标题的语义上营造出一点对称的感觉，并以此弥补这些章节长度不一的不协调。我相信，对于小说家来说，对称协调性非常重要，这一点读者很难自觉体会到。"[1] 但从他的话里我们可以知道，他的作品仍然有着"章节长度不一的不协调"。不过，他一方面觉得"协调性非常重要"，但另一方面却只能在标目上做文章而不去重新切分章节，这也是有原因的。英国著名小说家福斯特在描述小说家的创作时曾说："他们不可继续压制素材，他们应该希望自己为素材所屈服，应该情不自禁地对它着迷，听之任之。至于情节嘛——把它装进锅子！把它弄碎，把它熬稠、煮干。让尼采提到的那些'轮廓的大溃蚀'来临吧。事先安排好一切都是徒劳的。"[2] 他的观点正是西方小说创作的通例，而这一通例又来自西方源远流长的"艺术模仿自然"的思想，即小说要创造出逼真感，所以要尽量消泯人为操作的痕

① 〔英〕戴维·洛奇：《小说的艺术》，卢丽安译，第199页。
② 〔英〕E. M. 福斯特：《小说面面观》，朱乃长译，中国对外翻译出版公司，2002，第269页。

迹，让作品看上去更像是自然生长的结果，这样更有利于其逼真感的表达。

所以，对中国的小说作者而言，他们不断地干预情节的发展，一方面使情节的流程可以更方便地被切割为规则的形状从而分别装进各个回次的小盒子中；另一方面也似乎要通过人工的干预给情节以合理间距的波澜。他们并不在乎以现实主义的方式营造真实生活的逼真感，反而更喜欢传奇的色彩与作者本人的掌控。相反，西方小说作家在处理素材时往往会非常谨慎，生怕会有过于人工的痕迹留下，总的来说，他们都依照"现实主义"的原则来创作，也正因为如此，他们大都有意无意地模糊了人工痕迹最为明显的章节划分：或者尽量按接近自然的形态分出段落，或者干脆没有。

也许正是因为这样，中国古典章回小说在版本特征方面才会有一个约定俗成的规定，即每一回的页码就像上文所论的西方小说的章节序数一样自成起讫，虽然这其实也是中国古籍的统一格式，但是经、史、子、集中的绝大部分著作，就其各部分的关系而言，基本都是相互独立的，页码独立亦可理解。但章回小说本来是首尾贯通的，仍然沿用这种方式，便可以看出其对章节"对称"的重视，因为自成起讫凸显了每章的长度，是譬画"对称"的基础。有趣的是，西方小说虽然各卷之间的章节序数互不相谋，但页码却是连通的，从而也消泯了各章节间的比例关系。

我们在各种小说工具书中查检中西方小说时便会深切地感受到以上两个原因的作用：西方小说不重视章节，所以几乎所有资料在介绍西方长篇小说时都不介绍章节数目，如果要让读者对其篇幅有概念，一般的方法是标出总的页数；而中国古典小说工具书提到章回小说时绝不会介绍页数，取而代之的回数则成为必不可少的项目。

第三，古典小说的"对仗"，即回目体制对章回小说每回情节线索的设计。

诗最基本的特点是什么？德国著名美学家莱辛在将其与画的对比中指出，"时间上的先后承续属于诗人的领域，而空间则属于画家的领域"，画所描绘的物体是通过视觉来接收的，因为物体是在"空间中并列"的，所以"一眼就可以看遍"；诗用语言叙述动作情节，"语言作为诗的媒介"，

要 "诉诸读者的理解力"①。将诗歌看作时间艺术，对于中国诗歌来说，也基本如此。但中国诗歌中有一种修辞手段却带来了不同的东西，这种手段放眼世界都独一无二，那就是对仗。因为对仗是把两个句子并置在一起，从文意的理解方面来看是上下二句互为注脚的，很多时候对于这样的对句的理解便需要像看 "空间中并列" 的物体一样，这便从某种程度上打开了诗作的空间感。② 同样地，回目的对仗也对叙事产生了影响，拓展了叙事的空间。

相对来说，西方诗歌中也没有这种中国思维的 "对仗" 存在，更何况小说，更是不可能有类似的特点，那么，其标目也便完全不可能了。

三　诗律与散句分界的原因

前两节从文体研究的两个层面讨论了中国古典小说回目不同于西方小说标目的 "格律化" 表现，但我们还需要考察其之所以 "格律化" 的原因。

第一，回目的渊源中有诗的基因。

拙著《中国古典小说回目研究》一书中用了较长的篇幅探讨回目的来源。从赋得体诗将诗句上升为诗题，再有《蒙求》系列从诗句到叙事作品的标目，还有咏史诗、游仙诗标题的叙事化与回目化，均已表明回目体制与诗的密切关系，而文言小说标目中《青琐高议》《绿窗新话》的例子更加确证了叙事世界标目的诗句化趋势，元杂剧的题目正名也为我们的论题提供了既是诗也是叙事作品标目的例证，甚至包括图题的位移与通俗文类的助力。③ 这些都清楚地表明了回目与诗句之间的渊源。因此，叙事世界中的回目受格律诗的影响而 "格律化" 也就顺理成章了。

第二，诗是中国文学传统中的优势文体，它自然拥有强大的势能，拥有的势能自然会让它的文体特征向其他文体迁移。

---

① 〔德〕莱辛:《拉奥孔》，朱光潜译，人民文学出版社，1979，第 97、83、98~104 页。
② 参见〔美〕高友工《中国语言文字对诗歌的影响》，《美典：中国文学研究论集》，生活·读书·新知三联书店，2008，第 201~206 页。
③ 参见拙著《中国古典小说回目研究》，北京大学出版社，2012，第 8~151 页。

中国小说向来承认诗体的优越，所以才会不断地在小说文本中穿插那么多的诗，这在世界叙事文学中都是独一无二的。相对来说，日本叙事文学亦有穿插诗歌的传统，但那些诗歌基本被容括在叙事流程之内，只有中国小说，才会有那样多游离在叙事世界之外的诗歌。这一特点既可以说是优势文体的迁移，也可以从小说的"文备众体"来解读。

在章回小说前源的讲说艺术中，回目最初是说话文本的全名，也是带有广告意味的招子，作为广告，其最关键的当然是要吸引人，所以不能像简名一样只是一个人名，没有情节的提示；因此采用长一些的叙述句就显得非常必要。但将这种长句组织成什么样子才最好，在那个以诗为文化核心的时代，以诗句为归依便水到渠成，因为使用诗句的益处非常多。其一，正如前文所说，中国小说早早便在正文中插入"有诗为证"的韵语，就是为了借助诗这种优势文体的力量来增加作品的说服力，小说标目使用诗的形式自然也有此意。其二，社会层面各文化系统的共处中，下层系统总会向上层靠拢，任何一个时代都是如此，说话艺术在当时是不折不扣的市井文艺，以诗句的形式为招子自然会起到提升其文化形象的作用。其三，由于诗已经成为当时文人乃至普通人文化认知中的焦点，那么，类诗句的句子自然迎合了人们的认知心理，更易记易懂，自然有利于广告效应。所以，缩结而言，诗句式标目的使用可以增强作品被读者接受的程度，可以提升作品的文化形象，可以得到更广泛的传播。

第三，由诗的优势地位又衍生出一个问题，就是格律诗以其格律的影响从某种程度上把章回小说"叙事诗"化了，这种影响的关键便是回目的格律化。

诗在中国传统文化中占有重要地位，但以西方诗歌为参照来看，中国的叙事诗并不发达，① 当然，这是以西方诗歌为参照所得的结论，实际上并非如此，正如中国戏曲是可以囊括话剧、歌剧、舞剧等不同形式的综合性艺术一样，中国传统诗歌也包罗万象，叙事传统亦极丰厚，只是少有西方意义上纯粹的叙事诗罢了。

不过，由于诗歌的优势地位，章回小说会不自觉地将自己"诗化"：

① 参见程相占《中国古代叙事诗研究》，广西师范大学出版社，2002，第178页。

比如唐传奇以来的许多文言小说，在写景时常常会模拟某种诗的意境；明代章回小说大量插入诗歌形式的风景描写以及人物颂赞；《红楼梦》以来的章回小说甚至会在叙事中营造出诗的意境。在这种氛围之下，有人竟会以诗来评小说，脂砚斋甚至说："余谓雪芹撰此书，中亦为传诗之意。"①这种评判的"错位"其实恰恰是当时章回小说乐见的结果。那么，其把回目格律化，便可以看作叙事世界向诗歌世界的投诚，即自觉地将自己的叙事收编于格律化回目之下，从某种程度上成为一种新的"叙事诗"。这一判断看似冒犯了数种文体的矩矱，其实在中国叙事文学中并不突然，如对回目形成有很大影响的《蒙求》类文体便恰恰是以诗的形式来统摄叙事；另外，在被认为"有意为小说"的唐传奇中，也常有一诗一传互相搭配的例子，如元稹的《李娃行》与《李娃传》，白居易的《长恨歌》《任氏行》与《长恨歌传》《任氏传》，沈亚之的《冯燕歌》与《冯燕传》，等等。②在这种传统下，古代也曾出现过全由五言排律为回目的小说。③

反观西方，小说文体的境遇大为不同。

首先，虽然诗亦受到尊崇，以至于文学理论常常以"诗学"来指称，但其所谓"诗"却包含了"叙事诗"——比如在西方文学史中地位至高无上的《荷马史诗》——它也恰恰是 novel 的远祖，④所以，novel 在西方文化中的地位远非"小说"这个原本具有贬义色彩的词所能描述的。正因如此，小说并不需要借助诗的光环来提升自己的文体地位甚至决定自己文体存在的可能。所以，小说文体与诗歌文体泾渭分明，几无交集。

其次，标目只需要承担其叙事的功能即可，而承担这一功能自然要用叙述文体。在西方文学体系中，三大文体界限清晰，不可能用抒情性文体去概括叙事的内容。

最后，中西方的叙事智慧有很大差异。西方文学艺术的核心是亚里士

① 朱一玄编《红楼梦资料汇编》，南开大学出版社，2001，第 94 页。
② 参见王运熙、杨明《唐代诗歌与小说的关系》，《文学遗产》1983 年第 1 期；程毅中《唐人小说中的"诗笔"与"诗文小说"的兴衰》，《程毅中文存续编》，中华书局，2010，第 96~97 页。
③ 参见阿英《小说三谈》，上海古籍出版社，1985，第 20~21 页。
④ 参见〔美〕浦安迪讲演《中国叙事学》，北京大学出版社，1996，第 9 页。

多德的"摹仿说"，即以摹仿自然为艺术的最高境界，[①] 正因如此，摹仿便须再造真实，所以不可以有任何不自然或破坏、冲淡自然的元素。而标目正是最易显示人工干预痕迹的体制元素。因此，在西方早期有标目的小说里，标目只是一种辅助工具，从某种程度上说，它更像是一部作品的页码，不能没有，但也并不重要。不同出版社出版时页码自然不同，但这个不同被所有阅读的人忽略了，因为这不参与叙事，是叙事之外的体制。更重要的是此后西方小说的标目越来越少，甚至于消失，其原因就在于生活并非一个可以用标题来分阶段的时间流，逼近自然要求作者尽量不去拦截或斩断这样的时间流。

余 论

前文以近体诗格律为参照，详细论述了回目与标目的种种不同，但却有意绕开了一个更简单却又更本质的不同：无论是否分章，是否有标目，novel 仍然是 novel；但若不分回、没有回目（或者说没有诗句化的回目），那一部小说就不是章回小说。

也就是说，对西方小说而言，分章标目仅仅是作品篇幅的一种技术性分划，并非这种文体的基本要素，所以，这是一种可有可无的附件。而对中国古典小说来说却并非如此：章回小说最初的滥觞是在市井的说书场中，所以，其本质是通俗化的，但从口耳相传到案头以文字记录，就必须进行某种程度的雅化，从而给这种通俗化文体在雅文化空间中存在的理由。于是，章回小说的作者们选择了诗歌这种优势文体，以诗句为蓝本制作了诗句化的回目来统摄叙事的进程。因此，回目自然成了章回小说这种雅俗交融文体的本质性规定与标志性特征。而且，这种诗句化的回目不但规定了章回小说的体制与体式，其实也深深地影响着叙事世界的建构与艺术风貌的表达。

然而，不幸的是，小说界革命以后，希望小说可以救国的人们都把回

---

① 亚里士多德《诗学》一书即围绕摹仿展开论述，参见〔古希腊〕亚里士多德著，陈中梅译注《诗学》，商务印书馆，1996。

目当作传统小说纯形式化的附件而弃如敝屣。从这一时期开始，产生了大量"非回目"式的作品（或为西式散行的标目，或干脆没有标目）。据笔者统计，小说界革命以前，中国古典小说中非回目作品仅占全部作品的百分之七，而此后这一比例上升到了百分之七十五。这恰恰显示了小说界革命及新小说对中国传统章回体的疏远与对西方小说文体仿效的实绩：在社会、政治、文化及创作主体的选择等复杂因素的作用下，近代小说的变革确实深入到了小说文体的层面，但就回目而言，这一变革导致了其从主流视野中的隐退。

所以，我们最终抛弃了回目，其实也就是抛弃了章回小说文体，同时也一并抛弃了中国传统的叙事智慧与这种叙事智慧中所体现出来的哲学观照。

［责任编辑：马昕。本文原刊于《南京大学学报》（哲学·人文科学·社会科学版）2021 年第 2 期］

被虚构的小说虚构论

——以鲁迅对胡应麟的接受为中心

刘晓军[*]

内容提要 小说虚构论生发于 19 世纪末 20 世纪初，是西方小说理论作用下的结果，但促使这种小说观念确立并颠覆传统小说观念的是《中国小说史略》提出的至唐人"始有意为小说"。鲁迅将这个论断的理论根源上溯到胡应麟"至唐人乃作意好奇"一语。实际上，鲁迅在接受胡应麟小说理论的过程中，以虚构的小说观念为前理解，对胡应麟的论述作了符合自己期待视域的解读。这并不符合胡应麟的原意与中国传统小说观念的实际，因此小说虚构论的建构过程，本身就是一个被虚构的过程。

关键词 鲁迅 胡应麟 虚构 作意 幻设

现代小说观念认为小说是虚构的散体叙事文学，中国小说起源于唐代，主要的理论依据便是鲁迅所言至唐人"始有意为小说"。鲁迅将这一论断的理论源头追溯至明代胡应麟《少室山房笔丛》，《中国小说史略》第八篇"唐之传奇文（上）"云："小说亦如诗，至唐代而一变，虽尚不离于搜奇记逸，然叙述宛转，文辞华艳，与六朝之粗陈梗概者较，演进之迹甚明，而尤显者乃在是时则始有意为小说。胡应麟（《笔丛》三十六）云，'变异之谈，盛于六朝，然多是传录舛讹，未必尽幻设语，至唐人乃作意好奇，假小说以寄笔端。'其云'作意'，云'幻设'者，则即意识之创

---

* 刘晓军，华东师范大学中文系教授，著有《章回小说文体研究》等。

造矣。"① 鲁迅特意强调胡氏所言"作意"与"幻设",以证明其至唐人"始有意为小说"一说乃胡氏"至唐人乃作意好奇"一语的转述与承袭。然而审视二者的上下文语境,结合胡应麟本人的小说观念,并将其置于相应的时代背景下去理解,我们发现二者之间并非"无缝对接",而是"移花接木",鲁迅巧妙地利用胡应麟对唐人小说的评价,成功地在传统小说观念的基础上"嫁接"了现代小说观念。从"作意好奇"到"有意为小说",实际上反映了在古今交融与中西交替的大背景下,现代小说观念的形成。本文试图以鲁迅对胡应麟小说理论的接受为中心,从学术史的角度考察小说虚构论的生成。

一 《少室山房笔丛》与鲁迅的古代小说研究

胡应麟并非专门的小说理论家,相对于其成熟的诗学体系,有关小说的论述只是片言只语,散见于《少室山房笔丛》等著述之中。饶是如此,胡应麟的小说理论仍然是中国小说理论发展史上极为重要的部分,对后世影响深远,其中就包括鲁迅的小说研究。鲁迅在古代小说研究史上的开创之功,至今无人能出其右;但毋庸讳言,鲁迅吸收并转化了前人的许多理论资源,其中胡应麟的影响尤其显著。

《中国小说史略》有五篇直接引用了胡应麟的研究成果:第一篇"史家对于小说之著录及论述"用胡应麟的小说分类与四库馆臣的小说分类做比,认为四库馆臣的三类分法"校以胡应麟之所分,实止两类,前一即杂录,后二即志怪,第析叙事有条贯者为异闻,钞录细碎者为琐语而已"(《中国小说史略》,第18~19页),第六篇"六朝之鬼神志怪书(下)"引胡应麟语证明《拾遗记》"盖即绮撰而托之王嘉者也"(《中国小说史略》,第50页),第八篇"唐之传奇文(上)"引胡应麟"至唐人乃作意好奇"证明唐人"始有意为小说",第十四篇"元明传来之讲史(上)"引胡应麟语说明《三国演义》作者或为"贯中,名本,钱塘人"(《中国

---

① 鲁迅:《中国小说史略》,齐鲁书社,1997,第59页。

小说史略》，第 105 页），第十五篇"元明传来之讲史（下）"引胡应麟语说明《水浒传》作者"或曰施耐庵"（《中国小说史略》，第 113 页）。除《中国小说史略》外，鲁迅在其他著述中也多次直接引用胡应麟的研究成果。《关于〈三藏取经记〉等》引用胡应麟的说法断定《宣和遗事》为元人所作。① 《唐宋传奇集·稗边小缀》引用胡应麟的考证断定《枕中记》中的吕翁非神仙吕洞宾，② 《太平广记》卷四六七《李汤》实为李公佐所撰《古岳渎经》（参见《唐宋传奇集》，第 224 页），《周秦行纪》的作者为李德裕同党韦正卿之子韦瓘（参见《唐宋传奇集》，第 232 页），《赵飞燕别传》为陶宗仪《说郛》本（参见《唐宋传奇集》，第 245 页）。除了直接引用，鲁迅还间接采纳了胡应麟的研究成果。比如胡应麟将古代小说分为"汉《艺文志》所谓小说""六朝小说""唐人小说""宋人小说""本朝小说"加以论述，《中国小说史略》设计小说史的分期明显受此影响；胡应麟认为"古今志怪小说，率以祖夷坚、齐谐。然齐谐即《庄》、夷坚即《列》耳，二书固极诙诡，第寓言为近，纪事为远"③，《中国小说史略》第二篇开头即云"志怪之作，庄子谓有齐谐，列子则称夷坚，然皆寓言，不足征信"（《中国小说史略》，第 21 页），显然借用了胡应麟的观点；胡应麟说"魏、晋好长生，故多灵变之说；齐、梁弘释典，故多因果之谈"（《少室山房笔丛》卷二九，第 283 页），《中国小说史略》第五篇开头云"凡此，皆张皇鬼神，称道灵异，故自晋讫隋，特多鬼神志怪之书"（《中国小说史略》，第 39 页），无疑化用了胡应麟的说法。凡此等等，不一而足。在给友人许寿裳的儿子许世瑛开的阅读书目里，鲁迅甚至特意推荐"胡应麟　明人　《少室山房笔丛》广雅书局本　亦有石印本"④，鲁迅对胡应麟的重视程度由此可见一斑。

　　大致而言，鲁迅对胡应麟的接受主要有两种方式：一是直接接受，如小说的分类、小说史的分期等。胡应麟将小说分为"志怪""传奇"等六类，鲁迅直接引用了"志怪"与"传奇"两个类型概念。陈平原先

---

① 参见鲁迅《魏晋风度及其他》，上海古籍出版社，2010，第 167 页。
② 参见鲁迅校录《唐宋传奇集》，齐鲁书社，1997，第 220 页。
③ 胡应麟：《少室山房笔丛》卷三六，上海书店出版社，2001，第 362 页。
④ 鲁迅：《集外集拾遗补编》，人民文学出版社，1993，第 432 页。

生指出鲁迅"将唐及唐以前的小说分为'志人''志怪''传奇';其中'志怪''传奇'的命名与界说,受明人胡应麟的影响"①,其实"志人"这个类型概念明显仿照"志怪"生造而成,也是受胡应麟影响所致;胡应麟将小说史分为汉朝、六朝、唐朝、宋朝、明朝五期,鲁迅以此为基础接续了清朝小说,搭建了他的小说史架构。二是创造性转化,其中最为重要的是将胡应麟关于小说题材的比较转化为小说文体的演进,以"至唐人乃作意好奇"一语为基础,得出唐人"始有意为小说"的论断。鲁迅先是在《唐宋传奇集·序例》提及胡应麟这段话,肯定"其言盖几是也"②;进而在《中国小说史略》第八篇"唐之传奇文(上)"对此作重点分析,并紧扣"作意"与"幻设"两个关键词,认为胡应麟有从唐人开始有意识地创造小说之意。在鲁迅对胡应麟所有小说研究成果的接受中,这一点影响至关重要。可以这样说,胡应麟对六朝以迄明朝志怪小说的论述,一经鲁迅转化便构成了古代小说文体演进的重要依据和表征;而鲁迅在转化胡应麟的论述时所体现出来的小说虚实观,又影响了小说虚构论的形成。周扬、刘再复为《中国大百科全书·中国文学Ⅰ》所撰"中国文学"中对小说发展的描述颇有代表性:"中国小说作为不屑一顾的'丛残小语',冷清寂寞地到了魏晋南北朝时期才有所起色,但真正具有小说意识——不是当作实际发生的真实,而当作虚构的'逼真'和'如实'——是进入唐代以后的事情。"③显然,这个词条的判断便建基于鲁迅的唐人"始有意为小说"这个论断,而鲁迅又把自己的判断归根于胡应麟"至唐人乃作意好奇"一语。有鉴于此,下文将围绕胡应麟"至唐人乃作意好奇"一语,重点论述鲁迅将其转化成唐人"始有意为小说"之论的合法性问题。

---

① 陈平原:《小说史:理论与实践》,北京大学出版社,1993,第205页。
② "东越胡应麟在明代,博涉四部,尝云:'凡变异之谈,盛于六朝,然多是传录舛讹,未必尽幻设语。至唐人,乃作意好奇,假小说以寄笔端。……'其言盖几是也。"(《唐宋传奇集·序例》,第1页)
③ 中国大百科全书总编辑委员会编《中国大百科全书·中国文学Ⅰ》,中国大百科全书出版社,2002,第8页。

二　佛道语境下"至唐人乃作意好奇"的
真实意涵

鲁迅认为从唐人开始有意识地创造小说，这个结论是比较唐朝小说与六朝小说后得出来的。鲁迅认为唐代小说与六朝小说相比，除了在文体形态上显得"叙述宛转，文辞华艳"之外，更重要的是作者写作意识的转变，"而尤显者乃在是时则始有意为小说"，理由是胡应麟也作如是观："胡应麟（《笔丛》三十六）云，'变异之谈，盛于六朝，然多是传录舛讹，未必尽幻设语，至唐人乃作意好奇，假小说以寄笔端。'其云'作意'，云'幻设'者，则即意识之创造矣。"不难看出，鲁迅将"作意"理解为"有意"，将"幻设"理解为"虚构"，以此为基础，"作意好奇"便成了"有意为小说"。那么在胡应麟的语境里，这两个词语的本义是否如同鲁迅所言呢？为了还原胡应麟的本意，我们完整移录了胡应麟的原话，希望结合具体的历史背景与上下文之间的逻辑关系，从整体语义上来理解这两个词语。胡应麟说：

> 凡变异之谈，盛于六朝，然多是传录舛讹，未必尽幻设语。至唐人乃作意好奇，假小说以寄笔端，如《毛颖》、《南柯》之类尚可，若《东阳夜怪录》称成自虚、《玄怪录》元无有，皆但可付之一笑，其文气亦卑下亡足论。宋人所记乃多有近实者，而文采无足观。本朝新余等话，本出名流，以皆幻设，而时益以俚俗，又在前数家下。惟《广记》所录唐人闺阁事咸绰有情致，诗词亦大率可喜。（《少室山房笔丛》卷三六，第371页）

胡应麟此论贯串六朝、唐、宋、明（本朝）四个时段，以六朝为起点，以"变异之谈"为主线，意在清理"变异之谈"在不同朝代的历史流变。因此要解读"作意"与"幻设"这两个词语的含义，就不能离开"变异之谈"这个特定话题，不能离开六朝这个历史背景，否则有可能导致郢书燕说。

　　六朝时期，文学与佛道关系密切，佛道两家对作者观念以及作品题材、文体、方法、语词等诸多方面都有影响。如《法华经》卷七《观世音菩萨普门品》云："无量百千万亿众生受诸苦恼，闻是观世音菩萨，一心称名，观世音菩萨即时观其音声，皆得解脱。"并举出火不能烧、水不能飘、避海上风暴、除罗刹之害等诸种灵异境况加以验证。① 与之相应，六朝时出现了一批记录观世音菩萨灵验与业报的故事集，如谢敷《光世音应验记》、张演《续光世音应验记》、陆杲《系光世音应验记》等，此即鲁迅所谓"释氏辅教之书"，其中已多"变异之谈"，介于小说与佛典之间。小说领域的"变异之谈"，是指记录神鬼怪异的志怪小说。以干宝《搜神记》、刘敬叔《异苑》、刘义庆《幽明录》、王琰《冥祥记》、颜之推《冤魂志》等为代表的志怪小说大量描写幽明世界与人鬼行动，并将其当作现实生活的体验，这种思想观念和思维方式与中国传统的意识有很大区别，显然是受佛教影响所致。在作者方面，刘义庆、王琰、颜之推等人本身便是虔诚的佛教徒。在作品方面，不少小说的题材出自佛典，比如分别见于《异苑》与《幽明录》中的鹦鹉"入水濡羽，飞而洒之"以灭山火的故事，其本事见于《僧伽罗刹经》《大智度论》《杂宝藏经》《大宝积经》等佛典。而唐人小说《南柯太守传》《枕中记》《樱桃青衣》等作品中借助入梦以彻悟的桥段，其源头亦可追溯至鸠摩罗什所译《大庄严论经》之迦旃延为娑罗那现梦点化的情节。② 胡应麟在追溯各类小说的源头时说："《飞燕》，传奇之首也。《洞冥》，《杂俎》之源也；《搜神》，《玄怪》之先也；《博物》，《杜阳》之祖也。魏、晋好长生，故多灵变之说；齐、梁弘释典，故多因果之谈。"（《少室山房笔丛》卷二九，第283页）因此讨论小说中的"变异之谈"，自然不能离开六朝"好长生"与"弘释典"的大背景。

　　除了六朝这个历史背景，胡应麟本人的思想观念也是不可或缺的参考依据。胡应麟的母亲是佛教徒，信奉观世音；据说胡应麟自己亦曾见过观世音显灵，以至于想收集观世音显灵的材料编著一书以尝母亲夙愿。他

---

① 参见孙昌武《佛教与中国文学》，上海人民出版社，1988，第259~289页。
② 参见王国良《六朝志怪小说考论》，文史哲出版社，1988，第9~10页。

说："余母宋宜人素善病，中岁虔精奉大士，每困迫辄梦大士化身，辄愈，又余邑叶氏妇病不知人数日，亦梦大士救之而愈，此皆余所目击，其他显化灵异往往闻之四方。余尝欲因长公本纪，而汇集诸经中大士言行散见者，及六朝以还诸杂记、小说中大士应迹较著者，合为一编，盖余母志云。"（《少室山房笔丛》卷四〇，第411~412页）这或许就是他编辑《百家异苑》的初衷。从小耳濡目染，加上科考与仕途的不顺，胡应麟思想中的佛道意识非常明显，比如取佛门圣地嵩山少室山为书斋名"少室山房"，用道家赤松仙子幻石为羊的典故自号"石羊生"。万历八年（1580），胡应麟三十岁生日时作《抒怀六百字》，其中说道："浮生寄天地，瞬息如风霆，回首尘埃中，倏已三十龄。……咄嗟大运谬，采药寻仙灵，倏然负瓢笠，独往事遐征，……道逢牧羊子，恍惚黄初平，将随赤松去，永与尘世冥。"[①] 字里行间，颇有遗世独立、羽化登仙的意味。万历二十年（1592）十二月，胡应麟抄录《只树幻钞》三卷成书，自序中说：

> 为老氏之道者曰清静，为释氏之道者曰苦空。由清静而之于长生，由苦空而之于顿悟，二氏之能事也。……虽然，翀举轮回二者均幻也，幻之中厥有等焉，四方上下之寥漠，尘劫运会之始终，幻而疑于有者也。层城阆苑之巍峨，光音净乐之瑰丽，幻而究于无者也。无者吾存焉而弗论，有者吾论焉而弗议，是二氏者之言，亡论幻弗幻，皆吾博闻助也。园之东有只树焉，吾日坐其下，取其言而钞之而名之。世之人将亦以余为好幻矣夫。（《胡应麟年谱》）

胡应麟将佛道两教的精义均归结为"幻"。"幻"与"有""无"相生，无者存而不论，有者论而不议。"只树"本是佛教术语，作者自称日坐只树之下，于是"世之人将亦以余为好幻"。佛道两教对胡应麟思想观念的影响，于此可见一斑。因此讨论小说中的"变异之谈"，也不能离开胡应麟本人的释道思想。

综上，我们认为胡应麟所言"作意"与"幻设"，不能置于鲁迅时代

---

① 转引自吴晗《胡应麟年谱》，《清华大学学报》（自然科学版）1934 年第 1 期。

的常规语境下去理解，而应置于胡应麟所处的佛道语境下去解释。那么佛道语境下的"作意"与"幻设"，又是何意呢？

"作意"是佛教术语，梵文manaskāra的意译，为俱舍七十五法之一，唯识百法之一。《佛光大辞典》云："作意：心所之名。即突然警觉而将心投注某处以引起活动之精神作用。"① 《佛教大辞典》云："作意：教义名称。……指使心警觉，以引起思维自觉活动的心理。《俱舍论》卷四：'作意，谓能令心警觉。'《大乘广五蕴论》：'云何作意？谓令心发悟为性，令心心法现前警动，是忆念义，任持攀缘心为业。'"② 我们平常所言"听而不闻，视而不见"，是因为没有作意心所的生起，根与境没有被触动，所以感觉不到外界事物的存在；所言"千里眼""顺风耳"，则是有了作意心所的警觉，思维产生自觉活动，注意力被外界变化所吸引。由于能令心警觉的对象和机缘有很多种，因此作意也分很多种，《俱舍论》将作意分为三种，《瑜伽师地论》将作意分为七种，《大乘庄严经论》将作意分为十一种，并由此衍生出许多相关的语词，如"作意正行""作意善巧""作意无倒"③ 等。胡应麟所言"作意好奇"，造词方式与"作意善巧"等相同，对其含义的解读也应当由"作意"引发。"好奇"之"奇"与"正"相对，指怪异、特殊、不常见之事物。"作意好奇"，当是指内心受到警觉，而将注意力投向怪异或不常见之物（如神鬼怪异）的思维活动。

"幻"亦为佛教术语，乃梵语maya的意译，空法十喻之一。《佛学大辞典》云："幻，（术语），空法十喻之一，如幻术师于无实体者能变化而见是也。《智度论·五十五》曰：'众生如幻，听法者亦如幻。'《演密钞·四》曰：'幻者化也，无而忽有之谓也。先无形质，假因缘有，名为幻化。又幻者诈也，或以不实事惑人眼目，故曰幻也。'《圆觉经略疏·上二》曰：'幻者，谓世有幻法，依草木等幻作人畜，宛似往来动作之相，须臾法谢，还成草木。然诸经教幻喻偏多，良以五天此术颇众。见闻既审，法理易明，及传此方，翻为难晓。'"④ "幻设"一词，其义与"幻

---

① 慈怡法师主编《佛光大词典》第 3 册，高雄：佛光出版社，1988，第 2779 页。
② 任继愈主编《佛教大辞典》中册，江苏古籍出版社，2002，第 623 页。
③ 释义参见吴汝钧编著《佛教思想大辞典》，台湾商务印书馆，2011，第 269 页。
④ 丁福保编《佛学大辞典》上册，中国书店，2011，第 741 页。

化""幻相""幻有""幻惑"近似，当是指因机缘触发无而忽有之事，本质上仍然属于假相。《观音义疏记》云："恚害是苦，故以幻事调他令离。若其机缘宜以实杀，而得益者，即如仙豫杀婆罗门为瞋法门，此乃假实互现例于贪痴，亦可幻设。"①

现在重新回到胡应麟所言"凡变异之谈，盛于六朝"一段。置于佛道语境，这段话应该这样理解：六朝小说中的"变异之谈"（变幻灵异之事）大多是对"舛讹"（差错、不正确，与经史相较）之事的记载，不一定都是无而忽有之假相。唐朝小说中的"变异之谈"则不同，唐人因机缘触动，内心受到警觉，因而将注意力投向神鬼怪异之事，便以小说这种形式将心中的幻相记录下来。证以胡应麟所举四部唐人小说，《毛颖传》中毛笔幻化为人，《南柯太守传》中蚂蚁幻化为人，《东阳夜怪录》之"成自虚"篇中橐驼、驴、牛、公鸡、猫、刺猬幻化为人，《玄怪录》之"元无有"篇中故杵、灯台、水桶、破铛幻化为人，可知这样解读更加符合胡氏原意。至于为何胡应麟认为多"灵变之说"与"因果之谈"的六朝志怪，反而不一定都是幻相的记载呢？正因为六朝人崇尚佛道，视幻相为常态，所以许多灵异之事在他们看来本为实有，并非幻相。换句话说，在六朝人眼里，"变异之谈"本身不存在真与幻的区别，只有作者记载对与错的不同。干宝《搜神记序》便声称那些"非一耳一目之所亲闻睹"的记载难免失实，但他坚称"搜神"的目的就是"发明神道之不诬"②。

因此我们认为，胡应麟所言"作意"与"幻设"不能等同于"有意"与"虚构"，从"至唐人乃作意好奇"无法推导出至唐人"始有意为小说"的结论，这并非胡应麟语的原意。

三 期待视域中唐人"始有意为小说"论的生成

那么胡应麟是否认为小说是虚构的呢？我们先从胡应麟对小说的界定

---

① 释知礼：《观音义疏记》卷三，《大正新修大藏经》第 34 卷，台北：新文丰出版社，1975，第 1729 页。
② 干宝撰，汪绍楹校注《搜神记》，中华书局，1979，第 2 页。

谈起。小说是什么？抑或什么是小说？胡应麟并没有直接给出定义，但他有从小说的来源、特征、价值、功能等方面加以说明，事实上已间接规定了小说的定义："说主风刺箴规而浮诞怪迂之录附之……说出稗官，其言淫诡而失实，至时用以洽见闻，有足采也。"（《少室山房笔丛》卷二七，第261页）"小说，子书流也，然谈说理道或近于经，又有类注疏者；纪述事迹或通于史，又有类志传者。"（《少室山房笔丛》卷二九，第283页）"小说者流，或骚人墨客游戏笔端，或奇士洽人搜罗宇外，纪述见闻无所回忌，覃研理道务极幽深，其善者足以备经解之异同、存史官之讨核，总之有补于世，无害于时。"（《少室山房笔丛》卷二九，第283页）综合这些表述来看，胡应麟的小说观念虽然有局部的修正，但总体上与《汉书·艺文志》以来的传统并无太大区别。他认为小说就是记录见闻，以供史官采撰，这从他多次使用"洽见闻""纪述事迹""搜罗宇外""纪述见闻"等语词可以看出。

胡应麟也曾论及小说的虚实问题，但这并不代表他就认为小说是虚构的。相反，胡应麟对小说内容虚实的认定，都是站在实录的小说观念立场上所作的判断，试看以下论述：

> 《拾遗记》称王嘉子年，萧绮传录，盖即绮撰而托之王嘉。中所记无一事实者。（《少室山房笔丛》卷三二，第318页）
>
> 《集异记》……载王之涣酒楼事，大非实录，且昌龄、适集中绝少与之涣倡酬诗。（《少室山房笔丛》卷三六，第366页）
>
> 白行简《三梦记》……右载陶氏《说郛》，《太平广记》梦类数事皆类此，此盖实录，余悉祖此假托也。（《少室山房笔丛》卷三六，第366~367页）
>
> 张、刘诸子世推博极，此仅一斑，至郭宪、王嘉全措虚词，亡征实学，斯班氏所以致讥、子玄因之绝倒者也。（《少室山房笔丛》卷三八，第384页）

胡应麟批评《拾遗记》等作品所记非实，恰恰说明他反对小说虚构。自《汉志》以迄《四库总目》，历代官修目录对小说的认定都以经、史为参照系，证以经、史不合者即为小说。姚振宗指出"梁武作通史时，事凡此不经之说为通史所不取者，皆令殷芸别集为《小说》，是此小说因通史而作，犹通史之外乘也"①，便是这种思路。也由于这个缘故，当小说家们急于为自家小说"洗白"时，往往会强调其"羽翼信史而不违""补经史之所未赅"的功能。实则在古人的小说观念中，"真假"或"真伪"比"虚实"更贴近小说的性质，因此古人对小说属性的认定，大多以"诞妄""荒诞""悠谬""不经""不根"等词语来描述，而不是今人所用的"虚构"。在这个方面，胡应麟的小说观念与传统如出一辙："《山海经》……读者但以禹、益治水不当至海外，而怪诞之词圣人所不道以破之，而不据其本书。"（《少室山房笔丛》卷三二，第314页）"（《琐语》）其说诡诞不根固不待辩，至所记诸国怪事得诸耳目，或匪尽诬，且文出汲冢必奇古，昔无从备见之。"（《少室山房笔丛》卷三六，第362页）"段成式《酉阳杂俎》记事多诞妄。"（《少室山房笔丛》卷三九，第406页）正因为所记为"怪诞之词"，内容"诡诞不根"或"诞妄"，所以此类作品才被归入小说。但这些特征是所记内容的客观属性，并非小说作者主观故意虚构而成。

从胡应麟"至唐人乃作意好奇"一语无法得出唐人"始有意为小说"的结论，胡应麟也不认为小说是作者有意虚构而成的。鲁迅之所以要从胡应麟那里寻找理论支撑，并且顺利得出"其云'作意'，云'幻设'者，则即意识之创造矣"的推论，根源在于他对唐人自觉意识的判定是以先验的小说性质认定为前提的，这里包含两个理论预设：其一，小说是虚构的文学作品；其二，小说是作者有意识的创造活动的产物。二者之间互为因果关系：因为是虚构的，所以必定是有意识的；因为是有意识的，所以肯定是虚构的。带着这种前理解，鲁迅在解读胡应麟的小说理论时便形成了自己的期待视域，于是胡应麟对小说特征的描述与小说价值的定位被选择性过滤，而对唐人"变异之谈"的论述则被关注并加以援引。由于对小说的性质已有成见，鲁迅在考察中国古代小说的发展时便以"有意虚构"为

① 姚振宗：《隋书经籍志考证》，二十五史刊行委员会编集《二十五史补编》第4册，开明书店，1936，第499页。

标尺，以此衡量什么是小说，什么不是小说。比如他追溯小说起源时说："小说是如何起源的呢？据《汉书·艺文志》上说，'小说家者流，盖出于稗官。'稗官采集小说的有无，是另一问题；即使真有，也不过是小说书之起源，不是小说之起源。"①《汉书·艺文志》认为小说就是稗官对街谈巷语的记录，后来《隋书·经籍志》将稗官采集街谈巷语制作小说的过程讲得非常详细。但鲁迅认为稗官采集的只能算是小说书，不能算是小说，原因即在于他认为小说是作者有意虚构的，而稗官只是奉命采集，当然谈不上有意虚构。在鲁迅的小说观念中，"有意虚构"俨然已成检验小说的试金石，而唐人传奇则是"有意"与"无意"之间的分水岭：

> 但刘向的《列仙传》，在当时并非有意作小说，乃是当作真实事情做的，不过我们以现在的眼光看去，只可作小说观而已。(《中国小说的历史的变迁》，第 352 页)

> 但须知六朝人之志怪，却大抵一如今日之记新闻，在当时并非有意作小说。(《中国小说的历史的变迁》，第 355 页)

> 唐代传奇文可就大两样了：神仙人鬼妖物，都可以随便驱使；文笔是精细，曲折的，至于被崇尚简古者所诟病；所叙的事，也大抵具有首尾和波澜，不止一点断片的谈柄；而且作者往往故意显着这事迹的虚构，以见他想象的才能了。(《魏晋风度及其他》，第 209 页)

当然，鲁迅认为唐人"始有意为小说"，除了胡应麟的"至唐人乃作意好奇"一语为其提供理论支撑外，唐传奇的文体特征是他得出这个结论的另一个直观依据。唐传奇"叙述宛转，文辞华艳"，大多具备人物、情节与环境三要素，最符合鲁迅前理解中的"小说"标准。而唐传奇除了在开头言之凿凿地注明故事发生的时间、地点、人物外，大多还在末尾煞有介事地交代故事的来源以及写作此篇的缘由，如李公佐《庐江冯媪传》结

---

① 鲁迅：《中国小说的历史的变迁》，齐鲁书社，1997，第 349 页。

尾云："元和六年夏五月，江淮从事李公佐使至京，回次汉南，与渤海高钺、天水赵儹、河南宇文鼎会于传舍。宵话征异，各尽见闻。钺具道其事，公佐因为之传。"① 鲁迅既已认定唐传奇是小说，那么在他看来，李公佐们明明是在虚构故事，可偏偏要把自己写进小说中去，还要拉上一帮亲朋好友作证，显得这事跟真的发生过一样。这种行为通俗点讲是"睁眼说瞎话"，专业点说便是"有意为小说"。

小说虚构论形成于 19 世纪末 20 世纪初，本质上是西方小说理论作用下的结果，其产生的过程与环境相当复杂，我们另有专文论述。但最终促使这种小说观念确立并颠覆传统小说观念的是鲁迅提出的唐人"始有意为小说"，而鲁迅将这个论断的理论源头追溯至胡应麟"至唐人乃作意好奇"一语。我们认为鲁迅在接受胡应麟小说理论的过程中，以虚构的小说观念为前理解，对胡应麟的论述作了符合自己期待视域的解读，这并不符合胡应麟的原意。因此从这个角度讲，小说虚构论的建构过程，本身就是一个被虚构的过程。

（责任编辑：马昕。本文原刊于《明清小说研究》2019 年第 3 期）

---

① 李时人编校，何满子审订，詹绪左覆校《全唐五代小说》第 2 册，中华书局，2014，第 646 页。

论胡应麟的小说观念

王 炜[*]

王 炜*

内容提要 胡应麟身处四部分类法的构架之下，他不否认七略分类法下小说观念的合理性和有效性。胡应麟认为，从统序归属来看，小说这一类目始终隶属于子部，与儒家、道家、农家之间形成了平行的、共生的关系。胡应麟也尊重魏晋以后小说数量、规模、类型不断扩充的情势，他试图重新确认小说的典型范例、厘定小说的源流升降、统理小说的内在结构秩序。胡应麟接续《隋书·经籍志》，将小说的源头追溯到《燕丹子》。胡应麟论及小说的属性时，认可前人确认的小说系"街谈巷语"这一素材来源上的特质，同时，也从文本的内容、题材入手，确认了小说"怪""怪诞""虚妄"等质性特征。透过胡应麟关于小说的思考，可以看到，在中国古代知识体系的架构下，小说的统序归属、结构类型以及属性特征等处于动态的演化调整之中，形成了特定的、本土化的建构方式和发展逻辑。

关键词 胡应麟 小说观念 层级定位 内在结构 属性特征

"小说"一词用来指称特定类型的知识要素始于汉代（前202—220），胡应麟（1551—1602）生活在千余年之后的明代。从汉代到明代，人们的小说观念处于不断演化、嬗变之中，同时，也生成了连续性和延续性。我们可以从小说这一概念及其指称的知识要素的历时性流变入手，梳理胡应麟如何接纳并调整《汉书·艺文志》给定的小说的层级定位和统序归属，如何面对和确认小说这一概念笼括的知识要素在魏晋南北朝及隋唐以后展

---

* 王炜，华中师范大学文学院教授，著有《〈清诗别裁集〉研究》等。

现的动态性，又如何在明代中后期特定的情势下厘定和更新"小说"的质性特征。

一

中国古代的知识体系经历了从七略到四部的转型与转换，要考察胡应麟的小说观念，我们有必要深入到中国本土的、特定的知识构架之中。我们应关注的首要问题是，胡应麟身处四部分类法的构架之下，他如何面对、如何处理七略分类法下人们关于小说的认知和态度。剖析胡应麟有关小说的论述，我们可以看到，一方面，胡应麟认为，到了明代，"小说"在层级定位、素材来源等各个向度上，都与《汉书·艺文志》中诸子略下的小说家保持着一定的连贯性；另一方面，他也坦然地承认，《汉书·艺文志》诸子略小说家下著录的书籍大多无法与后世的小说观念相互契合。

胡应麟不否认七略分类法下小说观念的合理性和有效性。他从"小说"这一类目在知识体系中的构型层次入手，赓续《汉书·艺文志》以来小说在知识统序中的定位。胡应麟认为，小说从属于诸子略或子部之下，是与儒家、道家、农家等并行的二级类目。

在中国知识体系建构的过程中，"小说"作为一个概念与特定类型的知识要素形成对应关系，起于汉代刘向的《七略》。后，班固著《汉书·艺文志》延续了七略分类法，诸子略之下收录的十家中包含着小说一家。隋唐时期，七略分类法转型成为四部分类法，小说作为独立的二级类目，仍旧归属于子部之下。到了明代中后期，胡应麟依然赞同并坚持小说的这种归类方式。他谈道，"小说，子书流也"①。胡应麟将小说置于子部的结构框架之内，这正承续了《汉书·艺文志》以来人们对于"小说"的归类方式。

胡应麟还试图巩固并强化小说在子部中的位置，他明确地表示，自己要"更定九流"（《少室山房笔丛》卷二七，第345页），即对《汉书·艺文志》以来诸子略或子部之下收录的诸家进行改造。胡应麟的目的并不是

---

① 胡应麟：《少室山房笔丛》卷二九，中华书局，1958，第374页。

要将小说剔除于子部之外，而是有意识地强化小说与子部之间的从属关系，固化小说在子部中的层级定位。《汉书·艺文志》诸子略下收录"小说十五家"①，从位置排序上看，小说在诸子略的序列中居于末位；从价值衡定上看，小说家虽入诸子略，却被排除在九流之外。《汉书·艺文志》记载："诸子十家，其可观者九家而已。"② 之后，人们于诸子十家中取小说以外的儒、道、农等九家，称为九流。胡应麟认为，在《汉书·艺文志》以后的很长时间里，小说在子部中的定位情况是：

> 子之为类，略有十家。昔人所取凡九，而其一小说弗与焉。(《少室山房笔丛》卷二九，第 374 页)

同时，胡应麟也清醒地看到小说这一类目自身发展的实际情况是，小说笼括的知识要素、知识类型不断地调整、更新、扩容，逐渐发展成为子部最重要的类目之一。胡应麟依据知识类目具体的发展情势，重新划定了九流。胡应麟认定，九流应该是：

> 一曰儒，二曰杂，三曰兵，四曰农，五曰术，六曰艺，七曰说，八曰道，九曰释。(《少室山房笔丛》卷二七，第 345 页)

胡应麟说，到了明代，七略分类法下诸子略中的"名、墨、纵横，业皆渐泯"(《少室山房笔丛》卷二七，第 344 页)，阴阳家"事率浅猥"(《少室山房笔丛》卷二七，第 345 页)。为此，他将名、墨诸家排除在九流之外。与名、墨等家，乃至与儒、杂各家相比，小说这一类目之下知识要素的数量迅猛增长、类型日渐扩充。小说在子部中所占的分量越来越重，并稳步进入九流之内。更重要的是，胡应麟不仅将小说这一类目列入九流之内，而且将之置于道家、释家之前，在子部之下居第七位，而不再是诸子十家中的最末位。这样，胡应麟"更定九流"，巩固、强化了小说

① 班固撰，颜师古注《汉书》卷三〇《艺文志》，第 6 册，中华书局，1964，第 1745 页。
② 班固撰，颜师古注《汉书》卷三〇《艺文志》，第 6 册，第 1746 页。

作为诸子略或子部之下的二级类目的层级定位。

明代中后期，中国的知识体系酝酿着重构和更新。重新确认小说的层级定位，衡估小说的价值与意义，是学者关注的重要问题。正当胡应麟坚持小说归属于子部这种原初定位时，也有学者阐明了小说这个概念及其指称的实体与诗、文等位于集部的知识要素之间的对接关系。如，王世贞整理自己的文集，"撰定前后诗、赋、文、说为《四部稿》"①，把小说与诗文等整合于一体。胡应麟与王世贞交往密切，他对王世贞拜服有加。他谈到《弇州山人四部稿》及《续稿》时说，"弇州之造为不易"②，这充分肯定了王世贞将说部与诗部、赋部、文部组合于一体的创造性。但是，胡应麟在《少室山房笔丛》中论及小说，确认小说的类别归属时，仍坚持承续《汉书·艺文志》以来官方史志目录的做法。在胡应麟看来，小说是，而且一直是植根于子部的二级类目，这一类目始终与儒家、道家、农家等保持着并行、共生的关系。

胡应麟不仅坚持《汉书·艺文志》确认的小说的层级秩序，而且也认同《汉书·艺文志》给定的关于小说素材来源的本质规定性。《汉书·艺文志》判定，诸子略下小说家系"街谈巷语，道听途说者之所造"，是"闾里小知者之所及"③。胡应麟也认定，小说的特质之一是这类知识要素出自"闾阎耳目"（《少室山房笔丛》卷四〇，第 535 页）。

自汉代开始，作为一个特定的概念，"小说"一直与"街谈巷语"保持着稳定的对应关系。胡应麟在论及小说时，从"街谈巷语"这一特质入手，对《汉书·艺文志》诸子略小说家下罗列的典型范例进行了细致的辨析和区分。胡应麟指出，《汉书·艺文志》诸子略小说家下收录书籍"十五家，千三百八十篇"④，其中《伊尹说》《黄帝说》《务成子》《青史子》等八家"概举修身治国之术"（《少室山房笔丛》卷二九，第 371 页），或"动依圣哲"，或"杂论治道"。这些书籍与"后世所谓小说"迥然相异，

---

① 钱大昕：《弇州山人年谱》，陈文和主编《嘉定钱大昕全集》第 4 册，江苏古籍出版社，1997，第 625 页。

② 胡应麟：《少室山房集》卷一一三《报伯玉司马》，上海古籍出版社，1993，第 826 页。

③ 班固撰，颜师古注《汉书》卷三〇《艺文志》，第 6 册，第 1745 页。

④ 班固撰，颜师古注《汉书》卷三〇《艺文志》，第 6 册，第 1745 页。

不符合胡应麟等人对"街谈巷语"的理解，不应该归入小说的范畴之内。
胡应麟谈道：

> 《伊尹》二十七篇，《黄帝》四十篇，《成汤》三篇，立义命名，
> 动依圣哲，岂后世所谓小说乎？又《务成子》一篇，注称尧问；《宋
> 子》十八篇，注言黄老；《臣饶》二十五篇，注言心术；《臣成》一
> 篇，注言养生，皆非后世所谓小说也。则今传《鬻子》，为小说而非
> 道家，尚奚疑哉。又《青史子》五十七篇，杨用修所引数条，皆杂论
> 治道，殊不类今小说。①

从汉代到明代中后期，"小说"作为一个概念，它所指称的知识要素
已经完成了整体性的更新和置换。《汉书·艺文志》中罗列的《伊尹说》
《黄帝说》等作为小说的典型范例，与胡应麟等明代人认定的"街谈巷语"
之间存在着巨大的断裂。但是，断裂只是表明不同时代人们在认知上存在
着差异，这并不必然推导出汉代人对《伊尹说》《青史子》等定位的非理
性、无逻辑性。事实上，汉代人厘定的诸子略小说家自有其在特定时代的
合理性。胡应麟尊重中国知识体系原生的分类方式，他并没有完全否定
《汉书·艺文志》以"街谈巷语"为标尺确认的原初的小说序列。胡应麟
认为，《汉书·艺文志》把"街谈巷语"作为小说核心特质，这种定位是
非常明晰的。后世关于小说的认知与汉代的小说观念之间存在着重叠、相
合之处。《汉书·艺文志》收录的《虞初周说》《鬻子说》具有明显的
"街谈巷语"的性质，这些文本与后世的"小说"观念有着内在的一致性。
胡应麟谈到《虞初周说》时说：

> 七略所称小说，惟此当与后世同。(《少室山房笔丛》卷二九，第
> 376 页)

---

① "用修所引《青史》，见贾谊新书，作《青史氏》"，"《青史子》，《汉志》五十三篇，今
存者胎教一篇而已。……案《青史子》班氏所列小说家，其文义传者乃如此"。(《少室
山房笔丛》卷二九，第 371~372 页)

胡应麟在《少室山房笔丛·九流绪论》中论及《汉书·艺文志》著录的小说家的作品时，将《虞初周说》作为小说家的典型范例，并且仅列《虞初周说》这一部作品。他说："汉子书见于七略者……小说家则《虞初周说》九百四十三篇。"（《少室山房笔丛》卷二八，第360页）胡应麟还认为，《汉书·艺文志》著录的《鬻子说》也大体符合后世的小说观念。他还细致地辨析了"今传《鬻子》，为小说而非道家"（《少室山房笔丛》卷二九，第371页）。

小说这一概念以"街谈巷语"为原初特质和核心特征，聚拢、吸纳了诸多的知识要素。胡应麟谈到《汉书·艺文志》罗列的小说诸家，以及魏晋南北朝大量涌现的博物体、志怪体作品时说：

> 汉《艺文字（志）》所谓小说，虽曰街谈巷语，实与后世博物、志怪等书迥别。（《少室山房笔丛》卷二九，第371页）

这里，胡应麟的本意是申明汉代人们认定的小说范例与"后世博物、志怪"作品之间的区别。但是，在这一论断中，我们也可以看到，胡应麟是以"街谈巷语"为根本的标准和基本的尺度，衡量、评定《汉书·艺文志》著录的作品以及后世的书籍的。胡应麟认为，张华的《博物志》、干宝的《搜神记》等后世作品与《汉书·艺文志》诸子略小说家中罗列的诸多作品在体式、内容上有着根本的区别；但是，它们都统摄于小说这一概念之下。这些作品有着共同的质性特征，它们均来自"街谈巷语"。魏晋以后，小说源自"街谈巷语"这一原初特质在历时性的过程中不断重复。"街谈巷语"作为小说的核心特征，它的有效性不断强化，"街谈巷语"与小说之间的关联进而演化、生成了特定的规范性。胡应麟以"街谈巷语"为标尺确认、界定、区划隋唐及后世的小说作品。他认为，《酉阳杂俎》等的特点是收录"穷山僻裔，委巷之谈"（《少室山房笔丛》卷三五，第473页）。胡应麟还提及，宋元明时期的白话作品《大宋宣和遗事》《三国演义》《水浒传》等也具有"街谈巷语"、市井俗说的性质：

> 世所传《宣和遗事》极鄙俚，然亦是胜国时间阎俗说。（《少室山

房笔丛》卷四一，第 573 页）

今世传街谈巷语，有所谓演义者……元人武林施某所编《水浒传》，特为盛行，世率以其凿空无据，要不尽尔也。……其门人罗本，亦效之为《三国志演义》。（《少室山房笔丛》卷四一，第 571 页）

秦琼用简，与尉迟斗鞭，乃委巷小说平话中事。（《少室山房笔丛》卷八，第 112 页）

他谈到《读宋史李全传》时还说，"市井小说《宣和遗事》《水浒》等传埒亦可征"①。对于胡应麟等明代人来说，"小说"这一概念及其指称的知识要素与"街谈巷语"这一质性特征之间的关系在历时性的维度中不断被重复。小说系"街谈巷语"这种判定不仅在《汉书·艺文志》中具有特定的合理性，随着时间的推延，这一命题的有效性也不断强化。基于"街谈巷语"这一核心特质，魏晋南北朝的志怪、唐代的笔记和传奇，以及明代的白话小说被纳入共同的框架范畴之内，形成了特定的连续体、统一体。

胡应麟认定小说系"街谈巷语"，并不意味着他就此否定这类知识要素的意义与价值。对胡应麟来说，小说家出自"街谈巷语"，是小说天然的素材来源；无补于世道，是小说原生的功能特征。据《汉书·艺文志》，儒家、道家、农家等知识的生产者皆"股肱之材"，习得、会通这些知识有可能"通万方之略"②。胡应麟也谈道，《汉书·艺文志》之下罗列的儒、道等家"有补世道"，"意皆将举其术措之家国天下"。相比之下，小说来自"街谈巷语"，这些知识要素内容驳杂，体式繁乱，还没有建构起稳定的形态，也尚未具备特定的功能。因此，"刘向《七略》，叙诸子凡十家，班氏取其有补世道者九，而诎其一小说家"（《少室山房笔丛》卷二七，第 344 页）。胡应麟承续了《汉书·艺文志》对小说家来源、功能的判定，但是，他并不低估，更没有否认小说这类知识的价值与意义。胡应麟认为，来自街谈巷语的小说与"祖述尧舜，宪章文武，宗师仲尼"③ 的

---

① 胡应麟：《少室山房集》卷一〇一《读宋史李全传》，第 739 页。
② 班固撰，颜师古注《汉书》卷三〇《艺文志》，第 6 册，第 1746 页。
③ 阮元校刻《十三经注疏·尔雅》卷一，第 5 册，中华书局，2009，第 5581 页。

儒家等一样，也包含着"至道之精"。他说：

> 班氏所称街谈巷议，道听途说，其言之尤迩者。乃秕糠瓦砾，至
> 道之精，奚弗具焉。（《少室山房笔丛》卷四〇，第535页）

在胡应麟看来，小说源自"闾阎耳目"不仅不会削减这些知识要素的价值，反而成为小说与儒、道等子部其他二级类目区分开来的重要界限，凸显出小说自身的独特性。

从汉代到明代，"小说"这个概念及其指称的知识要素以七略分类法下的小说家为基础，在建构逻辑、内在规律性等层面完成了更新与置换；同时，"小说"在知识统序中的层级定位、质态特征又保持着内在的稳定性。胡应麟坚持小说隶属于子部，认定小说与儒家、农家之间是平行、共生的关系，重申了小说所具有的"街谈巷语"的质性特征，并肯定了《虞初周说》等作为小说的典型范例的合理性。胡应麟理性地认同"小说"这一概念从《汉书·艺文志》到"当下"的相容性、连贯性，这并不是要消弭古今之间的差异，也不是要固守汉代人对小说家的归类逻辑。胡应麟的目的在于，以这种相容性为基本的、稳定的平台，进一步深入地思考"小说"这一概念及其指称的对象在时间的延续中形成的历时性以及历史性的差异。

二

魏晋至隋唐时期，中国的知识体系经历了重大的转型。从层级定位上看，小说没有受到这次转型的影响，仍平稳地居于子类之下；但是，从这一概念指称的知识实体上看，小说完成了演化和嬗变的过程。小说作为一套知识实体，它的数量、规模迅速地增容和扩充，形态、类型不断地重组和重构。胡应麟尊重魏晋以后小说实体衍生、变化的实际情势，他试图在历时态以及共时态的双重构架下辨核小说的典型范例，厘清小说的源流升降，区分小说的层级类型，确认小说这一类目的深层结构和内在秩序。

小说作为知识体系下的二级类目，它并非抽象的概念。小说是，而且

首先是由无量数的、实体形态的知识要素组构而成的聚合体。胡应麟谈到小说，他关注的是作为实体存在的小说文本，以及小说这一知识聚合体的动态性。他申明知识要素"增减乘除"的态势说：

> 盖后人述作，日益繁兴，则前代流传，浸微浸灭。增减乘除，适得此数。理势之自然也。（《少室山房笔丛》卷一，第10页）

在中国知识体系的架构下，小说也始终处于"增减乘除"、不断变化的态势之中。小说这一概念范畴笼括的知识要素有一部分"日益繁兴"，不断地积累并迅速地衍生、扩容；同时，也有一些知识要素"浸微浸灭"，持续地沉淀并逐渐被替代、覆盖。胡应麟着眼于魏晋以后中国知识体系建构的动态性、复杂性，从多重向度出发确认小说的典范作品以及层级建构。

首先，胡应麟从知识要素的积累、知识统序的转型入手，重申并进一步强化《隋书·经籍志》等官私书目认定的小说类例的合理性和有效性。

隋唐时期，七略分类法转型成为四部分类法。在这次转型过程中，小说作为一个类目，它在知识体系中的定位是稳固的，仍旧与儒家、道家等一同归属子类。但是，这个概念指称的知识要素则发生了根本的变化，《燕丹子》《世说新语》等成为小说的典型范例，替换、覆盖了《汉书·艺文志》著录的《虞初周说》《鬻子说》《青史子》等。《燕丹子》"《汉志》所无"（《少室山房笔丛》卷三二，第415页），这部书的"著录始自隋《经籍志》"[1]。《隋书·经籍志》子部小说类下首列"《燕丹子》一卷"[2]。《隋书·经籍志》将《燕丹子》等纳入小说的范畴，这重新构建了小说的基质。到了元明两朝，这一基质仍保持着足够的有效性和稳定性。元人修《宋史·艺文志》，子部小说类下首列"《燕丹子》三卷"[3]。之后，胡应麟承续《隋书·经籍志》《宋史·艺文志》对《燕丹子》的归类方

---

① 姚振宗：《隋书经籍志考证》卷三二，《续修四库全书》编纂委员会编《续修四库全书》，上海古籍出版社，1995，第496页。

② 魏征等：《隋书》卷三四，第4册，中华书局，1973，第1011页。

③ 脱脱等：《宋史》卷二〇六，第5册，中华书局，1977，第5219页。

式。他论及《燕丹子》的基本情况说，《燕丹子》系"汉末文士……掇拾前人遗轶"而成，"《汉志》有《荆轲论》五篇，《燕丹》必据此增损成书者"（《少室山房笔丛》卷三二，第415页）。胡应麟认为，自《隋书·经籍志》以后，《燕丹子》代替了《汉书·艺文志》著录的《虞初周说》等诸家作品，成为小说的典型范例。作为小说的典型范例与具备小说的要素是相关但并不等同的两个问题，《虞初周说》只是具备了小说的某些要素，相比之下，《燕丹子》才是小说这一类目之下的典范作品。胡应麟还进而将《燕丹子》认定为小说的起源，他谈到《燕丹子》这部书在小说这一类目架构下的位序说：

> 《燕丹子》三卷，当是古今小说杂传之祖。（《少室山房笔丛》卷三二，第415页）

胡应麟认为，要确认小说的起始点，应该越过《汉书·艺文志》小说家下著录的书籍，将小说的源头追溯到《隋书·经籍志》子部小说类著录的《燕丹子》。

胡应麟的判定是对《隋书·经籍志》《宋史·艺文志》中小说观念的再次确认。这种确认看似重复了《隋书·经籍志》提出的相关命题，但事实上，它们之间并不是完全等值的。《隋书·经籍志》《宋史·艺文志》都将《燕丹子》置于小说这一类目的起首之处，但这些史志书目只是对相关书籍的罗列。《燕丹子》《世说新语》等被零散地置放在子部之内，这些书籍之间尚未建构明晰的、紧密的、有序的逻辑关联。胡应麟则清楚地确认了《燕丹子》在小说这一类目中所具有的源头性意义。胡应麟的判定彰显了《燕丹子》在小说这套知识架构下特有的意义与价值，同时，也申明了小说作为一套知识序列内在诸要素之间的连续性和延续性。胡应麟在确认《燕丹子》系小说的源头的基础上，进而勾勒了这部作品与其他文本一同构成的稳定的知识场域，厘定了小说的源流变迁情况。胡应麟说：

> 小说昉自《燕丹》，东方朔、郭宪浸盛，至洪迈《夷坚志》四百二十卷而极矣。（《少室山房笔丛》卷二，第28页）

《燕丹子》是小说生发的源头和基点，这一命题不仅在隋唐时期确立的知识框架中具有特定的有效性，即令在宋元时期小说的数量急速扩充，小说的文本形态多次衍化转型之后，《燕丹子》仍然是小说这一序列的起始与本源，并且与郭宪的《洞冥记》等其他作品一道成为后世小说观念建构的基础和基石。

其次，胡应麟试图重新归置既有的知识要素，将原本归属于其他类目的知识要素移植到小说这一界域范畴之内，重构小说的统序源流。

知识体系的整体构架具有稳定性，但是，这并不意味着知识统序笼括下的要素和实体是僵滞的。事实上，知识要素就像"制药冶金"的材料一样，可以"随其熔范，形依手变，性与物从，神明变化"①。小说的构型要素也是如此。各个独立的文本在知识构架下处于不断演化、变动的流程之中，具有多重归类的可能性。胡应麟认可但并不亦步亦趋地固守《隋书·经籍志》建构的小说统序。他在确认小说的典型范例时，依据小说这一类目的基本范型和知识要素的独立特性，立足于知识的留存、变动以及被重新发现、重新认定的实际情况，归置既有的知识要素，将原本归属于其他类目下的知识要素移植到小说这一界域范畴之内。

胡应麟认为，小说的源头还可以由《燕丹子》进而追溯至更为古远的《山海经》，后世的许多小说作品都是以《山海经》为基本范型的：

> 《山海经》古今语怪之祖。(《少室山房笔丛》卷三二，第412页)

> 《古岳渎经》第八卷，李公佐元和九年，泛洞庭……此文出唐小说，盖即六朝人踵《山海经》体而赝作者。(《少室山房笔丛》卷三二，第414~415页)

《山海经》在《汉书·艺文志》中入数术略下的形法家，在《隋书·经籍志》中入史部地理类。刘知几《史通》将《山海经》与《搜神记》《世说新语》归拢于一体，称为"偏记小说"。之后，官私书目如《旧唐

---

① 钱基博：《韩愈志》，华夏出版社，2010，第5页。

书·艺文志》、《新唐书·艺文志》、晁公武的《郡斋读书志》以及明代高儒的《百川书志》、焦竑的《国史经籍志》等都承继《隋书·经籍志》的做法，将《山海经》置于史部地理类。胡应麟在爬梳中国知识体系的演化，清理小说的源流变迁时，不否认《隋书·经籍志》对《山海经》的定位具有合理性。胡应麟表示，"地志昉自《山海》"（《少室山房笔丛》卷二，第28页），"《山海经》……实周末都邑簿也"（《少室山房笔丛》卷一三，第169页）。同时，他也接续刘知几的小说观念，将《山海经》从史部地理类中提取出来，作为小说的源头与起点。

胡应麟还认为，《穆天子传》也可以视为小说之滥觞。《穆天子传》记载周穆王巡游之事，"至晋始出"（《少室山房笔丛》卷三二，第412页）。《隋书·经籍志》史部起居注类首列"《穆天子传》六卷"①。胡应麟不否认，"《穆天子》，起居注也"（《少室山房笔丛》卷一三，第169页），但他同时也认定，《穆天子传》中的内容具有小说的特质。他说：

> （《穆天子》）六卷载淑人盛姬葬哭事……三代前叙事之详，无若此者。然颇为小说滥觞矣。（《少室山房笔丛》卷三四，第455～456页）

《隋书·经籍志》认定，《穆天子传》与《山海经》一样，同归属于史部。胡应麟在建构小说的统序时，则将这些作品移植到子部的小说类之下。清代以后，人们逐渐认同《山海经》《穆天子传》是小说最初始的形态。

透过胡应麟对小说典型类例、源流变迁的梳理，我们可以看到，小说这套知识类目的起始和渊源并不是固化的、恒定不变的。小说是一套具有历史性和历时性，处于持续地调整、变化之中的知识序列。

再次，胡应麟试图将历时性生发而出的小说范型、小说观念并置、整合在共时性的框架之内，将小说这套统序建构成为有着内在秩序规则、特定结构原则的知识统一体。

---

① 魏征等：《隋书》卷三三，第4册，第964页。

小说这一知识类目之下包含着诸多独立的要素。从产生的时间点上看，这些知识要素的产生有先后之分，它们之间具有历时态的接续关系；从各部文本在小说这一概念范畴之内存续的状态来看，这些知识要素之间又形成了共存、并置的态势，生成了共时性，建构起重叠交错、相互映照的共生关系。面对不同时期产生出的多重质性、多种形态的知识要素，胡应麟在确认小说典型范例的基础上，还试图对这些知识要素进行归整，在共时态的构架下细化小说这一知识序列的内在层级结构。他说：

> 小说家一类，又自分数种。一曰志怪，《搜神》、《述异》、《宣室》、《酉阳》之类是也。一曰传奇，《飞燕》、《太真》、《崔莺》、《霍玉》之类是也。一曰杂录，《世说》、《语林》、《琐言》、《因话》之类是也。一曰丛谈，《容斋》、《梦溪》、《东谷》、《道山》之类是也。一曰辨订，《鼠璞》、《鸡肋》、《资暇》、《辨疑》之类是也。一曰箴规，《家训》、《世范》、《劝善》、《省心》之类是也。（《少室山房笔丛》卷二九，第 374 页）

胡应麟认为，小说这一概念所包含的知识要素可以继续进行层级区划。他在子部小说这个二级类目之下进而建构起第三级类目，小说被区分、细化为志怪、传奇、杂录、丛谈、辨订、箴规六种类型。

胡应麟对小说文本进行再分类，这实际上是将原生性的、历时性的知识要素安置于衍生性的、共时性的体系框架之内，重新发现、确认小说这一知识类目的内在结构。从隋唐一直到元明时期，小说的数量和规模急剧增长、扩充。《搜神记》《霍小玉传》等无量数的文本在小说这一概念架构下逐步确认了彼此共同存在的界域，同时，这些要素也产生了在类型上进一步细化的要求。胡应麟从知识要素实体的实存情况入手，对历代的小说观念进行整合，确认小说这一类目之下的知识要素建构而成的多重层级、多种类型。如，胡应麟认定的杂录、箴规这两种类型，实是承续了《隋书·经籍志》确认的小说观念，《隋书·经籍志》子部小说类下收录了《世说新语》《杂语》，以及包含着箴规性质的《座右方》《座右法》等书籍。另如，胡应麟拎出《搜神记》这部作品，将之归入志怪一类，这是在

《新唐书·艺文志》的归类基础上的延续与延伸。《搜神记》在《隋书·经籍志》《旧唐书·经籍志》中归属于史部杂传类，宋人修撰的《新唐书·艺文志》将《搜神记》移植到子部小说类。胡应麟承续《新唐书·艺文志》的归类方式，确定了《搜神记》等在小说这一统序架构内的位置。此外，胡应麟还对唐代以后出现的知识要素和知识类型进行确认。《莺莺传》《霍小玉传》，以及《容斋随笔》《梦溪笔谈》是唐宋时期产生的全新的文本形态，这些知识要素尚未正式进入宋元时期官修史志书目建构的统序之中。到了明代，高儒的《百川书志》将《霍小玉传》归入史部传记类，晁瑮的《晁氏宝文堂书目》将《容斋随笔》《梦溪笔谈》收入子部杂家类，祁承爜的《澹生堂书目》则将这两部书收入子部类家。胡应麟则果断地将这些不同类型的知识要素一同归于子部小说之内，并区分出传奇、丛谈等类型。

胡应麟还在典型范本、知识类型以及时间流程等多重维度下思考小说这一类目的内在结构。胡应麟认为，子部小说之下的第三级类目也可以确定各自的源流演变：

> 《飞燕》，《传奇》之首也；《洞冥》，《杂俎》之源也；《搜神》，《玄怪》之先也；《博物》，《杜阳》之祖也。（《少室山房笔丛》卷二九，第375页）

胡应麟确认了小说的多重类型以及不同类型的源流发展，这样，小说类型成为基本的构型单元，无量数的知识要素分别封装在不同的知识单元之中，进而有序地统纳到小说这一概念范畴之下。小说的类型化、层级化清晰地建构了同质态的文本之间相互衔接的关系、不同形态的文本之间相互映照的关系。借助于这种有序的层级划分和统序建构，无量数的知识要素在小说这个概念之下确证了彼此之间的相关性、连续性，并发现了相互之间的连接逻辑和关联形态。这样，各个知识要素就不再仅仅简单地并置于小说这一概念范畴之下，也不再仅仅具有概念上的一致性，而是成为一套稳固的知识统一体，具备了逻辑上的融贯性以及结构上的不可拆分性。

当然，小说包括，但并不等同于《燕丹子》《搜神记》《莺莺传》等典型范例。小说实际上是无量数的要素构成而成的知识连续体、知识统一体。胡应麟论及小说，并不是仅仅着眼于个别的典范作品，同时，他也从规模化、整体性的小说序列入手，梳理了汉代以后小说文本留存、累积的总体情况。胡应麟表示，《汉书·艺文志》著录的小说大多散佚无存，而"汉、唐、六代诸小说，几于无不传者"（《少室山房笔丛》卷二九，第376页）。他还将小说置于不同层级的参照系中考察这一类目的知识要素的生产、留存情况。胡应麟立足于子部这一类目之内，他认为，魏晋以后，小说与儒家、杂家并行发展，相比之下，阴阳家、名家等日渐衰歇。他说，"后世……小说日繁……小说杂家，几半九流"（《少室山房笔丛》卷二，第29页）。胡应麟还以史部诸要素为参照，他说，《春秋》等正史类型的知识要素"今传者百无一二。而偏记小史，若《越绝》《世说》等书，辄十传六七"（《少室山房笔丛》卷三，第40页）。他还将小说的流存、传播置于经史子集整个知识框架中进行考察。他说，"经则十三家注疏外，丁孟、夏侯传授仅著空名，其余六代以还流传绝少，惟宋儒诸说盛行海内。大概存者十三。史则……大概存者十五"，相比之下，居于子部的"汉唐宋诸小说纷然毕出，传者殆十之八"[1]。在多重参照下，胡应麟得出的结论是，"古今著述，小说家特盛；而古今书籍，小说家独传"（《少室山房笔丛》卷二九，第374页）。

从《汉书·艺文志》确认的诸子略小说家到明代中后期胡应麟谈到的子部小说类，"小说"笼括的知识要素已经从根本上完成了替换和重构。胡应麟接纳并顺应小说这一统序不断变化、持续更新的具体情势，他力图在知识体系动态的、不断演化的流程中，梳理小说的基本类型和类例，申明这一知识次系统的多层次性，确认知识要素、知识实体之间结构性的关联。透过胡应麟有关小说的思考，我们可以看到，小说这一类目之下的知识要素不仅是在时间流程中线性的连续体，也是在内部结构上相互投射、相互衍嗣的共生体，同时也是在数量上日渐规模化的集合体。

---

① 胡应麟：《少室山房集》卷八三《二酉山房书目序》，第605页。

三

谈到小说，我们既要关注这一类目在中国知识体系中的统序归属，阐明这一概念指称的知识要素内在的结构秩序，同时，我们还要细致地剖析这套知识统序的属性特征。胡应麟在确认小说的属性特质时，立足于明代中后期这一特定的时间点，尊重小说属性的兼容性、衍生性、动态性等特点。胡应麟一方面认同历代官方史志书目确认的小说在素材来源、功能作用等方面的属性；另一方面也有效地整合了人们在日常写作、日常阅读中展现的小说观念，试图归纳小说文本在内容、题材等方面呈现的全新的属性特征。

胡应麟在《少室山房笔丛》中谈到，小说呈现的特质是"怪""诡怪"。如，《山海经》的特质是：

> 《山海经》偏好语怪，所记人物，率禽兽其形，以骇庸俗。（《少室山房笔丛》卷三四，第 451 页）
>
> 《山海经》专以前人陈迹，附会怪神。（《少室山房笔丛》卷三五，第 463 页）
>
> 盖是书也，其用意一根于怪。所载人物、灵祇非一，而其形则若魑魅魍魉之属也。（《少室山房笔丛》卷三二，第 414 页）

《燕丹子》在内容上也具有"怪诞"的特点，胡应麟谈到《燕丹子》成书的情况说，"盖汉末文士，因《太史庆卿传》，增益怪诞为此书"（《少室山房笔丛》卷三二，第 415 页）。魏晋南北朝时期的作品，以及宋代官修的《太平广记》、洪迈的《夷坚志》等都具有搜奇记异的性质。胡应麟说：

> 晋、梁隐怪之谭，好事之所掇拾。（《少室山房笔丛》卷四，第 54 页）

《广记》五百卷所辑上自三皇，下迄五季，宜灵怪充斥简编。①

志怪之书甚夥，至鄱阳《夷坚志》出，则尽超之。(《少室山房笔丛》卷二九，第 378 页)

胡应麟本人在评判、辑录小说作品时，也把"怪""怪诞"作为基本的标尺。胡应麟"尝戏辑诸小说，为《百家异苑》"(《少室山房笔丛》卷三六，第 476 页)。《百家异苑》"实收六十家……所收自汉至宋各个朝代的志怪小说"②。胡应麟还"欲取宋太平兴国后，及辽金元氏，以迄于明，凡小说涉怪者，分门析类，续成《广记》之书"(《少室山房笔丛》卷三六，第 476 页)。胡应麟以"怪"为标准，编定有小说集《甲乙剩言》，辑录有《百家异苑》《虞初统集》等。考虑到明代后期人们常以"奇"为标准衡定文言小说以及白话小说，胡应麟把"怪""诡怪"作为小说的核心属性，这显然不是偶然的现象。

要理解和把握胡应麟等明代学者确认小说"怪""奇""诡怪"等属性的内在逻辑脉络，我们必须要明确的问题主要有三个。

一是，小说是在历时性的过程中生成的知识类目，它的性质特征并不是唯一的，而是具有多样性的特点。这些不同的质性之间可能会形成断裂，如，胡应麟等明代学者认定小说的特质是"怪""奇""诡怪"，这与《汉书·艺文志》建构的小说观念之间存在巨大的差异。但是，这些不同的质性特征之间并不是相互矛盾、相互对立的，而是形成了共生性、兼容性。

从汉代到明代的千余年间，小说作为知识实体，它的数量、规模持续增长，类型不断演化，人们观察知识要素质性特征的视阈也不断推移。《汉书·艺文志》作为官方史志，收录"小说十五家，千三百八十篇"③。班固等主要从素材来源、功能效用等层面上着眼，认定这些知识要素源自"街谈巷语"。到了明代，胡应麟谈到，小说的情况是，"好者弥多，传者

① 胡应麟：《少室山房集》卷一〇四《读夷坚志（五则）》，第 757 页。
② 陈卫星：《胡应麟的小说整理及小说创作》，陈文新、余来明主编《明代文学与科举文化》，中国社会科学出版社，2011，第 324 页。
③ 班固撰，颜师古注《汉书》卷三〇《艺文志》，第 6 册，第 1745 页。

弥众，传者日众，则作者日繁"（《少室山房笔丛》卷二九，第 374 页）。
这些"好者""传者"，即小说的阅读者、传播者关心的显然不是知识要素
的素材来源，而是文本内容的趣味性、题材的丰富性。胡应麟谈到，从
"好者""传者"阅读的视角来看，"子之浮夸而难究者，莫大于众说"
（《少室山房笔丛》卷三八，第 502 页）。此处"浮夸"并不带有任何的贬
义，只是对事实的判断。"浮夸而难究"是指小说中的内容"怪""怪
诞"，超出了日常生活的理性和逻辑。如，胡应麟谈到唐代的《古岳渎经》
说，这部作品"颇诡异，故后世或喜道之"（《少室山房笔丛》卷三二，
第 415 页）。胡应麟从读者的阅读体验及文本的内容特质入手，确认了小
说"怪""怪诞"的特质与这类文本的流传、流行之间的因果关联，并将
这种因果关联普泛化。他说，自魏晋以后，"小说家独传。何以故哉？怪
力乱神，俗流喜道"（《少室山房笔丛》卷二九，第 374 页）。在确认小说
的属性时，胡应麟的立场与《汉书·艺文志》形成了根本的区别，《汉
书·艺文志》是从主流知识体系架构的视角出发，而胡应麟等明代人则是
从"俗流"，即读者的日常阅读趣味出发思考小说的特质。

　　胡应麟对小说质性特征的判定与《汉书·艺文志》呈现的小说观念之
间形成差异的原因还在于，他们各自将小说置于不同的关系系统之中。一
个知识要素往往具有诸多特点，且处于多重关系构架之下，这种特性和关
系的有机组合，就构成了知识要素确认自身属性的基础。小说这类知识要
素也是如此。在《汉书·艺文志》中，小说是而且只是被置于诸子略的构
架下，儒、道等家构成了小说这类知识要素确认自身质性特征的关系系
统。在儒、道等家的参照下，小说呈现的特点是，这类知识要素来自"街
谈巷语"，以传"小道"①。隋唐时期，四部分类法定型。在四部分类法的
体系结构中，小说在统序归属上仍隶属于子部，依旧与儒、道等家形成相
互照应的关系；同时，人们在日常语境中论及小说时，这一概念指称的知
识要素也开始在子部、史部之间犹疑、徘徊。胡应麟在论及小说时，不仅
在子部的体系架构内思考这一类目的特质，同时，也将小说与史部的正史
相互参校。在这种新的关系系统中，小说这类知识要素在内容、题材等层

---

① 班固撰，颜师古注《汉书》卷三〇《艺文志》，第 6 册，第 1745 页。

面上的特质得到凸显，小说呈现"怪""奇""怪诞"的特点。

从胡应麟对小说属性的判定，我们可以看到，小说这一概念指称着无量数的、丛杂的知识实体，这些知识实体在不同视阈、不同关系架构之下呈现的特质往往是多重的、复杂的、动态性的。小说"怪""怪诞"这一新的质性浮现之后，它成为这类知识要素的显性特征，在一定程度上遮蔽了既有的特征，或者使既有的特性转化为隐性的存在。但是，从根本上看，"怪""奇""怪诞"这种新生的质性与旧有的质性特征"街谈巷语"之间是共存的、兼容的，它并不会完全覆盖、替代，更没有驱逐、剔除既有的质性特征。

二是，小说的属性并不具有先验性，它是作为概念的"小说"与作为实体的知识要素在建构映射关系的过程中呈现的。在小说这个概念与相关的知识实体不断重组、封装的过程中，到了明代，胡应麟等人确认小说的特质是"怪""奇""怪诞"，这一命题具有衍生性的特点，同时，也生成了规范性，用以重新划定小说实体所在的界域。

胡应麟等人确认的小说"怪""奇""怪诞"的质性特征并不是臆造的，而是在赓续"街谈巷语"这一属性的基础上延伸、生长出来的次生属性，是唐代以来小说观念合逻辑的演化和嬗变。据《隋书·经籍志》，"小说者，街说巷语之说也"[1]，史部的杂史、杂传等也系"委巷之说"[2]。这样，从素材来源的质性特征上看，小说这一类目与史部的杂史、杂传具有一致性，它们之间形成了毗邻关系，甚至进而建构了紧密的亲缘关系。《隋书·经籍志》还谈到，杂史、杂传在内容、题材上呈现的特性是"体制不经"[3]，"杂以虚诞怪妄之说"[4]。随后，"不经""虚诞"这样的评价指标也逐渐移植到小说这一类目之中。《隋书·经籍志》子部小说类下收录"《小说》十卷，梁武帝敕安右长史殷芸撰"[5]，殷芸的《小说》收录的大多是"不经"之事。刘知几说，"刘敬昇（叔）《异苑》称晋武库失火，

---

① 魏征等：《隋书》卷三四，第 4 册，第 1012 页。
② 魏征等：《隋书》卷三三，第 4 册，第 962 页。
③ 魏征等：《隋书》卷三三，第 4 册，第 962 页。
④ 魏征等：《隋书》卷三三，第 4 册，第 982 页。
⑤ 魏征等：《隋书》卷三四，第 4 册，第 1011 页。

汉高祖斩蛇剑穿屋而飞，其言不经。故梁武帝令殷芸编诸《小说》"①。胡应麟承续刘知几对《小说》等文本的性质的认定，他虽然不否认小说"街谈巷语"的特点，但是，他更多地以"不经""不根""不可尽信"等为基本标尺考察小说这一类目。如，胡应麟谈道：

（《琐语》）诡诞不根。（《少室山房笔丛》卷三六，第 474 页）

唐人小说，如《柳毅传》书洞庭事，极鄙诞不根。（《少室山房笔丛》卷三六，第 485 页）

《小说》《琐语》以及唐代的小说文本在内容上"不根""鄙诞"，超出了日常生活的逻辑，呈现为"怪""奇""怪诞"等特点。到了胡应麟生活的时代，"不经""诡诞""怪诞"这种原本从"街谈巷语"演化而来的衍生属性、次生属性，逐渐居为小说这类知识要素的主导属性。

"怪""奇""怪诞""不经"这一次生属性在历时性的过程中被反复确认之后，它还进而生成了特定的规范性，成为某些知识实体集拢于一体的根本的内聚力，将原本从属于其他类目的文本吸纳进小说这一范畴之内。

小说作为一套知识类目，它涵括的知识要素并不具备必然的同质性，也不是天然的同一体。从《山海经》到魏晋时期的志怪、唐代的传奇，再到宋明两朝的《夷坚志》《剪灯新话》等，这些知识要素形态多样、内容各异、体例不一，它们之间的同一性和统一性是逐渐被建构、被发现、被确认的。在明代，"怪""怪诞"这种属性特征就是"小说"这一概念吸纳无量数的知识实体进入自身范畴，将无量数的知识要素封装于一体的重要内驱力。胡应麟确认《山海经》为小说的源头，认定志怪、传奇是小说这一构架下特定的知识类型，正是基于这些文本"怪诞"的美学风貌，以及小说这一概念与"怪""奇""怪诞"之间生成的稳定的对应关系。《山海经》自问世起，就有人谈到它所具有的"怪""奇"的特点。司马迁

---

① 刘知几撰，浦起龙释《史通通释》卷一七，上海古籍出版社，1978，第 480 页。

说，《山海经》主要言"怪物"①。晋代，郭璞说，《山海经》"闳诞迂夸，多奇怪俶傥之言"②。宋代，薛季宣谈道，《山海经》多"神怪荒唐之说"③。魏晋南北朝时期，很多书籍直接命名为"志怪"，如祖台之的《志怪》、曹毗的《志怪》、孔约的《孔氏志怪》等。在《隋书·经籍志》《旧唐书·经籍志》中，书籍的题材、内容尚未成为知识分类的基本依据，《山海经》及以"志怪"命名的书籍分别被置于史部的地理类、杂传类。到了宋代，"怪""异"这种内容层面上展现出的特征逐渐与小说这一概念建构起关联关系。如，欧阳修等撰《新唐书·艺文志》，把《志怪》等从史部杂传类移植到子部小说类。再如，洪迈编撰《夷坚志》，"颛以鸠异崇怪"④。另外，宋人还将唐人创作的《传奇》等纳入小说的范畴。据《说文解字注》，"怪，异也"，"奇，异也。不群之谓"⑤。到了明代，胡应麟结合前代相关的评论以及阅读体验，正式确认了小说这一概念与"怪""奇""怪诞"等质性特征之间稳定的关联。他认定，《山海经》是"语怪之祖"，志怪、传奇是小说这一类目之下的重要文本类型。这样，"怪""奇""怪诞"等原本在知识要素聚合的过程中逐渐衍生而成的属性，反过来又对知识实体的聚合产生了能动作用。在明代，小说"怪""奇""怪诞"的属性不仅可以保持既有知识实体作为一个系统所具有的通用性，而且能够有效地吸摄相关的知识要素，推动小说最终完成名、例、类的并置和封装。

三是，小说这一概念指称的具体的类例处于持续的变动之中，这些类例的质性特征也呈现动态性的特点。我们永远无法穷尽、无法确指"小说"这套知识类目全部的质性特征。小说的"怪""异"内容属性，与它曾经显露的"街谈巷语"的功能属性一样，既处于持续增值的状态之中，

---

① 司马迁撰，裴骃集解，司马贞索隐，张守节正义《史记》卷一二三《大宛列传》，第10册，中华书局，1959，第3179页。

② 郭璞：《山海经序》，丁锡根编著《中国历代小说序跋集》，人民文学出版社，1996，第5页。

③ 薛季宣撰，薛旦编《浪语集》卷三〇《叙山海经》，《景印文渊阁四库全书》第1159册，台湾商务印书馆，1983，第476页。

④ 洪迈：《夷坚丙志序》，丁锡根编著《中国历代小说序跋集》，第95页。

⑤ 许慎撰，段玉裁注《说文解字注》，浙江古籍出版社，1998，第509、204页。

同时，也处于不断隐匿的过程之中。胡应麟等人在判定小说的特质时，从"怪""诞""不根"出发提出全新的判断和命题，进而确认了小说的"幻""玄虚"等质性特征。

在明代，"怪""怪诞"是"小说"显性的性质特征。但是，它并没有包含"小说"全部的质态。小说的边界在以"怪""怪诞"为标准被划定、被确认的同时，也蕴藏着突破这种界限、这种属性的可能性。胡应麟认为，小说在内容上"诡诞错陈"，因此，"其言淫诡而失实"（《少室山房笔丛》卷二七，第 346 页）。他说，"至郭宪、王嘉，全构虚词，亡征实学"（《少室山房笔丛》卷三八，第 502 页）。之后，唐代的小说在魏晋南北朝"变异之谈"的基础上继续铺扬，进而发展为"尽幻设语"。胡应麟说，"凡变异之谈，盛于六朝，然多是传录舛讹，未必尽幻设语。至唐人乃作意好奇，假小说以寄笔端"（《少室山房笔丛》卷三六，第 486 页）。到了明代，小说仍保持着"幻设"的特点。胡应麟谈到《剪灯新话》《剪灯余话》的特质说，"本朝新余等话，本出名流，以皆幻设，而时益以俚俗"（《少室山房笔丛》卷三六，第 486 页），"新余二话，本皆幻设……缘他多虚妄"（《少室山房笔丛》卷四一，第 569 页）。他还谈道，"余谷居孔暇，稍稍据《广记》校定之……其为说至诡诞不可尽信"①。

使用"失实"或者"虚""诞"等词语标识某些文本的特点，这种做法并不始于胡应麟。事实上，自唐代起，刘知几就说，"郭子横之《洞冥》，王子年之《拾遗》，全构虚辞"（《史通通释》卷一〇，第 275 页）。但是，胡应麟与刘知几的立场不同。刘知几是以史部正史类诸要素为参照，论及《洞冥记》等文本"构虚辞"的特点，这样，"构虚辞"只是《洞冥记》等文本呈现的特点，尚未定型成为小说这类知识要素整体性的质性特征。到了明代，胡应麟则立足小说自身的界域之内，以小说的"奇""奇诞"为基本依据，推导出从《山海经》到魏晋南北朝的志怪，再到唐传奇，最终到明代的《剪灯新话》这套知识序列的同一性，那就是"虚""幻"的特质，他还将"虚"与"实"整合成为异质同构的概念系统，作为判定小说质性的标准。这样，胡应麟在谈到小说的质性特征时，

---

① 胡应麟：《少室山房集》卷八三《增校酉阳杂俎序》，第 600 页。

"街谈巷语"与"怪""奇""诡诞",再与"虚""诞""幻"等就以小说这套知识实体为中心,形成了一个垂直的,也是从属的关系序列。

从胡应麟有关小说的论述中,我们可以看到,小说的属性处于不断演化、变迁之中,既有的属性不断沉积,新生的属性渐渐凸显。小说这一概念笼括的要素并没有超越既有的属性设定的范围,但是,在新生的属性定型后,既有的属性就不再作为规范小说这一序列的显性标尺,而是转化成为隐性的规则。从某种意义上,到20世纪初,在四部分类法向近现代学术体系转型的过程中,人们认定小说作为一种特定的文体具有"虚构"的性质,其实质是胡应麟等明代学者认定的小说"怪""诞""奇"等属性的隐性化,"虚""幻"等质性特征的显性化。

结　语

小说的实质是,小说这个"名"、无量数的知识要素这套"例",以及"例"构成的"类"的属性之间建构起的对应关系。在中国知识体系建构的过程中,稳定不变的不是小说的层级归属,不是知识要素的数量、形态,也不是这些知识要素呈现的质性特征,而是小说的名、例、类之间的对应关系。胡应麟尊重小说名、例、类之间形成的历时性的、动态的关联关系,立足于明代中后期这一特定的时间点,确认小说的层级定位,将无量数的知识要素结构化、秩序化、抽象化,把散于万殊的知识实体浑凝成一个稳定且具有开放性的整体。通过剖析胡应麟的小说观念,我们可以看到,小说作为诸子略或子部之下的二级类目,在中国古代知识体系的架构下不断延伸、生长,小说的统序归属、结构类型以及属性特征等形成了特定的、本土化的建构方式和发展逻辑。

（责任编辑：马昕。本文原刊于《江汉论坛》2017年第7期）

论钱基博《明代文学》的学术史价值：
以观念、体例、方法为中心

都轶伦[*]

内容提要 钱基博所著《明代文学》是明代文学研究史上的重要著作。就当时的研究语境与明代文学自身特点而言，此书强调明代诗文的价值，重视中国文学自身脉络传统，有其独到之处；其以"文艺复兴"重估明代文学，对明代复古文学的重新认识及对各流派的评价均较中肯；其体例以文体为纲，以作家为目，运用附见法，注重文学史与文本的结合，体现了钱氏借鉴传统史学形式对明代诗文形成的认知与总体把握；其在评论方法上采用推源溯流法，对作家作品特色渊源论析精辟；其设专章论述明代八股文，亦具学术前瞻性。总体而言，此书无论内容观点，还是研究方法与撰述方式，均在继承旧学之中融会新知，对当下明代文学研究与文学史写作亦多有启示。

关键词 钱基博 《明代文学》 观点体例 评论方法

钱基博是一代国学大家，博通四部，著述甚丰，但在近现代学术史中，相较梁启超、陈寅恪、胡适，包括其子钱锺书等学者，学界对他的关注却似乎较少。这或许与他的研究方法相对较为传统有一定关系。《明代文学》是他最早出版的一部文学史著作，至今尚未得到应有的关注。研究者论及 20 世纪明代文学研究史，多仅依时序蜻蜓点水般提及此书，亦多认

---

[*] 都轶伦，中国社会科学院文学研究所博士后，著有《〈列朝诗集〉编纂再探：以两种稿本为中心》等。

为其未出传统套路，带着旧学印迹，很少予以肯定。① 持有这种态度，与此书本身的一些特点确有关系。但细读此书，笔者以为其内容、观点、体例、方法等，均多有可取之处，对当下的明代文学研究乃至文学史写作也应有启发和裨益。

一

《明代文学》一书，1933 年由商务印书馆出版，收入王云五主编的《万有文库》，1934 年又收入《百科小丛书》，由商务印书馆再版。此书分为四章，依次是文、诗（附词）、曲、八股文。其中涉及词的内容很少，曲则因"吴瞿安先生梅有专书备论之，兹不具述。而要删其指以备一格"②，亦极简要。故此书内容之主体，即在诗文，是传统的雅文学的范畴，而其在章节排序上将"文"置于"诗"之前，亦与传统观念中对诗与文地位轻重的认识相符。仅就此书的内容来看，其不受关注，并被研究者认为未出旧学套路，似可理解。但如果将其放到当时的研究语境，并从明代文学自身特点来看，此书以诗文为主的内容选择却并不可完全以保守视之。

自梁启超《论小说与群治之关系》一文出，传统被视为"小道"的小说，地位大为提高。甲午战争前后，翻译西方著作、引入西方文化思想进入高潮期，在文学研究中，也引入进化的观念阐释文学的发展，文言文学变为白话文学，即被视为一种进化。在文类中，类同于西方诗歌、小说、戏剧的分类方式，中国古代的小说、戏曲也成为被发掘弘扬的主要对象。而传统诗文，尤其是明代诗文的地位，继清人之后再遭打压。陈独秀在《文学革命论》一文中称："元明剧本，明清小说，乃近代文学之粲然可观者。惜为妖魔所厄，未及出胎，竟尔流产。以至今日中国之文学，萎琐陈腐，远不能与欧洲比肩。此妖魔为何？即明之前后七子及八家文派之归、

① 参见黄仁生《二十世纪的明代文学研究》，《复旦学报》（社会科学版）2001 年第 2 期；邓绍基、史铁良《二十世纪明代文学研究之走向》，《中国文学研究》2001 年第 1 期。
② 钱基博：《明代文学》，商务印书馆，1934，第 105 页。

方、刘、姚是也。此十八妖魔辈，尊古灭今，咬文嚼字，称霸文坛，反使盖代文豪若马东篱，若施耐庵，若曹雪芹诸人之姓名，几不为国人所识。若夫七子之诗，刻意模古，直谓之抄袭可也。"[1] 胡适《文学改良刍议》一文，亦认为"言文合一"的趋势以元代为最盛，而"为明代所阻"，他推崇白话小说，赞誉《水浒传》《西游记》为文学"正宗"。[2] 其后，周作人、林语堂等人，又从世俗化、生活化、情趣化的角度出发，对反对复古的晚明公安派及其小品文的价值加以肯定，认为是明季的"新文学运动"。在这些文学思潮的鼓动下，明代的小说、戏曲受到空前的重视，成为显学，出现了大量研究、考证的论著，而明代诗文，除公安派小品文之外，几乎一概受到排斥和冷落，少有研究。这是钱基博《明代文学》出版时所面对的研究语境。

明代诗文长期被忽视和贬抑，与其自身特点不无关系。明代诗文在唐宋极盛之后，很难再创辉煌。《明诗别裁集》言："明诗其复古也。"[3] 复古是明代诗文创作的基调，明代的文学流派多以学习效法前代为本，虽有一些优秀作品，但总体价值不及前代也是客观事实。自晚明以至清代，对明代诗文的批评和否定一直延续。与钱基博同时代的其他学者论及明代诗文，大多予以否定，如刘经庵认为："明代文学，除传奇及小说承了元代的遗风余韵颇为可观外，诗文二者，实不足道。"[4] 闻一多指出："我们只觉得明清两代关于诗的那许多运动和争论，都是无味的挣扎。每一度挣扎的失败，无非重新证实一遍那挣扎的徒劳无益而已。"[5] 对诗文价值的普遍否定与忽视、对小说戏曲的大力发掘和弘扬，使得明代文学研究领域形成了长期的俗热雅冷的状况。这一状况在 20 世纪 80 年代以后虽有所改观，但并未有根本性的改变，相较明代小说、戏曲研究的丰富和深入，明代诗文研究无论在深度还是广度上，都远远不足。仅就明代诗歌研究而言，左东岭《20 世纪明代诗歌研究综论》[《华中师范大学学报》（人文社会科学

---

① 陈独秀：《文学革命论》，《新青年》第 2 卷第 6 号，1917 年 2 月。

② 胡适：《文学改良刍议》，《新青年》第 2 卷第 5 号，1917 年 1 月。

③ 沈德潜、周准编《明诗别裁集·序》，上海古籍出版社，1979，第 1 页。

④ 刘经庵编著《中国纯文学史纲》，北平著者书店，1935，第 140~141 页。

⑤ 闻一多：《文学的历史动向》，朱自清等编辑《闻一多全集》第 1 册，开明书店，1948，第 203 页。

版）2013 年第 1 期] 一文开篇即发出这样的感慨："在现代中国学术史上，也许明代诗歌研究的发展历程最为曲折，至 20 世纪结束竟然没有一部断代的明代诗歌史，这在中国古代诗歌研究中是绝无仅有的现象。"

故而，无论从钱基博《明代文学》一书出版时面对的时代研究语境，还是从明代文学的自身特点来看，这部著作的价值与意义均需重新考量。对作为雅文学的明代诗文的研究，从文体研究的角度容易被视为相对传统和保守。但在 20 世纪初以小说、戏曲研究为主的潮流中，此书对普遍被认为没有价值的明代诗文作专门论述和重新评判，对其意义与价值有所肯定，反而是卓异于时流的。事实上，钱基博选择诗文作为撰写明代文学史的主要内容，确有其深入的思考。他对当时西方文学进入中国之后引起的文学观念的变化非常清楚，其言：

> 民国肇造，国体更新，而文学亦言革命，与之俱新。尚有老成人，湛深古学，亦既如荼如火，尽罗吾国三四千年变动不居之文学，以缩演诸民国之二三十年间，而欧洲思潮又适以时澎湃东渐，入主出奴，聚讼盈庭，一哄之市，莫衷其是。榷而为论，其蔽有二：一曰执古，二曰骛外。何谓骛外？欧化之东，浅识或自菲薄，衡政论学，必准诸欧；文学有作，势亦从同，以为："欧美文学不异话言，家喻户晓，故平民化。太炎、畏庐，今之作者；然文必典则，出于尔雅；若衡诸欧，嫌非平民。"又谓："西洋文学，诗歌、小说、戏剧而已。唐宋八家，自古称文宗焉，倘准则于欧美，当摈不与斯文。"如斯之类，今之所以谓美谈，它无谬巧，不过轻其家丘，震惊欧化，降服焉耳。不知川谷异制，民生异俗。文学之作，根于民性；欧亚别俗，宁可强同。李戴张冠，世俗知笑；国文准欧，视此何异。必以欧衡，比诸削足，履则适矣，足削为病；兹之为蔽，谥曰骛外。然而茹古深者又乖今宜；崇归、方以不祧，鄙剧曲为下里，徒示不广，无当大雅；兹之为蔽，谥曰执古。知能藏往，神未知来；终于食古不化，博学无成而已。①

---

① 钱基博：《中国文学史》，中华书局，1993，第 9~10 页。

由此段可知，他对西方文学"诗歌、小说、戏剧"的文体分类方法是完全了解的。他对于食古不化的"执古"一派，也持批判态度。但他指出"文学之作，根于民性；欧亚别俗，宁可强同"，认为这一分类体系不完全适合中国古代文学的实际情况，如唐宋八大家之文就无法纳入这一体系。如果按西方文学标准建构中国文学史的框架，显然会造成削足适履的窘境。撰著中国文学史，应该依据中国文学自身的发展脉络和传统，这体现了钱基博的中国文学本位观。因此，他在《明代文学》中有意未将作为当时研究热点的明代小说纳入，而选择文、诗、词等传统文体作为对象进行论述，以遵从中国古代文学传统。需要指出的是，他持这一主张，也与当时的学术思潮有一定关系。其时新文学运动之狂飙已过，而以《学衡》为旗帜，以吴宓、柳诒徵等为旗手，兴起了以中正贯通的眼光重衡国学的思潮。钱基博撰著明代文学史的思路，与这一学术思潮是相呼应的。

笔者以为，明代诗文创作虽然整体上水准较低，但这只能影响鉴赏和审美的价值，而不会影响研究价值。从文学史的角度去观照，无论繁盛还是衰落，都是构成文学史的重要环节。从各个方向、层面弄清导致衰落的因素，发现衰落中蕴含的新变，展现衰落期的全貌，都是有价值的工作。同时，就文学史的书写而言，应尽量还其原貌。小说戏曲的地位，在明代文坛和文人那里，不可能比诗文更为重要。现在的明代文学史，是根据新文学运动以来的文学观念所构建的，离明代文学的实际情况似乎有一段距离。由此来看，对明代诗文的研究应是很有意义的工作。就时序与观点而言，《明代文学》一书可称现代学术史中关于明代诗文研究的筚路蓝缕之作，是具有开创性的。在目前明代文学研究领域开始日益重视对雅文学的研究，重新认识明代诗文价值的背景下，对这部最早发掘明代诗文价值的著作，也应给予充分重视。

二

《明代文学》撰著的动机有欲为明代诗文平反昭雪之意，故此书的基本立足点，就是对明代诗文进行重新评价，重估其文学史价值。这在此书序言中表达得非常明确：

　　　　自来论文章者，多侈谈汉魏唐宋，而罕及明代！独会稽李慈铭极
　　言明人诗文，超绝宋元恒蹊，而未有勘发。自我观之：中国文学之有
　　明，其如欧洲中世纪之有文艺复兴乎？明太祖开基江淮，以逐胡元，
　　还我河山，用夏变夷，右文稽古，士大夫争自濯磨。而文则奥博排
　　奡，力追秦汉，以矫欧、苏、曾、王之平熟；而宋濂、刘基骈骊开
　　道，以著何、李、王、李之先鞭。诗则雄迈高亮，出入汉魏盛唐，以
　　救宋诗之粗硬，革元风之纤浓；而高启、李东阳后先继轨，以为何、
　　李、王、李开山。

　　　　然则明文学者，实宋元文学之极王而厌，而汉魏盛唐之拔戟复
　　振，弹古调以洗俗响，厌庸肤而求奥衍，体制尽别，归趣无殊。此则
　　仆师心自得，而《明史》序《文苑传》者之所未及知也！顾论文者，
　　则狃桐城家言之绪论，而亟称归氏，妄庸七子。不知明有何、李之复
　　古，以矫唐宋八家之平熟；犹唐有韩、柳之复古，以救汉魏六朝之缛
　　靡；有往必复，亦气运之自然！明有唐顺之、归有光辈，振八家之坠
　　绪，以与七子相撑拄；不过如唐之有裴度、段文昌等，与韩、柳为
　　异，以扬六朝之颓波耳！（《明代文学》自序，第 1~2 页）

这段论述中有两个观点值得注意。第一个值得注意的观点，是将明代
文学在整个中国文学史上的地位，与欧洲文艺复兴相提并论。在研究中国
古代文学时，引入西方相类的现象进行比照，说明钱基博在继承传统之
外，也受到了当时西方思想文化传入的影响。以欧洲文艺复兴为镜鉴来考
察中国的历史文化现象，进行中西文化类比，这在近现代学术史上是一个
重要话题，在当时提出者并非仅有钱基博一人。如梁启超《清代学术概
论》就将清代学术与欧洲文艺复兴相联系。在他看来，清代学术思潮的动
机与内容，"皆与欧洲之'文艺复兴'绝相类"[①]。他当然主要是针对清代
朴学在治学方法上的科学精神而言的。同时在形式上，朴学也确实带有梁
启超所言"以复古求解放"的性质。但事实上，欧洲文艺复兴的本质是人
文主义的复兴，是以"人"为中心而反对神权教权的思想解放的运动，其

---

① 梁启超：《清代学术概论》，上海古籍出版社，1998，第 3 页。

背后有新兴资产阶级的推动，与当时社会政治的变革也有密切关系。清代朴学考据的昌盛，则是在政治高压、思想禁锢的背景下，对思想文化界万马齐喑的状况的一种反映，是远离现实社会政治的。其中虽然也偶有如戴震这样在著作中表达对理学压制正常欲望的反抗，但更多是拘囿于训诂考据的内部研究，是语言学与博物学，其与作为欧洲文艺复兴运动核心的人文主义精神相去甚远。故两者的指向性是决然不同的。尽管梁启超自有其撰述意图，但将两者做直接比附，其合理性有可议处。梁启超也意识到清代学术与文艺复兴的差别："其最相异之一点，则美术文学不发达也。"（《清代学术概论》，第 101 页）这一观点虽然正确，但仍属表面化的认识，而没有意识到两者在精神内核及目的指向上的根本区别，也说明他当时对西学和西方思想文化传统的理解存在偏差。除梁启超之外，周作人亦曾将晚明文学比拟为欧洲文艺复兴。他从五四新文学的立场出发，为了给新文学找到纵向的源头而引入晚明文学，并将其与文艺复兴类比，注重的是对晚明文学中反传统的一面的张扬。胡适则直接将新文化运动比为欧洲文艺复兴，他所着眼的同样是反传统、弘扬人性的角度。从精神实质和目的指向上看，他们二人对文艺复兴的认识更为准确。但晚明文学及五四新文化运动都明确反对复古，而提出尚今尚俗，乃至提倡白话，这样就与以复兴古希腊罗马文化为方式的"文艺复兴"在手段上有明显区别。因而以晚明文学及新文化运动类比欧洲文艺复兴，从表现形式上讲，其实同样并不合适。

钱基博将明代文学比拟为欧洲文艺复兴，他的类比角度又与上述两种当时的主流观点有所不同。首先，他将对文艺复兴的比附限定于中国古代文学的领域内，强调明代文学（主要是明代诗文）在中国文学史中的文艺复兴意义。即充分肯定以复古派为代表的明中期诗文对宋元文学流弊的矫正。仅就文学领域来看，他的这种比附虽同样有牵强之处，但在某种程度上也有其合理之处。自宋代以来，由中古文学走向近世文学，理性化、俗化、技巧化的倾向日益明显，以汉魏盛唐文学为代表的古典审美理想逐渐解体。明代前期，台阁体的出现使得诗文成为僵化的歌功颂德的工具，理学家诗派的出现更使诗歌成为言理论道的附庸。而明代中期的诗文复古，正是力图革除宋以来诗文发展的弊端，通过对汉魏盛唐文学的推尊和学习，重拾诗歌的情感性以及格调上的审美特征，其实在某种程度上就是以人的情感和审美标准取代诗歌创作风气的工具化和理学化，这从形式方法到内在精神上与欧洲文艺复兴中对古希腊罗马艺术文化的弘扬、对人文主义精神的追求相比，似亦颇有相类之处。

其次，他在引文中明确指出"明太祖开基江淮，以逐胡元，还我河山，用夏变夷，右文稽古，士大夫争自濯磨"，并将之作为他把明代文学比附为欧洲文艺复兴的政治背景，可见他的这种比附中含有民族主义的立场。明朝取代作为少数民族政权的元朝而建立，本身就确有恢复汉唐以来文化传统的诉求，这是事实。但钱基博的论述中带有这种鲜明的民族主义立场，显然还与此书撰著出版的时间有直接关联。此书出版时间在1933年，正处于九一八事变之后。当时文史学界的学术观点往往都带有民族主义的倾向。如钱穆在1939年出版的《国史大纲》中言及"明祖崛起，扫除胡尘，光复故土，亦可谓一个上进的转变"[1]；金毓黻在1942年出版的《中国史》中，亦称朱元璋建立明朝是"汉族的复国运动"，"明太祖推翻了蒙古人的统治，为汉族重光，所以他也是我们历史上的民族英雄"[2]；等等，都是带有民族主义情感的论述。从钱基博在抗日战争期间的言行来看，他是深具民族大义和历史责任感的知识分子。故他借助《明代文学》一书的学术撰著表达民族情感，推高明代文学的价值，强调明代士人在民族革命后的新朝之下"争自濯磨"，提倡复古就是恢复汉民族的文化传统，通过复古，明代文学也继轨汉唐实现复兴。而他从这一角度出发，比附欧洲文艺复兴，也有一定道理。因为欧洲文艺复兴与近代西欧民族意识的增强、民族主义的产生乃至民族革命的爆发，确实都有着直接关系。但具体来看，欧洲的文艺复兴是因，西欧的民族革命是果；而在明代，推翻元朝的"民族革命"是因，明代文学的文艺复兴是果。在时间序列和因果关系上，两者是倒置的。故从民族主义的政治角度出发，将明代文学比附为欧洲文艺复兴，实际上并不准确。但从这一角度来理解这种比附，也让我们能更清晰地了解钱基博撰著《明代文学》的潜在动因之一。

---

[1]　钱穆：《国史大纲》，商务印书馆，1996，第12页。

[2]　金毓黻：《中国史》，正中书局，1942，第77、79页。

第二个值得注意的观点，是他将明代复古与唐代复古相联系，将李梦阳、何景明的复古，与唐代韩愈、柳宗元的复古相比照。唐代古文运动与明代复古运动固然存在很多区别，如文体方面，唐代古文运动局限于文，而明代复古运动在理论和创作上均更偏重于诗。但钱基博此处将两者进行联系和比照，认为两者相似，主要意在借此说明明代复古的动机和性质。唐代复古运动，一般都认为是以复古为旗号，进行文体改革之新变，复古非其目的，而只是推陈出新的一种手段。但明代复古运动，却长期被视为摹拟剽窃的代名词，这其实是以明代复古派在实践上的相对失败特别是其末流之失，来以偏概全地否定整个明代复古运动，而忽视了明代复古运动在动机上的积极性和在理论上的可取之处。事实上，任何一个新兴的文学流派在兴起时往往总是先要通过向传统学习获得前进的方向。明代复古运动的兴起，如上文所言，其直接原因是反拨宋元以来诗文创作的严重弊端，重拾古典诗歌的情感与格调。而从大的方面来讲，则是在两宋长期积弱、元朝入主中国对传统汉族文化造成冲击和破坏的背景下，力图复振汉族文化传统，而在情感倾向上自然地追慕汉唐盛世，寻找情感认同和心理优势。对汉文唐诗的学习，在某种程度上也是顺应这种普遍的政治与文化心理需要，在复古中实现其当代的意义与价值。复古运动最终在实践上的失败，主要受制于古典诗文本身的发展趋势已经不可逆转地走向衰落，其实践的失败并不能抹杀明代复古的必然性及其积极意义。

基于上述这种对明代诗文复古的意义与价值的重新认识，此书着力对包括复古派在内的明代诗文作家作品做了重新梳理和评价。研究者多认为其对明代诗文的评价过高，认为其将明代复古均视为正面因素有所失当。但细读此书，笔者以为其中的观点基本还是较为客观平允的，并未因其欲强调明代诗文价值的动机，而对其缺陷视而不见。如其论李梦阳古文创作之失，既言"然不免雕琢伤元气，未能浑成天然"，又言"李梦阳、何景明以生奥得古致，而卒涩不能以自运，格不能以自吐"（《明代文学》，第23页）。论李梦阳诗，则言："五言律颇伤质直；而长律整栗，亦有支弱之习。"（《明代文学》，第83页）又如其论李攀龙之文："文十六卷，聱牙棘口，读者至不能终篇。"（《明代文学》，第33页）论李攀龙诗，则言："古乐府及五言古体，临摹太过，痕迹宛然。"（《明代文学》，第92页）

再如论宗臣诗言："入七子之社，渐染习气，日以窘弱。"（《明代文学》，第 95 页）可见他对于复古派创作实践中的问题并不回避，而是毫不留情地予以指出。

同时，对复古派对立面的公安派、竟陵派作家的诗文创作，他也能指出其在明代诗文发展中的地位与创作本身的价值。如其论公安派诗，即言"王、李七子之派，极王而厌"，徐渭、汤显祖、王穉登、王叔承、屠隆等欲以他体变之而均未成，而"三袁兄弟起而乘之"，其论诗观点使得"一时闻者涣然神悟，若良药之解散，而沉疴之去体也"，充分肯定了公安派之起在当时的积极意义。对公安三袁的创作，在指出其缺陷的同时也能肯定其优点，如其言袁宏道诗"清新轻隽，时有合作"。在述公安派流弊之时，也能注意到其本意"在破人执缚"，"弊有必至，非中郎之本旨也"（《明代文学》，第 96~98 页），足可谓体谅。关于竟陵派，自钱谦益《列朝诗集》斥为亡国诗妖以来，积谤甚巨。而此书在指出其弊端的同时，亦能注意到其产生的必然性，即"以幽冷洗王、李之绚烂；所谓厌刍豢，思螺蛤也"，"极可医庸肤之病"。又论钟惺诗言："其手近隘，其心独狠，要是著意读书人，可谓之偏枯，不得目为肤浅。其于师友骨肉存亡之间，深情苦语，令人酸鼻；则又未可以一冷字抹煞。大抵惺之诗，如橘皮橄榄汤，在醉饱后，洗涤肠胃最善；饥时却用不得。然当其时，天下文章，酒池肉林矣！那得不推为俊物也！"（《明代文学》，第 99~100 页）在此书序言中，也针对此问题再做阐发：

> 其诗出入中晚唐郊、岛、皮、陆之间，么弦侧调，亦有渊源，避熟就生，人自少见多怪耳！要之盛唐李、杜，摹拟势尽，厌故喜新，人情皆然！王士禛《唐贤三昧集》不取李、杜一首，何尝不与钟、谭所选《唐诗归》同指！而士禛诗为秀丽疏朗，钟、谭出以幽深孤峭，皆欲以偏师制胜；或讥钟、谭格局未完，雕镂愈工，不知真气弥伤；然士禛缥缈取神，风华富有，亦病性情不真；而一尸亡国之大诟，一为盛世之元音，岂非所遭之时有幸不幸耶！（《明代文学》，第 3 页）

即使以现在的研究视角来看，钱基博对公安派、竟陵派之评价，也足可称持平中肯。钱基博所谓重新评价明代诗文价值，提高其地位，并非偏祖明代复古，做盲目的不切实际的拔高，而是基于清代以来对明代诗文过于贬抑的事实，欲纠正认识上的偏颇，其所论是较为客观平实的。

二

研究者认为钱基博《明代文学》一书带有旧学印迹，未出传统套路，也反映在此书体例上所呈现的面貌。但是体例上的这种所谓旧学印迹、传统套路，是否应该被视为保守而忽视其价值，似乎尚需商榷。

《明代文学》一书的体例，总的来说就是以文体为纲，以作家为目。依文体分为四章，在各章之下，又分为若干节，第一节为总论，其后则分节论述。在节次的安排上，每节以作家为目，又分为主要作家与附论作家。如第二章第二节为：杨维桢（附贝琼）、刘基、高启（附杨基、张羽、徐贲、袁凯、林鸿等）。这种以文体分章的体例安排，与现在通常所见的文学史章节安排以时序先后为主的特点不同。即如在其后成书的宋佩韦《明文学史》，就将明代诗文分为五个时期来描述，第一章为"明开国至永乐初"，第二章为"永乐初至成化、弘治间"，第三章为"弘治、正德之际"，第四章为"嘉靖、万历之际"，第五章为"从天启初以迄明清之交"。这样按线性时序对整个文学史进行描述，虽然可以展现史的脉络，说明某一时段文学整体的状况，但文学的发展流衍，特别是各体文学内部的特殊性，却很难得到清晰的展现。而文学流派承变的过程、作家互相之间的关系等问题，也不是通过简单的时序排列就可以说清楚的。以文体为纲，可以更好地顾及各类文体本身发展演变的独立性和特殊性，将每一文体发展的完整脉络清晰地呈现出来。同时也避免一个作家兼善诗文各体时，在叙述上可能造成的混杂。相较纯按时序平铺直叙的线性描述，以文体为纲，作为大的分类，其实是将诗歌、古文等分体文学史整合在一起，既能总体把握明代诗文发展，也能使各体文学有完整清晰的呈现，确实是别具手眼的。

在各节之中，则以作家为目，这种体例初看类似于正史《文苑传》的形式，但实质却大不相同。钱基博对此有明确的意识，其言："自范晔

《后汉书》创《文苑传》之例，后世诸史因焉；此可谓之文学史乎？然以余所睹记，一代文宗，往往不厕于文苑之列。"（《中国文学史》，第6页）他这里所指出的问题，其实就是一代文宗如陆机、谢灵运、鲍照、韩愈、柳宗元、欧阳修、王安石、苏轼、宋濂、刘基、杨士奇、李东阳等，因为他们同时也深入参与了当时的社会政治，在以政治为中心的正史中，均单独列传而不入《文苑传》，故《文苑传》所收往往只是仅有文名而别无所长的作家，但这些作家的文学成就一般都很有限，缺乏代表性。钱基博眼中的文学史，要完全以文学为中心，以其文学创作的成就是否具有代表性来论列。故其各节中所选的作家，是按他对作家重要性进行评判做出的取舍，充分体现了他对文学史的把握。如通常明代诗歌史都会提及明代前期影响极大的台阁体，但他在"诗"这一章中，却未列任何一位台阁体诗人，只在叙李东阳诗歌创作时说了"台阁体平熟"（《明代文学》，第82页）五字，这说明他认为台阁体诗作没有价值，没有值得一提的代表性诗人。即使是对前七子，他也不像一般文学史一样一一予以描述，在"文"这一章第六节中，他选择李梦阳、何景明作为主要代表作家，以康海、王九思、王廷相作为附论作家，边贡、徐祯卿之文非其所长，故置之不论；在"诗"这一章第三节中，他选择李梦阳、何景明、徐祯卿作为主要代表作家，以边贡作为附论作家，康海、王九思、王廷相三人诗非所长，亦不加论列。类似的还有如在"文"中所列之王守仁、艾南英、张溥等人在"诗"中均未论列，"诗"中所列之高启、高攀龙、程嘉燧等人，"文"中亦未论列，这些人当然并非只作诗或只作文，甚至往往诗文兼擅，但钱基博根据他对作家作品的代表性及其在文学史中的地位的判断，加以取舍。这种对作家的严格去取，使得他对明代文学史的把握和描述不是平铺直叙，而是重点突出的，其中也可见其文学史观念和眼光。

以作家为目，又具体地表现为以代表作家为主，而附以次要作家的形式，这似乎也与正史主传和附传的体例相似。但正史中的主传与附传者之间，一般多是血缘或朋从的关系，而钱基博对代表作家和相对应的附论作家的选择和排列，则完全是根据文学风格、流别、师法、渊源所做的，主要是为了将以作家为中心的文学史的源流演进关系梳理清楚，主、附作家的选择之中渗透着他的文学史观。如在"文"这一章第四节所论作家为：

杨士奇（附杨荣、黄淮、金幼孜）、杨溥。在一般文学史的描述中，杨士奇、杨荣、杨溥并称"三杨"，而黄淮、金幼孜等皆为附从，为何钱基博却将杨荣附入杨士奇之后，与黄淮、金幼孜并列呢？这是缘于"杨荣……其文章雍容平易，体格与士奇略同"，而黄淮、金幼孜"春容雅步，颇亦肩随"，因为风格上有一致性，故将三人附入杨士奇之后简述。而杨溥的风格则与他们不同，"独杨溥以弘识雅操骖驾三杨，而刻意求古，力摹昌黎。……取材结体，摹《诰》范《颂》，有意矜练，又是一格；而与士奇、荣之汗漫演迤者不同"（《明代文学》，第 15～17 页）。故他将杨溥单独另列。这是据风格之不同而做主、附之排列。又如同章第八节所论作家为王世贞（附李攀龙）、宗臣（附吴国伦等）。后七子一般都以李攀龙、王世贞并称，钱基博亦指出："后七子以历城李攀龙字于鳞者为倡；太仓王世贞字元美者应和之。"但他却将王世贞、宗臣作为主要代表作家，而李攀龙只能作为附入作家，这与第六节将同样并称的前七子领袖李梦阳、何景明同列为主要代表作家的做法相较，确实有些奇怪。但他继而指出"后攀龙先逝，而世贞名位日昌，声气日广，著述日富，坛坫遂跻攀龙上"，"世贞之与攀龙，摹拟秦汉同；而所为摹拟则异。攀龙只剽其字句。世贞时得其胎息"，"若乃跌宕俊逸，不徒以钩章棘句为能事者；七子中，惟世贞；其次则兴化宗臣字子相"（《明代文学》，第 32、35 页）。可见在他看来，与李梦阳、何景明二人的才力创作"相与颉颃"（《明代文学》，第 23 页）不同，李攀龙远逊于王世贞，故只能附入王世贞之后。而宗臣之文则仅次于王世贞，故亦得作为主要代表作家，与王世贞并列。这是据成就之高低做主、附之排列。

再如"诗"这一章第三节所论作家为：李东阳、李梦阳、何景明、徐祯卿（附祝允明、唐寅、文徵明、边贡）、杨慎（附高叔嗣、华察、皇甫冲）。其中，李东阳为茶陵派之魁首，而李梦阳、何景明、徐祯卿等为复古派之中坚，祝允明、唐寅、文徵明等属吴中诗人群体，杨慎、高叔嗣等人则分属六朝初唐派及中唐派。不同流派，本似当分节而论之，但钱基博将这一系列风格不同的诗人串联在一起，也是有其考虑的。李东阳与李梦阳、何景明虽属前后不同的诗歌流派，且有很深矛盾，但李东阳曾提携李、何等人，且他们之间在诗歌创作上有前后相承的联系，正如钱基博所言："诗必盛唐以上，李梦阳、何景明所以高唱复古也。然李东阳实有开山之功。""永乐以后诗，台阁体平熟，而理学诸公则近俚；得东阳起而振之，如老鹤一鸣，喧啾俱废。后李梦阳、何景明继起，廓而大之，骎骎乎一代之盛矣！"（《明代文学》，第81~82页）徐祯卿虽属复古派前七子之一，但"祯卿未遇梦阳之时，先与祝允明、唐寅、文徵明善，号吴中四才子"（《明代文学》，第90页），且吴中诗人群体的某些诗歌观念也与复古派有相近之处，故他将徐祯卿作为连接复古派与吴中诗人群体的一个结点。杨慎取法六朝初唐，高叔嗣、华察、皇甫冲等学习中唐，虽取法有所变化，但他们仍是复古派的继承者和发展者，可视为第一次复古运动的余波。① 其中又似以杨慎的影响为最大，"于李、何诸子之外，异军特起"（《明代文学》，第90页），故将其作为主要代表诗人，而高叔嗣等人附入之。通过此节所论主附诗人名录，实际上就已将明代诗歌史中第一次复古运动自李东阳之滥觞，李、何、徐之高潮至杨慎、高叔嗣等之余波的前后过程完整展现出来了。在20世纪30年代关于明代诗文史的第一部著作中就能形成如此成熟而有见地的观点，确让人钦佩其先见卓识。

由上可见，钱基博各节中所论的主要作家与附入作家的排列，不是按一般文学史流派的观念随手为之的，而蕴含着他对作家之间风格、流别、渊源的细致认知和总体把握。如果对明代文学的作家作品足够熟悉，仅通过他的主附作家名录，似也可在一定程度上了解他对明代诗文发展史的观点，相较大量按时序前后铺叙的文学史，这也是此书的突出特点之一。钱基博参用正史的体例，并运用到文学史写作中，表明他既认识到文学史的史学性质，从传统史学体例中借鉴方法，又充分注意到了文学本身的特质，针对文学史写作加以创新，是继承传统与阐发新知的结合。

此外，《明代文学》在体例上还非常重视文学史叙述与文学文本的紧密结合。钱基博在论述过程中，对涉及的每位重要作家，都会选择其代表性的诗文，不避烦冗之嫌，全篇具引，并加以评析。特别是在"文"这一章，引了不少长篇大作的全文，如杨士奇《沈学士墓碑》、李东阳《甲申

---

① 关于此点，钱基博并未明言，但目前学界已形成这一认识。参见廖可斌《明代文学复古运动研究》，商务印书馆，2008，第90~93页。

十同年图诗序》、李梦阳《禹庙碑》、王守仁《寄杨邃庵阁老书》、茅坤《与查近川太常书》、唐顺之《旸谷吴公传》、钟惺《游武夷山记》等，皆是其中尤长者，《游武夷山记》甚至占了五页篇幅。除了具引诗文，还引了不少作家本人论诗、论文之语，如李梦阳、何景明对于诗歌创作的论争，又如唐顺之、王慎中对于古文发展流变的看法。相较此书具体论析中的简要精核、惜墨如金，这样的引文方式与今天的文学史著作比照来看确实让人初觉诧异，然实亦有其用意与合理性。从继承传统角度说，述作兼顾是一种传统的治学方式，而以文本为主、间夹评析亦是古代诗文评点的传统，在此书出版时所处的民国时代也仍然是学人普遍采用的一种著述方式。在对文本材料的选择、去取和剪裁中，往往可见研究者的观念和用心，故古人的诗文选本，往往亦可视为他的文学观念的集中展现。《明代文学》中所引的诗文与论诗、论文之语，其选择也不是率意的，而有钱基博的观念在内，往往别具手眼。如何景明诗可选之作颇多，而他选择了其《明月篇并序》一篇，很大程度上应是出于其序在何景明诗论中的重要价值。何景明论诗之文很多，但《明月篇并序》却是备受争论的焦点，其中认为从感情的挚切与音调的流转来看，初唐四杰的歌行胜于杜甫，而杜甫歌行则是一种变体，这一观点对于尊崇盛唐诗尤其是杜甫的复古派而言，确有石破天惊之感。而其所作《明月篇》，如钱基博所言，正是"词彩秾丽，音律婉谐"，"于景明为变格，乃极意摹唐四杰者"（《明代文学》，第87页）。钱基博选此诗与序，无疑是抓住了何景明诗歌创作与诗论中最有特色的部分，即所谓"变格"，来展现复古派内部理论与创作的丰富性。从文学史叙述的实际效果来看，引代表性诗文选篇，可以使相关的分析和论述更有针对性，引用相关诗文文本，包括作家论诗、论文之语，让读者自己去体会领悟，能帮助读者直观地感受作家作品的风格特点、了解古人的观点，也避免研究者在以己语铺叙时对文本原意进行一些自觉或不自觉的歪曲，这比做一些一般性的机械的铺叙效果要好得多。而在引文之后再进行评论和分析，也显得顺理成章，可以起到更好的论证的效果。在现在通行的文学史叙述中，往往将文学史叙述与作品选分开，这就等于将作家与作品，将文学史与鲜活生动的文学文本割裂，文学史中虽也偶有引入作品，但多是蜻蜓点水，作品选则集中收入作品，仅作字词注释和简单解题，而无进一步的分析和前后贯穿的文学史的观照，实际效果其实并不理想。正如钱基博所言："舍文学著作而言文学史，几于买椟还珠矣。"（《中国文学史》，第 7 页）《明代文学》这一传统的文学史写作方式值得我们思考和借鉴。

四

钱基博《明代文学》在评论方法上，也是很有特点的。在语言形式上，其论述通篇皆是文言。其具体品评，亦同于古人评诗论文之法度。这种特点很容易被视为旧学余绪而以保守目之，但若能深入进去细细体会，其价值却不容抹杀。

此书在方法上最鲜明的特点，笔者以为是继承了以钟嵘《诗品》为典型的"推源溯流"法。"推源溯流"法的具体运用，一般认为有三个方面：渊源论，推溯作家的渊源所自，着重从纵的方面考察作家在历史上所受到的传承；文本论，即考察作家及其作品的特色，着重于作家在传承中的抉择与转换；比较论，着重从横的方面比较同时代作家的异同高低，并确立其文学地位。① 《明代文学》一书对"推源溯流"法的运用非常充分，以上三个方面均有体现。通观全书，其所涉及的每一作家，都会与前代作家、同时作家、其后作家做细致的对比，对每一作家及其作品本身的风格特点，也都有精要透辟的论析。

我们先来看其对明代古文的研究。以"文"这一章的第二节为例，几乎就是通过推源溯流的对比构结全篇的。其先述杨维桢之文，并以宋濂为杨维桢所作墓志评价为引子，对杨维桢与宋濂的文风进行同异对比。其后述宋濂之文，先简言其师承授受，继而将宋濂与其师吴莱进行同异对比，接着又将宋濂与欧阳修对比。通过远溯欧阳修，近推杨维桢、吴莱，将宋濂文的渊源师承特色阐述得非常清楚。其后又引刘基评当世文章之语，将宋濂与同时代的刘基、张孟兼进行对比。继而又涉及了宋濂为其文集作序

① 关于上述"推源溯流"法具体运用的三个方面，参见张伯伟《中国古代文学批评方法研究》，中华书局，2002，第 155~157 页。

的王祎、苏平仲，同修《元史》的徐一夔，以及宋濂同乡同门的胡翰等
人，也均有对比。而在其后二节中，也时以宋濂作为相关作家参照比较的
对象，如将方孝孺与宋濂对比（参见《明代文学》，第 4~10 页）。通过这
样的纵横对比，既将宋濂的风格特色、在当时文坛的地位展现得较为清
晰，同时也以宋濂为轴，使明初文坛创作面貌与各家特色得到了展现。除
此之外，他还注意明代文章的前后传承关系，如论杨溥之文"虽出以平实
雅淡，而矜持少变化，光焰不长；然何、李之前轨也"（《明代文学》，第
17 页），论钱谦益"导扬归有光之学，以自振拔于王、李"（《明代文学》，
第 63 页）。这些描述都显示了其论述不局限于当前所论的作家，而有一种
全盘把握的视角。他甚至还注意到明文对清代的影响。如论茅坤，言其
"而明以来，学者知由韩欧沿洄以溯太史公，而定逊清三百年文章之局者，
坤实有开山之功也"（《明代文学》，第 40 页）。论唐顺之，则言其《文
编》一书"所录上自秦汉以来，而大抵从唐宋门庭沿溯以入，分体排纂，
盖逊清姚鼐《古文辞类纂》之所昉，而辟清代三百年文家之径途者也。虽
义例不免踳驳，进退亦多失据，不及《姚氏纂》之矜慎；然筚路之功，不
可没也"（《明代文学》，第 43 页）。论归有光文，言其"开逊清桐城之
文"，又言："盖逊清桐城家言之治古文者，胥由有光以踵欧阳而窥太史
公；姚鼐遂以有光上继唐宋八家而为《古文辞类纂》一书。"（《明代文
学》，第 64 页）以上所及明代唐宋派古文对清代桐城派的影响，在其他明
代文学史中似很少见到，充分展现了作者前后传承贯通的眼光。

再来看其对明代诗歌的论述。复古是明诗的基本特征，流派众多是明
诗的一大特色，复古则必然涉及古今诗歌艺术风格的传承和新变，流派之
间以及流派内部成员之间的异中之同、同中之异也是需要细致分辨的问
题。钱基博在此书中，非常注意对诗人创作的艺术渊源的追溯。如其言杨
维桢擅长乐府，就对乐府诗自汉武帝开始的渊源流变过程进行回溯，然后
言杨诗"根柢于青莲、昌谷"，并将杨诗与古人对比，指出："其高者或突
过古人，其下者亦多堕入魔趣，故文采照映一时，而弹射者亦复四起。"
（《明代文学》，第 74 页）论及袁凯，言其"古体多学《文选》，近体多学
杜甫……然伤乎直，殊少变化。七言断句，在李庶子、刘宾客间"（《明代
文学》，第 80 页）。论及复古派诸家，对其渊源的分析就更仔细了，以第

一次复古运动中的诗人为例，言李梦阳"五言古源本陈王、谢客，初不以杜为师；所云杜体者，乃其摹拟之作，中多生吞语，偶附集中非得意诗也；而学陈王、谢客者亦过雕刻，未极自然。惟七言古及近体专仿少陵，而超然蹊径之外"。何景明"题画诸诗，源出少陵，匪徒貌似，神亦似之。而五言古，有三谢体，有少陵体。七言古则深崇唐四杰转韵之格"。徐祯卿"少时，已工诗歌，多学六朝，旁参白居易、刘禹锡……其诗不专学太白，而仿佛近之"。高叔嗣"五言尤工，冲淡得韦苏州体"，华察"亦以五言冲淡，欲追陶、韦"。皇甫冲"其诗源于韦、柳，兼取材于潘、左、江、鲍，清音亮节，无一点纤浓之习"（《明代文学》，第82~92页）。

除了追溯渊源，钱基博对流派内部诗人之间的差异也做了细致的描述，典型的例子就是对前七子中李梦阳、何景明之间的比较，在诗歌创作上，"梦阳主摹仿，景明则主创造。然景明不如梦阳之才大。梦阳亦逊景明之气清。梦阳诗以雄丽胜；景明诗以秀朗胜；同是宪章少陵，而所造各异。名成之后，互相诋諆，何诮李摇髀振铎，李诮何搏沙弄泥。何病李之杀直，李病何之缓散。两君皆负才傲物，而何稍和易；以是人多附之"，通过比较二人诗歌创作的区别，结合二人互相的排诋，将李、何诗风的差异叙说得很清楚，之后又具引二人在诗歌观点上的争论文字，说明"何、李之异趣"。对前七子其他诗人如徐祯卿，也与李、何做了对比，"揆其途径，与梦阳不异。特梦阳才雄而气盛，故恢张其辞。祯卿虑澹而思深，故密运以意"，"是时李、何并陈，未决雌雄。祯卿雄不及李，秀不及何，而风骨超然，遂成鼎足"（《明代文学》，第85~89页）。对后七子诸人，钱基博同样做了比较，如认为王世贞"才气十倍李攀龙，惟病在爱博……乐府变化，奇奇正正，推陈出新，原非攀龙生吞活剥者可比！律体高华，绝亦典丽，虽锻炼未纯，不免华赡之余，时露浅率；亦未遽出攀龙下也！当日名虽七子，实则一雄"，也从诗歌创作角度对后七子领袖王、李二人做了定位，又言后七子之宗臣"诗才秀爽，与王、李同声气而不同格调"（《明代文学》，第93~94页）。例多不赘。如果说李、何之间的对比，后来的研究者也多有关注，那么诸如徐祯卿与李、何，宗臣与王、李等诗歌创作的比较，似乎就很少有人涉及了。同一诗派成员内部的细致比较，可以在粗线条的流派之中，显出丰富性。

以上笔者不厌其烦地列举了《明代文学》一书中对传统的"推源溯流"法的运用。钱基博对明代诗文所作的这些分析和论断，看似与传统诗话颇为相类，多体悟之语，如不仔细体会，甚或会有空疏之嫌疑。以现代学术规范目之，其论述的系统性、完整性、科学性也不如现代学术体系下的文学史著作。但这样的评论方法仍自有其价值。自清代以来，对明代诗文倡言批驳者多，而客观评析者少，如《列朝诗集》《四库全书总目》等著作涉及明代诗歌，就往往偏于驳斥复古派等流派的诗学观点，而不重视复古派诗歌创作。像钱基博这样回归到明代诗文创作本身，仔细体味而归纳出其创作特色与渊源，实在是很少的。其观点的表述简明扼要，但却非似是而非之论，而是有着相当的准确性和深刻性。从目前学界对明代诗文研究的成果来看，与此书所言多有相符，有些观点至今仍值得我们认真思考。当然能做到这一点，根植于钱基博对明代诗文集的系统阅读，以及对文学创作的体悟和深厚的国学功底。《明代文学》一书中每位作家之后均标明其诗文集卷数及版本，版本多是四部丛刊等常见的版本，亦有写明某图书馆藏本，笔者猜测，这或许就是钱基博所阅读之版本。只有通过全面阅读明人诗文集，对作家风格的源流与明代诗文的整体面貌有准确感知和把握，才能针对《列朝诗集》《四库提要》等清人著作所建构的明代诗文评价体系和具体观点作有的放矢的反驳和反拨，才能在清人基础上建立起钱基博心目中认为的较为客观公允的明代诗文发展谱系和评价体系。不去费心构建体系，而对体系的把握自蕴含于凿实的有针对性的论述之中。从文体价值的角度看，自西学引入之后，对古代文学的研究也开始向现代演进，采用新式的文学史体例和系统化的批评方式，强调材料和论证，而很少再采用传统的体悟式的批评。以钟嵘、刘勰为代表的传统的辨析源流、分析体制、评论风格为主的批评方式，逐渐归于消歇。从20世纪上半叶出版的多种文学史著作中，不难发现这种趋势。钱基博《明代文学》这样的著作，属于少数的继承传统的一派。但形式上的旧，却并不妨碍他融入自己对古代文学研究的新的认识，其实质是旧学与新知的交会，其中有许多重要的见解，不可纯以保守视之。

此外，《明代文学》在论述中还具有简明精要的特点。对此，上文所引此书之具体论析，已可说明。然而此书在叙述上的精简，不仅体现在具体论述时词句的精核，还在于总体的论述方法上的简练原则，即此书不像一般文学史那样，用很多篇幅铺叙时代背景、作者生平、思想等方面，而是要言不烦，直接切入文学方面的论述。钱基博对这一点是有明确意识的，他认为传统《文苑传》的"作传之旨，在于铺叙履历，其简略者仅以记姓名而已，于文章之兴废得失不赞一辞焉。呜呼，此所以谓之文苑传，而不得谓之文学史也"（《中国文学史》，第6页）。《明代文学》以作家的创作为中心，故其主要关心的是文学上的风格特点、渊源流变等问题。当然，这并不是说《明代文学》中完全不涉及作家生平，然但凡涉及生平等方面的内容，一方面在篇幅上是十分精简的，另一方面也完全是为论述作家创作风格等文学方面的问题服务的。如其论钟惺之文，就先引《明史·文苑传》的描述，言"惺貌寝，羸不胜衣；为人严冷不接俗客，由此得谢人事，肆力为文"，之所以述钟惺的形貌处世，是为了对应其文"幽秀孤峭，性与境称"（《明代文学》，第55页）。论钟惺诗，则言其"生当晚明，复为党论所挤，当时以大行拟科，忽出而为南仪曹，志节不舒，而不肯赶热"，之所以论及其这段经历，是为了说明"'冷'之一言，其诗文，其学行皆主之"（《明代文学》，第99页），还是归结到他诗文创作的特色上来。又如论于谦的八股文创作，亦先言其生平，"遭逢国变，主虑寇深；而扶危定倾，措置若定"，而这正是为了与下文对其所作八股文的评价相呼应："辣手铸文，天下逃将旷官，一齐胆破！心存开济，吐言天拔，其素所蓄积也！"（《明代文学》，第112页）简言其生平，是为了说明文如其人，文气与人格相应。笔者以为，钱基博在文学史写作中的这种精简的特点，很值得现在的文学史写作，包括一些文学研究著作借鉴。文学研究还是应该以文学本身为中心，文学史既不是背景资料汇编，也不是作家传记汇编。诸如时代背景、政治事件、经历交游等内容，应该为文学研究服务而有所选择和精简，而不应以一种陈陈相因的模式成为文学史写作的惯例。

五

最后，笔者还想就《明代文学》专设一章论八股文的做法略作阐明。研究者多对此书的这一章节设置有所批评，认为专论并非文学的八股文是受旧学影响。但钱基博对他为何设置八股文一章是有解释的，其在《序》中言：

> 至八股文，则利禄之途，俗称时文者也。然唐顺之、归有光纵横轶荡，则以古文为时文，力求返虚入浑，积健为雄，虽与诗古文体气不同，而反本修古一也！（《明代文学》，第1页）

又在八股文一章总论中言：

> 自科举废而八股成绝响，然亦文章得失之林也！明贤抉发理奥，洞明世故，往往以古文为时文，借题发挥，三百年之人文系焉！吾友吴瞿安先生尝言："明代文章，止有八比之时文，与四十出之传奇，为别创之格。"（语见《顾曲麈谈》）吾友既备论曲学矣；独八股文阙焉放废，遂为明其流变，著其名家，以俟成学治国闻者有考焉！（《明代文学》，第109页）

以上两段文字已经说明了钱基博设置八股文一章的原因。其一，八股文虽为时文，然其代表作家唐顺之、归有光等"以古文为时文"，亦可借题发挥，"抉发理奥，洞明世故"，使八股文具有了某种与古文相似的文学创作的性质。其二，八股文毕竟亦与三百年人文变迁相系，是明代别创之格，而今科举已废，八股文作为一种文体，亦有研究的价值。笔者以为钱基博的这一看法有可取之处。八股文虽然本身与科举相联系，不能归入纯粹的文学创作，总体思想及艺术成就也不高，且由于命题和写法上的种种格式化的束缚，有很大的负面影响；但由于科举考试的存在，士子均必须先学习八股文写作，登上仕途后才能开始真正的文学创作，故八股文对明代作家影响之广是不言而喻的。如果能排除科举、政治视角的批判，而仅将其视为一种特殊的文体，则对明清时期达到极盛的八股文的研究，既有可行性，也有此必要。

钱基博在此章总论部分简要论述了自唐代贴经以来的科举时文的沿革演变，继而详述了有明一代八股文的体制变化与主要作家，其后又分节论述了主要八股文作家黄子澄、姚广孝、于谦、王鏊、唐顺之、归有光、胡友信、陈际泰、艾南英的风格特色，最后还论及明代八股文的选本。其叙述一代八股文之承变十分周详，具体叙述中也颇有能扭转对八股文的成见之处，如其在引艾南英文后，评曰："有笑有骂，亦愤极而为旷达之言。世论以八股代言，比之优孟衣冠，啼笑皆非其真；如此之感慨激发，亦何尝不出于性情之真也！"（《明代文学》，第 121 页）钱基博重视对八股文的研究，与他的大文学观、杂文学观有一定关系，其研究也具有一定的启发和示范作用。现在学界对明清八股文的研究方兴未艾，不仅在文学史著作中出现了论述八股文的专章，① 在科举与文学关系的框架下，有关八股文与古文、小说、戏曲、评点、文人心态的关系的研究，以及八股文自身艺术特点的研究，亦均有出现。从这个意义上讲，钱基博对明代八股文的注意和研究，也是具有前瞻性的。

（责任编辑：马昕。本文发表于《中国典籍与文化》2019 年第 2 期）

---

① 参见程千帆、程章灿《程氏汉语文学通史》，辽海出版社，1999，第 529~544 页。

图书在版编目（CIP）数据

明代文学论丛. 第一辑 / 刘尊举，马昕主编. -- 北京：社会科学文献出版社，2022.6
ISBN 978-7-5228-0299-2

Ⅰ.①明… Ⅱ.①刘… ②马… Ⅲ.①中国文学-古典文学研究-明代-文集 Ⅳ.①I206.2-53

中国版本图书馆 CIP 数据核字（2022）第 109750 号

明代文学论丛（第一辑）

主　　编／刘尊举　马　昕

出 版 人／王利民
组稿编辑／宋月华
责任编辑／吴　超
文稿编辑／公靖靖
责任印制／王京美

出　　版／社会科学文献出版社·人文分社（010）59367215
　　　　　地址：北京市北三环中路甲 29 号院华龙大厦　邮编：100029
　　　　　网址：www.ssap.com.cn
发　　行／社会科学文献出版社（010）59367028
印　　装／三河市龙林印务有限公司

规　　格／开　本：787mm×1092mm　1/16
　　　　　印　张：23.5　字　数：373 千字
版　　次／2022 年 6 月第 1 版　2022 年 6 月第 1 次印刷
书　　号／ISBN 978-7-5228-0299-2
定　　价／149.00 元

读者服务电话：4008918866